T0037909

DE LUKOV, CON AMOR

DE LUKOV, CON AMOR

MARIANA ZAPATA

Traducción de
Noemí Jiménez Furquet

PLAZA JANÉS

Papel certificado por el Forest Stewardship Council®

Título original: *From Lukov With Love*

Primera edición: septiembre de 2022
Tercera reimpresión: abril de 2023

Printed in Spain – Impreso en España

ISBN: 978-84-01-03001-7
Depósito legal: B-11.902-2022

Compuesto en La Nueva Edimac, S. L.

Impreso en Liberdúplex, S. L.
Sant Llorenç d'Hortons (Barcelona)

L 0 3 0 0 1 7

A mi mejor amiga
y la mejor persona que conozco,
mi madre, la verdadera chingona

1

Invierno/primavera de 2016

Cuando me caí de culo por quinta vez seguida, imaginé que era hora de dejarlo. Al menos por ese día. Ya podrían soportar mis nalgas otras dos horas de caídas al siguiente. Tal vez no les quedara otra si no averiguaba qué estaba haciendo mal, joder. Era el segundo día consecutivo que no conseguía aterrizar un puñetero salto.

Apoyándome en la nalga sobre la que había caído menos veces, resoplé de frustración y conseguí guardarme en la boca el «me cago en la puta» que ansiaba gritar; y cuando eché hacia atrás la cabeza hasta quedarme de cara al techo, me di cuenta casi de inmediato de que la decisión había sido un maldito error. Porque sabía lo que colgaba del techo en cúpula del pabellón. Con mínimos cambios, era lo que llevaba viendo los últimos trece años.

Banderolas. Banderolas colgadas de las vigas. Banderolas con el nombre del mismo imbécil en todas. IVAN LUKOV. IVAN LUKOV. IVAN LUKOV. Y más IVAN LUKOV.

Había otros nombres junto al suyo —los de las pobres almas que habían sido sus parejas a lo largo de los años—, pero era el de él el que llamaba la atención. Y no porque su apellido fuera el de una de mis personas favoritas en el mundo, sino porque su nombre me recordaba a Satán. Estaba casi segura de que sus padres lo habían adoptado del mismísimo infierno.

Pero en ese momento nada importaba tanto como aquellas colgaduras. Cinco banderolas distintas de color azul proclamaban cada uno de los campeonatos nacionales que había ganado. Dos banderolas rojas, una por cada campeonato mundial. Dos de color mantequilla por sendas medallas de oro. Una plateada para conmemorar la única medalla de plata en un campeonato mundial, expuesta en la vitrina de los trofeos nada más entrar en el complejo. Puaj. Suertudo. Cretino. Mamón. Y, joder, menos mal que no había banderolas por cada copa u otras competiciones que había ganado estos años; si no, el techo entero estaría cubierto de colorines y yo habría vomitado a diario.

Tantas banderolas... y ninguna con mi nombre. Ni una sola. Por mucho que lo hubiera intentado, por mucho que hubiera entrenado, nada. Porque nadie se acuerda del segundo puesto a menos que seas Ivan Lukov. Y yo no era Ivan.

Unos celos que no tenía derecho a sentir, pero que tampoco podía obviar exactamente, me atravesaron justo por el esternón, y lo detesté. Joder que si lo detesté. Preocuparme por lo que hacían otras personas era una pérdida de tiempo y energía; lo había aprendido de pequeña, cuando otras niñas llevaban trajes más bonitos y patines más nuevos que yo. Los celos y la amargura era lo que sentían quienes no tenían nada mejor que hacer. Lo sabía. Una no conseguía hacer nada con su vida si se pasaba el rato comparándose con los demás. También lo sabía.

Y yo jamás querría ser ese tipo de persona. Especialmente con aquel imbécil. Me llevaría a la tumba mis tres segundos de envidia antes que reconocer ante nadie lo que aquellas banderolas me provocaban.

Al recordármelo, giré hasta ponerme de rodillas para dejar de ver aquellos estúpidos trozos de tela. Planté las manos en el hielo y gruñí al tiempo que apoyaba los patines —mantener el equilibrio sobre las cuchillas era mi segunda naturaleza— y acababa por ponerme en pie. Otra vez. Por puñetera quinta vez en menos de quince minutos: el hueso de la cadera izquierda, la nalga y el muslo me palpitaban, y al día siguiente me dolerían aún más.

—Hostia puta —murmuré entre dientes para que no me oyera ninguna de las chiquillas que patinaban a mi alrededor. Lo último que necesitaba era que alguna de ellas se lo dijera a la dirección. Otra vez. Chivatas. Como si no oyeran eso mismo cuando veían la televisión, paseando por la calle o en el cole.

Me sacudí el hielo que me cubría de la última caída, respiré hondo y me regodeé en la frustración que me anegaba: por mí, por mi cuerpo, por mi situación, por mi vida, por las otras chicas a cuyo alrededor no podía decir ni una jodida palabrota..., por ese día en general. Desde haberme despertado tarde hasta no haber sido capaz de clavar un salto en toda la mañana, pasando por haberme vertido el café sobre la camisa en el trabajo no una, sino dos veces, por casi romperme la rótula al abrir la puerta del coche y por esa segunda sesión de entrenamiento de mierda...

Era fácil olvidar que, en la vida en general, no ser capaz de clavar un salto que llevaba diez años haciendo no significaba nada. Tenía un mal día y ya. Otro mal día. Tampoco es que fuera excepcional. Siempre podía suceder algo peor, y sucedería, en algún momento, algún día. Era fácil dar las cosas por sentadas cuando creías tenerlo todo. Pero era cuando una empezaba a dar las cosas más básicas por sentadas cuando la vida decidía enseñarte que eras una idiota desagradecida.

Y hoy, lo que estaba dando por sentado era el aterrizaje del triple *salchow*, un salto que llevaba ejecutando años. No era el más fácil del patinaje artístico (consistía en tres rotaciones, que comenzaban patinando hacia atrás sobre el filo interior trasero de la cuchilla del patín, antes de despegar para luego aterrizar sobre el filo exterior trasero de la cuchilla del pie contrario al del despegue), pero desde luego no era de los más difíciles. En circunstancias normales, me salía de forma instintiva. Pero ni hoy ni ayer, por lo que se veía.

Me froté los párpados con las palmas de las manos, inspiré hondo y espiré lentamente mientras giraba los hombros y me decía que debía tranquilizarme e irme a casa. Siempre podía seguir al día siguiente. «Y tampoco es que vaya a competir próximamente», me recordó la parte práctica pero cabrona de mi cerebro.

Igual que pasaba cada vez que pensaba en aquel hecho maravilloso, el estómago se me encogió de pura ira... y de algo que se parecía terriblemente al desaliento. E, igual que pasaba cada vez, hundí aquellas emociones en lo más, más, más profundo de mí, tan al fondo que no pudiera verlas ni tocarlas ni olerlas. «No sirven de nada». Lo sabía. De absolutamente nada. No iba a tirar la toalla.

Volví a inspirar y espirar mientras me frotaba de modo inconsciente la nalga que más me dolía, pidiéndole perdón, y recorrí la pista con la mirada por última vez ese día. Cuando vi a las chicas, mucho más jóvenes que yo, que seguían aprovechando la sesión en curso, traté de no fruncir el ceño. Había tres que tenían más o menos mi edad, pero todas las demás eran adolescentes. Quizá no fueran tan buenas —al menos no tan buenas como yo lo fui a su edad—, pero aun así; tenían toda la vida por delante. Solo en el patinaje artístico, y tal vez en gimnasia, se la podía considerar a una decrépita a los veintiséis.

Sí, necesitaba irme a casa y tumbarme en el sofá con la tele encendida para superar ese día de mierda. Nada bueno iba a conseguir si me montaba mi propia fiesta de la autocompasión. Nada.

No tardé más de unos segundos en abrirme paso y sortear a los demás patinadores en la pista, con el cuidado justo para no chocarme con nadie antes de llegar a la corta valla que la rodeaba. En el mismo lugar donde dejaba siempre los protectores, agarré las piezas de plástico y las deslicé sobre las cuchillas de cuatro milímetros de ancho fijadas a las botas blancas antes de posar los pies en suelo firme.

Traté de no hacer caso de la opresión que me burbujeaba en el pecho y que muy posiblemente fuera sobre todo frustración por haberme caído tantas veces ese día, pero tal vez no. Me negaba a creer que hubiera una alta probabilidad de estar perdiendo el tiempo al acudir al Complejo Deportivo y de Hielo Lukov dos veces al día para entrenar con la esperanza de volver a competir algún día, porque la idea de dejarlo me parecía como echar por tierra los últimos dieciséis años de mi vida. Como si prácticamente hubiera renunciado a mi infancia por nada. Como si no hubiera sacrificado relaciones y experiencias humanas normales por un sueño que una vez había sido tan enorme que nada ni nadie habrían podido arrebatármelo. Como si mi sueño de ganar una medalla de oro…, de al menos ganar un campeonato mundial, hasta un campeonato nacional…, no se hubiera roto en minúsculos pedazos del tamaño del confeti a los que seguía aferrándome, aunque una parte de mí se daba cuenta de que lo único que hacía era herirme en lugar de ayudarme.

No. No era ninguna de esas ideas y posibilidades lo que hacía que me ardiera el estómago casi a diario y me provocaba náuseas en ese preciso instante. Necesitaba relajarme. O quizá masturbarme. Algo tendría que ayudar.

Sacudiéndome aquella sensación asquerosa de las entrañas, rodeé la pista y enfilé el pasillo que conducía a los vestuarios, adentrándome entre el gentío. Ya había padres y niños deambulando alrededor de la pista, preparándose para las clases de la tarde; las mismas clases con las que yo había empezado a los nueve años, antes de pasar a los grupos reducidos y luego a las clases particulares con Galina. Los buenos viejos tiempos.

Agaché la cabeza para evitar el contacto visual con los demás y seguí avanzando, cruzándome con otras personas que se apartaban tratando también de evitar mi mirada. Pero no fue hasta que bajaba por el pasillo, camino de donde guardaba mis pertenencias, cuando divisé a un grupo de cuatro adolescentes que fingían estirar. Y digo «fingían» porque una no puede estirarse como es debido si está ocupada dándole a la lengua. Al menos eso era lo que me habían enseñado a mí.

—¡Hola, Jasmine! —me saludó una de ellas, una chica amable que, hasta donde era capaz de recordar, siempre había intentado ser simpática conmigo.

—Hola, Jasmine —repitió la que estaba a su lado.

No pude evitar saludarlas con un gesto de la cabeza aun cuando estaba contando los minutos que tardaría en llegar a casa y prepararme algo que comer o calentarme en el microondas cualquier cosa que hubiera cocinado mi madre, y probablemente acomodar el culo y ver la tele. Si el entrenamiento hubiera ido mejor, tal vez hubiera querido hacer algo distinto, como salir a correr o incluso ir a casa de mi hermana, pero... eso no iba a suceder.

—Que se dé bien la sesión —les murmuré a las dos chicas majas, al tiempo que lanzaba una mirada a las otras dos que estaban enfrente, en silencio. Me sonaban sus caras. Enseguida iba a empezar una clase de nivel intermedio, e imaginé que serían alumnas. No tenía motivos para prestarles atención.

—¡Gracias, igualmente! —exclamó con voz ahogada la primera chica que me había hablado antes de cerrar la boca súbitamente y ponerse de un tono de rojo que hasta entonces solo le había visto a una persona: mi hermana.

La sonrisa que se me dibujó en los labios fue genuina e inesperada —porque la chica me había hecho pensar en Comino—, y empujé con el hombro la puerta batiente del vestuario. Apenas había dado un paso cuando, con el hombro aún apoyado en la hoja, oí:

—No sé cómo os hace tanta ilusión verla. Puede que fuera buena en individuales, pero siempre se quedaba sin aire y su carrera en parejas no es como para presumir.

Entonces... me quedé parada. Allí mismo. En mitad del umbral. E hice algo que sabía que era una mala idea: me puse a escuchar. Fisgonear nunca le ha hecho bien a nadie, pero me dio igual.

—Mary McDonald es mejor patinadora en parejas...

Entonces empezaron a rajar. «Respira, Jasmine. Respira —me dije—. Cierra la boca y respira. Piensa lo que vas a decir. Piensa en lo lejos que has llegado. Piensa en...».

—... si no, Paul no habría hecho pareja con ella esta última temporada —concluyó la chica.

Atacar a alguien iba en contra de la ley. Pero ¿pegar a una adolescente sería especialmente ilegal? «Respira. Piensa. Sé más amable».

Tenía edad suficiente como para tener criterio. Lo sabía. Tenía edad suficiente como para que no me ofendiera una adolescente tontaina que ni siquiera habría superado la edad del pavo, pero... bueno, mi carrera en parejas era un punto sensible. Y por punto sensible quería decir una herida sangrante que se negaba a cerrar. ¿Mary McDonald y Paul Comemierda-Que-Quemaría-Vivo? Había visto suficientes reposiciones de *La tribu de los Brady* de madrugada, cuando no podía dormir, como para entender perfectamente que Jan se quejara de Marcia. Yo también la habría odiado. Igual que odiaba a la dichosa Mary McDonald.

—¿Habéis visto todos los vídeos suyos que hay colgados en internet? Mi madre dice que tiene muy mala uva y que por eso nunca gana; les cae mal a los jueces —trató de musitar la otra chica, pero sin conseguirlo en absoluto, porque pude oír lo que decía más claro que el agua.

No tenía por qué hacerlo. No tenía por qué hacer nada. Aún eran unas crías, traté de convencerme. No conocían toda la historia. Ni siquiera conocían parte de la historia. La mayoría de la gente no la conocía y jamás la conocería. Lo había aceptado y lo había superado.

Pero entonces una de ellas siguió hablando, y supe que no sería capaz de mantener la puñetera boca cerrada y dejar que se creyeran todas aquellas chorradas. Incluso en su mejor día, toda persona tiene un límite y yo, para empezar, ni siquiera había tenido un buen día.

—Mi madre dice que el único motivo por el que sigue entrenando aquí es porque es amiga de Karina Lukov, pero supuestamente ella e Ivan no se llevan bien...

Estaba a esto de soltar una puta carcajada. ¿Que Ivan y yo no nos llevábamos bien? ¿Era así como lo llamaban? Pues vale.

—Es una borde.

—A nadie le sorprendió que no encontrase compañero después de que Paul la dejase.

Pues ya estaba. Quizá si no hubiera vuelto a mencionar a P. podría haber mostrado cierta grandeza de espíritu, pero ¡qué cojones!, medía uno sesenta, así que poca grandeza me iba a caber nunca en el cuerpo.

Antes de poder pensármelo mejor, me di la vuelta, asomé la cabeza por el umbral y me encontré a las cuatro chicas donde las había visto antes.

—¿Qué acabáis de decir? —pregunté lentamente, guardándome al menos el «So inútiles, que no conseguiréis una puta mierda en la vida» y asegurándome de mirar directamente a las dos que no me habían saludado y cuyas cabezas horrorizadas se giraron de golpe hacia mí en cuanto empecé a hablar.

—Yo..., yo..., yo... —balbució una de ellas mientras la otra parecía que se iba a cagar en el maillot y los leotardos. Bien. Ojalá. Y ojalá tuviera textura de diarrea para que se le escurriese por todas partes.

Me quedé mirando a cada una de ellas lo que me pareció un minuto, observando como la cara se les ponía como un tomate y disfrutando un poquitín..., aunque no tanto como lo habría gozado normalmente, si no hubiera estado más cabreada conmigo misma que con ellas. Enarqué las cejas, ladeé la cabeza en dirección al pasillo en forma de túnel que acababa de atravesar de la pista a los vestuarios y esbocé una sonrisa que en absoluto era tal.

—Eso es lo que pensaba. Largaos a practicar antes de que lleguéis tarde.

De alguna manera me corté antes de añadir «gilipollas» al final. A veces merecía una medalla por mi paciencia con los idiotas. Si hubiera habido una competición de eso, esa sí que podría haberla ganado.

Era posible que jamás volviera a ver a dos personas moverse con tal rapidez, a menos que viese a los corredores en las Olimpiadas. Las dos chicas majas parecían medio horrorizadas, pero me dirigieron una rápida sonrisa incómoda antes de seguir a sus amigas, susurrándose sabe Dios qué la una a la otra.

Las chicas como las otras dos mierdecillas eran el motivo por el que había dejado de intentar hacerme amiga de otras patinadoras casi desde el principio. Eran unas minigilipollas. Levanté el dedo corazón mirando a las figuras que se alejaban por el pasillo, pero realmente no hizo que me sintiera mejor. Tenía que quitarme la mala hostia. De verdad que tenía que quitármela.

Entré en el vestuario y me dejé caer sobre uno de los bancos delante de la fila de taquillas entre las que se encontraba la mía; la palpitación de la cadera y el muslo se había agudizado al andar. Había sufrido caídas mucho peores y más dolorosas que las de ese día, pero, a pesar de saberlo, una nunca se «acostumbraba» al dolor; cuando se producía con regularidad, una simplemente se obligaba a superarlo más rápido. Y la realidad era que no estaba entrenando como solía; no podía, porque no tenía un compañero con quien practicar ni un entrenador que me corrigiese cada día durante horas, así que mi cuerpo había olvidado lo que era capaz de soportar. Era otra puñetera señal de que el tiempo y la vida seguían, aunque yo no quisiera.

Estiré las piernas hacia delante sin hacer caso del puñado de adolescentes mayores ya arracimadas en el extremo del vestuario más alejado de la puerta, vistiéndose y trasteando con las botas mientras charlaban. Ellas no me miraban y yo apenas les eché un vistazo. Mientras me desataba los cordones, me planteé por un segundo darme una ducha antes de decidir que era demasiado esfuerzo cuando podía esperar veinte minutos a llegar a casa y cambiarme y ducharme en mi cuarto de baño de tamaño normal. Me quité el patín derecho, blanco, y tiré con cuidado de la venda de color carne que me cubría el tobillo y unos centímetros por encima de este.

—¡Madre mía! —prácticamente chilló una de las adolescentes desde el otro lado del vestuario, lo que me impidió bloquear su voz—. No estás de broma, ¿verdad?

—¡Qué va! —respondió otra mientras yo me desataba el patín izquierdo y me esforzaba por no hacerles caso.

—¿En serio? —añadió otra voz, o quizá fuera la misma del principio. A saber. Tampoco es que estuviera tratando de escucharlas.

—¡En serio!

—¿En serio?

—¡En serio!

Puse los ojos en blanco e intenté no hacerles caso.

—¡No!

—¡Sí!

—¡No!

—¡Sí!

Pues nada. Imposible pasar de ellas. ¿Alguna vez había sido yo tan insoportable? ¿Tan niñata? Ni de coña.

—¿Dónde lo has oído?

Estaba a mitad de introducir el código en el candado de mi taquilla cuando un coro de ruidos hizo que me girase y mirase por encima del hombro a las chicas. Una de ellas parecía puesta hasta arriba de *speed*: enseñaba los dientes y las manos le colgaban a la altura del pecho mientras daba palmas. Otra tenía los dedos entrelazados y las palmas unidas delante de la boca, y era posible que estuviera temblando. ¿Qué coño les pasaba a aquellas dos?

—No lo he oído: lo he visto entrar con la entrenadora Lee.

Buah. Por supuesto. ¿De quién iban a estar hablando si no? Ni me molesté en suspirar o poner los ojos en blanco. Me volví a mi taquilla, saqué la bolsa de deporte, la dejé en el banco y abrí la cremallera para tener acceso al teléfono, las llaves, las chanclas y una minúscula barrita Hershey's que guardaba para días como hoy. Quité el envoltorio y me metí la chocolatina en la boca antes de coger el móvil. La luz verde de la pantalla parpadeaba, lo que significaba que tenía mensajes sin leer. Lo desbloqueé al tiempo que echaba un vistazo por encima del hombro: las chicas seguían chillando y comportándose como si estuvieran al borde de un ataque al corazón por culpa del Huevón. Sin hacerles caso, me tomé mi tiempo en leer los mensajes del chat grupal que me había perdido mientras practicaba.

Jojo
Quiero ir al cine esta noche. Alguien se apunta?
Tali
Depende. Qué peli?
Mamá
Ben y yo iremos contigo, mi amor
Seb
Yo no. Tengo una cita esta noche
James no quiere ir contigo? No me extraña

Jojo
La nueva de Marvel
Seb, espero que tu cita te pegue una ETS
Tali
Marvel? Paso
Yo también espero que te pegue una ETS, Seb
Mamá
ES QUE NO PODÉIS SER AMABLES ENTRE VOSOTROS?
Seb
Os podéis comer todos una mierda menos mamá
Rubes
Yo iría contigo, pero Aaron no se encuentra bien
Jojo
Sé que te vendrías, Comino. Eres un sol. Para la próxima
Mamá, venga. A las 7.30?
Seb, 🖕
Jas, te apuntas?

Levanté la vista mientras las chicas del vestuario hacían ruidos que no sabía si yo sería capaz de emitir y me pregunté qué leches les pasaba. Madre del amor hermoso, ni que Ivan no entrenase en el centro cinco días a la semana desde hacía un millón de años. Verlo no era tan emocionante. Yo preferiría contemplar cómo se secaba la pintura.

Flexioné los dedos de los pies, con las uñas pintadas de rosa chillón, y me quedé mirándolos, obviando a propósito el moratón que tenía junto al meñique y la ampolla que se me estaba empezando a formar en el pulgar por la costura de unas medias nuevas que me había puesto el día anterior.

—¿Qué estará haciendo aquí? —prosiguieron las adolescentes, lo que me recordó que tenía que salir del vestuario a todo correr. Ya había alcanzado el límite de lo que podía soportar ese día.

Con la mirada puesta en el teléfono, traté de decidir qué hacer. ¿Volver a casa y ver una película o armarme de paciencia e ir al cine con mi hermano, mi madre y Ben (o, como los demás lo llamábamos en secreto, Número Cuatro)? Prefería irme a casa y no irme a un cine lleno de gente en fin de semana, pero... Apreté el puño antes de escribir la respuesta.

Me apunto, pero primero necesito comer algo. Voy para casa

Entonces sonreí y añadí un mensaje más.

Seb, secundo lo de la ETS. Esta vez, voto por una gonorrea

Con el móvil sujeto entre las piernas, saqué las llaves del coche del bolsillo de la bolsa de deporte y cogí las chanclas antes de guardar cuidadosamente los patines en un estuche protector a medida, forrado de borrego sintético sobre una delgada capa de espuma viscoelástica, que mi hermano Jonathan y su marido me habían comprado hacía años. Volví a cerrar la cremallera de la bolsa, me calcé y me levanté con un suspiro que me oprimió el pecho. No había sido un día perfecto, pero ya mejoraría, me dije. Tenía que mejorar.

Lo bueno era que al día siguiente no tenía que trabajar y los domingos tampoco solía ir a patinar. Era probable que mamá preparase tortitas para desayunar, y se suponía que iba a ir al zoo con mi hermano y mi sobrina, ya que él iba a recogerla para pasar el día. Bastantes momentos de su vida me había perdido ya por el patinaje. Ahora que tenía más tiempo, estaba intentando compensar. Era mejor verlo así que darle vueltas a por qué tenía más tiempo libre. Estaba procurando ser más positiva. Pero aún no se me daba demasiado bien.

—No lo sé —dijo una de las chicas—, pero normalmente se pasa un mes o dos sin venir cuando acaba la temporada y ¿cuánto hace...? ¿Una semana desde que terminaron los mundiales?

—Me pregunto si lo habrá dejado con Mindy.

—¿Por qué iba a hacerlo?

—No sé. ¿Por qué lo dejó con todas las demás antes que ella?

Había sabido de quién hablaban desde el momento en que una de ellas mencionó el nombre de la entrenadora Lee. Solo quedaba un hombre en el CL —como la mayoría llamábamos al Complejo Deportivo y de Hielo Lukov, o Complejo Lukov para abreviar— que les importase una mierda a esas chicas. El mismo tipo que les importaba algo a todos. A todos salvo a mí, al menos. Y a cualquiera con cerebro. Ivan Lukov.

O, como a mí me gustaba llamarlo, y especialmente a la cara: el hijo de Satán.

—Lo único que he dicho es que lo he visto. No sé qué hará aquí —dijo una voz.

—Nunca viene porque sí, Stacy. Venga, blanco y en botella...

—Madre de Dios, ¿Mindy y él lo van a dejar?

—Si lo dejan, me pregunto con quién seguirá patinando.

—Podría ser cualquiera.

—Jopé, pagaría por hacer equipo con él —dijo una chica.

—Pero si no tienes ni idea de patinar en parejas, tonta —respondió otra, resoplando desdeñosa.

Aunque no escuchaba activamente, mi cerebro siguió procesando los fragmentos de sus comentarios mientras me entraban por un oído y me salían por el otro.

—Tan difícil no será —exclamó la otra voz, orgullosa—. Tiene el mejor culo del país y gana con cualquier pareja. Para mí que sería coser y cantar.

Volví a poner los ojos en blanco, sobre todo por lo de su culo. Lo último que necesitaba oír aquel idiota era que nadie se lo elogiase. Además, la chica había olvidado las partes más importantes sobre Ivan. Que era el niño mimado además del bombón del mundo del patinaje artístico. El icono de la disciplina por parejas de la Unión Mundial del Patinaje. Qué cojones: del patinaje en general, más bien. «Realeza sobre patines», como algunos lo llamaban. «Un prodigio», solía decir la gente cuando era adolescente. El hombre cuya familia era propietaria del centro en el que yo llevaba entrenando más de una década. El hermano de una de mis únicas amigas. El tipo que no me había dedicado ni una sola palabra amable en más de una década. Así lo conocía yo. Como el capullo a quien llevaba años viendo a diario y únicamente se dirigía a mí para liármela por las mierdas más absurdas de vez en cuando. La persona con quien no podía mantener una conversación sin que uno de los dos acabase insultando al otro.

Sí... Yo tampoco entendía por qué estaba de vuelta en el Complejo Lukov apenas una semana después de haber ganado su tercer campeonato mundial, días después de acabar la temporada..., cuando debería de estar descansando o de vacaciones. Al menos eso era lo que había hecho cada año desde que yo recordaba.

¿Me importaba que anduviera por aquí? Qué va. Si realmente hubiera querido saber qué sucedía, podría haberle preguntado a Karina y punto, pero no iba a hacerlo; no hacía falta, porque tampoco era que Ivan y yo fuéramos a enfrentarnos en competición en un futuro próximo... o nunca más, si las cosas seguían así.

Y algo me decía, aunque no quería creérmelo —nunca, jamás, ni de coña— allí de pie, en el mismo vestuario que llevaba usando más de media vida, que ese era el caso: que tal vez estuviera acabada. Después de tanto tiempo, después de tantos meses sola..., quizá mi sueño se hubiera terminado. Y no tenía ni una puta mierda de la que sentirme orgullosa.

2

—¿Ya te has enterado?

En el vestuario, les di un tirón extrafuerte a los cordones de la bota antes de atar los extremos con un nudo lo suficientemente prieto como para que sobreviviese la hora siguiente. No me hacía falta darme la vuelta para saber que había dos adolescentes delante de sus taquillas al final del banco en el que me encontraba. Estaban allí cada mañana, normalmente echando el rato. Si no hablasen tanto, podrían pasar más tiempo sobre el hielo, pero qué más daba. No era yo quien pagaba por su tiempo en pista. Si hubieran tenido por madre a la mía, les habría quitado la mala costumbre de quedarse paradas cagando leches.

—Me lo contó anoche mi madre —dijo la más alta de las dos mientras se ponía en pie.

Me levanté y mantuve la atención al frente, haciendo girar los hombros hacia atrás, aunque ya me había pasado una hora calentando y estirando. Tal vez ya no patinase seis o siete horas al día como antes, cuando estirar durante al menos una era imprescindible, pero costaba deshacerse de las viejas costumbres. Y no merecía la pena sufrir durante días o semanas las consecuencias de un tirón muscular por haberme saltado mi hora de calentamiento.

—Me dijo que había oído a alguien decir que creía que él se va a retirar por todos los problemas que ha tenido con sus compañeras.

Eso sí que captó mi atención: que él se retiraba por problemas. Había sido casi un milagro que acabase el instituto en el año correspondiente, pero hasta yo sabía de quién estaban hablando: Ivan. ¿Quién cojones iba a ser si no? Aparte de algunos chavalillos y de los tres años que Paul había pasado entrenando en el Complejo

Deportivo y de Hielo Lukov conmigo, no había otro «él» de quien nadie fuera a hablar. Había un par de patinadores adolescentes, pero ninguno tenía potencial para llegar demasiado lejos, si es que a alguien le importase una mierda mi opinión. Que no era el caso.

—Si se retira, tal vez se dedique a entrenar —dijo una de las chicas—. A mí no me importaría tenerlo gritándome todo el día.

Estuve a punto de echarme a reír. ¿Retirarse Ivan? Nanay. Ni en broma iba a dejarlo a los veintinueve, especialmente cuando seguía petándolo. Hacía unos meses había ganado un campeonato de Estados Unidos. Y un mes antes había conseguido el segundo puesto en la final del Major Prix.

De todas formas, ¿por qué coño les estaba prestando atención? No me importaba lo que hiciera. Su vida era asunto suyo. Todos tenemos que dejarlo en algún momento. Y cuanto menos le viera el careto, mejor.

Decidida a no dejarme distraer al principio de las únicas dos horas que tenía al día para practicar (y especialmente a no dejarme distraer por Ivan), salí del vestuario y me alejé de las dos adolescentes para que perdiesen su propio tiempo cotilleando. Era muy temprano y, como de costumbre, había seis personas en la pista. Ya no llegaba tan pronto como antes —total, para qué—, pero llevaba años viendo cada uno de sus rostros. Algunos más que otros.

Galina ya estaba sentada en una de las gradas fuera de la pista con un termo de café que, por experiencia, sabía que era tan espeso que parecía alquitrán y sabía como tal. Con su bufanda roja favorita enrollada al cuello y tapándole hasta las orejas, llevaba un jersey que le había visto al menos cien veces puesto y una especie de chal por encima. Juraría que cada año añadía una prenda de ropa más a la que ya llevaba. Cuando me sacó de las clases grupales, hacía casi catorce, le bastaba llevar una camiseta de manga larga y un chal; ahora probablemente habría muerto por congelación.

Catorce años era más tiempo del que llevaban vivas algunas de estas chicas.

—Buenos días —dije en el ruso chapurreado que había aprendido de ella con el tiempo.

—Hola, *yozik* —me saludó, dirigiendo brevemente la vista al cielo antes de volverse a mí con la misma cara, curtida y bravía, como si su piel estuviera hecha de algún material a prueba de balas, que llevaba viéndole desde que tenía doce años—. El fin de semana, ¿bien?

Asentí, rememorando de pasada cómo había ido al zoo con mi hermano y mi sobrina para luego cenar pizza en su apartamento: dos cosas que no recordaba haber hecho jamás en el pasado, incluido lo de la pizza.

—¿Y el tuyo qué tal? —le pregunté a la mujer que me había enseñado tantas cosas que nunca se lo podría agradecer como merecía.

Los hoyuelos que raramente mostraba hicieron acto de presencia. Conocía tan bien la cara de Galina que, si algún día desapareciese, podría describírsela a la perfección a un retratista de la policía. Cejas estrechas y arqueadas, ojos almendrados, boca fina, una cicatriz en el mentón de un corte con la cuchilla de su compañero cuando aún competía, otra en la sien de haberse golpeado la cabeza contra el hielo. Tampoco es que ella fuera a desaparecer. Cualquier secuestrador la soltaría en menos de una hora.

—Estuve con nieto —respondió.

Pensé en las fechas durante un segundo antes de caer en la cuenta.

—Era su cumpleaños, ¿verdad?

Asintió al tiempo que volvía a desviar la mirada a la pista en dirección a la patinadora con la que llevaba trabajando desde que yo la dejé para empezar a patinar en parejas hace cuatro años. Bueno, no es que yo hubiera querido dejarla, pero... Qué más daba. Ya no sentía celos al pensar en lo rápido que me había sustituido, pero a veces, sobre todo últimamente, me molestaba. Un poco nada más. Lo suficiente. Aunque nunca permitiría que lo supiera.

—¿Por fin le has comprado unos patines? —le pregunté.

Mi antigua entrenadora ladeó la cabeza y levantó un hombro, sin apartar de la pista los ojos grises que innumerables veces me habían observado a mí.

—Sí. Patines de segunda mano y videojuego. Esperé. Tiene casi misma edad que tú tenías. Un poco tarde, pero todavía vale.

Por fin lo había hecho. Me acordé de cuando nació el niño, antes de que nos separásemos, y de cómo hablábamos de que en cuanto creciera lo suficiente practicaría patinaje artístico. Solo era una cuestión de tiempo. Las dos lo sabíamos. Sus propios hijos no habían pasado del nivel júnior, pero no le había importado.

Al pensar en su nieto empecé a sentir... casi añoranza, al recordar lo divertido que por aquel entonces había sido patinar sobre hielo. Antes de la presión aplastante, del drama, de los puñeteros críticos. Antes de conocer el asqueroso sabor de la decepción. El patinaje artístico siempre me había hecho sentir invencible. Pero sobre todo, por aquel entonces, me había hecho sentir genial. Yo no sabía que era posible tener la sensación de volar. Que era posible ser tan fuerte, tan bella, tan buena en algo. Y especialmente en algo que me importaba. No había sabido que contorsionar partes del cuerpo y girarlas y adoptar formas con ellas que no deberían ser posibles resultase tan impresionante. Deslizarme lo más rápido que podía por el óvalo de la pista me había hecho sentir especial, sin tener ni idea de que años después me cambiaría la vida.

La risa entre dientes de Galina me sacó del pozo de tristeza. Al menos por el momento.

—Un día, tú entrenas a él —me propuso con una carcajada, como si estuviera imaginando que iba a tratarlo igual que ella me había tratado a mí y eso le hiciera gracia.

Solté una risita sardónica al recordar los cientos de veces en las que me había dado una colleja a lo largo de los diez años que estuvimos juntas. Algunas personas habrían sido incapaces de soportar su mano dura, pero en secreto yo la adoraba. Me hacía ser mejor. Mi madre siempre decía que si alguien me daba la mano, yo le cogía el brazo. Y lo último que Galina Petrov haría jamás sería darme siquiera la uña del meñique.

Pero no era la primera vez que mencionaba la idea de que yo entrenase. Durante los últimos meses, cuando las cosas se habían puesto... cada vez más desesperantes, cuando mis esperanzas de encontrar a otro compañero empezaron a marchitarse, Galina había comenzado a dejar caer la posibilidad cuando hablábamos, sin sutileza ni medias tintas. Simplemente decía: «Jasmine, tú a entrenar, ¿sí?». Pero aún no estaba lista. Convertirme en entrenadora me parecía lo mismo que abandonar y... no estaba preparada. Todavía no. «Todavía no, joder».

«¿Aunque quizá sea hora de hacerlo?», me susurró al mismo tiempo una vocecilla molesta y quejumbrosa en la cabeza, haciendo que el estómago se me encogiera.

Casi como si pudiera ver lo que me pasaba por la mente, Galina volvió a reír entre dientes.

—Tengo cosas que hacer. Practica saltos. No estás a lo que hay que estar, tienes demasiadas cosas en cabeza, por eso caes. Recuerda hace siete años —dijo sin apartar la vista del hielo—. Deja de pensar. Sabes qué tienes que hacer.

No imaginaba que se hubiera dado cuenta de mis dificultades, dado que estaba ocupada entrenando a otra persona. Pero, al fijarme en sus palabras, recordé exactamente a qué momento se refería. Cuánta razón. Tenía diecinueve años. Fue la peor temporada de mi carrera en individuales, cuando carecía de compañero y patinaba sola; aquella temporada había sido el catalizador de las tres siguientes, que me llevaron a pasarme al patinaje por parejas, a competir con un compañero. Le daba muchísimas vueltas a la cabeza, lo pensaba todo demasiado y... bueno, si había cometido un error al dejar de competir en individuales, ya era demasiado tarde para arrepentirme. En la vida una tenía que elegir, y yo había elegido.

Asentí y tragué saliva, avergonzada al recordar aquella horrible temporada en la que aún pensaba a veces, cuando estaba sola y me daba aún más pena de lo normal.

—Eso era lo que me preocupaba. Voy a trabajar en ellos. Hasta luego, Lina —le dije.

Acaricié por un momento la pulsera que llevaba en la muñeca para luego dejar caer las manos y sacudirlas.

Galina me dirigió una mirada fugaz antes de bajar la barbilla con gravedad y, volviendo la atención a la pista, gritar con su fuerte acento algo sobre iniciar un salto con demasiada lentitud.

Me quité los protectores de los patines, los dejé en su lugar habitual, entré en la pista y me concentré. Podía hacerlo.

Al cabo de una hora exacta estaba tan sudorosa y cansada como en los tiempos en los que practicaba en sesiones de tres horas. Me estaba ablandando, joder. Había acabado haciendo algunos saltos combinados —una secuencia de, como mínimo, un salto seguido inmediatamente de otro, y a veces otros dos más—, pero realmente no había puesto el corazón en ellos. Había sido capaz de aterrizarlos, pero a duras penas, vacilante y esforzándome por clavarlos al tiempo que trataba por todos los medios de concentrarme en ellos y solo en ellos.

Galina tenía razón. Estaba despistada, pero no acababa de averiguar qué era exactamente lo que me distraía. Tal vez necesitaba masturbarme o salir a correr o yo qué sé. Lo que fuera para aclararme la mente o, al menos, quitarme esa sensación de abatimiento que me seguía como un fantasma.

Regresé a los vestuarios y sentí una ligerísima frustración al encontrar un sencillo post-it amarillo pegado en la puerta de mi taquilla. No le di mayor importancia. Hacía un mes, la directora del centro me había dejado una nota parecida en la que me pedía que fuera a su despacho. Lo único que había querido entonces era ofrecerme un puesto como monitora de iniciación. Otra vez. No tenía ni idea de por qué creía que sería una buena candidata para enseñar a niñas pequeñas (prácticamente bebés), pero le dije que no estaba interesada.

Así que, cuando despegué la nota de la taquilla y leí lentamente «Jasmine, pásate por el despacho de dirección antes de irte» dos veces para asegurarme de que la había entendido bien, lo único que pensé fue que, fuera lo que fuese lo que la directora quisiera de mí, tendría que decírmelo superrápido, porque debía irme a trabajar. Mis días estaban cronometrados al minuto. Tenía listas con mis horarios prácticamente por todas partes —en el teléfono, en hojas de papel en el coche, en los bolsos, en mi habitación, en la puerta del frigorífico— para que no se me olvidara nada ni me liase. Ser organizada, estar preparada y llevar un seguimiento constante del tiempo para ser puntual era algo importante para mí. Según estaban las cosas, tendría que prescindir de quedarme sentada bajo el agua caliente y maquillarme para llegar a trabajar a tiempo, a menos que avisase a mi jefe.

Saqué el teléfono de la bolsa de deporte en cuanto abrí la taquilla, escribí un mensaje, dando gracias como de costumbre al autocorrector por existir y hacerme la vida más fácil, y se lo envié a mi madre, que siempre llevaba el móvil encima.

La directora del CL quiere hablar conmigo.
Puedes llamar a Matty y decirle que iré un poco tarde,
pero que estaré allí cuanto antes?

Me respondió de inmediato.

Qué has hecho?

Puse los ojos en blanco y escribí la respuesta:

Nada

Entonces, por qué tienes que ir a su despacho?
Has vuelto a llamar sucia zorra a la madre de alguien?

Por supuesto que no iba a olvidar aquello. Nadie lo había olvidado.

También era verdad que no le había contado las otras tres veces en las que la directora me había pedido que fuera a su despacho para tratar de convencerme de hacerme entrenadora.

No lo sé. Puede que el cheque de la semana pasada no tuviera fondos

Era broma. Ella sabía mejor que nadie cuánto costaba asistir al CL; había estado pagando más de diez años.

No. No he vuelto a llamar sucia zorra a la madre de nadie, pero aquella sucia zorra se lo merecía

Sabiendo que me iba a responder casi de inmediato, volví a guardar el móvil en la taquilla y decidí que le escribiría dentro de un minuto. Me apresuré a ducharme después de dejar preparadas las cosas y me puse en tiempo récord la ropa interior, unos vaqueros, una camisa, calcetines y los zapatos más cómodos y elegantes que me podía permitir. Cuando acabé, volví a echar un vistazo al teléfono y descubrí que mi madre había respondido.

Necesitas dinero?
Sí que se lo merecía
Has empujado a alguien últimamente?

Me mataba por dentro que todavía me preguntase si necesitaba dinero. Como si no me hubiera gastado bastante del suyo a lo largo de los años, mes tras mes, temporada fallida tras temporada fallida. Al menos ya no se lo pedía.

Voy bien de dinero. Gracias
No he vuelto a empujar a nadie

Segura?

Sí, segura. Si lo hubiera hecho, lo sabría

Al cien por cien?

Sí

No pasa nada si lo has hecho. Hay gente que lo necesita
Hasta yo te daría un puñetazo a veces. Son cosas que pasan

No pude evitar reírme.

Yo también

Tú también has querido darme un puñetazo en la garganta?

No hay respuesta correcta para esa pregunta

Ja ja ja ja

Nunca lo he hecho, vale?

Cerré la bolsa, la cogí del asa, agarré las llaves y salí del vestuario lo más rápido posible, casi corriendo por un pasillo y luego por otro que llevaba a la parte del edificio en el que se encontraban las oficinas. Tendría que comer en el coche, mientras conducía, el sándwich de clara de huevo que había dejado en la bolsa del almuerzo. En cuanto llegué a la puerta, escribí un último mensaje por seguridad, sin pararme a corregir los errores ortográficos, cosa excepcional.

En serio mamá. Puedes llamar y decírselo?

QUE SÍ

Gracias

Te quiero
Avísame si necesitas dinero

Por un momento sentí un nudo en la garganta, pero no respondí. No la avisaría, aunque lo necesitase. Ya no. Al menos si podía evitarlo, y la verdad es que preferiría hacerme estríper antes que llegar a eso. Bastante había hecho ella por mí ya.

Ahogué un suspiro y llamé a la puerta del despacho de la directora, deseando con todas mis fuerzas que la conversación que estaba a punto de tener lugar durase un máximo de diez minutos para no llegar demasiado tarde al trabajo. No quería aprovecharme de la manga ancha que el mejor amigo de mi madre mostraba conmigo.

Giré el pomo en el segundo en el que oí como una voz desde el interior exclamaba:

—¡Adelante!

«Valor y a por ello», pensé al tiempo que abría la puerta.

El problema en aquel momento fue que nunca había sido aficionada a las sorpresas. Nunca. Ni siquiera cuando era pequeña. Siempre me había gustado saber en qué me metía. Huelga decir que jamás me dieron una fiesta de cumpleaños sorpresa. La vez que a mi abuelo se le ocurrió montar una, mamá me avisó con antelación y me obligó a prometerle que me haría la sorprendida. Y cumplí.

Estaba lista para enfrentarme a la directora, una mujer llamada Georgina con la que siempre me había llevado bien. Había oído a alguna persona decir que era muy dura, pero para mí simplemente era tenaz y no le aguantaba tonterías a nadie porque no tenía por qué. Así que me llevé un buen susto cuando la primera persona a la que vi sentada en el despacho no fue Georgina, sino una mujer de cincuenta y tantos a la que conocía bien, con un moño tan pulcro como solo había llegado a verlo durante las competiciones. Y aún más asombrada me quedé cuando vi a la segunda persona que había en el despacho, sentada al otro lado del escritorio. La tercera sorpresa llegó al darme cuenta de que la directora no estaba por ninguna parte. Estaban solo... ellos dos.

Ivan Lukov y la mujer que había pasado los últimos once años entrenándolo. Una persona con quien era incapaz de mantener una conversación sin discutir y otra que quizá me habría dirigido un total de veinte palabras durante esos once años. «¿Qué coño está pasando?», me pregunté antes de fijar la mirada en la mujer, tratando de averiguar si quizá había leído mal la nota de la taquilla. No, ¿verdad? Me había tomado mi tiempo. La había leído dos veces. Ya no solía fallar al leer nada.

—Estaba buscando a Georgina —expliqué, tratando de hacer caso omiso de la frustración instantánea que se me había agarrado al estómago ante la posibilidad de haber leído mal las palabras del post-it. Detestaba confundirme, lo odiaba de verdad; y haberla pifiado delante de ellos era aún peor, joder—. ¿Sabéis por dónde anda? —farfullé sin dejar de pensar en la nota.

La mujer sonrió con tranquilidad, como si yo no hubiera interrumpido algo importante y ni siquiera fuera alguien de quien básicamente había pasado durante años, lo que de inmediato me puso aún más nerviosa. Jamás me había sonreído. De hecho, no creía haberla visto sonreír en la vida, punto.

—Entra —dijo, sin borrar un ápice la sonrisa de la cara—. Fui yo quien te dejó la nota en la taquilla, no Georgina.

Más tarde sentiría alivio por no haber leído mal el mensaje, pero en ese momento estaba demasiado ocupada preguntándome qué demonios hacía yo allí, por qué me la había escrito... y por qué cojones Ivan estaba ahí sentado sin decir nada.

Igual que si me leyera la mente, la sonrisa de la mujer se amplió como intentando infundirme seguridad, pero el efecto fue el contrario.

—Siéntate, Jasmine —dijo en un tono que me recordó que había entrenado al idiota que tenía a la izquierda hasta hacerse con dos campeonatos mundiales.

Pero ni era mi entrenadora ni me gustaba que la gente me dijera qué hacer, ni siquiera cuando estaba en su derecho. Además, no había sido especialmente simpática conmigo. No había sido maleducada, pero tampoco amable. Lo entendía, claro, pero eso no significaba que fuera a olvidarlo.

Durante dos años había participado en las mismas competiciones que Ivan. Yo era competitiva, y ellos también. Y era más fácil querer vencer a alguien con quien no te mostrabas amistoso. Pero eso no explicaba los años anteriores, cuando patinaba sola y no tenía nada que ver con él. Por aquel entonces podría haber sido agradable conmigo..., pero no lo fue. Y no es que quisiera o necesitase que lo fuera, pero aun así.

Por eso no debería haberle sorprendido que lo único que hiciera fuese enarcar las cejas. Por lo visto, decidió que la mejor manera de responder era devolviéndome el gesto.

—¿Por favor? —añadió, casi con dulzura.

Su tono no me inspiró confianza, y ella tampoco.

No pude evitar desviar la mirada en dirección a las sillas que tenía enfrente. Solo había dos, y una estaba ocupada por Ivan, a quien no había visto desde que se marchara a Boston antes de los mundiales. Aquellas piernas largas suyas estaban estiradas hacia delante, aquellos pies que había visto más calzados con patines que con zapatos normales permanecían ocultos bajo el escritorio que ocupaba su entrenadora. Lo que más me llamó la atención no fue la postura con los brazos cruzados sobre el pecho, que resaltaban los pectorales esculpidos y el torso aún más perfilado, ni el jersey azul marino de cuello vuelto que insuflaba calidez a la piel casi pálida de aquel rostro que volvía locas al resto de las chicas del complejo.

Lo que hizo que me quedase petrificada fueron sus ojos azul grisáceo clavados en mí. Era imposible olvidar la intensidad de su color, pero nunca dejaba de pillarme desprevenida. Igual que era imposible olvidar lo largas que eran las pestañas negras que los enmarcaban.

Pero luego estaba todo lo demás alrededor de esos ojos. Puaj.

Eran tantas las chicas que se volvían locas por su cara, su pelo, sus ojos, su estilo al patinar, sus brazos, sus largas piernas, su forma de respirar, la pasta de dientes que usaba..., que resultaba irritante. Hasta mi hermano lo llamaba «guapetón»; claro que también llamaba «guapetón» al marido de mi hermana: esa no era la cuestión. Por si fuera poco, las chicas adoraban aquellos hombros amplios que lo ayudaban a sostener a sus compañeras por encima de la cabeza cuan largos eran sus brazos, con un pie en equilibrio sobre la estrecha lámina de metal denominada cuchilla. Había oído a mujeres suspirar por un culo que no necesitaba ver para saber que era el ejemplo perfecto de un culito respingón. Tener el culo prieto era prácticamente obligatorio en esta disciplina.

Si Ivan tuviera algo bueno, serían aquellos ojos espeluznantes. Pero no lo tenía. El demonio no tenía virtud alguna que lo redimiese.

Cuando me quedé mirándolo, aquella carita endiablada de niño bonito me devolvió el gesto. Sus ojos no se desviaron de mi rostro. No frunció el ceño ni sonrió ni nada. Y aquella mierda me puso nerviosa. No hacía más que... mirarme con la boca cerrada y las manos —y los dedos— bajo las axilas.

Si hubiera sido cualquier otra persona, me habría sentido incómoda bajo su mirada, pero no era una de sus grupis; lo conocía lo bastante bien como para que no me distrajera el mono que vestía sobre su buen físico. Entrenaba con ahínco, así que era bueno. Pero no era ningún unicornio especial. Desde luego, no era Pegaso. A mí no me impresionaba.

Además, había presenciado cómo su madre le había dado para el pelo una vez por contestarle, así que por lo menos tenía eso.

—¿Qué es lo que pasa? —pregunté, cautelosa, con la mirada clavada en el rostro medio familiar de Ivan durante un segundo más antes de acabar desviándola hacia la entrenadora Lee, que permanecía prácticamente encogida sobre el escritorio (si alguien con tan buena postura hubiera sido capaz de encogerse), con los codos firmemente plantados sobre la mesa y las líneas finas y oscuras de sus cejas alzadas con interés. Era tan guapa como en los tiempos en los que competía. Había visto vídeos suyos de cuando era campeona nacional, en los años ochenta.

—Nada malo, te lo prometo —respondió la mujer con cautela, como si fuera capaz de entender mi incomodidad. Señaló con un ademán la silla que estaba junto a la de Ivan—. ¿Te importa tomar asiento?

Nada bueno sucedía cuando alguien te pedía que tomases asiento. Especialmente al lado de Ivan. Así que eso no iba a ocurrir.

—Estoy bien —respondí, con una voz tan extraña como yo me sentía.

¿Qué estaba pasando? No podían expulsarme del complejo. No había hecho nada. A menos que las mierdecillas aquellas del fin de semana se hubieran ido de la lengua. Joder.

—Jasmine, solo te pedimos dos minutos —dijo lentamente la entrenadora Lee sin dejar de señalar la silla.

Vale, aquello no tenía ningún sentido y se estaba poniendo cada vez peor. ¿Cómo que dos minutos? En dos minutos no daba tiempo a nada bueno. Yo tardaba más de dos minutos en lavarme los dientes dos veces al día.

No me moví. Se habían ido de la lengua, qué cabronas...

La entrenadora Lee suspiró al otro lado del escritorio, confirmando que en absoluto era capaz de ocultar mis pensamientos. No se me escapó la forma en la que dirigió brevemente la mirada hacia Ivan antes de volverse hacia mí. Con una americana azul marino y una camisa blanca inmaculada, parecía más una abogada que la patinadora artística que había sido y la entrenadora que en ese momento era. Se removió en el asiento y se enderezó, apretando los labios por un instante antes de volver a hablar.

—En tal caso, iré al grano. ¿Hasta qué punto estás convencida de seguir retirada?

¿Que «hasta qué punto estoy convencida de seguir retirada»? Pero ¿qué coño...? ¿Era eso lo que todo el mundo pensaba? ¿Que me había putorretirado? No era yo quien había decidido quedarse sin compañero y perderse una temporada entera, pero... daba igual. Daba exactamente igual. Mi tensión arterial hizo algo raro y que nunca había hecho, pero decidí no hacerle caso ni a ella ni a lo de la retirada, al menos por el momento, y centrarme en la parte más importante de lo que acababa de salir por su boca.

—¿Por qué me lo pregunta? —inquirí lentamente, todavía preocupada. Al menos un poco.

Debería haber llamado a Karina.

En un alarde de sinceridad que en cualquier otro momento habría sabido apreciar, la mujer decidió no marear la perdiz. Y aquello fue lo que me dejó aún más sorprendida de lo que ya estaba, porque no me esperaba en absoluto la frase que pronunció. De hecho, era lo último que me esperaba oírle decir. Joder, era la última cosa que habría esperado oírle decir a nadie.

—Queremos que seas la próxima compañera de Ivan —dijo. Así, tal cual.

Así. Tal. Cual.

Hay momentos en la vida en los que te preguntas si te has metido algo sin darte cuenta, si quizá alguien te ha puesto LSD en la bebida sin decirte nada o si te has tomado un analgésico —del que no te acuerdas—, pero en realidad era polvo de ángel. Pues aquel momento, de pie en el despacho de la directora del CL, para mí fue así. Lo único que pude hacer fue parpadear. Y luego parpadear un poco más.

¿Qué cojones me estaba contando?

—Es decir, si estás dispuesta a regresar de tu retiro —continuó la mujer, usando una vez más esa palabra, como si yo no estuviera allí plantada preguntándome quién me había puesto alucinógenos en el agua porque no había manera de que aquello estuviera sucediendo. Era absolutamente imposible que aquella frase hubiera salido de boca de la entrenadora Lee.

«Ni de puta coña». Tenía que haber oído mal o, a saber cómo, haberme perdido completamente una parte gigantesca de la conversación, porque... Porque sí. ¿Ivan y yo? ¿Compañeros? Ni en broma. Imposible. Tenían que estar de coña.

¿O tal vez no?

3

No me gustaba pasar miedo (¿a quién le gusta aparte de a los que flipan con las pelis de terror?), pero la verdad era que no había demasiadas cosas que tuvieran ese efecto en mí. Las arañas, las cucarachas voladoras, los ratones, la oscuridad, los payasos, las alturas, los carbohidratos, engordar, morir..., nada de eso me asustaba. A las arañas, las cucarachas y los ratones los podía matar. En la oscuridad podía encender la luz. A menos que el payaso fuera enorme, probablemente pudiera darle una paliza. Era fuerte para mi estatura y durante años asistí a clases de autodefensa con mi hermana. Las alturas no me afectaban. Los carbohidratos estaban de puta madre y, si engordaba, sabía cómo adelgazar. Y todos íbamos a morir tarde o temprano. Nada de eso me preocupaba. Ni lo más mínimo. Las cosas que me robaban el sueño por la noche no eran físicas.

Las preocupaciones por ser un fracaso y una decepción no eran algo que pudieras solucionar y punto. Estaban ahí. Todo el tiempo. Y si había alguna forma de lidiar con ellas, yo aún no había aprendido cómo.

Podía contar con los dedos de una mano las veces en las que había pasado miedo en mi vida, y todas ellas estaban relacionadas con el patinaje artístico. Una de ellas fue cuando me golpeé la cabeza por tercera vez. Mi médico por aquel entonces le dijo a mi madre que debería plantearse hacer que abandonase la disciplina y durante algún tiempo creí que me obligaría a dejarlo de verdad. Recuerdo las dos conmociones siguientes y el miedo que tenía a que se plantase y dijera que se negaba a que me arriesgara a las repercusiones de sufrir continuos traumatismos craneales. Pero no lo hizo.

Y las otras ocasiones en las que la boca me había sabido a algodón y el estómago se me había encogido y revuelto... No iba a pensar en esos momentos más de lo estrictamente necesario.

Eso era todo. A mi padre le parecía gracioso decir que yo solo tenía dos emociones: indiferencia o cabreo. No era cierto, pero él no me conocía lo suficiente como para darse cuenta.

No obstante, mientras me preguntaba allí de pie si estaba soñando, drogada o si aquella movida era real (y empezaba a asumir que lo era, que no me hallaba bajo los efectos de algún alucinógeno), sentí un poco de miedo. No quería preguntar si iba en serio... porque ¿y si no? ¿Y si era algún tipo de broma macabra?

Odiaba sentirme así de insegura. Odiaba tener miedo a que la respuesta que buscaba fuera una por la que probablemente habría vendido hasta el alma. Pero mi madre me había dicho una vez que el arrepentimiento era peor que el miedo. En su momento no lo había entendido, pero ahí sí. Fue por eso por lo que me obligué a formular la pregunta cuya respuesta una gran parte de mí prefería no saber, por si acaso no era la que quería oír.

—¿Compañera para qué? —pregunté lentamente para estar segura, mientras me devanaba los sesos, en este sueño aberrante que estaba teniendo y que parecía real, por saber para qué coño podría ser su compañera. ¿Para jugar al puto Pictionary?

El hombre a quien había visto crecer, a una distancia que en ocasiones había sido demasiado corta, puso en blanco aquellos ojos azules como el hielo. Y al igual que todas las demás veces en las que ponía los ojos en blanco, yo entrecerré los míos.

—Para patinar en parejas —respondió con desdén, como pidiendo a gritos una hostia—. ¿Para qué si no? ¿Para bailes de salón?

Parpadeé con incredulidad.

—¡Vanya! —siseó la entrenadora Lee, y puede que por el rabillo del ojo viera como se daba una palmada en la frente.

Pero no podría asegurarlo, porque estaba demasiado ocupada fulminando con la mirada a aquel listillo y diciéndome: «No lo hagas, Jasmine. Sé mejor persona. Mantén la boca cerrada...». Sin embargo, una vocecilla que conocía muy bien me susurró: «Al menos hasta que averigües qué quieren realmente de ti». Porque no podía ser aquello. Seguro que no.

—¿Qué? —le preguntó Ivan a su entrenadora sin dejar de mirarme de frente; el único cambio en su semblante casi inexpresivo era el asomo de una sonrisa de suficiencia en sus labios.

—Esto ya lo habíamos hablado —dijo ella, negando con la cabeza; y si me hubiera vuelto a mirarla, habría visto que yo no era la única con los ojos como platos, pero estaba demasiado ocupada convenciéndome de ser mejor persona.

Aun así, aquel comentario me trajo de vuelta de un plumazo, por lo que dirigí mi atención a la mujer y la miré con los ojos entrecerrados.

—¿Qué es lo que ya habéis hablado? —pregunté cautelosa. Aceptaría lo que fuera que dijese, bueno o malo. Me recordé que había sobrevivido a todo lo que habían llegado a decirme. Y cuando el estómago no se me encogió ni me dio un vuelco al recordar aquellas cosas peores, me sentí mejor.

Su mirada se cruzó con la mía antes de dirigirla con frustración al idiota sentado en la silla.

—Se suponía que Ivan no iba a abrir la boca hasta que te lo hubiera explicado todo.

Tan solo articulé dos palabras.

—¿Por qué?

La mujer exhaló un largo suspiro de pura exasperación, un sonido con el que estaba de sobra familiarizada, y sus ojos regresaron a Ivan mientras respondía.

—Porque queremos intentar que te unas al equipo, no recordarte por qué no querrías hacerlo.

Volví a parpadear.

Y entonces no pude evitar girar la cabeza y dedicarle una sonrisita petulante al imbécil sentado en la silla de oficina. La suya no se había borrado ni se borró cuando vio la mueca que le dedicaba. «Capullo», leyó en mis labios antes de que pudiera cortarme y recordarme que debía ser mejor persona. «Albóndiga», leí en los suyos, borrándome de inmediato la sonrisita de la cara, como siempre hacía.

—Muy bien —dijo la entrenadora Lee con un breve conato de carcajada que no era en absoluto divertida conmigo allí, los ojos clavados en el demonio sentado y cabreada por haber dejado que me alterase—, volvamos un momento a la cuestión. Jasmine, por favor, no hagas caso de ya sabes quién aquí presente. Se suponía que no iba a abrir la boca y echar a perder esta conversación importante que ya sabía que íbamos a tener.

Tuve que hacer un esfuerzo sobrehumano para desviar los ojos hacia la mujer, en lugar de seguir mirando a la persona a mi izquierda. La entrenadora Lee me dedicó una sonrisa que, en cualquier otra persona, habría considerado desesperada.

—Ivan y yo querríamos que fueras su nueva compañera —continuó hablando. Sus cejas se alzaron sin que desapareciera aquella extraña sonrisa de la que no me fiaba—. Si estás interesada.

«Ivan y yo querríamos que fueras su nueva compañera. Si estás interesada». ¿Estas dos personas que, por el aspecto y la voz, parecían la entrenadora Lee e Ivan, querían que yo fuera su nueva compañera? ¿Yo? Tenía que ser una puta broma, ¿no?

Por una fracción de segundo pensé que Karina habría tenido algo que ver, pero decidí que era imposible. Hacía más de un mes que no hablaba con ella. Y me conocía demasiado bien como para sacarse de la manga algo así. Y mucho menos con este Lukov en concreto.

Pero era una broma…, ¿verdad? ¿Ivan y yo? ¿Yo e Ivan? Hacía solo un mes me había preguntado si algún día iba a pegar el estirón. Yo le había respondido que lo pegaría cuando sus pelotas le acabaran de descender. Todo eso porque los dos habíamos intentado entrar al hielo al mismo tiempo. Y ella estaba allí, la entrenadora Lee nos había oído; yo lo sabía.

—No lo entiendo —les dije a los dos, despacio, completamente confundida, algo irritada y sin saber a quién demonios debería mirar o qué coño debería hacer siquiera, porque aquello no tenía ningún sentido. Pero ninguno.

No se me escapó la mirada que intercambiaron y que no logré interpretar.

—¿Qué es lo que no entiendes? —preguntó la entrenadora Lee con expresión casi tensa.

Que había otras mil personas a las que podían haber acudido, la mayoría de ellas más jóvenes que yo, algo que todos buscan en este deporte. No había ningún motivo lógico para pedírmelo precisamente a mí…, más allá del hecho de que era mejor que ninguna de las demás chicas. Al menos técnicamente, y por «técnicamente» me refería a saltos y piruetas, las dos cosas que mejor se me daban. Pero a veces ser capaz de saltar más alto o de girar más rápido no era suficiente. Las puntuaciones de los componentes de un programa —las habilidades de patinaje, las transiciones y la ejecución, la coreografía y la interpretación— eran igualmente importantes para la nota final.

A mí nunca se me había dado especialmente bien todo aquello. La gente echaba la culpa a mi coreógrafo. A mis entrenadores por elegir mal la música. A mí por «no tener alma» y por no ser «lo bastante artística» y «no mostrar sentimientos». A mi ex y a mí por no actuar «como una sola persona». A mí por no confiar lo suficiente en él. Y era posible que todo aquello hubiera contribuido en gran parte a mis decepcionantes resultados. Eso y que todo me superó. En fin.

Me tragué la amargura, al menos por el momento, y me tomé mi tiempo en mirar a aquellas dos personas a quienes creía conocer, pero no conocía.

—¿Quieres que pruebe a ser *su* compañera? —Apunté con el pulgar en dirección a donde estaba sentado Ivan, para asegurarme de que definitivamente estábamos hablando de lo mismo. Parpadeé de nuevo e inspiré hondo por la nariz para calmar mi tensión—. ¿Yo?

La mujer asintió sin dudar, sin miradas de refilón; un asentimiento limpio y claro.

—¿Por qué? —Mis palabras sonaron más a acusación que a pregunta, pero ¿qué cojones iba a hacer? ¿Actuar como si tal cosa?

Ivan resopló mientras cambiaba de postura sobre la silla, flexionando las piernas hasta que quedaron en ángulo recto sobre el suelo enmoquetado. Una de sus rodillas comenzó a agitarse.

—¿Quieres una explicación?

«No le hagas una peineta. No le hagas una peineta. No se la hagas, Jasmine». No iba a hacérsela. No. «No la hagas».

—Sí —le contesté con sequedad, aunque con mucha más amabilidad de la que se merecía o con la que normalmente le habría respondido, mientras una sensación de incomodidad se apoderaba de todo mi cuerpo. En ocasiones, las cosas realmente eran demasiado buenas para ser verdad. Jamás lo olvidaba. No podía—. ¿Por qué? —volví a preguntar, sin intención de rendirme hasta que todo estuviera más claro que el agua.

Ninguno de los dos dijo una palabra. O tal vez yo era impaciente, porque seguí hablando antes de que pudieran responder.

—Todos sabemos que hay patinadoras más jóvenes a las que podríais pedírselo —añadí, porque ¿qué daño iba a hacer diciéndolo si aquello era exactamente lo que pensaba? Es decir, una soplapollez. Un truco. Una pesadilla. Una de las mayores putadas que nadie me hubiera hecho… si es que no era verdad.

¿Y qué puñetas le pasaba a mi tensión? De pronto me sentía enferma. Recorriendo con los dedos la pulsera que llevaba en la mano, tragué saliva y miré a aquellas dos personas, prácticamente desconocidas, tratando de que la voz no me temblara y de controlar mis emociones.

—Quiero saber por qué me lo estáis pidiendo a mí. Además de que hay chicas cinco años más jóvenes a las que podríais decírselo, también las hay con mayor experiencia en parejas. Los dos sabéis por qué no he conseguido encontrar otro compañero —objeté antes de poder reprimirme, dejando en el aire un «por qué» como una bomba de relojería preparada específicamente para mí.

Su silencio esclarecedor me dijo que eran conscientes de todo aquello. ¿Cómo no? Hacía años que me había ganado una reputación de mierda y, por mucho que lo intentara, no había sido capaz de desprenderme de ella. No había sido culpa mía que la gente solo repitiera las partes que quería oír en lugar de toda la historia.

«Es difícil trabajar con ella», había declarado Paul, para que cualquiera a quien le importase lo más mínimo el patinaje en parejas pudiera leerlo. Quizá las cosas habrían sido distintas si hubiera explicado en el momento cada una de mis acciones, pero no lo había hecho. Y tampoco me arrepentía. No me importaba lo que los demás pensaran sobre mí.

Al menos hasta que las consecuencias vinieron a tocarme las narices.

De todas formas, ya era demasiado tarde. Lo único que podía hacer era aceptarlo. Y lo aceptaba.

Una vez le había dado un empujón a un gilipollas de patinador de velocidad por tocarme el culo, y la mala había sido yo. Una vez le había llamado zorra a la madre de un compañero de pista después de que dijera que a la mía se le debían de dar estupendamente las mamadas por tener un marido veinte años menor, pero la maleducada había sido yo.

Yo era difícil porque me tomaba las cosas muy a pecho. Pero ¿cómo demonios me las iba a tomar si no, cuando este deporte era el motivo por el que me despertaba con ilusión cada mañana? Cada pequeño detalle se fue acumulando hasta que mi sarcasmo, hasta que cada palabra que salía por mi boca, se interpretaba como una grosería. Mamá siempre me había advertido que ciertas personas estarían deseosas de pensar lo peor en toda ocasión. Y era la triste y jodida verdad.

Pero yo sabía quién era y lo que hacía. En mi fuero interno no encontraba motivos para arrepentirme. Al menos la mayor parte del tiempo. Puede que la vida hubiera sido mucho más fácil si hubiera tenido la dulzura de mi hermana o la personalidad de mi madre, pero no era así y nunca lo sería. Cada una es como es en la vida y, o vives tratando de amoldarte para hacer feliz a los demás, o... no te amoldas. Yo, desde luego, tenía cosas mejores que hacer con mi tiempo.

Solo quería asegurarme, si es que aquello era lo que yo creía, de que sabía dónde me iba a meter. No volvería a cerrar los ojos y esperar que las cosas salieran bien sin más. Y menos cuando estaba implicada la misma persona que, después de cada competición en mis tiempos de individuales, tomaba nota de todos los errores que había cometido en los programas (las dos piezas con las que competía, una corta y la otra más larga y denominada «programa libre») y se aseguraba de hacerme saber por qué coño había perdido. Como un cabronazo.

—¿Tan desesperado estás? —le pregunté a él directamente, con la mirada clavada en aquellos ojos azul grisáceo. Estaba siendo grosera, pero no me importaba. Quería la verdad—. ¿No queda nadie que quiera emparejarse contigo?

Aquellos ojos glaciales no apartaron la mirada. Aquel cuerpo largo y musculoso no se inmutó. Ivan ni siquiera puso la cara que ponía casi cada vez que yo abría la boca y me dirigía a él. Con esa facilidad que solo posee alguien seguro de sí mismo, convencido de su talento y de su lugar en el mundo, del hecho de que era él quien ostentaba la posición de poder, me sostuvo la mirada como si también me estuviera midiendo.

Y entonces apareció el imbécil de siempre.

—Conoces bien la sensación, ¿eh?

Menudo hijo de...

—¡Vanya! —casi gritó la entrenadora, negando con la cabeza como una madre que riñese a un niño pequeño por soltar lo primero que se le ocurría—. Lo siento, Jasmine...

En circunstancias normales, le habría contestado «Te voy a arrancar la puta cabeza», pero conseguí frenarme a duras penas. En lugar de eso, me quedé mirando aquel rostro limpio con su perfecta estructura ósea... e imaginé que le rodeaba el cuello con las manos y apretaba a más no poder. Sería incapaz de decirle a nadie el nivel de autocontrol que estaba ejerciendo, porque nadie me creería. Puede que estuviera madurando.

Entonces me quedé mirándolo un segundo más y pensé: «Voy a escupirle en la boca en cuanto tenga la oportunidad» y llegué a la conclusión de que tal vez lo de madurar fuera un poco exagerado. Por suerte, lo único que llegué a decir fue:

—Pues sí la conozco, comemierda.

La entrenadora Lee murmuró algo entre dientes que no oí con claridad, pero visto que no me dijo que no le hablase así a Ivan, continué:

—De hecho, Satán —no se me escapó cómo se le ensancharon las aletas de la nariz—, lo único que quiero saber es si has acudido a mí porque nadie más quiere nada contigo, cosa que no tiene sentido, así que no pienses que soy tan tonta como para no saberlo, o si hay algún motivo más que no pillo. —Como que me estuviera gastando la inocentada más cruel y fuera de contexto de la historia. Si era el caso, quizá acabara matándolo de verdad.

La entrenadora Lee soltó un nuevo suspiro, lo que atrajo mi mirada hacia ella. Negaba con la cabeza y, sinceramente, parecía que quisiera tirarse de los pelos; una expresión que no había visto hasta entonces en su cara y que me puso nerviosa. Era probable que empezase a ser consciente de la verdad: Ivan y yo éramos como el agua y el aceite; no nos mezclábamos. A menos que no hiciera falta que nos hablásemos, pero incluso en ese caso nos intercambiábamos miradas asesinas y gestos obscenos. Más de un buen puñado de cenas en casa de sus padres habían transcurrido así.

Sin embargo, al cabo de un momento durante el cual la sensación de náusea en mi estómago fue creciendo hasta lo inaguantable, la entrenadora Lee cuadró los hombros. Mirando al techo, asintió como si lo hiciera más por ella que por mí.

—Confío en que esto no salga de entre estas cuatro paredes —terminó por decir.

Ivan emitió un ruido que la mujer decidió ignorar, pero yo estaba demasiado ocupada pensando que Lee no me había dicho que no lo llamase «Satán» o «comemierda» a la cara. Entonces reaccioné y me concentré.

—No tengo a nadie a quien contarle nada —le dije, y era cierto. Era buena guardando secretos. Era muy buena guardando secretos.

La mujer bajó la barbilla y me clavó la mirada antes de continuar.

—Nosotros...

El idiota de la silla de al lado hizo otro ruido antes de erguirse en el asiento e interrumpirla.

—No hay nadie más —dijo. No me lo podía creer. Ivan prosiguió—. Solo será un año.

Un momento. ¿Un año? No me jodas; ya sabía yo que era demasiado bueno para ser verdad. Es que lo sabía.

—Mindy se va a tomar... un año sabático —explicó el hombre de cabello negro con tono tenso y algo irritado, refiriéndose a la compañera con quien había hecho equipo las últimas tres temporadas—. Necesito una pareja provisional.

Por supuesto, claro que sí.

Levanté la barbilla hasta mirar al techo y negué con la cabeza, mientras notaba cómo la punta afilada de la decepción se me hundía en mitad de las entrañas y me recordaba una vez más que siempre estaba allí, esperando el momento idóneo para decirme que nunca se iría de mi lado. Porque jamás se iba. Era incapaz de pensar en la última vez que algo no me había decepcionado, especialmente yo misma.

Mierda. Tendría que haberlo imaginado. ¿Por qué si no iba a acudir a mí? ¿Para que fuera su compañera permanente? Desde luego que no.

Dios, qué patética. Aun cuando no hubiera considerado la posibilidad más que un segundo..., era una idiota. Ni que no lo supiera. A mí no me pasaban cosas así de buenas. Nunca me habían pasado.

—Jasmine. —La voz de la entrenadora Lee sonaba tranquila, pero no la miré—. Esta sería una gran oportunidad para ti...

Debería largarme, y ya. ¿De qué coño servía seguir ahí, perdiendo un tiempo que me haría llegar cada vez más tarde a trabajar? «Jasmine, eres estúpida, estúpida, estúpida».

—Acumularías más experiencia. Competirías con el actual campeón nacional y del mundo —seguía diciendo la entrenadora Lee, arrojándome palabras a las que apenas prestaba atención.

Quizá fuera el momento de colgar los patines. ¿Qué otra señal necesitaba? Madre mía, qué idiota estaba hecha. Maldición. Maldición, maldición, maldición.

—Jasmine —me llamó la entrenadora Lee, casi con dulzura, casi casi con amabilidad—. Podríais ganar un campeonato o, como mínimo, una copa... —Y eso fue lo que hizo que bajase la barbilla y la mirase. Enarcó una ceja, como si hubiera sabido que esto atraería mi atención, y con razón—. Después de ganar, no tendrías problemas para encontrar compañero. Yo podría ayudarte. Ivan podría ayudarte.

No hice caso de lo de que Ivan me ayudaría a encontrar compañero porque dudaba mucho que eso fuera a suceder jamás, pero —y se trataba de un «pero» enorme— no podía hacer caso omiso a todo lo demás. Un campeonato. Joder, una copa. Una copa, la que fuera.

Llevaba sin ganar nada desde que competía en categoría júnior, antes de pasar a sénior, que era donde estaba en ese momento y donde llevaba años. Y luego estaba lo otro: la entrenadora Lee me ayudaría a encontrar un compañero. Pero, ante todo, ¡un jodido campeonato! O al menos la posibilidad de ganarlo, la posibilidad real; la esperanza.

Era como cuando un desconocido le ofrece un caramelo a un niño si se sube con él al coche, y yo era el tontaina del crío. Salvo que, en lugar de dulces, la mujer y el cenutrio aquel me ponían delante las dos cosas que ansiaba más que nada en el mundo. Suficiente para que dejase de pensar y cerrase la boca.

—Puede que parezca un gran esfuerzo, pero con mucho trabajo duro creemos que podría funcionar —continuó la mujer con mirada franca—. No veo por qué no, si te digo la verdad. Ivan lleva casi una década sin tener un mal año.

Un momento. La realidad se impuso y me obligué a pensar en lo que de verdad estaba diciendo y presuponiendo. ¿Íbamos a ganar un campeonato en menos de un año? Dejando de lado el hecho de que había dicho que Ivan no había tenido un mal año prácticamente nunca, mientras que yo había tenido un porrón, y era como si yo tuviera que aceptar de todo por él. Estaba diciendo que íbamos a ganar un campeonato en menos de un año.

Mierda. La mayoría de las nuevas parejas estaban una temporada sin competir para aprender cómo patinaba el otro miembro, para trabajar en los elementos técnicos (desde los saltos hasta las elevaciones, pasando por los lanzamientos) hasta que los hacían juntos sin problemas... E incluso entonces, las cosas podían seguir estando un poco verdes después de doce meses. El patinaje en parejas era cuestión de unidad, de confianza, de tiempo, de anticipación y de sincronización. Era cuestión de que dos personas casi se convirtieran en una, aunque manteniendo de algún modo su individualidad.

Lo que estaban pidiendo era algo que tendríamos que hacer, y perfeccionar, en pocos meses, antes de aprender una coreografía y dominarla. Meses para hacer lo que normalmente llevaría un año o más. Algo poco menos que imposible. Eso era lo que querían.

—Quieres un campeonato, ¿no? —La pregunta de Ivan fue como una puñalada en mitad del pecho.

Lo vi allí sentado, con su pantalón de vestir y su jersey grueso; con el cabello, más largo por arriba y degradado en los laterales, perfectamente peinado hacia atrás; con una estructura ósea que, gracias a generaciones de selección artificial, hacía que pareciese exactamente el niño rico que era, y tragué saliva a pesar del nudo que tenía en la garganta y que parecía del tamaño de un pomelo... cubierto de espinas.

¿Que si quería la única cosa por la que había sacrificado la mayor parte de mi vida? ¿Que si quería la oportunidad de seguir adelante? ¿De tener un futuro? ¿De hacer por fin que mi familia estuviera orgullosa?

Por supuesto que lo quería. Lo quería tanto que las palmas empezaron a sudarme y tuve que esconder las manos a la espalda para que ninguno de ellos viera como me las limpiaba en los pantalones de ir a trabajar. No hacía falta que supieran hasta qué punto lo necesitaba.

Aunque..., joder. Era solo un año para conseguir lo que quería más que nada en el mundo, un campeonato. Aquello por lo que mi madre casi había acabado arruinada, aquello que toda mi familia siempre había soñado para mí. Aquello que siempre había esperado de mí misma, pero en lo que siempre fracasaba. Y de repente, durante un año, podía hacer equipo con un gilipollas que podía ofrecerme la mejor oportunidad que jamás hubiera tenido de conseguir aquello que empezaba a creer haber perdido para siempre. Pero...

Datos objetivos: no estaba claro que pudiéramos ganar; nadie me prometía que, aunque ganásemos algo, lo que fuera, fuese a conseguir un compañero después; nada garantizaba que las cosas fueran a funcionar (a lo largo de mi carrera había tenido suerte de no lesionarme con frecuencia, pero había sucedido, y a veces esas lesiones suponían despedirse del resto de la temporada).

Además, casi no podía ni imaginarme todo lo que tendríamos que trabajar para estar listos. Planes que interferirían con otros planes que ya había hecho y de los que no me podía retractar porque lo había prometido. Y yo me tomaba mis promesas en serio.

—Queremos que la transición sea sencilla. Será algo meramente profesional. Mindy es muy celosa de su vida privada. E Ivan también —dijo la entrenadora, como si yo no lo supiera. Karina ni siquiera tenía cuenta en Picturegram, y en su cuenta de Facebook aparecía con un nombre falso—. Nos centraremos en lo deportivo —se molestó en explicarme, observándome con atención mientras yo trataba de procesar toda la información sin conseguirlo en gran medida—. En tu caso, Jasmine, dará buena imagen que lleves años entrenando en el mismo centro que Ivan. Además, eres amiga de la familia. Eres un rostro conocido en el mundillo y tienes talento. Acumulas experiencia para competir a este nivel sin tener que empezar de cero, algo que no nos podemos permitir con tan poco tiempo disponible. Podemos trabajar con lo que aportas. —Se detuvo, miró de reojo a Ivan y añadió para concluir—: La diferencia de edad entre vosotros dos también ayuda. Estoy convencida de que serías una compañera excelente para Ivan.

Ah. La diferencia de edad. Mis veintiséis años al lado de los casi treinta de Ivan. Un argumento en el que no había caído. Resultaría extraño que este hombre adulto se emparejase con una adolescente. Eso lo perjudicaría más que beneficiarlo. Luego estaba el comentario de que podrían «trabajar» con lo que yo aportaría al equipo, pero ya pensaría en ello más tarde. Mucho más tarde. Cuando no estuviera allí de pie, siendo el centro de atención, sintiéndome como si me hubieran arrebatado mi mundo y, al mismo tiempo, me lo hubieran devuelto.

Sería un montón de trabajo. Sin garantías. Tenía una vida fuera de allí que me había labrado poco a poco, aunque no necesariamente había querido hacerlo, una vida que aún me estaba labrando y que no podía dejar de lado sin más.

Esos eran los hechos. Aun así... Tenía que pensar. Pensar antes de hablar, o algo por el estilo, ¿verdad? Ya había aprendido cuántos problemas podía traerme abrir la boca antes de darme cuenta de lo que iba a salir por ella. Respiré hondo y luego pregunté lo primero que se me ocurrió.

—¿A vuestros patrocinadores les parecería bien?

Porque, por mucho que lo intentasen y me reclutasen, si los patrocinadores se negaban, no había más que decir. No había tenido más que un puñado de patrocinadores en distintos momentos de mi carrera, sin incluir los trajes que mi hermana me confeccionaba, que eran todos. Los patines seguían saliéndome gratis, pero sabía cómo eran las cosas para la gente que ganaba, los patinadores artísticos a quienes las masas adoraban. No es que a Ivan le hiciera falta ayuda económica, pero los patrocinadores eran algo real y necesario.

Era posible que a estos y a la ASF, la Federación Americana de Patinaje, no les gustase nada vernos juntos, y no estaba dispuesta a que me brindasen esta oportunidad para luego arrebatármela de las manos.

La entrenadora Lee se encogió de hombros casi de inmediato.

—No sería un problema. La gente puede volver y ha vuelto después de cosas peores, Jasmine. —¿Por qué el comentario me hacía sentir como si fuera una drogadicta? Antes de que pudiera seguir pensando en las palabras que había elegido, prosiguió—: Es posible rehabilitar una imagen. Ese no sería el problema. Si se toman las decisiones correctas, funcionará. Lo único que necesitaríamos es que estés... de acuerdo con los cambios que habría que incorporar.

Aquella última frase tenía miga. Estaba admitiendo que había algo malo en mí, aunque tampoco es que no lo supiera ya. Aun así, una cosa es que yo reconociese que tenía problemas y otra que lo dijera ella.

—¿Qué tipo de cambios? —pregunté, tomándome mi tiempo con las palabras mientras alternaba la mirada entre ella e Ivan en busca de señales.

Si me decían que me hacía falta un cambio de *look* o que tenía que empezar a besar a bebés... o convertirme en una hipócrita que diera a entender que estaba hecha de hielo y aspiraba a la santidad..., iban listos. Aquello no iba a suceder nunca. Ya había intentado ser una princesa de hielo una vez, cuando era demasiado joven para saber lo que me convenía. Formalita, remilgada, dulce y angelical. Había durado unos treinta minutos. Ahora era demasiado mayor para hacerme pasar por una perfecta reina de la belleza que no decía palabrotas y que cagaba arcoíris después de desayunar, todo para caerle bien a la gente.

La entrenadora Lee ladeó la cabeza.

—Nada descabellado. Ya hablaremos de ello más tarde.

¿Cómo que más tarde?

—Hablemos de ello ahora. —Porque no iba a pensarme nada antes de saber en dónde iba a meterme.

La mujer arrugó la nariz antes de emitir un ruidito.

—No lo sé. Sería decir por decir...

—Está bien.

Desvió los ojos a un lado durante un segundo antes de volverlos hacia mí.

—Vale. —Se encogió de hombros, aparentemente incómoda—. Tal vez podrías sonreír más.

La miré con estupefacción y me pareció oír a Ivan soltar una risita, pero no estaba segura.

—Podríais hacer juntos alguna sesión de fotos, y una o dos exhibiciones. Tu presencia en redes sociales necesita mejorar; ser más activa, colgar de vez en cuando una foto tuya fuera del hielo ya supondría una gran diferencia.

¿Querían que hiciéramos todo eso cuando solamente íbamos a ser pareja durante un año? ¿Se estaba riendo en mi puta cara? Entonces caí en la cuenta. Una sensación casi de mareo hizo que la nuca me hormigueara cuando por fin comprendí lo de las redes sociales. Hubo un tiempo en el que tenía varios perfiles, pero acabé borrándolos todos cuando empecé a dormir mal. «Debería contárselo», pensé, aun cuando la cabeza me decía que nada bueno podía salir de colgar fotos mías en internet.

Probablemente también debería admitir ante ella que iba a necesitar... ayuda extra. Pero no podía. No podía hacerlo si eso significaba perder la oportunidad, como sería el caso. Esa era mi oportunidad, muy probablemente la última.

Podía evitar el peligro, ¿no? Podía tener cuidado con lo que publicaba, ser más precavida. Podía ser más rápida si algo volvía a suceder. Sobre todo si aquella oportunidad era de verdad y era mía.

Podía grabar nuestras sesiones para seguir practicándolas sola después. Ya lo había hecho antes. Mi madre y mis hermanos ayudarían si se lo pedía. Podía concentrarme más y hacer que Ivan patinase primero una vez que empezásemos con la coreografía. Ya se me ocurriría algo. Haría que funcionase sin tener que decirles nada.

Todo era posible, ¿no? Era fuerte, era lista y no tenía miedo de trabajar. Solo de fracasar.

Así que mantuve la puta boca cerrada.

—No vamos a pedirte que cambies nada importante, Jasmine. Te prometo desde ahora mismo que no será así. Pero necesito saber que estás dispuesta a hacer lo que sea mejor para el equipo. Va a suponer un montón de trabajo para todos, pero es viable.

Haría lo que fuese por ganar. Incluso abrirme otra cuenta en redes sociales si no quedaba más remedio. Mentiría, engañaría y robaría... hasta cierto punto. Es decir, no le daría una paliza a un contrincante ni tomaría esteroides ni se la chuparía a Ivan, pero es probable que cualquier otra cosa me pareciese bien si esa oportunidad era real. Y por la cara de la entrenadora Lee y el semblante casi acongojado de Ivan..., empezaba a pensar que lo era.

Ivan era el patinador por parejas más exitoso y premiado de las últimas dos décadas. Yo ni siquiera había sido capaz de pasar a la final del Major Prix en mi última temporada compitiendo, y los nacionales me habían salido fatal. Mi ex y yo habíamos quedado en quinta y sexta posición en las dos últimas competiciones en las que habíamos participado. La que me ofrecían en ese momento era una oportunidad mejor de lo que jamás podría haber esperado desde que me quedé sin compañero.

—¿Estás interesada? —preguntó la entrenadora con calma y frialdad en la voz y el semblante, como si todo esto no fuera, de alguna manera, exactamente lo que yo deseaba.

¿Que si estaba interesada? Ja. Era todo lo demás lo que no podía dejar de lado. Cualquier patinador sabía que necesitaba confiar ciegamente en su pareja. Y las patinadoras, sobre todo, prácticamente ponían la vida en manos de su compañero cada día. No hacía falta que se lo dijera a la entrenadora ni a Ivan. La confianza era la base de toda pareja. Ya fuera la confianza en que alguien quizá te odiara, pero tuviera tantas ganas de ganar que no estaría dispuesto a arriesgarse, o la confianza pura y sincera que se concede a las personas que se la han ganado y que simplemente esperas que no te perjudiquen.

Pero quería ganar. Quería exactamente eso. Siempre lo había querido. Había sangrado y llorado por ello, había acabado con moratones, con huesos rotos, con traumatismos craneales, con tirones en todos y cada uno de los músculos de mi cuerpo; jamás había hecho amigos, jamás había participado en ninguna actividad del colegio, jamás había amado a nadie, había dejado a mi familia de lado, todo por eso. Por ese amor que era mayor que todo y nada de lo que nunca hubiera conocido. Por ese deporte que me había dado la confianza de saber que podía levantarme cada vez que cayera. Hacía un año..., hacía seis meses..., esto habría sido la respuesta a todas las oraciones de mi vida.

Miré a uno y a otro, debatiéndome entre la ilusión ante esa oportunidad, aun cuando fuera con la versión reencarnada de Lucifer (hasta tal punto lo deseaba que estaba dispuesta a no tenerlo en cuenta; pero, como mi madre decía cuando éramos pequeños y no quería comer lo que hubiera preparado para cenar: a buen hambre no hay pan duro) y la preocupación, que no lograba quitarme de la cabeza, por que todo fuera una suerte de broma macabra que me estuvieran gastando. No era impensable. De verdad que no. Había personas en este mundo a quienes no importaba qué o quién se llevaran por delante para obtener lo que querían.

No soportaría que me usaran. No de nuevo. Aunque no iba a decírselo, estaba dispuesta a dar todo de mí por esa oportunidad. Todo. Aun así... tenía compromisos. Acuerdos y promesas que no podía desatender. Por mucho que quisiera decir ¡sí¡, ¡sí!, ¡sí!, necesitaba pensármelo. No todo giraba a mi alrededor y había tardado mucho, mucho tiempo en asumirlo. Todavía estaba en ello.

No iba a hacerme ilusiones. No confiaba en que aquellas dos personas no estuvieran jugando conmigo, por mucho que dijeran que no era el caso.

—Si esto es algún tipo de truco o si vais a intentar usarme para negociar con otra patinadora en la que estéis interesados, ni se os ocurra.

Ivan ya debía saber que lo mataría. Qué demonios, su propia hermana lo mataría si se enteraba de que me había hecho algo así.

Se produjo una pausa en el despacho que no supe cómo interpretar. ¿Era culpabilidad? ¿O entendían lo jodido que era que hubiera planteado siquiera algo así?

—No —respondió la entrenadora Lee al cabo de un momento

tan intenso que había dejado en el cuarto una sensación de pesadez que no lograba entender—. No es eso. No es un truco. Queremos que lo hagas, Jasmine.

Si sentí un pellizco en el corazón al oírla decir que querían que lo hiciera, preferí no hacerle caso. Miré al hombre sentado frente al escritorio, silencioso, terriblemente silencioso y vigilante..., y me pregunté qué habría hecho que su anterior compañera decidiese tomarse un año libre. Tal vez se casaba. Tal vez había alguien enfermo. Tal vez no podía soportar su careto y necesitaba un descanso. Habría deseado tener su número de teléfono para enviarle un mensaje y preguntar sin más. Siempre había sido maja conmigo.

—Si vas a seguir mirándome, mejor hazme una foto —dijo Ivan con sequedad, recostándose en el asiento.

Puse los ojos en blanco y miré a la entrenadora Lee con la esperanza de que me impidiese decirle algo al caraculo que echase a perder esta oportunidad. Me lo guardaría para más tarde. Por suerte, la mujer también puso los ojos en blanco, como si no le sorprendiera aquel comentario estúpido, y me miró con una expresión tensa que delataba su interés por mantener la profesionalidad.

—No tienes por qué darnos una respuesta ahora mismo. Puedes tomarte algo de tiempo para pensártelo, pero necesitamos una respuesta más pronto que tarde. El tiempo apremia y, si los dos vais a competir la temporada que viene, necesitamos cada minuto disponible para prepararnos.

—¿Y a ti qué bicho te ha picado? —preguntó mi hermano Jonathan cuando no habían pasado ni cinco minutos desde que me sentara a su lado con un plato de pollo a la parmesana, receta de mi madre.

Era algo que hace un año ni siquiera habría podido comer a menos que se hubiera tratado de mi comida trampa semanal. Ahora hacía trampa casi a diario. Todos mis pantalones —al igual que los sujetadores, las bragas y las camisas— mostraban esa realidad. Las malditas tetas me habían crecido una talla entera, aunque tampoco es que eso significara gran cosa. Mi madre había condenado a todas sus hijas a tener unas tetas como picaduras de mosquito; la única herencia *culo*-tural que nos había transmitido era el pandero. Las tetas algo mayores y el trasero aún más grande eran una de las pocas ventajas de haber rebajado el nivel de entrenamiento para el patinaje artístico de competición. Pasar de patinar seis o siete horas al día a dos suponía una diferencia abismal. Y ahora..., bueno, puede que ahora tuviera que regresar a lo de antes. Tal vez.

Habían pasado casi doce horas desde la reunión y no había tomado una decisión. Si —y era un «si» enorme— aceptaba la propuesta de la entrenadora Lee e Ivan, tendría que despedirme de la bolsa de M&M's que me zampaba tres veces por semana. Aunque era un sacrificio que estaba dispuesta a hacer. Si es que aceptaba.

Pero estaba adelantando acontecimientos. Puede que esa noche lo meditase con la almohada como le había prometido a la entrenadora Lee y decidiera que no estaba dispuesta a arriesgarlo todo de nuevo por una mera posibilidad. Tenía que considerar y sopesar cada una de las opciones. Aún no había podido pararme a pensarlo. No lo había hecho mientras trabajaba, ni durante la segunda sesión de entrenamiento, ni durante la clase de pilates a la que seguía asistiendo una vez a la semana.

Al aparcar en la entrada de casa hacía media hora, no me había sorprendido descubrir un coche conocido estacionado en la calle. Mi familia venía cuando quería; sus visitas no se limitaban a los fines de semana o las vacaciones. Con dos hermanos y dos hermanas mayores, siempre había alguien por casa. Se presentaban a cenar cada vez que les apetecía, aunque todos se habían independizado hacía años, dejándome sola con mis compis..., es decir, mi madre y su marido.

Mamá, mi hermano Jonathan y su marido, James, estaban en el cuarto de estar cuando entré en casa.

—¡Vete a duchar! —Fue lo primero que oí.

Le hice una peineta a mi hermano, ya que había sido quien me había gritado lo de la ducha, y mantuve la boca cerrada mientras corría escaleras arriba camino de mi cuarto. No tardé en coger la ropa, ducharme y vestirme, sin dejar de pensar en ningún momento en la conversación que había tenido lugar en el despacho antes de experimentar el día más lleno de despistes en el trabajo desde que descubriera que mi último compañero me había dejado tirada.

Cuando volví al piso de abajo, encontré a mi familia en la cocina, llenando los platos con lo que mi madre había preparado para cenar. Besé a cada uno de ellos en la mejilla y, a cambio, recibí un molesto beso húmedo de mi hermano, un leve beso de su marido y un azote en el trasero de mi madre antes de empezar a servirme comida.

Mientras trataba por todos los medios de no pensar constantemente en Satán y su entrenadora, me llené el plato de pasta y pollo a la parmesana antes de tomar asiento a la isla de cocina en la que todos íbamos a cenar. El comedor solo se usaba los días de fiesta.

No había comido ni tres bocados, masticando con lentitud, cuando mi hermano hizo la pregunta que tendría que haber visto venir. Había estado demasiado callada y eso no sucedía a menudo. Antes de poder pensar qué demonios responderle, mi madre emitió un ruido mientras rodeaba la isla con una mano en el plato y la otra sujetando una copa de vino tan grande que debía de haberse servido como mínimo media botella.

—Joder, mamá, más te valdría haber cogido directamente la botella en vez de manchar una copa.

Reí disimuladamente mientras ella posaba la copa con más cuidado del que probablemente tuvo al sentarme a mí cuando era bebé. Puso los ojos en blanco al tiempo que dejaba el plato al lado.

—Métete en tus asuntos. He tenido un día muy largo y el vino es bueno para el corazón.

Solté un bufido y enarqué las cejas cuando por fin tuve la oportunidad de fijarme en su ropa: unos vaqueros pitillo, que con toda seguridad eran míos, y una blusa rojo chillón que creía recordar haberle visto a mi hermana puesta antes de mudarse.

—A ver, Gruñona, ¿qué es lo que te pasa? ¿Te has metido en líos en el CL? —preguntó al tiempo que se sentaba, haciendo caso omiso de las miradas que le lanzaba por haber «tomado prestada» mi ropa.

A mitad del día me había enviado un mensaje preguntándome cómo había ido la reunión. No le había respondido. Ni siquiera me había dado una oportunidad de pensar si quería contarles algo sobre la oferta o no. Tampoco es que mintiese con regularidad. No lo hacía. Pero... ¿y si no salía bien? ¿Y si hacía que se ilusionasen en balde? Bastante los había decepcionado a lo largo de los años. La sola idea era como una esquirla de cristal que me bajase por la tráquea.

Apartando la vista de aquella mujer que era capaz de ligar más en una semana que yo en toda la vida, volví a concentrarme en mi plato y, mientras daba vueltas a los dientes del tenedor para coger los espaguetis, me encogí de hombros.

—Nada —respondí demasiado rápido, consciente de inmediato de que la había cagado al decirlo.

Tres carcajadas burlonas sonaron alrededor de la isla. No me hacía falta levantar la vista para saber que todos se estaban mirando entre sí y pensando que mentía como una bellaca —cosa que era cierta—, pero fue mi hermano el que al cabo soltó entre risas:

—Joder, Jas, ni siquiera has intentado que sonase creíble.

Hice una mueca con la mirada fija en la comida antes de levantar la vista hacia él, llevarme el dedo corazón hasta la cara y fingir que me frotaba un ojo con él. Él, el único miembro de la familia que en cierta medida se parecía a mí, con la piel bronceada, el cabello negro y los ojos oscuros, me sacó la lengua. Tenía treinta y dos años y acababa de sacarme la lengua. Menudo mamón.

—Tal vez te habríamos creído si no hubieras dicho «nada». Ahora sabemos que mientes —lo provocó mamá—. ¿Que tú no nos digas que algo te molesta? —prácticamente bufó, sin dejar de mirar el pollo que cortaba en pedazos—. ¡Ja! Imposible de creer.

Eso me pasaba por haber permitido que, con el tiempo, se convirtieran en mis mejores amigos. Aparte de Karina, con quien en los últimos años hablaba cada vez menos, y un par de otras personas que no estaban mal, solo me relacionaba con mi familia. Mamá decía que tenía graves problemas de confianza, pero, a decir verdad, cuanta más gente conocía, menos ganas tenía de conocer más.

—¿Estás bien, Jas? —me preguntó con tono preocupado James, la mitad buena de la pareja que llevaba más o menos diez años formando con mi hermano.

Removiendo la pasta un poco más con el tenedor, levanté la vista hacia el hombre más atractivo que he visto en mi vida y asentí. Con el cabello oscuro, los ojos castaño claro y la piel de un tono tostado como la miel que hacía imposible adivinar su ascendencia, James podría haber salido con cualquiera; cualquiera, literalmente. Había visto a heteros fijarse en él un sinfín de veces. Si hubiera decidido ser modelo, habría quedado por encima de cualquier otro modelo masculino del mundo. Hasta mi hermana, a quien le pirraban las mujeres veinticuatro horas al día, siete días a la semana, había llegado a decir que se habría casado con él si se lo hubiera pedido. Yo me casaría con él incluso sin que me lo pidiese. Era un hombre agradable, atractivo, exitoso y con los pies en la tierra. Todos lo queríamos. Y él también nos quería, pero no del mismo modo en el que quería a mi hermano Jojo.

Como suele decirse, el amor es ciego, pero no era posible que fuera así de ciego. Hacía mucho tiempo que había dejado de plantearme qué hacían juntos. No entendía cómo era posible que James hubiera acabado con el mayor idiota de la familia. Mi hermano tenía unas gigantescas orejas de Dumbo y un hueco entre los incisivos que mi madre siempre había considerado tan adorable como para no molestarse en ponerle ortodoncia. Yo, con mi leve sobremordida, había acabado llevando aparato tres años. No es que le guardase rencor por ello ni nada.

—Perfectamente. No les hagas caso —le dije a James, con voz tan distraída que, una vez más, supe que la estaba pifiando. Así que intenté cambiar de tema y elegí el más obvio: el marido de mi madre, que debería estar a la mesa con nosotros..., pero no estaba—. ¿Dónde anda Ben, mamá?

—Ha salido con sus amigos —explicó a toda prisa la pelirroja que me había dado a luz antes de levantar la vista y apuntarme con el tenedor—. No cambies de tema. ¿Qué te pasa?

Por supuesto que no había funcionado. A duras penas ahogué un gruñido de frustración mientras me metía un pedazo de pollo en la boca y masticaba lentamente antes de responder.

—Estoy bien. Simplemente estoy... pensando unas cosas, y me han puesto de mal humor.

—¿Tú? ¿De mal humor? —Mi hermano, sentado a mi lado, se rio sarcástico—. ¡Qué dices!

Antes de que se diera cuenta, extendí la mano y le di un pellizco en aquella masa debilucha que él llamaba bíceps.

—¡Ay! —chilló, apartando el brazo antes de protegérselo con el otro. Intenté hacerlo de nuevo, pero levantó el codo para impedírmelo—. ¡Mamá! ¡Mírala! —gimoteó, señalándome con un gesto como si hubiera alguien más atacándolo—. ¡James, socorro!

—Chivato —musité, tratando todavía de pellizcarlo—. Quejica.

Su marido se rio, pero no tomó partido. No era de extrañar que me cayese tan bien.

—Deja de hacerle daño a tu hermano —dijo mamá por la que probablemente sería la milésima vez en mi vida.

Cuando Jojo movió las manos para bloquearme el acceso alrededor de la zona de su cintura, levanté la mano visto y no visto, y le di un papirotazo en la nuca antes de que se volviera hacia mí y tratase de morderme.

—Niño de mamá —susurré, retirando la mano a toda prisa.

Inclinó la cabeza a un lado y a otro con una sonrisa de suficiencia, burlándose de mí como hacía cada vez que mi madre se ponía de su parte. Que era siempre. Aquel pelota era su favorito, aunque nunca lo admitiría, pero todos los demás sabíamos la verdad. Yo quería a mis dos hermanos, pero entendía por qué mamá lo prefería a él. Si pasabas por alto su parecido con Pluto, siempre conseguía hacerte sonreír. Sus descomunales orejas tenían ese efecto en la gente.

—A ver, pequeña, hasta yo entiendo que te pasa algo solo por la forma en la que estás hablando. ¿Cuál es el problema? —preguntó el marido de mi hermano, inclinándose hacia delante sobre la mesa con una expresión tan preocupada que me hizo sentir más culpable que nada de lo que hubieran podido decir mamá o Jojo.

Quería contárselo, pero... recordaba, y probablemente siempre recordaría con claridad, cómo mi hermano había llorado de rabia cuando descubrimos que me había quedado sin compañero. Mamá nunca admitiría que la noticia la había dejado devastada, pero la conocía demasiado bien como para no reconocer las señales. Las mismas señales que había visto después de que fracasara cada uno de sus matrimonios salvo el actual, cuando se daba cuenta de que su vida había cambiado para siempre y no había manera de retroceder a como las cosas eran antes.

Justo después de dejar de entrenar para competición (porque patinando una sola no se pueden practicar demasiados elementos de parejas, y era perfectamente consciente de las pocas posibilidades que tenía en individuales femeninos), emocionalmente me había replegado por completo en mí misma. Puede que el término apropiado hubiera sido «depresión», pero no quería pensar en ello. No era la primera vez que me sucedía; tenía mal perder.

No era ningún secreto lo abatida que me había dejado ver cómo mi sueño se me escapaba..., lo enfadada, herida y resentida que me había dejado. Lo enfadada, herida y resentida que aún estaba. La verdad, parte de mí temía que jamás lo superase: era una rencorosa de la hostia. Pero todos en mi familia habían permanecido a mi lado, año tras año, mientras avanzaba un paso para luego retroceder cinco, una y otra vez.

Y, lo más importante, todos habían estado a mi lado después, mientras intentaba labrarme una nueva vida fuera de la pista. Cuando lo único que quería era encerrarme en mi cuarto, me obligaban a hacer pequeñas cosas como cenar con la familia, amenazándome para que saliera con ellos o chantajeándome emocionalmente para que hiciera cosas para las que antes no tenía tiempo. Insistieron una y otra y otra vez, hasta que empezó a resultarme natural todo aquello que en el pasado no solía hacer, pero a lo que ahora sí podía dedicar tiempo después de decirle a mi madre que ya no tendría que seguir pagando los honorarios astronómicos de mi entrenador, porque ya no tenía; él también me había dejado.

Una cosa era que yo estuviera triste y afligida, pero no quería que ellos también se sintieran así nunca más, al menos si yo podía impedirlo.

Y aún no estaba segura de lo que iba a hacer.

La parte egoísta de mí quería aceptar. Claro. Pero luego estaba la otra parte de mí, la minúscula parte que no quería ser una egoísta de mierda, que no quería decepcionar a esta gente al convertirme en la persona que había sido antes: la que nunca estaba disponible, la que todos creían que no se preocupaba por ellos..., probablemente porque no me había preocupado por ellos lo suficiente.

Y después estaba toda la parte de mí que no estaba segura de poder afrontar las cosas si no salían bien..., por mucho que eso me convirtiera en una cagada.

Y todo lo relacionado con tener que pasar tiempo con Ivan que implicaba el trato. Ivan. Puaj. Deseaba tanto aquella oportunidad que no había dicho que no de inmediato a la posibilidad de pasar la mayor parte de mis días precisamente con él. En eso se había convertido mi vida: en la posibilidad de pasar tiempo con aquel gilipollas arrogante.

De verdad que no tenía ni idea de qué hacer, joder. Así que, por el momento..., mentí.

—Creo que me va a venir la regla.

—Aaah —fue la respuesta de Jonathan, porque lo de que las chicas tuviéramos la regla ni lo inmutaba después de haber compartido cuarto de baño con tres hermanas durante los primeros dieciocho años de su vida.

Mamá, por su parte, entrecerró levemente los ojos y se quedó observándome durante un par de instantes demasiado largos, tan largos que pensé que iba a sacarme los colores por haber mentido, pero justo cuando me preparaba para encararlo, se encogió de hombros y dejó caer otra bomba.

—Entonces ¿es verdad que Lukov y su compañera se han separado?

Parpadeé, sin saber exactamente por qué me sorprendía. Siempre se enteraba de las movidas de todo el mundo. A saber cómo, pero se enteraba.

James, el marido de mi hermano, fue el primero en quedarse boquiabierto. Llevaba tanto tiempo con Jonathan que aquel apellido significaba algo para él. Recordaba una época, hacía muchos, muchísimos años, en la que James no tenía ni idea de patinaje artístico. Pero llevaba formando parte de la familia lo suficiente como para saber más sobre la disciplina de lo que seguramente jamás hubiera imaginado que sabría.

—¿Ha dejado a su compañera? —añadió Jonathan, subiéndose las gafas por la nariz como si fuera el mejor cotilleo que había oído en una buena temporada.

Mamá alzó las cejas y asintió.

—Según tengo entendido, pasó hace unos días.

Me aseguré de meterme un gran trozo de pollo en la boca para no poner cara de «no es eso lo que ha pasado». Por suerte, el cotilla de mi hermano ahogó un grito.

—Pero ¿no se habían emparejado hacía pocos años? —preguntó dirigiéndose a mi madre, porque sabía que era ella quien estaba al tanto de todos los cotilleos.

—Ajá —asintió—. Su compañera anterior a esta se cayó dos veces en la final del Major Prix. Se llevaron el bronce, pero con esta ganó un título nacional y los mundiales.

El Major Prix. Mundiales. Nacionales. Tres de las competiciones más prestigiosas en el mundo del patinaje artístico. Solo él podía pifiarla tanto en una competición y aun así ganar algo. Eso debería haberme asegurado que aceptar su oferta sería una buena elección, pero lo único que conseguí fue sentirme resentida contra mí misma por haberla cagado tanto que no había ganado ni un solo premio.

—¿Karina no te ha contado nada? —inquirió mamá, volviéndose hacia mí.

Me aseguré de seguir teniendo pollo en la boca mientras negaba con la cabeza y respondía con la boca llena.

—Sigue en México. —Todos sabían que estaba estudiando allí.
—Pues escríbele un correo y pregúntale —me urgió.
—Escríbele y pregúntale tú —repliqué con el ceño fruncido.
Mamá se rio como diciendo: «A mí con esas…».
—Lo haré.
—Siempre se me olvida que Karina es su hermana —señaló James, inclinándose sobre la isla—. ¿Es igual de guapo de cerca, en persona?
—No —me reí, sardónica.
Jojo ahogó una carcajada.
—Ajá —asintió, pero con un tono que me puso nerviosa e hizo que me girase hacia él. Se había apoyado en el hombro de James y fingía susurrar, pero el muy idiota me clavó la mirada al añadir—: Jasmine solía ligar con él todo el rato. Tendrías que haberla visto.
Se me atascó en la garganta el pollo que aún no había tragado.
—Pero ¿qué coño dices? —dije entre toses.
Su «¡ja!» hizo que preparase el dedo corazón.
—No disimules. Volvías a casa hablando de él a diario —afirmó ese hombre de uno setenta que siempre había encarnado el perfecto equilibrio entre hermano mayor comprensivo y molesto grano en el culo con dificultades para respetar los límites—. Te hacía tilín. Todos lo sabíamos. —Entonces miró a James y levantó las cejas—. Lo sabíamos.
¿Se estaba quedando conmigo? El muy capullo se estaba quedando conmigo, ¿no? ¿Que yo ligaba con Ivan? ¡¿Con Ivan?!
—No —respondí con calma, porque si lo decía con la más mínima agresividad, me echarían en cara que estaba mintiendo. Sabía cómo eran—. No ligaba con él. —Y solo para que James lo supiera, lo repetí—. Nunca lo hice.
Mamá dejó escapar un sonido que básicamente significaba: «Lo que tú digas». Volví la mirada hacia ella y negué con la cabeza.
—De verdad que no. No está mal —solo lo dije porque, si afirmaba que no era mi tipo, todos presupondrían que trataba de ocultar algo, y no era así—, pero nunca me ha gustado. En absoluto. Es un poco idiota. Su hermana y yo somos amigas y ya.
—Qué va a ser un idiota —replicó mi madre—. Siempre ha sido muy educado. Es muy amable con sus fans. Parece buen muchacho. —Me miró de reojo—. Y a ti te gustaba.
¿Buen muchacho? Pero ¿qué coño se habían metido? Sí, todos

lo adoraban y lo tenían en altísima estima. El apuesto y talentoso Ivan Lukov, que se había ganado al mundo entero siendo un adolescente mono, gracioso y algo engreído. Sabía cómo hacerse valer, eso había que reconocérselo, pero a mí no me había gustado nunca. En la vida.

—No, no me gustaba. —Negué con la cabeza sin poder creerme que llegasen a insinuar siquiera una chorrada semejante. ¿Lo decían en serio?—. Os lo estáis imaginando. Nos dirigíamos la palabra si acaso una vez al mes y siempre era con sarcasmo y a mala leche.

—Hay quien considera eso una especie de preliminares —saltó mi hermano antes de que pudiera interrumpirlo.

Volví a emitir un ruido horrible, sin dejar de negar con la cabeza.

—Ni de coña.

Jonathan rompió a reír.

—Entonces ¿por qué te estás poniendo colorada, Jas? —preguntó, plantándome la mano en lo alto de la cabeza y revolviéndome el pelo antes de que pudiera apartársela de un manotazo.

—Cierra el pico —le dije a Jojo, pensando en una docena de respuestas mordaces y sabiendo que todas sonarían demasiado a la defensiva y me harían parecer culpable. O peor aún, les diría lo de la oferta que me habían hecho esa mañana—. Que no me gustaba. No sé por qué ninguno de los dos llegasteis siquiera a pensarlo nunca.

Mamá se rio por lo bajo.

—No pasa nada por admitir que estabas coladita por él. Hay un montón de chicas en el mundo que lo están. Puede que hasta a mí me hiciera algo de gracia en su momento…

Olvidando que estábamos en equipos enfrentados, Jojo y yo fingimos una arcada.

—Callaos —gruñó mamá—. ¡Ni siquiera lo decía en ese sentido!

Por supuesto que la mujer que se había casado con un hombre que no me sacaba ni diez años tendría que aclarar su comentario. Mamá no solo era una asaltacunas, era La Asaltacunas; todas las demás asaltacunas se postraban ante ella.

—Voy a fingir que no acabas de decir eso para así poder dormir esta noche, mamá —murmuró Jojo con cara de asco antes de sacudir la cabeza. Luego me dio un codazo—. Solías hablar sin parar de él, Jas.

Me quedé de piedra.

—Tenía como diecisiete años y, si lo hacía, era porque él era un gilipollas conmigo. —Mamá abrió la boca, pero yo proseguí—. No, no, en serio. Os juro que lo era. Vosotros nunca lo oísteis, pero lo era, solo que se aseguraba de que nadie lo pillase. Karina lo sabe.

—¿Qué te hizo? —preguntó James, el único que aún parecía estar de mi parte, al menos porque no me contradecía y parecía interesado en oír los hechos.

Y yo se los iba a mostrar, porque lo último que quería era que mamá y Jonathan siguieran creyéndose yo qué sé qué chorradas. Especialmente con lo que podía llegar a suceder. Quizá. Posiblemente.

Así que se lo conté.

Todo estalló el día en el que Ivan Lukov se puso el traje más feo que había visto en la vida.

En aquel momento yo tenía dieciséis años y él acababa de cumplir los veinte. Lo recordaba porque siempre me había asombrado que no tuviera ni cuatro años más que yo y su carrera ya estuviera tan avanzada. Había ganado varios campeonatos júnior con su pareja de siempre antes de pasar a la categoría sénior a los diecisiete. A los veinte, la gente llevaba años perdiendo el culo por él. Yo no tenía ni idea, en ese momento, de que esa devoción no cambiaría nada a lo largo de la siguiente década.

Para entonces, su hermana y yo éramos amigas desde hacía varios años. Ya había pasado la noche en su casa un buen puñado de veces y ella ya había pasado la noche en mi casa un buen puñado de veces. Ivan no era más que un miembro de su familia al que veía en los cumpleaños y, de vez en cuando, en su casa cuando iba de visita. Hasta aquel día, en realidad no se había dirigido nunca directamente a mí, más allá de dedicarme alguna expresión renuente porque sus padres esperaban de él que fuera cortés.

Ese día, mientras él patinaba por la pista y yo estiraba en el suelo, no fui capaz de ocultar mi horror (y ni siquiera me molesté en intentarlo). Lo que Ivan llevaba puesto recordaba a algo que hubiera vestido Chiquita Banana: volantes, amarillo, rojo, verde...; había hasta una flor en alguna parte, y aquellos horribles pantalones amarillos hacían que sus piernas parecieran plátanos en aquel cuerpo de niño-hombre que tenía entonces.

Aquel traje era lo peor. Pero lo peor. Yo había llevado algunos maillots confeccionados por mi hermana que eran... experimentales, pero me los había puesto sin más porque no había querido herir sus sentimientos. Sin embargo, mi indumentaria no tenía nada que ver con lo que Ivan llevaba encima aquel día.

Había empezado a patinar con su compañera, una chica con la que llevaba trabajando años, pero que después de aquello no duró mucho más, Bethany no sé qué. Lo que fuese que ella llevaba puesto no era ni la mitad de terrible que el traje de Ivan. Había visto fragmentos de su programa cuando no estaba ocupada y, lógicamente, había oído la música que utilizarían, pero hasta ese momento no había descubierto cómo eran los trajes. Era como ver a alguien bailando *break dance* con Mozart. No tenía sentido. Y, en mi cabeza, aquel atuendo catastrófico no pegaba con la pieza que estaban interpretando, que no era precisamente un mambo.

Diría que ese fue el motivo por el que abrí la bocaza. Pensaba que con eso puesto le hacía un flaco favor a su programa. Así que creí que estaba aportando mi granito de arena al decir algo.

Estaba segura de que no pensé lo que iba a decir antes de acercarme a él, cuando salió de la pista una vez acabado el ensayo y colocó los protectores en las cuchillas de sus botas negras. Y, en ese momento, le solté a aquel niño-hombre que hasta entonces no me había dirigido ni una sola palabra: «Deberías cambiar tu traje. En serio».

Él ni siquiera pestañeó. Giró la cabeza para mirarme y, con la única frase educada que me había dirigido y jamás volvería a dirigirme, me preguntó: «¿Perdona?».

Podría culpar a mi madre, o incluso a mis hermanos, por no haberme recalcado lo suficiente que tenía que callarme y guardarme mis opiniones para mí. Porque a pesar de que había comentarios que podría haber elegido para suavizar mis palabras, no escogí ninguno. «Es feo» fue exactamente lo que salió de mi boca. No: «Resta valor a tus líneas y a la altura de tus saltos». Ni: «Es un poco llamativo de más». No dije ninguna de esas cosas para que mi comentario fuera un poco menos gilipollas.

Entonces, para hacerle saber que no solamente era feo, añadí: «Es feo *de cojones*». Y todo cambió después de aquello.

El veinteañero parpadeó como si fuera la primera vez que me veía, que no era el caso, y dio un paso atrás. Entonces, desde aquel cuerpo de niño-hombre, soltó con voz supergrave: «No es precisamente *mi traje* lo que debería preocuparte».

Recuerdo que lo primero que pensé fue: «Cabrón». Pero antes de poder decir otra palabra, aquellas cejas negras, que eran todo lo contrario de las de color castaño claro de su hermana, se elevaron en su frente lisa de una manera que me recordó al modo en el que me miraban a veces las otras chicas, como si fuera inferior porque no llevaba ropa de marca y patines novísimos como ellas. Mi madre no podía permitírselo y, a no ser que fuera imprescindible, evitaba pedirle dinero a mi padre; aunque siempre pensé que era más porque la preocupaba que no se lo diera por ser para patinaje artístico y no porque fuera un tacaño. En aquella época, habría patinado en ropa interior siempre y cuando dispusiera de tiempo sobre el hielo. Llevar cosas que no eran de marca no me supuso ningún problema cuando mi madre me explicó que eso escapaba de sus posibilidades.

La cuestión era que nadie me había hecho sentir mal por no llevar ropa o maillots de diseño; al menos a la cara, a la espalda era otra cosa. Una no podía dejar de ver las expresiones o el movimiento de los ojos de los demás, ni podía taparse los oídos y dejar de escuchar lo que la gente pretendía susurrar, pero se oía de sobra. En aquel entonces, a las otras chicas no les caía bien porque era competitiva y, a veces, cuando las cosas no salían como yo quería, una borde.

Eché el cuerpo hacia atrás, igual que había hecho él, pensando en mi hermana, que era quien había confeccionado mi traje (aquel maillot azul claro, sencillo y bonito, con pedrería a lo largo del cuello y las mangas) y me puse de mala leche. Y entonces le dije lo único que se me pasó por la mente: «Solo te estoy diciendo la verdad. Es ridículo».

Sus mejillas se habían teñido de un tono más oscuro que su habitual sonrosado, casi melocotón. No parecía rubor ni nada por el estilo, pero ahora creía que, en su caso, era básicamente lo mismo. Ivan Lukov se inclinó hacia mí y, siseante, me lanzó una advertencia antes de marcharse a los vestuarios, o adonde demonios fuera, que me acompañaría durante el par de años siguientes: «Ándate con cuidado, canija».

Dos semanas después, con aquel traje de mambo, había ganado su primer campeonato nacional estadounidense en parejas. La gente había criticado un montón su vestimenta, pero por muy hortera que fuese, no había bastado para empañar su talento. Había merecido ganar. Aunque hiciera daño a los ojos de los espectadores.

Una semana más tarde, en su primer día de vuelta en el CL, mientras yo me sentía fatal por lo que había dicho (Karina no me había ayudado diciéndome qué podía hacer para solucionarlo porque opinaba que lo que yo había hecho era para partirse de risa), Ivan se desvió de su camino sobre el hielo para hablar conmigo. Y, por «hablar», lo que quiero decir es que, al pasar a mi lado, farfulló: «Más te valdría retirarte. Estás vieja para llegar a algo».

Yo, la bocazas, me había quedado tan estupefacta por lo que me había dicho que no fui capaz de contraatacar antes de que se alejara patinando. Me pasé todo el día pensando en sus palabras, porque su honestidad había herido mis sentimientos y me había cabreado al mismo tiempo. Ya entonces era difícil no compararme con chicas que llevaban patinando desde los tres años y que iban más adelantadas que yo, aunque Galina me había dicho que tenía un don natural y que, si trabajaba con ahínco, pronto podría llegar a ser mejor que ellas.

Sin embargo, no le conté a nadie lo que Ivan me había dicho. Nadie más necesitaba que le plantasen aquella idea en la cabeza.

No le dije nada hasta un mes después, cuando el muy gilipollas volvió a desviarse para preguntarme a la cara después del ensayo, sin venir a cuento: «¿Ese maillot es una talla menos que la tuya adrede o...?». Ese día sí que le respondí con un «Cabrón» antes de que desapareciera.

Y el resto... era historia.

Cuando acabé de contar únicamente las partes de la historia que necesitaban oír, mi hermano echó la cabeza hacia atrás y soltó una carcajada.

—Menuda maridramas que estás hecha.

Si en mi plato hubiera quedado algo que no fuera pasta, se lo habría tirado encima.

—¿Cómo?

—Que menuda maridramas —dijo el tercer mayor maridramas de la familia, después de mi madre y mi hermana mayor—. Dices que te hacía la vida imposible, pero nada de lo que has contado es para tanto. Estaba de broma —explicó, negando con la cabeza—. Nosotros te damos más caña en una hora.

Me quedé atónita, porque tenía razón. Pero era distinto: ellos eran mi familia. Dar por saco a la familia era, como quien dice, obligatorio. Que el hermano de mi amiga, un colega de pista, me tocara los cojones, no lo era.

—Pues sí, Gruñona. No parece para tanto —terció mi madre.

Malditos traidores.

—¡Una vez me dijo que necesitaba perder peso antes de que las cuchillas se me doblasen!

¿Y qué hicieron las tres personas sentadas alrededor de la isla de cocina? Se rieron. Se troncharon.

—Estabas *fuerte* en esa época —dijo mi puto hermano entre carcajadas, con el rostro enrojecido.

Volví a extender la mano para intentar pellizcarlo, pero se hizo a un lado y prácticamente cayó sobre el regazo de James.

—¿Cómo no se me ocurrió a mí decírtelo nunca? —prosiguió Jonathan, casi a punto de llorar de la risa, por lo que indicaba su lenguaje corporal, abrazándose a su marido y alejándose aún más de mí. Lo había visto las veces suficientes como para reconocer las señales.

—Sois de lo que no hay, en serio —dije, sin saber exactamente por qué leches aún eran capaces de sorprenderme—. Una vez, antes de una competición, me dijo: «Mucha mierda... que te comas».

Repetir otra de las borderías que me había dirigido Ivan no contribuyó en absoluto a que mi familia se convenciera de que había sido un imbécil; lo único que conseguí fue que se rieran aún más. Hasta James, que era el más majo, perdió la batalla. No me lo podía creer..., aunque probablemente debería.

—Lleva años llamándome Albóndiga —dije, casi notando cómo el párpado empezaba a palpitarme por el apodo de los cojones, que me sacaba de mis casillas por mucho que intentara superarlo.

A palabras necias, oídos sordos, así que no dejaba que lo que decían los demás me afectase. Normalmente. Aunque estaban todos por los suelos de la risa. Los tres.

—Jasmine, cariño —dijo James con voz ronca, tapándose los ojos con las manos mientras se mondaba—. Lo que quiero saber es qué le respondes tú a él.

Pensé en cerrar la boca a cal y canto y no decir nada, pero si había alguien en el mundo que me conociera era esa gente… y mi otro hermano y mis hermanas. Dios, ¿cómo demonios iba a trabajar con Ivan después de esos diez años de historia en común? Hasta su entrenadora lo había obligado a tener la boca cerrada para que no se viera tentado de decir nada que pudiera hacerme rechazar su oferta. Era probable que llegásemos a las manos al cabo de una semana. Si es que durábamos tanto. Sinceramente, era cuestión de tiempo. Llevábamos años acumulando rencor.

Tenía mucho en lo que pensar.

—Cosas —fue lo único que respondí, ignorando toda la mierda que le había dicho yo.

—¿Qué cosas? —preguntó James, su rostro moreno cada vez más rojo, al tiempo que se pellizcaba la punta de la nariz.

Lo miré por el rabillo del ojo y le dirigí una leve sonrisa, que no vio, al tiempo que repetía:

—Cosas.

James prorrumpió en carcajadas y apenas logró articular:

—Vale. Lo dejaré por ahora. Pero ya no os tocáis las narices, ¿no?

Parpadeé.

—Todavía lo hacemos. Hoy lo he llamado Satán.

—¡Jasmine! —siseó mi madre antes de dejarse caer sobre el taburete vacío que tenía al lado, muerta de risa.

Yo sonreí tanto que me dolieron las mejillas…, al menos hasta que recordé lo que trataba de ocultarles. ¿Estaba dispuesta a levantarme antes del amanecer para entrenar, durante seis o siete horas al día, con el mismo hombre que me había preguntado si me habían fichado para interpretar a Betty, la Fea? ¿Aunque fuera para ganar un campeonato?

No lo tenía nada claro.

4

No me sorprendió demasiado dormir como el culo esa noche. Podría haber culpado al café que había tomado después de cenar (normalmente no ingería cafeína a partir de media tarde porque me daba bajón y necesitaba toda la energía posible para afrontar lo que quedaba de jornada), pero no había sido por eso.

Había sido por mi madre. Y por la entrenadora Lee. Pero sobre todo por mi madre. Era lo que sucedía cuando ella me lanzaba una bomba que debería haberme visto venir. ¿Cuándo coño había sido capaz de ocultarle algo? ¿Y qué me había hecho pensar que esa vez podría conseguirlo?

Después de que mi hermano y su marido se hubieran marchado, mi madre vino a sentarse a mi lado en el sofá y me rodeó el hombro con el brazo y supe, sin lugar a duda, que no le había ocultado una mierda. En mi familia éramos bastante afectuosos..., si por afecto se entendía hacernos moratones, burlas y bromas pesadas..., pero no éramos de los que constantemente se daban besos y abrazos, a menos que alguien lo necesitara. La última vez que había abrazado a mi hermano el mayor sin venir a cuento, este me había preguntado si me estaba muriendo o me iban a meter en la cárcel.

Así que cuando aquella noche en el sofá mamá me estrechó con un brazo y me dio un apretón en la rodilla con la otra mano, acepté que había caído en el mismo error que la gente solía cometer con ella: la había subestimado. Mis hermanos y hermanas me conocían muy bien, así como sus parejas —no era tan complicada—, pero nadie me conocía como mamá. Mi hermana Ruby le andaba a la zaga, pero no llegaba a su nivel. Dudaba que nadie lo alcanzase nunca.

—Dime qué te pasa, Gruñona —dijo, llamándome por el apodo que me había dado a los cuatro años—. Esta noche has estado muy callada.

—Mamá, me he pasado hablando la mitad de la cena —respondí, con los ojos fijos en la reposición de *Misterios sin resolver* que emitían en la televisión y negando con la cabeza, sin fiarme de que pudiera mirarla a la cara y seguir guardándome mi dilema.

Apoyó la cabeza en la mía tras dejar una copa (de tamaño normal) de vino tinto en la mesita del café, prácticamente echándoseme encima, como si esperase que yo la cogiera en brazos.

—Sí, con tu hermano y con James. A mí no me has dirigido ni tres palabras; ni siquiera me has contado qué te han dicho en la reunión. ¿Crees que no sé cuándo te pasa algo? —me acusó con voz ofendida. Ahí me había pillado. Volvió a apretarme el hombro—. Que no haya dicho nada delante de Jojo y James no significa que no me haya dado cuenta. —Me dio un nuevo apretón antes de susurrar con tono escalofriante—: Yo lo sé *todo*.

Eso acabó por hacer que resoplase y la mirase por el rabillo del ojo. Habría jurado que no había envejecido un solo día en los últimos quince años. Era como si el tiempo se ralentizara con ella. Como si la preservase. Eso o había conseguido que un genio le concediera un deseo mucho tiempo atrás e iba a ser jodidamente inmortal o algo parecido.

Estiré las piernas hasta apoyar los talones en la mesita y arrugué la nariz, sin mirarla todavía, y musité:

—Vale, doña vidente.

Se acurrucó pegada a mi costado, como hacía siempre que se ponía pesada, y yo me aparté un poco para hacerla rabiar.

—Dime qué te pasa —insistió hablándome al oído, con voz engañosamente suave y más falsa que la leche. Su aliento, que olía mucho a vino, se me coló por la nariz—. Te daré uno de los bombones de chocolate con leche rellenos de cereza de mi reserva de San Valentín.

Ni siquiera una cereza cubierta de chocolate iba a hacer que abriera la boca. Me aparté aún más de ella, pero me siguió, alcanzando el nivel cien de pegajosidad cuando pasó su muslo por encima del mío.

—Por Dios, señora, ¿quiere que le ponga una vía en el brazo y le meta el vino por vena a partir de ahora? Es probable que un sumiller pudiera averiguar el año en el que se embotelló el vino que te has bebido de lo mucho que te apesta el aliento.

Sin hacerme ningún caso, me estrechó aún más fuerte.

—Cuanto antes me lo cuentes, antes te dejo en paz —trató de chantajearme.

No pude evitar soltar una carcajada. Como si todo fuese así de fácil con ella.

—No te lo crees ni tú, ¿verdad?

Eso hizo que mi madre resoplara y se apartase un par de centímetros.

—No te hagas de rogar y desembucha. De todas formas, tarde o temprano me lo vas a contar —me hizo saber, cosa que era cierta.

Pero... los fracasos que podía cargar a mis espaldas tenían un límite... y la mayoría de los días me sentía como si lo hubiera alcanzado hacía un año.

Mamá era a quien más quería proteger, porque era quien había pagado todo sin ayuda mientras crecía porque mi padre consideraba que el patinaje era malgastar el dinero. «¿Es que no hay nada más que Jasmine pueda hacer?», solía preguntar sin saber que el teléfono normalmente estaba con el altavoz encendido y que, como buena cotilla, yo estaba escuchando. Para cuando terminó aceptándolo, mamá ya le había dicho que no necesitaba su apoyo económico... aunque eso significase que había años en los que siempre tenía recibos atrasados. Años en los que, al echar la vista atrás, no estaba segura de cómo demonios se las había apañado para que todo saliese adelante: cómo había podido poner un techo sobre nuestras cabezas, pagar las facturas y darnos de comer.

No estaba segura de que yo hubiera sido capaz de hacer lo mismo. Pero ella lo había hecho por mí. Y la única forma que había tenido de devolvérselo había sido «logrando» un par de segundos puestos. Nunca había conseguido ganar nada una vez que pasé a la categoría sénior, y nadie sabía realmente por qué salvo yo.

Mi madre se merecía algo mejor y habría deseado poder dárselo.

—Jasmine... —gimoteó de broma junto a mi oído, mientras se acurrucaba pegadita a mí sin hacerme caso cuando refunfuñé—. Cuéntamelo, anda. Sé que quieres. No se lo diré a nadie, prometido.

—Que no —me reí, perfectamente consciente de que no me lo creía ni yo y de que ella también lo sabía—. Y eres una mentirosa.

—¿Yo una mentirosa? —tuvo las pelotas de preguntar, como si de verdad se creyese esa chorrada de que se lo iba a guardar para sí. Yo era una bocazas, pero lo había heredado de alguien: de ella.

—No soy yo quien anda prometiendo guardar un secreto —insistí mirándola de soslayo e intentando ganar tiempo para pensar lo que podía decirle antes de hundirme en un agujero aún mayor.

¿Debía contárselo? Al fin y al cabo, ya sabía que ocultaba algo. Supe que la tenía en mis manos cuando dejó escapar un quejido, reconociendo que era lo que era: una mentirosa de tomo y lomo.

—Vale, pero solo se lo contaré a una persona. ¿Hecho?

—¿A quién?

Se quedó parada. Eso demostraba a cuánta gente se lo chivaría normalmente; tenía que elegir. Madre de Dios.

—A Ben. —Su marido, Número Cuatro.

Solo acertaba a verle de reojo el cabello rojizo, pero sabía que no iba a conseguir una respuesta mejor y que ella no iba a dejar el tema. Especialmente ahora que yo había reconocido que sabía que me estaba mintiendo. Suspiré. Era ahora o nunca.

—No quiero que te hagas ilusiones...

—¡Ay, Dios mío! —prácticamente exhaló, lo que hizo que me diera cuenta de que ya era demasiado tarde.

Puse los ojos en blanco y giré el cuerpo entero para poder mirarla de frente.

—No, mamá, no. No te hagas ilusiones. Ni siquiera iba a decir nada...

—*Dímelo* —me susurró con una voz áspera que casi hizo que pareciese un niño poseído en una peli de terror.

Parpadeé estupefacta.

—Si me prometes que no volverás a poner esa voz.

Mi madre gruñó frustrada y volvió a emular a un mono araña lo mejor que sabía, asfixiándome entre sus brazos.

—Vale, te lo prometo. Dime.

—Yo... —Me detuve y la miré rápidamente, tratando de escoger las palabras para explicar lo que sucedía de la forma más calmada posible—. Bueno, pero no te hagas ilusiones.

—Ya te he dicho que no me las haré —respondió, pero no se lo creía ni ella.

—He tenido una reunión...

—Eso ya lo sé; me lo has contado. ¿Para qué?

Suspiré, lanzándole una mirada que por suerte no acertó a ver, porque, de haberla visto, seguramente me habría dado un manotazo. Ni siquiera estaba segura de por qué había creído que podría guardármelo para mí. Había poquísimas cosas que no le hubiera contado y que hubiera conseguido mantener en secreto.

—¿Te acuerdas de la entrenadora Lee?

Se quedó inmóvil.

—Sí.

—Me ha preguntado si quería ser la pareja de Ivan la próxima temporada.

Silencio. No dijo nada. Ni una palabra. Puede que fuera la primera vez que no abría la boca. Al ver que seguía sin moverse ni responder, agité el hombro en el que ella tenía apoyada la cabeza.

—Creía que aún te quedaban un par de años antes de llegar a esa edad en la que empiezas a quedarte traspuesta sin darte cuenta.

—Debería haberte abandonado en un parque de bomberos —respondió de inmediato, sin moverse de su lugar sobre mi hombro.

Y se quedó nuevamente callada. ¿Qué coño pasaba?

—¿Por qué no dices nada? —pregunté, ladeando la cabeza lo suficiente para verle la coronilla. Con solo uno sesenta de estatura, yo no era alta, pero mi madre era aún más pequeña, con un supuesto metro cincuenta y dos que yo tenía bastante claro que estaba exagerado.

—Estoy pensando —respondió, con tono distraído.

Que Dios me ayudase.

—¿En qué?

Permaneció inmóvil.

—En lo que acabas de decir, Gruñona. Me lo has soltado como si estuviera preparada, pero no lo estaba. Creía que por fin ibas a decirme que te habían ofrecido un puesto de entrenadora en el CL.

Esbocé una mueca, aunque no pudiera verme.

¿Cómo sabía lo del puesto de entrenadora? ¿Y por qué no me había dicho nada hasta ese momento?

Como si notase mi confusión, se enderezó y movió el cuerpo para quedar frente a mí. En muchos aspectos éramos polos opuestos, aunque nuestra cara tuviera la misma forma, ninguna de las dos fuera alta y ambas luciéramos pecas. Ella tenía una larga melena pelirroja con suficiente tonalidad anaranjada para resultar natural, su piel era básicamente pálida, era delgada, bonita, mandona aunque simpática, inteligente, adorable... y yo no era ninguna de esas cosas. No era fea, pero no era como mi madre y mis hermanas. Y en cuanto a lo demás..., bueno, tampoco era ninguna de esas cosas, salvo mandona en ocasiones.

La cuestión era que mi madre no estaba ilusionada ni demasiado contenta por la oportunidad. Media hora antes, habría apostado mi vida a que estaría dando saltos de alegría, pero no. Y no entendía por qué.

—¿Y...? —pregunté, alargando la palabra.

Aquellos ojos azul oscuro, que me recordaban al zafiro de *Titanic*, se entrecerraron y la boca de mi madre se frunció por una comisura. Yo la miré entrecerrando también los ojos y arrugando la boca hacia el mismo lado.

—¿Qué? Di algo.

Me miró con un ojo cerrado.

—Creía que te haría ilusión. ¿Qué pasa? —pregunté antes de que un pensamiento irrumpiera en mi cabeza de manera tan inesperada que casi me robó el aliento. ¿Es que...?

No podía decirlo. No podía pensarlo. No quería. Pero tenía que hacerlo.

Haciendo caso omiso de una horrible sensación de incomodidad en el estómago, parpadeé una vez más, preparándome para su respuesta (podía afrontarla y la afrontaría), y pregunté, con una voz tan firme que podía estar orgullosa de mí misma, aunque tuviera las manos sudorosas:

—¿Crees que ya no seré capaz de hacerlo?

A veces lamentaba lo brutalmente sinceras que mi madre y yo podíamos ser entre nosotras. Puede que mamá midiera sus palabras con mi hermana Comino y de vez en cuando quizá hiciera un esfuerzo y les dijera las cosas con delicadeza al resto de mis hermanos, pero conmigo nunca lo había hecho. Al menos que yo recordase. Si decía que sí...

Alzó la cabeza tan de golpe que alivió el dolor que se me había instalado de inmediato en el pecho al pensar que no me creía capaz.

—No quieras que te regale los oídos, que no eres de esas. —Puso los ojos en blanco—. Pues claro que puedes hacerlo. No hay nadie mejor que tú, no finjas ahora que no lo sabes. Anda que...

No me había percatado de que estaba conteniendo el aliento.

—Lo que estoy pensando —subrayó, todavía entrecerrando un ojo— es que no estoy segura de que sea una buena idea.

Mmm... Era mi turno de mirarla con expresión de sospecha.

—¿Por qué?

—Has dicho que te han pedido que seas su compañera durante la próxima temporada..., ¿eso qué quiere decir?

—Quiere decir que solo será una temporada.

Aquel rostro clásico se arrugó, confuso.

—¿Por qué solo una temporada?

—No lo sé. —Me encogí de hombros—. Lo único que me han dicho es que Mindy va a tomarse un año sabático. —La chica siempre había sido amable conmigo. Esperaba que estuviera bien.

El semblante de mi madre no varió.

—¿Y qué pasa después?

Por supuesto que lo iba a preguntar. Contuve un suspiro a duras penas y le conté la parte más prometedora de lo que obtendría al emparejarme con Ivan.

—Me han dicho que me ayudarán a encontrar otro compañero.

Su silencio era tan tenso y jodidamente extraño que no pude evitar quedarme mirándola, tratando de averiguar qué discurría por su mente. Por suerte, no me hizo esperar demasiado.

—¿Has hablado con Karina al respecto?

—No. Llevo un mes sin hablar con ella.

Y tampoco iba a llamarla para preguntarle por su hermano. ¿Cómo coño iba a hacerlo? Nosotras dos nunca hablábamos de Ivan. Además, tampoco hablábamos tanto como antes de que empezara la universidad y estuviera ocupada con los estudios. Aún nos llevábamos bien y nos importábamos, pero... A veces la vida separa a las personas. No tenía nada que ver con apreciarse menos, simplemente sucedía. Y no era culpa suya que yo no estuviera tan ocupada como antes. Hasta entonces tampoco había notado lo mucho que nos habíamos distanciado.

Mi madre murmuró algo, con la boca fruncida por el lado contrario, como si siguiera dándole vueltas al asunto. La observé con detenimiento, sin hacer caso de la sensación extraña que tenía en el estómago.

—¿Crees que no debo hacerlo?

Me miró e inclinó la cabeza hacia un lado, dudando por un momento.

—No es que crea que no debes, pero quiero estar segura de que no van a aprovecharse de ti.

¿Cómo?

—El año pasado casi no logro acabar la temporada sin que me arrestasen, Gruñona. No creo que sea capaz de quedarme quieta si alguien más te engaña —explicó como si fuera lo más natural del mundo.

Parpadeé.

—Hace dos horas estabas defendiéndolo.

Puso los ojos en blanco.

—Eso fue antes de enterarme de que podría ser tu pareja.

Aquello no tenía ni pies ni cabeza. Entonces fue ella quien parpadeó.

—Lo que quiero saber es por qué no has aceptado automáticamente.

—Porque no —fue lo único que pude responder.

—¿Y por qué no?

Encogí el hombro que tenía más cerca de ella. No quería decirle que me preocupaba no ganar y todo lo que supondría, por lo que me guardé aquella parte.

—Ahora estoy trabajando más horas para Matty, mamá. He quedado con Jojo en ir al gimnasio dos veces por semana, aunque luego él no haga ni la mitad del entrenamiento. También he hecho planes con Sebastian. Voy a ir de escalada con Tali cada dos semanas. No quiero dejarlos tirados, no quiero que piensen que no son lo bastante importantes para mí. —Especialmente cuando ya habían asumido que era una malqueda que no se preocupaba por ellos, cuando era justo lo contrario.

Mamá arrugó la frente y su rostro adoptó una expresión quizá demasiado vigilante.

—¿Eso es todo?

Volví a encoger el hombro mientras las mentiras y las verdades se me agolpaban en la garganta, pugnando por salir por la boca. No parecía que mamá me creyera del todo, pero no hizo ningún otro comentario cuando de normal habría dicho algo.

—Así que lo que te preocupa es el tiempo que tendrías que dedicarle.

Tragué saliva.

—No quiero faltar a mi palabra. Bastante lo he hecho ya.

No me había dado cuenta de lo mucho que echaba de menos a mis hermanos y a mi madre, pero así era. Los había echado de menos. Era fácil no pensar en lo que te faltaba cuando tenías la mente ocupada con otras cosas.

Una ligera sonrisa triste cruzó por su boca, pero me conocía demasiado bien como para intentar darme mimos o infantilizarme. Las palabras que profirió a continuación no pegaban en absoluto con la expresión de su cara.

—Me parece que todo eso son chorradas, Gruñona, pero lo que tú digas. Podemos centrarnos en una cosa antes de pasar a la siguiente. —La miré con los ojos entrecerrados—. Habla con Matty sobre las horas. Antes tampoco trabajabas tantas y se apañaba. Habla con tus hermanos y con Tali. Puedes pasar tiempo con ellos aunque empieces a entrenar de nuevo, Jasmine. Lo único que quieren es estar contigo, no importa lo que hagáis juntos. —El estómago se me encogió, en parte por frustración, pero probablemente más que nada por la culpabilidad que sentí ante sus palabras—. No necesitan que les dediques seis horas a la semana. Ni siquiera necesitan tres. Solo algo de tiempo. Y ni siquiera todas las semanas, me apuesto lo que sea.

Apreté los dientes para no estremecerme, pero no estaba segura de si funcionaba. Mi madre sabía lo que pensaba y sentía, pero no le importó una mierda, porque siguió hablando.

—Puedes tener vida más allá del patinaje artístico, puedes hacer todo lo que quieras, y lo sabes. Solo tienes que hacer que funcione.

¿Cuántas veces me había dicho esas mismas palabras en el pasado? ¿Cien? ¿Mil? Tragué saliva, pero no aparté la mirada.

—¿Qué intentas decirme?

—Sabes de sobra lo que intento decirte. —Me lanzó una nueva mirada—. En esta vida puedes hacer lo que quieras, Jasmine, pero quiero que seas feliz. Quiero que te aprecien.

La nariz empezó a picarme, pero no pude evitar aferrarme al tono de precaución en su voz.

—Entonces ¿no crees que deba hacerlo?

Y esa mujer que había asistido a todas y cada una de las competiciones que había podido, que siempre se había asegurado de que alguien me llevase a cada clase que necesitaba, que me había animado aun cuando yo hacía las cosas como el culo, ladeó la cabeza y alzó un hombro.

—Creo que deberías hacerlo, pero no creo que debas venderte barata. No hay nadie tan bueno como tú a quien puedan preguntar. Aunque solo sea por un año. Ivan no te está haciendo ningún favor: eres tú quien se lo haces. Y como sea tan tonto como para cagarla de la manera que sea... —sonrió—, seré tu coartada si le pasa algo a ese coche pijo que tiene. Sé cuál es.

No quería sonreír ante su oferta, pero no pude evitarlo. Las facciones de mi madre se suavizaron, y me acarició la mejilla con la punta de los dedos.

—Sé que lo echas de menos.

¿Que lo echaba de menos? Una oleada de emoción, o algo horriblemente parecido, hizo que se me cerrara la garganta y así, sin más, me entraron ganas de llorar. Yo con ganas de llorar. Hacía un montón que no pensaba en hacerlo.

Era más que echarlo de menos, lo de competir. El patinaje artístico era mi propósito en la vida. Durante el último año había sentido como si una noche, sin que me lo esperara, me hubieran arrebatado una parte de mí sin mi consentimiento. Y desde entonces, cada noche, era como si esperase que me la devolvieran, pero eso no había sucedido.

Mis ojos debían de estar de acuerdo en que lo echaba mucho de menos, porque empezaron a arderme mientras seguía allí sentada. Y, si la voz se me quebró, ninguna de las dos lo comentó cuando le dije a mi madre una verdad que no le hacía falta oír.

—Lo he echado muchísimo de menos.

Su rostro hermoso se demudó, y las puntas de sus dedos se convirtieron en palmas al rodearme las mejillas.

—Quiero que vuelva mi gruñona de siempre, feliz y normal —dijo con cautela—. Así que, como intente hacerte algo como aquel hijo de puta... —Mamá estiró el pulgar y se lo llevó al cuello, recorriendo una línea imaginaria, con una sonrisa tan floja como el café que preparaba Ben.

Le sonreí mientras una minúscula lágrima se me formaba en el ojo derecho, pero por suerte aquella cabrona no salió a abochornarme. Sin embargo, mi voz sonó acuosa cuando prácticamente grazné:

—¿Has estado viendo *El padrino* otra vez?

Enarcó las cejas anaranjadas y esbozó la sonrisa escalofriante de loca que normalmente solo le salía al pensar en sus ex.

—¿Qué es lo que te digo siempre?

—¿Que lo que no se luce se pudre?

Puso los ojos en blanco.

—Además de eso. En esta familia siempre hacemos lo que hay que hacer. Siempre te has esforzado con todo más que tus hermanos y hermanas juntos, y aunque me hubiera gustado que lo tuvieras más fácil, ni siquiera eso ha podido detenerte. Si te dijera «No, no saltes en la cama», tú te enrollarías una sábana al cuello para saltar desde el tejado. Puede que a veces tomes decisiones terribles...

Sorbí por la nariz.

—Oye, qué borde.

Extendió la mano para tomar la mía y prosiguió.

—... pero siempre te has levantado tras cada caída. No sabes hacerlo de otra manera. Las cosas no siempre salen como queremos, pero ninguna de mis hijas es de las que se rinden, y tú la que menos. Además, pase lo que pase, eres más que este deporte. ¿Entendido?

¿Qué iba a decir yo después de aquello? Nada. Nos quedamos allí sentadas media hora más antes de que mi madre se excusara, diciendo que necesitaba dormir para estar bella, y me dejara rumiando todo lo que habíamos hablado y todo lo que habíamos callado.

Una cosa era cierta: mi madre no me había criado para ser de las que se rendían. Tenía que tomar una decisión de lo más jodida. Así que aquella noche, en la cama, en vez de dormir traté de sopesar todos los pros y los contras de la propuesta de la entrenadora Lee e Ivan.

Los pros que se me ocurrieron fueron: volvería a competir, obviamente. Mi compañero no sería solo alguien con quien tenía opciones reales de ganar, sino que probablemente también lo deseaba tanto como yo. Aunque no tuviera la oportunidad de continuar transcurrido nuestro año juntos, aquella sería la mejor opción de éxito que tendría nunca. Pero si conseguía hacerme con otra pareja una vez terminara el año... La posibilidad hizo que un escalofrío me recorriera la espalda.

Cuando intenté pensar en los contras, no se me ocurrió ninguno más que el hecho de que mi orgullo se vería herido si no ganábamos. Que tal vez no consiguiese un compañero después. Que me quedaría sin nada. Aunque, de todas formas, ¿qué coño tenía en ese momento? ¿De qué podía enorgullecerme? ¿Del fracaso? ¿De haber quedado segunda? ¿De que se me recordara porque me habían dejado tirada?

No había nada más en aquella situación que me preocupara. Ni todo el esfuerzo que tendría que hacer para aprender cómo se movía Ivan, cómo sujetaba y con qué velocidad y longitud se deslizaban sus cuchillas sobre el hielo. Tampoco me preocupaban todas las caídas que probablemente sufriría hasta que averiguásemos cómo trabajar juntos en las elevaciones y lanzamientos, que eran justo lo que parecían: cuando el patinador lanzaba al aire a su compañera con la esperanza de que hiciera varias rotaciones para luego aterrizar por sí misma. No importaba tener que volver a cuidar mi dieta. Claro que me encantaba comer queso y chocolate, y no tener moratones y no pasarme el día dolorida, pero había algo que me gustaba aún más, mucho más.

Además, quizá esa vez, solo quizá y si era muy buena, podría ingeniármelas para tener algo de vida personal a pesar de la enorme cantidad de trabajo que me esperaba. Todo en la vida exigía sacrificio. Poder ver a mi sobrina más a menudo significaba que, en vez de irme a casa a imitar lo mejor que pudiera a una ballena varada cada vez que hubiese ocasión, iría a pasar una hora con ella.

Podía hacer que funcionara. Cuando de veras quieres algo, siempre hay una manera de hacerlo realidad.

Me desperté antes del alba, me vestí y seguí mi habitual rutina mañanera sin desviarme un ápice. No sabía si la entrenadora Lee o Ivan estarían tan pronto en la pista, pero si era el caso..., hablaría con ellos. Pensé en escribirle un correo a mi amiga, pero no me molesté en hacerlo; tampoco es que fuera a decirme que no me emparejase con su hermano.

Ingerí el primer desayuno, me preparé el segundo y el almuerzo, repasé mi lista para asegurarme de que había hecho todo lo necesario y recogí lo que necesitaba ese día antes de subirme al coche. Una vez dentro, conecté el teléfono para escuchar una de mis listas de reproducción y mantuve mis nervios a raya de camino al complejo. En el aparcamiento solo había otros ocho coches, incluido un Tesla negro brillante que sabía que tenía que pertenecer a Ivan, porque nadie más podía permitirse uno, y un Mercedes dorado que reconocí como el de la entrenadora Lee.

Pero, una vez dentro, no los encontré en el despacho de la directora, así que decidí seguir con mis costumbres y me fui hasta mi rinconcito silencioso a un lado de la pista, lo más alejado posible de los vestuarios. Tras cuarenta minutos de estiramientos y veinte minutos practicando los saltos en el suelo, desvié la mirada al hielo limpio y casi intacto. Sentí que me quitaban un peso de encima; era el efecto que la pista siempre tenía en mí. Ya los buscaría cuando hubiera terminado de patinar.

Llevaba cuarenta y cinco minutos en el hielo cuando me percaté de que, sentadas en las gradas, había dos figuras bien vestidas observando. Observándome a mí en concreto. Observándome repasar la misma sección del único programa corto que podía recordar de mis días de individuales, probablemente porque aquellos dos minutos y cincuenta segundos de coreografía habían sido mis favoritos. Me costaba bastante memorizar los programas (las dos rutinas que perfeccionas y con las que luego compites en una temporada dada). Tenía que confiar más en mi memoria muscular que en pensar lo que hacía, lo que significaba que tenía que repetir cada movimiento y secuencia una y otra y otra vez, porque mi mente podría tener problemas para saber qué tocaba después, pero no mis músculos. No después de un número suficiente de repeticiones.

Mi antigua entrenadora, Galina, solía decir que ese programa específico que estaba haciendo era un festival de saltos. Consistía en un salto difícil tras otro; no había querido privarme de nada. Jamás me había salido perfecto, claro, pero si lo hubiera conseguido, habría sido mágico. Yo no había querido escuchar a Galina cuando me dijo que la rutina era demasiado complicada y que yo no era lo bastante consistente cuando hacía falta. Pero, como mi madre siempre había dicho, normalmente negando con la cabeza o poniendo los ojos en blanco, yo siempre hacía «las cosas de la forma más difícil» porque había decidido nacer por los pies y, desde entonces, nada había sido fácil para mí. No pasaba nada. Los retos solo eran duros si los encarabas pensando que no ibas a tener éxito.

Así que, cuando reconocí a Ivan Lukov por el jersey gris y el cabello negro azabache (que probablemente se pasase cerca de quince minutos al día peinando hasta que cada mechón quedase impecable) y la mujer más bajita pero de pelo igualmente oscuro a su lado, yo seguí a lo mío. Me di la vuelta y empecé a patinar hacia atrás para así poder entrar en un triple *lutz*, uno de los saltos más difíciles que podía ejecutar, sobre todo porque tenía que girar el cuerpo en sentido contrario al del desplazamiento. Era mi favorito, aun cuando sabía que era en gran medida el responsable del dolor de espalda que arrastraba con los años. El cuerpo de una no quería girar en sentido contrario a la marcha; era extraño y difícil, especialmente cuando tenías que iniciarlo lo más rápido posible.

Llevaba días sin ser capaz de aterrizarlo, pero aquel día y en aquel momento (gracias a Dios, hostia que sí), lo clavé como nunca. Así era el patinaje artístico: una cuestión de memoria muscular, y la única manera de hacer que tu cuerpo memorizara algo era repetirlo miles de veces; no cientos, miles. Y luego, una vez que habías hecho eso, tenías que procurar que pareciese que no te costaba ningún esfuerzo, cuando vaya que si costaba. En aquel triple *lutz* había invertido el doble de tiempo que en ningún otro salto porque estaba resuelta a hacerlo mío, y lo había conseguido. Era capaz de hacer un triple *axel* si tenía un buen día y, durante algún ensayo, había aterrizado cuádruples por puro placer, pero el 3L, como llamábamos al triple *lutz*, era en lo que había concentrado todas mis energías en mis tiempos de individuales. Era algo hermoso y que nadie podría quitarme ni hacer tan bien como yo, pensaba.

Aunque me daba cuenta de que era absurdo acortar una sesión por la que ya había pagado, decidí adelantarme y acabar de una vez con la conversación. No quería llegar tarde al trabajo sin necesidad.

El trabajo. Mierda. Debía hablar otra vez con el viejo amigo de mi madre sobre mis horas. No es que supusiera un problema, pero odiaba echarme atrás cuando hacía meses que me había comprometido a trabajar más. Él lo entendería, e incluso se alegraría, pero seguía haciendo que me sintiera como una malqueda. Además, iba a necesitar el dinero. Tendría que ingeniármelas. Más dinero y menos horas. No sería fácil.

Con el corazón todavía acelerado por la serie de saltos que acababa de encadenar en la rutina antes de hacer el 3L, me deslicé hacia la salida de la pista esquivando a otros patinadores prácticamente sin levantar la vista del hielo. Hasta que no llegué a la barrera justo al lado de la abertura no alcé la mirada; entonces descubrí a Galina apoyada en la barandilla a varios metros, con los ojos clavados en mí. Bajé la barbilla a modo de saludo. Al cabo de un momento, me devolvió el gesto con una expresión extraña en la cara que no recordaba haberle visto antes. Parecía pensativa, puede que hasta triste. Vaya.

Me puse los protectores, agarré la botella de agua y me pregunté si estaba segura, completamente segura, de que aquello era lo que quería: volver a ese mundo con un compañero que muy probablemente no aceptase los errores con mejor talante que yo, un compañero con el que no era capaz de hablar sin pelearme. Un mundo en el que la gente juzgaba cada pequeño detalle sobre mí, un mundo con cero garantías. Iba a tener que trabajar más duro que nunca para conseguir que aquello funcionase en una sola temporada. ¿Estaba lista?

Joder que si lo estaba. Mi madre tenía razón. Había muy pocas cosas peores que el arrepentimiento y, desde luego, me iba a arrepentir si no aprovechaba esta oportunidad, aunque supusiera forzarme hasta el límite, más que si lo hacía y no obtenía ninguna recompensa. Además, yo nunca había sido una cobarde. Hace diez años, no me lo habría pensado dos veces antes de lanzarme a esa oportunidad, aun cuando no ganase nada. Ahora..., bueno, cuando una se quema a veces le quedan cicatrices, y yo no iba a olvidarlo.

Con la adrenalina corriendo por mis venas y casi sin aliento, llegué hasta la zona del graderío donde seguían sentados Ivan y la entrenadora Lee. Ni siquiera habían intentado ser discretos mientras me observaban. ¿Habían venido a verme como última oportunidad para asegurarse de saber dónde se metían? Posiblemente.

Mientras me acercaba a ellos no me temblaban las manos ni me flaqueaban las rodillas; solo mi respiración era irregular y entrecortada, aunque el estómago me dio un vuelco por los nervios que me sorprendió y que, desde luego, jamás admitiría.

—Espero que no te importe que hayamos venido a verte —empezó a decir la entrenadora Lee cuando aún estaba a varios metros de ellos, confirmando así mis sospechas.

Negué con la cabeza al tiempo que mi mirada se deslizaba brevemente en dirección a Ivan, cuyo rostro impasible de alguna manera aún resultaba presuntuoso, antes de desviarla igualmente rápido a la otra mujer. No podía permitirme fastidiarla abriendo la boca y discutiendo con él. Al menos todavía no.

—En absoluto —le dije. Entendía por qué. Yo habría hecho lo mismo—. Buenos días.

Las comisuras de su boca se elevaron lo suficiente para mostrar la mínima fracción de una sonrisa.

—Buenos días.

Ivan no dijo ni mu; tanto mejor. Tal vez hacía lo mismo que yo: mantenía la boca cerrada para poder superar el momento de la manera más indolora posible. Aquello me infundió más seguridad de la que me habría gustado porque, si no discutía conmigo, tal vez sí que quisiera ser mi compañero… Vale, tal vez «querer» no fuese la palabra adecuada; «necesitar» se acercaba más a la realidad. Qué más daba. No tenía ni idea de cuál era la situación y, sinceramente, me importaba una mierda. Lo único que me importaba era esa oportunidad. No iba a ser yo quien la fastidiara.

La entrenadora Lee se puso en pie y quedó un par de centímetros por debajo de mí, cruzó los brazos sobre el pecho y dijo algo que no me esperaba.

—Tu triple *lutz* es precioso. La altura, la velocidad, el área de hielo que abarcas, la técnica… Había olvidado que era tu movimiento estrella hasta que lo has hecho. Es perfecto, Jasmine, en serio. Deberías estar orgullosa. —Su sonrisa se volvió pícara—. Me recuerda al de Ivan.

Hice caso omiso de lo de Ivan y me concentré en el resto. Estaba orgullosa, pero no lo dije. Había descompuesto aquel salto para perfeccionarlo. Había visto una y otra vez a los mejores patinadores ejecutarlo para analizar por qué resultaba tan espectacular y hacerlo igual. En casa tenía horas de grabaciones conmigo repitiéndolo sin descanso con el único fin de ver cómo mejorar mi ejecución. Mi madre había querido matarme por obligarla a grabar lo mismo una y otra vez durante horas y días. Y cuando por fin lo conseguí, había intentado atribuirse el mérito.

—¿Cuándo hiciste esa última combinación? No recuerdo habértela visto en ninguna competición —dijo, pensativa—. No creo que a Paul se le diera demasiado bien el *lutz*…

Pues no, así que le di la razón.

—Es de un viejo programa corto de cuando patinaba en individuales —expliqué.

Elevó ambas cejas a la vez: «Ah».

—Es una lástima —dijo—. Algún día tienes que contarme por qué pasaste de individuales a parejas. Siempre me ha despertado curiosidad.

Ese comentario hizo que me encogiese de hombros.

—Tampoco es que sea tan interesante, pero algún día —respondí como si tal cosa.

Lo de «algún día» hizo que Lee abriera los ojos como platos.

—¿Estás segura?

¿Lo estaba? ¿De verdad? Me quedé mirándola, solo a ella.

—Tengo algunas preguntas y algunas condiciones —dije.

—¿Condiciones? —preguntó lentamente Ivan desde su asiento, sin inmutarse y con aquella voz de esnob, dando a entender que no me hallaba en posición de negociar. Se equivocaba.

Me quedé mirándolo un segundo largo y desvié la vista hacia su entrenadora para no decir alguna estupidez.

—Nada descabellado —añadí, empleando las mismas palabras que ella el día anterior, cuando básicamente me había advertido que iba a tener que admitir los cambios y no ser engreída.

La entrenadora Lee lanzó una mirada a Ivan, que no entendí, antes de aceptar.

—¿Quieres que hablemos aquí o voy a ver si el despacho está abierto?

No me hizo falta mirar a mi alrededor para saber que teníamos privacidad.

—Podemos hablar aquí y así ahorramos tiempo.

La mujer arqueó las cejas, pero asintió.

Sin pensar, deslicé la mano izquierda hasta la muñeca derecha y di una vuelta a la pulsera en busca de apoyo moral. «Puedo hacerlo». Podía hacer que todo funcionase. Tenía que intentarlo. Tal vez Ivan fuera un patinador alucinante, pero yo me había esforzado tanto como él. Puede que no durante tanto tiempo, pues no había empezado a patinar antes de los tres años, pero en los aspectos que contaban había hecho casi todo lo que podía. No me estaba haciendo ningún favor. O nuestra colaboración se daba en igualdad de condiciones o no tendría lugar. No iba a aceptar menos.

—¿Qué piensas? —preguntó por fin la entrenadora Lee.

Di otra vuelta a la pulsera de mi muñeca. «Puedo con todo», me recordé. Entonces dije:

—Quiero asegurarme de que no vas a pedirme que cambie de *look* o empiece a besar a bebés en público si acepto ser la pareja de Ivan. —Ya estaba.

Creí ver que la mejilla le temblaba, pero su semblante era tan impasible que podría haberlo imaginado.

—Nada de besar a bebés y nada de cambios de *look*. Ningún problema. ¿Qué más?

Realmente empezaban a gustarme esta mujer y su llaneza. Así que proseguí.

—No podéis libraros de mí antes de que acabe el año.

Por el rabillo del ojo vi como Ivan se removía en su lugar en la grada, pero no quise mirarlo. En lugar de eso, observé a la mujer con la que prácticamente estaba haciendo negocios, nuestra mediadora. No mudó el gesto ante mi exigencia, pero una de sus cejas tembló sin que pudiera controlar el movimiento lo bastante rápido.

—¿Por qué crees que íbamos a rescindir nuestro acuerdo antes de que acabase el año? —preguntó con cautela.

Entonces miré a Ivan a propósito. Luego lo señalé con el pulgar que tenía más cerca de él para que no cupiese duda alguna.

—Porque no estoy segura de cómo nos vamos a llevar ese y yo. —Ivan soltó una carcajada seca y abrió la boca como si fuera a contradecirme, pero no se lo permití—. Solo intento cubrirme las espaldas. Sé cómo soy yo y sé cómo es él. —Dije «él» porque, a pesar de que estaba mirándolo, en realidad estaba hablando con la entrenadora Lee—. Si algo es culpa mía, me esforzaré hasta solventarlo, te lo prometo. Pero si fuera culpa suya...

Ivan cambió de postura, pasando de una posición arrellanada a inclinarse hacia delante, con las rodillas abiertas y los codos apoyados en ellas. Sus ojos azul claro eran tan intensos que parecían a punto de taladrarme. La punta de la lengua le presionaba el interior de la mejilla. Me había mirado con esa cara las veces suficientes como para que la reconociera como la mirada asesina que era. Bien. Habría sido raro si hubiera fingido que todo iba como la seda.

—Si algo fuera culpa de Ivan... —Esta vez sí lo miré—. Si fuera culpa *tuya* —subrayé, porque debía entender que no era perfecto y que él y su entrenadora no podrían cargarme a mí con todo—, confío en que te dejarás la piel por no cometer el mismo error otra vez. Si hay algo mal, lo abordaremos los dos. Los dos debemos aceptar que haremos lo que sea necesario para que esto funcione.

Como aún seguía mirándolo, pude ver que su mandíbula se movía a un lado y a otro mientras le hablaba, y sentí que la discusión flotaba en el aire.

—Lo único que quiero es asegurarme de que la responsabilidad se repartirá equitativamente entre ambos. O somos un equipo o no lo somos. No consentiré que se me trate como a un ser inferior. Esto no va a ser *El show de Ivan*.

—¿*El show de Ivan*? —repitió, sin dejar de fulminarme con la mirada.

Alcé un hombro al tiempo que percibía cómo la nariz comenzaba a arrugárseme con desdén, y me refrené antes de que se me notase demasiado. Apenas conseguí desviar la mirada hacia la entrenadora Lee.

—Y quiero vuestra palabra de que los dos me encontraréis otro compañero cuando acabe este año. No solo que me ayudaréis, sino que me lo encontraréis. —Tragué saliva y añadí—: Esto es todo lo que quiero. Haré todo lo que me pidáis, pero quiero este par de cosas, y quiero estar segura de que no sean negociables.

Por un instante se hizo el silencio. No me hacía falta levantar la vista para saber que los dos me miraban a mí y no entre ellos.

Bueno, ¿y? ¿Por qué demonios tardaban tanto en decir que sí? Tampoco estaba pidiendo demasiado, ¿no?

Allí de pie, mirándolos a ambos, hice la que me pareció la pregunta más importante de mi vida, porque necesitaba quitármela de encima. O lo hacíamos o no. No se me daba bien la anticipación. No era paciente.

—¿Hay trato?

Volvió a hacerse el silencio y la entrenadora Lee terminó por dirigir su mirada hacia Ivan durante lo que debió de ser medio minuto, como mínimo, antes de emitir un sonido de diversión. Uno de los lados de su boca se elevó brevemente. Se tomó un momento antes de volver a dirigirme su atención y luego parpadeó.

Entonces pensé: «No hay trato». El alma se me cayó a los pies y por primera vez en muchísimo tiempo pensé que iba a vomitar y que quería darme de tortas.

—Está bien —fue la respuesta inesperada que salió de boca de Ivan.

No parecía en absoluto ilusionado ante la perspectiva... y seguía observándome atentamente sin poner cara alguna, como si aquella no fuera en absoluto una decisión trascendental cuando para mí era todo lo contrario.

Pero no dejé que su expresión mustia me distrajera de lo que acababa de suceder. Había accedido. «Ha accedido». Hostia puta. «Voy a volver a competir».

Una vez, cuando era pequeña y estaba de vacaciones, había ido con mi hermano a la playa y habíamos decidido hacer clavados. Recuerdo saltar desde un acantilado tan alto que mi madre me habría matado si lo hubiera visto. Hasta mi hermano se había echado atrás en el último segundo, pero yo no.

No había imaginado lo hondo que llegaría a sumergirme en el agua al zambullirme. Había tenido que aguantar la respiración tanto tiempo, mientras pataleaba sin cesar para alcanzar la superficie, que me había parecido que jamás lo lograría. Durante quizá medio segundo, creí que iba a ahogarme. Probablemente siempre recordaría cómo fue la primera bocanada de aire al salir a la superficie. Cómo fue tomar aire por primera vez y pensar: «Lo he logrado».

A veces es fácil dar por sentado algo tan esencial para tu existencia. Lo entendí más que nunca allí de pie, alternando la mirada entre la entrenadora Lee e Ivan y sintiéndome..., sintiéndome como se suponía que me estaba sintiendo. Viva de nuevo. Bien.

Pero... había una cosa más que no había tenido en cuenta mientras me preocupaba por todo lo demás. Algo que era tan importante como el resto, tal vez más. Algo que podía echarlo todo a perder. Algo que ni siquiera quería tener en consideración, pero que debía contemplar ya que estaba intentando comportarme como una adulta.

—Una cosa más. —Tragué saliva y luché contra la tentación de mantener la boca cerrada—. ¿Cuánto van a costar los honorarios de los entrenamientos y la coreografía?

No estaba dispuesta a pedirle a mi madre que contribuyera tanto como había hecho en el pasado, pero también tenía una vaga idea de cuánto pagaba Ivan a sus coreógrafos. Una vez había llamado a uno y había terminado cabreadísima cuando mencionó sus tarifas.

Ya me estremecía por dentro, esperándome lo peor. Tampoco había forma de que la entrenadora Lee fuese asequible. Mis últimos dos entrenadores no habían sido los más caros, pero tampoco los más baratos, porque al mismo tiempo entrenaban a otros patinadores artísticos en distintos estadios de su carrera.

Así que cuando Ivan parpadeó y la entrenadora Lee no dijo nada, lo único que pensé fue: «Mierda». Iba a tener que pedirles que me permitieran posponer el pago hasta el final de la temporada para poder vender un riñón. Joder, si hacía falta me pondría una peluca y haría estriptis (no tenía ninguna marca de nacimiento que me delatara).

—Ivan cubrirá los gastos de entrenamiento y coreografía, pero serás responsable de tus gastos de viaje y vestuario —dijo la mujer al cabo de un instante demasiado largo.

Los músculos de mis hombros se tensaron y volví la vista hacia Ivan.

—¿En serio? —le pregunté sin pensármelo dos veces.

Ivan pestañeó con aquellos ojos azul grisáceo llenos de pereza.

—Si quieres, puedes pagar la mitad —respondió.

No era tan orgullosa, así que imité su gesto.

—No.

Se irguió en su asiento con el rostro (que una vez había protagonizado un anuncio de protector labial) perfectamente impasible.

—¿Estás segura? —preguntó, confiriendo a sus palabras aquel tonillo insufrible.

—Segura.

—¿Al cien por cien?

Qué cabrón. Entrecerré los ojos.

—Al cien por cien.

—No me importaría ir a medias —añadió, al tiempo que la comisura de su boca se elevaba en una pequeñísima sonrisa que conocía de sobra.

Apreté las muelas.

—No —repetí.

—Porque...

—Basta —nos interrumpió la entrenadora Lee, negando con la cabeza—. Creo que voy a necesitar un aumento para poder aguantaros.

Eso hizo que los dos volviésemos la cabeza hacia ella y hablásemos al mismo tiempo.

—Yo estoy bien. Es él.

—Es culpa suya.

La mujer, más mayor que nosotros, volvió a negar con la cabeza, mirándonos con una cara que decía que ya estaba harta de nuestras tonterías.

—Los dos sois profesionales y prácticamente adultos...

¿Prácticamente adultos? El único motivo por el que me guardé una carcajada desdeñosa en la boca fue porque aún no conocía a la entrenadora Lee lo suficientemente bien.

—Nos va a hacer falta trabajar muchísimo y los dos lo sabéis. Estas pullas que os lanzáis de continuo os las guardáis para la noche, cuando hayamos acabado, si es que no os podéis aguantar. No tenemos tiempo que perder —dijo con ese tono que mi madre usaba cuando estaba hasta las narices de gilipolleces.

Mantuve la boca cerrada. Ivan no.

—Yo soy un profesional —murmuró.

La otra mujer simplemente se quedó mirándolo.

—Ya habíamos hablado de esto.

Él le dirigió una mirada. Ella se la devolvió.

Yo estaba a punto de sonreír... hasta que caí en la cuenta de lo que decían... y de lo que callaban. ¿De qué coño habían estado hablando? ¿De que no hacíamos más que discutir y teníamos que superarlo si queríamos patinar juntos? Porque tenía todo el sentido del mundo. Esa era una de mis mayores preocupaciones, aunque sabía que podía aguantarme. Al menos la mayor parte del tiempo.

Lee se volvió hacia mí.

—Jasmine, ¿va a suponer un problema?

No me fiaba de mí misma si miraba a Ivan, así que no aparté la vista de mi nueva entrenadora. Dios, resultaba raro hasta pensarlo.

—Me lo guardaré para después. Puedo hacerlo.

Casi seguro sería aún más difícil que practicar tanto, pero podía hacerlo.

—¿Ivan?

No tengo ni idea de si me miró o no, lo único que oí fue como básicamente farfullaba un «sí».

—Las críticas constructivas tampoco serán un problema —continuó diciendo la mujer; no preguntándonos, sino comunicándonoslo.

Joder, cómo no íbamos a ser capaces de soportar una crítica constructiva...

—Entre vosotros —concluyó.

Esa vez sí miré a Ivan, pero él ya me observaba con los ojos entrecerrados, como si estuviera pensando lo mismo que yo. Apenas éramos capaces de hablarnos; casi ni lo hacíamos, porque ambos sabíamos lo que pasaría si abríamos la boca y nos dirigíamos al otro.

Pero... estaba intentando ser mejor persona y lo iba a conseguir. No iba a permitir que mi mala noche echase nada a perder, y menos aún mi orgullo. Les había dicho que haría cualquier cosa y la haría, aunque eso significase tratar con semejante imbécil. Así que asentí, porque ¿qué iba a hacer si no? ¿Arruinar algo que en el futuro podía brindarme todo lo que deseaba y que posiblemente llevase a otras cosas maravillosas? No era tan tonta.

—Vale —fue la repuesta algo lacónica del único hombre que había cerca.

—Bien, me alegro de que esté claro antes de que sigamos con esto.

Volví a mirar a Ivan, pero se me había vuelto a adelantar. Ya me estaba observando. Y no me gustaba.

«Deja de mirarme», leyó en mis labios.

«No», leí en los suyos.

La entrenadora Lee suspiró.

—Excelente. Decíos lo que queráis en silencio, siempre y cuando yo no tenga que oírlo.

Juro por mi vida que Ivan cerró la boca de repente. Habría querido cerrársela yo de un bofetón. Entonces la abrió y habló.

—Vas a tener que hacerte un examen físico antes de que empecemos.

¿Cómo? ¿Lo decía en serio? Estaba más sana que una puta manzana. «Cállate, Jasmine. No es para tanto». Puede que no estuviera exactamente en mi mejor momento, pero ninguno de mis problemas saldría en un examen físico. Me callé y bajé la barbilla como diciendo: «Vale, muy bien». ¿Qué importaba un pequeño reconocimiento al lado de esa nueva oportunidad? Nada, efectivamente.

—Tenemos que asegurarnos de que no tienes ningún problema anterior del que no hayas avisado y que pudiera salir a la luz más adelante —continuó, lentamente, poniendo una cara como si le doliese la conversación... y la situación.

Una respuesta de sabelotodo me ascendió por la garganta, sin ganas de irse a ninguna parte, y menos cuando Ivan se llevó la mano a la mejilla y se rascó la punta de la nariz con el dedo corazón. Gilipollas.

—Me he imaginado que te referías a eso cuando has dicho que queríais un examen físico, no a pesarme ni a medir mis niveles de colesterol —murmuré, deteniéndome antes de añadir nada más agresivo.

Por lo que parecía, ahora le tocaba hacer de sabelotodo a él.

—Hablando de tu peso…

No me podía creer que lo hubiera dicho. La entrenadora Lee carraspeó cuando yo estaba a punto de levantar la mano para señalarlo con el dedo. Con el corazón.

—Muy bien —dijo, tensa—. Vamos a centrarnos. Ya hemos hablado de esto. Redactaremos un acuerdo que tendrás que firmar, Jasmine. Por lo demás, entrenaremos seis días a la semana, dos veces al día. ¿Algo que objetar?

Me hizo falta hasta el último ápice de autocontrol para apartar la mirada del idiota que acababa de meterse con mi peso. Noté cómo las aletas de la nariz se me dilataban al tragar saliva y dirigir mi atención a la mujer.

—Nada. —No hacía falta que me dijera que necesitábamos todo el entrenamiento que pudiéramos cuadrar en menos de seis meses, antes de que empezase la temporada siguiente—. ¿A qué hora? —pregunté, dándole vueltas a la pulsera.

Quien respondió, removiéndose en el banco, fue Ivan.

—Cuatro horas a las cuatro de la mañana en el CL y otras tres horas de ejercicios a la una de la tarde.

Mierda. Solo me quedarían cuatro horas para trabajar, y eso apurando mucho, pero no iba a dejarlo. Imposible. Tal vez pudiera coger un turno aquí o allá en mi día libre. Haría que funcionase de algún modo.

Conseguí asentir antes de darme cuenta de algo que acababa de mencionar.

—Has dicho que aquí, en el CL. ¿Vamos a practicar en algún otro lugar?

La entrenadora Lee ni siquiera trató de ocultar la mirada que lanzó en dirección a Ivan. Una mirada que volvió a ponerme en alerta. Odiaba el secretismo y las miradas misteriosas. Quería preguntarles por qué ponían esa cara, pero decidí esperar. Paciencia. Podía ser paciente si hacía un verdadero esfuerzo.

Por suerte, no me hizo esperar demasiado.

—Entenderás que hemos discutido tus puntos fuertes y débiles antes de pedirte que te unieras al equipo.

—Sí.

¿Me gustaba que hubieran hablado de mí? No, pero formaba parte de todo aquello, y no podía echárselo en cara. Antes de haber llegado a ese punto de desesperación, yo habría hecho lo mismo.

—Eres una deportista fuerte, Jasmine —comenzó diciendo la entrenadora Lee, y me aseguré de llevar la coraza puesta para encarar cualquier crítica que acabase saliendo por su boca. Ese era el trabajo de los entrenadores. Descomponían todas las cosas que hacías mal y te ayudaban a intentar arreglarlas. Al menos ese era el objetivo—. Siempre he pensado que tenías un enorme potencial...

El «pero» estaba a punto de salir de su boca. Lo sentía. Cuando alguien te hacía un cumplido, siempre había un «pero». Tal vez solo fuera yo. Traté de conservar el semblante impertérrito, pero era un poquitín más difícil de lo que habría deseado.

—... pero hay cosas en las que puedes trabajar para llegar al siguiente nivel, específicamente tu teatralidad. He hablado con Galina en el pasado y me ha confirmado que no has tenido demasiada formación en ballet. Creo que tu forma de patinar se vería enormemente beneficiada.

¿Cuándo demonios había hablado con Galina?

—Queremos que recibas clases particulares con el instructor que Ivan tuvo anteriormente para quitarte algunos malos hábitos...

¿Malos hábitos?

—... y seguir avanzando en todo lo que ya es bueno, pero podría ser mejor. Aparte de eso, recibirás clases al mismo tiempo que Ivan. Siempre hay margen de mejora. Estoy segura de que ya lo sabes.

¿Lo estaba diciendo para hacerme sentir mejor después de básicamente haberme confirmado que carecía de la gracia que aportaba una formación sólida en ballet? No es que no supiera que Ivan lo practicaba. Karina había recibido clases de patinaje artístico hasta los catorce años, que era cuando nos habíamos conocido, pero se había dedicado a la danza antes y después. Además, los movimientos de Ivan tenían algo muy grácil y elegante que solo podía deberse a un instructor de ballet con alma de sargento. Tenía dinero. Podía permitirse que alguien le enseñara todo lo que necesitaba saber.

Mi madre se había podido permitir dos lecciones grupales a la semana de una hora cada una, y eso era lo que había hecho durante años; no iba a disculparme por ello. Como había dicho que haría lo que hiciera falta para que aquello funcionase, lo único que respondí fue:

—Vale.

Las comisuras de la boca de la entrenadora Lee se tensaron por un instante, antes de que su expresión volviese a la normalidad.

—Bien. Llamaré mañana para ver qué huecos hay y que así puedas elegir unas horas que cuadren con tu horario. Ivan va los lunes y los sábados por la mañana de nueve a once. ¿Algún problema?

Pues sí, pero me las apañaría. Al final iba a tener que dejar mi trabajo y dedicarme al estriptis. La madre que me parió.

—Ningún problema. —El estómago se me encogió por un momento, pero no hice caso y me concentré en lo importante—. También hago pilates una vez a la semana para trabajar la flexibilidad. Tengo pensado seguir con ello.

—Bien, no lo dejes —respondió la mujer, asintiendo lentamente.

Traté de poner en orden todos mis pensamientos.

—¿Cómo queréis que encaremos la temporada? —pregunté.

—Participaremos en la Discovery Series, el Major Prix, los nacionales y los mundiales —respondió Ivan, antes de parpadear—. El resto nos lo podemos saltar.

Calculé y me tragué los nervios al darme cuenta de que participaríamos en siete competiciones distintas, como mínimo: dos o tres en la Discovery Series; tres en el Major Prix, si llegábamos a la final; otra en los nacionales y una más en los mundiales. Dinero, dinero, dinero y más dinero. Pero ni siquiera me importaba. Serían más oportunidades de ganar.

«O de perder», me susurró la repugnante voz de la negatividad hasta que la aparté. Tenía que dejar de pensar así. Hasta entonces no me había hecho ningún bien y nunca me lo haría. No podía empezar a agobiarme tan pronto.

—Está bien —dije al tiempo que asentía, notando una tensión en el pecho que no me gustaba nada.

La entrenadora Lee bajó la barbilla.

—Pues ahora que lo tenemos todo claro, ¿puedes empezar mañana?

«¿Mañana?». Joder. Estaba tan preocupada por que mi voz no sonase tan aguda y estridente que delatara lo apabullada que me sentía por lo que estaba sucediendo que decidí seguir callada y volver a asentir. Tendría que hablar con mi jefe ese mismo día. «Hostia puta».

—¿Eso es todo? ¿No queréis hacerme una prueba? —pregunté, solo para asegurarme.

—Eso es todo —confirmó la entrenadora Lee. No es que sonriese exactamente, pero parecía… complacida. Alargó la mano hacia mí y se la estreché—. Muy bien. Entonces nos ponemos en marcha mañana. Hoy diseñaré tu calendario de entrenamiento físico y te haré saber adónde tienes que ir y a qué hora.

—Mañana —repetí mientras exhalaba y notaba cómo durante un segundo se me quitaba un peso del pecho antes de que me aplastase de nuevo.

Sintiendo su opresión, me llevé la mano al costado y me giré hacia donde Ivan había permanecido sentado todo el tiempo. No se había movido. Seguía con los codos apoyados en las rodillas, las manos colgando flácidas entre las piernas y su atención todavía fija en mí. El perfil largo y afilado de su mentón estaba tenso; era una expresión que le había visto bastante y tenía la sensación de que a lo largo del próximo año iba a verla con muchísima frecuencia.

El próximo año. Mierda. Le había dicho a la entrenadora Lee que podíamos superar nuestro antagonismo, o al menos soportarnos, y no estaba dispuesta a fracasar o faltar a mi palabra. No iba a fastidiar esa oportunidad. Podía ser mejor persona que Ivan… y, al pensarlo, se me dibujó una sonrisa en la cara.

Tras vacilar apenas un instante, le tendí la mano a mi nuevo compañero. Y se quedó flotando en el aire. Un segundo. Dos. Tres. Tres segundos más y le arreaba un guantazo.

Ivan siguió observándome mientras se ponía en pie, irguiéndose hasta alcanzar aquella estatura que lo elevaba casi treinta centímetros por encima de mí… y deslizó su mano hasta la mía por primera vez en la vida. Sus ojos se encontraron con los míos y supe lo que estaba pensando porque yo estaba pensando lo mismo.

Una vez, solo una vez, hace años, sufrí una mala caída después de un salto. Él estaba en la pista al mismo tiempo que yo. Me había quedado tumbada en el hielo, mirando desconcertada al graderío, tratando de recuperar el aliento porque hasta el cerebro me dolía tras golpear el suelo con tanta fuerza. Por algún motivo, el muy cabrón había patinado hasta mí y me había tendido la mano, mirándome con una sonrisa maliciosa en la cara.

No estaba pensando. Lo único que había visto era una mano tendida, así que traté de tomársela. Como una idiota. Tendría los dedos a pocos centímetros de los de Ivan cuando este retiró la mano de golpe, sonrió aún más y me dejó allí tirada. En el hielo. Sin más. Qué cabronazo...

Así que fue culpa suya que tardase un minuto en cerrar los dedos alrededor de los suyos, sin dejar de mirarlo en todo el tiempo, esperándome lo peor, pero no pasó nada. Tenía la palma ancha y fría, y sus dedos eran más largos de lo que habría imaginado. En todos los años que llevábamos gravitando el uno alrededor del otro, jamás nos habíamos tocado salvo por un Día de Acción de Gracias que pasé en casa de su familia, cuando estuvo sentado a mi lado y me tomó la mano durante la oración. Nos pasamos los tres minutos apretándonos la mano todo lo que podíamos, por lo menos hasta que Karina le dio una patada por debajo de la mesa, probablemente al ver como las puntas de mis dedos se ponían blancas.

Si creía que iba a abrir la boca, ya podía esperar sentado, porque no había nada que necesitara decirle. Vale, quizá simplemente no me fiaba de que no fuera a decirle algo estúpido antes de que estuviéramos demasiado metidos en faena como para retractarnos. Por lo que parecía, él tampoco necesitaba decirme nada. Pues perfecto.

Era lo bueno del patinaje artístico: para hacerlo, no hacía falta hablar.

Ivan me apretó con firmeza los dedos.

Y yo respondí apretándole los suyos con todas mis fuerzas.

5

Había olvidado lo mucho que dolía cuando te dejaban caer.

—¿Estás bien? —me llegó la voz de la entrenadora Lee desde… alguna parte.

Estaba tumbada con los ojos cerrados, agradecida por que alguien en algún momento de la historia hubiera decidido que el mundo necesitaba colchonetas. Y es que, si no fuera por las colchonetas, aunque solo tuvieran dos centímetros de grosor, probablemente me habría roto el triple de huesos en mi vida. Aun así: joder.

Traté de coger aire, pero por lo mucho que me dolían los pulmones, aún debían de estar en estado de shock después de que a Ivan se le escurrieran las manos (o lo que coño hubiera sucedido) y yo cayese desde una altura de dos metros y medio para aterrizar justo sobre la puñetera espalda.

Joder.

—Estoy bien —medio susurré, medio jadeé, mientras trataba de inhalar nuevamente, aunque apenas conseguí coger una bocanada diminuta y que resultó a todas luces insuficiente.

Tragando saliva, traté de inspirar de nuevo y no lo había conseguido más que a medias cuando mi columna dijo: «Todavía no, pringada». Deslicé los talones desnudos por las colchonetas, planté los pies en el suelo y traté de coger aire de nuevo, esta vez con algo más de éxito. Lo bueno: no me había roto una costilla. Lo otro bueno: al menos Ivan me había dejado caer allí, y no sobre el hielo, que equivalía al cemento cuando te golpeabas contra él.

Volví a tragar saliva, a coger aire y, cuando lo conseguí, me recordé que aquello no era nada. Nada serio, al menos. Abrí los ojos y, de inmediato, vi la mano enorme que me había sostenido a gran altura del suelo, la misma mano enorme que había temblado y me había dejado caer, extendida hacia mí. Por un segundo pensé en aceptar su ayuda, pero entonces recordé la otra vez que había hecho lo mismo. Sacudí la cabeza y me moví hasta apoyarme en el trasero yo sola.

—Estoy bien —murmuré, arrugando toda la cara al tiempo que lo decía.

—¿Necesitas un minuto? —me preguntó la entrenadora Lee desde su posición fuera de las colchonetas mientras me arrodillaba y me ponía lentamente en pie, tomando un par de bocanadas más que hicieron que la espalda ya solo me doliera un poco. Aun así, seguro que al día siguiente sí que lo sentiría.

—Estoy bien. Hagámoslo de nuevo.

Le quité importancia a la caída con un gesto de la mano al tiempo que echaba la cabeza hacia atrás e inspiraba para recuperar el último aliento que el impacto me había arrebatado. Cuando volví a tener la respiración bajo control y estuve lista para continuar, giré la cara hacia mi nuevo compañero, con el que no llevaba más que cuatro horas practicando. Cuatro horas.

Habíamos pasado la mañana haciendo ejercicios básicos, y cuando digo básicos me refiero a los más básicos de los básicos. La noche anterior no había dormido bien, sobre todo por la anticipación de lo que iba a suceder a la mañana siguiente (nuestra primera sesión de práctica juntos), pero al despertar estaba lista.

Cuando nos encontramos a pie de pista a las cuatro de la mañana, ya me había dibujado una I negra en el dorso de la mano izquierda y una D roja en la derecha; había calentado sola, y él también. La entrenadora Lee nos había puesto a patinar en círculos uno al lado del otro... durante horas. Todo para que encontrásemos nuestro ritmo común. Sus piernas eran más largas que las mías, pero los dos escuchamos las correcciones de la entrenadora, mantuvimos la boca cerrada y, al final, había funcionado. Ni siquiera creo que nos mirásemos a la cara de tan concentrados como estábamos en nuestros pies... y solo tuve que echarme un vistazo a las manos un par de veces.

Cuando la entrenadora Lee nos dijo que nos tomáramos las manos y lo repitiéramos, lo repetimos. Lo repetimos una y otra vez, tomándonos de las manos y sin tomarnos de las manos, hasta conseguir hacerlo bien. Eran pasos pequeños pero importantes. Eran cosas que deberíamos haber visto si hubiéramos hecho una prueba.

Así que cuando saltamos a la pista aquella tarde, después de que yo fuera a trabajar (y le explicara a mi jefe que, a partir de entonces, iba a tener que echar menos horas) y la entrenadora Lee nos dijo que íbamos a empezar a practicar los saltos en las colchonetas, estaba ansiosa por avanzar un poco más.

Al menos hasta que el agarre de Ivan se me hizo raro mientras me sostenía en un elevado *carry*, con las manos sobre un punto entre mi vientre y mi entrepierna y los brazos rectos por encima de su uno ochenta y ocho, mientras yo mantenía las piernas juntas y extendidas, la espalda arqueada y la cabeza erguida. Lo había hecho mil veces antes con mi expareja. Pero igual que había olvidado lo mucho que dolía caer, había olvidado que cada compañero tenía una forma distinta de sujetarte en las elevaciones. O eso tenía entendido. Solo había tenido uno en mi breve y mierdosa carrera en parejas. Tal vez pesara más que la última compañera de Ivan.

—Déjame ver dónde estás poniendo las manos, Ivan —le dijo la entrenadora Lee—. Luego empuja hacia arriba lo más lentamente posible para que pueda ver también el movimiento de Jasmine.

Asintiendo, levanté la vista hacia Ivan nada más ponerme en posición delante de él. Con el pantalón de chándal gris, estrecho y ceñido, una camiseta tan blanca que podría ser nuevecita, el pelo repeinado y con la raya perfecta de siempre, parecía estar listo para posar como modelo de pantalones de deporte en lugar de para entrenar.

Pegó la barbilla a la garganta, me miró con aquellos ojos azul grisáceo casi transparentes y asintió como diciendo: «A por ello». Hasta entonces no nos habíamos dirigido la palabra, ni siquiera solo moviendo los labios. Todavía.

Bajé la barbilla como él para decirle: «A por ello». Y a por ello que fuimos. Colocó las manos en posición en un lugar donde no había dejado que muchos tíos me tocasen y nos lanzamos.

En el segundo en el que me tenía más o menos al nivel de su cabeza, me di cuenta de que algo no iba bien, aunque no acertaba a averiguar el qué.

—¿Qué pasa? —preguntó la entrenadora Lee, como si me leyera la mente.

—Su palma está rara —le dije de inmediato, tratando de no retorcerme demasiado para no acabar otra vez en el suelo.

—A mí no me pasa nada —afirmó Ivan desde debajo de mí, con un tono tan ofendido como imaginaba que sonaría.

Puse los ojos en blanco. Había prometido que no diría gilipolleces, pero eso no significaba que no pudiera poner los ojos en blanco, y especialmente cuando él no pudiera verme.

—No sé qué pasa. Creo que sus manos son más grandes... —empecé a decirle a la entrenadora Lee antes de que el hombre que tenía debajo emitiera una risita que hizo que volviera a poner los ojos en blanco—. Es una sensación rara.

La elevación subió al máximo, y me vi en la misma posición en la que estaba cuando me había dejado caer. Endurecí el vientre y apreté los dientes, tensando los bíceps mientras trataba de trasladar algo del peso a mis palmas y mis dedos. Podía hacerlo.

—Sé lo que hago —dijo el idiota de debajo.

—Me acostumbraré —le dije a la entrenadora Lee, fingiendo que no había oído a Ivan.

—Bájala y hazlo de nuevo —respondió la mujer.

E Ivan lo hizo, bajándome al suelo mucho más deprisa y no con todo el cuidado con que podría haberlo hecho. Capullo. Le lancé una mirada asesina, pero estaba demasiado ocupado atendiendo a la entrenadora Lee como para darse cuenta.

Lo hicimos otra vez. Y otra y otra y otra. Fue lo único que hicimos durante las tres horas siguientes, la entrada a la elevación una y otra y otra vez hasta que dejé de notarlo tan diferente, y los brazos (igual que a Ivan) me temblaban de cansancio. Me dolían los hombros y no podía ni imaginarme cómo estarían los suyos. Pero ninguno de los dos se quejó ni pidió un descanso.

Para cuando dieron las cuatro, sentía agotados unos abdominales que había olvidado que poseía y estaba segura al noventa por ciento de que al día siguiente tendría un moratón gigante en la barriga.

—Una vez más y lo dejamos —dijo la entrenadora desde el lugar donde se había sentado con las piernas cruzadas, en una colchoneta a varios metros del círculo en el que Ivan y yo habíamos estado trabajando.

Ni siquiera habíamos llegado al punto en que caminase conmigo por encima de su cabeza: aún seguíamos haciendo la misma elevación.

No miré arriba, dando un paso atrás e inclinándome hacia delante al tiempo que las manos de Ivan se colocaban en posición. Entonces me levantó, un poco más rápido a pesar de que sabía que tenía que estar cansado, con un poco más de facilidad y consistencia. No pasaron ni veinte segundos antes de que volviera a poner los pies en el suelo y tuviera que refrenar una mueca por las agujetas en los abdominales. Iba a tener que aplicarme la pomada de árnica que llevaba en la bolsa en cuanto me duchara para no morirme al día siguiente.

—Esta noche ponte hielo en el estómago, Jasmine. No podemos permitirnos que andes con agujetas —dijo la entrenadora Lee casi inmediatamente después de que aterrizara. La miré y asentí—. Buen trabajo el de hoy.

¿En serio? Parte de mí pensaba que podría haberlo hecho mejor, o al menos más rápido, pero tampoco es que tuviera nada ni nadie con quien compararme. Pero no iba a dejarme apabullar: paso a paso. Lo sabía. Paso a paso, uno tras otro hasta completar la escalera.

—Descansad, poneos hielo donde haga falta y nos vemos los tres mañana —concluyó ella.

Yo ya sabía que la entrenadora Lee se ocupaba de otros patinadores más jóvenes, en los que solía concentrarse una vez que Ivan había acabado la temporada. Vi que se giraba y se marchaba sin más. Pues vale. Yo tampoco tenía intención de quedarme de cháchara.

Enarqué las cejas y fui hacia donde había dejado los zapatos y los calcetines. Había un silencio extraño en la sala enorme; aquel era uno de los pocos espacios para practicar disponibles en el CL y cualquier patinador podía usarlo. Inclinándome, agarré los calcetines y me los puse, percatándome de que se me había descascarillado el esmalte rosa chicle del dedo gordo del pie. Tal vez esa noche pudiera volver a pintarme las uñas si no se me saltaban las lágrimas al encorvarme. El esmalte nunca me duraba más de un par de días, y menos con un horario de entrenamientos como este nuevo, pero me gustaba llevar las uñas de los pies pintadas. Prefería que me hicieran la pedicura antes que hacérmela yo, pero eso no iba a volver a suceder, al menos durante un año.

Me erguí para calzarme los zapatos y oí un fuerte suspiro a mis espaldas. Fingí que no me había dado cuenta, pero no pude seguir ignorándolo cuando Ivan dijo con aquella voz a medio camino entre barítono y bajo:

—Tenemos que trabajar en tu confianza en mí si quieres que te ayude a encontrar otro compañero cuando acabemos el año que viene.

Entonces... me detuve con las manos enredadas en los cordones del zapato y levanté la mirada por encima del hombro para encontrar a Ivan de pie en el mismo lugar donde lo había visto por última vez: descalzo en mitad de las colchonetas, solo que esta vez en jarras y la atención concentrada en mí.

—¿Qué? —pregunté, frunciendo el ceño.

El músculo de su mentón tembló.

—Tenemos. Que. Trabajar. Tu. Confianza. En. Mí. Si. Quieres. Que. Te. Ayude. A. Encontrar. Otro. Compañero —repitió, palabra por palabra, el muy listo.

Parpadeé y, si entonces el ojo comenzó a palpitarme, no fue aposta. Lee se había ido, ¿no? Solo habíamos hablado de cuidar nuestras palabras durante los entrenamientos, ¿verdad?

—Te. He. Entendido. A. La. Primera —respondí, tomándome mi tiempo igual que había hecho él—. Pero. No. Sé. A. Qué. Te. Refieres.

—A. Que. Tienes. Que. Confiar. En. Mí. O. Esto. No. Va. A. Funcionar.

Qué hijo de perra. «Cálmate, Jasmine. Háblale con normalidad. Sé mejor persona que él». Pero no pude.

—¿Me estás amenazando?

Entonces fue él quien parpadeó. Y quien subió las cejas. Y quien encogió un hombro.

—¿Solo llevamos un día y ya estás amenazando con no ayudarme? —le pregunté, deteniéndome en cada palabra.

—Lo único que digo es que esto no va a ir bien a menos que confíes en mí, y hasta tú lo sabes —respondió.

El ojo me palpitaba, y juro por Dios que los dedos me temblaban por la necesidad de arrancarle los pelos a alguien.

—Me has dejado caer.

—Una vez, y no va a ser la última. Lo sabes —fue su excusa.

Lo miré con incredulidad. Claro que lo sabía. No esperaba otra cosa, pero... seguía siendo él quien me había dejado caer.

Ivan me miró sorprendido.

—No lo he hecho a propósito. —A ver, no es que me lo creyera exactamente, y él ya debía de esperárselo, porque meneó la cabeza, las aletas de su nariz perfectamente recta se agitaron y lo repitió—: De verdad que no.

Yo no articulé palabra.

—No voy a arriesgarme a que te lesiones —trató de decir antes de que su mejilla se tensase—; no mientras seas mi compañera.

—Eso me da mucha seguridad.

Le tembló la mejilla.

—Confío en ti lo suficiente —dije mientras en la base de la garganta me cosquilleaban las palabras «mentirosa, mentirosa, mentirosa»—. Es que no estoy acostumbrada a la forma en la que me sostienes, eso es todo. —Y era difícil confiar en alguien al que llevabas años llamando «caraculo», pero...

La punta de su lengua empujó por dentro de la mejilla y sus ojos azules como el hielo me miraron entrecerrándose. ¿Es que todo en él tenía que ser perfecto todo el puto tiempo?

—Mientes fatal, ¿lo sabes? —preguntó.

—Tú sí que mientes como el culo —dije antes de poder refrenarme.

Negó con la cabeza, y me di cuenta de que no se le movía ni un solo pelo de la cabellera negra como el carbón.

—Has dicho que harías todo lo necesario para que pudiéramos ganar, ¿no?

Asentí lentamente.

—Pues te estoy diciendo lo que haces mal para que lo soluciones —respondió, levantando una ceja.

Madre mía.

—Llevamos un día y te he dicho cuál es el problema. La colocación de tus manos es rara.

—La «colocación» de mis manos no es rara.

—Sí que lo es —insistí.

Ivan me miró con los ojos como platos.

—Hasta ahora nadie se ha quejado.

Yo imité su expresión.

—Es probable que nadie tuviera huevos para quejarse. Me acostumbraré. Estoy segura de que lo estás haciendo bien...

—Pues claro que sí. ¿Quieres ir a echar un vistazo a todos los trofeos que hay en la vitrina de la salida? —me espetó el muy gilipollas.

Solté aire y sacudí la muñeca..., porque me dolía un poco, no porque ya quisiera asestarle un puñetazo. No.

—¿Te paras a admirarlos cada día al entrar y salir? ¿Les sacas brillo todos los domingos? ¿Les das un besito? —Sonreí al ver como Ivan abría y cerraba la boca—. Me acostumbraré.

Ivan parpadeó.

—El problema no es que te acostumbres, es que no confías en mí. Lo noto.

—Confío en que no me dejarás caer a propósito —dije lentamente; no me gustaba adónde iba la conversación—. Creía que querías tener todo bajo control lo antes posible. Que no querías perder el tiempo.

—Menuda perspicacia, Sherlock —dijo lentamente con tono sarcástico, haciendo que de inmediato un escalofrío me recorriera la espalda.

—Mira, Satán, ¿cómo esperas que confíe en ti después de solo seis horas practicando? —solté antes de poder controlarme.

Aquello hizo que se le dibujara en la cara la sonrisa extraña y gozosa que solo le veía cuando nos peleábamos.

—Lo sabía.

—Menuda perspicacia, Sherlock. Sé que no me vas a dejar caer a propósito, pero ¿qué quieres que le haga? No nos soportamos. No puedo evitar pensar que no vas a tener cuidado conmigo, por mucho que me repita lo contrario.

Arqueó una ceja, y no se me escapó el hecho de que no contradijera lo de que no nos soportábamos. Imbécil.

—Pues vas a tener que hacerlo. Lee cree que podemos conseguirlo en un año y yo sé que podemos...

Puse los ojos en blanco: por supuesto que Ivan estaba seguro de que podía hacer o dominar lo que fuera incluso en ese tiempo limitado. Vale, puede que yo también pensase lo mismo sobre mí, pero era distinto. No me comportaba como una gilipollas sin razón, y solo lo hacía con una persona.

—... pero tenemos que superar esto, y cuanto antes. Dudas porque no confías en mí por culpa del idiota que tuviste antes como compañero, así que ¿qué quieres de mí? ¿O qué necesitas que haga para que avancemos?

Esa vez fui yo quien se quedó de piedra, porque ¿quién era esta persona?

«¿Qué necesitas que haga?». Pero ¿qué coño? ¿Y a cuento de qué mencionaba a Paul?

Se me debió de notar en la cara que me había pillado con la guardia baja, porque suspiró.

—No tengo todo el día.

Tócate las narices.

—Y yo tampoco. —No le dije «caraculo», pero lo pensé—. Mira, no lo sé. Te he dicho que, en mi cabeza, sé que no me dejaste caer a propósito, pero el resto de mi persona no se fía. Hace una semana no habría confiado siquiera en que me cogerías si me dejase caer hacia atrás. No sé cómo arreglarlo.

Ivan se quedó parado.

—No eres mi primera compañera nueva y es solo un año, así que vamos a solucionarlo. ¿Quieres que te dé mi palabra?

—Fíjate en que no has dicho que me habrías cogido si me hubiera dejado caer hacia atrás.

—Porque no lo habría hecho.

«Es que lo sabía, joder».

—Pero eso era antes y esto es ahora, Albóndiga. ¿Quieres que te dé mi palabra de que no te haré daño a propósito?

Estuve a punto de reírme.

—¿Tu palabra? ¿Recuerdas todas las otras palabras que me has dirigido a lo largo de los años? —Ivan apretó la mandíbula, haciendo que su rostro perfectamente esculpido se tensara—. Eso es lo que pensaba.

—¿Qué quieres que haga? Lee me va a preguntar qué he hecho para solucionar este problema y quiero decirle que todo lo necesario. Dime.

¿Que le dijera? Desvié la vista a un lado antes de volver a mirarlo.

—Cuéntame algo que te dé vergüenza.

—No. —Ni siquiera dudó; si se hubiera tratado de otra persona, yo habría sonreído.

—Pero bueno, ¿ahora quién es quien tiene problemas de confianza, idiota? —Negué con la cabeza—. No te preocupes, lo superaré. Todo va a salir bien. Yo necesito esto más que tú. Me las apañaré y no habrá ningún problema.

Más me valía.

—Muy bien.

Bajé la vista y acabé de atarme los cordones antes de ponerme en pie. Madre mía, realmente iba a necesitar ponerme hielo esa noche. Tal vez bañarme en él. Joder. Eso sí que no lo echaba de menos.

Hice rodar hacia atrás los hombros (hasta ese momento no me había dado cuenta de lo tensos que estaban) y desvié la mirada a Ivan, quien en algún momento se había movido y estaba ocupado calzándose lo que parecían unas botas de esquimal. Qué más daba. Lo que yo quería era llegar a casa.

Di un paso hacia la puerta y titubeé. Ahora éramos compañeros. Durante un año. Podía ser mejor persona. Lo sería. Así que eché la vista por encima del hombro.

—Hasta luego —dije.

Ni siquiera añadí un insulto al final. Eso tenía que significar algo.

Esperé unos dos segundos antes de darme cuenta de que no iba a contestarme, el muy gilipollas, y me encaminé hacia la puerta, diciéndome que no importaba que no me respondiese nada. ¿Qué demonios esperaba? ¿Que fuera amable conmigo? Sabía de sobra lo que era y lo que no era aquello. Ya me lo había dicho. Un año: eso era todo lo que íbamos a permanecer juntos. Y lo deseaba tanto como para hablar conmigo de lo que no funcionaba para que pudiéramos solucionarlo. Al menos podía confiar en que Ivan siempre tomaría la mejor decisión profesional. ¿Pero fiarme de él? Por supuesto que no. Al menos no lo suficiente. Pero en lo que importaba, sí.

Tiré hacia arriba de la cinturilla de las mallas, que se había dado de sí por el uso; hice girar los hombros, metí tripa para ver si realmente me dolían los abdominales tanto como esperaba (y así era) y decidí que más me valía pasar por la tienda de la esquina y pillar un par de bolsas de hielo. Los baños de hielo eran una tortura y había muy pocas cosas peores, pero… odiaba aún más estar dolorida. Tendría que echarle un par de ovarios y aguantarme. Aun así, los huesos me dolieron solo de pensarlo.

Con un escalofrío subiéndome por la espalda que me hizo sentir una cobarde, bajé por el pasillo lo más rápido que pude. Cuanto antes llegase a casa, mejor. Todavía podía acoplarme a la noche de cine de mi madre y Ben.

Nadie se había sorprendido demasiado al vernos patinar esa mañana juntos a Ivan y a mí, pero imaginaba que sería porque por las mañanas todo el mundo estaba demasiado concentrado en sí mismo. Era la otra gente, la de las tardes, la que hablaría. Y si a mi madre aún no le habían ido con el cuento, definitivamente lo habría averiguado de alguna otra manera.

No iba a contárselo a mis hermanos y hermanas con antelación, sobre todo porque me gustaba cuando se les iba la olla y se enrabietaban. Me hacían reír. Y me hacía feliz importarles tanto.

Mientras seguía desentumeciéndome los hombros al caminar, me adentré en otro pasillo y me detuve. Al final, junto a las puertas, estaba una persona a la que conocía demasiado bien y otra a la que también conocía, aunque no tan bien. Eran Galina y la chica por la que me había sustituido y, por su lenguaje corporal, sabía que mi exentrenadora estaba molesta (había sido culpable de ello con la suficiente frecuencia a lo largo de los años como para reconocerlo). Por la forma en la que la chica se limpiaba las mejillas, diría que estaba llorando. A mí nunca me había hecho llorar, pero entendía por qué acabarían así otras personas que no comprendieran sus métodos.

Mientras recorría el pasillo, arrepentida de no llevar conmigo mi bolsa para así sacar mis auriculares, ponérmelos y fingir que no me enteraba de nada, vi y oí a Galina hablar con la chica en voz baja, por lo que solo capté fragmentos de su acento ruso. Algo sobre expectativas, objetivos y no rendirse. Probablemente me hallara a mitad del pasillo cuando ambas se giraron y me miraron.

—*Yozik* —me saludó mi antigua entrenadora con un asentimiento tenso.

—Galina —respondí antes de desviar la mirada a la otra chica y saludarla con un ademán que probablemente fuera igualito al de Galina—. Latasha.

—Hola —me respondió la chica, con aspecto de estar aguantando la respiración y agachando la cabeza, tal vez para que no le viera los ojos y advirtiera su disgusto por la bronca que le estaban echando a saber por qué. No sabía que no me importaba, y yo no iba a decírselo.

—Enhorabuena por el nuevo compañero —dijo mi exentrenadora—. Me alegro por ti. Solo era cuestión de tiempo; siempre lo supe.

Aquello hizo que casi tropezara. ¿Que se alegraba y que siempre lo supo? ¿Qué era lo que siempre había sabido?

—Vuestros triples *lutzes* juntos serán preciosos —prosiguió, y yo no pude sino mirarla como si no la conociera de nada. ¿De dónde coño salían todos esos cumplidos y por qué me los hacía?—. ¿Cuántas veces has repetido? —inquirió sin necesidad, porque sabía perfectamente cuánto había trabajado en ellos. Había estado delante. Le había contado las veces que mi madre me había ayudado a grabarlos para que pudiera ver cómo me salían.

Pero no me hacía falta preguntarle para saber a qué venía el comentario. Habíamos pasado demasiado tiempo juntas como para que no entendiera cómo funcionaba su cerebro y cuál era su objetivo. Galina quería darle algún tipo de lección a la jovencita.

—¿Cinco mil? —respondí encogiéndome de hombros, porque desconocía la cifra concreta. Los números no eran lo mío y, al cabo de un tiempo, había perdido la cuenta.

—¿Alguna vez lloraste haciéndolos?

Sabía de sobra que nunca lloraba y, aunque no quería disgustar a la chica más de lo que ya lo estaba mencionándolo, tampoco iba a mentir. Así que me limité a menear la cabeza, porque decir las palabras habría sido demasiado cruel. Cambié de tema antes de que Galina pudiera seguir preguntándome cosas que solo conseguirían hacer daño a Latasha.

—Lina, ¿te puedo preguntar algo en privado?

La mujer ladeó la cabeza como si se lo estuviera pensando y asintió con decisión, como era su costumbre. Continué caminando por el pasillo, me siguió y se detuvo al mismo tiempo que yo. No me anduve por las ramas.

—¿Qué es lo que te preguntó Nancy Lee sobre mí?

Su semblante no se alteró, como si no la sorprendiera la cuestión. Y no debería. Ella sabía que nunca había tenido problemas en hacer preguntas.

—Si creía que estabas acabada. Eso me preguntó.

Parpadeé.

—Si escuchabas, si trabajabas con ganas, si volvería a entrenarte —continuó, con su rostro duro como el acero vuelto hacia mí—. Dije que sí. Dije que estabas destinada a tener compañero. Tienes hombros. Brazos. Era yo quien no estaba a tu altura. Dije que eras mejor patinadora que jamás hubiera entrenado…

Parpadeé.

—... que único problema es que das demasiadas vueltas a cabeza, *yozik*; lo sabes. Te preocupas demasiado; también lo sabes y también lo dije. Nadie merece una oportunidad como Jasmine, dije. —Su mirada estaba fija en la mía cuando concluyó—. También dije que Ivan y tú os mataréis uno a otro si habláis demasiado.

Galina...

—De nada. No harás me arrepienta de lo dicho, ¿no?

Galina...

Tragué saliva. Y antes de que pudiera articular otra palabra, mi exentrenadora me dio una colleja en la nuca igual que había hecho miles de veces antes y dijo:

—Tengo cosas que hacer. Ya hablaremos.

6

Pasaron tres días antes de que una tarde comenzaran a llegar mensajes mientras trataba de terminar de calentar antes de nuestra sesión. Había llegado al CL más tarde de lo habitual y había ido directamente a la sala de entrenamiento, dando gracias por haberme cambiado de ropa antes de salir del trabajo después de ver la hora y recordar que el tráfico durante la pausa del almuerzo no era cosa de broma.

Estaba estirando las caderas cuando el pitido del teléfono me llegó desde donde lo había dejado, encima de la bolsa de deporte. Lo cogí y, después de tomarme mi tiempo, me reí con malicia nada más ver el mensaje.

Jojo
PERO QUÉ COJONES JASMINE

No me hacía falta preguntarle a qué venía el «qué cojones». Había sido una cuestión de tiempo. Era dificilísimo guardar un secreto en mi familia y el único motivo por el que mi madre y Ben (la única persona además de ella que lo sabía) habían mantenido la boca cerrada era porque ambos habían decidido que sería más divertido fastidiar a mis hermanos no diciéndoles nada y dejando que se enterasen por las malas de que iba a volver a competir.

La vida consistía en aquellos pequeños placeres.

Volví a guardar el móvil en la bolsa y seguí estirando sin molestarme en responder, porque eso lo cabrearía aún más.

Veinte minutos después, mientras seguía estirando, saqué el teléfono y no me sorprendió ver que habían aparecido más mensajes.

Jojo
POR QUÉ NO ME DIJISTE NADA
CÓMO HAS PODIDO HACERME ESTO
LOS DEMÁS ME LO HABÉIS OCULTADO?
Tali
Qué ha pasado? Qué es lo que no te ha dicho?
DIOS MÍO, Jasmine, estás preñada?
Te juro que, como lo estés, te voy a dar una paliza. Hablamos de anticonceptivos en cuanto alcanzaste la pubertad
Sebastian
Jasmine está embarazada?
Rubes
No está embarazada
Qué ha pasado, Jojo?
Jojo
MAMÁ, TÚ LO SABÍAS?
Tali
Por qué no nos dices qué pasa?
Jojo
JASMINE ESTÁ PATINANDO CON IVAN LUKOV
Y me he enterado por Picturegram. Alguien ha subido desde la pista una foto de ellos en una de las salas de entrenamiento. Haciendo elevaciones
JASMINE TE JURO POR DIOS QUE COMO NO LO EXPLIQUES VOY A POR TI AHORA MISMO
Tali
ESTÁS DE BROMA? ES VERDAD?
JASMINE
JASMINE
JASMINE
Jojo
Voy ahora mismo a la web de Lukov a comprobarlo
Rubes
Acabo de llamar a mamá pero no responde
Tali
Ella ya lo sabía. QUIÉN MÁS LO SABÍA?
Sebastian
Yo no. Y deja de escribir el nombre de Jas una y otra vez. Eres una pesada. Está patinando de nuevo. Bien por ti, Jas. Me alegro

Jojo
^^ Eres un aguafiestas
Sebastian
No, simplemente no flipo porque tenga un nuevo compañero
Jojo
PERO NO NOS HA DICHO NADA. De qué sirve ser familia si no te enteras de las cosas antes que nadie?
LO DESCUBRÍ POR PICTUREGRAM
Sebastian
Le caes mal. Yo tampoco te lo habría dicho
Tali
No encuentro nada online
Jojo
JASMINE
Tali
JASMINE
Jojo
JASMINE
Tali
JASMINE
Cuéntanos todo o voy a casa de mamá hoy mismo
Sebastian
Sois pesadísimos. Voy a silenciar la conversación hasta que salga de trabajar
Jojo
Aguafiestas
Tali
Aguafiestas
Jojo
Chispas
Tali
Chispas
Sebastian
Pesados

Sonreí para mis adentros mientras leía con calma los mensajes, masajeándome con la palma de la mano el dorso de la otra. No me hacía falta mirar para saber que ahí seguían la D roja y la I negra que llevaba escribiéndome cada día. No me había estado frotando las manos con el ahínco suficiente al lavármelas. Probablemente tardaría meses en que se borraran del todo. Había pensado en limitarme a formar una I con los dedos para distinguir un lado del otro, pero tardaba demasiado, así que iba a tener que aguantarme con los rotuladores y las letras... por un tiempo.

Escribí una respuesta porque, conociéndolos, si no lo hacía la próxima vez que mirase el teléfono tendría una columna interminable de «JASMINE» hasta que al final hiciera acto de presencia. Eso no significaba que mi respuesta tuviera que ser la que deseaban.

Quién es Ivan Lukov?

—¿De qué te ríes, Albóndiga?

Los hombros se me tensaron por un segundo, antes de acordarme de que el idiota ese no merecía que me pusiera nerviosa. Al menos no cuando pudiera verme reaccionar. No se lo merecía.

Dejé el teléfono al lado de la rodilla, miré alrededor y vi que la entrenadora Lee no estaba en la sala. Hum. Me incliné hacia delante, con la espalda recta y las plantas de los pies, enfundados en calcetines, juntas. Ni siquiera le concedí el beneficio de alzar la vista cuando, por algún motivo, se acuclilló a mi lado.

—Estaba viendo fotos tuyas desnudo. —Me estiré aún más a medida que avanzaba con las palmas hasta que la frente quedó a un par de centímetros del suelo—. Necesitaba echarme unas risas.

Su «mmm» hizo que le sonriera a la colchoneta, así que por suerte no me vio.

—¿Sabes lo que veo yo cuando necesito echarme unas risas?

La sonrisa desapareció de inmediato de mi cara. No respondí a su estúpida pregunta.

—Vídeos de tus programas con Cómo-se-llamara —se respondió a sí mismo.

Capullo. Giré la cabeza a un lado, lo suficiente para ver dónde estaba.

—Tengo un vídeo en Favoritos en el que te caes mientras haces la espiral de la muerte en la Copa de Rusia del año pasado —dije.

Trató de reprimir un siseo, pero lo detecté de inmediato. No pude evitar sonreír de nuevo. Volví a girar la cabeza a su posición inicial y compartí mi sonrisa con las colchonetas. Aunque debía haberme esperado que contraatacase casi al instante.

—Y también lo viste en directo desde casa, ¿verdad?

Me volví y me quedé mirando dónde se encontraba, a unos pocos metros, con las piernas rectas estiradas. Tenía la cabeza girada hacia mí. Por supuesto. Siempre me estaba mirando, joder, tratando de sacarme una reacción.

—Pues sí. ¿Te dieron algo por quedar cuarto aquel día o...?

No vaciló.

—No tenían nada que darme por quedar en cuarto lugar. Dijeron algo de que se habían quedado sin escarapelas desde que decidiste pasarte a parejas.

Parpadeé. Parpadeó. «Sé mejor persona, sé mejor persona, sé mejor persona».

—Siempre la madrina, nunca la novia —murmuró.

—Este año se me va a hacer eterno —susurré más para mí, pero un poco también para él, joder, porque ¿por qué no?

Las comisuras de su boca formaron una sonrisa petulante que de verdad hizo que me hormiguease la palma de la mano.

—Voy a estar contando los días, Albóndiga; créeme. Dentro de un año es probable que pague a alguien para que te acepte y pueda librarme de ti.

Un sentimiento feo y puede que dolido se abrió paso en mi pecho por un segundo, antes de que lo aplastase. Un año. Yo lo sabía. Él lo sabía. Era parte del trato. No era ninguna sorpresa.

—Dentro de un año sacaré tu muñeco de vudú de su caja y volveré a pincharle agujas en tu negro corazón.

Sus párpados se entrecerraron.

—El que tengo tuyo sigue en mi mesilla.

—Espero que te quedes calvo.

Parpadeó.

—Espero que...

—Pero ¡¿a vosotros dos qué os pasa?! —siseó la entrenadora Lee detrás de nosotros. Ladeé la cabeza un poco más para ver cómo negaba con un gesto, de pie entre los dos, mirándonos con una expresión casi de horror en la cara—. Me retraso un par de minutos y... —Cerró los ojos y volvió a negar antes de volver a abrirlos—. ¿Sabéis qué? No me hagáis caso. Os dije que no hablaseis entre vosotros mientras practicabais, pero haced lo que os dé la gana cuando no estemos entrenando.

Ninguno de los dos dijo ni mu, pero nuestras miradas se encontraron. Mi boca formó las palabras: «Das asco». Y la suya, sonrosada y pálida, susurró: «Y tú más».

Se oyó otro suspiro, pero sonó aún más resignado.

—No estoy ciega. Puedo leeros los labios. A los dos.

No es que no hiciera caso a la entrenadora Lee, pero lo único que había prometido era no «decir» nada. Así que no me preocupé cuando volví a mover los labios mirando a Ivan: «Vete a la mierda». Su lengua presionó por dentro de la mejilla. Entonces abrió la boca: «Ya estoy viéndola».

—Dijimos que íbamos a hacer todo lo posible porque esto funcionara, ¿os acordáis? —subrayó la entrenadora Lee, que obviamente seguía viéndonos.

—Ajá —murmuramos Ivan y yo sin dejar de mirarnos.

«Hacer todo lo posible» era un lema horrible al que hacer honor; no es que fuera a arrepentirme, pero..., la madre que me parió, estaba cerca.

—¡Otra vez!

»¡Otra vez!

»*¡Otra vez!*

»¡No! *¡Otra vez!*

No me habría importado ni un poco no volver a oír las palabras «otra vez» en mi vida, de verdad que no. Porque empezar de cero (y eso era lo que parecía, aunque no lo fuese) me estaba tocando muchísimo los ovarios. Sobre todo porque era Ivan con quien lo estaba haciendo. Ivan, a quien le notaba igualmente exasperado.

Hasta que la entrenadora Lee no dejó caer hacia atrás la cabeza y suspiró mirando al techo, no cambió la cantinela.

—Vale, por hoy hemos terminado. Dejasteis de incrementar la velocidad hace media hora y apenas habéis mejorado el ritmo. Ahora mismo estamos perdiendo el tiempo. Esto no va a ir a mejor —concluyó, lanzándonos una mirada de lo más acusadora, como si no entendiese por qué nos estábamos quedando sin energía.

Yo ya no estaba acostumbrada a nada de aquello: movidas básicas y exhaustivas que llevaba sin hacer desde que empecé a patinar con el Comemierda hacía cuatro años. Había que joderse.

A pesar del baño de hielo que tomaba cada noche desde hacía una semana, seguía doliéndome todo: las costillas, el abdomen, los hombros, las muñecas, los cuádriceps, la espalda. Lo único que no me dolía era el culo, y solo porque mis nalgas no habían perdido la costumbre de que cayera sobre ellas. Eso, y que una tenía menos nervios funcionales que la otra; estaba prácticamente segura de que los había matado a base de trabajar en mis 3L (mis triples *lutzes*) en el pasado.

Había estado poniéndome frío varias veces al día en las lumbares, en las rodillas, en las caderas..., por todas partes. Sabía que era solo cuestión de tiempo hasta que volviera a acostumbrarme; al menos eso era lo que esperaba de corazón. Había un motivo por el que las chicas más jóvenes dejaban el patinaje antes de llegar a la mayoría de edad. A medida que una envejecía, el cuerpo tardaba cada vez más en recuperarse, y el hecho de que me hubiera lesionado más veces en veintiséis años que la mayoría de la gente en toda una vida no ayudaba.

La entrenadora Lee se frotó el puente de la nariz con las puntas de los dedos y suspiró.

—Vamos a repasar algunas cosas antes de esta tarde, ya que aún tenemos tiempo —dijo sin alzar la voz. ¿Estaba de mal humor o...?—. Nos vemos en mi despacho dentro de quince minutos —concluyó, antes de resoplar exasperada y darse la vuelta para alejarse.

Sí, no eran imaginaciones mías. Y eso que no creía que la práctica hubiera ido tan mal. No había sido de lo mejor, pero tampoco de lo peor. Íbamos avanzando de día en día.

La actitud de Ivan no había cambiado y la mía tampoco. No nos hablábamos a menos que los dos estuviéramos en una conversación con la entrenadora Lee. No discutíamos cuando nos daba instrucciones o cuando uno le señalaba algo al otro... Me costaba lo indecible mantener la boca cerrada y sabía que a Ivan le suponía el mismo esfuerzo, pero lo hacíamos porque teníamos que hacerlo. Por eso y porque Lee no había vuelto a dejarnos solos.

«En fin», murmuré para mis adentros, masajeándome el hueso de la cadera con la palma de la mano para aliviar el dolor de la posición que había mantenido mientras ejecutaba piruetas ángel, en las que básicamente contorsionas el cuerpo hasta formar la silueta de una lágrima tirando del tacón de la bota hacia la coronilla. Me habían resultado muchísimo más fáciles cuando tenía dieciséis años. En ese momento... me costaban, y eso me daba por saco.

Sin esperar a Ivan ni girarme siquiera a ver qué hacía en ese momento, me deslicé hasta la salida de la pista, me puse los protectores en las cuchillas y me encaminé a los vestuarios para poder vestirme y dejar zanjada la reunión. Tal vez saliera del complejo antes de lo normal y pudiera servir alguna mesa más en el restaurante. Llegué hasta la taquilla, sin hacer caso del icono que parpadeaba en mi móvil, me limpié con una toallita de bebé como tenía que hacer a diario, pues no me daba tiempo a ducharme, me vestí y me apliqué el maquillaje justo para estar presentable.

No tardé nada en estar lista, pero para entonces habían transcurrido diez minutos. No tenía ni idea de sobre qué querría hablar la entrenadora, pero tampoco iba a preocuparme. Fuera lo que fuese, lo aceptaría.

Aceleré el paso mientras atravesaba los tres pasillos distintos que había que recorrer para llegar al ala derecha del edificio y encontré sin problemas el despacho de la directora. Llamé a la puerta y esperé a que la voz conocida de la entrenadora Lee exclamase: «¡Adelante!».

Al entrar, advertí que estaba sola y tenía el teléfono pegado a la oreja. Levantó el dedo índice y yo asentí antes de tomar asiento en la silla más cercana a la pared.

—Eso no es lo que había pedido —dijo al teléfono con voz queda, cubriéndose la cara con una mano conforme bajaba el tono cada vez más hasta llegar al susurro.

Mierda, estaba claro que necesitaba privacidad. Metí la mano en mi bolsa, saqué el móvil y miré la pantalla. Tenía nuevos mensajes. De grupo, específicamente, en el formado por papá, Jojo, Tali y otras dos personas; el único otro chat grupal al que pertenecía, el que menos usaba, el que tenía como miembro a mi padre y no a mi madre. Casi me planteé no hacerle caso hasta más tarde, pero cuando la entrenadora Lee bajó aún más la voz, lo abrí de todos modos.

El primer mensaje era suyo.

Papá
Ya tengo billete para ir a veros en septiembre
Rubes
Genial!
Jojo
Qué días?

Rubes
Puedes quedarte con nosotros
Papá
Vale
Del 15 al 22
Rubes
Espero que Jasmine esté
Papá
Adónde se va?
Jojo
Tiene nuevo compañero
Papá
Creía que lo había dejado
Jojo
No...
Rubes
Cómo va a dejarlo Jasmine, papá. Si ya lo sabes. A veces tiene competiciones en septiembre. Ya me enteraré

Creía que lo había dejado... Negué con la cabeza y suspiré antes de apagar la pantalla y volver a guardar el móvil en la bolsa. De verdad creía que lo había dejado. Por supuesto. La última vez que había hablado con él, hacía tres meses, le había dicho específicamente que seguía entrenando... y me había respondido: «¿Por qué? Si ya no tienes pareja».

—¿Te encuentras bien? —preguntó la entrenadora Lee, sacándome de mis pensamientos.

Me tragué la frustración y lo que estaba tan segura que era amargura que ni iba a comprobarlo, alcé la cabeza y asentí.

—Estoy bien. —Porque lo estaba.

La entrenadora Lee elevó las cejas, su rostro tenso y en apariencia cansado; más cansado de lo que lo había visto en años de mirarla solo de soslayo.

—Vale —fue lo único que respondió, con un nuevo suspiro que daba a entender que no era el caso en absoluto.

—¿Estás... bien? —Aunque en cierto modo no quería, no pude evitar preguntárselo con un tono de lo más dudoso, que era justo como me sentía.

La entrenadora alzó con sorpresa sus ojos oscuros antes de desviarlos brevemente a un lado y luego dirigirlos hacia mí con un leve asentimiento de la barbilla.

—Sí —mintió.

Parpadeé. El suspiro que escapó de sus labios me pilló totalmente desprevenida; luego negó con la cabeza.

—Son cosas personales. No te preocupes.

Sí, ya sabía yo lo que normalmente significaba ese «no te preocupes». No quería preocuparme por ella y, desde luego, no tenía ninguna gana de hablar de lo que fuera que le pasaba, pero tampoco era una cabrona.

—Podemos hablar. —Giré la pulsera que llevaba alrededor de la muñeca y me quedé mirándola, deseando en secreto que ella se negara, porque yo era la persona menos indicada del mundo para dar consejos y no sabía qué decir en situaciones incómodas—. Si quieres.

La mujer soltó una carcajada, y su sonrisa me pilló totalmente por sorpresa.

—Ay, Jasmine, eres un encanto, pero estoy bien. Estoy perfectamente.

¿Yo? ¿Un encanto?

Soltó otra carcajada y su sonrisa se ensanchó un poco más.

—No me mires como si te estuviera insultando. Te agradezco el ofrecimiento. Es solo que no me lo esperaba —respondió con cautela, pasándose la mano por la sien. Entonces volvió a alzar las cejas—. Mejor hablemos sobre ti, ¿te parece?

Mierda.

—No es nada malo —añadió, como si se percatase de que yo preferiría no hacerlo, pero supiera que no me quedaba otra.

Asentí. La mujer dejó de sonreír y se inclinó hacia delante, apoyando el codo en el escritorio.

—Lo primero, ¿te has abierto cuentas nuevas en redes sociales?

La madre que me parió. Cómo no iba a empezar por ahí.

—No —respondí con sinceridad mientras una sensación extraña, como de náusea, se me agarraba por un momento al estómago antes de que la reprimiese. Iba a estar bien. Todo iba a estar bien. Seguro—. Aún no he tenido tiempo. Lo haré este fin de semana.

La mujer asintió, pero había cierta vacilación en su semblante.

—¿Puedo preguntarte algo?

Odiaba cuando la gente me decía eso, pero tampoco podía responderle que no.

—¿Por qué borraste tus cuentas? Te seguía en Picturegram. Tenías un montón de seguidores. Tu página de Facebook también era popular, pero borraste las dos al mismo tiempo —continuó, con expresión atenta.

Maldición.

—¿Cuándo fue? ¿Hace casi dos años? Las eliminaste cuando aún patinabas con Paul —añadió, como si no lo supiera.

Como si no hubiera sido yo quien fue y canceló ambas cuentas. No tenía un publicista ni un equipo trabajando entre los bastidores de mi vida, lo llevaba todo yo sola, aunque a veces se metía mi hermana. Al menos hasta que le dije que dejase de hacerlo, porque me preocupaba que se enterase de lo que estaba sucediendo. Bastante miedo pasó la primera vez que recibí un mensaje asqueroso. Si hubiera visto los demás, habría sido peor. Puede que mi familia no hubiera sido nunca demasiado sobreprotectora conmigo, pero podían serlo. Y yo ni lo quería ni lo necesitaba. Tenían cosas mejores que hacer.

No quería contárselo a la entrenadora Lee, pero... ¿estaba dispuesta a que hubiera mentiras en nuestra relación desde el principio? Menuda mierda. Conocía la respuesta. Simplemente no me gustaba.

—Tuve un problemilla con un... fan —le dije, poniendo una mueca al pronunciar esa última palabra, porque más que fan podría haberlo llamado «acosador cabrón espeluznante»—. Fue desagradable y acabé cerrando mis cuentas porque me distraía demasiado.

La entrenadora Lee habría arrugado la frente, y fue frunciéndola cada vez más conforme yo hablaba. Mierda.

—¿Fuiste a la policía? —terminó por preguntar, con la frente todavía fruncida.

—No se llegó a producir ninguna amenaza real, así que no hubo nada que pudieran hacer —le dije con sinceridad, sintiéndome como una idiota—. Todo fue por internet.

Ahí sí que le mentí, en cierto modo. Así había sido la primera vez que acudí a la policía, pero luego había ido a más.

Su expresión siguió sin alterarse en absoluto, pero había algo en ella, tal vez sus ojos, que hacía que pareciese más pensativa que antes.

—¿Me avisarás si hay algún problema?

Levanté un hombro y formé con la cara lo más parecido a una

sonrisa de que era capaz sin que fuese genuina. Su frente se alisó y las comisuras de su boca temblaron levemente.

—Te agradezco que no me mientas. Al menos mantenme informada si las cosas se ponen feas de nuevo. Prefiero que estés cómoda y segura a que te acosen, ¿entendido?

Iba a tomármelo como que preferiría que no tuviera cuenta a que tuviera una en la que me alguien me enviaba vídeos cascándosela en respuesta a mis fotos.

Miré a la entrenadora Lee y asentí, apartando el recuerdo de «aquello». No parecía que me creyese al cien por cien, pero tampoco me dijo nada.

—Deja que me lo piense un poco más, pero por ahora sube cosas básicas sobre el CL. Una vez al día sería lo mejor; asegúrate de que sean fotos buenas, de calidad. Al cabo de unas semanas, empieza a mezclar los contenidos. Ivan y yo hemos estado hablando...

¿Cuándo coño habían estado hablando? ¿Por teléfono? No los había visto cuchicheando ni nada.

—... y, sobre todo después de lo que acabas de decirme, creo que estaría bien crear una cuenta dedicada en exclusiva a los dos.

Parpadeé al oírla decir «los dos».

—¿Para...? —Solo íbamos a patinar juntos un año. Parpadeé de nuevo—. ¿Por qué?

Su expresión casi me hizo sentir idiota.

—Cuanto más les gustéis a los fans y más os apoyen, más fácil será obtener donativos que, con suerte, cubran el resto de vuestros gastos, Jasmine. Si necesitas ayuda...

Puse mala cara.

—... o aun cuando no la necesites —añadió, probablemente al ver mi expresión—, tienes que plantearte abrir una de esas cuentas de mecenazgo online para cubrir el resto de tus gastos.

Claro. Como que eso iba a funcionar. Podía nombrar a las personas que aportarían algo, y todas eran de mi familia. Yo estaba acostumbrada, pero lo último que necesitaba mi reputación era que la gente se riera de mí porque nadie aportaba un centavo. Muchas gracias, pero ni de coña. Haría estriptis o vendería un riñón en el mercado negro antes.

—También sería una buena idea que los dos dierais alguna entrevista juntos próximamente —prosiguió, visto que yo no decía nada—. Estaba pensando que deberíamos invitar a un periodista o dos al complejo y que os grabaran mientras practicáis. Podemos inventarnos una historia bonita. Dos compañeros de pista que unen sus fuerzas. Quedaría genial.

¿Ivan y yo dando una entrevista juntos? Eeeh...

—Un frente unido —continuó diciendo—. Dos personas que se conocen desde hace tiempo y luego se emparejan...

Me atraganté. ¿Un frente unido? ¿Dos personas que se conocían desde hacía tiempo...?

Había un vídeo de nosotros dos de hacía un par de años que supuestamente era la grabación de la práctica de otro patinador, pero en el que me habían pillado diciéndole a Ivan que me la chupara después de que él me hubiera advertido que la única forma de mejorar la pirueta que estaba practicando en ese momento era reencarnándome. Pero el micrófono no había captado esa parte; solo había registrado lo que yo había soltado, porque así era mi suerte.

No es que fuera la persona más leída del mundo, pero tampoco era tonta. Había algo que me daba mala espina en el tono de voz de Lee y en la forma en la que me hablaba. Y no me equivocaba. La miré con incredulidad.

—¿Vas a intentar que parezca que estamos saliendo?

Por un momento apretó los labios.

—No, saliendo no.

Eeeh...

—Más bien que sois muy amigos. Que os respetáis mutuamente...

Ay, Dios.

—Cuanto más unidos estéis, mejor...

¿Cómo?

—A la gente le encantará —concluyó, con semblante tranquilo y sosegado.

La mirada impávida que le dirigí debía de decir exactamente lo que pensaba, porque enarcó las cejas de un modo que no me gustó.

—Simplemente no queremos que se note que casi no os soportáis. ¿Me entiendes?

—¿Quieres que actúe como si todo fueran risas, amor y compañía? —pregunté con cuidado, sin moverme de mi sitio.

Suspiró del mismo modo en el que solía hacerlo Galina, pero no quise darle mayor importancia.

—No, no es eso lo que quiero decir. Respeto y admiración...

—Es que no lo admiro.

La entrenadora Lee cerró los ojos con fuerza un momento, y por mi vida que debía de estar pidiéndole paciencia a Dios.

—Puedes fingirlo.

—Él tampoco me admira a mí.

—Él también puede fingirlo. Es importante, y lo sabe. No podéis asesinaros con la mirada. La gente actúa cuando está sobre el hielo, y estoy segura de que esas emociones se trasladarán a la coreografía que vamos a montar dentro de un par de meses. Eso no me preocupa. Encontraremos las composiciones musicales adecuadas para que vuestra química destaque. También lo habéis estado haciendo genial durante los entrenamientos y estoy muy orgullosa de vosotros...

¿Por no habernos asesinado? Por el amor de Dios, ¿en eso se había convertido mi existencia: en que la gente se enorgulleciera de mí por tener la boca cerrada?

—Pero los dos tenéis que mantener esa relación fuera de la pista, al menos donde otras personas no puedan veros... —me miró de reojo— ni leeros los labios.

Lo único que pude hacer fue seguir allí sentada como una estatua y parpadear. Siendo realista, sabía que no pedía nada descabellado o impensable. Lo único que quería decir es que no nos lanzásemos a la yugular del otro. Aunque pareciera algo completamente distinto, aunque pareciera que me estuviera pidiendo que fingiese que lo quería o algo. Y sentía muchas cosas por Ivan Lukov, pero el amor no estaba ni entre las mil primeras palabras que habría usado. No.

Haciendo honor al modo en el que me había demostrado últimamente que era capaz de leer mi lenguaje corporal y mi cara, la entrenadora suspiró y me dirigió otra leve sonrisa teñida de exasperación.

—Jasmine, soy atea; no creo en los milagros. No os estoy pidiendo nada de lo que no os considere capaces.

No dije ni una palabra. Era una idiota por no haberlo visto venir, de verdad que lo era; lo admitía. Por qué cojones no se me había ocurrido que tendría que comportarme como una niña buena delante del público era algo que no acertaba a comprender. Como actriz no valía una mierda. Además, odiaba las mentiras.

Y odiaba aún más tener que mantener una conversación como esa.

Apretándome con fuerza la sien con los dedos índice y corazón, solté aire pausadamente, de una forma que no me pegaba nada. La pregunta me abrasaba los labios y el corazón, y aunque no quería una respuesta, la necesitaba.

—¿Mi reputación es tan mala que no me queda otra que hacer esto?

—Nadie niega que eres una patinadora artística de categoría mundial...

«Agárrate, Jasmine».

—... pero hay ciertos problemillas con cosas del pasado que queremos mejorar lo máximo posible para que todos salgamos beneficiados. Seguro que lo entiendes.

Eso era lo jodido, que lo entendía. Lo entendía a la perfección. Mi reputación era tan mala que la gente creía que la única forma de rehabilitarla era que el muñequito del patinaje artístico fuera mi amigo. Si él me aceptaba, todo el mundo podría hacerlo. Si él no lo hacía, significaría que había algo malo en mí.

Y yo no tenía absolutamente nada de malo. Sacaba la cara por mí misma. Sacaba la cara por otras personas. No le aguantaba tonterías a la gente. ¿Acaso eso estaba mal? Hasta Jonathan, mi hermano, me había dicho años atrás que, si hubiera sido un tío, nadie habría cuestionado mi forma de ser; pensarían que era un héroe algo canalla pero con el corazón de oro.

—Tampoco hace falta que lo exageréis —dijo la entrenadora Lee con cara de que si lo hacía tampoco se iba a quejar nadie. Comprendido—, pero sed amables el uno con el otro. Sed un equipo. Guardaos los comentarios para cuando estéis solos y lejos de los focos.

La puerta se entreabrió, por lo que no pude decir nada más. Una cabeza de cabello azabache asomó por el resquicio y con ella apareció una cara que a cada segundo me resultaba más familiar.

—He tenido que firmar un par de autógrafos —se disculpó antes de entrar y cerrar la puerta a su espalda; luego se detuvo y se quedó mirándonos a ambas como si no supiera qué pensar.

Por supuesto que iba a estar firmando autógrafos en el mismo centro en el que entrenaba casi a diario. La presencia de la entrenadora Lee fue lo único que me impidió abrir la boca y soltar un comentario sarcástico sobre que tenía que pagar a la gente para que le pidieran su firma. En cambio, me las ingenié para apartar esa tentación de mi mente y concentrarme en las palabras de la entrenadora.

—¿Tú estabas al tanto de esto? —le pregunté con una voz que me sonó extraña e incluso algo áspera.

Aquellos ojos azules se dirigieron a la mujer antes de volverse hacia mí y, a saber por qué, puso mala cara.

—¿De qué? —respondió.

—De que debemos fingir que estamos saliendo —salté, fulminando con la mirada a la entrenadora Lee, que a su vez puso cara de que estaba exagerando.

—Yo no he dicho que finjáis que estáis saliendo... —comenzó a explicar antes de que Ivan la cortara.

—¿Que tenemos que fingir que estamos saliendo? —preguntó como petrificado, alternando su mirada entre la entrenadora y yo con tal velocidad que era imposible creer que ya hubiera oído hablar de ello. Su ceño fruncido también ayudaba.

—Bueno, más bien que somos «los mejores amigos». —En algún lugar de mi mente me percaté de que estaba sacando el asunto de madre y siendo una maridramas..., pero me dio igual.

—No, ni siquiera los mejores; me conformo con que actuéis como amigos y ya —trató de aclarar la entrenadora.

—Que se respetan y admiran —murmuré.

Por una vez en la vida, Ivan no dijo nada.

—No tenéis que... besaros... ni nada por el estilo. Solo... mostraos amistosos, sonreíos, no actuéis como si..., como si... creyeseis que el otro tiene piojos —rectificó, tratando de arreglarlo. Iba a hacer caso omiso de que hubiera usado la palabra «piojos» para describir lo que opinábamos el uno del otro. Yo creía que Ivan era el demonio, o al menos pariente suyo..., no que tuviera bichos.

Me había quedado mirando a la entrenadora con la boca abierta y no estaba segura de que Ivan no hubiera reaccionado igual, pero no me importaba. La mujer le lanzó una mirada que no supe cómo interpretar. ¿Quizá... frustrada? ¿Enfadada?

—¿Vais a comportaros los dos como si esto fuese imposible?

Ivan parpadeó. Luego parpadeé yo.

—Será bueno para ambos, y lo sabéis.

Eso era debatible.

Mi mente iba a toda velocidad. ¿Ivan se había comportado con el resto de sus compañeras como si fuera su superamiguito? No lo recordaba. Paul y yo habíamos demostrado cierto afecto por el otro, pero en absoluto como hacían los miembros de otras parejas. Y, al menos la mayoría del tiempo, yo no lo había mirado como si quisiera asesinarlo, o eso pensaba. Pero ¿Ivan y sus compañeras anteriores…? En realidad, no estaba segura, aunque no lo creía. También era cierto que no les había prestado excesiva atención a ellas porque siempre estaba más pendiente del imbécil de Ivan.

Por el rabillo del ojo vi como él levantaba la mano y se frotaba la nuca, pero estaba demasiado ocupada tratando de descifrar la mirada que le estaba lanzando la entrenadora Lee como para comprender realmente sus acciones. El rostro de la mujer se había sonrojado… y ¿lo estaba mirando con ojos suplicantes?

—Ivan —dijo ella con lentitud, con cautela, con todo un mensaje oculto en su nombre.

Este parpadeó. Aquellas pestañas negras, largas y espesas velaron sus ojos, y solo pude ver la respiración entrecortada que entraba y salía de su pecho y su garganta.

Algo me dijo que había gato encerrado. La forma en la que se miraban… No acertaba a saber qué sucedía, pero…

—Claro —bufó Ivan de pronto, lanzándome una mirada de reojo que apenas capté, pero que daba a entender que lo ponía entre la espada y la pared para que hiciese algo que no deseaba.

—¿Claro? —pregunté con voz entrecortada.

Ivan asintió con cara de pocos amigos.

—Sí, claro que puedo hacerlo.

—Pero ¿qué coj…? —Cerré la boca y apreté los labios. «Piensa, Jasmine, piensa». Les había dado mi palabra.

—No es la mejor idea que jamás haya escuchado, pero deberíamos hacerlo —murmuró Ivan. Entonces miró en mi dirección y frunció la frente—. Solo tengo que esperar un año para librarme de ti.

Hijo de perra…

La entrenadora Lee soltó un gruñido, pero apenas lo oí por las ganas que tenía de llamarlo mamón a la cara. Ivan suspiró y alzó la cara hacia el techo.

—Puedo fingir una sonrisa —continuó mientras yo me inclinaba en la silla y apoyaba el codo en el reposabrazos—. No tiene que casarse ni tener hijos conmigo..., ¿verdad, Lee? ¿O me he perdido esa parte?

Eso hizo que volviera a erguirme en el asiento y le lanzase una mirada asesina.

—No tendría un hijo tuyo ni aunque me pagases un millón de dólares.

Algo extraño se movió en su mejilla antes de que sus rasgos volvieran a quedar completamente lisos.

—Tranquila, no voy a pedírtelo. No es para tanto. Yo puedo hacerlo. —Aquellas cejas suyas, oscuras y espesas, se elevaron apenas un centímetro—. ¿Tú no te ves capaz de hacer algo tan sencillo? —preguntó, y juraría que trataba de sacarme de mis casillas a propósito.

Si ese desafío no bastaba para calmarme y poner en orden mis pensamientos, no sabía qué iba a necesitar. Por supuesto que no había nada que él hiciera que yo no pudiera hacer mejor. Salvo un cuádruple (un salto con cuatro revoluciones), pero eso no venía al caso. No estaba dispuesta a dejar que se creyese mejor que yo, así que mantuve un tono amable y sosegado.

—Puedo hacerlo, pero no se me da muy bien fingir, ¿vale? —traté de explicarle.

Ninguno de los dos dijo una sola palabra.

—De verdad que no —reiteré.

Me estaban pidiendo que fuera afectuosa. Bueno, quizá no afectuosa, pero... que al menos no me comportase como si no lo soportara. Más o menos.

Por supuesto que podía hacerlo; pero no sabía si quería. Nunca había sido una buena actriz. Jamás me había visto en la necesidad de fingir sentir algo que no sentía ni de mostrarme simpática con quien no soportaba. Bastante mierda había tenido que aguantar ya en la vida.

—Si te sirve de ayuda, que sepas que no eres exactamente mi tipo —terció Ivan, obligándome a girar la cabeza despacio para mirarlo fijamente—, pero puedo mirarte como si no te odiase.

Me quedé parada.

—Bien, porque tú tampoco eres el mío.

Parpadeó. Parpadeé. La entrenadora Lee emitió un ruido incómodo.

—Me alegro de que ninguno de los dos sea el tipo del otro.

Entonces, ¿estamos de acuerdo en que seréis amables entre vosotros en público? Tengo apalabrada una entrevista conjunta la semana que viene.

Ivan se encogió de hombros sin apartar la vista de mí mientras yo seguía mirándolo.

—Yo puedo hacerlo; la cuestión es si ella es capaz.

Años después, al echar la vista atrás y pensar en ese momento, vería lo bien que habían jugado conmigo, lo bien que Ivan me conocía después de tanto tiempo. Porque me metí de cabeza en el agujero. El orgullo fue lo que me perdió.

—Por supuesto que soy capaz.

Y, con una palmada, la entrenadora Lee dio el asunto por zanjado.

—Muy bien, pues pasemos al siguiente punto. La revista *The Sports Network* quiere que salgáis en uno de sus números —dijo, rascándose el cuello con la punta de las uñas de un modo que delató su nerviosismo. Y ella nunca estaba nerviosa.

Miré a Ivan, sentado con los brazos cruzados sobre el pecho, totalmente impávido... hasta que vi como agitaba el pie.

—Vale —dije lentamente, sin dejar de mirarlo allí plantado con aspecto «casi» tranquilo. Conocía de sobra a ese hijo del demonio: no lo estaba.

La entrenadora Lee dejó que una sonrisita extraña se dibujara en su boca, lo que me puso en alerta.

—Los dos.

A ver, estaba claro que nos querrían a los dos. ¿Para qué me iban a querer a mí cuando Don Perfecto allí presente era el más conocido de la pareja? Pero había algo más, mi instinto sabía que había algo más. Por algún motivo, la entrenadora Lee estaba tardando en decírmelo. Así que esperé y no respondí nada mientras la contemplaba, lista para oír el resto de la historia.

Cuando su mirada se desvió hacia Ivan, no hizo sino confirmarlo. Cuando habló, su voz sonó más aguda de lo normal.

—Es para un número especial...

El idiota del asiento de al lado tosió.

—Es el número más vendido del año...

Oh. Oooh. Sabía exactamente de lo que hablaba, pero mantuve la boca cerrada y no le di a entender que había pillado a qué se refería, porque era muy gracioso verla nerviosa, y quizá hasta algo avergonzada, tratando de convencerme de hacer algo para lo que tendría que desnudarme. Ella no sabía que no me daba vergüenza, pero debería. Me desnudaría allí mismo si hacía falta. Llevaba cambiándome delante de otras personas desde que era niña y había empezado a competir.

—Nos daría una publicidad estupenda si lo hicieras...

Seguí mirándola con cara de palo.

—Solo sería cuestión de una mañana o una tarde...

Entonces asentí, con calma.

—Puede que un día, como máximo, pero nada más —concluyó su discurso con una sonrisa tensa.

Entonces parpadeé, dirigiéndole la expresión más cándida que era capaz de poner.

—¿Qué número es? —le pregunté con ligereza.

Su rostro se enrojeció y su mirada se desvió brevemente hacia Ivan.

—Ya sabes que es para el especial de anatomía, Albóndiga, deja de tocar los huevos haciéndote la tonta, anda —se rio Ivan con malicia, negando con la cabeza.

Me había vuelto a llamar Albóndiga, joder. «Céntrate. Sé mejor persona». Le lancé una mirada de desdén y me encogí de hombros.

—Lo siento —dije, aunque solo lo sentía a medias.

—¿Ya lo sabías? —preguntó la entrenadora, con el ceño súbitamente fruncido.

—Me lo he imaginado en cuanto has empezado a esforzarte por venderme la moto.

Seguía sin parecer contenta, pero tampoco se la veía enfadada, solo... sorprendida.

—¿Y te parece bien?

—Lo único que necesitan es hacerme fotos con los patines puestos, ¿no? —dije, encogiéndome de hombros.

La entrenadora Lee se quedó parada.

—Sí.

—Puedo taparme las partes íntimas, ¿verdad?

Asintió con lentitud, con una mueca de aprensión aún en el rostro.

—¿Y solo estará el equipo de profesionales?

La entrenadora repitió el gesto, sin cambiar para nada de expresión.

—Entonces está bien —le dije con toda tranquilidad—. Sé que nos dará buena publicidad. —Además, siempre había esperado en secreto que algún día me invitasen. Por así decirlo, era un honor dentro de una disciplina con tanta gente talentosa.

La entrenadora entrecerró los ojos como si sospechase algo y se tomó su tiempo antes de volver a hablar.

—No te lo tomes a mal, pero me cuesta aceptar que te prestes a participar de tan buen grado.

—Me desnudo delante de desconocidas en los vestuarios. La gente que va a hacer las fotografías y que forma parte del equipo ha visto cuerpos mejores y peores que el mío. Todos tenemos genitales y raja en el culo. No veo por qué va a ser para tanto. Y tampoco es que nadie me vaya a ver los pezones ni nada. —Entonces parpadeé—. Ninguno de vosotros dos necesita estar presente, ¿verdad?

Ivan volvió a toser, y la entrenadora Lee se puso como un tomate. Es probable que el mundo entero la oyera balbucear antes de decir:

—Jasmine…, la sesión de fotos no es de ti sola. Os quieren a Ivan y a ti juntos. —Ivan y yo juntos. Desnudos—. Sería genial para los dos que lo hicierais —añadió, tratando de conferir cierto entusiasmo a su voz, como si eso fuese a convencerme—. Solo una sesión rápida. Conociéndoos a los dos, terminareis en un santiamén.

—¿Tendría que posar desnuda delante de él? —Señalé con el pulgar al idiota que sonreía con suficiencia en la silla de al lado. No me hacía falta verlo para saberlo; lo sabía y ya.

La mujer asintió. Yo no tuve ni que pensármelo.

—No.

La risa de Ivan, aquella carcajada perezosa y brillante que me sacaba de quicio cada vez que la oía, llenó el despacho.

—Hace un segundo has dicho que te desnudas delante de gente completamente desconocida.

Fulminé con la mirada al memo del forro polar y el pantalón de chándal azul marino.

—Sí, gente desconocida, gente a la que no tengo que ver a diario. —Resoplé—. Gente que no son tú.

Arrugó la nariz; era evidente que se lo estaba pasando en grande.

—Sí, me conoces. Sabes que puedes confiar en mí…

Me reí.

—Que no.

—¿Qué voy a hacer? ¿Hacerte una foto y colgarla en internet? —preguntó con una mueca.

El caso es que tenía razón, pero...

—No.

—Yo sí me fío de que no subirás una foto mía desnudo —afirmó, como si eso fuera ayudar de algún modo.

—¿Por qué iba a hacerlo? Al fin y al cabo, nadie quiere verte —espeté, lanzándole otra miradita.

Ivan puso los ojos en blanco y emitió un ruido de exasperación con la garganta que ya le había oído un puñado de veces a lo largo de los años cuando no sabía qué decir. Significaba que había ganado yo.

—No veo por qué es para tanto —dijo, desviando el tema—. A Lee le preocupaba que te negases, pero yo estaba seguro de que aceptarías. Es el número más vendido.

Había que joderse.

Ivan ladeó la cabeza y volvió a mirarme con aquella cara franca y petulante.

—Teníamos un trato.

Mierda.

—Ya sé que teníamos un trato —siseé, sintiéndome de repente incómoda.

—Debemos hacerlo.

Quería levantar las manos y taparme los ojos, pero no lo hice. No lo hice, pero joder, ¡joder! Miré al techo y exhalé una bocanada de aire.

—Sabes que ya he visto a mujeres desnudas antes, ¿no? —preguntó con lo que podría haber sido humor o jactancia en su tono.

Negué con la cabeza y mantuve la vista hacia el techo. ¿Cómo demonios me había metido en semejante berenjenal? ¿Y cómo iba a salir de él?

Una cosa era que un puñado de chicas me vieran en pelotas. Una cosa era que un desconocido me viera como Dios me trajo al mundo. Y otra cosa, completamente distinta, era que este hombre, que llevaba años burlándose de mi cuerpo, me viera sin ropa. Iba a tener que mirarlo a los ojos durante todo el año siguiente. Y escucharlo durante el mismo periodo de tiempo.

Ivan era una de las últimas personas en el mundo ante las que querría mostrarme vulnerable. No le hacía falta más munición en su arsenal. Dios no quisiera que hiciese un comentario sobre el tamaño de mi culo cuando no llevaba puesta ropa interior, porque era probable que le arrancase la polla de cuajo en respuesta.

Pero… les había dado mi palabra: iba a hacer todo lo necesario por aprovechar el tiempo que íbamos a pasar juntos. Y si eso significaba tener que aguantar chorradas sobre mis pechos pequeños o la forma de mi ombligo o mis labios vaginales…, era su polla la que iba sufrir que se la arrancase.

Había que joderse.

—Bueno…, ¿entonces aceptas? —preguntó esperanzada la entrenadora Lee.

Seguía sin mirarlos cuando la realidad de la situación me golpeó de lleno en el pecho.

—No tengo elección, ¿verdad?

—No te pongas así. Lo solventaremos en un momento. Sostenerte vestida ya es bastante malo, no quiero tener que hacerlo contigo desnuda.

No dudé en hacerle una peineta, incluso sin haber despegado la vista del techo. Luego, bajando los ojos, le dirigí una sonrisa maliciosa.

—Yo tampoco quiero verte el pito.

El muy idiota me guiñó un ojo.

—Ay, nada de pitos, Albóndiga. Es carne de primera.

Me dio una arcada.

7

Primavera/verano

—¿Puedes parar? —me susurró Ivan al tiempo que me daba un golpecito con la pierna bajo la mesa.

—Para tú. Yo estoy en mi lado, no te abras tanto de piernas —le respondí mientras le golpeaba la rodilla con la mía, a pesar de que me había dicho que iba a comportarme y a soportar la hora siguiente como una campeona. Porque podía y lo haría.

Y lo habría hecho sin problemas si Ivan no se me hubiera sentado al lado.

No iba a ser yo quien fastidiara la entrevista que la entrenadora Lee nos había concertado. Si alguien la cagaba, sería el imbécil que tenía a mi lado. Lo habíamos llevado bastante bien desde la reunión en la que Lee nos había pedido que tratásemos de no odiarnos y de guardarnos las miradas asesinas y las pullas para cuando estuviésemos en privado… o al menos no hubiera nadie lo bastante cerca como para oírnos. Aun así, no había cometido el error de dejarnos solos, y eso también contaba.

Sin embargo, hoy era el día en el que mejor teníamos que portarnos. Creí que no iba a ser un problema. Había sobrevivido a cosas peores durante sesenta minutos.

Entonces Ivan había decidido sentarse al lado, y empecé a tener mis dudas. Ya estaba acomodada en el banco de la sala de descanso para personal del CL cuando él entró. Debíamos esperar a la periodista, bloguera o quienquiera que fuese que iba a venir y hacernos preguntas como antesala del anuncio «oficial» de que Ivan y yo ahora competiríamos juntos. No íbamos a decir que sería solo durante una temporada. Lee me lo había comunicado el día anterior: «Los únicos que necesitamos saberlo somos nosotros». Genial.

Moví las piernas de modo que mis muslos quedasen pegados y así no tocar a Satán para que la señora esa no entrase y nos pillase en mitad de una discusión, y recorrí con la vista la cocina vacía, tratando de ignorar el calor que irradiaba el cuerpo de Ivan a poco más de un centímetro del mío. Entonces la parte inferior de su muslo chocó con mi rodilla. Otra vez.

—¿Por qué me tocas? —le susurré sin mover apenas los labios y con los ojos fijos en la puerta. No me atrevía a mirarlo.

—Eres tú quien me está rozando —fue su respuesta fanfarrona, además de estúpida, porque era él quien se había movido.

Ni siquiera lo miré.

—¿Por qué estás sentado a mi lado?

—Porque puedo.

—Estás demasiado cerca.

—Suelo estar más cerca de ti.

Lo miré de soslayo.

—Porque no te queda otra. Ve a sentarte allí, lejos de mí.

Ya estaba mirándome con aquellos espeluznantes ojos azul transparente.

—No.

Parpadeé, incrédula, y él me devolvió el gesto. Cabrón.

—Entonces muévete para que pueda ir a sentarme al otro lado de la mesa.

—No.

Giré la cabeza para poder mirarlo de frente. Llevaba el cabello impecable, peinado hacia atrás, sin un mechón fuera de sitio. Ese día se había puesto un jersey que ya le conocía, de un gris tan claro que era casi blanco. Hacía resaltar sus ojos..., si yo fuera de las que se fijan en esas cosas.

—Muévete. —Cuando repitió la respuesta, le dije—: Muévete o te muevo yo. —Esta vez, negó con la cabeza—. ¿Por qué no?

—Porque quedará mejor si estamos sentados juntos.

Abrí la boca para decirle que era idiota, pero... volví a cerrarla. Las comisuras de sus labios se flexionaron un poco, un poco solo. Arrugué la nariz y me obligué a mirar hacia la puerta. Pasó un minuto. Puede que dos.

¿Dónde estaba la mujer esa? Habíamos acortado el entrenamiento para atenderla. Apenas habíamos empezado a avanzar, estábamos haciendo saltos paralelos y... nos iba genial. Nos movíamos tan al unísono, y especialmente en los saltos, que apenas teníamos correcciones que hacer. Notaba contenta a la entrenadora Lee. Y yo también lo estaba.

Ivan chocó otra vez su pierna con la mía sin venir a cuento, provocando que volviera la vista hacia él. Me miraba con una mueca.

—Para. Estás haciendo que se agite el banco entero.

Pero ¿qué...? Aaah. Ni siquiera me había dado cuenta de que estaba sacudiendo la rodilla. Paré y me guardé las manos bajo los muslos. Entonces empecé a subir y bajar los talones. ¿Dónde demonios estaba esa mujer? Definitivamente llegaba tarde.

Una mano se posó en mi rodilla.

—Quieta —murmuró Ivan con aquella voz perfectamente equilibrada, profunda pero no demasiado, perfecta para sacarme de quicio—. No sabía que fueras capaz de ponerte nerviosa.

Dejé de mover los talones y lo miré por el rabillo del ojo, consciente de su complexión sin tacha. No creía haberle visto jamás un grano, espinilla o punto negro. Jamás. Puaj.

—No estoy nerviosa.

Ivan soltó una carcajada tan fuerte que me giré por completo hacia él. Sonreía. Aquella cara delgada, con sus poros microscópicos, pómulos altos y mentón duro y anguloso, parecía iluminada. Sonreía, aunque no acababa de ganar una competición ni estaba rodeado de su familia. Jamás lo había visto así.

¿Quién demonios era esa persona?

Su pierna chocó de nuevo con mi muslo.

—¿Y por eso no dejas de sacudir la pierna? —preguntó.

—Sacudo la pierna porque ahora mismo podríamos estar practicando en lugar de esperando —respondí, creyéndome solo a medias mi propia mentira—. De todos modos, ¿a ti qué te importa? ¿Y por qué estás tan hablador?

La verdad es que no había podido dejar de agitar alguna parte de mi cuerpo desde el momento en el que me había levantado sabiendo que tenía la entrevista. No me importaba hablar con la gente, lo que me preocupaba era tener que responder a preguntas y que las respuestas se grabasen y quedasen sujetas a todo tipo de juicios y análisis por los siglos de los siglos. Y, encima, sentada al lado de

Ivan. Ivan, que ya me estaba poniendo de los nervios cuando ni siquiera habían empezado a entrevistarnos.

Sin presión.

—Mientes más que hablas —murmuró, al tiempo que se movía de forma que su cadera quedase pegada a la mía.

—Tú sí que mientes más que hablas —respondí, volviendo a mirar la puerta.

La garganta de Ivan emitió un ruido. Pasó otro minuto, puede que dos o tres más.

La señora aquella seguía sin aparecer. En cuanto diese la hora, me iría. No iba a quedarme allí sentada esperando.

—Puedo hablar yo si te preocupa decir algo inadecuado —dijo Ivan casi en un susurro, como si tampoco quisiera que nos oyesen.

Me quedé parada un segundo ante su propuesta; luego dejé escapar una risa desdeñosa.

—No estoy preocupada.

—Mentirosa —replicó de inmediato.

No se me ocurrió una puñetera respuesta a eso.

—Cállate —me limité a decirle.

La carcajada que salió de él me pilló totalmente desprevenida y no hizo sino enfadarme más por toda aquella situación.

—¿De qué te ríes? —salté.

Lo único que conseguí fue que se carcajeara aún más.

—De ti. Madre mía, nunca te he visto tan tensa. No sabía que pudieras ponerte así.

Saqué las manos de debajo de los muslos, las apoyé en la mesa y empecé a tamborilear con los dedos.

—Relájate, Albóndiga —continuó Ivan, como si se lo estuviera pasando bomba.

Hice caso omiso a lo de «Albóndiga», aunque me hizo dar un respingo.

—Estoy relajada —volví a mentir.

—¿Alguna vez te han dicho que mientes fatal? Es que ni lo intentas —se rio burlón.

Puse los ojos en blanco, volví a mirar la puerta, de nuevo, me guardé las manos bajo los muslos. Estaba a punto de mover el tobillo arriba y abajo cuando reparé en que había empezado a temblar toda yo. Quedarme quieta era más difícil de lo que esperaba.

—¿No se suponía que iba a llegar a las diez?

—Sí, y son las diez y seis minutos. Dale tiempo —murmuró mi nuevo compañero.

—Tengo cosas que hacer —expliqué, mintiendo solo a medias—. ¿Y por qué la entrenadora Lee no está aquí con nosotros?

—¿Porque no hace falta? —respondió, tratando de hacerme sentir como una idiota con su tono. Vaya—. Además, ¿qué es lo que tienes que hacer? ¿Robarle su mantita a algún bebé por diversión?

Dios, sonaba como si se lo estuviera pasando en grande. Idiota.

—No, Satán. Eso ya no lo hago —le respondí con sequedad.

—¿Y empujar a ancianitos con andadores?

—Ja, ja —respondí, apretando los dientes mientras lanzaba una mirada a la puerta por enésima vez.

—¿Y entonces? ¿Qué vas a hacer luego?

Me quedé mirándolo.

—¿A ti qué te importa?

—No me importa —respondió tan tranquilo, y sentí una opresión en el pecho que decidí dejar de lado.

—Perfecto, porque no te incumbe.

—Aun así, quiero saberlo.

Volví a mirarlo mientras sentía cómo una risilla maliciosa me subía por la boca y la nariz.

—Tengo que trabajar, pedazo de cotilla. ¿Te parece bien?

Su expresión de sorpresa me confundió.

—¿Tienes un trabajo?

—Sí.

—¿Por qué?

—¿Porque las cosas cuestan dinero y el dinero no crece en los árboles? —repliqué, incrédula.

—Ja, ja —fue su lacónica respuesta, mientras se cruzaba de brazos y me lanzaba otra de esas miradas perezosas que me sacaban de mis casillas—. ¿Dónde trabajas?

Eso sí que me hizo reír.

—No te lo crees ni tú.

Un amago de lo que podría haber sido una sonrisa o una mueca maliciosa atravesó sus facciones.

—¿No me lo vas a decir?

—¿Para qué? ¿Para que te presentes en mi puesto de trabajo a reírte de mí?

Ni siquiera trató de negar que haría algo por el estilo. Se limitó a mirarme fijamente. Juraría que también le tembló algún músculo del mentón. Enarqué las cejas como diciendo «¿ves?». Era evidente que sí, porque no se molestó en replicar, sino que movió la mandíbula brevemente a un lado antes de bajar la vista hasta la mesa y luego volver a mirarme.

—De todas formas, ¿qué te pasa? —preguntó, moviéndose de nuevo hasta que todo su cuerpo (el muslo, el brazo y el hombro) quedó pegado al mío—. No es más que una entrevista.

Solo era una entrevista, como bien decía, pero eso no evitaba que casi tuviera ganas de vomitar.

—Si me dices por qué estás tan atacada, solo me reiré un poco —ofreció, como si fuera algún tipo de consuelo. Se iba a burlar de mis miedos, pero solo un poco. Pues qué bien—. ¿Y bien? —me provocó.

Me quedé mirando aquellos ojos que te chupaban el alma sin responder. Ivan parpadeó y yo le devolví el gesto. Aquella estúpida sonrisa entre complacida y maliciosa seguía plantada en su cara y fue lo que hizo que me ladease levemente para clavarle la parte más sobresaliente del codo en mitad del muslo a modo de advertencia. Él ni contrajo el gesto ni se movió mientras yo apretaba. En lugar de eso, elevó la pierna para presionarla aún más contra mi hueso, tratando de obtener una reacción.

—Si acabo con un moratón en la pierna, me será más difícil sostenerte —trató de amenazarme.

—Dificilísimo. —Puse los ojos en blanco—. Anda y que te den. Podrías hacerlo con ellas llenas de cardenales.

Ivan se rio, lo que volvió a pillarme desprevenida.

—Dime qué te pasa antes de que llegue la periodista.

—No me pasa nada.

—Tienes un problema.

—No tengo ningún problema. Estoy bien.

—Nunca te había visto tan inquieta y no sabría decir si resulta insoportable o, de alguna manera, mono.

Esa última palabra hizo que me quedara mirándolo, pero nada en su expresión confirmaba que hubiera dicho nada semejante. No me esperaba que me dijera algo así, al menos en ese sentido. Que me comparase con un simio, tal vez. Que me considerase mona, ni de coña.

—Creo que me quedo con lo de insoportable —prosiguió, dejando la otra palabra en el aire—. Voy a seguir preguntándote hasta que me des una respuesta.

Madre mía. Pero ¿qué le pasaba a la gente a mi alrededor para no conformarse con un no por respuesta? Aquel era el mismo juego al que jugaba mi madre cuando quería algo. De hecho, era el mismo juego al que jugaban todos los miembros de mi familia cuando querían algo y yo me negaba a dárselo.

—Albóndiga...

—Tú sí que eres insoportable, que lo sepas. —Volví a mirar hacia la puerta—. Y no me llames Albóndiga delante de la periodista. No hace falta que nadie más me llame así.

—No lo haré si me dices qué te pasa.

—Eres idiota.

Ivan soltó aire por la nariz brevemente.

—No diré nada. Cuéntamelo.

Suspiré y puse los ojos en blanco, con pocas ganas de tener que aguantar a Ivan el resto del día, o varios días, si me negaba.

—Mira, no me gustan los medios y ya. No me gustan la mayoría de las personas, punto. Se pasan la vida retorciendo las palabras y dándoles la vuelta para generar polémica. Y la gente se lo traga. La gente quiere drama. Quiere creer todas las mierdas que se oyen.

—¿Y...?

¿El cabrón este acababa de decir «¿y...?» como si no tuviera nada de malo?

—Pues que una vez dije que consideraba que el sistema de puntuación seguía sin estar bien y le dieron la vuelta a mis palabras para que pareciese que pensaba que la persona que había ganado ese torneo no se lo merecía. Me pasé meses recibiendo mensajes de odio. Otra vez dije que alguien hacía una pirueta en Y bonita y, de repente, era como si no hiciera bien nada más —le dije, recordando aquellos dos casos porque me habían dado la lata durante meses. No eran más que una pequeña muestra de palabras que se habían retorcido y manipulado hasta no parecerse en nada a lo que pensaba o decía. Odiaba que la gente hiciera cosas así. Joder que si lo odiaba—. Y no me hagas hablar de los vídeos.

Ivan se quedó callado tanto tiempo que acabé por lanzarle una mirada. Su muslo seguía pegado al mío, pero tenía el ceño fruncido. Pensé en apartar la pierna, pero que le dieran. Era él quien estaba ocupando mi espacio, no iba a dejarle aún más.

Su pregunta llegó de forma tan inesperada que me sorprendió.

—Entonces ¿nunca llegaste a decir que creías que la Copa WHK estaba amañada?

Mierda.

Ladeé la cabeza, levanté la vista, lo miré y me encogí de hombros.

—No, eso sí que lo dije.

Bajó la vista, me miró y torció el gesto.

—No ha vuelto a haber ningún chanchullo desde que cambiaron el sistema de puntuación.

Eso ya lo sabía. Lo habían cambiado cuando era pequeña porque entonces sí que los había. Lo que una vez había sido un sistema subjetivo basado en una nota «perfecta» de 6.0 se había desmontado y reformado basándose en un sistema de puntos más estricto en el que cada elemento valía cierta cantidad de puntos; puntos que se restaban si el elemento no se ejecutaba correctamente. No era un sistema impecable, pero era mejor que el anterior.

Aun así, en aquel momento yo estaba cabreada con la Copa WHK, ¿y a quién coño se iba a responsabilizar de lo que le salía por la boca cuando estaba como una furia?

—Tu compañera aterrizó con los dos pies y a ti casi se te cae haciendo un triple *twist*. Estaba amañado. —La última frase era mentira, pero el resto no. Recordaba el incidente a la perfección.

Ivan soltó una risotada y esa vez fue él quien se giró por completo para encararme.

—El resultado no estuvo amañado. Nuestro valor de base era mucho más alto que el vuestro y mi compañera completó todas sus rotaciones.

Eso ya lo sabía, pero antes muerta que admitir que su programa había constado de elementos mucho más duros, que suponían una nota bastante más alta que aquella de la que partíamos mi excompañero y yo. Además..., tampoco nos había salido perfecto. Casi, pero no.

Probablemente recordase toda la vida cada uno de los errores que había cometido en cada programa. Algunas noches no podía dormir al repasarlos una y otra vez, hasta los programas de cuando era adolescente. Si no hubiera sido tan arrogante o si lo hubiera hecho un poco mejor... ¿hasta qué punto habría sido distinta mi vida si hubiera desarrollado mi potencial y no la hubiera cagado en casi cada aspecto?

—Vale, no os lo regalaron —reconocí, pero solo porque quedaría aún más como una idiota si insistía. Por algún extraño milagro, conseguí no sonreír—. Entonces uno de vosotros pagó a los jueces. Por mí, puedes llamarlo como quieras.

Ivan parpadeó y yo le respondí con el mismo gesto. La punta de la lengua presionó por dentro de su mejilla.

—Gané limpiamente —dijo sin que su rostro se alterase lo más mínimo.

—Yo quedé tercera y lo clavé todo sin problemas.

Volvió a parpadear.

—Lo hiciste todo bien, pero vuestra coreografía era un horror y te cortaste con las secuencias de saltos, después de que Cómo-se-llame te dejara tirada con el triple *salchow* en el torneo inmediatamente anterior. Además, tú parecías un robot y él parecía estar a punto de vomitar todo el rato.

Tenía razón, pero…

Ivan se encogió de hombros con tanta naturalidad que me dieron ganas de darle un guantazo.

—Y vuestra música también daba pena.

Lo único que dio pena en ese momento fue el modo en el que ahogué un grito.

—¿Perdona? Pero ¿quién te crees que eres? ¿Un prodigio musical?

—Tengo mejor oído que tú —respondió Ivan, encogiéndose de hombros—. No te enfades. O lo tienes de nacimiento o no.

Me habría quedado boquiabierta, pero no quería que supiera que podía arrancarme esa reacción. Así que prosiguió.

—Estás loca si crees que voy a dejarte elegir la música de ninguno de nuestros programas.

Entonces me giré en el banco para lanzarle una mirada de «¿qué coño acabas de decir?». Tenía la rodilla prácticamente encima de su muslo cuando me incliné hacia él. No es que para entonces no lo hubiera tocado ya cien o trescientas veces al día durante semanas. Me apostaba algo a que podría haberlo reconocido entre una multitud solo por el olor.

—¿Cómo?

La boca rosada le tembló por segunda vez ese día.

—Ya me has oído. Nancy, los coreógrafos y yo la elegiremos. Será perfecta. —Los labios volvieron a temblarle—. Confía en mí.

No me quedó otra que echar la cabeza hacia atrás y reírme.

—¡Ja!

—No te preocupes, Jasmine. Siempre la elijo yo. Probablemente sea más importante que la coreografía. Quieres ganar, ¿no?

Pues claro que quería ganar y, sinceramente, Ivan tenía muy buen gusto para la música. Sus arreglos siempre me sorprendían. Eran buenos, pero no estaba dispuesta a admitirlo.

—Cuando se trabaja en equipo no hay lugar para el ego, ¿sabes?

El muy hijo de perra tuvo la desvergüenza de guiñarme un ojo.

—Pero sí que hace falta para ganar; así que, si quieres ganar, hazme caso.

Resoplé con desdén. Luego, sin querer, me reí.

—Eso no tiene ningún sentido, idiota. Y deja de hacer cosas raras con los ojos. Me estás poniendo de los nervios.

Sus anchos hombros se alzaron sin el mínimo atisbo de disculpa, tirando de las costuras de aquel precioso jersey que no necesitaba tocar para saber que era suave de narices.

—Para mí sí que tiene sentido.

—Porque eres tonto. Y no eres quién para mandar sobre mí. Somos compañeros. Tampoco hay lugar para el ego.

—Si quieres, podemos discutir los trajes y la coreografía —dijo después de guiñarme nuevamente un ojo—, pero la música la elijo yo.

Joder. Aceptaría, pero ¿qué iba a hacer? ¿Decirle que vale? La verdad es que no me importaba la música, podía patinar con lo que fuera, pero lo de los trajes...

—¿Recuerdas tu horroroso traje de mambo a lo Chiquita Banana? Ni en sueños voy a dejarte elegir los trajes sin verlos antes. Y ya tengo quien confeccione los míos.

Un músculo de la mejilla le tembló durante un segundo, e Ivan hizo caso omiso de mi comentario sobre el atuendo.

—¿Aquí quién es campeón nacional, campeón mundial y campeón olímpico? —tuvo las pelotas de preguntar.

Me eché hacia atrás y me vi incapaz de articular una puta palabra, ni siquiera una que empezaba por «ca», acababa por «ón» y no era precisamente «camión».

Hasta que una sonrisa fue formándose poco a poco en su boca. Entonces sí que pude.

—Pero qué pesado eres con tus mierdas. Joder, es que a veces me dan ganas de darte un puñetazo en toda la cara. «¿Aquí quién es campeón?». Cállate de una puta vez.

Y entonces ¿qué hizo? ¿Cómo respondió? Se rio.

Ivan Lukov se echó a reír.

—Seguro que sobornaste a aquellos jueces con dinero de la mafia rusa —seguí diciendo, lo que provocó que soltase otra carcajada tan fuerte que casi me hizo sonreírle.

Cuando Karina y yo éramos mucho más pequeñas, le había preguntado cómo habían hecho sus padres para ganar tanto dinero que les permitiera vivir en su mansión gigantesca, y ella me había dicho que creía que pertenecían a la mafia. No era así, pero aún me daba la risa al recordarlo.

—Qué mal perder tienes —respondió al cabo de un momento—. Mira que yo lo llevo mal, pero tú me ganas por goleada.

—Anda ya. —No era yo la que se deshacía de sus parejas cada vez que alguna fallaba, pero eso no se lo dije—. Seguro que te sientas en tu Tesla y te echas a llorar cada vez que se te arruga el jersey.

Ivan estalló nuevamente en una carcajada que casi llegó al techo.

—¿De qué te ríes? No estoy de broma —dije mientras veía como perdía la compostura por primera vez en los más de diez años desde que lo conocía.

Lo máximo que había llegado a verle hacer era sonreír una dos o veces a su familia, y más concretamente a Karina; eso había sido todo. Ni siquiera sabía que supiera reírse…, a menos que estuviera haciendo alguna maldad, como arrancarle el alma a la gente y cosas por el estilo.

—Vaya, qué imagen tan bonita —dijo una nueva voz, aunque casi ni se oyó por el volumen al que Ivan me estaba tocando las narices.

Así, sin más, Ivan paró y el sonido de su risa se vio sustituido por el silencio.

Los dos volvimos al mismo tiempo la vista hacia la puerta. Como era de esperar, había una mujer en el umbral, con una cartera de mensajero en una mano y un bolso en la otra.

—Por mí no paréis —añadió con una sonrisa.

Yo no dije nada e Ivan tampoco. La mujer siguió sonriendo.

—Siento llegar tarde —dijo, sin ofrecer explicación alguna.

Si esperaba que le respondiese «No pasa nada», iba lista. No soportaba a la gente impuntual. Por lo que se veía, a Ivan tampoco le gustaba demasiado, pero atisbé por el rabillo del ojo cómo asentía con la cabeza.

—Estamos listos en cuanto tú lo estés. Los dos tenemos otros compromisos y no podemos quedarnos más tiempo del previsto.

¿Él también tenía cosas que hacer? ¿Desde cuándo? No trabajaba. Yo solía creer que tampoco trabajaría si tuviera la oportunidad de quedarme en casa, pero probablemente acabase como una regadera sin nada que hacer. Apenas era capaz de estarme quieta diez minutos.

Pero... ¿qué demonios tenía que hacer Ivan?

La mujer asintió y entró en la sala de descanso con un bulto en cada mano.

—Lo entiendo; estaré lista en un minuto —dijo, soltando la cartera de mensajero en la mesa situada entre el banco donde Ivan y yo estábamos sentados y las sillas al otro lado. Debía de rondar los treinta y tantos, quizá un poco más. Nunca me fiaba de mi capacidad de echar años a la gente, porque ninguno de mis progenitores aparentaba su edad—. Amanda Moore —se presentó, al tiempo que me tendía la mano primero a mí.

—Jasmine —respondí, estrechándosela.

Hizo lo mismo con Ivan, que respondió:

—Ivan. Encantado de conocerte.

¿«Encantado de conocerte»? Menudo pelota. No obstante, mantuve mi atención en la mujer porque, por mucho que quisiera lanzarle una mirada a Ivan, iba a ser incapaz de disimular la cara de «eres lo puto peor».

La periodista nos dedicó una sonrisa incómoda antes de empezar a revolver en el interior de la cartera. Sacó un ordenador, un aparatito negro que debía de ser una grabadora y una pequeña libreta amarilla con un bolígrafo.

—Un minuto —dijo, mientras encendía el portátil. La pierna de Ivan tocó la mía por debajo de la mesa, pero no me volví a mirarlo. Poco después, tras haber reorganizado sus pertenencias, la mujer nos dirigió una sonrisa tensa—. Vale, ya estoy lista.

El idiota de mi lado me tocó una vez más con la pierna. Esta vez, le di un rodillazo en el muslo al mismo tiempo que entrelazaba las manos y me las guardaba entre las piernas, fuera de la vista. No iba a ser yo quien cediera. Ni en sueños. No iba a darle ocasión a Lee de cantarme las cuarenta.

—Ya le he dado las gracias a la señora Lee por contar con *Ice News* para la entrevista, pero también quería daros las gracias a los dos. Cuando comenzó a rumorearse que Mindy y tú no ibais a seguir patinando juntos, nos preguntábamos quién la sustituiría —comenzó por decir la tal Amanda, mirando a Ivan mientras le hablaba.

Bien. Desconocía qué pensaban o sabían sobre las circunstancias de Ivan, más allá de que no quería que los detalles trascendieran. Que se lo imaginasen y punto. Mi único deseo era competir.

—Bueno —prosiguió, echando un breve vistazo a su libreta—; si no os importa a ninguno de los dos, voy a grabar esta conversación.

—Está bien —contestó Ivan al tiempo que yo asentía.

La mujer sonrió de oreja a oreja.

—¿Según tengo entendido, los dos habéis estado entrenando estos últimos catorce años en el Complejo de Hielo Lukov? —me preguntó.

—Sí —respondimos los dos al mismo tiempo. ¿Ivan estaba intentando hablar por mí?

La mujer asintió.

—E, Ivan, ¿tú llevas aquí desde que se construyó hace veintiún años?

—Sí; antes vivía y entrenaba en California —afirmó, como si ya hubiera respondido a esa misma pregunta un sinfín de veces, quizá porque ese fuera el caso.

La periodista me dedicó entonces su atención.

—¿Os conocéis desde que empezasteis en este centro?

Podía hacerlo.

—No —respondí, tratando de no pensar desde ya que sus preguntas eran estúpidas. ¿Es que no era de conocimiento público que Ivan llevaba patinando más tiempo que yo?—. Él iba más avanzado. Nos conocimos un año o dos después. —No hacía falta que supiera que nos habíamos conocido en su casa y no en el CL.

—Pero eres amiga íntima de la familia, ¿no? —me preguntó con una leve sonrisa.

Parpadeé. ¿Cómo demonios sabía eso la gente?

—Sí.

—Ibas a clases con… —se detuvo y echó un vistazo a su libreta—, con Karina Lukov, la hermana de Ivan. ¿Correcto?

Asentí. A diferencia de Ivan, sus padres no la habían apuntado a patinaje artístico hasta que era mucho mayor. En su lugar, había dado clases de danza. El único motivo por el que la apuntaron a patinaje fue porque Ivan había ganado el oro en categoría júnior y Karina quería probar. En fin, su familia ya era la propietaria de la pista y todo, así que ¿por qué no? La primera vez que me lo contó no me lo podía creer.

—¿Cuánto tiempo coincidisteis? —preguntó Amanda.

Por suerte, Ivan decidió responder. Yo no quería. Ni siquiera quería que Karina saliera a relucir en la conversación. A ella no le gustaba recibir atención de ningún tipo y yo lo respetaba.

—Mi hermana lo dejó a los catorce años. Decidió seguir por otros caminos. —¿Su voz sonaba rara o eran imaginaciones mías? Tal vez a él tampoco le gustaba implicar a Karina.

—Pero ¿era tu mejor amiga? —me preguntó la periodista.

Cuando volví a asentir, no se me escapó la mirada rara que me dirigió. Quizá quería algo más que monosílabos y gestos como respuesta, pero era lo único que iba a obtener hasta que tuviera algo más que decir.

—Así que vuestra colaboración era algo que llevaba años cociéndose.

Me quedé petrificada. «No mires a Ivan, no mires a Ivan, no m...». Su rodilla chocó contra la mía y, únicamente porque le conocía la voz (sobre todo cuando se ponía arrogante), me di cuenta de lo rara que sonaba, casi ahogada, un poco grave y... extraña.

—Podría decirse así —respondió lentamente con aquella voz peculiar.

No iba a reírme. Ante todo no iba a reírme de ese idiota. Así que lo único que hice fue asentir. Lentamente. Muy lentamente.

Los ojos de Amanda Moore se desviaron hacia mí mientras lo hacía, y en su boca se dibujó una pequeña sonrisa.

—Seguro que has visto un vídeo tuyo —dijo, señalándome— en el que le decías ciertas cosas a Ivan. Después de aquello recibiste muchos comentarios de sus fans... —Tenía que sacar el temita, ¿no? Genial. Ahora todo el que no supiera de aquello se iba a poner a buscarlo. Mierda—. Entonces... ¿solo estabais de broma?

Me puse tensa. Estaba casi convencida de que los ojos se me iban a salir de las puñeteras órbitas y apretaba tanto los labios que probablemente mi cara tuviera aún peor pinta. «Cállate. No digas nada. No abras la maldita boca». Así que asentí una vez más, lentamente, sintiendo que iba a estallar de tanto mentir.

A mi lado, el idiota, el muy imbécil, volvió a hacer chocar su pierna con la mía.

—Sí. Estamos todo el día de broma —dijo con aquella voz áspera que no era la suya en absoluto.

Maldita sea. Maldita sea. No me iba a reír. No lo iba a negar. No podía. Le había prometido a Lee que sería capaz de hacerlo. Que podría fingir que éramos amigos.

—Jasmine es maravillosa —afirmó Ivan con voz ahogada y, por algún motivo, no llegó a explotar en llamas al decirlo—. Menudo sentido del humor tiene.

Tuve que cerrar la mano y clavarme las uñas en la palma para no reaccionar. Qué trolero de mierda, madre mía. Y luego se metía conmigo por no saber mentir.

Me aclaré la garganta y me planté en la cara una sonrisa que parecía de goma derretida.

—Ivan es genial —afirmé, prácticamente escupiendo las palabras, añadiendo un «eeeh» al final al recordar la reciente conversación sobre nuestros muñecos de vudú.

Su pierna me golpeó la rodilla por debajo de la mesa, y tuve que recurrir a todo mi autocontrol para no decir ni una palabra, porque era evidente que él estaba pensando algo parecido. «No te rías. No te atragantes. Contrólate. Sé una profesional». Un frente unido y todas esas chorradas.

Pero las mentiras debían de haber resultado demasiado evidentes, porque la periodista frunció el ceño casi de inmediato, miró a Ivan (cuya expresión preferí desconocer, porque era probable que me muriera allí mismo si le veía la cara) y luego me miró a mí.

—¿Qué es lo que os resulta tan divertido?

Por el rabillo del ojo, vi como Ivan negaba con la cabeza.

—No, nada. Sentimos un gran respeto y admiración por el otro.

Ay, Dios mío. Los hombros se me agitaron durante los dos segundos que tardé en controlarlos. Respeto y admiración. De todas las cosas que podía haber dicho, tuvo que mencionar esas. Ahí fui yo quien le golpeó la pierna bajo la mesa. Algo, casi seguro que el dorso de su mano, me golpeó el antebrazo, también por debajo.

—Un respeto y una admiración enormes —farfullé, tratando a duras penas de no atragantarme mientras asentía.

—Siempre he sido un gran admirador de Jasmine —prosiguió el muy idiota.

—Y yo también —añadí con voz cantarina, tratando de sonreír de nuevo, aunque era más que probable que pareciese una asesina en serie—. Ivan es un chico muy simpático.

La periodista nos lanzó una mirada por un instante, antes de decidir dejarlo pasar, o tal vez creyéndonos. No me importaba.

—¿Qué es lo que más te gusta del modo en el que patina Jasmine? —preguntó.

—Bueno, ya sabes…

En lugar de mover la rodilla, simplemente le propiné una patada directamente en la espinilla. No demasiado fuerte, pero lo suficiente.

—Es una deportista tremenda —acabó por decir, golpeándome de nuevo el antebrazo.

—Y tú, Jasmine, ¿qué es lo que te llevó a querer formar pareja con Ivan? Más allá de que sea el actual campeón del mundo.

—¿Qué otro motivo necesitaría? —respondí al tiempo que me encogía de hombros, optando por el camino fácil a pesar de que su comentario no me había sentado bien.

—Sé que no lleváis juntos mucho tiempo, pero si hubiera algo que quisierais decirle al otro, a modo de crítica, ¿qué sería?

Ahí salté de inmediato, porque no me fiaba de mi compañero.

—¿Algo que criticar de Ivan? —respondí automáticamente, tocando levemente su talón con el mío, a modo de advertencia y como recordatorio—. Oh, no hay nada. Nada en absoluto. Todo lo que hace es… perfecto. —Casi me ahogué por el esfuerzo que me supusieron esas palabras.

La sonrisa que se dibujó en el rostro de la periodista fue como un rayo de luz.

—Qué bonito.

El talón de Ivan golpeó el mío.

—¿Y tú, Ivan? ¿Qué puedes decirnos de Jasmine?

Un nuevo golpecito.

—¿A modo de crítica? Jasmine es… demasiado amable.

Las dos nos quedamos perplejas.

—¿Demasiado amable? —preguntó, y ni siquiera me ofendió

que lo hiciera porque... ¿En serio? ¿Era así como iba a describirme?

Me quedé mirándolo mientras asentía.

—Sí, demasiado amable.

Era probable que ni la periodista se esperase el «ja» que profirió, de tan rápido como salió de su boca. Yo la miré y parpadeé. Entonces ella también parpadeó..., como si no pudiera creerse lo que se le acababa de escapar. Qué cabrona.

Puede que yo no fuera la persona más cordial y cariñosa del mundo, pero era amable. O, como diría mamá, lo era cuando quería. Pero esa era mi madre. Se había ganado mi amor y se lo podía permitir. Podía decir lo que quisiera sobre mí.

—¿Qué opinas sobre el anuncio de que tu antiguo compañero y Mary McDonald competirán juntos esta temporada? —preguntó de repente.

La mera mención de mi «antiguo compañero», seguida de la asquerosa de Mary McDonald, me arruinó lo que llevaba de día. Así, sin más. Mi cuerpo entero se tensó.

Entonces Ivan me dio una patada, literalmente, pero consiguió sacarme del estupor. Solo tardé un segundo en poner en orden mis pensamientos.

—No opino nada —respondí. Tal vez debería haber dicho que les deseaba suerte o todo lo mejor o algo así, pero no era tan buena persona.

—¿Es verdad que no habéis vuelto a hablar desde vuestra última temporada juntos?

No, si no contaba la noche en la que lo había llamado, borracha y dolida, justo después de que me hubiera dejado. No había respondido, pero yo había aprovechado. Estaba bastante segura de haberlo llamado «insignificante lameculos cobarde», aunque... no al cien por cien. Lo único que tenía claro era que no me arrepentía de nada de lo que hubiera salido por mi boca. Fuera lo que fuese, se lo merecía.

—No, no hemos hablado.

—¿Es verdad que te lo comunicó mediante un mensaje de texto? —Por algún motivo que yo no comprendía, la periodista tuvo el descaro de preguntarme por aquel rumor que había estado circulando.

No se lo había contado a nadie más que a mi familia, por lo que era imposible que hubiera salido de mí. Además, la verdad era que… no me lo había dicho. Y punto. Me enteré cuando anunció que Mary y él no iban a competir la siguiente temporada para entrenar juntos. Así es como lo descubrí, por un artículo. Dos días después de haber empezado nuestro mes de descanso previsto.

Menudo mamón sin agallas.

—¿Por qué no hablamos mejor de Jasmine y de mí? Creía que la entrenadora Lee había mencionado que no queremos hablar sobre nuestros antiguos compañeros —la cortó de repente Ivan, con aquel tono repelente que siempre había detestado… hasta ese momento.

La mujer se sonrojó y asintió de inmediato.

—Claro, claro. —Sin embargo, no se disculpó por haber sacado un tema que ya le habían pedido que evitase. Yo no sabía que lo habían hecho, pero me sentí agradecida; mucho más de lo que habría imaginado—. ¿Qué esperáis de esta temporada? —se apresuró a continuar la periodista sin perder un segundo.

—Nos va a ir bien —respondió Ivan, casi de inmediato—. Mejor que bien.

—¿Qué quieres decir?

Yo notaba el calor y los músculos del muslo de Ivan, apoyado completamente en el mío, pero no me moví.

—Quiero decir que no espero que esta temporada sea distinta de ninguna otra.

La periodista abrió los ojos como platos.

—¿Eso crees?

Vi como Ivan asentía lentamente.

—No lo creo: lo sé.

—¿No vais a tomaros esta temporada de descanso?

Ella no tenía ni idea de que solo permaneceríamos una juntos. No teníamos tiempo que perder.

—No.

—Se te ve muy seguro —dijo con un asomo de diversión en la cara, como si le encantase su confianza. Puaj.

—Sí —respondió Ivan de inmediato.

La mujer ladeó la cabeza, como diciendo «vale», antes de volverse hacia mí.

—¿Y tú qué opinas? ¿Es posible?

Normalmente hubiera contestado con una broma, pero ya me

había insultado más de lo que me merecía. Así que me limité a responder.

—Opino que Ivan es uno de los mejores competidores en esta disciplina. Opino que ya he aprendido mucho de él y que voy a seguir aprendiendo mucho más.

Joder, qué bien había sonado. Casi me lo había creído.

—Pero ¿crees que es posible saltarse el periodo de adaptación?

—Sí. —Al menos era lo que esperaba, pero nadie iba a creérselo si sonaba dudosa.

—¿Crees que serás capaz de superar los nervios que en el pasado te han traicionado? —preguntó la periodista con los ojos entrecerrados.

¿Ya estaba otra vez de vuelta con ese tono condescendiente? Joder. «Sé mejor persona, sé mejor persona, sé mejor persona. Puedes hacerlo». Podía, pero no me daba la gana.

—Creo que tengo un compañero en quien puedo confiar, así que hay menos motivos para estar estresada —respondí de manera reposada, mirándola a los ojos para hacerle saber que no iba a fingir que estaba siendo educada conmigo, cuando no lo estaba siendo ni por asomo.

—Así que crees que tus problemas en el pasado se deben en parte a...

Ivan hizo un gesto con la mano en el aire.

—¿Podemos centrarnos en Jasmine y en mí? —Pestañeó—. Por favor.

—Yo no...

—Ha sido culpa mía —me apresuré a intervenir—. No debería haber dicho eso. No sé si seré capaz de controlar mis nervios, pero me siento más segura que en el pasado y creo que se debe en parte al historial y a los logros de Ivan. Espero que se me pegue algo de él. —«Zorra».

La mujer puso cara de no creerme..., pero volvió a echar un vistazo a sus preguntas.

—Vale. Podemos cambiar de tema y seguir con otra cosa. ¿Qué os parece si jugamos a las veinte preguntas? —Lanzó una mirada rauda hacia Ivan—. Si no supone un problema.

Yo me quedé paralizada.

—Está bien —respondió mi compañero a mi lado con voz casi dubitativa.

—Será divertido —añadió ella, como si intentara convencernos de que no supondría una tortura.

Probablemente mi idea de diversión fuera distinta de la suya, pero no importaba. Siempre que las preguntas no aludiesen a Paul y a la gilipollas de su compañera, o a lo mala que era yo, podría soportarlo. Asentí.

La periodista sonrió.

—Sois pareja desde hace poco, pero como ya os conocéis desde hace tiempo, será divertido.

Ivan me propinó una patada y yo se la devolví, porque una cosa era fingir que éramos capaces de soportarnos y otra completamente distinta que nos conociéramos.

—Muy bien —prosiguió la mujer, volviendo la vista hacia el ordenador.

Desvié los ojos con disimulo hacia Ivan, pero él ya estaba observándome. «¿Qué coño hacemos?», le pregunté en silencio. El hombre a quien jamás había visto sonrojarse se encogió de hombros. «Echarle imaginación», leí en sus labios.

—Vale, esta es muy buena —anunció la periodista, sin tener ni idea de que ambos nos preguntábamos cómo demonios íbamos a salir de aquella mientras seguía concentrada en la pantalla y escribía algo—. ¿Cuál es el color favorito de Ivan?

Lo miré e hice una mueca.

—El negro —respondí, antes de formar con los labios las palabras: «Como tu corazón».

Él puso los ojos en blanco.

—¿Es cierto? —preguntó Amanda, apartando la vista del ordenador para mirarnos a los dos.

—No tengo un color favorito —respondió Ivan.

—¿Y cuál es el favorito de Jasmine? —preguntó la periodista.

Me miró al tiempo que la mujer desviaba la atención.

—El rojo —dijo. Y luego añadió sin voz: «Como la sangre de los niños que devoras».

No iba a reírme. No iba a reírme. Especialmente cuando se lo veía tan encantado de haberse conocido. Cretino. Gilipollas.

Entonces tuvo la desvergüenza de guiñarme un ojo, y me obligué a volver la vista a la mujer. No había pasado ni medio segundo cuando le di una patada.

—¿Ha acertado? —preguntó, al tiempo que me miraba.

—No —negué con la cabeza—. Es el rosa.

—¿El rosa? —exclamó él con incredulidad a mi lado.

Lo observé por el rabillo del ojo.

—Pues sí, ¿qué tiene de raro?

—Es que... —Ivan parpadeó repetidamente—. Creo que nunca te he visto vestida de rosa.

¿Por qué coño iba a fijarse él en la ropa que me ponía?

—No me visto de rosa, pero sigue siendo mi color favorito.

Ivan arrugó la frente.

—Oh —dijo solamente.

—Es alegre —respondí, ofendida y puede que con cierta aspereza.

—Oh —volvió a decir sin más.

—¿El salto favorito de Ivan? —continuó la mujer.

Esa era fácil.

—El triple *lutz*.

—Cierto —reconoció el hombre sentado a mi lado.

—¿Y el de Jasmine?

Ivan ni se lo pensó.

—Muy fácil, el 3L.

—¿Así que podemos esperar ver algún que otro triple *lutz* próximamente? —preguntó Amanda.

Los dos nos miramos y yo dije «Pues sí» al mismo tiempo que Ivan respondía «En efecto».

La mujer asintió y fijó la vista en la pantalla.

—¿La comida preferida de Ivan?

Formé con la boca la palabra «mierda» sin dejar de mirarlo, pero lo que respondí fue «los caracoles», por el único motivo de que sonaba bastante pijo. Ivan no pudo evitar soltar una tos. Además, volvió a chocar su pierna con la mía.

—No.

—¿No?

—No —insistió—. ¿Qué te ha hecho pensar eso? Claro que no.

Apreté los labios y me encogí de hombros.

—La pizza.

Lo miré. Su jersey era grueso, pero no tanto. No había materia grasa en ese cuerpo. Todo él era músculo, elegante y sólido como una roca, con unos brazos largos y unas piernas largas. No era un cuerpo que comiera pizza.

—No me mires así —dijo, empleando el mismo tono de voz que probablemente había usado yo con él cuando no se creyó que me gustara el rosa.

—¿Qué tipo de pizza? —le pregunté, medio esperando que respondiera alguna porquería *light*.

Me miró y parpadeó. Por un segundo creí que podía leerme la mente.

—La de *pepperoni* de toda la vida.

—Oh. —Esa vez fue mi turno de decirlo.

Y él sabía lo que significaba, porque enarcó las cejas.

—¿Cuál es la comida favorita de Jasmine?

El muy idiota no tardó ni un segundo en responder.

—La tarta de chocolate.

¿Cómo demonios lo sabía?

—¿Es cierto? —inquirió la entrevistadora.

Tratando de no mirarlo para hacerle ver que estaba pirado por saberlo, de algún modo logré asentir. Seguro que lo había adivinado porque también era la comida favorita de Karina.

—Si Ivan no fuera patinador, ¿a qué se dedicaría?

Tuve que detenerme. ¿Si Ivan no fuera patinador? No podía imaginar una posibilidad así ni en un universo alternativo. Por lo que Karina me había dicho cuando éramos adolescentes, él llevaba patinando desde los tres años. Su abuelo lo había llevado al hielo y había sido amor a primera vista. Se había convertido en su vida entera. Mi amiga me había contado una vez que Ivan ni siquiera había tenido novia nunca. Había un par de chicas con las que había llegado a salir en el pasado, pero nada serio. No cuando había algo que amaba más.

Yo lo entendía. Lo entendía a la perfección. No admitiría jamás cuánto teníamos en común, pero lo entendía. Yo había tenido un par de novios, por poco tiempo y nada serio, y eso había sido años atrás. Uno de ellos fue el chico con el que por fin decidí perder mi virginidad a los diecinueve, en el asiento trasero de su todoterreno; y el otro, un jugador de béisbol que estaba, como yo, demasiado centrado en su carrera. El resto de los chicos con los que había quedado no habían pasado de una primera y única cita.

Nada ni nadie se interpondría jamás entre mis sueños y yo. E imaginar un Ivan que no dominase las pistas era impensable para mí, porque éramos iguales. Una pesadilla. Bueno, él era una pesadilla y un pesado también.

—No me lo imagino haciendo otra cosa —me obligué a responder con sinceridad, por desgracia.

A mi lado, Ivan se encogió de hombros, como si él tampoco pudiera imaginarse qué más podría hacer. Amanda debió de verlo, porque entonces preguntó:

—¿Y Jasmine?

No hubo un atisbo de duda antes de su respuesta.

—Para ella no existe nada más.

—Nada más —confirmé.

Intenté no fijarme en el recordatorio de que carecía de plan B. Bastante me agobiaba ya el tema. No me hacía falta pensar en esa realidad más de lo que ya hacía.

Desvié la vista hacia Ivan y descubrí que me miraba con una expresión petulante en aquella cara estúpida y perfecta. Entonces el muy capullo formó las palabras «Serías la dama de la guadaña». Ni me molesté en poner los ojos en blanco.

—Si Ivan pudiera conocer a una persona viva o muerta, ¿quién sería?

Habría querido responder que al Carnicero de Milwaukee, pero la entrevistadora me estaba mirando.

—A Jesús —respondí.

—Correcto —dijo Ivan tras una pausa.

Reprimí una sonrisita. Pero qué trolero estaba hecho.

—¿Y Jasmine?

Observé cómo se quedaba pensativo antes de responder.

—A Stephen King.

Sin esperar a que la periodista me preguntase si era verdad, fruncí el ceño y le pregunté:

—¿Por qué?

—Porque escribió tu libro favorito —respondió. Me quedé de piedra—. *Misery.*

¿Cómo iba a saber que en realidad yo no leía? Tomaba prestados audiolibros de la biblioteca, pero eso era lo máximo a lo que llegaba. Sin embargo, no podía contradecirlo, así que lo único que hice fue asentir y musitar: «Ajá». Ya buscaría el libro más tarde o le preguntaría al marido de mi madre. Él leía un montón.

Amanda puso cara rara, pero prosiguió.

—¿Qué prefiere Ivan, los libros o las revistas?
—Las revistas.
—¿Y Jasmine?
Ivan se rio con malicia.
—Los cuentos ilustrados.
Parpadeé con los ojos fijos en él, notando en el pecho una sensación desagradable y a la defensiva.
—¿Por qué los cuentos? —le pregunté, al tiempo que la sensación crecía en mi interior y me preparaba para lo peor.
—Creo que nunca te he visto leyendo nada —respondió, sonriendo de oreja a oreja—. Normalmente es mi hermana quien te lee los menús.
Si me sonrojase, tenía la impresión de que todo mi cuerpo a partir del ombligo se habría puesto como un tomate por su comentario. Karina siempre me leía todo. Ni siquiera tenía que pedirle que lo hiciera, lo hacía y punto. No me daba vergüenza, porque no era por pena, sino porque era más rápido que si yo me tenía que tomar mi tiempo en leer. Aun así, jamás había advertido que alguien más prestara atención, me juzgara y sacara sus propias conclusiones. Ivan no era la primera persona en hacerlo, pero... no me gustaba. No me gustaba en absoluto.
Tragué saliva y aparté la vista de Ivan para concentrarme en Amanda, a quien miré con expresión tensa mientras me encogía de hombros.
—Me gustan los audiolibros —lo corregí.
—A mí también —concedió a toda prisa.
No debía abochornarme, me dije por millonésima vez desde que tenía cuatro años. Había llegado muy lejos. No había nada de lo que avergonzarse en tener una discapacidad de aprendizaje. Nada en absoluto. Me había supuesto un enorme esfuerzo leer tan bien como leía..., pero seguía llevándome demasiado tiempo; eso era lo único que me frustraba. No disfrutaba de la lectura porque tardaba demasiado. Tampoco me gustaban las secuencias de números. Yo aprendía mediante el oído y la ejecución. No era estúpida.
Y, desde luego, no me gustaba ni un pelo que precisamente Ivan hiciera bromas al respecto.
Tan poco me gustaba que no volví a dirigirle una sola mirada. Ni una en los siguientes veinte minutos, durante los cuales con-

testé con monosílabos siempre que fue posible. Dejé que Ivan condujera la conversación y respondiese a casi todo. La periodista evitó nuevas preguntas sobre mi excompañero y mantuvo un tono ligero.

En un momento dado, Ivan me dio un par de toques con la pierna, pero no se los devolví. No me apetecía. Cuando se acabó el tiempo de la entrevista y saltó la alarma de mi teléfono, avisando de que había llegado la hora que había marcado para finalizarla, Ivan se levantó, haciendo chocar su codo con el mío para que hiciera lo mismo. Y lo hice, pero no lo miré mientras me ponía en pie. Y también me resultó odioso.

—Ha sido un placer conocerte —dijo Ivan, estrechándole la mano a la periodista.

Yo me limité a asentir mientras hacía lo mismo.

—Gracias —murmuré. Soné como una gilipollas, pero me dio igual.

No me esperaba que Karina le contase a nadie que tenía problemas con... ciertas cosas. Una vez, mi madre sugirió que le dijera a todo el mundo que tenía una discapacidad de aprendizaje, pero me negué. Me negué porque no quería que nadie me tuviera lástima. Bastante había sufrido por ello cuando era pequeña y habían descubierto por qué me costaba tanto aprender el alfabeto, y luego leer y escribir. Jamás había dejado que mi propia familia me infantilizara por ello. Mi madre contaba que prefería quedarme despierta toda la noche antes que pedirle ayuda a nadie.

Ivan se apartó del banco y yo lo seguí, pero cuando se detuvo junto a la mesa lo rodeé, me encaminé a la puerta y salí. De inmediato me llevé la mano a la muñeca y le di una vuelta a mi pulsera. «No hay motivos para estar enfadada. No te ha llamado estúpida. No ha dicho que no supieras leer. Solo estaba gastándote una broma. Igual que tú has hecho con él, y no se ha quejado ni ha llorado. No seas boba. No te pongas sensiblona. Te han dicho cosas peores».

Eso era verdad, así que ¿por qué estaba tan enfadada, y puede que hasta un poquitín... dolida?

—Albónd..., Jasmine —me llegó la voz de Ivan desde algún lugar a mis espaldas.

No me detuve porque tenía un horario que cumplir, no porque huyera de él.

—Tengo que ir a trabajar —respondí por encima del hombro, sin aflojar el paso.

—Espera un segundo.

Al levantar la mano, vi la gran D roja que tenía pintada; me estremecí, pero la agité igualmente.

—Nos vemos esta tarde —dije antes de enfilar el pasillo que llevaba a los vestuarios.

Me metí a toda prisa porque tenía que irme a trabajar de verdad, no porque quisiera evitar lo que coño fuera a salir de boca de Ivan.

Joder, menuda gallina estaba hecha. ¿Por qué no había hablado con él y ya?

Por suerte, en ese momento solo había otra persona en el vestuario y ambas nos limitamos a intercambiar una mirada. Abrí mi taquilla, saqué la bolsa de deporte y extraje la ropa de trabajo, el desodorante, el maquillaje y las toallitas de bebé. Sin embargo, la luz verde intermitente del móvil hizo que me detuviera. Lo agarré y lo desbloqueé; entonces vi que tenía dos mensajes de texto. Uno era de mi padre.

Os escribí la semana pasada. Voy a ir en septiembre. Espero que nos veamos

La extraña sensación que había tenido en la sala de descanso volvió a atravesarme el cuerpo, pero la aparté. Escribí «OK» y pulsé Enviar, sintiéndome algo culpable por no poner nada más largo. Entonces subí por la pantalla y vi que su último mensaje me lo había enviado hacía cuatro meses, así que de pronto ya no me sentí tan mal. Luego fui al siguiente mensaje y vi que era de mi madre.

Buena suerte con la entrevista. Estate quieta y no pongas caras raras ni los ojos en blanco si hay una cámara grabando. Y no digas tacos

Eso hizo que se me dibujase en la cara una sonrisa que reemplazó al malestar, y le respondí:

Demasiado tarde...

No habían pasado ni treinta segundos cuando, mientras buscaba los calcetines y los zapatos de trabajo, me vibró el teléfono con otro mensaje de mi madre.

No te conozco.

8

—No es que me importe, pero ¿estás enfadada conmigo?

Acababa de dar una vuelta alrededor de la pista para calentar después de mi hora de estiramientos cuando Ivan se colocó a mi altura y me hizo esa chorrada de pregunta.

—No. —Ni siquiera me molesté en mirarlo cuando respondí.

—¿No, no estás enfadada?

Por el rabillo del ojo vi el contorno del jersey blanco con cremallera al cuello que llevaba y el pantalón de chándal azul marino remetido por dentro de los patines negros. ¿Por qué siempre tenía que vestir como si importase algo? Bah. Yo llevaba mi uniforme habitual: unas mallas ajadas y una camiseta vieja de manga larga con un par de agujeros. Lo bueno de no ser alta es que llevaba más de diez años sin que la ropa se me quedase pequeña.

—No —insistí.

Por un segundo no dijo nada y permaneció a mi lado mientras daba otra vuelta, apretando el ritmo en comparación con la primera, más perezosa.

—Pero lo estabas.

¿Por qué demonios me atosigaba? El día anterior no me había visto la cara, y no creía haberme comportado como si hubiera algún problema. ¿O sí? Entonces me acordé del detalle de «no es que me importe» y puse los ojos en blanco.

—No, no me he llegado a enfadar contigo.

—No he hecho nada para que te enfadases.

—Vale —respondí, lacónica.

Se produjo un silencio.

—¿No estabas enfadada?

¿Lo estaba? No. ¿Ivan había bromeado sobre una cuestión espinosa para mí? Sí. Podría decirle que había dado en uno de los pocos puntos que me minaban la moral, pero si lo hacía tal vez se dedicase a pincharme más. Porque eso es lo que hacíamos todo el tiempo, y la única culpable era yo. Y él. Los dos habíamos construido ese tira y afloja en el que se basaba nuestra... relación profesional, o como demonios se llamase.

—No —dije. Sin apartar la vista del frente, le devolví sus propias palabras—. Para enfadarme tendría que importarme lo que piensas.

Me miró girando la cabeza, sin responder, al tiempo que completábamos una vuelta más alrededor de la pista, que a esa hora tan temprana teníamos para nosotros solos. La tarde del día anterior, llegada la hora del entrenamiento, nos habíamos puesto directamente a practicar. ¿Le había hecho menos caso que de costumbre? No. Simplemente lo había tratado como hacía falta: como si dispusiésemos de tiempo limitado para conseguir lo que nos habíamos propuesto y hubiera que aprovechar hasta el último puñetero segundo.

—Es solo durante un año —me recordó Ivan de pronto, como si se me hubiera olvidado.

Ni siquiera me molesté en poner los ojos en blanco.

—Ya te oí la primera vez que lo dijiste, idiota.

—Así me aseguro de que no se te olvide —añadió con su tonillo irritante.

—¿Cómo se me va a olvidar si me lo repites día sí y día también? —salté antes de poder contenerme. Tenía que parar. Sabía desde el principio en lo que me estaba metiendo.

—Alguien está susceptible —dijo, dirigiéndome una mirada.

Puse los ojos en blanco.

—Me estás tocando las narices con algo que ya sé y que no se me ha olvidado. No es que esté susceptible.

—Estás susceptible.

—Tú sí que estás susceptible.

—Lo único que estoy haciendo es asegurarme de que luego no te sientas decepcionada —replicó con tono desabrido, extraño y áspero, lo que hizo que me detuviera para observarlo bien.

—¿De qué coño hablas? —pregunté con el ceño fruncido.

Se detuvo en cuanto yo lo hice y se volvió a mirarme. Me fastidiaba que fuera mucho más alto que yo. Me molestaba que tuviera que bajar la barbilla para mirarme.

—Ya me has oído —respondió con un tono que hizo que me picase la palma de la mano.

—¿Por qué demonios iba a sentirme decepcionada?

Era probable que los ojos ya se me hubieran salido de las órbitas, o poco menos. Y el muy idiota simplemente parpadeó.

—Por no seguir haciendo pareja conmigo.

Me quedé mirándolo atónita, queriendo creer que bromeaba, aunque sabía que, con un ego como el suyo, realmente estaba expresando la mierda que tenía en la cabeza.

—Estaré bien, Lucifer, no te preocupes por mí. No te voy a coger tanto cariño. Tu personalidad no es tan arrolladora.

No me sorprendió que se mostrara verdaderamente ofendido.

—¿Sabes? Hay un montón de gente a quien le encantaría tener una oportunidad como esta.

—Ya, y también hay un montón de gente que, aun apreciando la oportunidad, sabe que no cagas huevos de oro, chaval.

Sus párpados descendieron sobre esos ojos azules, casi transparentes.

—¿Huevos de oro?

—Sí, ¿es que no has oído hablar de la gallina de los huevos de oro?

Entonces parpadeó completamente.

—¿Eso no es un cuento?

Aquello me dejó petrificada, al menos hasta que lo miré con los ojos entrecerrados.

—¿Y a ti qué cojones te importa si me gustan los cuentos ilustrados y tu hermana me lee los menús? —salté antes de poder recordarme a mí misma que no iba a enredarme en sus movidas.

Ivan pareció retroceder un instante antes de observarme con incredulidad. Luego negó con la cabeza.

—Ya sabía yo que estabas enfadada. Es que lo sabía.

La madre que me parió.

—No estoy enfadada, imbécil.

—Hace quince segundos me has gritado, literalmente —respondió, meneando esa cabeza de cabello oscuro.

Parpadeé y, sin darme cuenta siquiera, apreté el puño.

—Porque me sacas de quicio.

—¿Por comentar que te gustan los cuentos ilustrados? Te he dicho cosas peores y ni has pestañeado, pero...

¿Tenía razón? Por supuesto que sí. ¿Estaba dispuesta a admitirlo? Ni en sueños.

—No estoy enfadada —repetí, tratando de decirme que me tranquilizara y mantuviese la calma, que no le siguiese el rollo, porque no iba a merecer la pena. Claro que no. No.

—Sí que lo estás —insistió.

—Que no. —Lo miré de reojo.

—Que sí —continuó diciendo, sin darse cuenta de que me estaba cabreando cada vez más..., o tal vez sí que lo sabía y le daba igual. Era Ivan. Podría ser cualquiera de las dos opciones—. No eres la primera mujer que miente y me dice que no está enfadada cuando sí lo está.

Cualquier día le iba a arrear un guantazo y se lo tendría más que merecido, pero no podía hacerlo mientras estuviéramos en público. No podía olvidar esa condición.

—No me compares con tus ex —dije entre dientes. Algo extraño atravesó su rostro tan rápido, y desapareció a tal velocidad que podría haber llegado a pensar que lo había imaginado. Pero no. Antes de que me contase alguna otra milonga o tratase de sacar a colación a sus exnovias o excompañeras o a quien coño se estuviera refiriendo, continué—. No me importa lo que pienses de mí, Ivan. Si me importara sería distinto, pero es que me da igual. Nada de lo que digas puede herir mis sentimientos.

La forma en la que parpadeó esta vez fue distinta, más lenta, prolongada, aunque solo duró unos tres segundos antes de que su expresión volviese a la normalidad.

—Te conozco lo suficiente —replicó.

—No me conoces una mierda —espeté.

Pero ese hombre no se caracterizaba precisamente por rendirse, y dudaba que jamás lo hiciera. Se quedó mirándome un momento, respiró hondo y exhaló de modo pausado.

—Te conozco mejor de lo que crees.

Entonces fui yo quien inspiró y espiró con lentitud. «No importa lo que piense», me dije. No importaba. No me importaba.

Sabía cuál era mi objetivo. Un año. La posibilidad de ganar. La posibilidad de conseguir después un compañero permanente.

—No, no me conoces —afirmé, asegurándome de que mi exhalación fuera normal y tranquila, no entrecortada. Lo último que quería era que supiese que me afectaba de alguna manera.

—Os dejo solos cuatro minutos y ya estáis discutiendo. —La voz familiar de la entrenadora Lee atravesó el hielo desde donde se encontraba, junto a los paneles, mientras se quitaba los protectores para unirse a nosotros sobre la pista—. ¿Algún día os vais a llevar bien?

Ivan dijo que sí al mismo tiempo que yo decía que no y lo fulminaba con la mirada. La entrenadora suspiró sin alzar siquiera los ojos.

—Olvidad la pregunta. Vamos a empezar, ¿os parece?

«Debería haber imaginado que esto tendría que pasar hoy», pensé al girar la llave del encendido sin que se produjese sonido alguno. Ni siquiera la tosecilla ahogada del motor tratando de encenderse. Nada. Solo un chasquido.

—Mierda —siseé, golpeando con los antebrazos el volante—. Me cago en la madre que lo parió. ¡Joder!

¿Por qué? ¿Por qué tenía que pasar? Si rompía a llorar en ese momento sentiría que estaba totalmente justificado.

Estaba cansada. El tobillo, la muñeca y las rodillas me dolían porque Ivan me había dejado caer sobre el puñetero hielo mientras trabajábamos los *twists*; es decir, cuando él me lanzaba directamente al aire y yo intentaba dar al menos tres vueltas en lo más alto antes de que me atrapara durante el descenso. Solo había pasado tres veces, pero bien podrían haber sido una docena. Sobre las colchonetas habían sido el doble, si no más.

Lo único que quería era llegar a casa. Era sábado por la tarde, lo bastante pronto como para que nadie hubiera llegado al CL para las clases de la tarde-noche, y era mi día libre de pilates y de las salidas a correr que repetía varias veces a la semana, normalmente con mi hermano, quien apenas había empezado a perdonarme por no contarle lo de Ivan. Era la noche en la que cenaba sin prisas por tener que irme a la cama o darme un baño de hielo o lo que fuese que tuviera pendiente.

Lo único que quería era comerme la lasaña y la tarta de chocolate que mi madre había dicho que iba a preparar. Llevaba dos días soñando con los palitos de pan de ajo de su marido, desde que me avisara de que el sábado sería mi día especial para que así planease mi comida trampa a base de carne roja y queso.

Y allí estaba, atrapada. Tirada, cómo no, en mitad del aparcamiento.

Saqué el teléfono de la bolsa, tratando de pensar a quién recurrir, porque había rechazado la asistencia en carretera de mi seguro para que no me saliera más caro. Podía llamar a mi hermano el mayor, pero según el mensaje que había enviado al chat grupal, esa mañana había salido de excursión fuera de la ciudad con una chica con la que estaba saliendo. Jonathan me diría que buscase qué hacer en YouTube y el marido de mi madre era un inútil con los coches. Mamá, no obstante, me diría que llamase a mi tío, que tenía un taller mecánico y una grúa.

Así que... busqué el número correcto entre mis contactos y pulsé el botón. Al cabo de tres tonos, su voz grave brotó al otro lado de la línea.

—Mi niña, ¿cómo estás? —dijo.

No pude evitar sonreír. Mi abuelo y él eran las únicas personas que me llamaban cosas así.

—Hola, tío Jeff. Sobreviviendo, ¿y tú?

—Por aquí ando, corazón.

—Siento molestarte...

El hombre soltó una risita.

—¿Cuántas veces tengo que decirte que no me molestas? ¿Qué ha pasado?

—El coche no me arranca —le expliqué de inmediato—. El motor no se enciende; solo se oye un chasquido. No me he dejado las luces encendidas.

—¿Cuánto tiempo tiene la batería? —dijo después de emitir un murmullo.

Mierda.

—No tengo ni idea.

—Es probable que sea la batería —rio—, pero me gustaría echarle un vistazo. Puede que los bornes estén oxidados y te los pueda limpiar, pero no lo sabré hasta que no lo vea. El problema es que hoy y mañana estoy en Austin. ¿Dónde estás?

—En el aparcamiento del Complejo Lukov.

—¿Puedes dejarlo ahí hasta que esté de vuelta en la ciudad mañana?

Mañana... Lo único que tenía que hacer era salir a correr, estirar y hacer la compra de la semana. Para eso, podía tomar prestado el coche de mi madre.

—Sí, puedo dejarlo aquí.

—Perfecto, pues déjalo. Podemos quedar mañana, echarle un vistazo y así te digo lo que pasa, ¿te parece?

Era eso o pagarle al conductor de la grúa cientos de dólares, que me hacían falta para otras cosas, para que me remolcase el coche hasta casa o hasta su taller, que en cualquier caso quedaba más cerca.

—Está bien. Gracias. Siento haberte molestado.

—Mi niña, ¿qué te acabo de decir? Tú no molestas. Ya hablamos mañana, cariño. Será a última hora de la tarde, así que hazme un hueco en esa apretada agenda que tienes. De todos modos, ya iba siendo hora de que pasase a ver a tu madre. Llevamos tiempo sin vernos y necesita que alguien le recuerde que, hasta que llegó a la pubertad, parecía un trol de los de debajo del puente —se rio.

—Eres el único que puede hacerlo —respondí con una sonrisa—. Casi me puso el culo como un tomate la última vez que le dije que creía haberle visto una arruga en la cara.

Mi tío rio aún más fuerte.

—Muy bien, entonces hablamos mañana. Una vez más, siento no haber podido ayudarte hoy.

—No pasa nada. Adiós, tío Jeff.

—Chao, Jasmine —dijo antes de colgar.

Cuando hice lo mismo, me sentía mejor. Entonces me acordé de que todavía tenía que volver a casa. Menuda putada.

Abrí de golpe, me bajé del coche y di la vuelta hasta el otro lado mientras decidía quién me daría menos la tabarra por pedirle que viniera a buscarme. Estaba abriendo la puerta del pasajero para sacar la bolsa de deporte, debatiendo si la mejor opción sería Ruby o Tali, cuando oí el claxon de un coche. Sin prestarle atención, agarré la bolsa y la saqué, cerrando con la cadera, pero el sonido repetido del claxon hizo que levantase la vista por encima del hombro... y lo lamentara. Porque a bordo de un automóvil negro de líneas fluidas y con la ventanilla del conductor bajada apareció una cara que conocía demasiado bien.

—¿Quieres un caramelo, niñita? —me preguntó el muy idiota al tiempo que acodaba el antebrazo sobre la puerta y se subía las gafas de sol de montura y cristales negros por encima del cabello igualmente oscuro.

Parpadeé al tiempo que daba un paso atrás y apoyaba el trasero en la puerta del pasajero de color mostaza de mi Subaru.

—De ti, no —respondí, observando al hombre con quien había tratado de no hablar en toda la tarde.

Ni se estremeció ni puso caras raras, aunque enarcó las cejas.

—¿Necesitas que te lleve?

¿Cómo demonios lo sabía?

—Te he visto meterte en el coche y empezar a darle golpes al volante —continuó, como si supiera que me lo había preguntado—. No tengo pinzas.

Por supuesto que no. Su coche no tenía ni un año. El anterior había sido un BMW azul medianoche que no habría cumplido más de tres.

—Sube —continuó diciendo.

—Yo...

—Te llevo. Deja de pensártelo. Ni siquiera tendrás que pagarme.

Ay, Dios, cómo lo odiaba. Y lo odiaba todavía más cuando sonreía como si pensase que era graciosisímo. Podía llamar a Jojo, a Tali, a Ben, a James o a Ruby. Cualquiera vendría a buscarme. Sabía que lo harían, aunque ya estuvieran en casa con mamá.

—¿De verdad quieres esperar aquí a que alguien venga a por ti? —preguntó Ivan, alzando nuevamente las cejas.

Ahí tenía razón, pero tampoco quería subirme al coche con él, así que...

—Sube, pardilla.

Lo miré con incredulidad.

—¿Acabas de usar una frase de *Chicas malas*?

—No tengo todo el día. Vamos. Seguro que no quieres andar esperando, y yo tampoco —concluyó, antes de señalar con un gesto de la cabeza el asiento del pasajero.

Mierda.

Mientras discutíamos, otros dos coches habían estacionado en el aparcamiento y vi como las familias salían de los vehículos. ¿Quería quedarme allí riñendo con Ivan mientras la gente miraba? Quizá. Pero había dicho que íbamos a comportarnos y a mantener la fachada, así que...

—Vale —murmuré, completamente consciente de que sonaba como una imbécil desagradecida y casi sin sentirme mal por ello. Avancé un paso hacia su Tesla y me detuve, entrecerrando los ojos—. ¿Me prometes que no me matarás?

Ivan sonrió con picardía.

—Te prometo que, si lo hago, será rápido e indoloro.

La culpa era solo mía.

—Voy a hacerle una foto a la matrícula para que, si desaparece mi cuerpo, puedan buscar mi ADN en tu coche.

—Tengo lejía —replicó de inmediato.

¿Por qué estaba siendo... la palabra no era «simpático», sino más bien... menos gilipollas que de costumbre? Lo miré con el ceño fruncido mientras rodeaba el coche para hacerle una foto a la placa porque, aunque siendo realista sabía que Ivan no iba a asesinarme, alguien debería saber dónde estaba. Al menos eso era exactamente lo que, en mi lugar, les diría a mis hermanas que hicieran. No podía una fiarse de nadie.

Regresé a la parte delantera después de enviarle a mi madre una fotografía de la matrícula del coche de Ivan, porque si había alguien dispuesto a mover cielo y tierra para encontrarme era esa mujer. Me subí y dejé la bolsa de deporte en el suelo antes de abrocharme el cinturón de seguridad. Entonces, retorciéndome por dentro, me volví a mirar a Ivan y me obligué a dibujarme casi una sonrisa en la cara.

—Te lo agradezco —murmuré flemática, como si cada palabra me la tuvieran que arrancar de la boca con unos alicates.

—Tu entusiasmo me abruma —respondió antes de preguntar con una sonrisa—: ¿Debajo de qué puente vives y cómo llegamos a él?

—No te soporto.

Se rio con malicia al tiempo que se bajaba las gafas de sol por el puente de la nariz y miraba hacia delante.

—¿Adónde te llevo?

Arrugando la nariz, le indiqué por dónde debía ir y observé en silencio cómo giraba a un lado y al otro antes de introducir el vehículo, bello y silencioso, en la autovía. Me dediqué a mirar de manera alterna por la ventanilla, a la enorme pantalla integrada en el salpicadero y a Ivan, cuando creía que no podía verme. Lo último que quería era que me pillase contemplando la forma perfecta de su nariz y lo bien que casaba con el perfil del resto de su estructura ósea. Su mentón era lo que, por lo que había oído, hacía babear a las adolescentes mayores. Sus pómulos y los huesos orbitales estaban proporcionados con el resto de la cara. Su rostro me recordaba al de un príncipe o algo así. Realeza.

No es que fuera a admitir jamás nada parecido. Y tampoco es que importase cuando bajo aquel rostro angelical y aquella piel luminosa se ocultaba el diablo redivivo.

—Haz una foto, que dura más —dijo de pronto Ivan con voz perezosa.

Parpadeando, me planteé apartar la mirada, pero decidí que quedaría aún peor.

—Lo haré. Creo que la enciclopedia necesita una entrada sobre «gilipollas» y podrían utilizar tu imagen como ejemplo ilustrativo.

Su mano se alejó del volante y cubrió el lugar donde estaba su corazón.

—Ay.

—Bah, por favor —resoplé.

Se volvió hacia mí con aquellas gafas oscurísimas cubriéndole los ojos.

—¿Qué? ¿No crees que podrías hacerme daño?

—Haría falta que tuvieras corazón.

Ivan no retiró la mano de dónde la tenía.

—Ay, Jasmine. Pues claro que lo tengo.

—No cuenta si está hecho de palos y piedras y pintado de rojo.

La única comisura de la boca que podía verle se elevó un ápice.

—Lo hice de arcilla, Albóndiga. Tampoco soy tan cutre.

Yo no quería, de verdad que no, pero esbocé una sonrisilla y giré la cara, como si no sucediera si él no me veía hacerlo.

—¿Sabes? Podríamos llevarnos bien si lo intentásemos —dijo al cabo de un momento, mientras yo seguía con la vista hacia otro lado.

Quería mirarlo... porque no había gran cosa que una cara pudiese ocultar, y especialmente una cara que creía conocer tan bien como la suya..., pero me aseguré de mantener la vista fija en la ventanilla.

¿Ivan y yo, amigos? ¿Por qué sacaba el tema y me preguntaba? No estaba segura de cuáles serían sus motivos.

—No sé... —le respondí con sinceridad.

Se produjo una pausa mientras continuaba conduciendo.

—Mi hermana te cae bien.

—Pero tú no eres tu hermana. Vuestras personalidades son completamente distintas.

Lo eran. Karina era dulce la mayor parte del tiempo, pero tenía un coraje que me inspiraba un gran respeto. No se tomaba en serio la mayoría de las cosas, a menos que realmente le importasen. Me equilibraba. Era afable y tranquila, mientras que yo... no lo era.

—No creí que fueras a poner tantas excusas —dijo después de murmurar algo.

Entonces sí que lo miré.

—No estoy poniendo excusas.

—A mí me lo parecen —respondió, sin apartar la vista del frente.

—Yo no...

¿Estaba poniendo excusas? Mierda.

—Siempre dices que eres capaz de todo...

—Porque lo soy. —Arrugué la frente—. Lo único que nos ha pedido Lee es que seamos amables entre nosotros. Y hemos estado... trabajando en ello.

No dijo ni una palabra; se limitó a levantar un hombro como si me invitase a seguir hablando, pero ¿por qué leches iba a hacerlo?

—Sería más fácil si no me odiases —añadió.

Fruncí el ceño con la vista clavada en el parabrisas.

—No te odio. —Vi que me miraba con expresión impasible, aunque de alguna manera todavía desconfiada—. No te odio —repetí, mirándolo a pesar de que él ya había apartado los ojos—. ¿Por qué demonios crees eso?

—Porque me has dicho: «Te odio».

Me quedé parada.

—Eso no significa que te odie de verdad. No sabía que fueras tan sensible. No me caes bien, pero tampoco es que te odie de odiar.

Su sonrisa era de lo más irritante.

—La verdad es que no me importa si me odias.

Eso hizo que pusiera los ojos en blanco.

—«Seamos amigos, pero no me importa si lo somos o no, ¿vale?» —me burlé al tiempo que negaba con la cabeza, porque aquello no tenía ningún sentido.

—¿Y...?

Así que ¿iba a seguir insistiendo en ello?

—¿Qué?

—¿Sí o no?

¿Sí o no? ¿Sí a hacernos amigos cuando ni siquiera comprendía por qué quería intentarlo? ¿Cuando daba a entender que no le importaba si lo éramos o no? Pero ¿qué coño? ¿Acaso era así como la gente entablaba amistad en el mundo real? No tenía ni idea. ¿Cómo iba a tenerla? Todos mis amigos se remontaban a la época en la que no desconfiaba de cada persona a la que conocía. ¿E Ivan?

—Lo que quiero decir...

—Si crees que no vas a ser capaz... —Dejando que su voz se perdiera, encogió uno de esos hombros en los que había posado cinco mil veces las manos en tan solo un par de meses.

Que si no creía que fuera a ser capaz... Tócate las narices.

Me fijé en su cara, pero no le había cambiado la expresión; seguía mirando al frente. Me sentí... incómoda, y también extraña.

—¿Qué significa que seamos amigos? ¿Tenemos que hacer algo o...?

—No lo sé —fue su inteligentísima e inesperada respuesta.

¿Cómo no lo iba a saber? Lo había visto cientos de veces rodeado de personas, sonriendo, dando abrazos, comportándose como si le encantase recibir atención y hubiera nacido para ser el centro del mundo cada minuto de su vida.

Aunque ¿había llegado a verlo hablar con alguien durante más de unos pocos minutos?

Vaya. Eso no lo tenía nada claro.

—Me lo pensaré —dije antes de poder refrenarme.

Eso hizo que se quedase mirándome y, si su voz sonó más ronca de lo normal, no lo noté.

—Vale —fue su única respuesta.

¿Qué demonios significaba todo aquello? ¿Qué se suponía que tenía que hacer? Yo no era de las que daban abrazos a diestro y siniestro, y no tenía tiempo de quedar o de hacer lo que fuera que los «amigos» hacían. No le había mentido: no lo odiaba. Odiaba a mi ex y a alguna que otra persona, pero Ivan simplemente no me caía bien. Era beligerante, arrogante, brusco...

Acababa de describirme a mí misma, ¿verdad? Mierda.

No funcionaría. Yo no tenía amigos, o nada más que un par, porque...

Entonces recordé que se trataba de Ivan. Ivan, que tenía el mismo horario que yo. Ivan, que tampoco tenía tiempo. ¿O sí? No sabía a qué se dedicaba cuando no estábamos juntos. ¿Podíamos... ser amigos? ¿O intentar al menos picarnos menos? Lo que realmente quería saber era: ¿de verdad querría él?

—Es solo un año —afirmé, recordándole algo que sabía de sobra. Eran las mismas palabras que él me repetía cada vez que le apetecía. Literalmente las mismas palabras que me había dicho horas antes, esa misma mañana, antes de practicar y de ballet.

—Ya lo sé —murmuró.

—Entonces ¿para qué?

—Vale, olvídalo —farfulló, girando el volante para entrar en la calle que conducía al barrio de mi madre.

—Eres tú quien ha sacado el tema —murmuré también.

—Bueno, he cambiado de opinión.

—A ver, no creo que puedas cambiar de opinión después de haberlo dicho.

—Pues así ha sido.

Parpadeé. No me gustaba nada lo insultada que me sentía de repente porque hubiera «cambiado» de opinión. Yo ni siquiera quería ser su amiga. Habría sido la última cosa que habría querido o esperado, pero ahora... No me gustaba que Ivan me dijese qué hacer. Tenía que ser eso. Eso era lo que me iba a repetir a mí misma. Él no iba a decidir lo que yo hacía con mi vida y mi tiempo más de lo que ya lo hacía.

—Pues lo siento, caraculo. Supongo que podemos intentarlo. —Puede que rompiese a sudar con solo pronunciar esas palabras.

Ivan emitió un ruido al tiempo que giraba el volante.

—¿Que lo supones?

—Sí, supongo.

Aunque torció el gesto, dijo:

—Me lo pensaré.

Entonces solté una carcajada burlona al tiempo que me obligaba a mirar hacia delante.

—¿Que te lo pensarás...? —Me interrumpí al ver la vivienda de dos plantas que asomaba por la derecha. En la entrada había aparcados tres coches que conocía. La madre que me parió—. Hemos llegado —dije, señalando la casa.

Ivan condujo el vehículo hasta la plaza libre que tenía delante y, en cuanto lo hizo, me apresuré a despedirme, con una mano en la puerta y la otra agarrando las asas de la bolsa de deporte.

—Vale, gracias por traerme.

Más que oírlo, vi como desconectaba el encendido del coche. ¿Qué demonios estaba...?

Ivan enarcó las cejas antes de volverse hacia mí.

—¿Puedo ir al baño?

9

Parpadeé. Y, al parpadear, todas y cada una de las palabras que había aprendido en el transcurso de mi vida dejaron de existir. Porque en ese momento, sentada como estaba en un asiento de cuero suave como la mantequilla con la mano en la manilla de un coche que costaba más que la vivienda de la mayoría de la gente, no estaba segura de qué demonios decir. Ni siquiera estaba segura de haberlo oído bien.

—¿Perdona? —prácticamente grazné por la que estoy casi segura que fue la primera vez en mi vida.

El hombre sentado al volante ni se molestó en responder a mi pregunta. Lo que hizo fue alargar la mano a un lado... y abrir su puerta.

—¿Puedo ir al baño? —repitió entonces.

¿Que si podía...? ¿Quería que lo invitase a mi casa? ¿Era eso lo que me estaba preguntando? ¿En serio? ¿Me estaba diciendo, sin demasiada sutileza, que quería entrar en mi casa? ¿Donde estaba mi familia? ¿A mear?

Parpadeé de nuevo, con el «no» en la punta de la lengua, llenándome la garganta hasta el fondo y extendiéndose hacia el esófago. La respuesta que le di fue estúpida, y seguramente iba a arrepentirme de ella, pero por culpa del «Sé mejor persona», se la di igualmente.

—Si... quieres.

Ivan se limitó a bajar del coche y cerrar la puerta de golpe mientras yo seguía dentro, preguntándome qué narices acababa de suceder. Entonces, con la misma prisa con la que Ivan se había apeado, hice lo mismo, agarrando todas mis cosas y cerrando la puerta con el mayor cuidado posible.

Él ya estaba esperándome en mitad del sendero pavimentado que conducía a la puerta delantera, con las manos metidas en los bolsillos del pantalón de chándal y el forro polar negro perfectamente a juego con las deportivas negras discretas. No obstante, lo que más me daba por saco era que él tampoco se había duchado y, mientras que se notaba que a mí me hacía falta, a él... nada.

—¿Quiénes están en casa? —preguntó el muy cotilla.

Lo miré de soslayo mientras lo adelantaba por el césped camino de la puerta delantera, metiendo el brazo por la cremallera abierta de la bolsa para buscar las llaves. Ya había reparado en los coches aparcados en el largo camino de entrada. El Cadillac era de James, el marido de mi hermano; el 4Runner era de Tali y el Yukon, del marido de Comino.

—Mi madre y su marido, Ben; mi hermano y su marido; mis dos hermanas; Aaron, el marido de mi hermana, y los niños.

—¿De cuál hermana?

Lo miré con los ojos muy abiertos mientras insertaba la llave en la cerradura, preguntándome hasta qué punto, en una escala del uno al diez, aquella idea iba a ser un puto desastre. Con mi suerte, probablemente un treinta, porque justo ese era el día en el que Ivan se había autoinvitado a mi casa para ir al baño. Que Dios me ayudase.

—¿La pelirroja o la dulce y tímida? —añadió, como si yo no supiera distinguirlas.

—Aaron es el marido de Ruby, la simpática —respondí.

Las palabras me salieron entrecortadas y poco naturales, porque no entendía a cuento de qué Ivan había prestado atención suficiente como para conocer a mis hermanas. Hacía años que Ruby, la más joven de las dos, no me acompañaba a la pista; desde que se quedara embarazada de su primer hijo. Tali aún iba de vez en cuando a sentarse en las gradas y juzgarme, aunque ya no tanto como antes. Y no recordaba que ninguna de las dos hubiera ido jamás a casa de los padres de Ivan a recogerme después de echar el rato con Karina.

—Tienes un hermano más, ¿no? —me preguntó Ivan en el momento en el que yo sacaba la llave de la cerradura e iba a girar el pomo.

¿Cómo coño sabía que tenía otro hermano? Tal vez Karina lo hubiera mencionado alguna vez. Solía decir que estaba coladita por Seb.

—El mayor, sí. Sebastian.

Ivan bajó la barbilla antes de avanzar un paso para acercarse a la puerta (y a mí) mientras la abría. Al instante pude oír risas quedas procedentes de donde estaba la cocina.

Iba a arrepentirme de aquello. Estaba segura de que iba a arrepentirme de haberlo dejado entrar, pero si le decía que no quería que entrase en mi casa, quedaría como una cobarde o como si tratara de ocultar algo. Además, sería un poco cruel.

De pie junto a la puerta, le hice un gesto para que entrase y cerré tras él.

—Voy a enseñarte dónde está el baño.

Torció el gesto, volviendo la atención hacia la procedencia de las risas.

—¿No deberíamos pasar a saludar primero?

¿Deberíamos? Puede que sí. ¿Quería hacerlo? No.

—Debería ir a decirle hola a tu madre, ¿no?

Ay, Dios. Había un motivo por el que nunca había llevado a ningún novio a casa para que conociese a mi familia. Y en ese momento…, bueno, en ese momento estaba a punto de acompañar a una de las personas más importantes con quien jamás me hubiera topado o con quien hubiera tenido relación a que conociese a esa panda de psicópatas, aunque solo fuese por un momento, para saludar a mi madre.

Pensar en todas las cosas horribles que había dicho delante de los antiguos ligues de mis hermanos y hermanas a lo largo de los años casi bastaba para hacer que me arrepintiese: era más que probable que, a modo de venganza, me metieran bastante caña. No era tan tonta como para creer que iban a comportarse a pedir de boca porque un medallista de oro entrase a saludar. Al menos esperaba de corazón que Ivan supiera dónde se iba a meter.

Me bastó inspirar una vez para saber que la cena estaba casi a punto. Olía muy bien.

Me encogí de hombros e hice un gesto a un lado con la cabeza para que me siguiera. Al pasar junto al cuarto de estar, vi que estaba vacío salvo por Ben, quien, de pie junto al armario de los licores, llenaba tres vasos diferentes con lo que parecía gin-tonic.

—Hola, Ben —lo saludé, al tiempo que me detenía detrás del sofá.

Ni siquiera se dio la vuelta mientras cerraba la botella que llevaba en la mano.

—Hola, Jas —susurró, echando un vistazo por encima del hombro antes de que su mirada descubriese a la persona que tenía al lado y dejase de hablar. Sus ojos de color del whisky se abrieron de par en par y supe que era perfectamente consciente de quién estaba a menos de quince centímetros de mí.

—¿Por qué susurras? —pregunté.

—Los niños están echándose la siesta en nuestra habitación —respondió, señalando al piso de arriba.

Oh. Decidí dejar para más tarde el paso por el dormitorio de mi madre y me concentré en la persona que estaba junto a mí.

—Ben, este es mi compañero, Ivan. Ivan, este es el marido de mi madre, Ben —los presenté.

No supe cómo reaccionar cuando Ivan parpadeó lentamente antes de terminar por dar un paso adelante.

—Encantado —dijo, como un ser humano normal y educado. Vaya.

Me di cuenta de que Ben desviaba los ojos hacia mí y me miraba como diciendo «pero ¿qué coño, Jasmine?» antes de estrecharle a Ivan la mano que este le había tendido.

—Igualmente. —Se detuvo—. ¿Te apetece una copa?

—Tengo que conducir, pero gracias —respondió llanamente.

—Si cambias de opinión, avísame —dijo Ben, lanzándome otra mirada con los ojos desmesuradamente abiertos.

Ivan asintió al mismo tiempo que yo le hacía un gesto para que me siguiera hasta la cocina. Reconocí la risa de mi hermana, seguida de la voz de Jojo mandándola callar.

Al llegar al amplio umbral de la puerta, vi a mis hermanos y a sus parejas sentados alrededor de la isla de cocina y completamente concentrados en algo dispuesto en el centro. Mi madre, por su parte, echaba un vistazo al horno doble de pared y removía algo en su interior. Me di la vuelta y miré a Ivan levantado las cejas antes de entrar en la estancia, esperando que me siguiera al instante.

Jonathan lanzó las manos al aire justo un segundo antes de que el sonido de varios objetos cayendo sobre el granito llenase el espacio.

—¡No! —musitó mi hermano.

—¿Cómo has sido capaz de fastidiarla así? —dijo mi hermana Tali al mismo tiempo.

—Ya sabes que se le da fatal jugar al Jenga —tercié, colocándome detrás del cuerpo que sabía que pertenecía a mi hermana. Esta se dio la vuelta justo cuando le tocaba la coronilla.

—¡Jasmine! —chilló Ruby, mi hermana segunda, extendiendo sus manos hacia mí antes de detenerse a mitad de camino, como si dudase.

Siempre le pasaba lo mismo. Ni siquiera suspiré; la envolví entre mis brazos y noté que tardaba un segundo antes de devolverme el abrazo.

—Yo vengo a casa todo el rato y jamás me abrazas así —se quejó Jojo desde el lugar que ocupaba junto a la isla de cocina.

—Porque ella nunca ha entrado al cuarto de baño mientras me duchaba para tirarme una jarra de agua helada por encima —le respondí, mirándolo, sin dejar de abrazar a Ruby.

—¿Todavía estás cabreada por eso? —me preguntó Jojo, apoyando los codos en la isla y mostrándome el hueco que tenía entre los incisivos en una sonrisa pícara.

—Lo hiciste la semana pasada —le recordé—. Y dos semanas antes de aquella.

—Solo quería ayudarte... —comenzó a decir antes de que James, sentado a su lado, le diera un codazo en el brazo lo bastante fuerte como para llamar su atención, mientras se lo frotaba—. ¿Y esto a qué viene?

James tenía los ojos clavados a mi espalda cuando le propinó otro codazo a su pareja. Era ahora o nunca.

—Ivan me ha traído a casa porque el coche no me arrancaba —expliqué mientras veía como todos, incluso mi madre, que seguía junto al horno, se giraban y miraban detrás de mí—. Gente, este es Ivan. Ivan, estos son todos.

Mi hermano soltó un gritito. James volvió a darle un codazo. Mi hermana Tali parpadeó. La mano que Ruby tenía apoyada en la parte baja de mi espalda se estremeció. Mi madre no hizo nada, al igual que el atractivo marido rubio de mi hermana, sentado en la silla que quedaba inmediatamente a mi derecha.

—Hola —dijo Ivan, que por lo que se veía llevaba puestos sus pantalones de persona educada.

Fue mi madre quien lo saludó primero mientras rodeaba la isla, limpiándose las manos en el mandil que llevaba puesto sobre la ropa.

—Me alegro de volver a verte.

Él respondió algo que no pude oír. Mientras, la mano de Ruby, que tenía sobre la espalda, se movió y esta se inclinó hacia mi oído.

—Es muy alto y guapo en persona —susurró.

Eché un vistazo al hombre que estaba a su lado, que se había vuelto hacia la isla y había empezado a recoger los bloques de madera desparramados por la superficie.

—Le voy a decir al guapo de ahí que estás mirando a otro tío.

Mi hermana torció el gesto y se apartó.

—Qué boba eres, Jasmine.

Le sonreí y volví a tocarle la coronilla. Ruby había sido la última de mis hermanos en marcharse de casa y, aunque habían pasado seis años, la echaba de menos como si hubiera sido ayer. A pesar de que, a nuestra enfermiza manera, estaba muy unida a Jonathan, era con Ruby con quien siempre había tenido una relación más estrecha. Mamá decía que se debía a que éramos polos supuestos y nos equilibrábamos, igual que me pasaba con Karina. Siempre creí que era porque Ruby era la más paciente conmigo y yo siempre me había mostrado de lo más sobreprotectora, a pesar de que me sacaba cinco años.

Extendí la mano hacia la derecha y le toqué el hombro a su marido al tiempo que descubría el monitor para bebés que tenía delante de él sobre la mesa. Era uno de esos modernos, con vídeo. Volvió la vista hacia mí sin dejar de recoger las piezas de madera y me sonrió de oreja a oreja.

—Jasmine.

Yo le devolví una pequeña sonrisa. Era difícil no hacerlo.

—Aaron.

—Llevaba tiempo queriendo decirte lo contento que me puse cuando Rubes me dijo que tenías compañero nuevo —respondió él con su acento de Luisiana, dulce como la miel—. Sabía que era solo cuestión de tiempo.

Mi sonrisa se ensanchó un poco y asentí ante sus palabras, tocándole nuevamente el hombro para expresarle mi agradecimiento. A cambio, el hombre sobre quien mi hermano había bromeado diciendo que juraría haberlo visto en la cubierta de un libro me sonrió, como si no hiciera falta más. Aaron no había necesitado más que cinco minutos para convencerme de que merecía ser el primer novio de mi hermana. En aquel entonces, estaba preparada para detestarlo, pero en los primeros cinco minutos cuando lo trajo a casa para presentárnoslo a todos (seis meses antes de que se fugaran para casarse y seis meses y medio antes de que lo descubriéramos), le había pedido a Ruby que le mostrase todos los trajes de *cosplay* que había confeccionado a lo largo de los años. Entonces supe que había encontrado a un tipo amable y decente. Si no lo hubiera sido, mi madre y yo estábamos listas para molerlo a palos en mitad de una noche oscura y lluviosa en la que no hubiera podido reconocernos.

—¿Qué pasa, chaval? —oí decir a mi hermano Jonathan a poca distancia.

Al mirar por encima del hombro, descubrí que Jojo se había levantado de la isla y se cernía por encima de la cabeza de mi madre, que estaba a su lado, para estrecharle la mano a Ivan.

—¿Qué tal, tío? —respondió mi compañero—. Soy Ivan. —Como si Jojo no supiera quién era.

—Jonathan —respondió este con voz perfectamente serena, como si jamás hubiera cotilleado sobre su «culito de patinador»—. Este es mi marido, James —continuó, señalando con el pulgar hacia un punto de la isla de cocina.

Mi cuñado lo saludó con la mano.

—Eres mi cuarto patinador artístico favorito —le dijo, al tiempo que me guiñaba el ojo.

¿Cuarto?

—¿Quiénes son los otros tres? —dijo Jojo, preguntándose lo mismo que yo.

—Jasmine.

—Pero ¿y el segundo y el tercero?

—Jasmine.

Mi corazón sin vida vibró levemente de emoción y, si hubiera sido el tipo de persona que lanzaba besos por el aire, en ese momento le habría mandado uno.

—Que sepas que te apartaría de un empujón si estuvieras a punto de ser atropellado —le dije, y era verdad.

James sonrió y me guiñó nuevamente el ojo.

—Sé que lo harías, Jas.

Le devolví la sonrisa antes de girarme hacia Ivan y encontrármelo observándome. Estaba a punto de preguntarle qué diantres miraba cuando me detuve al recordar que había acordado intentar ser su amiga. ¿Cómo coño se me había ocurrido aceptar?

—¿Y a mí también me apartarías si viniera un coche? —preguntó Jojo.

—No, pero escogería unas flores bonitas para tu funeral.

Hizo una mueca y me sacó la lengua. Yo le imité. Él se llevó el dedo corazón hasta la cara y se rascó la punta de la nariz. Yo levanté el mío y me rasqué una ceja.

—Jasmine, venga —se quejó mi madre—. Delante de los invitados, no.

—Pero... —comencé a decir, señalando a Jonathan antes de detenerme y negar con la cabeza.

La risita de mi hermano apenas era perceptible, pero aun así pude oírla.

—La cena está casi lista. ¿Vas a ducharte, Jasmine? —preguntó mi madre.

Al mismo tiempo que Tali se acercaba a Ivan y se presentaba. Al menos es lo que entendí que hacía cuando lo abrazó.

—Ajá —respondí sin dejar de mirarlos.

Ivan le dedicó a mi hermana una sonrisa que no le había visto hasta entonces... y que hizo que me sintiera rara. Tali era una versión más joven de mi madre: bonita, delgada, con un cabello pelirrojo, una piel pálida y una estructura ósea que ningún cirujano plástico en el mundo podría replicar. No se me ocurría una sola vez en la que hubiera salido con ella y en la que no hubiera pillado a alguien mirándola o tratando de ligársela.

Hacía mucho, muchísimo tiempo que había dejado de preocuparme no ser tan guapa. Simplemente había personas más atractivas que otras. Quizá yo no fuera tan atractiva como mi hermana, pero podía darle para el pelo, y eso siempre me hacía sentir mejor. Y eso que Tali sería quien me ayudaría a enterrar un cadáver... si alguna vez me hiciera falta.

—Entonces vete a duchar —me ordenó mamá—. No quiero que se queme la lasaña.

Asentí antes de lanzarle una mirada a Ivan, que seguía hablando con mi hermana.

—Ivan, ven que te enseñe dónde está el baño...

—¿Quieres jugar a esta ronda de Jenga? —preguntó Jonathan mientras yo seguía hablando.

No me lo podía creer.

—Claro —respondió Ivan en un abrir y cerrar de ojos.

¿Cómo?

—Vete a duchar, mofeta, para que podamos cenar —prosiguió Jojo.

Ivan desvió la mirada y debió de verme la cara de «pero ¿qué coño?», porque en su boca rosada como el algodón de azúcar se abrió paso un atisbo de su típica sonrisita.

—Eso, mofeta, vete a duchar —repitió como un imbécil.

—Él tampoco se ha duchado —les hice saber.

—Yo no huelo —dijo Ivan.

—Yo tampoco.

—Eso es discutible —replicó Tali, fingiendo una tos.

Parpadeé y decidí no hacerle caso, porque sabía lo que iba a suceder si no tomaba el control de la situación.

—Ivan, no tienes por qué quedarte si no quieres. Seguro que tienes cosas mejores que hacer. Puedo enseñarte dónde está el baño.

—Me apetece jugar al Jenga —fue su respuesta.

¿Qué iba a hacer? ¿Decirle que no? Ya sabía yo que me iba a arrepentir. Es que lo sabía.

—Yo te llevo al baño —se ofreció Jojo.

Mierda.

—Pues vale —murmuré antes de inclinarme hacia Ruby y susurrar—: Por favor, asegúrate de que no pase nada malo.

La oí reír y noté que asentía. Volví a tocarle la cabeza y, al recorrer una vez más la cocina con la mirada, vi que Ivan tomaba asiento junto a James.

Me largué de allí cagando leches y casi choqué con Ben mientras corría escaleras arriba como alma que lleva el diablo. Me di la ducha más rápida de mi vida mientras imaginaba toda la sarta de chorradas que probablemente le estarían contando a Ivan sobre mí, y que sería justo lo que me merecía. Me vestí para tener un aspecto decente en una de las pocas noches de la semana en la que tenía la oportunidad de hacerlo. Las cenas del sábado eran mi momento de hacer el vago y comer lo que me apetecía.

Después de masajear mis pobres pies cansados con loción de aloe vera, agucé el oído escaleras abajo para escuchar las gilipolleces que estuvieran diciendo en la cocina. El problema fue que, por una vez, parecía que todos susurraran o callaran, porque no conseguí captar nada con claridad. Al menos hasta que llegué al umbral. Entonces oí que se reían todos muy, muy bajo.

—No lo pillo, ¿por qué os hace reír a todos? —oí preguntar a Aaron, el marido de Ruby.

—¿Has visto fotografías suyas antes de alcanzar la pubertad? —respondió Jojo.

Fue lo único que me hizo falta oír para saber de qué hablaban. Menuda panda de cabrones. Sin embargo, no me moví.

—No —fue la respuesta de mi cuñado.

Alguien ahogó una carcajada, y supe que era Tali.

—A Jas la pubertad le llegó muy tarde. ¿Cuántos años tenía? ¿Unos dieciséis?

Fue a los dieciséis, pero no se lo iba a confirmar. Mi madre, sin embargo, no se lo pensó dos veces.

—Algunos niños pasan por una fase en la que están más rollizos —continuó diciendo Tali sin alzar la voz lo más mínimo—. Pues resulta que a Jas esa fase se le extendió dieciséis años, hasta la pubertad —concluyó con recochineo.

—No —trató de negarlo Aaron, el pobre.

—Sí —confirmó Tali—. Estaba un poco rellenita.

A Jojo se le escapó una carcajada.

—¿Un poco?

—Ay, ahora estáis siendo crueles —terció Ruby—. Era monísima.

—Tenía un culo tan gordo que odiaba ponerse maillots porque siempre se le metían entre las cachas —decidió divulgar mi madre—. Cuanto más le decíamos que se pusiera ropa holgada, más se ponía aquellos malditos maillots y monos, y eso que ni siquiera estaba cómoda.

Oí una risita que sabía que era de Ivan.

—Suena a la reacción típica de Jasmine.

—Ni te lo imaginas. Esta muchacha siempre se ha empeñado en hacer lo contrario de lo que la gente quiere. Por principio. Siempre ha sido así. La única vez que un no le ha impedido hacer algo fue cuando vio aquella película... ¿Cómo se llamaba? La del hockey que la traía obsesionada...

—*Somos los mejores* —respondió Ruby.

—Eso es: *Somos los mejores*. Me suplicó que la apuntara a hockey, pero no había ningún curso que aceptara chicas. Estaba intentando convencer a un entrenador para que la dejara probar cuando la invitaron a una fiesta de cumpleaños en el centro comercial

Galleria y la única forma de convencerla para que fuese fue decirle que había un montón de jugadores de hockey que hacían patinaje artístico para mejorar sus habilidades.

—Eso no lo sabía —dijo James.

—Ay, Dios, pues vio esa película un millón de veces. Yo intentaba tirar la cinta a la basura al menos una vez por semana, pero mamá siempre la rescataba del cubo —se quejó Tali.

—¿No te vio hacerlo una vez y las dos acabasteis peleándoos? —preguntó Ruby.

Eso hizo que sonriera, ya que recordaba perfectamente aquel día. Claro que nos habíamos peleado. Yo tenía diez años; Tali, dieciocho. Por suerte para mí, era una persona especialmente menuda, así que no me había resultado difícil tratar de darle una paliza por pretender tirar mi película.

—Sí. Me arreó un puñetazo en toda la nariz —respondió mi hermana.

Mi madre rompió a reír.

—Sangrabas un montón.

—¿Cómo puedes reírte de que me atacaran? —exclamó Tali, lo cual me recordó que era la segunda mayor maridramas de la familia.

—Tu hermana de diez años te dio un puñetazo en la cara. ¿Imaginas lo mucho que me costó no reírme cuando sucedió? Se veía venir. Yo te avisé, ella te avisó, pero tú seguiste erre que erre —dijo mi madre entre carcajadas, como si de algún modo retorcido estuviera orgullosa de mí. Eso me hizo sonreír.

—Menuda chorrada, mamá.

—Anda y cállate. Ivan, a ti no te importaría si una niña pequeña le pega a tu hermana mayor, ¿no? —preguntó mamá.

Se produjo una pausa y luego contestó:

—Estoy seguro de que no fuiste la primera persona a la que Jasmine dio un puñetazo. Ni la última.

Se produjo otra pausa antes de que Tali añadiera:

—No, no lo fui. —Entonces se oyó un ruido sospechosamente parecido a una risita burlona—. Siempre ha sido una cabroncilla peleona. ¿No tenía como tres años cuando pegó a aquel niño en la guardería?

—Creo que lo que hizo a los tres años fue darle una patada a uno que intentó mirarle por debajo de la falda —dijo Jojo.

—Fueron las dos cosas… —saltó mi madre antes de que Ivan se echase a reír.

—¿Cómo?

—Recibió la primera advertencia cuando le dio una patada a un niño por haberla empujado. Luego la echaron de aquella guardería cuando le arreó un bofetón al mismo niño por haber intentado levantarle la falda. Siendo justos, creo que fue Sebastian quien le dijo que lo hiciera después del primer incidente. Luego la castigaron dos veces en párvulos. Una niña le tiró del pelo y ella le arrancó unos cuantos… —Reconocí la risa de James—. Luego otra niña se comió su merienda, por lo que la amenazó con escupirle en un ojo y la maestra lo oyó. En primero de infantil, la expulsaron temporalmente por tirarle hacia arriba del calzoncillo a un niño. Jasmine dijo que había sido porque estaba metiéndose con otro. En segundo, la castigaron con quedarse después de clase dos veces. Le había tirado la leche encima a…

Ya era suficiente. Un poco cabroncilla sí que había sido. Tampoco debería sorprender a nadie.

—Bueno, Ivan, Aaron y James no necesitan saber todas las veces que me metí en líos de pequeña —dije cuando por fin entré en la cocina.

Mamá, que se había sentado entre Ivan y Ruby, me dirigió una sonrisa gigantesca.

—Estaba a punto de llegar a lo mejor.

—No me importaría escuchar el resto —añadió James, guiñándome un ojo.

Suspiré y me detuve detrás de Ruby.

—Mamá puede contaros todo lo que hice entre los cinco y los diez años el sábado que viene.

Mi madre echó hacia atrás su taburete.

—A comer, niños. —Entonces miró a Ivan—. ¿Te quedas a cenar con nosotros? No es que sea como para medalla de oro, pero… —se encogió de hombros— está bueno.

Debería haber imaginado que mamá lo invitaría a quedarse y a cenar. Mierda. Ivan pareció pensárselo un momento mientras yo seguía allí, a punto de rezar por que dijese que no, cuando volvió la vista hacia mí.

—¿Tú vas a comértelo? —preguntó.

Joder.

—Sí, es mi día de hacer trampa. —No estaba segura de por qué se lo había explicado.

Aquellos ojos del color de los glaciares se detuvieron un instante en mi rostro.

—Vale. —Luego se volvió hacia mi madre—. Si hay bastante, me quedo, pero si no, lo entenderé.

—Tenemos de sobra —se rio mamá, sardónica—, por eso no te preocupes. —Entonces se detuvo—. Comemos en la cocina.

Ivan parpadeó.

—Vale.

—Qué raro ha sido eso —murmuró Tali antes de echar hacia atrás su taburete y levantarse—. Yo ya estoy lista para cenar.

Igual que se llevaba haciendo en casa más de veinte años, se sacaron los platos y se repartieron; luego nos pusimos en fila para servirnos la comida de las cazuelas que mamá y Tali habían dejado sobre la encimera. Me quede atrás, esperando a que Ivan rodeara la isla, y dejé que pasase delante de mí.

—No me sorprende para nada que lleves montando gresca desde la guardería —fue lo primero que me susurró.

Puse los ojos en blanco.

—He practicado mucho desde entonces.

—Lo tendré en cuenta la próxima vez que alguien me moleste —respondió, elevando una de las cejas de aquella cara insoportable.

Vaya. ¿Esa era nuestra manera de ser distintos? No estaba segura.

—Vale. —Entonces le propiné un puntapié en la espinilla. Flojito. Casi—. Muévete, que me muero de hambre.

Ivan dio un paso y, mirando por encima del hombro, vio que inmediatamente delante de él estaba James, que aún hacía cola, antes de volverse hacia mí de nuevo.

—No te importa que me haya quedado, ¿verdad? —susurró.

Desde luego que me importaba. No sabía qué hacer con aquello. Con él. Con Ivan Lukov, quien, por algún motivo, hacía menos de una hora me había dicho que debíamos intentar suavizar nuestras diferencias. Después de todas las cosas que nos habíamos dicho el uno al otro y de las cosas que nos habíamos hecho el uno al otro, este hombre a quien creía conocer quería que hiciéramos un esfuerzo y nos llevásemos bien.

No me gustaba no saber qué hacer o cómo reaccionar, pero no le dije nada de eso, sobre todo porque estábamos rodeados de los cotillas de mis parientes y sabía que al menos un par de ellos habían puesto la oreja. Así que, en su lugar, mentí.

—No me importa —le dije.

—¿Estás segura? —Ivan entrecerró los ojos.

Realmente se me daba fatal mentir. Enarqué las cejas y supuse que no tenía sentido tratar de disimular.

—¿Qué más da?

Eso hizo que su boca rosada se curvase por las comisuras... y me pusiese un poco nerviosa.

—Cierto.

Justo lo que yo pensaba.

—Tu familia es divertida —prosiguió.

—Sí que lo es.

—Tú ya conoces a la mía, así que es lo suyo.

—¿Lo suyo?

—Esto. Que seamos amigos.

Ni siquiera me di cuenta de que había deslizado la mano hasta la pulsera y estaba acariciando la placa, jugueteando con ella de forma inconsciente, hasta que el metal se me clavó en la yema del pulgar por lo mucho que apretaba. Miré a mi alrededor para asegurarme de que al menos no había nadie de la familia observándonos.

—No acabo de pillar qué significa esto de ser amigos —le susurré.

Ivan parpadeó.

—¿Qué quieres decir?

—Lo que he dicho. No sé qué esperas de mí —respondí sin mirarlo.

—Lo que esperan los amigos.

Entonces fui yo quien parpadeó, confusa. Y, como no había nadie mirándonos, seguí diciéndole la verdad, porque tampoco es que fuera un secreto. Ni que me avergonzase de ello, porque no era el caso.

—Eso lo entiendo. Pero, como ya sabes, tu hermana es la única amiga con quien no estoy emparentada que he conseguido mantener a lo largo de los años.

Estaba orgullosa de ello. No tenía tiempo para las tonterías de la gente. La verdad es que creía que era uno de mis rasgos más admirables.

Lo único que hizo Ivan fue observarme. Yo encogí un hombro. Él volvió a parpadear.

—¿Habéis hablado últimamente?

Negué con la cabeza.

—¿Y tú?

—No. —Se dio la vuelta y avanzó un paso hasta la encimera. Luego me preguntó por encima del hombro—: Entonces ¿no le has contado que somos compañeros?

—No. —Mierda. Me quedé paralizada. Había supuesto que se lo habría dicho él—. ¿Tú tampoco se lo has contado?

—No.

—¿Y a tus padres?

—Están en Rusia. Llevo un montón sin hablar con ellos. Mamá me ha enviado un par de mensajes con fotos, pero esa ha sido toda nuestra comunicación.

Requetemierda.

—Pensé que se lo habías contado.

—Y yo pensé que se lo habías contado tú a Karina.

—Ya no hablo con ella tanto como antes. Está muy ocupada con los estudios de Medicina.

Solo conseguí ver la nuca de Ivan cuando este asintió, de forma lenta y pensativa, como si lo hubiera asaltado la misma idea que a mí. Y sus siguientes palabras lo confirmaron.

—Nos va a matar.

Porque iba a hacerlo, pero segurísimo.

—Llámala y cuéntaselo —dije, tratando de cargarle el muerto.

—Llámala tú —se rio burlón, sin mirarme.

Le clavé un dedo en la espalda.

—Es tu hermana.

—Es tu única amiga.

—Capullo —murmuré—. Lancemos una moneda al aire para ver quién debe llamar.

Entonces me dirigió la mirada.

—No.

¿Que no? Qué cabrón.

—No voy a hacerlo —dije.

—Pues yo tampoco.

—No seas cobarde y llámala —siseé, tratando de no levantar la voz.

Su risita desdeñosa me hizo fruncir el ceño.

—Diría que no soy el único —replicó.

Abrí la boca y la volví a cerrar. Me había pillado. Y tanto que me había pillado.

—Una pregunta: ¿vosotros dos alguna vez estáis de acuerdo en algo? —preguntó Jojo desde donde se encontraba, a medio metro de Ivan, delante de la encimera y con un plato a rebosar de comida. ¿Acaso no quedaba claro? Era un cotilla, un metomentodo.

—No —respondí.

—Sí —dijo Ivan al mismo tiempo.

La lenta sonrisa que fue abriéndose paso en el rostro de mi hermano me dijo que lo había oído todo. O al menos casi todo.

—No es que tratase de escucharos, es que no he podido evitarlo. Si los dos tenéis tanto miedo de llamar a Karina, ¿por qué no le hacéis una videollamada mientras estáis aquí para que no pueda enfadarse o, si se enfada, que sea con los dos a la vez? ¿Eh? ¿Eh? —propuso, como si escuchar conversaciones que no le incumbían no fuese nada del otro mundo.

Y no lo era. No esperaba menos de él ni de ninguna otra persona con la que estuviera emparentada. Aunque no creía que mi padre fuera cotilla, pero... tampoco estaba segura y, sinceramente, poco me importaba. De todas formas, nunca andaba cerca.

Pero me di cuenta de que Jojo tenía razón. E Ivan debió de reconocerlo también, porque me lanzó una mirada y enarcó las cejas. ¿Quería tener que preocuparme por si Karina se enfadaba porque ninguno de los dos le hubiera contado algo bastante importante? No, pero...

—Si queréis mi opinión, me parece una buena idea —farfulló Jojo antes de pasar a nuestro lado y encaminarse al asiento que había dejado vacío delante de la isla de cocina.

Ivan avanzó en la cola y, de inmediato, se dedicó a servirse comida en el plato.

—No es mala idea —dijo en voz lo suficientemente moderada como para que solo yo lo oyese.

—No lo es, pero no dejes que te oiga decirlo. Si no, lo anotará en su diario y lo sacará a relucir una y otra vez durante los próximos cinco años.

La torre humana que tenía delante me tendió el cuchillo de servir la lasaña. Me corté la porción que quería: suficiente para llenarme, pero no tan grande como para hacerme engordar cinco kilos después de haber tenido cuidado con la dieta durante las últimas semanas. Después me serví dos rebanadas de pan de ajo y un poco de ensalada porque, aunque fuera mi comida trampa, seguía necesitando algo de verdura.

Para cuando me di la vuelta, solo quedaban dos taburetes que no tuvieran un culo encima, disparejos y adyacentes; Ivan se sentó en uno y yo en el otro, apretándome entre él y Ruby. No pude dejar de mirarlo mientras alcanzaba el rollo de papel de cocina que alguien había dejado en el centro de la isla. Arrancó un trozo y dejó la mano flotando un momento sobre el rollo antes de arrancar otro. Justo cuando estaba empezando a cortar un bocado de lasaña, algo blanco cayó sobre mi regazo. Era uno de los trozos de papel.

—No estaba seguro de que llegases hasta el rollo —susurró, el muy fanfarrón. Lo observé por el rabillo del ojo sin apartar las manos del plato de comida—. Ya sabes, como eres tan bajita...

Me mordí las mejillas por dentro para impedirme reaccionar físicamente.

—Ya, he entendido lo que querías decir —murmuré. Me quedé mirando la servilleta y me dije que Ivan había hecho algo amable sin motivo. No había escupido en el papel. Había estado pendiente. Pero seguía sin saber qué hacer ante tal gesto salvo decir—: Gracias. —Y hasta eso casi me dolió. Casi.

Él debió de darse cuenta, porque vi de soslayo cómo giraba el cuerpo hacia mí y estoy segurísima de que alzó las cejas como si no se pudiera creer que esa palabra hubiera salido de mi boca. Yo tampoco podía creérmelo. Ya le había dado las gracias una vez aquel día. No era cuestión de rebasar mi cupo.

—Bueno, Ivan, ¿qué tal los entrenamientos? —preguntó mi madre desde su sitio al otro lado de la mesa, mientras yo trataba de dilucidar qué estaba pasando, qué iba a hacer y qué planes tenía Ivan para la movida aquella de ser «amigos»—. Lo único que me cuenta Jasmine es que van bien.

Mientras me metía un pedazo de lasaña en la boca, lancé una mirada a mi madre. Menuda llorica. Quería un informe completo, aunque no había nada digno de mención. Pero, por algún motivo, no me creía, y eso que sabía que normalmente acababa contándoselo todo.

—Van bien. Aún no hemos empezado con ninguna coreografía; estamos tratando de acostumbrarnos el uno al otro. Es más que probable que los coreógrafos se incorporen la primera semana de junio —respondió con llaneza el hombre que tenía sentado al lado con las manos apoyadas a cada lado de su plato, un cuchillo en una y un tenedor en la otra.

Varias cabezas asintieron alrededor de la isla, por lo que arranqué un pedazo de pan de ajo y observé a los miembros de mi familia, a la espera de ver quién continuaba administrándole el tercer grado. Porque era lo que hacían y lo que iban a seguir haciendo. Era lo que yo había intentado evitar. Poco importaba que no fuera mi novio; era una persona importante en mi vida, más que ninguno de ellos; de hecho, definitivamente era más importante que cualquiera de aquellos inútiles.

—Qué bien —respondió mi madre mientras yo masticaba la comida.

Entonces sonrió, con la cara inquietantemente tranquila y agradable, y en ese momento supe que lo que fuese que estuviera a punto de salir de su boca no iba a gustarme nada. Juraría que incluso Ben, sentado a su lado, debió de verlo o sentirlo de algún modo, porque estoy casi segura de que murmuró entre dientes:

—Oh, no.

—¿Por qué solamente vas a ser pareja con Jasmine durante un año? —preguntó con aquella sonrisa serena y escalofriante.

Yo ahogué una carcajada, lo que hizo que el pan que tenía en la boca se me fuese hasta el fondo de la garganta y me empezara a ahogar.

—¡Mamá! —siseó Ruby.

Me atraganté aún más, con el bolo de grano húmedo atascado en la puñetera mitad de la tráquea o dondequiera que estuviese, sin querer moverse. Algo grande y pesado me golpeó con fuerza en la espalda, haciendo que el pan se desplazara. Agarré el trozo de papel de cocina que Ivan acababa de darme, escupí el bolo en él e inhalé con fuerza antes de empezar a toser. Los ojos me lloraban cuando alguien me pegó al pecho un vaso de agua, que me bebí casi a ciegas y de un solo trago antes de taparme la boca con la mano y seguir tosiendo un poco más, hasta que tuve la situación bajo control. Lo que tenía que ser la mano gigantesca de Ivan volvió a golpearme en la espalda, con la misma fuerza que la primera vez.

—Estoy bien —dije entre toses.

No me sorprendió cuando recibí un nuevo golpe en la espalda.

—¿Te encuentras bien? —me preguntó Ruby, sentada a mi lado.

Di otro sorbo al agua, asentí y pestañeé para aguantar las lágrimas que habían brotado mientras me ahogaba.

—¿Y entonces? —preguntó mi madre, con ese aire suyo que no me pillaba desprevenida.

—Pues... —comenzó a decir Ivan antes de que yo levantase la mano y negase con la cabeza.

¿Quería oír la respuesta? Por mucho que me hiciera quedar como una cobarde, no, no quería, y muchísimo menos delante de mi familia.

—No, no tienes por qué responder. —Clavé la vista en mi madre y me encogí de hombros—. Escuche, señora: esto es solo asunto de él.

Mamá puso la misma cara que ponía siempre que pensaba que estaba siendo una gallina. Volvió a mirar al frente, decidida a cambiar de táctica.

—¿Y cómo están tus padres, Ivan? Llevo sin verlos desde su fiesta de Navidad, y de eso ya hace unos meses.

—Andan visitando a la familia en Moscú, pero están muy bien —respondió.

—¿Tu abuelo se encuentra mejor? Tu madre comentó que había sufrido un infarto el otoño pasado.

Sus hombros anchos se elevaron apenas unos centímetros.

—Está mejor, pero es un anciano testarudo que se niega a aceptar que tiene más de ochenta años y gente que dirija sus empresas por él. Se supone que ya no debería someterse a situaciones de estrés, pero... —La más cálida de las sonrisas se apoderó de su rostro, y tampoco supe cómo tomármela—. En realidad nadie es capaz de decirle qué hacer.

—Aquí también tenemos uno de esos en la familia —oí murmurar a Jojo al otro lado de la mesa, lo que hizo que James se volviese hacia él y negase con la cabeza para hacer que se callara.

Yo, por mi parte, simplemente dejé pasar el comentario. Teníamos a más de una persona así en la familia y él lo sabía de sobra. Empezando por la mujer que estaba haciendo tantas preguntas.

—Hay quien no sabe cómo retirarse o tomarse las cosas con calma; no me sorprende —respondió mi madre antes de espetar, tras el asentimiento silencioso de Ivan—: Me han dicho que quiere que te traslades a Rusia.

Entonces interrumpí el movimiento de mi cuchillo para digerir sus palabras. ¿Que Ivan se trasladaba a Rusia? Mamá no me había contado nada. Aunque, ¿por qué iba a hacerlo? Antes de todo eso, no había habido motivo alguno para que hablásemos de Ivan. Ella sabía que yo no era su mayor fan. Y que él no era el mío.

Pero... ¿que Ivan se trasladara a Rusia? Había nacido en los Estados Unidos. Hacía unos años, su hermana me había contado la historia de cómo sus padres habían inmigrado por las amenazas que había recibido su familia debido a los negocios del abuelo. La pareja no llevaba casada mucho tiempo, pero no quería que sus hijos corrieran peligro y decidió empezar de cero lejos de uno de los hombres más ricos de Rusia.

Una vez, solo una, Karina había mencionado lo decepcionado que estaba su abuelo porque su nieto, el medallista de oro, no hubiera competido por el país en el que el anciano había vivido toda su vida. Le había contado cómo este había intentado sobornar a Ivan para que se trasladase a Rusia y que no le había funcionado. En aquel momento, mi amiga se había reído y había dicho que ella aceptaría el dinero y se trasladaría si se lo propusiera..., pero que no lo había hecho porque ella no era una deportista de talento que pudiera hacer que el país se sintiera orgulloso. No era más que una persona inteligente con un gran corazón que quería ser médico. Poca cosa.

—Me lo pide casi cada año —le hizo saber Ivan con tono indefectiblemente cortés, aunque yo le noté algo raro en la voz.

Y puede que, en mi opinión, Ivan fuera la última persona en el mundo que necesitase que lo mimaran o protegieran, pero si alguien sabía cómo era sentirse forzado a hablar de algo que no le hacía ninguna ilusión, ese alguien era yo. Y eso que se trataba de mi familia. Así que, haciendo un gesto que no quise pensar demasiado, decidí atraer su atención hacia mí, aunque era más que probable que luego lo lamentara.

—Dentro de un par de días vamos a participar en una sesión de fotos —dejé caer vagamente, ya arrepentida de haber tratado de ser amable.

—¿Para una página web o una publicación en papel? —preguntó James.

Me metí otro pedazo de lasaña en la boca y esperé a haberlo masticando en su mayor parte antes de responder.

—Para una revista.

—¿Qué revista? Haré que todo el mundo compre un ejemplar.

¿Todo el mundo a quien conocía? Qué me importaba. ¿Tenía algo de lo que avergonzarme? Absolutamente nada.

—*TSN* —respondí, refiriéndome a *The Sports Network*.

El siguiente en hablar fue el marido de mi hermana.

—Rubes me regaló una suscripción por Navidad.

Cerré un ojo, recordándome lo mismo que había pensado cuando accedí a participar en la sesión de fotos: todo el mundo tenía culo. Y tampoco es que fueran a hacerme agacharme y abrirme de piernas. Pero...

—Bueno, tal vez quieras saltarte la página en la que saldremos —le dije a mi cuñado.

Si bien no me importaba que James me viera el trasero (era obvio que no le daba demasiada importancia a la apariencia física, dado que estaba casado con Dumbo), que me lo viera Aaron me parecía distinto. Quizá porque era hetero. Y muy, muy atractivo. Y no estaba segura de cómo le sentaría a Ruby.

—¿Por qué? —preguntó mi madre con aire desconfiado. Ella era así.

Me comí otro bocado de lasaña antes de decirles a todos la verdad.

—Porque voy a salir en pelotas, e Ivan también.

Vi como este me lanzaba una mirada y creí adivinar un esbozo de sonrisa en su cara.

—¿Para el número de anatomía? —preguntó Aaron, que por lo visto sabía exactamente de qué se trataba.

Asentí antes de darle un mordisco al pan de ajo.

—Es genial, Jas —saltó James al cabo de un segundo—. ¿Te importa si la compro?

A su lado, mi hermano se rio burlón.

—Qué le va a importar a esta pervertida.

Ya empezábamos.

—Que no sea una puñetera mojigata no significa que sea una pervertida. —Me volví hacia James antes de añadir—: Y no, no me importa. Lo peor que van a sacar es mi culo... —Al menos eso era lo que creía. Ni en sueños iban a enseñar los pezones en una revista, ¿verdad? Me parecía que la entrenadora Lee había confirmado que no lo harían, pero ahora ya no estaba segura. Me giré hacia Ivan y le pregunté—: ¿No?

—¿Ves como parece decepcionada porque lo máximo que vayan a enseñar en la revista sea el pompis? —le preguntó Jojo a James, formando una mueca.

No le hice caso. Todo el mundo sabía que mi hermano, aparte de todo lo demás, era muy vergonzoso. Tenía cicatrices de una lesión de cuando estuvo en los marines. Que yo supiera, puede que hasta hubiera sido tímido de siempre, pero no estaba segura. A mamá y a mí nos parecía muy dulce que fuera tan tradicional, pero obviamente no se lo íbamos a decir a él.

Ivan puso cara de que quería hacer un chiste, pero se lo iba a guardar.

—¿Quieres enseñar algo más? —preguntó el muy idiota. Yo lo miré con incredulidad—. Por lo que he visto, es para todos los públicos. Nadie más que la fotógrafa y su equipo verán... todo.

Además de él.

No me avergonzaba en absoluto de mi cuerpo. Tal vez no estuviera tan en forma como lo estaría más cerca del momento de competir, pero llevaba controlando lo que comía desde que accediera a ser su pareja y no me incomodaban los genes que había heredado. Era vanidosa, pero no tanto. Aun así, no estaba segura de querer que el idiota que estaba a mi lado me viese desnuda a pesar de la conversación que habíamos tenido semanas atrás, cuando la entrenadora Lee había sacado el tema.

—Mamá, ¿no vas a decirle que no lo haga? —preguntó mi hermano.

—¿Y por qué iba a decírselo? —Mi madre enarcó una ceja al tiempo que daba un sorbo a la copa gigante de vino que se había sacado de la manga cual prestidigitadora.

—Porque sí. —Jojo se encogió de hombros—. Tu hija va a salir desnuda en una revista y millones de personas van a verla como Dios la trajo al mundo.

—¿Y? —fue su respuesta, que no me pilló totalmente por sorpresa. Mamá seguía llevando biquini sin importarle lo más mínimo las estrías y su piel de persona de sesenta años—. ¿Cuál es el problema?

Los ojos marrón oscuro de Jojo se movieron a un lado y a otro.

—¿Que estará desnuda? —respondió.

Mamá parpadeó de un modo que me hizo preguntarme si yo tendría el mismo aspecto al hacerlo.

—¿Es que tú no te desnudas nunca?

Jojo gruñó y se recostó en el taburete.

—¡No para que me vean y se pajeen millones de personas!

Algo en sus palabras hizo clic en mi mente. Entonces recordé cuál sería el problema de que «millones de personas» me vieran desnuda. Mierda.

Mierda, mierda, mierda.

—¿Estás diciendo que el cuerpo de tu hermana tiene algo de malo?

—No es eso lo que trato de decir.

—Si fuera Sebastian el que participase en la sesión de fotos, ¿me dirías algo? —preguntó mamá, tomando otro sorbo de vino.

Pero yo estaba demasiado ocupada dándole vueltas al comentario de Jojo. A que no quería que cierta gente me viese como Dios me trajo al mundo. «Ya has dicho que sí», me recordé. Había accedido, ¿qué iba a hacer, dejar de vivir mi vida por culpa de unos imbéciles?

No, aunque no por falta de ganas. Pero no podía. Así que dejé mis preocupaciones para más tarde. No quería que nadie me leyera la cara y percibiera que me preocupaba algo que no quería que los demás supieran.

Jojo suspiró.

—No —musitó.

—Pues no seas hipócrita ni sexista —le espetó mamá, guiñándole un ojo—. El cuerpo humano es algo natural. Las fotos no van a estar sexualizadas..., ¿verdad, Ivan?

Este me golpeó la pierna con la suya por debajo de la mesa.

—No, señora. Son artísticas —se limitó a decir.

—¿Ves? Artísticas. El *David* está desnudo. La Venus de Milo está casi desnuda. Cuando era joven, tuve un novio artista. Posé para él una o dos veces, desnuda como el día en el que nací, Jojo. —Sonrió—. ¿No crees que tu hermana es tan buena como Ivan? ¿No crees que merece...?

—Por Dios, lo siento —se apresuró a responder Jonathan, negando con la cabeza, como si por fin se acordase de con quién demonios estaba hablando—. No debería haber dicho nada.

—Tu hermana es una mujer hermosa y fuerte que ha hecho cosas que millones de personas son incapaces de lograr. Ha moldeado su cuerpo con miles de horas de práctica. No tiene nada de lo que avergonzarse. Todos tenemos pezones. A ti te amamanté y en su momento no te quejaste.

A mitad del sermón, Jojo había empezado a menear la cabeza a toda velocidad como diciendo: «No, por favor, no». Él se lo había buscado.

—Lo siento; he dicho que lo sentía. Haz como que no he dicho nada...

—No hay nada de vergonzoso en...

—Mamá, he dicho que lo siento.

La pierna de Ivan volvió a golpear la mía, pero estaba demasiado ocupada intentando no reírme de la cara de Jojo como para reaccionar. Mi madre hizo caso omiso de las palabras de mi hermano.

—Los pechos son algo natural...

—Ya lo sé, mamá. Sé que lo son. Admiro y respeto a las mujeres. Pechos, sí. Solo que no los quiero delante de la cara...

—Representan la feminidad, la belleza...

Estoy casi segura de que Jojo comenzaba a ahogarse.

—Mamá, por favor...

—Son las mentalidades cerradas y sexistas las que creen que, porque tenemos útero y pechos, las mujeres constituimos el sexo débil...

—No sois débiles. Ninguna de vosotras es débil, lo juro...

—¿Sabes lo que...?

La pierna de Ivan golpeó la mía, y no pude evitar girarme lo suficiente como para mirarlo a la cara, con los labios apretados para no romper a reír. Dos ojos de un azul grisáceo casi transparente se toparon con los míos, y me resultó evidente que también intentaba no reírse. Sobre todo cuando mi madre empezó a perorar sobre lo degradante que era que no nos viesen como a iguales.

—Las mujeres han marchado, se han manifestado y han soportado ser atacadas para que a tu madre y a tu hermana se las vea como a seres humanos que no son propiedad de sus maridos. —Al cabo de un par de minutos, mamá dio por concluida la conversación—. Si tu hermana quiere enseñar el cuerpo que Dios le ha dado, puede hacerlo; yo no se lo voy a impedir, tú no se lo vas a impedir y nadie se lo va a impedir. —Entonces apuntó hacia él con el tenedor y parpadeó—. Yo no te he criado para que me salgas con estas, Jonathan Arvin.

Casi perdí todo autocontrol al oírle pronunciar su nombre completo. Jojo había agachado la cabeza minutos atrás.

—Tienes razón. Lo siento, lo siento mucho —gimió, sin atreverse a alzarla.

Mamá sonrió con picardía y me guiñó un ojo, por lo que me reí.

—Eso era lo que pensaba. Podemos comprar todos los ejemplares de los alrededores para asegurarnos de que se agote. Enmarcaré uno y lo colgaré sobre la chimenea.

No estaba segura de que fuera una buena idea, pero mantuve la boca cerrada.

—No creo que lo de agotarse vaya a ser un problema —se rio Aaron—. Normalmente se vende bien.

—¿Ves? Todo el mundo aprecia la desnudez. No tiene nada de malo. Como si tú no hubieras visto pornografía pensando que yo no me enteraba.

Aquello hizo que todos nos quejásemos.

—No vuelvas a mencionar la palabra «pornografía» —le dije, tratando de borrar de mi memoria aquel término en labios de mi madre.

—Tú cállate —dijo mamá—, Jasmine Imelda.

Así que cerré la boca antes de que le diera por centrarse aún más en mí y sacar a la luz algo que hubiera hecho o dicho en el pasado. A fin de evitarlo, aproveché el instante de silencio para cambiar de tema, antes de correr el riesgo de que soltase otro de sus discursos, que a mí me encantaban, pero quería ahorrarle a cualquiera que no estuviera acostumbrado a ellos.

—¿Quieres que llamemos a Karina y le soltemos el bombazo? —le pregunté a Ivan de repente.

Jojo ahogó un sonido parecido a un gritito desde el otro extremo de la isla, como si hubiera revivido súbitamente. Ivan, por otro lado, puso cara rara, como si no comprendiese por qué cambiaba de pronto de tema. Tal vez no entendiese o no estuviera de acuerdo con lo que acababa de hacer, pero no sería la primera vez.

—Vale. —Sus «vale» siempre sonaban más bien a «supongo», pero eso era parte de él.

«No me voy a morir por comer lasaña y pan de ajo fríos», me dije mientras miraba con tristeza lo que me quedaba en el plato. Me saqué el teléfono del bolsillo, lo dejé encima de la isla, fui al icono de contactos y el de Karina apareció en lo alto de la lista. Pulsé el botón de llamada.

—¿Qué haces? —preguntó mamá.

—Nadie le ha contado a Karina que Ivan y Jas están patinando juntos —respondió mi hermano, soltando el tenedor y el cuchillo encima del plato antes de entrelazar los dedos y colocarse las manos bajo la barbilla, con los codos apoyados en la encimera, de vuelta a la normalidad.

Activé el altavoz en cuanto empezó a sonar el tono de llamada. Tal vez no respondiese, pero tal vez sí. Ya no me sabía sus horarios. La última vez que habíamos hablado, había sido ella quien me llamó.

—¡Llama a Karina! ¡Llama a Karina! —comenzó a canturrear Jojo en voz baja, a quien pronto se le unió mi madre.

—¡Llámala! —añadió la cotilla de Tali con la boca llena.

—Estoy en ello —susurré sin apartar la vista de la pantalla, que mostraba que aún no había respuesta.

Me percaté de que Ivan me observaba, pero no decía nada. Justo cuando el teléfono daba el último tono de llamada, un segundo antes de que sonase por última vez antes de poder dejar un mensaje de voz…

—¿Hola? —se oyó decir a una voz jadeante al otro lado de la línea. Entonces Ivan y yo sí que nos miramos. ¿Por qué demonios jadeaba tanto?—. Jasmine, ¿estás ahí? —dijo la voz de Karina, tan familiar.

—Sí, ¿te pillo en mal momento?

—Estaba en la cinta de correr y me he bajado a toda prisa —explicó, respirando todavía con dificultad—. Lo siento. Dame un segundo.

Mis ojos marrones se cruzaron con los azules de Ivan en una expresión que imaginé de alivio porque Karina no hubiera estado haciendo alguna otra cosa de la que ningún hermano o hermana debiera enterarse.

—Vale, ya estoy aquí. Lo siento. Tenía que beber un poco de agua. ¿Qué pasa? ¿Por fin te has acordado de que solías tener una mejor amiga o qué? —bromeó, aún con la respiración entrecortada.

—Tú también tienes mi número.

Karina chasqueó la lengua.

—He estado muy ocupada…

—Lo que tú digas. Mira, estoy cenando ahora mismo con mi familia…

—¿Tienes puesto el altavoz?

—Sí —respondí al cabo de un instante.

Entonces fue ella quien se detuvo.

—¿Estás embarazada?

Al otro lado de la mesa, Tali ahogó una carcajada y yo le lancé una mirada furibunda.

—¿Por qué demonios se te ha ocurrido eso?

—¿Por qué ibas a tener puesto el altavoz si no? —preguntó antes de añadir—: Y, hola, mi otra familia. Os echo de menos a todos.

—¡Hola, Karina! —Tali, mi madre y Jojo exclamaron al unísono, al tiempo que Ruby se sumaba al saludo en voz más baja.

—¡Hola! —exclamó con tono alegre antes de volver a su voz normal—. Pero, Jas, ahora en serio, ¿estás embarazada?

—Que no —espeté—, por supuesto que no.

—Ay, gracias a Dios. Pensaba que tu vida estaba a punto de terminar. Menos mal.

—Yo tengo cinco hijos —saltó mi madre.

—La tuya no, mamá —replicó Karina, refiriéndose a ella como siempre había hecho, llamándola «mamá»—, pero la de Jasmine sí. En fin, ¿para qué llamas si no es para saludar a tu mejor amiga y decirle que no te has olvidado de que sigue viva?

Puse los ojos en blanco y, volviéndome hacia Ivan, pudo leer en mis labios las palabras «Igualita que tú».

—Estaba tan ocupada que se me olvidó contarte algo —empecé a decir.

—Dime —respondió Karina al cabo de un breve silencio.

—Y, por lo que tengo entendido, a Ivan también se le olvidó.

Se produjo un nuevo silencio.

—¿Ivan? ¿Mi hermano Ivan?

—El único Ivan que hay, lumbrera —dije—. En marzo me pidió que fuera su nueva pareja de patinaje.

Karina no respondió. Pasaron diez segundos, luego veinte y luego treinta. Puede que transcurriese un minuto entero de silencio en el que Ivan y yo no dejamos de mirarnos antes de que se oyera por el altavoz la fuerte carcajada de Karina.

—¡Ay, que me da algo! —prácticamente chilló a través del teléfono.

—¿Por qué se ríe? —oí que Aaron le preguntaba a Ruby. Esta se encogió de hombros.

—¡Aaay! —Karina prácticamente empezó a gritar entre carcajadas.

—Deja de reírte —le dije, aunque sabía de sobra que se estaba divirtiendo demasiado como para prestarme atención.

—¡¿Ivan y tú?! —chilló.

—Está justo aquí —le hice saber.

—Hola, Rina —la saludó.

Eso hizo que se partiera de risa. Otra vez.

—¡No me lo puedo creer! —empezó a aullar de nuevo.

—¿Quién le ha hecho tanto daño para que haya terminado así? —le pregunté a Ivan sin darme cuenta siquiera.

—Es de nacimiento —respondió, con los ojos clavados en la pantalla vacía.

—Está yendo mejor de lo que esperaba —dijo James.

—Qué decepción —suspiró Jojo—. Pensaba que se iba a cabrear con vosotros por haberos olvidado de ella.

—¿Las dos personas más tercas que jamás haya conocido patinando juntas? —chilló Karina—. ¡JA, JA, JA, JA, JA!

—Estás fatal —le dije.

—¡Por favor! ¡Por favor! Decidme que alguien ha estado grabando vuestros entrenamientos juntos. ¡Oh! Decidme que los estáis emitiendo en directo. Es que me vería cada minuto. Avisadme con antelación de todas las fechas de vuestras competiciones. Va a ser *Los juegos del hambre* sobre hielo. Le compraré asientos de primera fila a toda la familia —exclamó muerta de risa.

Puse los ojos en blanco y negué con la cabeza.

—Que sepas que nos llevamos... —¿Cómo? ¿Bien? Era un poco pronto para eso— moderadamente bien.

—Es como si mi sueño se hiciera realidad con catorce años de retraso. —Se produjo un silencio y luego, otra vez—: ¡Ivan y tú! ¡JA, JA, JA, JA, JA!

No sé de qué me sorprendía..., pero el caso es que me sorprendió. Aunque claro que ella iba a pensar que era la monda; dos años antes, me habría pasado lo mismo. Ivan y yo. Cenando juntos. En mi casa. Con mi familia. Intentando ser amigos. Significase lo que significase aquello. Pero ahí estábamos. Y, por lo que se veía, hasta Karina se lo había tragado.

10

—No sé si quiero seguir adelante con esto —le dije a la entrenadora Lee una semana más tarde.

Una semana en la que no había podido dejar de pensar en todos los motivos por los que hacer aquello era una estupidez, incluido, entre otras cosas, lo de enseñarle las carnes a Ivan.

Nuestra semana de amistad había ido... bien. No nos habíamos dicho nada insultante durante todo ese tiempo. Incluso me había sonreído una vez cuando coincidí con él en que habíamos hecho algo de la forma correcta mientras que la entrenadora Lee afirmaba lo contrario. Estábamos bien, perfectamente bien. Y puede que ese fuera uno de los motivos por los que no quería que empezase a burlarse de mí. Al menos cuando llevase ropa puesta. No importaba una mierda lo que pensasen la fotógrafa o su equipo..., Ivan era el único que tenía la capacidad de sacarme verdaderamente de quicio.

Así que en esas me encontraba después de haberme pasado toda la noche dándole vueltas a la sesión de fotos. Galina habría dicho que estaba inquieta, pero no lo estaba. Era solo... estrés por las consecuencias, a corto y a largo plazo, con Ivan y sin él.

Tampoco es que inicialmente me hubiera entusiasmado y, si mi intuición me decía que la idea era un asco..., sería por algo. Cada vez que había hecho caso omiso de lo que me decían las tripas había pagado por ello. Así que...

La entrenadora Lee se volvió hacia mí desde donde se encontraba, al borde de la pista de hielo de un CL casi vacío. Su semblante se veló al instante y frunció un lado de la boca, pero fueron los dedos, que empezaron a agitarse de inmediato, los que la delataron; eso y la sonrisa tensa que se obligó a esbozar cuando prácticamente graznó:

—¿Hay algo que deba saber?

¿Había algo que debiera saber? Los nervios, los nervios de verdad, esos nervios horribles que hacían que las entrañas se me contrajesen y el estómago casi me ardiera, se apoderaron prácticamente de todo mi cuerpo, pero lo único que pude hacer fue encogerme de hombros.

—Después de todo, no sé si quiero hacer esto con Ivan —le dije—. Una cosa es que ejecutemos todas esas elevaciones completamente vestidos, pero cuanto más pienso en tener que hacerlo desnudos..., no sé —mentí en parte.

Porque sí que lo sabía. Sabía cuál podría ser el principal motivo. Volvía a tener dudas.

Tres días antes había empezado a borrar comentarios y mensajes de fulanos en mi página de Picturegram. Solo habían sido dos comentarios, pero dos ya eran demasiados. Decía que me iban a «destrozar» y a «reventar(me) el culo». Luego estaban los mensajes privados: dos fotopollas y otro pidiéndome que colgase un vídeo de mis pies descalzos. Lo que me llevó a pensar en lo que había dicho mi hermano durante la cena días atrás sobre desconocidos pajeándose con mis fotos.

No era una puritana, pero tampoco me apetecía hacer vida normal y colgar fotos de una de las clases de ballet con Ivan que la entrenadora Lee me había enviado por correo electrónico, precisamente para eso, y luego tener que lidiar con ese tipo de comentarios y mensajes. No es que las pollas me resultaran ajenas, pero quería ser yo quien eligiera cuándo verlas. Y, desde luego, no me apetecía una mierda recordar cuando otras personas me habían enviado fotografías y vídeos mucho peores. Fotografías y vídeos que me habían quitado el sueño por lo impotente que me hacían sentir. Y lo sucia.

Precisamente eso era lo que había empezado a suceder a menos que estuviera agotada. Había empezado a perder el sueño cada vez más. Hasta llegar ahí, a ese punto en el que me estresaba que algo así fuera a suceder cada vez con mayor frecuencia. No quería ver ese tipo de mierdas. Lo único que quería era patinar. Lo demás no me importaba; pero no era así como funcionaban las cosas hoy en día.

La cara de la entrenadora Lee formó una expresión extraña cuando entendió lo que estaba haciendo y diciendo.

—¿Ivan te ha dicho algo?

Mierda. No lo había pensado demasiado, ¿verdad? Lo único que pude hacer fue mostrarme imprecisa. Solo un poco, lo justo.

—Siempre anda diciendo algo, pero no es eso.

—Ya sabes a lo que me refiero. —Me miró con los ojos entrecerrados—. ¿Ha dicho algo sobre hacer la sesión de fotos contigo? Porque, si te digo la verdad, no me parece que algo así te pudiera molestar.

¿Tan transparente era? Porque tenía razón: los comentarios de Ivan normalmente no me molestaban. ¿Me irritaban? Sí. ¿Hacían que quisiera matarlo? Sí. Pero ¿molestar? No demasiado. Sin embargo, desnudarme delante de alguien, y especialmente de alguien como Ivan, cuyos ojos azul claro te juzgaban todo el rato, me hacía sentir como en una lucha de poder de la que saldría perdiendo. Ivan sabría algo de mí que mucha gente desconocía. Y era una persona que se pasaba el día bromeando sobre mí.

—No sé si quiero estar desnuda delante de él. Eso es todo. Si fuera yo sola, no sería para tanto. Incluso delante de desconocidos, perfecto, pero hacerlo con Ivan cuando luego tengo que verlo todo el tiempo..., no sé.

La mujer se llevó la mano a los ojos y se pellizcó el puente de la nariz, visiblemente exasperada, antes de asentir con lentitud.

—Vale, muy bien. Deja que hable con él y con la fotógrafa, y ya veremos qué se nos ocurre.

Por un momento me planteé disculparme por haber cambiado de idea, pero a la mierda con ello. No quería mostrarle mi cuerpo desnudo precisamente a Ivan. Apuesto algo a que nadie más querría. Era mi elección. Mi decisión. Mi cuerpo. No iba a decir que sentía mucho las molestias causadas, porque no era así.

No obstante, sí que me sentí algo culpable cuando la entrenadora Lee se dio media vuelta y, frotándose el cuello, se encaminó hacia donde la fotógrafa se hallaba enfrascada en una conversación con Ivan y un asistente. Había llegado pronto para instalar un par de decorados sobre el hielo: uno con fondo gris y otro con uno blanco, con luces alrededor. Quedaban muy chulos.

Me obligué a observar cómo se movía la boca de la entrenadora Lee y, a continuación, cómo la barbilla de Ivan se echaba hacia delante antes de que sus ojos se desviasen en mi dirección y luego volvieran a fijarse en la mujer mientras escuchaba lo que les estuviera diciendo.

Y no puedo decir que me pillase totalmente de sorpresa que, al cabo de un minuto o dos, Ivan comenzase a negar con la cabeza, haciendo caso omiso de lo que Lee le decía, y echase a patinar hacia mí. El nudo de su albornoz era lo único que me impedía ver nada más que parte de sus muslos, gemelos y pecho mientras se aproximaba.

—No voy a hacerlo —dije antes de que abriera la boca—. Si quieres hacerlo solo, adelante. Yo también lo haré sola. Pero juntos, no quiero.

Una cierta tensión se rompió a lo largo de sus hombros en el instante en el que la última frase salió de mi boca. Pero fue la forma en la que su rostro se puso serio, su mentón rectangular se tensó, su boca se torció y sus cejas se fruncieron lo que al final lo delató.

—No quiero hacerlo, Ivan, y no vas a convencerme a base de culpabilidad, ¿vale? Sé que es importante, pero no quiero hacerlo contigo.

Aquellos ojos, de un color entre azul y gris claro, no se desviaron un instante de mí mientras se deslizaba hasta las barreras y se detenía en la entrada de la pista, mirándome como si no supiera quién era. Con ellos clavados en mí, preguntó lentamente, deteniéndose en cada letra:

—¿Por qué?

Ni siquiera lo pensé.

—Porque no quiero plantarte las tetas y el coño en la cara. —Ya estaba. Hecho.

Ivan inspiró de forma tan entrecortada que se lo noté en el pecho.

—Hace unos días andabas presumiendo de que no eras vergonzosa, ¿y ahora te echas atrás? —preguntó, mirándome demasiado de cerca—. ¿Estás dispuesta a hacerlo sola, pero no conmigo?

Dicho así...

—Sí —afirmé, asintiendo.

—¿Por mí?

—Sí, por ti.

Los amigos eran sinceros entre sí. Ahí no podía echarme nada en cara. Puede que no estuviera siéndolo completamente, pero ya era algo. Ivan parpadeó sin dejar de observarme.

—Quieren que lo hagamos juntos, no por separado.

Me encogí de hombros, como si no me importase lo más mínimo.

—Bueno, existe una cosa llamada Photoshop; es probable que puedan pegarnos de manera que parezca que estamos juntos —sugerí.

Volvió a parpadear, mientras su mentón se movía de un lado a otro. Yo me limité a mirarlo. Entonces parpadeó de nuevo y yo imité el gesto.

Una de aquellas manos grandes y fuertes, capaces de sostener solas mi culo de más de cincuenta kilos por encima de la cabeza, se deslizó hasta su nuca. El mentón volvió a temblarle. Su respiración se ralentizó. Su nuez se movió arriba y abajo.

—¿Qué he hecho para que no quieras fotografiarte conmigo? —preguntó lentamente—. Tú también te metes conmigo. Creía que habíamos acordado ser amigos. —Sus ojos recorrieron mi rostro, cubierto de un maquillaje que el profesional había tardado casi una hora en aplicar—. Hemos cenado juntos —me recordó.

Como si yo hubiera olvidado que había pasado tres horas en la cocina de mi madre, jugando al Jenga con mi familia, comiendo lasaña, engullendo el pedacito de tarta de chocolate más minúsculo imaginable mientras yo me zampaba uno el triple de grande porque me daba la gana. Me había dado una servilleta de papel, puede que porque verdaderamente creyese que no alcanzaba al rollo o puede que no. Me había llevado a casa. Me había pedido que fuera su amiga, aunque cuanto más lo pensaba, más convencida estaba de que Ivan no tenía ni puñetera idea de lo que significaba.

«Sé amable. Sé mejor persona». Así que lo intenté.

—Ivan, tengo que verte cada día. ¿No es razón suficiente para no querer estar desnuda delante de ti? —le pregunté, manteniendo un tono de voz lo menos agresivo posible para intentar comportarme como una persona adulta.

—A mí no me importa que me veas desnudo —respondió sin dudar.

Mierda. Iba a tener que a abordar el problema de manera más directa.

—Vale, no me importa que el mundo entero me vea desnuda, pero no quiero que me veas tú, ¿lo entiendes? ¿Puedes respetarlo?

—Pero ¿por qué? —preguntó, sonando genuinamente confuso.

La exasperación, o puede que la frustración, me golpeó con

fuerza, con mucha fuerza. Lo último que esperaba era que quisiera una explicación.

—Porque no. Ya te lo he dicho.

—No, no me lo has dicho.

Lo miré con incredulidad.

—Sí, sí te lo he dicho.

—Te digo que no.

—Y yo te digo que sí.

—No. Quiero que me lo digas. ¿Qué he hecho esta última semana para que ya no quieras participar en la sesión?

Ivan no iba a dejarlo pasar. Intenté no ser una cabrona, pero quería una explicación, así que se la di.

—¿Crees que quiero que te burles de mí diciendo que me salté la pubertad después de que me hayas visto las tetas? Porque yo no. No me haría ni pizca de gracia, ¿vale? ¿Es eso lo que quieres oír? ¿Que no quiero que me mires y me juzgues cuando voy a tener que verte la cara todo el tiempo? A mí mi físico no me disgusta, pero no quiero oír cómo te burlas de cosas que no puedo cambiar. Tengo las tetas pequeñas, ¿vale? Los dos lo sabemos; pero ¿y si piensas que mis pezones son demasiado grandes o demasiado pequeños, o te ríes de mis estrías, o me dices que ahora entiendes que peso tanto por mis muslos?

—¡¿Cómo?!

Volví a encogerme de hombros al tiempo que el estómago me daba un incómodo vuelco mientras seguía compartiendo con él parte de aquella pequeña verdad.

—A mí me gusta mi cuerpo, ¿vale? No quiero que deje de gustarme por tu culpa. Ya sé que no soy… —Negué con la cabeza, sin llegar a completar la frase—. Estoy satisfecha con quien soy y con mi aspecto, y adelgazaré un poco más antes de que empiece la temporada.

No estaba segura de si había sucedido gradualmente y no me había dado cuenta o de si había sido cuestión de un instante, pero en algún momento Ivan había palidecido y, de buenas a primeras, salió de la pista, rodeó la barrera y se detuvo a un metro de mí, absoluta y totalmente desolado, como si le hubiera asestado una puñalada.

—Jasmine —dijo con suavidad, casi en un susurro; una de las pocas veces que no me llamaba «Albóndiga»—, venga ya.

Yo me limité a mirarlo.

—Ni «venga ya» ni nada, Ivan. Detesto que me importe lo que pienses, ¿vale? No hace falta que me lo restriegues por la cara. Estoy intentando... ser tu amiga.

Trataba de hacer una broma, pero no funcionó, porque su expresión no cambió un ápice. Si acaso, Ivan parecía atónito.

—Jasmine —volvió a pronunciar mi nombre, en voz baja y casi áspera.

Entonces fui yo quien se repitió.

—No voy a hacerlo. Lo siento. Nada de lo que digas o hagas me hará cambiar de opinión; así que sal ahí fuera, campeón, y haz lo que tengas que hacer para que luego pueda entrar yo. Estoy segura de que va a quedar bien y, si no..., pues mala suerte.

Si pudiera contarle la otra mitad de la verdad, lo entendería. Estaba segura. Pero no lo hice.

Ivan, sin embargo, no saltó a la pista, no se movió, no apartó la mirada. Siguió contemplándome con la respiración sosegada, la piel suave entre sus pectorales claramente visible en la V que formaba el escote del albornoz que llevaba puesto. Aquellos ojos azules recorrieron mi rostro entero y lo odié. Odié haber admitido que no me desnudaba por su culpa, porque no quería que más tarde se riese de la forma de mis pechos, que apenas llenaban una copa B, ni de la forma y el tamaño de mi trasero, ni del otro millón de cosas de las que podría burlarse; porque eran un montón. Yo no era perfecta. Yo no era mi madre ni Tali ni Ruby.

—Albóndiga —dijo, todavía sin alzar la voz, todavía sin moverse. Le costaba tragar, le costaba hablar, si es que la extraña expresión de su rostro era indicativa de algo—. Cuando me río de ti, solo me estoy quedando contigo —afirmó, observándome con atención—. Lo sabes, ¿verdad?

Aparté la mirada y asentí, reprimiendo a duras penas la necesidad de poner los ojos en blanco.

—Sí, sé que te estás quedando conmigo. Puedo soportarlo, a veces... —Dios, cómo me fastidiaba tener que decirle esto, pero ya qué más daba—. A veces casi me haces reír, pero no quiero hacerme fotos desnuda contigo. Ahora me resulta demasiado personal. Estamos demasiado... unidos.

Más que verlo, lo oí exhalar. En cambio, sí noté cómo se acercaba un paso más a mí.

—El único motivo por el que te doy tanta caña es porque antes eras una petarda y luego eras tú la que me pinchaba. Ya sabes que eres preciosa.

Me reí, poco, y puse los ojos en blanco, porque ¿qué coño estaba diciendo? ¿En serio? Ahora sí que sabía que exageraba. Por favor. Dios bendito.

—Si crees que haciéndome la pelota me vas a convencer de participar en la sesión, no me conoces en absoluto, Lukov.

—Nada de Lukov. Ivan —respondió llanamente, con un tono tan dulce que me hizo sentir incómoda, porque eso no era lo que quería de él. Y mucho menos lo que esperaba—. Estoy seguro de que debajo de eso eres perfecta.

Entonces ahogué una carcajada porque, joder, anda que no estaba diciendo chorradas para convencerme, madre mía. Pero prosiguió.

—Estoy seguro de que no hay nada debajo de ese albornoz que no se la ponga dura a cualquier hombre. Y me apuesto algo a que alguna mujer también.

Lo miré de reojo por lo que acababa de decir y me obligué a no tenerlo en cuenta. Menudo trolero estaba hecho. Yo lo sabía, él lo sabía, hasta la entrenadora Lee lo habría sabido si lo hubiera oído. ¿Con quién se creía que hablaba? ¿Con alguien que no lo conocía desde hacía más de una década y no había sido durante todo ese tiempo el objeto de sus comentarios mezquinos y gilipollas? Ahora solo quería ponerme de mala hostia.

—¿Por qué no te callas la boca? No quiero oírte decir nada de esto, ¿vale? —le solté.

Me tocó la muñeca con la mano y, por algún extraño milagro, no la aparté como movida por un resorte.

—No lo digo por decir —respondió en voz tan baja, tan…, no sé, tierna o yo qué coño sé, que me hizo sentir incómoda. Creo que hasta entonces nadie me había hablado así. Ni siquiera James, el tío más majo del mundo—. Cuando te digo que aún no has pasado la pubertad, estoy de broma. Venga —insistió, empleando ese tono ante el que no sabía cómo reaccionar, que no sabía cómo interpretar—. Ignoraba que fueras tan sensible.

Lo miré con incredulidad.

—No soy tan sensible.

—Jasmine —musitó, apretando los dedos alrededor de mi muñeca, aunque sin hacerme daño. Acercó a mí su cabello oscuro y su rostro perfecto, que tal vez llevase maquillaje o tal vez no—, ¿qué demonios te pasa ahora mismo?

—Nada —insistí.

—Menuda mentira —replicó—. Sabes quién eres y lo que eres. No te lo voy a decir yo y así alimentarte aún más el ego, que bastante grande lo tienes ya; no me jodas —soltó—. Quiero hacerme estas fotos contigo, no yo solo. Contigo. Somos un equipo. Será genial para los dos una vez que empiece la temporada.

—Sé quién soy y que tengo un ego importante, sí, vale. Mira, tú ve y hazte las fotos, y luego iré yo. No quiero seguir hablando de este tema. Ahora mismo no me apetece discutir.

En el segundo en el que me apoyó ambas manos en los hombros, di un respingo sin darme cuenta. Y definitivamente tampoco me moví cuando su boca descendió hasta que sus labios casi rozaron los míos. Nos pasábamos juntos siete horas al día, seis días a la semana. No había barreras físicas entre nosotros porque no era posible que las hubiera. Pero aquello...

Ante eso no sabía cómo reaccionar. No acertaba a recordar cuál había sido la última vez que alguien había estado tan cerca de mí.

—Lo digo completamente en serio —me susurró con toda la fuerza y la determinación del mundo, y no pude evitar alzar la vista de tan exigente y potente como sonó. Me miraba con aquella dichosa cara, más serio de lo que jamás lo hubiera visto, incluso antes de competir—. Jamás me reiría de ti.

Fruncí el ceño. Ivan me sacudió la muñeca, con suavidad, cubriendo el espacio donde normalmente llevaba la pulsera. Me la había quitado y la había dejado en la taquilla.

—Jamás me reiría de ti estando desnuda. ¿Y quién lo haría viéndote vestida? Me apuesto algo a que ningún hombre ahí fuera ha visto nunca unas piernas y un culo capaces de lanzar al aire a una persona como hacen los tuyos.

Mejor no acercarme a ese comentario ni con un palo. En vez de eso, parpadeé con asombro.

—¿Por qué me miras el culo?

Las comisuras de su boca rosada, rosadísima, se elevaron un ápice.

—Porque lo tengo ahí, delante de la cara, todo el día.

Supuse que tenía razón. Tampoco era que yo no le mirase el suyo de vez en cuando. Porque lo tenía delante.

—Pues no lo hagas. Los amigos no se miran el culo.

El modo en el que puso los ojos en blanco me hizo sentir cierta incomodidad en el estómago.

—Jasmine, ese cuerpo..., esos muslos de los que crees que me voy a burlar, ese culo del que piensas lo mismo, nos van a conseguir el primer puesto a partir de ahora. Jamás me reiría de ellos. Jamás me reiría de ti. Vamos a hacer esto como lo hacemos todo siempre. Cuando salimos al hielo, es trabajo. Nos concentramos, no hacemos el tonto.

Observé sus rasgos con la respiración contenida.

—No te creo.

—¿El qué? ¿Que no me reiré de ti?

—Sí.

Se produjo un silencio antes de que respondiera:

—¿Quieres verme desnudo primero?

Rompí a reír. Al instante. Sin querer. Era lo último que habría querido hacer.

—¡No!

Y por el modo pícaro en el que me sonrió, él también lo sabía.

—¿Seguro? Tengo un lunar en el muslo con la forma de Florida. Quizá encuentres algo por lo que burlarte de mí, aunque lo dudo mucho.

Seguí riendo, aunque no quería hacerlo, de verdad que no, y levanté la vista al tiempo que negaba con la cabeza.

—Joder, eres un presumido de mierda.

Su sonrisa era minúscula.

—Es la verdad. Puedes mirarme cuanto quieras y, si encuentras algo, adelante, pero me paso el día en el gimnasio. Tengo como... un siete por ciento de grasa corporal todo el año. Mirarme en el espejo no me supone precisamente un problema.

Me reí aún más fuerte, pero ¿cómo no hacerlo cuando se ponía así? Estaba irreconocible.

—Puedes reírte de mí, pero preferiría que no lo hicieras, la verdad. No me gusta que la gente diga que estoy flaco, porque no lo estoy —dijo casi con delicadeza, y no pude sino mirarlo perpleja.

¿Quién demonios creería que este hombre estaba flaco? No había nada de «flaco» en él. Una vez, hacía años, lo había visto en el gimnasio. Hacía *press* de banca con lo que calculé sería el doble de su peso corporal. Ni los nadadores ni los atletas eran nada al lado de un cuerpo como el de Ivan, absolutamente nada. Pero no es que fuera a admitirlo.

—Venga, Albóndiga. —Me sacudió la muñeca con la mano—. Tú y yo. Vamos a darle envidia a la gente con nuestros culos dignos de una obra de arte.

¿Aquello era ser amigos? ¿Así era como tenía que ser? ¿Él me pinchaba y yo le decía chorradas, pero con una sonrisa en la cara? Si así era... Si así era, podía hacerlo. Quizá. Tal vez.

—Te odio —suspiré, ojeándolo a hurtadillas como una boba.

Entonces sacó la artillería pesada, con aquellos ojos azulísimos clavados en los míos marrones.

—Si no, hazlo por Paul. Para que lo vea y se arrepienta de no haber participado en una sesión de fotos contigo desnuda para *TSN*. —Volvió a tirar de mi muñeca—. O en cualquier otra sesión de fotos.

Y ahí me cazó, lo que demostró que me conocía mejor de lo que esperaba. Porque... el hijo de perra de Paul. Joder. Joder. No quería que la gente se pajeara viéndome, pero si esta era la oportunidad de hacer algo épico y restregárselo por la cara a aquel gilipollas..., merecería la pena. Vaya que sí.

—Esa es mi Albóndiga —dijo casi en un susurro, aflojando los dedos alrededor de mi muñeca hasta que estos se deslizaron sobre los míos y nuestras manos se unieron como ya habían hecho miles de veces. Porque sí—. Vamos a hacerlo, ¿verdad? ¿Juntos? Y no voy a reírme de ti, pero tú puedes reírte de mí un poco, si quieres.

No sabía quién demonios era el hombre que tenía delante. Ese hombre amable, divertido, dulce. Aun así, le apreté la mano con la mía y asentí.

—Sí, vamos a hacerlo juntos —farfullé, segura de que era lo correcto, a sabiendas de que tal vez me arrepintiera de algunas partes, pero no de todo. O no, siempre que Ivan fuera capaz de no hacer bromas sobre mi pubertad.

—Eso es lo que pensaba —dijo, y su voz sonó casi alegre al tiempo que me tiraba de la mano.

Entonces saltamos al hielo, con nuestros albornoces, maquillados y listos (al menos en mi caso), y la entrenadora Lee y la fotógrafa dejaron de hablar en el instante en el que nos vieron patinando hacia ellos. La entrenadora alzó las cejas negras y finas.

—¿Has cambiado de idea? —preguntó con vacilación.

Asentí.

—Solo haré la sesión si estás cómoda —se apresuró a terciar la fotógrafa—. No sentimos sino respeto por ti y por tu cuerpo, Jasmine. Si quieres dejarte la ropa interior puesta, podemos jugar con los ángulos.

Negué con la cabeza.

—Está bien. —No iba a decirle que no quería desnudarme por Ivan. Y mucho menos por unos desconocidos de mierda sin nada mejor que hacer. Patéticos gilipollas.

—¿Estás segura? —preguntó la fotógrafa, dando a entender con su tono que no se ofendería si le decía que no lo estaba. Pero sí lo estaba, y así se lo dije.

—Segura.

—Vale. —Se encogió de hombros—. Pues, si los dos estáis listos, vamos a empezar.

Ivan me apretó la mano, que no había llegado a soltar.

—Subestimé el frío que iba a hacer, así que puedes reírte de... ciertas partes de mi anatomía si tratan de retraerse hacia dentro para protegerse... —dijo lo bastante alto como para que solo lo oyera yo.

Apenas pude disimular una sonrisilla cuando una extraña sensación de satisfacción inundó mi cuerpo.

—No me reiré de Peter si tú no te ríes de Mary y Maggie. No es que las muy zorras se escondan porque haga frío. Llevan toda la vida escondidas —respondí impasible.

Ivan asintió, pero su boca se arqueó apenas un milímetro.

—Ya sabrás que espero que tengas tres pezones, ¿no?

—Y yo espero que tu pilila no supere los tres centímetros —repliqué con los ojos en blanco—. Estamos a la par.

Ivan puso cara rara y sus dedos apretaron los míos.

—En todo caso puede que le sobre un centímetro. —Yo gruñí, pero él prosiguió—. Venga, acabemos con esto, ¿vale?

Ninguno de los dos dijo nada cuando nos soltamos las manos y nos deslizamos hasta donde estaban colocados los dos fondos en el centro de la pista, con los paraguas reflectores ya preparados. La entrenadora Lee se nos acercó con semblante escéptico.

—¿Listos?

—Lista —dije al tiempo que Ivan asentía. Porque lo estaba.

Iba a quedar bien. E iba a ser toda una declaración de intenciones para unos individuos ante quienes no habría querido tener que demostrar nada, pero necesitaba hacerlo. Compensaría toda la otra mierda.

Inspiré mucho más hondo de lo normal y espiré mientras veía a la fotógrafa situarse tras la cámara y dirigirnos un gesto de ánimo con la cabeza, al tiempo que sus asistentes se colocaban en posición.

—Empezaremos con lo que más os apetezca hacer primero. No obstante, cualquier elevación o posición fija estaría fenomenal.

Pues sí. Por lo que se veía, no iba a librarme de aquella sin ponerle la entrepierna en la cara a Ivan, pero para algo me depilaba con regularidad. Al parecer, estábamos a punto de conocernos a un nivel totalmente nuevo. «Puedo hacerlo». Por supuesto que podía. Era fuerte, lista y podía con todo, tal y como me había dicho siempre mi madre.

—¿Una elevación mano a mano? —le propuse a mi compañero, a mi Ivan, mientras mis manos se deslizaban hasta el nudo del albornoz y comenzaban a desatarlo.

—Claro —respondió casi con demasiada facilidad, sus manos en el mismo punto que las mías.

O estaba intentando por todos los medios ser amable conmigo, o se guardaba un as en la manga. No estaba segura. Pero dudaba que fuera a hacerme ninguna putadita delante de las cámaras, especialmente después de aquel discurso. Eso quería creer.

—Cuando queráis —exclamó la fotógrafa.

«¿Soy yo o las luces parecen estar demasiado fuertes?», me pregunté. Todo el mundo sabía que la cámara añadía al menos cinco kilos, pero con esas luces tenía la sensación de que iban a ser más bien diez. En fin. Que me juzgasen si querían. No tenía nada que demostrar a gente que no me importaba o no significaba nada para mí.

De pie delante de Ivan, con las manos aún en el albornoz, preparada, le pregunté:

—¿Estás listo?

Él, que ya estaba en la zona, asintió.

«Es hora de divertirse, supongo». Mientras me desataba el nudo de la cintura, hice de tripas corazón, recurrí a toda la confianza y dignidad que atesoraba, y me recordé que ningún cuerpo era perfecto y que, con suerte, aplicarían Photoshop a mansalva en todo lo que no quedase bien. Aunque, visto que se trataba de «El Número de la Anatomía», era más que probable que no retocasen nada, pero que les dieran. Si la gente iba a fijarse en si me salía un michelín al agacharme, que se fijara. Me había criado junto a tres de las mujeres más bellas del mundo, hacía mucho tiempo que había aceptado no ser una de ellas, y ahí seguía.

Entonces me quité el albornoz. Nadie dijo nada, pero me había pegado esparadrapo blanco sobre los pezones; el resto estaba al aire. De todas formas, no podían subir fotos de mis senos al descubierto, así que tampoco me había parecido que fuera para tanto. ¿El culo y la vulva desnudos? Me importaban tres pimientos. Todos habíamos salido por el mismo sitio. Podía hacerlo. Claro que podía.

Y entonces por el rabillo del ojo, vi el movimiento de otro albornoz que se desprendía y se apartaba, un atisbo de piel y luego más. Un segundo después una mano se extendió para tomar la mía.

Era hora de ponerse manos a la obra, me dije, y me volví para enfrentarme a Ivan por primera vez, por así decirlo, quizá, con la respiración contenida. Enarqué las cejas en el instante en el que mis ojos se cruzaron con los suyos, rogando por lo más sagrado no sonrojarme de pronto por primera vez en mi vida, porque haría que todo resultase de lo más humillante.

—Mierda —oí murmurar a Ivan entre dientes cuando le miré a la cara... y descubrí que tenía los ojos cerrados con fuerza.

—¿Qué pasa? —espeté.

—Nada —replicó de inmediato.

—¿Qué? —insistí, tratando de averiguar por qué su piel había palidecido aún más... y por qué no me miraba.

—Que nada —respondió con aquella voz de Ivan que me resultaba tan familiar: voz de gilipollas. Luego negó con la cabeza y tragó saliva—. Acabemos con esto.

—¿Que acabemos con esto? —pregunté, sin sentirme insultada en absoluto. Tal vez fuera él quien ahora se arrepentía. Pues qué bien, joder—. Eras tú el que quería hacerlo —le recordé.

—Bueno, estoy empezando a pensar que fue una idea de mierda, así que acabemos de una vez —murmuró, con los ojos todavía cerrados.

—Qué puritano —susurré, sin entender por qué no me miraba a la cara como mínimo. Estaba empezando a hacerme sentir como si tuviera algo de malo.

Así que lo miré, porque lo tenía delante, y al instante volví a arrepentirme de todo aquello. Porque el cuerpo de Ivan... Joder.

Tal vez porque yo también era una deportista (con independencia de lo que otros pensasen estúpidamente), podía apreciar las formas distintas que poseían los atletas masculinos. Nunca me habían interesado demasiado los modelos, con sus musculitos perfectamente esculpidos y que debían ejercitar regularmente y de uno en uno. Lo que me gustaba era la fuerza bruta en todas sus formas. Me encantaba.

Pero en concreto a Ivan lo había pintado un maestro. Los contornos de los músculos de los hombros parecían dibujados a pluma; los de sus antebrazos y bíceps, rígidos y esbeltos, poseían fuerza. Luego estaban sus firmes pectorales, el vientre plano con ocho pequeños rectángulos en los abdominales; los músculos de su cadera, perfilados por las elevaciones, y las largas líneas de estriaciones musculares de sus muslos y gemelos. No me hacía falta verle el culo para saber que lo tenía alto y prieto.

Y sería una mentirosa de cojones si dijera que no le había echado un vistazo al pene, pero, al igual que yo, había decidido cubrir algo. Y ese algo estaba oculto por lo que parecía un calcetín de color carne enfundado en su miembro y que solo dejaba ver el vello recortado de la entrepierna. Tampoco iba a agacharme a comprobar si se le veían las pelotas.

Volví a mirar a Ivan por entero y apenas pude contenerme y no sacudir la cabeza. Era una verdadera obra maestra. En serio. Palabra. Pero antes muerta que decírselo, así que tenía que dejar de pensar en ello. Teníamos que acabar cagando leches.

—Venga, chico tímido, antes de que las pelotas se te empiecen a retraer y se te metan hacia dentro.

Eso hizo que abriera los ojos al instante y se me quedara mirando con la cara arrugada.

—Espero que la mano no se me resbale.

—Yo espero no perder el equilibrio y acabar metiéndote un pie por el ojete...

—¡Vale! ¡Muy bien! Venga, los dos —aulló la entrenadora Lee, y no me hizo falta mirarla para saber que negaba con la cabeza.

Le guiñé un ojo a Ivan, mientras seguía allí plantada con el culo al aire.

—Vamos, Calcetín. A por ello. Puede que acabemos en portada —le dije.

Y sentí cero náuseas o preocupación al pronunciar las palabras.

Debería haber sabido que pasaba algo cuando llegué a casa aquella tarde y encontré a mi madre en la cocina, esperándome con un plato dispuesto delante del taburete en el que normalmente me sentaba. Hacía años que no me servía la cena. De hecho, no recordaba si alguna vez nos había dejado preparado el plato a ninguno... salvo a Ruby. Nuestras comidas solían ser un «el primero que llega se lo lleva». Mamá siempre decía que no era nuestra criada y que deberíamos estarle agradecidos por que al menos cocinase.

Así que debería haber sabido que había algo raro. El problema era que estaba agotada después de la sesión de fotos, que se había prolongado a lo largo de toda la jodida mañana. «No sonrías». «Muéstrate natural». «Repite esa pose. ¿Puedes mantenerla un poco más? Deja las piernas en esa posición extraña y antinatural durante un minuto más. Quédate ahí hasta que se te congele el culo. Gira la cabeza a este lado..., no, al otro..., y espera. Ivan, planta las manos heladas en el cuerpo de Jasmine y quédate sujetándola dos putos minutos». Mierda, mierda y requetemierda. Ivan no se reía cada vez que me tocaba, pero se le notaba que no era por falta de ganas, y yo tenía que coger aire porque dolía.

Aún tenía los pezones duros de tenerlos cubiertos únicamente por unos minúsculos esparadrapos en la pista de hielo, y estaba bastante segura de que la vulva no volvería a entrarme en calor jamás. Era probable que el clítoris se me hubiera convertido en una pasa. Después de la primera vez, no me había atrevido a volver a mirar el calcetín con el que Ivan se había tapado porque hacía un frío de tres pares de narices. No iba a juzgar a un hombre por el aspecto de su pito a baja temperatura.

Además, había otras cosas que contemplar: todo lo que se veía al norte del ecuador y al sur del ecuador. Músculos, músculos y más músculos bellamente esculpidos. La experiencia no se me hizo especialmente difícil de soportar, aunque cada vez que sus manos me tocaban, quería asestarle un puñetazo en el estómago. Y en un momento dado atisbé sin querer unas enormes pelotas colgándole entre las piernas que, por un segundo, me hicieron preguntarme qué demonios hacía con aquello cuando se ponía los trajes de competir.

Pero no era asunto mío, así que dejé la cuestión para más tarde. Lo importante era que conseguimos hacerlo. Y, al fin y al cabo, eso era lo único que contaba. Lo habíamos hecho y no nos habíamos asesinado ni nos habíamos reído del otro. Simplemente había durado una eternidad. Por suerte, ya lo había previsto y me había tomado el día libre, aunque a mi cuenta bancaria no le venía nada bien una pérdida semejante. Especialmente cuando luego íbamos a competir en tantos torneos.

No había notado nada raro durante el entrenamiento de la tarde, pero mentiría si dijera que no había echado un vistazo a su torso una o dos veces y recordado cómo lucía sin camiseta. Eso sí, con la misma rapidez con que lo había pensado, me había obligado a parar. Por suerte, Ivan no había tenido tantos problemas; de hecho, no me había dirigido la palabra en toda la tarde, y eso que por la mañana había estado extrañamente amable.

—Hola, Gruñona —me saludó mi madre cuando me oyó entrar en la cocina.

—Hola, mamá —dije, acercándome a ella por detrás para darle un beso en la mejilla. Ya había soltado mis trastos—. ¿Qué tal el trabajo?

Encogió los hombros estrechos, cerró el grifo del fregadero y cogió un paño de cocina que tenía a la izquierda.

—Bien. Cómete la cena antes de que se te enfríe. La metí en el microondas en cuanto vi luz en la entrada.

—Gracias —respondí sin prestar atención todavía, al tiempo que me giraba para tomar asiento.

Me abalancé sobre el pollo asado, el arroz jazmín, las batatas y la ensalada de acompañamiento como si fuera a desfallecer. Hacía seis horas que había almorzado, entre la sesión de fotos y el descanso de una hora que nos habíamos tomado antes del entrenamiento de la tarde, pero más bien parecían cien. Ivan y yo habíamos practicado lanzamientos y piruetas en paralelo durante tres horas; después había pasado en el gimnasio del CL otras tres, incluidos varios ejercicios de intervalos de alta intensidad en la cinta de correr con el fin de preparar mi corazón para las ciento ochenta a doscientas pulsaciones a las que latiría durante los casi cinco minutos que duraba el programa libre.

Por el rabillo del ojo vi como mi madre se sentaba a la isla de cocina. Cuando las dos coincidíamos en casa, siempre comíamos juntas o, al menos, nos hacíamos compañía. Así que no le di mayor importancia hasta que alzó la vista y, al llevarse la taza de té a los labios, me arruinó completamente el día.

Abrí la boca en el momento en el que le vi bien el rostro.

—¡¿Qué demonios te ha pasado en la cara?! —prácticamente chillé.

Mamá parpadeó, impertérrita, pero me importó una mierda; no podía dejar de mirar el esparadrapo que le cubría la nariz y los dos círculos rojizos violáceos que rodeaban sus ojos hinchados. ¿Y tenía el puto labio partido o me lo estaba imaginando?

No dijo ni una palabra mientras yo contemplaba su rostro por entero y me pasaban por la cabeza mil situaciones que podrían haberle sucedido.

—¿Quién te ha hecho eso? —pregunté entonces.

Iba a matar a alguien. Joder que si iba a matar a alguien, y además iba a disfrutar de lo lindo.

—Cálmate —respondió con toda naturalidad, como si no hubiera motivo alguno para que me pusiera como una furia porque tenía la mitad de la cara llena de moratones.

Lógicamente, no le hice caso.

—¿Qué te ha pasado?

Los ojos azulísimos de mi madre ni siquiera me miraron.

—He tenido un accidente de coche. No ha sido nada —dijo, palabra por palabra, antes de tomar otro sorbito de lo que sabía que era té.

«Ha tenido un accidente de coche y no ha sido nada». La miré atónita mientras ella cogía el teléfono de la encimera como si todo fuese de lo más normal y empezaba a leer algo en la pantalla. Yo, por el contrario, seguí allí sentada tratando de procesar sus palabras y lo que significaban… en balde. Porque entendía lo que era un accidente. Lo que no entendía era por qué diantres no me había llamado para avisarme. O como mínimo por qué no me había enviado un puto mensaje.

—¿Que has tenido un accidente de coche? —Las palabras salieron de mi boca con la misma lentitud con que me habían entrado en la cabeza para digerirlas.

Había tenido un accidente. Mi madre había tenido un accidente con el coche y había sido lo bastante grave como para dejarla hecha un cuadro. Eso era lo que había dicho sin mirar siquiera en mi dirección. «Pero ¡¿qué me estás contando?!».

—No ha sido para tanto —prosiguió sin mirarme—. Un leve traumatismo craneal. Me han recolocado la nariz. El coche ha dado siniestro total, pero lo cubrirá el seguro del otro conductor porque fue él quien me golpeó y había testigos. —Entonces, esa mujer que incluso con los dos ojos morados no parecía que hubiera dado a luz cinco hijos ni que, desde luego, la más pequeña (yo) tuviera veintiséis años por fin me miró. Con toda tranquilidad, frunció los labios de un modo con el que me había familiarizado cuando era adolescente y estaba a punto de que me atizara por haberle contestado mal, y me dijo—: No se te ocurra decirles nada a tus hermanos.

¡Que no les dijera...! Agarré el trozo de papel de cocina que había junto a mi plato y me lo puse bajo la barbilla para escupir el arroz, desperdiciando una comida valiosa sin que me importase un bledo, porque la frecuencia cardíaca y la tensión arterial me habían pegado tal subidón y a tal velocidad que era una suerte que estuviera más sana que nunca en la vida, quitando alguna cosilla física, porque a cualquier otra persona le habría dado un ataque allí mismo. Al menos a cualquier otra persona a quien le importasen lo más mínimo sus semejantes, y mi madre era una semejante que me importaba un montón. Se suponía que el corazón no debía latirme a esa velocidad cuando técnicamente estaba descansando.

Mamá gruñó y se enderezó en el asiento al tiempo que yo dejaba la servilleta de papel junto al plato.

—No, no, la comida no se escupe.

Ni me molesté en recordar la última vez que había escupido la comida: no quería cabrearme aún más.

—¡Mamá! —dije, con la voz más aguda y chillona que nunca; no parecía en absoluto la mía y quizá sí un poco a la de una adolescente a punto de agarrar una rabieta.

Pero no era una rabieta. Era que mi madre había sufrido una lesión y no me lo había contado. Y tampoco quería que yo se lo contase a nadie. La mujer que me había criado casi sola ladeó la cabeza y abrió los ojos desmesuradamente, como si intentase decirme sin palabras que debía rebajar el nivel de drama, pero lo que más me llamó la atención fue que ni siquiera soltó la taza de té cuando me siseó:

—Jasmine, no empieces.

—¿Que no empiece? —le espeté, más alerta que nunca después de un entrenamiento.

Allí estaba un minuto antes, contemplando la encimera de piedra de la isla de cocina y con unas ganas locas de darme una ducha y meterme en la cama... sin pensar siquiera en los entrenamientos, el patinaje o el futuro..., y ahora..., ahora estaba a dos segundos de que se me fuera la pinza. Así, sin más. Porque, a ver, qué cojones me estaba contando.

—Que no empieces —volvió a exigir, dándole un sorbo al té con toda naturalidad, como si no estuviera pidiéndome que no le diera tanta importancia al accidente, al traumatismo y a la nariz rota, y prohibiéndome decirles nada a mis hermanos por a saber qué motivo que tendría en la cabeza—. Estoy bien —afirmó antes de que, ignorando la gilipollez del «no empieces», me inclinase hacia ella, pestañeando como si tuviera los ojos más secos del planeta.

—¿Por qué no me has llamado para decírmelo? —pregunté en un tono que, sin duda, me habría valido un castigo diez años antes, mientras la ira me retorcía las entrañas. ¿Por qué no me había llamado?

Las manos empezaron a temblarme, y eso que nunca me temblaban. Nunca. No me temblaban cuando estaba cabreada porque me tomase el pelo gente en la que confiaba ligeramente. No me temblaban mientras esperaba antes de salir a patinar. No me temblaban después de patinar. No me temblaban cuando perdía. Ni cuando ganaba. Nunca.

Mamá puso los ojos en blanco y volvió a concentrarse en su teléfono, esforzándose por quitarle hierro al asunto. Sabía lo que estaba haciendo. No sería la primera vez.

—Jasmine —dijo en un tono lo bastante grave como para que no se me ocurriese pasarme de lista otra vez—, cálmate.

¿Que me calmara? ¡¿Que me calmara?! Cuando abrí la boca, sus ojos azules, aquellos ojos de un azul que habría sido capaz de señalar en una rueda cromática sin titubear, se volvieron nuevamente hacia mí.

—Estoy bien. Un tonto se olvidó de prestar atención al salir de la autovía y me golpeó por detrás. Yo me choqué con el coche de delante —continuó diciendo, y entonces supe por qué había decidido callárselo—. Tampoco es como para ponerse así. No tienes por qué enfadarte. Estoy bien. Si, de todo el mundo, hubiera podido ocultártelo precisamente a ti, lo habría hecho. Ben ya lo sabe. Tus hermanos y hermanas tampoco necesitan preocuparse por esto. —Resopló con desdén—. Así que no te pongas así conmigo. Tienes cosas más importantes de las que ocuparte.

Conque mamá no quería que me pusiera así con ella porque tenía cosas «más importantes» de las que ocuparme... Me llevé las manos a la cara y, apretándome las sienes con las yemas de los dedos, me dije que tenía que calmarme. Me lo exigí. Intenté aplicar todas las técnicas de relajación que había aprendido a lo largo de los años para lidiar con el estrés y... nada. Ninguna funcionó. Ninguna.

—No quiero que te distraigas por mi culpa —insistió mamá.

Juraría que los oídos empezaron a pitarme.

—¿Tuvieron que llevarte al hospital en ambulancia?

—Sí —respondió después de emitir un ruido de fastidio.

Me apreté aún más las sienes con los dedos.

—Venga, relaja las manos y afloja el culo —trató de bromear—. Que estoy bien.

Los oídos definitivamente empezaron a pitarme. Seguro. Ni siquiera fui capaz de mirarla al hablar con una voz más grave y áspera de lo normal..., una voz que no sonaba en absoluto como si me perteneciera.

—Podías haberme llamado, mamá. Si hubiera sido yo quien hubiese tenido el accidente...

—Tampoco me habrías llamado —replicó.

—Yo... —Vale, puede que tampoco lo hubiera hecho, pero eso no aplacó mi ira lo más mínimo. Si acaso, me puso aún más furiosa. Las manos me temblaban tanto que estiré los dedos, los levanté a ambos lados de la cara y los sacudí. Estaba tan cabreada, pero tanto, que habría querido chillar—. ¡Esa no es la cuestión!

Mamá suspiró.

—Hoy era un día importante. No quería molestarte.

¡Que no quería molestarme! Mi madre no quería molestarme. Dejé caer las manos y volví la cara hacia el techo, porque si la miraba con la expresión que se me antojaba en ese momento, probablemente me la quitase de un guantazo. Y entonces me asombré al descubrir dónde había aprendido yo a guardar tantos secretos. Había que joderse.

—No ha sido más que un traumatismo de nada y una fractura de nariz, Gruñona. Y no me levantes la voz —me dijo por segunda vez, y por segunda vez tuvo cero efecto en mi tensión sanguínea—. Sé lo que este año significa para ti; quiero que lo aproveches. No tienes que preocuparte por mí.

Reproduje aquella última frase en mi cabeza y casi me explotó. Una sensación de náusea me subió por el estómago hasta el fondo de la garganta.

Tal vez estuviera siendo dramática, pero no lo creía. Se trataba de mi madre. De mamá. De la mujer que me había enseñado por medio del ejemplo a levantarme tras cada caída. La mujer más fuerte que conocía. La más fuerte, la más inteligente, la más guapa, la más dura, la más fiel, la más trabajadora...

Me dolía la garganta. Años atrás, nos había dado un susto de muerte al decirnos que le habían detectado un bulto en el pecho, que terminó no siendo nada. Había visto y oído básicamente a todos mis hermanos llorar. Yo solo me había cabreado. Y había pasado miedo. Lo admitía. Estuve aterrorizada por mi madre y, siendo egoísta, por mí, porque ¿qué demonios iba a hacer yo sin ella? Lo peor de todo era que me había comportado como una gilipollas durante todo el trance. Pero creía que el motivo por el que se me había ido la chaveta y había intentado culparla, diciendo que podía haberlo prevenido de algún modo, era porque de aquella no era más que una adolescente. Ahora..., en fin, ahora estaba cabreada de nuevo, pero no con ella.

Bueno, puede que sí con ella, pero solo porque, si hubiera podido, habría evitado decirme que había tenido un accidente y..., y porque no quería distraerme. No quería «molestarme». Apreté el puño y, de haber tenido las uñas más largas, probablemente me habría hecho sangre.

—Ben vino enseguida al hospital —me explicó, mientras su voz recobraba poco a poco su tono sosegado y uniforme—. No hace falta que te pongas nerviosa.

Lo único que podía hacer era mirarla fijamente.

—Quiero que estés a lo tuyo —añadió—. Sé lo mucho que esto significa para ti. Si hubiera tenido el accidente hace tres meses, te habría llamado, pero ahora vuelves a estar ocupada, Jasmine. No quería desconcentrarte.

¿Que no quería desconcentrarme? ¿Que si hubiera tenido el accidente antes de empezar a entrenar de nuevo en serio me habría llamado, pero que ahora no?

Levanté la vista al techo, abrí la mano y estiré los dedos lo máximo posible. No encontraba las palabras. No era capaz de escogerlas, elegirlas, buscarlas, inventarlas. Estaba atascada en su «sé lo mucho que esto significa para ti». El pecho se sumó a la garganta, compitiendo por ver cuál me dolía más.

¿Es que no entendía que haría cualquier cosa por ella? ¿Que la quería y la admiraba y la consideraba el mejor ser humano sobre la faz de la tierra? ¿Que no tenía ni idea de cómo había criado a cinco hijos con un padre que solo estuvo presente hasta que cumplí los tres años de edad? ¿Que no comprendía cómo podía haber estado casada tres veces antes de unirse a Ben y que, a pesar de que le habían roto el corazón las tres, no había perdido la esperanza ni había permitido que ninguna otra cuestión la minara?

Había un montón de cosas que dejaba que me afectaran. En numerosas ocasiones caía y sufría, y seguía adelante. Pero había gente que se había portado fatal conmigo cuando era pequeña, una vez, quizá un par de veces, con sus críticas y comentarios, y solo por eso había tirado la toalla con los desconocidos. Mi madre, sin embargo, nunca había dejado que nada la afectase durante demasiado tiempo.

¿Cómo no iba a tenerla en un pedestal? ¿Cómo no iba a adorarla cuando me había criado en la idea de que, por encima de todo, era invencible? ¿Cómo podía creer que no era una prioridad para mí?

—No tienes por qué preocuparte por mí —insistió, restándole importancia—. Estaré bien. Dentro de unas semanas, cuando Ben y yo nos vayamos a Hawái, no le dejaré que me haga fotos de la cara y ya. Así tendré una excusa para volver —concluyó con tono jovial, pero a mí no me hizo ni pizca de gracia.

Era culpa mía. Todo era culpa mía. Si mamá pensaba y sentía eso era porque yo le había dicho mil quinientas veces que el patinaje artístico me hacía sentir especial, que me había dado un propósito. Que había hecho que por fin sintiera que algo se me daba bien. Que me daba la vida, que me hacía feliz, que me confería fuerza.

Pero en realidad era mi madre —mi familia entera— quien había sentado las bases para ello. Sabía que todas esas emociones se debían a ellos. Y eran gracias a ella. Supongo que siempre di por sentado que lo sabía, pero tal vez había sido demasiado egocéntrica e imbécil como para querer admitirlo hasta ese momento.

El pecho me dolía cada vez más y tenía tal nudo en la garganta que no era capaz de tragar nada, mientras aceptaba allí sentada la idea de que la quería de todo corazón.

—Mamá —fue lo único que acerté a articular.

Fue justo entonces cuando empezó a sonar el tono de llamada de su teléfono móvil. Sin dirigirme la palabra, lo cogió y respondió.

—Mi niña —dijo de inmediato, y supe que se trataba de Ruby.

Ese fue el fin de la conversación. Así era como funcionaba mi madre. Cuando daba algo por terminado, lo daba por terminado. Imaginaría, y con motivo, que si seguíamos hablando era más que probable que empezase a despotricar. Al menos es lo que habría hecho en circunstancias normales.

El nudo de la garganta duplicó su tamaño mientras la veía hablar con mi hermana con una sonrisa en la cara, como si no acabara de decirme que había tenido un accidente de coche y que no era para tanto. Y como si luego no hubiera insinuado que no era tan importante para mí como de hecho lo era. ¿Tan desalmada le parecía?

Algo parecidísimo a una lágrima se me formó en el ojo derecho, pero apreté un dedo contra el borde, sin percatarme de si notaba o no cierta humedad, porque la garganta y el corazón me dolían tanto que no me dejaban sentir nada más.

Me quedé allí sentada, mirando a mi madre y preguntándome qué tipo de persona creía que era en realidad. Sabía que me quería. Sabía que quería que fuera feliz. Era perfectamente consciente de que conocía todos mis puntos fuertes y débiles. Pero... ¿de verdad creía que era una cerda egoísta? Mi apetito se esfumó, al igual que el agotamiento. *Kaput.* Adiós. Así, sin más.

—Ay, cariño, no deberías... —dijo mamá mientras empujaba hacia atrás el taburete, me lanzaba una sonrisa tan enorme que debieron de dolerle las comisuras y salía de la cocina, supuse que camino del salón.

La ira corría por mis venas mientras seguía sentada con un plato prácticamente lleno de comida delante, el sonido de la risa de mi madre lo bastante fuerte como para que lo oyera. Estaba bien, y eso era lo único que debía importarme. Pero... mamá realmente creía que el patinaje artístico era más importante que ella para mí. Lo amaba. Claro que lo amaba. No podía respirar sin él. No sabía quién era sin él. No sabía quién sería en el futuro sin él. Pero tampoco podía respirar sin mi madre y, si algún día tuviera que elegir, no tendría dudas. Ni una.

La culpa era mía por ser una hija de mierda. Una persona de mierda. Por no abrir la boca y decirle las cosas que necesitaba oír. Más te quieros y menos sarcasmos. Por tener el corazón tan destrozado por que Paul me hubiera dejado como para no apreciar lo suficiente el que ella y mis hermanos intentasen que volviera a poner los pies en la tierra cuando me comportaba como una cabrona caprichosa y malhumorada.

Lo único que querían era que fuera feliz. Que ganase, porque eso era lo que deseaba, lo que siempre había deseado. Y yo siempre les había hecho pasarlo mal. No había conseguido ni por asomo que se sintieran orgullosos de mí. No les había dado nada a cambio. La culpa era mía por ahogarme. Por pensar demasiado. Por ser obsesiva y un poco difícil.

El nudo que sentía por dentro se triplicó de tamaño, me ahogaba, me asfixiaba.

Dios. No podía seguir ahí sentada y actuar como si estuviera bien cuando no lo estaba. Lo único que había querido era repantigarme y relajarme mientras comía antes de desconectar del todo, pero ahora..., ahora era imposible hacerlo. Pero ni de puta coña.

Qué asco me daba. Era una puñetera cabrona, joder, y solo era culpa mía. Si fuera mejor persona, mejor deportista, quizá todo sería distinto. Pero no lo era.

Tenía que hacer algo.

Me bajé del taburete y salí casi disparada hacia la puerta delantera, lista para marcharme, pero me detuve un segundo, envolví la comida en plástico y la guardé en el frigorífico. Luego agarré las llaves y salí de allí cagando leches, con la boca llena de algo que, desde luego, sabía a culpabilidad y desesperación, y me hacía sentir inquieta... y como una mierda.

No sabía adónde iba. No sabía qué narices quería hacer. Pero tenía que hacer algo, porque esa... mierda... que sentía en mi interior crecía más y más y más.

Mi madre era mi mejor amiga y creía que el patinaje artístico era más importante para mí que ella. ¿Todo el mundo pensaba lo mismo? ¿Esa era la impresión que les daba?

El patinaje artístico me hacía muy feliz, pero no sería en absoluto lo mismo si no tuviera a mi madre y mis hermanos apoyándome, metiéndome caña, cuidándome y queriéndome aun cuando era lo peor. Cuando no lo merecía.

La garganta y los ojos me ardían cuando arranqué el coche, y la boca se me secó mientras conducía. Antes de darme cuenta, antes de dejar que la garganta hiciera nada más que dolerme y los ojos que escocerme, estacioné en el aparcamiento del CL. Ni siquiera fui consciente hasta que ya estaba allí.

Por supuesto que iba a terminar allí: era lo único que tenía, además de a ellos. Y por supuestísimo que no quería hablar ni con Ruby ni con Tali ni con Jojo ni con Sebastian de nada de aquello. No estaba preparada para sentirme peor y eso era lo que seguramente sucedería si intentaban consolarme o decirme que no pasaba nada. Porque sí que pasaba. Tenía que hacer que merecieran la pena todos los sacrificios que habían hecho por mí, y esa era la única forma que conocía de conseguirlo.

Enseguida estaba fuera del coche y camino de las puertas delanteras, con una misión: llegar hasta el vestuario. Había dejado la bolsa de deporte en casa, pero siempre tenía mi último par de patines en la taquilla de repuesto. Tampoco llevaba mi ropa favorita para entrenar, pero... lo necesitaba. Necesitaba eso que siempre había conseguido aislar mi mente de todo..., aunque fuera precisamente lo que me destrozaba el cuerpo y lo que hacía que todos los miembros de mi familia entera creyesen que eran secundarios.

En mi mente por fin flotaba la idea de que no debería haber dejado a mi madre después de haber admitido algo tan grave, pero... no podía regresar. ¿Qué demonios le iba a decir? ¿Que lo sentía? ¿Que no era mi intención hacerle creer que no era importante?

Para cuando llegué al vestuario, estaba casi vacío; había dos chicas más jóvenes que yo, pero no demasiado, hablando, aunque las ignoré mientras introducía el código en la taquilla y la abría. En tiempo récord me quité los zapatos, agarré el par de calcetines extra que siempre dejaba en el interior y, una vez enfundados en los pies, me calcé los patines, negándome a pensar que tal vez me arrepintiera de no haberme puesto las vendas que normalmente llevaba para proteger mi piel del roce del borde superior de las botas gastadas.

Pero necesitaba quemar algo de energía. Necesitaba aclararme la cabeza. Necesitaba hacerlo mejor. Porque si no..., no sabría qué hacer. Probablemente me sentiría aún más mierda de lo que ya me sentía, si es que era posible.

Haciendo caso omiso del resto de las chicas del vestuario, que me miraban confusas porque nunca aparecía tan tarde por el complejo, me apresuré todo lo que pude hacia la pista. Por suerte, a las ocho de la tarde solo había otras cinco personas sobre el hielo. Las pequeñas estaban de vuelta en casa y en la cama, y las adolescentes iban de camino. Me importaban una mierda todas ellas.

En el instante en el que mis cuchillas tocaron el hielo, me lancé a patinar cerquísima de las vallas, apenas a unos milímetros de ellas. Me deslizaba cada vez más veloz; necesitaba sacarme aquella mierda de encima. «Fuera. Fuera, fuera, fuera». Necesitaba recordar por qué eso que hacía había merecido tanto sacrificio.

No sé cuántas vueltas di a la pista, alcanzando poco a poco ritmo de velocista, y no estoy segura de cuándo empecé a ejecutar saltos. Saltos para los que no había calentado. Saltos que no debía realizar cuando mi cuerpo ya se había sometido a un duro entrenamiento y no se había recuperado desde entonces. Hice un triple *salchow* —lo que llamamos un salto de filo, porque el ejecutante no se vale de la serreta de la cuchilla, sino que despega desde el filo interno trasero del patín y aterriza con el filo externo trasero del pie contrario— seguido de otro más. Un cuádruple bucle picado en el que trastabillé y que repetí una y otra vez hasta clavarlo. Y luego fui a por un triple *lutz* para el que estaba demasiado quemada y agotada, por lo que estampé el culo contra el hielo en cada aterrizaje. Me caí una y otra vez, y luego otra, y otra más, el dolor punzante de la nalga desterrado a algún lugar en el fondo de la mente, sin hacerle caso. Tenía que aterrizarlo. Tenía que conseguirlo.

La cadera me dolía. La muñeca empezó a palpitarme de tanto tratar de frenar la caída como una idiota. La piel por encima del tobillo empezó a rozarme. Pero seguí cayéndome, una y otra vez. Y otra. Y cuanto más me caía, más me enfadaba conmigo misma. Asco de patinaje. Asco de todo. Asco de Jasmine.

Fue tras una nueva caída, una caída tan mala que la nuca rozó contra el hielo, cuando finalmente me quedé tumbada y cerré los ojos, respirando con dificultad, sintiéndome como una mierda, con la ira abrasándome de tal modo que la notaba por todo el cuerpo. Cerré los puños y apreté los dientes con tanta fuerza que la mandíbula me dolía.

No iba a llorar. No iba a llorar. ¡No iba a llorar! Amaba a mi familia. Amaba el patinaje. Y era una mierda en los dos aspectos.

—Levántate, Albóndiga.

Creo que nunca he abierto los ojos tan deprisa como en aquel momento. Y, cuando lo hice, sobre mí se cernía un rostro conocido, mirándome desde arriba con dos cejas negras enarcadas. En el segundo en el que tardé en parpadear, también aparecieron unos dedos a medio camino entre su cara y mi cuerpo, unos dedos que se agitaban tendidos hacia mí. Las cejas se elevaron aún más cuando no respondí ni hice ademán de moverme. ¿Qué hacía él aquí?

—Venga —dijo Ivan, mirándome con una expresión que no acertaba a leer en un rostro que había visto demasiado últimamente.

No me levanté. Ivan parpadeó. Yo hice lo mismo al tiempo que tragaba con dificultad, la garganta llena de fuego.

Con un suspiro, Ivan se llevó la mano al bolsillo antes de volver a tendérmela con un bombón Hershey's Kiss entre el índice y el corazón. Alzó de nuevo las cejas al tiempo que agitaba el dulce entre las manos. Por qué demonios andaba por ahí con chocolate en el bolsillo era algo que escapaba a mi comprensión, pero lo cogí, sin apartar los ojos de él en ningún momento. Lo desenvolví como una profesional y me lo metí en la boca. El dulzor no tardó ni tres segundos en aliviar el dolor de mi garganta, un poco solo, pero algo era.

—¿Ya estás lista para levantarte? —me preguntó al cabo de unos segundos de tener el bombón en la boca.

Me lo pasé a un carrillo y negué con la cabeza, pues no confiaba en que mis labios fueran capaces de formar las palabras correctas y no me sentía preparada para sacrificar la pizca de placer y consuelo que me recubría la lengua. Todavía no. Sentí una punzada en las sienes que hasta entonces no había percibido.

Ivan parpadeó dos veces sin parar de mirarme. Yo no articulé palabra, mientras dejaba que el chocolate se me siguiera derritiendo en la boca.

—Si te pones enferma, no seré yo quien te cuide —me dijo al cabo de otro minuto, cruzándose de brazos y sin dejar de mirarme. A la espera de algo, o eso me pareció.

Aun así, no dije ni una palabra. Continué degustando el chocolate, ignorando el frío que empezaba a clavárseme en la espalda.

—Jasmine, levántate del hielo.

Me lamí los labios mientras lo observaba. Suspiró, echó la cabeza hacia atrás y se quedó mirando las vigas, probablemente contemplando las banderolas con su nombre que colgaban de ellas y preguntándose en qué momento su vida había empezado a ir tan cuesta abajo como para estar ahí de noche, conmigo. Joder, ¿es que todo el mundo pensaba que era una asquerosa egocéntrica? ¿Hasta él? La punzada en la cabeza se me agudizó cuando Ivan volvió a suspirar.

—Tienes tres segundos para levantarte o te saco yo a rastras —espetó, con la mirada todavía fija en el techo y, conociéndolo como lo conocía, los ojos muy probablemente cerrados.

Lo miré con incredulidad.

—Eso habría que verlo —repliqué, aunque en el fondo sabía que si decía que me iba a sacar a rastras, probablemente lo hiciera.

—Está bien —concedió, todavía cauteloso, con aquellos ojos azules grisáceos entrecerrados—. No te sacaré a rastras. —Algo en la expresión de su rostro clásico en el que apenas asomaba una mínima sombra de vello facial en las mejillas me puso en alerta, como si no pudiera fiarme de él. Como un recordatorio de lo que habíamos sido hasta entonces—. Pero te doy dos segundos para que te levantes. —El «o si no» quedó flotando en el aire.

El hormigueo en la espalda era cada vez más punzante, la espalda y el culo me dolían de verdad y, sinceramente, quería levantarme. Y lo habría hecho si hubiera estado sola. Era probable que, de no haber estado Ivan, ya fuese camino del vestuario. Pero ahora iba a congelarme porque, desde luego, una vez que me lo había pedido, no iba a hacerlo. E Ivan pareció advertirlo, porque aquellos ojos del color de los glaciares se entrecerraron hasta dejar apenas una rendija. Entonces empezó a contar.

—Dos —dijo, sin avisarme siquiera.

No me moví.

—Uno.

Seguí sin moverme. Que le dieran. Me importaba una mierda.

Su suspiro fue profundo, profundo, profundo, e incluso negó nuevamente con la cabeza al tiempo que me advertía:

—Es tu última oportunidad.

Lo miré fijamente. Él me miró y al final se encogió de hombros.

—Tú lo has querido, que no se te olvide.

¿El muy capullo me iba a sacar a rastras del hielo? Pero qué...

Ivan se inclinó con los ojos clavados en mí y, mientras aproximaba un brazo hacia mi cabeza —y yo la ladeaba para morder lo que tuviera al alcance si trataba de agarrarme del pelo—, introdujo la palma de la mano entre mis hombros y el hielo. Su otro brazo pasó por debajo de mis rodillas y, en un movimiento tan rápido que se me olvidó que ese hombre se ganaba la vida y los trofeos levantando a mujeres en vilo, me cargó sobre el hombro con el culo en pompa y la cabeza y los brazos colgando por su espalda abajo. Qué cabrón.

«Sé mejor persona, sé mejor persona, sé mejor persona. No le asestes un puñetazo en las gigantescas pelotas. Todavía no».

—Ivan —le dije, con mayor calma en la voz de la que sentía y casi sin darme cuenta de que se había puesto los patines antes de venir en mi busca; se deslizaba hacia las vallas sin que supiera adónde nos dirigíamos—. Ivan, bájame ahora mismo o te voy a dar una coz en la cara sin sentirme siquiera mal.

—Albóndiga —me respondió con la misma calma y sosiego con que yo le había hablado—, eso habrá que verlo —afirmó el muy cerdo, empleando las mismas palabras que le había dicho mientras me bloqueaba los gemelos con el antebrazo, apretándolos contra su pecho antes de que hiciera lo que me suponía capaz de hacer. Y no se equivocaría.

—Ivan —repetí con calma, mientras una parte de mí esperaba de algún modo que fuera de las que chillarían y tratarían de morderle el culo para que me bajase. Pero lo había prometido. Había prometido que me comportaría en público. Así que mantuve la voz baja y controlada mientras le decía—: Por Dios, bájame ahora mismo.

¿Su respuesta? Un suave «no».

—Ivan.

—No —repitió al tiempo que salía de la pista, agarraba algo fuera de mi campo de visión y seguía caminando... no sé adónde. No lo veía. Lo que sí que veía era que no llevaba puestos los protectores en las cuchillas.

—No estoy de broma —lo avisé, pues empezaba a enfadarme de verdad.

—Ni yo —replicó, apretando aún más mis gemelos contra su cuerpo—. Te he dado una oportunidad. Te he dado varias oportunidades y tú no has querido escucharme ni hacer las cosas por las buenas, así que no te cabrees conmigo cuando eres tú la testaruda.

Cerré las manos, que llevaba colgando, y me planteé seriamente morderle el culo si llegaba con la boca. A la mierda. Él se lo había buscado. Yo era más bien de las que le tiraría hacia arriba del calzoncillo, pero no iba a meter la mano por dentro de sus pantalones.

—No sé qué te pasa ahora mismo, pero he tenido que venir hasta aquí en coche, así que no vas a comportarte conmigo como una niñata malcriada —me hizo saber antes de moverme sobre su hombro y resoplar—. Madre mía, lo que pesas.

—Que te den —espeté, haciendo un esfuerzo por no arrearle un mordisco.

—Y a ti más —respondió de inmediato y sin sonar enfadado ni frustrado, lo que me irritó aún más.

—Bájame.

—No.

—Te voy a dar una patada en la cara.

—Me harás sangre y perderemos horas de entrenamiento, y los dos sabemos que no es lo que quieres.

Ahí tenía razón, joder.

—Te voy a dar una paliza que para qué en cuanto tenga la oportunidad nada más acabar la temporada —siseé, arqueando la espalda por un momento, cuando la sangre que me bajaba a la cabeza empezó a hacer que me picara la nariz.

—Puedes intentarlo.

—Tienes suerte de que no quiera montar una escena —prácticamente rugí.

Su «ya lo sé» mientras se adentraba por un pasillo no hizo sino irritarme todavía más. ¿Adónde íbamos?

—Pero ¿por qué has venido? —pregunté, tratando de elevar el tronco de nuevo para echar un vistazo al pasillo que estábamos recorriendo.

Ivan no dijo ni una palabra. Se limitó a continuar antes de girar y adentrarse en otro corredor por el que jamás había pasado porque nunca se me había perdido nada por allí.

—Ivan.

Silencio.

Joder. No quería hacerle daño... porque no quería retrasos en los entrenamientos diarios..., así que no podía asestarle una patada... y morderle el trasero era mucho más personal de lo necesario..., conque acerqué la mano a su culo, que luego me percaté de que estaba cubierto por unos pantalones de chándal distintos a los que había llevado durante nuestra sesión de la tarde, y al llegar a la curva que sabía que había debajo... se lo pellizqué. Con fuerza.

Ivan ni se inmutó, así que lo pellizqué de nuevo. En otro punto. Y nada. Pero ¿qué puñetera clase de cíborg era? A mi hermano lo había pellizcado con la mitad de fuerza y había reaccionado como si le hubiera pegado un tiro.

Antes de que pudiera averiguar si era un alien, dobló a la izquierda y se detuvo. Miré alrededor de su pierna y vi que se encontraba delante de una puerta y pulsaba los botones de un teclado numérico situado sobre un picaporte. ¿Dónde demonios nos encontrábamos?

—¿Qué es esto? —le pregunté.

Ivan pulsó lo que supuse que sería el botón de confirmación al tiempo que respondía:

—Mi habitación.

¿Su habitación?

Entonces giró el picaporte con la mano libre, abrió la puerta y dio un paso adelante antes de alcanzar lo que tenía que ser un interruptor, porque al cabo de un segundo todo se iluminó. Y con «todo» me refiero a una estancia de seis por seis metros con lo que parecía una pequeña zona de cocina a lo largo de una pared, un sofá en el centro con una mesita de café delante y a saber qué al otro lado, porque no podía verlo desde donde pendía, estirando el cuello a un lado y a otro para mirar a mi alrededor.

—¿Desde cuándo tienes tu propio...? ¡Joder! ¡¿A qué ha venido eso?! —grité por el dolor punzante y repentino procedente de mi glúteo derecho—. ¿Acabas de pegarme un pellizco? —exclamé, tapándome la nalga en el lugar que me dolía como un demonio.

—Eso por pellizcarme. —Entonces el hijo de perra volvió a hacerlo y yo intenté soltarme la pierna para darle una patada, olvidando que no quería hacerle daño—. Y esto por no prestar atención —respondió con toda naturalidad, sin haberme bajado aún de su hombro.

—¿Por no prestar atención? —volví a exclamar mientras me frotaba el culo, que pronto tendría un moratón—. Me ha dolido de la hostia, Ivan. —Porque vaya que si había dolido. Madre de Dios, qué fuerza tenía.

—Tú también has intentado hacerme daño. Yo solo te he hecho exactamente lo que tenías pensado hacerme. —Ahí llevaba razón, pero con todo y con eso...—. Si prestases más atención, sabrías que caigo sobre la nalga derecha. Yo sé que tú caes sobre la izquierda.

Mierda. Ahí también llevaba razón. Presentaba menos sensibilidad en la izquierda que en la derecha por las numerosas caídas. Me apostaría algo a que tenía muertos la mitad de los nervios. Ya me fastidiaba que lo supiera y lo usase contra mí. Y me fastidiaba aún más que yo hubiera intentado pellizcarle el glúteo con el mismo trauma y hubiera fallado, joder.

—Estamos en paz —dijo antes de acuclillarse, inclinarse hacia delante y dejarme caer de culo y espaldas sobre el suelo enmoquetado como si fuera un insignificante saco de patatas.

Lo fulminé con la mirada y sus cejas negras como el carbón se enarcaron.

—Tienes suerte de que esté de buen humor —me hizo saber justo antes de arrodillarse delante de mí.

Sus ojos intensos se detuvieron un instante en mi cara antes de bajar hasta mi patín derecho, al que se habían acercado sus manos. Tiré de la pierna hacia mí, pero eso no lo detuvo. Sus dedos se enredaron en los cordones de mi bota y empezaron a deshacer el doble nudo con el que siempre las ataba.

Parte de mí quería preguntarle qué narices hacía..., pero me contuve. Me limité a seguir allí sentada con el culo dolorido y observar cómo deshacía los cordones de una bota, me la sacaba del pie y luego repetía la operación con la otra. No dijo una palabra, y yo tampoco, cuando después se sentó y se quitó sus patines, que dejó al lado de los míos. Ivan me miró al ponerse en pie y dirigirse a la zona de la cocina, que ocupaba toda la pared del fondo de la habitación.

Yo permanecí sentada, masajeándome la nalga y preguntándome qué coño estaba sucediendo, antes de apoyarme en las rodillas y recorrer con la mirada aquella habitación cuya existencia había desconocido hasta entonces. ¿Desde hacía cuánto estaba allí? ¿Alguien más sabía de ella? Sin embargo, lo que hice allí sentada fue plantearle la duda más importante que me rondaba la cabeza.

—¿Qué haces aquí?

Estaba inclinado, rebuscando algo en lo que parecía un pequeño frigorífico encastrado en los armarios, cuando respondió:

—He venido a ver qué te pasaba.

«¿Cómo?».

Ivan ni siquiera me miraba cuando se irguió con un cartón de leche de almendras en la mano y cerró la puerta del frigorífico con la pierna.

—Galina llamó a Lee y ella me llamó a mí —prosiguió, como si me leyera la mente.

¿Galina? ¿Dónde demonios estaba Galina? ¿Y por qué iba a llamar a Lee?, me pregunté antes de dejar aquellas cuestiones de lado y centrarme.

—No tenías que haber venido —solté justo antes de arrugar la cara por lo gilipollas que había sonado y arrepentirme un poco. Solo un poco.

Mi compañero no dijo nada; abrió varios armarios más y empezó a sacar cosas. Yo me froté el puente de la nariz con una mano mientras con la otra volvía a masajearme el lugar donde me había arreado aquel pellizco brutal.

—Ni siquiera sé por qué te llamó. Estaba perfectamente —espeté, apretando los dientes por lo mucho que me dolía el trasero.

Ivan soltó una fuerte carcajada desdeñosa.

—¿Qué?

—«Estaba perfectamente» —repitió sin dejar de darme la espalda—. Claro que sí, Jasmine. Tú sigue diciéndote eso.

Me erguí sin moverme del sitio y traté de controlar la mala uva. «Sé mejor persona». Podía serlo.

—Es que estaba perfectamente. —O tal vez no.

Vi como negaba con la cabeza mientras trasteaba con lo que hubiera sacado de los armarios.

—Así que vienes a practicar después de haber entrenado durante horas y te pones a trabajar los saltos y a caerte y a levantarte una y otra vez como una posesa, pero ¿estás perfectamente? —me soltó, sin dejar de hacer lo que estuviera haciendo en la encimera.

—Sí —mentí.

Ivan resopló.

—Eres la peor mentirosa que jamás haya conocido.

—No sé de qué me hablas —repliqué con algo parecidísimo a la amargura, aunque no quise pararme a analizarlo.

Me moví para apoyar las piernas y me levanté. Ivan suspiró al mismo tiempo que algo se abría, se cerraba y pitaba.

—Estoy perfectamente —continué diciendo, al tiempo que me erguía y me volvía a frotar la nalga mientras por el rabillo del ojo observaba el contenido de la habitación.

Ivan se dio la vuelta y se apoyó en la encimera a su espalda con las cejas enarcadas y una expresión... irritada. Irritada de verdad. Vaya.

—¿Qué ha pasado? —preguntó.

Aparté la vista, decidida a estudiar el resto de la habitación. Una serie de percheros a lo largo de la pared de la derecha estaban llenos de trajes y más trajes, todos vagamente familiares. Siempre me había preguntado qué hacía con ellos. Yo embutía los míos en todo armario que tuviese espacio en casa de mi madre.

—Jasmine.

Haciendo caso omiso de su tono frustrado, seguí estudiando la habitación pintada de gris claro y me di cuenta de lo organizada y limpia que estaba. No me sorprendió. Ivan era meticuloso con todo. Su ropa, su pelo, su técnica, su coche. Por supuesto que no iba a estar como una leonera. Ahí no tenía nada que objetar. Yo era casi una obsesa de la limpieza. Casi. Y, desde luego, era una obsesa del reloj.

—Jasmine, dime qué pasa.

Dejé la vista clavada en las filas de trajes, dándome de tortas mentalmente por no haberme asegurado de que ni la entrenadora Lee ni Galina estuvieran en el centro cuando llegué. Ni siquiera me había fijado en si tenían el coche en la plaza correspondiente. Un error de principiante.

—Puedes contarme lo que sea. Sabes que sé cómo es esta vida —murmuró.

No me habría esperado esas palabras de él. Unas palabras que se me clavaron en lo más hondo de las entrañas. Porque tenía razón; si alguien podía entenderlo, era él. Por supuesto que sí. Puede que hasta lo entendiera mejor que yo, ya que llevaba más tiempo patinando. Solo que él había hecho lo que quería y había seguido haciéndolo. Y yo no. Había una razón por la que las banderolas de todo el CL lucían su nombre y no el mío.

El microondas pitó y, de pronto, me sentí vencida y… triste. Tan triste y tan de repente que casi me dejó sin aliento. Con la cadera apoyada en la encimera, Ivan sostenía una taza en la mano y, con una cuchara en la otra, removía algo. Sin embargo, no dejaba de mirarme con expectación. A la espera. Y me sentí aún más triste por ser la persona de quien esperaba que pelease por todo. «Sé mejor persona». Nunca era demasiado tarde para eso, ¿no?

Fruncí los labios un instante y traté de guardármelo todo: la ira, la maldita tristeza, la decepción. Y creí que no lo había hecho tan mal cuando dije con voz casi débil y, desde luego, extraña:

—No sabía que tuvieras tu propia habitación. —Tragué saliva—. Tiene que ser agradable. —¿Soné tan falsa como me pareció o…?

Su rostro permaneció imperturbable, al igual que aquel tono del que no sabía qué pensar.

—No traigo a la gente aquí.

El «ah» que me salió sonó tan débil como me sentía. Él siguió removiendo sin apartar la vista de mí.

—Es mi lugar de retiro. —Eso hizo que lo mirase de repente, sorprendida por el comentario—. Antes fue sala de conferencias y lugar de almacenaje, pero mandé que lo reformasen hace unos años, cuando unas fans se colaron en el centro y entraron en el vestuario mientras me duchaba.

¿Cómo?

—Me hicieron fotos. Georgiana, la directora, tuvo que llamar a la policía —me explicó con la mirada fija en mí aun cuando se encogió de hombros—. De todas formas, era solo cuestión de tiempo. En aquel entonces, algunas noches acababa demasiado cansado como para volver a casa, así que me quedaba aquí —dijo, sorprendiéndome aún más—. Ya no lo hago.

Me pregunté por qué. Luego recordé que no era asunto mío, ya fuéramos amigos, o lo que demonios fuéramos, o no.

Ivan no dijo más; solo se me acercó, con la taza todavía en una mano y la cuchara en la otra. Yo también callé. Me limité a mirarlo, tratando de averiguar qué era lo que estaba haciendo.

Cuando se detuvo justo delante de mí, tan cerca que cualquiera que no estuviese acostumbrado a la falta de espacio personal habría considerado demasiado cerca, continué sin decir nada.

No suspiró ni puso cara rara cuando me tendió la taza y la dejó a unos pocos centímetros de mi pecho. El hecho de que no le hubiera preguntado si había puesto veneno afloró en mi mente tan veloz como desapareció. No estaba de humor para darle por saco. De verdad que no. Ya no. Y así fue como supe que me pasaba algo.

Eché un vistazo al interior de la taza, vi un líquido lechoso y marrón... y lo olí. Luego lo miré. Ivan alzó una ceja y me acercó la taza un par de centímetros más.

—Es del que viene ya preparado —explicó casi en un murmullo, como si le costase articular las dichosas palabras o algo—. No tengo nubecillas de azúcar, si es que eres de las que les gustan esas movidas. —Él... Él... Joder—. Y lo he preparado con leche de almendras y coco. No te vendría bien el lácteo extra —siguió diciendo, sin dejar de sostener la maldita taza a un centímetro de mi pecho inmóvil.

Me había preparado un chocolate caliente. Ivan me había preparado un puto chocolate caliente. Sin nubecillas, según él, pero no podía saber que solo me permitía tomar chocolate caliente con nubecillas en ocasiones muy especiales.

No acertaba siquiera a imaginar cómo lo sabía o por qué tenía hasta aquella mezcla de cacao. No me entraba en la cabeza. Fue como el momento en el que Lee y él me pidieron que hiciera pareja con Ivan: como si estuviera colocada y no lo supiera.

Ivan Lukov, el mayor amigo-enemigo que tenía en el mundo, aparte de mis hermanos, me había preparado un chocolate caliente.

Y de pronto, por algún puñetero motivo que jamás de los jamases llegaré a comprender por muchos años que pasen, me sentí oficialmente como el mayor pedazo de mierda sobre la faz de la tierra. Fue la gota que colmaba el vaso. El puto récord.

Los ojos me ardieron casi al instante y de pronto noté la garganta más seca que nunca. Ivan había venido porque la entrenadora

Lee lo había llamado, me había dado un bombón, me había traído hasta su cuarto y luego me había preparado una taza de cacao.

La mano se me alzó sola, con la boca aún cerrada, y mis dedos rodearon la cerámica caliente, arrebatándosela, mientras mi vista alternaba entre la taza y aquel rostro tan bello, tan irritantemente perfecto, que hacía que el mío, tan poco clásico, para empezar resultase difícil de apreciar. Cuando retiró la mano, me llevé la taza a la boca y le di un sorbo, aun cuando los ojos me ardían todavía más que antes. Con el sustituto lácteo que había usado no resultaba tan dulce, pero seguía sabiendo delicioso. Y él continuaba ahí, observándome.

Sentí..., sentí vergüenza. Sentí vergüenza de mí misma por aquel pequeño gesto que Ivan había tenido conmigo sin necesidad. Un pequeño gesto que no estaba segura de haber tenido yo si la situación hubiera sido la opuesta, y eso hizo que me sintiera peor, muchísimo peor. Notaba la garganta aún más tirante que antes y, de verdad, era como si me hubiera tragado un pomelo gigante.

—¿Qué ha pasado? —volvió a preguntar, cada una de sus palabras impregnada de paciencia.

Aparté la vista antes de mirarlo de nuevo al tiempo que apretaba los labios y pugnaba con el nudo del tamaño de un balón que me oprimía las cuerdas vocales. «Eres un pedazo de mierda, Jasmine», me susurró alguna parte del cerebro y los ojos me ardieron todavía más. No quería decírselo. No. No quería decir nada, pero... «Eres una cerda —me recordó aquella voz—. Una cerda egocéntrica».

Le di la espalda y bebí un sorbo, el líquido caliente aliviando la tirantez de mis cuerdas vocales, antes de decir con voz tan áspera que a punto estuve de parar de hablar, aunque no lo hice:

—¿Alguna vez te sientes culpable por hacer de esto —y él sabía que con «esto» me refería a todo— una prioridad?

Ivan emitió un ruido que sonó pensativo y me sentí casi tentada de darme la vuelta y verle la cara antes de que respondiese:

—A veces.

A veces. A veces era mejor que nunca.

«No te preocupas por nada ni nadie salvo el patinaje artístico», me había dicho mi excompañero un día, semanas antes de bajarse del barco y abandonarme. Lo había puesto a caldo cuando la noche anterior me había enviado un mensaje diciendo que creía que estaba incubando un catarro, una semana antes de los nacionales. «Qué fría eres». Pero no era fría. Lo único que quería era ganar y siempre me había dicho a mí misma que no había nada que no hiciera por conseguirlo. Ni esperaba ni quería ser mediocre. Cuando no me encontraba bien, me aguantaba y me presentaba a entrenar. ¿Tan mal estaba eso? ¿Tan mal estaba amar algo a lo que habías dedicado tu vida para convertirte en la mejor? Nadie podía ser bueno en algo sin trabajar con ahínco en ello. Como Galina me había dicho una vez, enfadadísima, cuando era adolescente: «El talento natural no va a llevarte demasiado lejos, *yozik*». Y como en tantas otras cosas, no se equivocaba. Había tomado algunas decisiones de lo más estúpidas, joder; decisiones tan estúpidas que lo pintaban todo de negro.

—¿Y tú? —me preguntó Ivan cuando, tras su respuesta, me quedé callada.

Mierda.

Di otro sorbo a la bebida caliente y la saboreé, con una mentira en el pecho, lista para... Y la detesté. Así que le dije la verdad a pesar de que me rascó como el papel de lija.

—No. Durante mucho tiempo no, pero ahora...

Sí. Ahora sí.

—¿Porque empezaste a hacer otras cosas cuando te tomaste la temporada libre? —preguntó al cabo de una pausa.

Tomarme la temporada libre. Era la manera más amable de llamarlo.

—Así es como empezó —admití, con la mirada fija en la taza a pesar de que los ojos empezaron a picarme de nuevo—. Tal vez por eso lo veo todo más claro que antes. Veo cuántas cosas me he perdido.

—¿Qué cosas? —me preguntó con suavidad, pero no pude evitar soltar una risita despreciativa.

—Todo: las movidas del instituto, el baile de promoción, los novios. —El amor—. El único motivo por el que fui a la graduación de mi hermana en la universidad fue porque mi madre me obligó, ¿sabes? Se suponía que ese día tenía entrenamiento y no quería perdérmelo. Agarré un berrinche. —Me comporté como una gilipollas, pero estaba segura de que ya llegaría él solo a esa conclusión—. Se me olvida lo obsesiva que soy.

Oí como soltaba aire lentamente.

—No eres la única. En este deporte, todos somos obsesivos —respondió Ivan en voz baja—. Yo le he dado mi vida entera.

Me encogí de hombros y tragué saliva con dificultad, sin mirarlo todavía a la cara. Tenía razón. Si pensaba en ello, veía que era cierto, pero eso no hacía que resultase más fácil aceptar la verdad.

Era obsesiva. Había dejado a mi familia de lado durante los últimos diez años o más. Nada ni nadie me importaba tanto como el patinaje artístico..., al menos por fuera. Los había dado por supuestos hasta que creí haber perdido para siempre este deporte. Nada me importaba tanto como la oportunidad de ganar algo, lo que fuera. De ser alguien. De hacer que se sintieran orgullosos. De hacer que todo hubiera merecido la pena.

Pero más que nada, todo lo que había hecho había sido para mí misma, al menos al principio. Todo había sido para mí y por cómo me hacía sentir. Buena, fuerte y poderosa. Talentosa. Especial. Compensaba todo aquello de lo que carecía y que no hacía nada bien.

Al menos hasta que llegué al final de la adolescencia, cuando todo se había ido a la mierda y me convertí en mi peor enemiga. En mi juez más severa. En la única persona culpable de sabotearme.

Hice girar la pulsera que llevaba en la muñeca y acaricié la inscripción con la yema del dedo.

—Solía arrepentirme de no haber ido al colegio como todo el mundo —añadió Ivan casi con vacilación—. El único tiempo que de verdad pasaba con otros niños era cuando visitaba a mi abuelo en verano. Durante mucho tiempo, mi única amiga fue mi compañera, pero incluso entonces no era una amistad de verdad. Si sabía lo que era un baile de promoción era solo por la televisión. Veía programas de telerrealidad para saber cómo hablar con la gente.

Algo me tembló en el ojo y me llevé la mano para limpiarlo con la punta del dedo índice. Estaba mojado cuando se retiró, pero aquello no me dio miedo ni me enojó. No me sentí débil. Me sentí patética. Me sentí una mierda.

—Todo el mundo, Jasmine, cualquiera que sea deportista, y de éxito, tiene que sacrificar un montón de cosas. Algunos de nosotros más que otros. No eres la primera persona y no serás la última que lo vea y se sienta mal por ello —comenzó a decir, su voz serena y segura—. Uno no se convierte en bueno en nada sin sacrificar algo para dedicarle tiempo.

Sin mirarlo, apreté el dedo corazón contra el mismo ojo, notando humedad también en él. Abrí la boca y sentí que me ahogaba, por lo que cerré los labios. No iba a llorar delante de Ivan. No. Cuando volví a despegarlos, dije:

—Yo... —Y la voz simplemente... se me quebró. Apreté los labios y cerré los ojos antes de intentarlo de nuevo—. El éxito, Ivan. Merece la pena si tienes éxito, no si no lo tienes.

Y los dos sabíamos que yo no tenía éxito. Todo el mundo sabía que no lo tenía. Ni un poco.

La humedad se me siguió acumulando en las comisuras de los ojos y tuve que usar las yemas del resto de los dedos para enjugar el líquido. Todo el esfuerzo había sido en vano, me había dicho un año atrás cuando Paul me dejó. Y me había abierto en canal. En ese momento me pasaba lo mismo. Cada esfuerzo había sido en vano y ya no podía seguir justificando todos mis sacrificios.

El gemido que se me escapó me avergonzó. Me humilló, pero no pude hacer nada para reprimirlo por mucho que mi cerebro me dijera: «No lo hagas. Ni se te ocurra hacerlo». Era mejor de lo que parecía. Más fuerte. Pero igualmente sorbí por la nariz.

Quería salir de allí. No quería seguir hablando de ello; pero si me marchaba, parecería que huía de Ivan. Que huía y ya. Y yo no huía. Nunca. Puede que darme la vuelta para no ver algo no fuese exactamente lo mismo que huir, pero realmente estaba en el límite de mis fuerzas. Y él no era mi padre.

—Nunca he ganado nada —dije, perfectamente consciente de que la voz me sonaba acuosa y patética, pero ¿qué iba a hacer? ¿Esconderlo?

¿Qué demonios había conseguido de lo que estar orgullosa? ¿Hacer que mi madre sintiese que no quería molestarme después de haber tenido un accidente e ido al hospital? «Eres un pedazo de mierda, Jasmine». No tenía motivos para aferrarme a mi orgullo. Ninguno. Y tampoco es que Ivan no lo supiera. Que no supiera hasta qué punto me había convertido en una fracasada. Hasta qué punto realmente era una fracasada. Probablemente por eso solo quería que patinásemos juntos un año. ¿Por qué iba a querer cargar conmigo? El talento natural no te llevaba demasiado lejos y yo era el puto mejor ejemplo. El mejor ejemplo de ser un fracaso como humana, hija, hermana y amiga.

Y me quemaba por dentro. Vaya que si me quemaba; hasta tal

punto que no pude evitar que las palabras me brotasen de la boca. Pequeños pedazos de cristal, afilados en cada uno de sus bordes rotos e irregulares.

—Así que, al final, ¿todo para qué? ¿Para conseguir un segundo puesto? ¿Un sexto? —Negué con la cabeza mientras la amargura me llenaba por dentro, apoderándose de todo; de absolutamente todo. De mi orgullo, de mi talento, de mi amor, de todo mi puñetero ser—. No parece que merezca la pena para nada. —Era yo quien no había merecido la pena, ¿no?

No hubo respuesta, pero cuando llegó fue en forma de dos grandes manos que se posaron sobre mis hombros y se cerraron sobre ellos.

Mi vida entera había sido en vano. Cada objetivo había sido en vano. Cada sueño roto y cada promesa habían sido en vano.

Aquellas manos me apretaron los hombros e intenté zafarme, pero no me dejaron escapar. Si acaso, ejercieron aún más fuerza.

—Basta. —La orden de Ivan sonó brusca a mis oídos. Al mismo tiempo, sentí el calor y el contorno de su cuerpo a la espalda.

—Soy una fracasada, Ivan —espeté y di un paso hacia delante, pero noté cómo aquellas manos impedían que me alejase un solo centímetro—. Soy una fracasada y he renunciado en vano a gran parte de mi vida y a gran parte de mi tiempo con personas que jamás me han querido.

Era un fracaso en todo. En cada puto aspecto de mi vida. El pecho me quemaba. Me dolía. Y, si hubiera sido una persona dramática, habría pensado que se me rompía por la mitad.

—Jasmine —comenzó a decir, pero yo negué con la cabeza y me sacudí, tratando de librarme de sus manos otra vez, mientras el pecho me dolía aún más al pensar que mi madre había querido quitarle importancia a su accidente. Como si estuviera bien que yo no la considerase mi prioridad. Como si mi propia madre pensase que no me importaba.

La garganta me ardía. Los ojos me ardían. Yo... era una cerda de marca mayor. Una fracasada. Y la única persona a la que podía culpar de ello era a mí misma.

Casi no reconocía mi voz mientras seguí hablando por algún puñetero motivo que jamás entendería.

—Mi propia familia piensa que no es importante, ¿y todo para qué? —La voz se me quebró conforme en mi interior crecían la ira y alguna otra mierda que no era capaz de clasificar—. ¡Para nada! ¡Ni una puta mierda! Tengo veintiséis años. No me he graduado en la universidad. Me quedan doscientos dólares en la cuenta. Sigo viviendo con mi madre. Mis únicas habilidades profesionales son servir mesas. No soy campeona nacional, campeona mundial ni campeona olímpica. Mi madre casi se ha arruinado ¡para nada, joder! Mi familia ha gastado miles de dólares en ir a competiciones para que yo acabase en segundo lugar, tercero, cuarto, sexto. No tengo nada. No soy nada...

¿Me estaba muriendo? ¿Así era como se sentía una cuando se le rompía el corazón? Porque si era así, me alegraba muchísimo de no haberme enamorado, porque joder. La hostia. Era como si los órganos se me estuvieran pudriendo.

Tenía la boca llena de agua y notaba la garganta arrasada, pero por algún milagro no comencé a gimotear, aunque habría querido. Por dentro lloraba a mares. Me estaba derrumbando. Haciendo añicos. Me sentía como un pedazo de mierda inútil, inútil, inútil.

«Puedes tener todo el talento del mundo y, aun así, no lograr nada con él», me había dicho mi padre hace años, cuando había tratado de convencerme de ir a la universidad en lugar de dedicarme por completo al patinaje artístico.

Cerré los ojos y aguanté la respiración mientras el pecho me dolía tanto que no estaba segura de poder inspirar, aunque lo intentase. Sorbí por la nariz. Sorbí tan levemente por la nariz que solo yo lo oí a duras penas.

—Ven —fue el susurro que se oyó junto a mi oído al tiempo que las manos que tenía sobre los hombros me apretaban.

El «no» que salió de mi boca sonó como dos rocas que se arrastran una contra otra.

—Deja que te dé un abrazo.

Sentí su voz aún más cerca, su cuerpo aún más cálido. La vergüenza me quemaba por dentro y traté de dar otro paso adelante, pero sus manos sobre mí no me permitieron ir a ninguna parte.

—Déjame —exigió, sin hacerme caso.

Apreté aún más los ojos cerrados y dije antes de poder refrenarme:

—No quiero que me des un puto abrazo, Ivan, ¿vale?

¿Por qué? ¿Por qué me hacía aquello? ¿Por qué les hacía aquello a otras personas? Lo único que había intentado Ivan era ser amable y…

—Bueno, pues mala suerte —respondió un momento antes de que las manos sobre mis hombros empezaran a moverse, a deslizarse sobre la parte superior de mi pecho, justo por debajo de las clavículas, hasta que sus antebrazos quedaron cruzados formando una X. Entonces tiró de mí hacia atrás, haciendo que trastabillara, hasta que mi espalda chocó con su pecho, piel sobre piel.

Y me abrazó. Me abrazó con tanta fuerza que no podía respirar, y me odié por ello. Me odié por ser una hipócrita, por no ser más amable, por esperar lo peor en todo momento. Me odié por tantas cosas que no estaba segura de que pudiera contarlas todas y sobrevivir.

Y, de algún modo, los brazos que me rodeaban me estrecharon aún más hasta que cada hueso de mi espalda quedó curvado bajo cada hueso de su pecho.

—Eres la mejor patinadora artística que jamás haya visto —me susurró aquel hombre directamente al oído; su abrazo, el más fuerte que sintiera en la vida—. Lo eres. La más atlética, la más fuerte, la más dura, la más trabajadora…

Me eché hacia delante para alejarme, porque no quería oír aquellas chorradas…, pero no lo conseguí.

—Sabes de sobra que nada de eso importa, Ivan. Nada importa una mierda si no ganas.

—Jasmine…

Dejé caer la cabeza hacia delante y apreté los ojos aún con más fuerza, porque me ardían como brasas.

—Tú no lo entiendes, Ivan; ¿cómo ibas a entenderlo? Tú no pierdes. Todo el mundo sabe que eres el mejor. Todo el mundo te quiere —dije con voz ahogada, incapaz de terminar la frase, incapaz de decir: «Y a mí nadie me quiere así salvo unas personas a quienes decepciono una y otra vez».

Noté una calidez en la mejilla al mismo tiempo que los brazos que tenía alrededor me estrechaban.

—Vas a ganar —susurró Ivan con sus labios pegados al lóbulo de mi oreja—. Vamos a ganar…

Ahogué un sollozo.

—Y aunque no ganemos, eres lo menos parecido a una fracasada que nadie pudiera imaginar, así que cállate. Estoy seguro de que tu madre no cree que no merezca la pena. La he visto mirarte. Yo mismo te he visto. No hay manera de que nadie que te haya contemplado sobre el hielo crea que tu capacidad tiene límite —afirmó.

Apreté los ojos y reprimí el sollozo que me subía por la garganta, mientras volvía a sentir que me moría.

—Ivan...

—No me vengas con «Ivan». Vamos a ganar —me susurró al oído—. No me cuentes gilipolleces de que eres una fracasada. Yo tampoco gano todo el tiempo. Nadie gana todo el tiempo. Y sí, claro que no es agradable, pero solo una cobarde dice cosas así. Una cobarde se rinde y convierte esa afirmación en realidad. Solo serás una fracasada si te rindes. ¿Ahora vas a ser una cobarde?, ¿después de todo?, ¿después de todos los huesos rotos y las caídas, ahora vas a dejarlo?

No dije nada.

—¿Vas a dejarlo, Albóndiga? —preguntó, meciéndome entre sus brazos.

Nada.

—Esas chiquillas lo dejan nada más ganar una medalla de oro porque tienen miedo de perder después. Dices que nadie recuerda a quien queda en segunda posición, pero nadie recuerda a las chicas que ganan una vez y luego desaparecen. La chica que yo conozco, la Jasmine que yo conozco, no le tiene miedo a nada, joder. No se rinde, y esa es la chica a quien la gente siempre recordará. La que está ahí una y otra vez. Tú ganarías y después seguirías intentándolo. Esa es la chica que yo conozco. La chica con la que me he emparejado. La chica a quien considero la mejor, y ni se te ocurra pedirme jamás que lo repita, porque no lo haré. No sé qué te habrá pasado antes, pero, sea lo que sea, necesitas superarlo. Necesitas recordar de qué eres capaz. Quién eres. Tú haces que todos los sacrificios valgan la pena. Tú haces que todo valga la pena. ¿Me entiendes?

¿Que si lo entendía?

—Suéltame —le pedí con voz entrecortada—, por favor.

Por favor. «Por favor», eso había dicho. Por el amor de Dios. Y él no me soltó. Por supuesto que no.

—¿Me entiendes?

Bajé la barbilla y mantuve la boca cerrada mientras los órganos me ardían y se me derretían por dentro. El suspiro de Ivan me rozó por encima de la oreja mientras me estrechaba en aquel abrazo que no había querido, pero del que ahora no quería librarme.

—Jasmine, no eres una fracasada. —Lo que debía de ser su barbilla me tocó la oreja, porque esta me hormigueó—. No lo eras hace años, ni la semana pasada, ni hoy ni mañana. Nunca. Ganar no lo es todo.

La carcajada desdeñosa que me salió me quemó por dentro. Para él era fácil decirlo. Creerlo. Y de aquella forma tan propia suya, Ivan supo lo que pensaba, porque dijo:

—Algunos de los momentos más tristes de mi vida han tenido lugar después de grandes victorias. Tu familia te quiere. Lo único que desean es que seas feliz.

—Lo sé —musité al tiempo que detestaba lo débil que sonaba, pero sin poder hacer nada por cambiarlo.

Me sentía desdichada. Aún más desdichada que después de que Paul me dejara. Más desdichada quizá que al enterarme de que mi padre se iba.

—Tú y yo vamos a dárselo, ¿me entiendes?

Un sollozo trató de escapar de mi garganta, pero lo reprimí y lo enterré. Lo enterré tan en el fondo que no quise arriesgarme a arruinar la oportunidad si respondía. Porque con aquello bastaba. Aquello ya era demasiado, pero aun así me sentía desdichada.

—Aquella noche que cené en tu casa, lo segundo que me dijo tu madre fue: «Puedo hacer que parezca un accidente» —murmuró, y yo me quedé petrificada—. Cuando ya me iba, el marido de tu hermano me dijo que eras como su hermana pequeña y que esperaba que te tratase con el mismo respeto con que trataría a mi propia hermana. Y tu hermana Ruby me susurró, sin venir a cuento, que su marido había pasado más de diez años en el ejército; creo que trataba de amenazarme. Y tu hermano y tu hermana dijeron que teníais experiencia cavando hoyos en los que enterrar cadáveres —concluyó, con voz suave—. Parecían orgullosos de ello. Verdaderamente orgullosos, Jasmine.

Parpadeé varias veces, incrédula. Aquella... sensación extraña empezó a sustituir a duras penas la quemazón en mi interior. No era gran cosa, pero suficiente para que el peso que tenía en el pecho se aligerase y sintiera que volvería a respirar algún día. Quizá en un año. Tal vez en dos. Porque aquella era mi familia. Y las siguientes palabras de Ivan destruyeron otra parte de aquel sentimiento que me devoraba lentamente por dentro.

—Ellos lo entienden, Jasmine —continuó—. ¿Cómo puedes pensar que no has hecho nada cuando se preocupan tanto por ti? Te admiran. El otro día presumían de tu fortaleza. De tu capacidad de adaptación. Hay chicas en la pista a quienes se les iluminan los ojos cada vez que pasas al lado. Probablemente les hayas cambiado la vida y hayas sido su inspiración al presentarte aquí día tras día y mantenerte fiel a ti misma, sin dejar que nadie te convenza de hacer lo que no quieres. Ni siquiera yo. No sé qué es lo que consideras ser una fracasada, pero esas no son las características que me vienen a la cabeza cuando pienso en ese adjetivo.

Agaché la cabeza y me mordí el labio, sin palabras y con la mente demasiado lenta como para procesar todo. Entonces me remató.

—Tú y yo, Albóndiga. Si es lo que necesitas, ganaremos. ¿Entendido?

12

—Creo que por hoy hemos terminado —dijo la entrenadora Lee desde su sitio, a varios metros de donde acababa de aterrizar tras un lanzamiento.

Mientras inspiraba por la nariz y espiraba por la boca, procurando no jadear después de un entrenamiento que me había hecho sudar tanto que la L y la R de las manos se me habían empezado a borrar, asentí. Ya era hora. Estaba cansada y sabía que Ivan también lo estaba. Me había percatado de hasta qué punto había tenido que recurrir a sus reservas para lanzarme una última vez.

Además, tampoco ayudaba que hubiera dormido como el culo. Ni ayudaba que hubiera estado tan ocupada en el restaurante aquella mañana que no había tenido la oportunidad de tomarme ni un descanso. La noche anterior me había excedido, por dentro y por fuera, y mi cuerpo no me había perdonado por no tratarlo tan bien como acostumbraba.

No había podido dejar de pensar en mis decisiones, en lo que quería hacer y en lo que debía hacer, y... siendo sincera, había dedicado más tiempo de lo que habría esperado a reflexionar sobre lo amable que había sido Ivan. Probablemente habría permanecido abrazándome diez minutos seguidos mientras me calmaba y poco a poco, a base de minúsculos fragmentos y pedacitos, volvía a poner los pies en la tierra.

No me había preguntado qué me había disgustado. No había hecho bromas al respecto. Llegado el momento, simplemente había dejado que me apartarse tras haberme bebido el chocolate caliente y me había quitado la taza para lavarla y dejarla en el fregadero. Luego me había acompañado hasta el vestuario vacío, había esperado a que recogiera mis cosas... y me había seguido hasta casa.

No nos habíamos dicho gran cosa el uno al otro y no estaba segura de que fuese porque sabía que estaba en mi mundo o porque no sabía cómo interpretar que se me hubiera ido la cabeza. La verdad, yo tampoco lo tenía claro. Lo que sí sabía era que si Ivan creía que iba a mostrarme avergonzada al día siguiente, debía de haberse llevado una sorpresa de la hostia al ver que no. Se lo veía en la cara siempre que me miraba. Aquellos ojos azules como el cielo, casi transparentes, recorrían mi rostro cada vez que estábamos el uno frente al otro. Durante un pequeñísimo milisegundo la primera vez que lo pillé mirándome, me planteé apartar la vista, pero no lo hice. Me negué porque aquello habría significado que me avergonzaba de que me hubiera encontrado así y de que hubiera visto y oído cómo casi me echaba a llorar, lo cual era igual de malo. Y una de las mayores lecciones que había aprendido patinando era que, cuando te caías, te levantabas y actuabas como si no hubiera pasado nada. O les dabas importancia a las cosas o no se la dabas. Y si te levantabas y sonreías y mantenías la frente alta..., conservabas la dignidad.

Y yo iba a exprimir mi dignidad a dos manos. Al menos, lo que me quedase de ella. Éramos amigos. Y a veces a un amigo se le va la olla delante del otro. O eso era lo que imaginaba.

—Tómatelo con calma y descansa, Jasmine —me aconsejó la entrenadora Lee mientras se deslizaba hacia mí y me dirigía una mirada seria y prolongada.

Había olvidado que había sido a ella a quien Galina había llamado el día anterior. No pude sino asentir. ¿Qué otra cosa iba a decir o a hacer?

—Te veo mañana a primera hora —concluyó, tocándome un instante el hombro con la punta de los dedos antes de dejarlos caer y alejarse patinando.

Puse los brazos en jarras, tratando de recuperar el aliento mientras recorría la pista con los ojos; vi a otras seis personas que seguían practicando, aprovechando los últimos minutos antes de que el horario de entrenamiento privado acabase y la pista quedase abierta a las clases grupales. Casi de inmediato reconocí a Galina, sentada en el mismo lugar donde solía estar cuando me entrenaba a mí, la barbilla apoyada en las manos entrelazadas sobre la valla. Tenía la mirada clavada en una adolescente que realizaba una secuencia de movimientos de brazos a algunos metros de distancia.

—¿Hoy estoy invitado a cenar? —oí preguntar a Ivan a mi espalda.

Parpadeé y giré la cabeza para echarle un vistazo por encima del hombro. Había comenzado el entrenamiento con un forro polar verde oscuro, pero se lo había quitado hacía alrededor de una hora, por lo que solo llevaba un pantalón de chándal negro ceñido y una camiseta gris claro con manchas oscuras de humedad por el pecho y el abdomen. Quizá no hubiera dormido bien, pero, por la ausencia de bolsas bajo sus ojos, se diría que él no había tenido el mismo problema que yo. Su rostro se veía tan límpido y radiante como siempre. El muy capullo tenía suerte.

Sin dejar de respirar por la nariz, fruncí los labios un instante y, cuando estaba a punto de encogerme de hombros, lo que hice fue asentir. Era lo mínimo que le debía. Se lo había ganado.

—Si no tienes otra cosa que hacer… —respondí, asegurándome de que mi voz sonase firme y serena.

Ivan asintió.

—Hasta más tarde, nada.

«¿Qué tendrá que hacer más tarde?», me pregunté.

—Así que te seguiré —dijo, sonando como siempre…, pero sin sarcasmo—. Si logras no conducir como una psicópata, te lo agradeceré.

Ahí estaba.

—Voy al límite de velocidad.

Aquellas pestañas densas y oscuras velaron sus ojos.

—¿Así es como llamas a conducir quince kilómetros por encima del límite?

—Jamás me han multado —dije, haciendo una mueca.

—Ajá…

Puse los ojos en blanco y a duras penas me aguanté las ganas de lanzarle una mirada asesina.

—Te esperaré junto a las puertas delanteras, Calcetín.

Una de las comisuras de su boca tembló…, pero bajó el mentón y parpadeó. Así que imité su gesto. Entonces le tembló la otra comisura.

—Das asco —dije antes de poder contenerme.

—Y tú más —respondió antes de comenzar a patinar hacia atrás—. Te veo dentro de diez minutos.

Arrugué la nariz y me alejé del centro de la pista hasta llegar a la abertura entre las barreras justo después de él. Me coloqué los protectores mientras veía que Ivan me observaba ponérmelos y, por el rabillo del ojo, advertía que las familias empezaban a llegar y a acomodarse en el graderío.

Pero no discutimos. Me levanté y encaminé mis pasos hacia los vestuarios, sin querer ser la última que llegase a las puertas delanteras. Prefería esperarlo a que él me esperase. Probablemente fuera una buena idea enviar un mensaje a mi madre antes de salir para que supiera que también venía Ivan.

Llevaba sin verla desde que la noche anterior me contara lo del accidente y, aunque quería hablar con ella sobre lo que había insinuado, no sabía qué decir exactamente. No tenía claro qué sería más efectivo que un «te quiero» y ella se merecía mucho más que eso.

Llegué a la primera esquina, donde Ivan giraría camino de su habitación especial, y seguí recto. De inmediato vi a las dos adolescentes fuera del vestuario. Eran las dos que siempre se mostraban amables conmigo. Como era de esperar, cuando me acercaba a la puerta, se volvieron y me dirigieron sendas sonrisas tímidas.

—Hola, Jasmine —dijo una mientras la otra apenas fue capaz de proferir un «hola» ahogado.

Pensé en las palabras de Ivan del día anterior y les sonreí ligeramente al pasar delante de ellas.

—Hola. —La mano ya se me iba a la puerta para empujarla... cuando me detuve y les dije—: Que se os dé bien el entrenamiento.

—¡Gracias! —prácticamente chilló la más extrovertida mientras me adentraba en el vestuario.

Como cualquier otro sábado por la noche, estaba atestado de chicas de entre trece y dieciocho años. Hablaban tan alto que me dolían los oídos. Me acerqué a mi taquilla mientras veía de reojo todos aquellos rostros familiares sin nombre a mi alrededor y les di la espalda. No tardé en abrir la taquilla y quitarme las botas, sacar la bolsa de deporte y guardar los patines en la funda protectora antes de coger el teléfono móvil y, sin dejar de mover los dedos de los pies y describir círculos con los tobillos doloridos, desbloquear la pantalla.

Busqué el nombre de mi madre entre los mensajes y le envié uno a todo correr, asegurándome de que las palabras estuvieran bien escritas y esforzándome por ignorar las voces de las adolescentes.

«Llevo a Lukov a cenar», le envié antes de dejar el teléfono a mi lado en el banco vacío.

Mientras me quitaba los calcetines y luego las vendas, sentí cómo vibraba y lo cogí. Solo decía: «OK. ;)».

Mejor ni plantearme lo del ojo guiñado. Volví a soltar el móvil y me agaché para empezar a buscar las chanclas en la bolsa cuando, por algún motivo, dejé de ignorar a las chicas y oí: «... manos y pies grandes».

—¿Cómo sabes que es verdad? Hay muchos tíos con las manos y los pies grandes que no tienen paquete.

Pero ¿qué coño andaban diciendo estas crías sobre paquetes?

—¿Como quién?

—Como... —La chica que estaba hablando bajó la voz, como si no pudiera oírle susurrar después. Idiota—... Ivan Lukov. Nunca le he visto nada bajo los trajes, pero ya sabéis...

¿Por qué coño sacaban a relucir a Ivan? ¿Y qué hacían esas viciosillas mirándole siquiera la entrepierna? Lo había tenido al 99,9 por ciento desnudo delante de mí y no se me había ocurrido fijarme más allá del segundo que había tardado en ver que se había tapado.

¿Y por qué diantres decían que no se le notaba el paquete? Eso no implicaba nada. La mayoría de los tíos se lo pegaban con cinta, o eso creía. Se lo había preguntado una vez a Paul y no había hecho más que ponerse colorado y tartamudear mientras se reía y evitaba la pregunta, como si yo no supiera que bajo la ropa tenía pene. Otro idiota.

—Tiene las manos y los pies enormes —trató de murmurar otra chica, pero se le daba aún peor.

—Pero ¿alguien ha llegado a ver algo? —preguntó otra mierdecilla antes de reírse como una tontaina.

Me giré sobre el banco lo más rápido posible y elegí mis palabras lo mejor que pude.

—Ya vale, ¿no? ¿Os gustaría que unos chavales hablasen de vuestras... partes por la espalda?

Y así, sin más, todas se callaron y se pusieron de una tonalidad de rojo que solo habría creído posible en Ruby. «Ya decía yo».

Me aseguré de mirarlas una a una antes de negar con la cabeza y volverme. Ninguna dijo nada y poco me importaba que cotilleasen sobre mí, porque ¿qué iban a hacer?, ¿admitir que estaban hablando de la entrepierna de Ivan?

Me puse las chanclas y volví a mover los dedos de los pies mientras estiraba los arcos plantares, cogí las llaves y el bolso, y me puse en pie antes de inclinarme para agarrar las asas de la bolsa. Miré de soslayo a las chicas al otro lado del vestuario: por su aspecto se diría que le había asestado una patada a su cachorrito, pero no me importaba una mierda. Enganché el candado a la taquilla y me dirigí a la puerta, que abrí de golpe con mucha más fuerza de la necesaria.

Joder, ¿qué les pasaba a las adolescentes? No recordaba haber hablado de la polla de nadie cuando tenía su edad. A los diecisiete, vale. Pero ¿a los putos catorce más o menos?

—... fea y gorda con el maillot.

Lo que me faltaba. Niñas de trece, quizá catorce, al otro lado de la puerta del vestuario. Dos chavalitas que se parecían un montonazo a las dos que habían estado diciendo chorradas sobre mí hacía unas semanas. Y estaban enfrente de las dos chicas que siempre me saludaban. Las dos niñas dulces y divertidas que me habían sonreído encantadas no hacía ni cinco minutos, pero que ahora tenían la espalda apoyada en la pared y los ojos vidriosos como si estuvieran a punto de echarse a llorar.

Joder, ¿por qué me tenía que pasar a mí? Quería mirar a otro lado, de verdad. Ya me había enfrentado a estas mierdecillas y no quería volver a entrometerme y arriesgarme a tener problemas.

Pero... mi amiguita la extrovertida tenía lágrimas en los ojos: una de aquellas cabronas acababa de llamarla a ella o a su amiga gorda y fea, y a mí los jueguecitos de las abusonas no me gustaban un pelo. Así que me detuve y, estableciendo contacto visual con mis dos chicas majas, enarqué una ceja.

—¿Estáis bien?

La más extrovertida de las dos pestañeó para alejar lo que tenían que ser lágrimas y aquel gesto hizo que de inmediato me subiera por la columna una sensación extraña, por lo que entrecerré los ojos y miré a las dos odiosas, quienes ahora parecían arrepentirse de la decisión que habían tomado mientras yo estaba en el vestuario y que las había llevado a la actual situación.

Cuando ninguna de las dos chicas simpáticas dijo que estaban bien, lo que sentía en la columna se intensificó y reconocí de qué se trataba: instinto de protección. Odiaba a los abusones. Los odiaba de verdad.

—¿Se estaban metiendo con vosotras? —pregunté con calma, con parsimonia, sin dejar de observar a las dos niñas amables.

—No estábamos haciendo nada —trató de argumentar una de las mierdecillas.

Desvié la vista a la que acababa de hablar y espeté:

—No te he preguntado a ti. —Luego me volví a la niña que tenía lágrimas en los ojos y pregunté de nuevo—. ¿Se estaban metiendo con vosotras?

Tragaron saliva antes de asentir. Las dos. Y la sensación en mi espalda no se vio más que reforzada. Me mordí el carrillo por dentro antes de preguntar:

—¿Estáis bien?

Sus leves gestos de asentimiento casi me rompieron el corazón. Pero lo que sí que consiguieron fue que mirase fijamente a las dos mierdecillas mientras mi rostro adoptaba mi mejor expresión de cabronaza y decía con toda la calma del mundo y con esa sonrisa que Jojo había calificado de terrorífica en más de una ocasión:

—Como vuelva a ver u oír jamás que os metéis con ellas o con cualquiera de aquí, voy a hacer que lamentéis el día en el que decidisteis apuntaros a clase en este centro, ¿entendido?

Ninguna de las dos asintió ni dijo que sí, lo que no hizo sino reactivar el hormigueo que sentía por la columna. Una persona mejor habría añadido alguna movida inspiradora. Yo no. Trasladé la atención hacia las dos niñas simpáticas.

—Si vuelven a meterse con vosotras, me lo decís, ¿vale? Yo me encargaré. Mañana, el mes que viene o dentro de un año, no os cortéis; mientras yo esté aquí, cuidaré de vosotras. Nadie se merece que le hablen así.

Yo lo sabía bien. Había pasado por ello. Como respuesta obtuve un par de miradas inexpresivas, pero no me dio tiempo a ver si era de miedo o qué antes de que las dos niñas asintieran a toda prisa. Entonces les sonreí para hacerles saber que todo estaba perfectamente. Yo les cubría la espalda. No todo el mundo era horrible, pero la mala gente hacía que resultase fácil olvidarlo. Lo sabía bien.

A continuación, miré a las dos mierdecillas y dejé que mi sonrisa se esfumara mientras observaba sus caritas de cabronas.

—Y, vosotras dos, como os vuelva a pillar metiéndoos con alguien, os va a caer una manta de palos en todo el…

—¡Jasmine! —oí decir de cerca, pero no tan de cerca, a una voz masculina bien conocida.

Cómo no, al levantar la vista, descubrí a Ivan en el pasillo con una mano apoyada en la pared. Estaba demasiado lejos para verlo bien, pero por la forma y la estatura sabía que era él. Por eso y porque habría reconocido aquella voz en cualquier parte.

—Venga, que tengo hambre —saltó sin venir a cuento, pensé, hasta que caí en la cuenta.

Me había oído. Por eso me había gritado y había impedido que insultase a aquellas chicas, como tenía pensado hacer. No habría sido una buena idea, pero bueno, en fin. Se lo merecían.

—No seáis cabronas —les dije a las dos mierdecillas, apuntándoles con el dedo, antes de volverme hacia las otras dos chicas—: y avisadme si vuelven a meterse con vosotras.

Cuando las dos asintieron, me aseguré de fulminar con la mirada a las cabroncillas, dándoles a entender que las tenía fichadas, antes de enfilar el pasillo hacia Ivan, que seguía esperándome, aunque vi a varios metros de distancia cómo negaba con la cabeza. En cuanto estuve lo bastante cerca, me di cuenta de que sonreía de oreja a oreja. Tenía todos aquellos dientes rectos y blanquísimos en exposición cuando preguntó:

—¿Hoy es tu día de meterte con niñas pequeñas?

Me planté delante de él mientras ponía los ojos en blanco y tuve que alzar la cabeza para mirarlo a la cara.

—No son niñas, son monstruos.

Sus ojos se clavaron en los míos y su sonrisa no hizo más que ensancharse cuando dijo:

—Lo que me pregunto es...

Parpadeé, sin saber con seguridad por dónde tiraría.

—¿Qué es una manta de palos y dónde puedo conseguir una?

No era mi intención sonreír, y desde luego que no quería hacerlo, pero no pude evitarlo. Tanto sonreí que las mejillas comenzaron a dolerme de inmediato y lo único que se me ocurrió decir fue:

—Eres idiota.

Una hora más tarde bajaba las escaleras en casa de mi madre, tratando de escurrirme un poco más de agua del pelo para que no empapase el vestido ligero de tirantes que me había puesto. Odiaba lavarme el pelo todos los días —y mi pelo odiaba que lo hiciera, si es que lo seco que estaba quería decirme algo—, pero con lo mucho que sudaba con los dos entrenamientos diarios, se me engrasaba demasiado si me pasaba más de veinticuatro horas sin lavármelo. Llevaba un ritmo de un bote de acondicionador cada dos semanas.

Cuando llegué abajo, se oían voces en la cocina. Al aparcar delante de casa una hora antes, en la entrada ya se encontraban los coches de Jonathan y Aaron. No había preguntado qué pintaban allí mi hermana o mi hermano, pero hacía pocos días que los había visto, cuando se habían presentado a cenar sin avisar.

Solo me había dado tiempo a darle a mi madre un beso a la derecha de la nariz hinchada y amoratada antes de que el maridramas de Jojo empezase con: «Jas, ¿cómo no me has llamado para contarme lo del accidente de mamá?». Estuve a punto de dejarla tirada y decir que no había querido que contase nada..., pero no era una chivata. Así que le expliqué que la noche anterior estaba demasiado cansada para andarme con sus historias. La excusa había colado como me esperaba y, cinco minutos después, subía corriendo a ducharme mientras Ivan me dirigía una mirada curiosa por la que comprendí que había debido de juntar las piezas y relacionar lo sucedido el día anterior con la cara de mi madre. Lo curioso es que... no me importó.

Mientras atravesaba el salón camino de la cocina, las voces sonaban cada vez más fuertes y claras. Reconocí la risa de mi hermana y mi madre..., y creí oír una carcajada leve por parte de Ivan. Al recordar el momento con las chicas en el pasillo, volví a sonreír, pero me borré el gesto de la boca. Realmente era un idiota.

—¿... hicieron que te pegases todo con cinta? —oí preguntar a Jojo.

Ay, Dios.

—Jonathan —le siseó su marido—, ¿qué más da?

—Es por curiosidad. Busqué la revista esta semana. No vi ni un atisbo de pelotas ni de nada en las fotos, y parecía imposible por los ángulos desde los que se habían tomado las imágenes. Por muy prieto que tenga nadie el escroto, no es físicamente posible que no aparezca ni una sombra de sus huevos en alguna parte. ¿Entiendes lo que te digo?

Estaban hablando de la sesión de fotos del número de anatomía y, por supuesto, tenía que ser Jojo quien hiciera esa pregunta.

—Tendré que comprar un ejemplar cuando salga la revista —empezó a decir mamá antes de que Ruby y Jojo prácticamente gimieran:

—¡Basta!

—¡Nadie quiere oírte decir esas cosas!

—Qué sensibles sois... —murmuró mamá, pero no continuó la frase—. Tengo ojos. Igual que vosotros. El cuerpo humano es algo maravilloso, ¿verdad, Ivan?

—Cierto —respondió este sin dudar.

—Estoy seguro de que Gruñona estaba guapísima.

Se produjo un silencio antes de que Ivan preguntase:

—¿Quién es Gruñona? ¿Jasmine?

—Sí.

Durante un segundo nadie dijo nada antes de que Jojo saltara:

—Cuando era pequeñaja, odiaba a Blancanieves.

—¿Por qué?

—Porque... —fue mi madre quien respondió— ¿cómo era lo que decía? ¿Que era un pedazo de vaga que se aprovechaba de los hombres?

Jojo estalló en carcajadas de un modo que me hizo sonreír.

—Se enfadaba muchísimo cuando veía la película. ¿Os acordáis? Se sentaba delante del televisor y se ponía a despotricar para sí. La odiaba, pero seguía viéndola una y otra vez.

Entonces fue Ruby quien rompió a reír.

—Empezaba a dar vueltas diciendo que Blancanieves no era tan guapa y que, aunque lo fuese, debía respetarse un poco más a sí misma. Ni siquiera sabía lo que quería decir, pero te había oído decirlo una vez a ti, mamá, y se le había quedado.

—Por eso empezamos a llamarla Gruñona. —Mamá se echó a reír—. Dijo que Gruñón era el único listo de los enanitos, porque sabía que tenía motivos para estar de mal humor. Todo el día trabajando en la mina y luego tenía que cuidar de una muchacha que no sabía hacer nada. —Sus carcajadas aumentaron de volumen—. Ay, qué chica esta. Es culpa vuestra que haya salido así. Os ha copiado a todos. Ivan, es culpa de ellos.

—Es mi ídolo —dijo Ruby al cabo de un momento, lo que hizo que se oyera una carcajada ronca, probablemente de Aaron.

—Esa es mi chica —coreó mi madre.

La nariz comenzó a picarme y es posible que los ojos me ardieran un poquitín. Vale, puede que más que un poquitín.

Tuve que pestañear y oírlos reír mientras me recomponía y notaba cómo aquella sensación cálida y agradable me crecía más y más y más en el pecho. Me hizo sentir... mejor. Mejor de lo que me había sentido la noche anterior después de que Ivan fuese tan amable.

Tras tragar saliva y pestañear un poco más para asegurarme de que había vuelto a la normalidad, me encaminé a la cocina, donde encontré a todos salvo al marido de mi madre rodeando la isla. Ben estaba ocupado removiendo en el fogón lo que sabía que era una cazuela gigante de su increíble chile, de espaldas al grupo. Había un asiento libre entre Ivan y mi hermana, así como otro entre Aaron y Jonathan.

Fui a sentarme al lado de Ivan y, por algún motivo que no iba a pensar demasiado, extendí una mano por encima del muslo que tenía más cerca y le di un apretón. No un apretón a mala uva, uno normal, ni demasiado fuerte ni demasiado flojo. Los amigos hacían ese tipo de cosas, ¿no?

—Jas —comenzó a decir Ruby mientras se inclinaba por encima de la isla y me dirigía una sonrisa cuidadosa que hizo que me preocupase—, ya sé que estás muy ocupada, pero...

¿Por qué me dio un vuelco el corazón?

—... ¿recuerdas que dijimos hace unas semanas que nos ibas a cuidar a los niños? ¿Crees que aún puedes? —Sonrió—. Si no, no pasa nada.

El estómago se me encogió. Era demasiado pronto. Demasiado. Pero podía hacerlo y lo haría. Podía ser mejor persona.

—No se me había olvidado —respondí, intentando no hacer caso de la tensión que sentía en el centro del cuerpo—. Puedo quedarme con ellos.

—¿Estás segura? Porque...

Traté de sonreírle. Traté de decirle que la quería y que, claro, también quería a sus hijos. Haría cualquier cosa por ellos. Pero en su lugar, dije con toda la tranquilidad de que fui capaz:

—Sí, segurísima. Te los cuidaré.

—Yo también te puedo hacer de canguro —terció Jojo.

Le lancé una mirada.

—No, yo me quedaré con ellos. Búscate tus propios sobrinos.

Jojo puso los ojos en blanco antes de volverse hacia Comino.

—Puedo quedarme con ellos siempre que quieras, Rubes. No querrás que la Semilla del Diablo les pegue nada.

—¿De verdad quieres que Shrek júnior aquí presente sea lo primero que vea Benny cuando se despierte? —le pregunté a mi hermana, mientras fulminaba a Jojo con la mirada.

—Mi estatura es media —replicó Jojo.

—Claro que sí, chiquitín —respondí, sonriéndole de verdad—. De todas formas, no has negado que te parezcas a Shrek, así que...

Jonathan decidió rascarse la frente. Con el dedo corazón.

—¿Por qué no paráis los dos? —suspiró mi madre por fin.

—De verdad que no te pareces a Shrek, Jojo —añadió Ruby—. Más bien a Asno, diría yo.

Jonathan la miró atónito antes de volverse hacia mí y soltar:

—Eres la peor de las influencias.

—Tu madre.

Mi hermano miró directamente a Ivan, sentado a mi lado, y, mientras deslizaba el dedo corazón hasta la frente (para mí, obviamente), dijo:

—Ivan, si te tropiezas sin querer y te caes mientras haces una elevación con esta, nadie te lo va a echar en cara. De verdad.

El lateral de cierto muslo me rozó la rodilla y, un segundo más tarde, la palma de una mano que conocía muy bien hizo lo mismo.

—Lo tendré en cuenta. Tal vez durante una exhibición después de los mundiales —se ofreció mi compañero.

Y ni siquiera pude enfadarme ni sentirme ofendida.

13

—No tienes por qué venir conmigo —le dije a Ivan cuando nos bajamos de su coche, masajeándome sin darme cuenta la garganta, que llevaba picándome todo el día. En mi opinión, era porque me había dejado la botella de agua en el coche y no había tenido oportunidad de volver a por ella, so pena de sufrir la ira de Nancy Lee.

Ivan resopló y juraría que puso los ojos en blanco.

—Te dije que lo haría.

—Ya lo sé, listillo, pero aún puedes echarte atrás. Mi hermana o su marido me pueden llevar a casa luego si prefieres irte —sugerí, mientras lo esperaba en el camino de entrada de su vivienda, puesto que el lado del pasajero quedaba más cerca de la acera.

Ivan se encogió de hombros y negó con la cabeza, sacudiendo aquella mata de pelo negro.

—No voy a echarme atrás. Es solo que… ¿cuánto tiempo dijiste que sería? ¿Tres horas?

—Cuatro —lo corregí.

Parecía que seguía pensándoselo cuando se puso a mi altura, pero entonces ladeó la cabeza como si hubiera llegado a alguna conclusión.

—A ti te he aguantado cuatro horas y estos son solo dos niños, no puede ser tan terrible.

Era evidente que nunca había cuidado de ningún niño pequeño si eso era lo que creía, pero no iba a ser yo quien se lo aclarara. De algún modo estaba deseando verlo lidiar con un niño pequeño y una bebé.

—Vale, después no me vengas con que no te he dado opción.

Ivan arrugó aquella cara perfectamente simétrica cuando nos detuvimos delante de la puerta.

—Confía un poco en mí, que es solo hacer de canguro unas horas. Tampoco es física cuántica.

Le di un codazo en el costado justo antes de levantar la mano para llamar a la puerta. Él me dio otro. ¿Cómo demonios habíamos llegado a ese punto?

El dichoso coche no me había querido arrancar, otra vez. Mi tío no había respondido al teléfono cuando lo llamé y digamos que no estaba como para avisar a la grúa. Había billetes de avión y cuartos de hotel para los que estaba intentando ahorrar y luego estaban la comida, el seguro y una factura eléctrica que pagaba como parte de mi «alquiler», así como otros gastos varios que tenía cada mes. Mientras andaba pensando a quién llamar para que pasara a recogerme, llegó un bocinazo que quizá durase diez segundos y que me sobresaltó nada más atravesar el aire, procedente de un elegante coche negro. A continuación, la ventanilla del lado del pasajero se bajó y un rostro de lo más familiar me miró por encima del borde del cristal.

—¿El coche vuelve a darte problemas? —preguntó Ivan desde su posición al volante, con las gafas de sol tapándole los ojos.

Suspiré antes de asentir.

—Necesitas uno nuevo.

—Vale, me pondré con ello —respondí, lanzándole una mirada.

Él me devolvió el gesto.

—Súbete.

—No voy a casa.

Sus gafas de sol negras apuntaron directamente hacia mí al tiempo que su mentón tembló de aquella manera extraña tan suya.

—¿Cómo? ¿Tienes una cita sexy?

—No, tontolaba. Esta noche estoy de canguro. —La expresión de su cara cambió al instante, pero no le di mayor importancia—. Voy a casa de mi hermana —concluí antes de recordarle que Ruby y yo habíamos hablado de ello literalmente delante de él hacía una semana.

—Pues venga, súbete —dijo mientras se deslizaba las gafas por encima de los ojos con la punta del dedo.

—Queda más lejos que la casa de mi madre.

—¿Cómo de lejos? —preguntó sin prisa. Le conté en qué parte de la ciudad era y observé que le cambiaba la cara—. ¿Cuánto tiempo se supone que vas a quedarte?

—Unas cuatro horas —respondí con voz vacilante, sobre todo porque me estaba preguntando adónde coño tendría que ir para que le preocupase cuánto se tardaba.

—Vale, un segundo —respondió después de pensárselo un instante. Entonces debió de coger el teléfono móvil, porque lo siguiente que supe fue que se estaba mirando el regazo y que me dijo—: Un segundo más.

¿A quién escribía? ¿Y qué le escribía? Apenas me lo había planteado cuando volvió a levantar la vista y dijo:

—Vale. Si son solo cuatro horas, puedo llevarte y luego dejarte de vuelta en casa.

Un momento. ¿Luego?

—¿Vas a llevarme y luego a recogerme? —pregunté con el ceño fruncido.

Arrugó la boca de un modo que solía sacarme de quicio porque parecía que pensase que era idiota.

—No. Queda en la otra punta de la ciudad desde donde yo vivo, lumbrera. Cuidaré de los niños contigo y después te llevaré de vuelta a casa... siempre y cuando sean solo cuatro horas. Después tengo que estar en la mía.

¿Para qué tenía que estar en su casa? ¿Había alguien esperándolo? ¿Tenía... novia?

—¿Subes o no? —continuó diciendo.

No es que fuera asunto mío. Para nada. No me importaba lo más mínimo. Si al tragar saliva noté la garganta tirante, no iba a plantearme por qué.

—Puedes dejarme allí y luego alguien de mi familia ya me llevará a casa.

No me hizo falta verle los ojos para saber que los había puesto en blanco.

—Calla y súbete. Puedo encargarme yo siempre y cuando no nos retrasemos.

Tenía novia, ¿verdad?

—No hace falta que te quedes... —empecé a decir antes de que me cortase.

—Que te subas, Albóndiga —me ordenó, al tiempo que ya subía el cristal de la ventanilla.

Así que, mirándolo mal y recordándome que, fuera lo que fuese lo que iba a hacer más tarde, no era asunto mío, me subí al coche.

Y entonces me llevó a casa de mi hermana, que era donde me encontraba en ese momento, esperando en la acera pavimentada y discutiendo con Ivan después de un tira y afloja sobre si él conducía lento o yo rápido: él conducía lento. Así fue como me vi delante de la puerta de la casa de Ruby con Ivan a mi lado.

—¡Ya voy! —oí exclamar a mi hermana al otro lado de la puerta. Al cabo de un segundo, esta se abrió y allí estaba, luciendo ya la enorme sonrisa que me hacía sentir que por ella mataría a cualquiera y hasta me comería su corazón—. Jas.

Apenas dudó un segundo antes de dar un paso adelante y envolverme entre sus brazos. Yo también la abracé, decidida a no mentar la pausa que se había producido antes de que me tocara. ¿Alguna vez no había querido que me abrazase? No lo recordaba y la posibilidad de que en algún momento hubiera causado que se lo pensase dos veces antes de hacer algo como abrazarme hizo que el estómago se me encogiera. Podía arreglarlo. Podía trabajar en ello.

Al apartarme, incliné la cabeza en dirección a Ivan al mismo tiempo que Ruby se fijaba en él.

—He traído refuerzos para ocuparse de tus gánsteres.

Mi hermana se sonrojó al instante y asintió, cohibida, mientras su mirada se alternaba entre Ivan y yo.

—Hola, Ivan —acertó a decir.

Este sonrió con amabilidad. Entonces, como le había tendido la mano, Ruby respondió a su gesto y se la estrechó con suavidad.

—Me alegro de volver a verte, Comino. —Ivan le dedicó una sonrisa encantadora que, por algún motivo, me hizo sentir incómoda—. No te importa que te llame así, ¿verdad?

Mi hermana se quedó perpleja, al igual que yo. Pero sabía que su reacción no se debía a que Ivan fuera atractivo ni nada por el estilo. Su marido estaba buenísimo, en un estilo completamente diferente, pero tanto o más que Ivan, y ella estaba locamente enamorada de Aaron. Era solo que era tímida y nadie le decía Comino fuera de la familia. Al menos hasta donde yo sabía, ni siquiera Aaron la llamaba así.

—No me importa —prácticamente susurró, clavándome una mirada a mí antes de volverse hacia él—. Ahora eres casi de la familia, ¿verdad?

¿Casi de la familia? Aparté la idea al tiempo que Ivan me daba un codazo y yo le respondía de igual manera.

—Entrad —dijo Ruby, dando un paso atrás—. Estamos listos para irnos. Solo vamos a cenar y a pasarnos luego por una..., eh..., tienda. —Por «tienda», apostaría un riñón a que se refería a una de cómics, pero sabía que no iba a admitirlo estando Ivan delante—. No deberíamos tardar mucho.

Me encogí de hombros y entré en la casa en la que tantas veces había estado durante el último año, desde que Ruby se trasladara de vuelta a Houston tras pasar cuatro viviendo en Washington con su marido mientras él permanecía en el ejército. En los últimos años se había sacado un título a toda prisa y había obtenido un puesto en un hospital del Departamento de Asuntos de los Veteranos haciendo... no sé qué con veteranos. Era una mierda de cuñada por no saber a qué se dedicaba exactamente. Realmente tenía que preguntárselo a Ruby.

—No pasa nada. Como vosotros veáis. No tengo otra cosa que hacer más que irme a la cama —le aseguré, sin mencionar a propósito que Ivan debía marcharse al cabo de cuatro horas a hacer lo que fuese que tuviera que hacer.

—Ey, Jasmine —exclamó una voz al fondo del pasillo momentos antes de que su dueño, alto y rubio, caminase hasta nosotros.

—Hola, Aaron —dije, balanceándome sobre los talones—. Te acuerdas de Ivan, ¿verdad?

El rubio cachas, de quien juraría que podría haber tenido una carrera de éxito como *gigolo* si no hubiera estado sirviendo en el ejército, me tendió la mano y se la choqué. Cuando se volvió a Ivan y le hizo el mismo gesto, este se la estrechó.

—Me alegro de volver a verte —dijo mi cuñado, dando un paso atrás para quedarse junto a Ruby—. Gracias por hacer de canguro.

Yo me encogí de hombros, pero Ivan contestó:

—Ningún problema.

—Vamos a marcharnos ya para poder regresar cuanto antes —nos anunció Aaron, inclinándose para darle un beso en la sien a mi hermana, que asintió.

—Ya sabes dónde está todo. Ahora mismo se encuentran los dos arriba. Ya han cenado. Benny está dormido en nuestra cama. No he querido despertarlo para moverlo. Aún estamos aprendiendo a ir al baño.

—No te preocupes. Lo tengo bajo control —respondí quitándole importancia con un gesto de la mano. Miré a Ivan allí parado y traté de imaginarlo cambiando un pañal..., pero fue imposible—. Lo tenemos bajo control. —Quizá. Al menos yo.

Aaron volvió a darle un beso en la sien a Ruby y ambos salieron de casa, cerrando con llave tras ellos. Esta apenas había terminado de girar en la cerradura cuando se oyó un sollozo procedente del piso de arriba.

—A trabajar—dije, señalando las escaleras.

Ivan asintió, antes de subir conmigo al piso superior de aquella bonita vivienda de cuatro dormitorios de las afueras.

Los hijos de mi hermana compartían habitación. Había dos cunas, una blanca y la otra de madera vista, dispuestas a ambos lados. Me dirigí a la primera, donde encontré un minúsculo cuerpecito removiéndose boca abajo. Jessie lloraba tan fuerte que me estremecí al cogerla en brazos y llevármela al pecho para acunarla. Qué pequeña era... y qué ruidosa, caray.

La acuné mientras susurraba «shh, shh, shh» y la mecía de un lado al otro como sabía que le gustaba antes de darme la vuelta y ver a Ivan apoyado en el marco de la puerta y sonriendo como un idiota. Parpadeé con incredulidad.

—¿Qué pasa?

Jessie no dejaba de llorar.

—La has cogido como si nada —dijo, su mirada alternando entre la bebé y yo como si fuese un milagro o algo.

—Es una bebé, no una granada —le dije, sin dejar de susurrar «shh, shh, shh» ni de mecerla, tratando de calmar a mi pequeñuela favorita. Siempre funcionaba. Sonreí a aquella carita encantadora y cabreadísima.

—No sabía que te gustasen los niños —murmuró Ivan al tiempo que caminaba hasta mi lado y estiraba el cuello para ver a la niña que tenía en brazos.

Sonreí a Jess, a sabiendas de que Ivan no podía verme, y arrugué la nariz.

—Me encantan los niños.

Su «¿En serio?» no me sorprendió lo más mínimo. Mecí a la niña un poco más y su llanto fue reduciéndose hasta un leve gimoteo. «Bingo. Jasmine, la mujer que susurraba a los bebés».

—Pues sí —dije en voz baja y con tono leve—, los niños me gustan. Los que no me gustan son los adultos.

—¿No te gustan los adultos? No me lo creo. —A Ivan se le escapó una carcajada y giró el cuello para dirigirme una sonrisa antes de volver a fijarse en la niña. Levantó un dedo y le tocó con dulzura una de las mejillas; era probable que le llamase la atención su suavidad si era una de las primeras veces que entraba en contacto estrecho con un humano pequeñito.

—Cállate.

Lo oí respirar con suavidad.

—Qué pequeña y qué suave. ¿Siempre son así de pequeños?

Contemplé su carita, sabedora de que bajo los párpados ocultaba unos ojos azules brillantes que algún día tendrían el mismo tono que los de mi madre.

—Pesó poco más de tres kilos al nacer, bastante grande para lo menuda que es mi hermana —expliqué—. Benny también es un grandullón; salen al padre. —Incliné la cabeza para darle un beso en la frente a Jessie mientras emitía un sollozo de bebé inquieto—. Los niños son inocentes. Son dulces, sinceros. Son monísimos. Distinguen el bien del mal mejor que los adultos. ¿Cómo no me van a gustar?

—Son ruidosos.

Lo miré por el rabillo del ojo, tratando de ignorar el picor que sentía.

—Tú sí que eres ruidoso.

Su mirada ya estaba fija en mí cuando dijo:

—A veces agarran rabietas.

Alcé la vista al techo.

—Sigue pareciéndome que te estuvieras describiendo a ti mismo.

Ivan rio lo más bajo posible.

—Son llorones.

Lo miré con una mueca que le hizo sonreír con aquellos dientes blanquísimos.

—Anda ya. Yo nunca lloro —susurró.

—Llorar..., lloriquear... Es lo mismo.

—Qué mentirosa.

Sacudí la cabeza y bajé la vista hacia Jessie, mi sobrinita.

—Me encantan los bebés, especialmente estos. Mis bebés —susurré, alzándola entre los brazos. Jessie gimoteó y la moví para sostenerla en alto y olerle el pañal. No olía mal. Ahí salía a mi hermana, su caca apestaba en cuanto hacía acto de presencia.

—¿Solo tienes estos dos? —preguntó Ivan de buenas a primeras.

—No, tengo otra sobrina de mi hermano el mayor. Ya es adolescente.

—¿Estáis unidas?

Volví a mirar a Jessie, pensando en todas las formas en las que había fallado a mi otra sobrina. No había tenido una gran presencia en su vida. Tenía una tía favorita y no era yo, pero la única persona a quien podía culpar de ello era a mí misma.

—Ahora más, pero no lo suficiente. Cuando nació yo era demasiado pequeña y luego, una vez que... No tenía tiempo, o tiempo suficiente, ¿entiendes lo que quiero decir? Era una bebé y, de repente, ya no lo era. Para cuando quise darme cuenta, era demasiado tarde.

Por supuesto que sabía lo que quería decir con lo de que el tiempo se escapaba. No sabía a ciencia cierta cómo, pero lo comprendía.

—Sí, lo sé —concedió—. Es parte del problema. —Por el rabillo del ojo podía ver cómo me miraba—. Pero no le des demasiadas vueltas. No sirve de nada y lo sabes.

Me encogí de hombros.

—Lo dices como si fuera fácil, pero sabes que no lo es. No debería importarme que mi hermana mayor sea su favorita, pero me fastidia —le conté por algún motivo—. No soy una buena perdedora, probablemente sea eso.

Algo me tocó el hombro y vi que era la mano de Ivan.

—No eres buena perdedora, no.

Le dirigí una sonrisa pequeña y que no sentía del todo.

—Probablemente serás la favorita de esta —dijo acariciándole de nuevo la mejilla a Jessie.

—Estoy en ello. Ese es mi objetivo. Por una vez podría ser la favorita de alguien.

El modo en el que giró la cabeza pausadamente hizo que me pusiera en guardia. Entonces murmuró:

—¿Qué se supone que significa eso?

Volví a encogerme de hombros, dejando a un lado la pesada sensación salida de la nada que me embargaba. Iba a arreglar las cosas. Iba a ser mejor persona.

—Nada. Solo que puedo ser la favorita de alguien en mi familia y he elegido a Jessie porque con ella puedo empezar de cero.

Su expresión debería haberme dicho algo, pero no la entendí.

—Sigo sin saber lo que quieres decir. Explícate.

—Pues lo que he dicho. —Puse los ojos en blanco—. El favorito de mi madre es mi hermano Jonathan. La favorita de mi padre es mi hermana Ruby.

—¡¿Cómo?!

—Tienen sus favoritos. —Me encogí de hombros—. Todos los padres los tienen. La persona favorita de Ruby es mi hermana Tali. La favorita de Tali es Ruby. La favorita de Sebastian y Jojo también es Ruby. No pasa nada.

No fue que Ivan pusiera cara rara, porque no lo hizo, o al menos no una cara que el 99,99 por ciento de la gente hubiera notado. Pero esa era la cuestión: yo pertenecía al 0,01 por ciento que sí se percataría; y así fue. Lo que hizo, y yo sabía que era más un reflejo que un movimiento intencionado, fue contraer los músculos de la mandíbula. Algo rápido. Un gesto veloz que constituyó el movimiento más breve e insustancial que probablemente hubiera visto jamás.

Pero lo vi.

—¿Qué? —le pregunté sin cambiar de expresión.

Él no se mostró sorprendido porque lo hubiera pillado y, de esa manera tan suya, ni se molestó en mentirme.

—¿Quién es tu favorito? —me preguntó lentamente, su mirada azul grisácea llena de intensidad.

Miré a la bebé que tenía en los brazos y sonreí a su carita minúscula.

—Los dos peques.

Ivan tragó saliva con tanta dificultad que lo advertí, igual que advertí lo áspera que sonó su voz cuando me lanzó la siguiente pregunta.

—De tu familia, Albóndiga. De tu familia directa, ¿quién es tu favorito?

No tuve ni que pensármelo. Ni por un segundo. En absoluto. Y, desde luego, no me hizo falta mirarlo para responderle:

—Todos ellos.

—¿Todos ellos? —En su tono no había incredulidad cuando repitió mis palabras.

Le di un beso a la bebé en la frente y dije:

—Pues sí, todos ellos. No tengo un favorito.

Ivan se quedó parado. Luego preguntó:

—¿Por qué?

La punzada que sentí en el pecho fue tan aguda que casi me dejó sin aliento. Casi. Lo que sí hizo fue dolerme. Un poco, apenas lo suficiente. Pero me dolió. Por poco frecuente que fuese, siempre me pasaba lo mismo. Así que me negué a mirar a este hombre con quien pasaba casi todo el día y casi todos los días cuando respondí:

—Porque los quiero a todos por igual.

Pero el muy capullo no se dio por vencido.

—¿Por qué?

—¿Qué quieres decir con «por qué»? Simplemente los quiero —respondí sin dejar que nuestras miradas se cruzasen aún, por lo que fingí que todavía no había memorizado los rasgos de la carita que tenía entre mis brazos.

Lo malo de los deportistas, o de la gente en general con esta necesidad imperiosa de ganar a toda costa, es que no conocen el significado de rendirse..., de dejar pasar las cosas. Es un concepto que les resulta ajeno. Así que el por qué esperaba que aquel hombre, que tenía aún peor perder que la peor perdedora que jamás haya conocido —yo—, fuera a dejar pasar nada en lo que evidentemente se había empeñado era algo que escapaba a mi entendimiento. Por eso no debería haberme sorprendido que insistiera y me hiciera justamente la pregunta cuya respuesta no quería darle bajo ningún concepto.

—Pero ¿por qué, Jasmine? —Se detuvo y dejó que las palabras hicieran efecto—. ¿Por qué los quieres a todos por igual?

El problema de detestar las mentiras era que, cuando querías decir una, dolía como un demonio cogerla, sostenerla entre las manos y decidir qué hacer con ella..., a sabiendas de que en cualquier caso iba a hacer daño. Tal vez eso me convirtiera en una debilucha, pero lo reconocía y lo aceptaba. Así que le dije la verdad.

—Porque todos tienen cosas buenas y cosas malas. Yo no se las echo en cara —le expliqué, sin querer hacerlo, de verdad que no, pero sin otra opción. ¿Qué iba a tener la verdad de malo salvo el hecho de que doliera un montón?

Levanté la vista hacia Ivan antes de continuar, porque no quería que pensase que me avergonzaba. No quería que pareciese que aquello era más importante de lo que era. De lo contrario, se lo tomaría como algo mucho más trascendental de lo necesario y, desde luego, no era eso lo que yo pretendía. Así que se lo dije.

—Quiero que sepan que los quiero tal y como son. No quiero que ninguno de ellos se sienta mal pensando que me gusta uno más que otro.

Lo dicho, dicho estaba. Ya no podía retractarme. Las palabras quedaron flotando entre Ivan y yo, dando vueltas y más vueltas, suspendidas en el aire.

Él no dijo nada. No articuló una sola palabra mientras seguía allí parado, tan alto y perfecto, observándome con aquellos ojos azules durante tanto tiempo que me dieron ganas de removerme inquieta, aunque él era la última persona delante de quien querría hacerlo, amigos o no. Ya me había visto en mi peor momento. No le hacía falta ser testigo de cómo me hacía sentir en realidad hablar de favoritos. Así que, en lugar de ello, puse los ojos en blanco y pregunté:

—¿Por qué no miras a otro lado? Me estás poniendo nerviosa.

¿Y cuál fue la respuesta que me dio el muy idiota?

—No.

No le hice ni caso. Por suerte, justo en ese momento Benny entró bamboleante en la habitación, con la ropa arrugada, la cara hinchada y preciosa, y dijo:

—Teno hamme, Jazzy.

Me aferré a aquella excusa de mierda antes de que se me escapase y me quedase tirada hablando de cosas en las que no quería pensar más de lo que ya lo había hecho.

—Muy bien, Benny. —Entonces miré a Ivan y le pregunté—: ¿Quieres ocuparte de la bebé o del niño?

Su expresión de alarma fue tan repentina que me hizo reír.

—¿Tengo que ocuparme de alguno?

—Pues claro. ¿Para qué te crees que te he traído?

Ivan parpadeó antes de mirar a Benny, todavía medio adormilado en mitad del umbral, y luego a Jessie, con su carita soñolienta.

—Los dos son bebés —dijo, como si fuese una novedad.

Entonces fui yo quien parpadeó. Ivan se mordió aquel labio sonrosado suyo y miró al niño allí de pie, quien probablemente todavía no acababa de entender que no éramos sus padres. Entonces tomó una decisión.

—Me ocuparé de la niña.

No dejé que mi cara trasluciese sorpresa. Estaba segura de que elegiría a Benny en lugar de Jessie.

—Muy bien, toma —dije, colocándome delante de él con los brazos ya extendidos.

Su cara casi me hizo reír, casi.

—Nunca he cogido un bebé en brazos —murmuró mientras su cuerpo se tensaba.

—Puedes hacerlo.

Aquello hizo que levantase la vista y me mirase al tiempo que sus brazos adoptaban la misma forma que tenían los míos.

—Por supuesto que puedo.

Me reí con malicia, cosa que le hizo sonreír. Fue bastante fácil transferir la niña de mis brazos a los suyos. Tenía un don natural; deslizó el hueco del codo hasta detenerlo bajo su cabeza y luego la acercó a su cuerpo.

—Qué poco pesa —comentó cuando la tuvo completamente en brazos.

—Apenas tiene unos meses de edad —respondí, cuando ya me daba la vuelta para acuclillarme delante de Benny.

Ivan soltó una risita maliciosa.

—Eso no importa demasiado. Mira lo pequeña que eres tú y lo mucho que pesas.

—Bah, cállate. No peso tanto. —Me di la vuelta y lo miré por encima del hombro mientras le tendía los brazos a mi sobrino.

—Anda que no. Eres la compañera más pesada que haya tenido.

—Es todo músculo.

—¿Es así como vamos a llamarlo?

Me reí mientras Benny se me aproximaba, frotándose la cara.

—A ver, Campanilla, tampoco es que tú seas un peso pluma —le lancé antes de envolver entre los brazos a mi niño de tres años favorito y levantarlo.

Ivan se rio con suavidad mientras se acercaba la bebé a la cara igual que había hecho yo momentos antes.

—Yo no tengo que serlo. Es todo músculo.

—No sé por qué la gente se queja tanto. Es fácil —dijo Ivan mientras sostenía el biberón en la boca de Jessie y esta lo succionaba hambrienta.

Odiaba tener que admitir lo sencillo que resultaba esto de los niños con Ivan. Probablemente no debería, pero lo era.

La segunda vez que Jessie había empezado a llorar, ya en brazos de Ivan, este había dado una especie de respingo y fruncido el ceño, me había mirado con expresión de pánico y, antes de poder decirle qué hacer, había empezado a canturrearle y mecerla él solo. Los «shh, shh, shh» sonaban extraños en sus labios. No lo cronometré ni nada, pero tuve la impresión de que menos de un minuto después, los sollozos se habían convertido en leves gemidos y, al cabo de un minuto más, la niña había dejado de llorar completamente. Había estado a punto de decirle que tenía un don, pero maldita la falta que hacía que se le subiera a la cabeza. Bastante engreído era ya.

Entonces volvió a asombrarme. Cuando, no mucho tiempo después, volvió a llorar y le advertí que probablemente necesitaba que le cambiasen el pañal, lo único que respondió fue: «Vale». Cuando me ofrecí a cambiárselo mientras él se ocupaba de Benny, dijo: «Puedo hacerlo. Dime cómo». Y lo hizo. Le había cambiado el pañal y solo había fingido que le daban arcadas dos veces.

Tenía una paciencia infinita. No se cansaba. No se quejaba. Y no debería haberme sorprendido. De verdad que no. Había visto que era paciente, incansable y estoico día tras día durante semanas y semanas. Se lo debía al patinaje artístico. No obstante, no pude evitar pensar que tal vez no lo conocía tan bien como creía.

—Ya he pasado la noche con ellos antes. Hazlo y luego me cuentas si es fácil. No sé cómo mi hermana aún no se ha convertido en zombi —le dije mientras me tumbaba en el suelo junto a Benny y le tendía bloques con los que iba construyendo un castillo. O algo más o menos parecido a un castillo.

—Se despiertan mucho, ¿no?

—Sí, especialmente cuando son así de pequeños. Ruby y Aaron son increíblemente pacientes; son buenos padres.

—Yo podría ser buen padre —susurró Ivan mientras seguía dando de comer a Jess.

Podría haberle dicho que sería bueno en todo lo que se propusiera, pero pasé.

—¿Tú quieres tener hijos? —me preguntó sin venir a cuento.

Le tendí otro bloque a Benny.

—Dentro de mucho tiempo, quizá.

—Mucho tiempo..., ¿como cuánto?

Aquello hizo que girase la cara para mirar a Ivan. Tenía toda la atención fija en Jessie y juraría que le estaba sonriendo. Vaya.

—¿Al poco de cumplir los treinta, quizá? No lo sé. Tampoco pasaría nada si no los tengo. La verdad es que no lo he pensado demasiado; lo único que sé es que no quiero tenerlos en breve, ¿entiendes lo que quiero decir?

—¿Por el patinaje artístico?

—¿Por qué si no? Ahora mismo apenas dispongo de tiempo. No podría imaginarme tratar de entrenar con hijos al cargo. El padre de la criatura tendría que ser un ricachón dispuesto a quedarse en casa para que la cosa funcionara.

Ivan arrugó la nariz sin dejar de mirar a mi sobrina.

—Conozco como mínimo a diez patinadoras que tienen hijos.

Puse los ojos en blanco y pinché a Benny en la barriga con el dedo cuando me tendió la manita pidiéndome otro bloque. Aquello hizo que me sonriese con todos sus dientecitos.

—No digo que sea imposible. Solo que no lo haría en el futuro cercano. Si algún día los tengo, quiero que sean mi prioridad absoluta. No querría que piensen que hay algo por delante de ellos.

Porque sabía cómo era sentirse así. Y bastante la había pifiado haciendo que los adultos a quienes quería pensasen que no eran importantes. Si algún día me animaba a ser madre, me esforzaría al máximo y lo daría todo.

—Mmm —fue lo único que dijo Ivan.

En mi cabeza brotó un pensamiento que me revolvió el estómago.

—¿Por qué? ¿Tienes previsto tener hijos pronto?

—No lo tenía —respondió de inmediato—, pero esta niña me gusta y ese también. Tal vez debería planteármelo.

Fruncí el ceño y la desagradable sensación en el estómago se intensificó mientras Ivan seguía parloteando.

—Podría empezar a enseñar a mis hijos desde muy pequeños... Podría convertirme en su entrenador. Mmm.

Entonces fui yo quien arrugó la nariz.

—¿Tres horas con dos niños y ya quieres ser padre?

—Con la persona adecuada —repuso Ivan mirándome con una sonrisita—. No voy a juntarme con cualquiera y que mi sangre se diluya.

Puse los ojos en blanco ante semejante idiota, sin querer hacer caso de aquella extraña sensación en el vientre que me negaba a reconocer, ni en ese momento ni nunca.

—Dios nos libre. ¡Cómo vas a tener hijos tú con alguien que no sea perfecto! Capullo.

—¿Verdad? —se rio, mirando a la niña antes de volver la vista hacia mí con una sonrisa que no me gustó—. Podrían salirme bajitos, con los ojillos bisojos y llenos de maldad, una bocaza enorme, los huesos pesados y muy mala leche.

No me lo podía creer.

—Espero que te abduzcan los alienígenas.

Ivan se rio y el sonido de sus carcajadas me hizo sonreír.

—Me echarías de menos.

Lo único que dije, al tiempo que me encogía de hombros, fue:

—Bah. Sé que algún día volvería a verte...

Ivan sonrió.

—... en el infierno.

Aquello le borró al instante la sonrisa de la cara.

—Soy buena persona. Le gusto a la gente.

—Porque no te conocen. Si te conocieran, ya te habría arreado alguien una patada en el culo.

—Que lo intenten —repuso, pero no pude evitar reírme.

Algo no estaba bien entre nosotros. Y no lo odiaba. No lo odiaba ni un poco.

14

—¿Qué te pasa? —me soltó Ivan unos cinco segundos después de terminar una pirueta baja, la misma pirueta baja que me había hecho trastabillar un segundo antes y caer con todo el culo. La misma que me había hecho perder el equilibrio las últimas seis veces que la había ejecutado. La misma pirueta que normalmente hacía una y otra vez, una variación tras otra, la baja saltada, la pirueta de la muerte, el *twist*... Y que no suponía mayor problema.

A menos que una tuviera todo el cuerpo como una brasa, le doliera cada músculo desde las rodillas hasta la barbilla y sintiese la cabeza a punto de estallar. Además, notaba la garganta como si hubiera comido papel de lija y mantenerme en pie, en general, me costaba la vida.

Estaba hecha una mierda, pero una mierda de verdad. Llevaba toda la mañana así. Estaba segura de haberme despertado en mitad de la noche, cosa que nunca me sucedía, porque me dolía la cabeza y me ardía la garganta como si me hubiera bebido un vaso de lava por hacer la gracieta. Sin embargo, no les había dicho nada a Ivan ni a Lee.

Solo nos quedaba una jornada completa antes de empezar a trabajar en la coreografía, así que no tenía tiempo de ponerme enferma. Desde la mañana del día en el que Ivan y yo nos habíamos quedado con los hijos de Ruby, se habían ido sumando unas cosas y otras. La garganta había empezado a picarme un poco, luego un poco más. Al día siguiente había comenzado a notar la cabeza rara. Luego había empezado a sentirme cansada y notar dolor por todas partes hasta que, ¡zas!, llegó la fiebre. Y luego todo lo demás decidió ponerme lo que se dice enferma. Jo.

Me tumbé de espaldas y me salió un gruñido de tanto como me

martilleaba la cabeza. No recordaba la última vez que había estado tan mal de equilibrio. ¿Nunca?

—¿Tienes resaca? —me preguntó Ivan desde donde demonios estuviera.

Empecé a negar con la cabeza, pero me arrepentí de inmediato cuando la urgencia por vomitar me golpeó el estómago.

—No.

—Te has pasado toda la noche en vela, ¿verdad? —me acusó, mientras el chirrido quedo de las cuchillas sobre el hielo me avisó de que se aproximaba—. No puedes venir a entrenar agotada.

Girándome, me apoyé en las rodillas, pero lo único que pude hacer con la energía que me quedaba fue agitar los dedos de una mano.

—No me he pasado la noche en vela, atontao.

Ivan resopló y sus botas negras aparecieron en mi campo de visión.

—Menuda trol...

Cuando vi que su mano se acercaba a mis brazos, ya era demasiado tarde. Tan tarde que no hubo manera, debido a lo puñeteramente mal que me sentía, de que me apartase antes de que me tocara. Sus manos me asieron por encima de los codos y, de inmediato, me soltaron.

Tenía tanto calor que hacía más de una hora que me había quitado el jersey que llevaba encima de la camiseta y había dejado los brazos expuestos. Si hubiera podido, también me la habría quitado.

Las manos de Ivan se acercaron a mis antebrazos y los agarraron por un segundo antes de soltarlos.

—Jasmine, pero ¿qué coño? —murmuró al tiempo que sus palmas se acercaban a mis mejillas, mientras yo me limitaba a esperar, apoyada sobre las manos y las rodillas, porque no me quedaba energía. Si hubiera podido tumbarme en posición fetal sobre el hielo, lo habría hecho. Por un momento me cogió la cara con una mano, antes de subir la otra y cubrirme la frente, y soltó entre dientes una sarta tan creativa de palabrotas en ruso que, cualquier otro día, me habría mostrado impresionada—. Estás ardiendo.

Gruñí ante el frescor de sus manos sobre mí y susurré.

—No jodas.

Ignorando mi comentario sarcástico, me colocó la palma de la mano en el cuello, lo que hizo que me brotase un gemido de los labios. Caray, qué agradable era. Tal vez pudiera quedarme tumbada un minuto sobre el hielo.

—¿Tiene fiebre? —oí débilmente preguntar a la entrenadora Lee antes de dejarme caer con lentitud, de las manos a los codos y, acto seguido, separando estos hasta que me quedé abierta de brazos y piernas sobre el hielo, con la mejilla apoyada en él y las palmas extendidas. Estaba frío de narices, pero la sensación era maravillosa.

Oía a Ivan hablarle a Lee, pero sus palabras sonaban más débiles a cada segundo.

—Dadme un minuto —dije lo más alto que pude, mientras sentía el frío en los labios y me planteaba seriamente lamer el hielo, aunque no lo hice; no estaba tan enferma como para olvidar lo sucias que algunas personas tenían las cuchillas.

Por encima de la cabeza oí algo que sonó parecido a «testaruda». Giré la cabeza al otro lado y, dejando que el frío me besase la mejilla, suspiré. Una siestecita me parecía una idea estupenda; allí mismo, en ese instante.

—No os preocupéis. Cinco minutos, por favor —murmuré anonadada, tratando de llevarme una mano al cuello, pero demasiado cansada incluso para eso.

—Muy bien. Venga, levántate, Jasmine —oí por encima de mi cabeza decir a una voz femenina que, con toda seguridad, pertenecería a la entrenadora Lee.

—No. —Tres minutos. Si tan solo me dejaran cerrar los ojos tres minutos...

Se oyó un suspiro y, entonces, noté algo que tenían que ser unos dedos en uno de mis hombros tirando de mí. No luché ni me moví, pero, de alguna manera, me dieron la vuelta y se lo permití sin más, dejándome caer casi dolorosamente hasta quedar de espaldas, con las luces brillantes del techo obligándome a cerrar los ojos, pues me agudizaban el dolor de cabeza. Tuve que apretar los dientes para no gemir.

—Dos minutos, por favor —susurré, lamiéndome los labios.

—Y una mierda dos minutos —replicó Ivan un momento antes de que algo obligase a mi hombro a elevarse y se introdujera por debajo de mis omóplatos, al tiempo que algo más pasaba por debajo de mis corvas, haciendo lo mismo.

—Solo un minuto, venga. Ahora me levanto, prometido —solté mientras notaba que me izaban. No era que pudiera verlo. Aún tenía los ojos cerrados y probablemente siguiera así mientras las luces me cegaran.

—Sé que hay un termómetro en el cuarto del personal —sonó como si dijera la entrenadora Lee—. Voy por él.

—Te espero en mi habitación —oí responder a Ivan mientras me apartaba del hielo y me acercaba a su pecho.

Ay, Dios. Me llevaba en brazos.

—Bájame. Estoy bien —grazné, sintiéndome de todo menos bien mientras un escalofrío me recorría los brazos y la columna, y me hacía tiritar.

—No —fue lo único que salió de su boca.

—Lo estoy. Puedo acabar el entrenamiento... —acerté a decir mientras la voz se me perdía y cerraba los ojos, pues el dolor de cabeza era cada vez peor, al igual que las ganas de vomitar—. Bájame, Ivan, joder. Voy a vomitar.

—No vas a vomitar —dijo, patinando conmigo en brazos por el movimiento que notaba en mi costado contra su pecho.

—Que sí.

—Te digo que no.

—No quiero vomitarte encima —dije, ahogando a duras penas una arcada mientras el ácido me revolvía el estómago.

—No me importa si lo haces; no te voy a soltar. Así que te aguantas o te lo tragas, Albóndiga —dijo con todo el cariño y la dulzura de mi madre; es decir, ninguno.

La cabeza me percutía.

—Voy a...

—No vas a nada. Aguanta —me exigió ese hombre, mi compañero, acunándome contra su pecho al tiempo que dejaba de patinar y echaba a andar.

—Me sentiré mejor en cuanto vomite —susurré, y el propio sonido de mi voz me irritó, aunque más me irritaba la garganta. Pero no podía enfermar. No teníamos tiempo—. Suéltame y así podremos volver a practicar. Puedo tomarme un paracetamol...

—Hoy ya no vamos a practicar más —me hizo saber con aquella insoportable vocecilla de esnob—, ni mañana tampoco.

Aquello hizo que gruñese al intentar levantar la cabeza, que tenía apoyada en su hombro, y ver que ni siquiera podía hacerlo. Estaba hecha un asco. Madre mía.

—Tenemos que practicar.

—No, no tenemos por qué.

Tragué saliva y me lamí los labios, pero no sentí alivio alguno.

—No podemos tomarnos un tiempo libre.

—Sí que podemos.

—Ivan.

—Jasmine.

—Ivan —básicamente gemí, sin ganas de semejantes movidas. Ni mías ni suyas.

—No vamos a seguir practicando, así que deja de decirlo.

Solo nos quedaba un día. Se suponía que al siguiente, ni más ni menos, empezábamos con la coreografía. Traté de incorporarme, haciendo uso de unos abdominales que habían decidido tomarse unas vacaciones, y... no pude. Por Dios santo, no podía hacer una mierda.

—Dame un minuto y te bajo —suspiró Ivan—. Deja de retorcerte —me ordenó mientras caminaba sin esfuerzo conmigo en brazos, con la respiración firme y sosegada a pesar de llevarme a cuestas.

Iba a culpar al mareo y al agotamiento por hacer lo que me había dicho. Y por dejar apoyada la cabeza en el hueco entre su hombro y su cuello. No me hizo falta rodeárselo con los brazos. Ni en sueños me iba a dejar caer. Aquello no le suponía esfuerzo alguno.

—¿Tu madre está trabajando? —me preguntó con voz queda al cabo de un momento.

—No, se ha ido... de vacaciones a Hawái con Ben —respondí débilmente, apenas consciente de lo deprisa que había empeorado. Un nuevo escalofrío me sacudió todo el cuerpo y empecé a tiritar aún más que antes. Mierda—. Lo siento, Ivan.

—¿Por qué? —me preguntó, inclinando la cabeza para mirarme, por el modo en el que sentí su respiración en la mejilla.

Apreté la frente contra su cuello frío y exhalé, negándome a identificar las arrugas entre sus cejas como exasperación, consciente únicamente de que no dejaba de tiritar.

—Por enfermar. Ha sido culpa mía. Yo nunca enfermo —afirmé mientras una nueva oleada de fuertes escalofríos me bajaba por la columna desde los hombros.

—No pasa nada.

—Sí que pasa. No podemos permitirnos tiempo libre. Tal vez

pueda tomarme algo, echarme una siesta y volvemos a entrenar esta noche —propuse, cada palabra más lenta y arrastrada que la anterior—. Me quedaré el tiempo que quieras.

Por la forma en la que su cuello se movió, debía de estar negando con la cabeza.

—No.

—Lo siento —musité—. De verdad que lo siento.

Ivan no respondió. No me dijo que no pasaba nada. No me dijo que volviera a callarme. Y yo estaba demasiado exhausta para seguir discutiendo.

Enseguida entramos en su habitación del Complejo Lukov y entonces, con toda la dulzura del mundo, me depositó en el sofá para que pudiera tumbarme en él. Yo volvía a tiritar, tenía frío y calor el mismo tiempo, la espalda me dolía aún más que hacía unos pocos segundos. Me tapé la cara con las manos y ahogué un gemido. Así debía de sentirse una cuando se estaba muriendo. No había otra.

—No te estás muriendo, tonta —dijo Ivan un segundo antes de que algo cálido me cayera encima y dos segundos antes de que algo frío me envolviera la frente. ¿Acababa de...?

Sí, me había tapado con una manta y me había puesto una toalla húmeda en la frente.

—Gracias —tuve la claridad mental de decir allí tumbada, sabiendo que debería pensar en lo que Ivan acababa de hacer por mí, pero sintiéndome demasiado mal para ello. Más tarde, mucho más tarde podría apreciar lo amable que se estaba mostrando, pero en ese momento me sentía como si la cabeza me fuera a explotar.

Ivan no respondió, pero oí algunos ruidos de fondo y un poco después, puede que segundos, puede que minutos, noté un movimiento a mis pies. Al cabo de unos instantes, uno de mis patines se desprendió de mi pie y luego el otro. No le pedí que tuviera cuidado con ellos. No dije nada.

—Siéntate, Albóndiga —me ordenó. Era obvio que no se sentía tan mal por mí como para no llamármelo.

Lo hice, o al menos traté de sentarme, pero mi cuerpo no funcionaba. Me hacían falta varias cosas: descanso, una siesta, una buena vomitona, algo de paracetamol, un baño frío y luego otro caliente. Todo ello sin un orden particular.

Ivan emitió algún tipo de ruido que pareció un resoplido antes de que su mano se deslizarse hasta mi nuca y me levantase la cabeza. Entonces se sentó en el sofá y la depositó... sobre su muslo.

—Bébete esto —ordenó al tiempo que algo duro y suave tocaba mi labio inferior.

Abrí un ojo y vi que me sostenía un vaso contra la boca. Lo alcancé con las manos, débilmente, muy débilmente, y se lo quité de las suyas, porque una cosa era apoyar la cabeza en su regazo y otra dejar que me diera de beber agua. Tomé un sorbo y luego otro, y tras cada uno de ellos la garganta se me cerraba en protesta por lo irritada que estaba.

—Trágate esto también —dijo después, con dos pastillas blancas en la mano.

Me quedé mirando aquel rostro bello y estúpido. Él puso los ojos en blanco.

—No es arsénico.

Yo seguí mirándolo.

—No voy a envenenarte hasta pasados los mundiales, ¿vale? —añadió, aunque no sonó ni por asomo tan petulante como de costumbre.

Cerrando ambos ojos a un tiempo, de un modo que esperaba que interpretase como «vale», abrí la boca y permití que me pusiese las dos pastillas en la lengua, que ingerí con tres dolorosos sorbos de agua. Luego dejé caer la cabeza sobre su muslo y cerré los ojos.

—Gracias —murmuré.

Oí con claridad el «mmm» que se produjo a modo de respuesta. Lo que debían de ser dedos me tocaron el pelo y empezaron a moverse por mi cabeza; suaves, muy suaves... hasta que comenzaron a darme tirones.

—Ay —siseé al tiempo que abría un ojo y descubría a Ivan inclinado sobre mí y mirándome con expresión frustrada mientras me tiraba otra vez del pelo.

—¿Qué es esto? —preguntó, dando un nuevo tirón.

Me estremecí cuando volvió a hacerlo.

—¿Un coletero?

A pesar del tirón, aquella vez no me arrancó demasiados pelos. Solo unos cien.

—Está muy apretado.

—No fastidies —respondí con voz ronca, aunque no sé si me oyó siquiera.

Puso cara rara y me dio un último tirón del pelo antes de sacarme la goma, acompañada de otros doscientos pelos, y sostenerla con aire victorioso.

—¿Cómo no te duele la cabeza al usar esto? —preguntó, contemplando el elástico negro como si fuera alguna movida loquísima que jamás hubiera visto.

¿Cómo es que no le había visto el coletero a las mujeres con las que había patinado en todos estos años? En fin, ya me lo plantearía más tarde.

—A veces sí me duele —le susurré—. Pero no es que tenga alternativa.

Frunció el ceño ante mi explicación y dejó caer la mano, haciendo que el coletero desapareciese, un momento antes de que esta regresase, vacía. Cerré los ojos una vez más y sentí cómo sus dedos volvían a mi pelo y empezaban a acariciármelo, apartándomelo de la cara y extendiéndolo sobre lo que tenía que ser su regazo. Era agradable notar su muslo bajo mi cabeza y sus dedos en mi pelo, y no pude evitar suspirar mientras lo hacía.

Puede que me durmiera, pero lo siguiente que noté fue que algo me rozaba los labios y, al abrir los ojos, descubrí que seguía con la cabeza apoyada sobre Ivan y que su manaza me sostenía un termómetro delante de la cara. Enarcó las cejas con expectación, por lo que abrí la boca y dejé que introdujese el palito azul, tras lo cual cerré los labios.

—Tiene que verla un médico —afirmó Ivan, mirando hacia donde se encontraba sentada la entrenadora Lee..., que era encima de la mesita del café, con una expresión preocupada en el rostro. No la había oído entrar. Entonces procesé la palabra que Ivan había usado: médico.

—Estoy de acuerdo —respondió nuestra entrenadora, con la mano ya en el bolsillo para sacar el teléfono móvil—. Voy a llamar a la doctora Deng y luego a los Simmon para cambiar nuestro calendario.

Ivan bajó la vista y me miró con severidad.

—No digas que lo sientes. —Entonces, antes de que pudiera articular palabra, le dijo a la otra mujer—. Dile que es urgente. La llevaré en cuanto tenga hueco. Y dile a los Simmon que se dejen el calendario abierto. Me aseguraré de que su disponibilidad se vea compensada.

Lee asintió mientras se sacaba el teléfono y empezaba a toquetear la pantalla. Entretanto, yo negaba con la cabeza, esperando a que el termómetro pitase para poder hablar. Cuando finalmente lo hizo, la entrenadora estaba en espera. En la pantalla se leía 39,8. Fantástico.

—Nada de médicos —les dije a ambos cuando Ivan me quitó el termómetro de la mano para echar un vistazo al resultado. Sus ojos azules se volvieron hacia mí durante dos segundos antes de regresar al instrumento—. Ivan, nada de médicos.

—Vas ir a la médica —me hizo saber, su rostro tenso al descubrir la cifra que aparecía en la pantalla, antes de decirle a Lee—: Dile que tiene casi cuarenta de fiebre.

Me lamí los labios en vano y alcé la vista hacia él, con ganas de quitarme la manta de una patada, pero también de subírmela hasta el cuello por la mezcla de frío y calor que sentía.

—Nada de médicos. —Tragué saliva, cerré los ojos un instante y añadí—: Por favor.

Ivan, que me acariciaba el cabello suelto con la mano, bajó la vista.

—¿Quieres sentirte mejor o no?

Traté de mirarlo mal, pero no conseguí que la cara me respondiese.

—No, me encanta sentirme como la mierda, perderme el entrenamiento y fastidiarlo todo.

Sus cejas se alzaron como diciendo: «No me digas».

—Olvídalo. Claro que vas a ir a la médica. Necesitas medicinas y las necesitas cuanto antes. —Frunció los labios un momento antes de añadir—: Así podremos ponernos con la coreografía en cuanto estés lista.

Qué cabrón. Sabía exactamente cómo dar en la tecla, jo.

—Mira, solo necesito descansar hoy. Mañana...

—Nos vamos a tomar el día libre. —Me miró con incredulidad—. ¿Por qué no quieres ir a la médica? —Achicó los ojos—. Te juro que como sea por miedo a las agujas...

Lancé un gemido y comencé a negar con la cabeza antes de detenerme cuando el dolor me provocó náuseas.

—No tengo miedo a las agujas, ¿quién te crees que soy? ¿Tú? —susurré.

La entrenadora Lee hablaba en voz baja por teléfono, pero ninguno de los dos le prestábamos atención.

—Muy bien. Vas a ir a la médica.

Cerré los ojos y le dije la verdad, porque al final acabaría averiguándola y no estaba de humor para aguantarle chorradas.

—No tengo seguro. Ahora mismo no me puedo permitir una consulta. En serio, estaré bien. Dame solo un día. Se me pasará. Mi sistema inmune normalmente es estupendo.

Los labios de Ivan se movieron. Sus ojos se cerraron un instante. Levantó la vista y luego volvió a bajarla antes de negar con la cabeza. Su voz se elevó, ya no era un murmullo.

—Qué cabezota eres…

—Que te den —susurré.

—Que te den a ti —siseó Ivan—. Yo pagaré la consulta y las medicinas. No seas idiota.

Cerré la boca y me tragué el dolor de la garganta y la punzada en el pecho por la palabra que había elegido.

—No soy idiota. Llámame lo que quieras menos idiota.

O decidió ignorarme o simplemente no le importaba.

—Eres una idiota y vamos a ir a la médica. No dejes que el orgullo te impida ponerte bien.

Me sentía tan mal que ni siquiera se lo discutí. Tenía razón, por desgracia. Simplemente cerré los ojos y dije:

—Vale, pero te lo devolveré. —Tragué saliva—. Puede que tarde un año.

Ivan murmuró algo entre dientes que no sonó demasiado amable, pero la palma de su mano siguió acariciándome el cabello, deslizándose por los mechones como si lo último que quisiera fuese hacerme daño. Para variar. Era agradable.

—Pueden verla a mediodía —dijo al cabo la entrenadora Lee—. Entretanto, tenemos que reducirle la fiebre. ¿Ya le has administrado un analgésico?

—Sí —respondió el hombre sobre cuyo muslo tenía apoyada la cabeza.

Se susurraron algunas palabras más entre ellos, palabras demasiado bajas como para que me importasen mientras me planteaba pagarle a Ivan para que siguiera acariciándome el pelo con los dedos, cuando noté una caricia en la mejilla.

—¿Mmm?

—Hora de levantarse —susurró Ivan—. Necesitas una ducha.

¿Levantarme?

—No, gracias.

—No te lo estoy pidiendo —me advirtió tras una breve pausa—. Levántate.

—No quiero —lloriqueé.

—Vale —accedió con demasiada facilidad—. Entonces te llevaré en brazos.

—No, gracias.

Su mano me acarició la cabeza antes de agarrar una esquina de la toalla que tenía sobre la frente, despegármela y pasarme los dedos sobre la piel con aquellas manos que tan bien conocía y que jamás me habían tratado con tanta delicadeza.

—Sé que no quieres y sé que te encuentras mal, pero tienes que levantarte, pequeño puercoespín. Hay que bajarte la temperatura. —Su voz sonó queda al decirlo.

Solté un gruñido e ignoré el apelativo animal.

Ivan suspiró, sin dejar de acariciarme el cabello.

—Venga. Hazlo por mí.

—No.

Soltó una risita y volvió a acariciarme.

—Quién habría pensado que te comportases como una cría cuando estás enferma —dijo con tono divertido, aunque tampoco lo podría asegurar, porque estaba demasiado ocupada tratando de ignorar lo fatal que me sentía.

—Ajá —concedí, porque mamá siempre decía lo mismo: «Menuda llorica estás hecha». Yo no solía ponerme enferma. Tampoco trataba de llamar la atención... aun cuando me la prestara. Además, siempre estaba más preocupada por mi hermana que por mí si alguna pillaba un resfriado o tosía, y nunca me había importado.

—¿Vas a levantarte? —preguntó, mientras me posaba la palma sobre la frente y soltaba un siseo; no estaba tan enferma como para no saber que eso indicaba que estaba ardiendo.

—No —repetí, poniéndome de lado, de modo que mi mejilla quedó tocando su muslo y mi nariz apuntando a su cadera. Tenía su entrepierna justo delante, pero bien podría haber tenido la chorra fuera, que no me habría importado.

—¿No te vas a levantar tú sola?

—No.

Se produjo una pausa y se oyó un sonido definitivamente divertido.

—Si insistes... —concluyó.

E insistía, claro que insistía, sobre todo cuando un nuevo escalofrío me sacudió el cuerpo entero y la espalda me dolía de un modo que solo había experimentado tras una mala temporada o una enfermedad de verdad. No iba a levantarme.

Pero Ivan tenía otros planes. Planes que implicaban quitarse de debajo de mí mientras yo gruñía a modo de protesta por perder la almohada más incómoda en la que jamás hubiera posado la cabeza, pero a caballo regalado..., así que estaba más que dispuesta a quedarme con aquel muslo duro. Planes que continuaron con el deslizamiento de un par de brazos por los mismos puntos donde habían estado minutos antes: bajo mis omóplatos y las corvas. Entonces Ivan me izó y echó a andar, cada uno de sus pasos firmes y equilibrados. Y no protesté. Ni un poquitín.

Quizá más tarde me avergonzaría por no haber intentado siquiera ayudarlo a aliviar la carga de mi peso; simplemente me dejé llevar, como un niño pequeño a la cama después de un largo viaje en coche, con la cabeza apoyada sobre su hombro y sin parar de tiritar. Podría haber ido andando, por supuesto que podría haberlo hecho. Pero no me salió de los ovarios. No cuando él estaba tan dispuesto a hacerlo por mí. Además, notar aquel cuerpo duro y cálido contra el mío me hacía sentir un poco mejor.

En menos que canta un gallo abrió una puerta que hasta entonces no había visto y que daba a un cuarto de baño. No era nada del otro mundo, solo una ducha con un lavabo y un retrete. Ivan se acuclilló y me dejó lentamente en pie, a pesar de lo cual me dio vértigo y me mareé.

—Necesitas una ducha fría —dijo mientras me estabilizaba rodeándome los hombros con el brazo.

—Aghhh —murmuré, cerrando los ojos.

Tenía razón. De las pocas veces en las que había visto a otras personas con fiebre alta, sabía lo peligrosa que podía ser. No me hacía falta perder más materia gris. Un nuevo escalofrío recorrió todo mi cuerpo, lo que hizo que Ivan me soltase y me rodease para accionar el mando de la ducha.

—Venga —me urgió.

Traté de levantar los brazos, pero los dejé caer cuando apenas logré que se despegasen un par de centímetros del cuerpo. Joder. Me encontraba más agotada de lo que recordaba haber estado nunca.

Mientras tragaba saliva, abrí los ojos y pensé: «A la mierda. Me meto vestida entera». Tenía una muda en la bolsa de deporte. Lee o Ivan me la podían acercar. Imitando a la perfección a cada uno de los miembros de mi familia el día de Navidad, avancé tambaleante y con los ojos entrecerrados, porque la luz del techo era tan brillante que me cegaba.

Pero a dos pasos de meterme en la ducha con los calcetines puestos, el brazo de Ivan se alzó hasta quedar paralelo al suelo y me impidió seguir adelante.

—¿Qué haces? —preguntó.

Levanté la vista hacia él.

—¿Meterme en la ducha?

—Estás vestida.

—No tengo energía para desnudarme —dije con voz ronca.

No se me escapó la forma en la que puso los ojos en blanco.

—Yo te ayudaré.

—Vale —susurré, sin querer pensármelo demasiado, ¿por qué iba a hacerlo? Me pasaba el día entero con sus manos tocándome por todas partes; ya me había visto básicamente desnuda, me había visto a medio vestir y me había visto con ropa ceñidísima. Habíamos cruzado el límite de la vergüenza.

Titubeó un instante... y luego esbozó una sonrisa. Dio un paso a un lado hasta quedarse frente a mí con aquella sonrisa minúscula y divertida en el rostro, y alcanzó el dobladillo de mi camiseta. Antes de que ninguno de los dos se lo pensase dos veces, tiró de ella y me la sacó por la cabeza.

A diferencia de otras chicas a las que conocía en el mundo del patinaje artístico y que no tenían pecho, yo siempre llevaba sujetador deportivo. Me gustaba tener soporte. No quería que las tetas me bailaran por todas partes cuando estaba boca abajo, aunque casi no hubiera nada que bailara. Y si a Ivan lo sorprendió que llevase sostén bajo la ropa, no se le notó en la cara. También es cierto que, si lo sorprendió, como yo apenas tenía los ojos abiertos, quizá me lo perdí.

El caso es que sus manos continuaron descendiendo hasta llegar a la cinturilla de mis medias e, hincando una rodilla, me las bajó por las piernas y me las quitó. Cuando estaba a punto de tratar de sacarme los calcetines finos, que aún llevaba puestos, con las puntas de los pies, Ivan me levantó una de las piernas con una mano y con la otra me los quitó junto con las vendas que me había colocado esa mañana, rozándome el puente con la yema del pulgar antes de bajar el pie y hacer lo mismo con la otra pierna. Repitió el movimiento, si la vista no me engañaba, con los ojos detenidos en mis dedos de los pies y, si hubiera tenido energía suficiente, los habría agitado con su esmalte rosa de brillantina. El hecho de que alzase la mirada y me sonriese me dejó algo descolocada, pero no me paré a pensar en ello. El estómago se me encogió y apenas conseguí no vomitar el desayuno que me había obligado a tomar por la mañana. Ivan sonrió con picardía antes de darme un apretón en el talón y dejar el pie en el suelo.

—Adentro, campeona.

Estaba como un tronco cuando algo —o alguien— me golpeó la frente. Con fuerza. Entonces ese algo —o alguien—, me golpeó tres veces más seguidas. El hecho de que hubiera cierto ritmo en los golpes fue lo que hizo que abriera los ojos.

Alguien estaba golpeándome en la frente como si llamase a una puerta. Y ese alguien era Ivan. Ivan, que se cernía sobre mí con el puño cerrado a un par de centímetros de mi cara. Sonreía con gesto burlón. Y me sonreía a mí.

—Despierta, mono de *Estallido*. Es hora de tomarte tu paracetamol.

Parpadeé antes de levantar la vista al techo a su espalda, tratando de recordar qué puñetas sucedía. Fue entonces, mientras me lo preguntaba, cuando la cabeza me hizo saber que aún me dolía. Y mucho. Me estremecí, lo que me trajo a la memoria que había tenido fiebre y que muy probablemente todavía la tenía, si es que el escalofrío que me había recorrido el cuerpo era signo de algo.

Estaba enferma. La médica había dicho que era un virus. Ivan me había llevado a la consulta y después a la farmacia, donde me había quedado en el coche, temblando de frío y de calor, para comprar un frasco de paracetamol, porque no me acordaba de cuánto tenía en casa. Luego me había llevado hasta allí, hasta una casa vacía, porque mi madre y Ben estaban disfrutando de la playa y haciendo cosas que a mí también me encantaría hacer.

En cambio, me encontraba en mi habitación, bajo las mantas, mientras alguien se lo pasaba bomba usando mi frente a modo de bongo.

—¿Qué hora es? —pregunté, tratando de alzarme y apoyar la espalda en el cabecero mientras pestañeaba, sin darme casi cuenta de lo áspera y ronca que me sonaba la voz. Estaba incluso peor que antes.

—Hora de tomarte un paracetamol —respondió Ivan, agitando el puño que había usado para golpearme la frente.

Gruñí e intenté ponerme de lado para seguir durmiendo, pero me agarró del hombro y me devolvió a la posición en la que estaba.

—Dos más y luego puedes volver a dormirte —trató de negociar conmigo.

—No.

Aquellos ojos como glaciares me miraron fijamente, a pesar de que su semblante se veía más feliz de lo que jamás lo hubiera visto. Su voz, no obstante, no parecía tener ganas de fiesta.

—Tómate las pastillas, Jasmine.

Cerré los ojos y gemí por lo mucho que me dolían la espalda y los hombros.

—No.

Podía notarle en los hombros el suspiro que estaba soltando.

—Tómate las dichosas pastillas. Todavía no te ha bajado la fiebre —me ordenó sin dejar de sujetarme el hombro, pues sabía de sobra que en cuanto tuviera la oportunidad, trataría de darme la vuelta otra vez. Buah, ¿tan predecible era?

—Me duele la garganta —susurré como excusa.

Ivan volvió a suspirar y a agitar el puño.

—No voy a comprarte paracetamol infantil. Tómate las pastillas.

Cerré un ojo y dejé el otro abierto.

—No quiero —musité.

Habría jurado por mi vida que Ivan sonrió tan rápido que no duró un abrir y cerrar de ojos. Volvía a estar normal. Volvía a mostrarse mandón por mi propio bien.

—Las necesitas —me recordó, mientras yo me limitaba a observarlo con mi ojo abierto—. ¿No?

—No —dije con voz apenas audible.

El mentón le tembló y sus ojos se entrecerraron.

—Ya me advirtió tu madre que eras un tormento cuando estás enferma.

No me sorprendió que hubiera dicho precisamente eso. Era una puñetera quejica cuando estaba mala, eso era cierto. Así que no me molesté en gastar palabras y garganta en darle la razón. Lo que sí que me sorprendió fue que... ¿cuándo demonios había hablado con mi madre? Y justo cuando me lo estaba preguntando, decidí que no me importaba una mierda. Entonces caí en la cuenta.

—Se me olvidó llamar a...

—Tu madre llamó a tu jefe para avisarlo —me interrumpió—. Ahora tómate las pastillas.

—No.

—Si quieres que juguemos, jugamos —respondió con toda tranquilidad, lo que me hizo preguntarme si acababa de cagarla. Pero él siguió—. Te las vas a tomar sí o sí.

Tragué saliva y apreté los ojos por el dolor que me provocó la acción. El modo en el que Ivan parpadeó me puso en alerta al instante. Entonces sus palabras confirmaron mi preocupación.

—O te las tomas o hago que te las tomes —me advirtió con voz queda.

Joder.

—Capullo —murmuré.

Me sonrió de oreja a oreja, pero tal cual, perfectamente consciente de que ambos sabíamos que la amenaza no era baladí. Para nada.

—¿Estás lista?

Abrí la boca y le lancé la mirada más asesina de que era capaz cuando básicamente parecía un polluelo mientras veía como movía la mano por delante de mi cara y me ponía las pastillas en la boca antes de alcanzarme un vaso de agua. Tres sorbos después, me tragaba la medicina y le devolvía el vaso. Ivan lo cogió y lo dejó en la mesilla antes de volverse hacia mí desde donde había permanecido sentado todo el tiempo, en el borde de mi cama.

—¿Te encuentras algo mejor?

—Un poco —susurré, porque así era. Solo un poco. La cabeza no me dolía tanto y, aunque sabía que tenía fiebre, estaba segura de que algo sí me había bajado. Al menos eso era lo que esperaba. Tenía que ponerme mejor cuanto antes. Eso no lo había olvidado.

Ivan me dedicó una sonrisa microscópica mientras sus dedos volvían a mi frente y la tocaban con el dorso con toda la delicadeza del mundo.

—Te ha bajado la fiebre. Cuando te tomé la temperatura hace una hora, tenías 38,8.

¿Me había tomado la temperatura hacía una hora? Joder, ni me había enterado.

Ivan movió la mano y me tocó la mejilla con las puntas de los dedos fríos.

—¿Quieres otra toalla húmeda en la frente?

—No —respondí antes de añadir—, gracias.

Eso hizo que esbozase una nueva sonrisa.

—¿Quieres algo?

—Estar mejor.

—Estarás mejor mañana.

—Más me vale.

Puso en blanco aquellos ojos azul claro.

—No hace falta, pero lo estarás —afirmó, deslizando la cadera para afianzar su posición en la cama—. Abajo te espera un poco de sopa.

No pude evitar que el ceño se me frunciera.

—¿La has preparado tú?

—No me mires como si tratase de envenenarte. Si hubiera querido, ya lo habría hecho. —Me rozó la frente con la punta del dedo—. La ha traído el marido de tu hermano.

Ahí sí que sonreí de verdad, al pensar en el dulce y maravilloso James.

—Prepara la mejor sopa.

—Olía bien. Quería verte, pero estabas durmiendo.

Tiré del edredón para taparme y mis músculos protestaron por ese solo movimiento, pero de algún modo conseguí subirlo los cinco centímetros necesarios para que me llegase a la barbilla.

—Es el mejor.

Ivan me miró con incredulidad.

—¿Crees que alguien es el mejor?

—Lo es —dije—. Mi madre también. Igual que mi hermana Ruby. Mi hermana Tali lo es cuando no anda con problemas de chicas. —Cavilé y volví a tragar saliva—. Lee también mola. Y mis hermanos, supongo. Aaron es genial. También podemos añadirlo a la lista.

Ivan emitió un ruido y se adentró aún más en la cama. Lo miré y me aparté a un lado para dejarle espacio, preguntándome qué leches hacía. Su mano aterrizó en el lugar del edredón bajo el cual se encontraba mi codo.

—¿Y tu padre? —preguntó casi dudoso (lo cual no le pegaba nada).

Cómo de mal debía de estar que ni siquiera sentí enfado ante la mención. Ni decepción, que también tenía lo suyo. Aun así, le dije la verdad.

—Para mí no.

Apenas había pronunciado las palabras cuando sus ojos se desviaron hacia mí. No obstante, no me preguntó por qué lo pensaba, lo que fue todo un alivio. Era la última persona con la que querría hablar de ello. Y si no la última, una de las tres últimas. De las cuatro, segurísimo.

—¿Hay alguien más en esa lista? —me preguntó al cabo de un segundo incómodo, en el que había estado pensando en mi padre.

—No.

—Yo he ganado dos medallas de oro. —No se me escapó la miradita que me lanzó antes de mencionarlo.

—No me digas —murmuré con sarcasmo mientras veía como seguía deslizándose sobre el colchón hasta que su costado derecho quedó junto a mí.

—Pues sí —respondió igualmente sarcástico—. No una, dos. Y varios campeonatos mundiales también.

—¿Y eso que tiene que ver con nada? —pregunté con voz ronca, mi garganta exigiendo agua, mientras él empezaba a echarse hacia atrás hasta que su columna vertebral tocó el cabecero, igual que había hecho la mía.

Ivan levantó las piernas en el aire, se quitó una elegante bota de cuero negra tras otra y dejó que cayeran al suelo con un golpe sordo.

—Hay quien piensa que soy el mejor.

—¿Quién? —me reí débilmente mientras lo veía acomodar las piernas en la cama, cruzando un tobillo sobre otro y mostrándome los calcetines de rayas rosas y moradas que llevaba puestos.

Giró el tronco lo suficiente para poder mirarme, con la barbilla pegada a su pecho cubierto con una camiseta.

—Un montón de gente.

Ahogué un suspiro, pero me arrepentí al instante, porque hizo que me doliera la garganta.

—A ver… Supongo que molas bastante.

Sus cejas como el ébano salieron disparadas hacia arriba.

—¿Que lo supones?

—Lo supongo, sí. Patinas bastante bien y hoy has sido muy amable conmigo. O ayer. No sé ni qué día es —farfullé—. También puedo meterte en la lista si vas a ponerte pesadito.

—No suenas demasiado ilusionada.

Me reí, aunque me estremecí de dolor al hacerlo, y observé aquel cuerpo esbelto que tenía al lado: aquellos dedos entrelazados sobre el pecho que me habían acariciado el cabello cuando peor me sentía. Y, sin darme cuenta, me deslicé hasta quedar pegada a él, con ganas de sentir nuevamente su tacto, de sentir su afecto, hasta alinear nuestras caderas y dejar que mis piernas descansasen contra las suyas, aunque me encontrara bajo las mantas. Tragué saliva, segura, en algún lugar de mi interior, de que no se burlaría de mí por querer sentirlo más cerca, y ladeé la cabeza hasta apoyarla en su hombro. Cualquier hora del día de los últimos dos meses habíamos estado más cerca que en ese momento. No quería decir nada, me dije. Absolutamente nada. Y eso era lo que iba a seguir repitiéndome por mucho que supiera que jamás de los jamases había hecho nada parecido con el imbécil de Paul.

—Eres el mejor —le dije, en tono tan débil como me sentía— patinando en parejas.

Algo aterrizó suavemente sobre mí mientras se reía, y supuse que me había apoyado la barbilla o la mejilla en lo alto de la cabeza.

—Gracias por asegurarte de aclararlo.

Volví a reírme, y el dolor mereció completamente la pena.

—Hasta ahora has sido un buen amigo, pero la verdad es que solo tengo a tu hermana para comparar.

—Mmm —suspiró al tiempo que cambiaba de posición junto a mí y, de forma inesperada, deslizaba el brazo por encima de mi hombro. No es que fuera a quejarme. Era cálido y pesado, y me gustaba cómo me hacía sentir: protegida, segura. Me gustaba un montón—. Eso es cierto.

—Solía dejarme su ropa antes de que creciera veinte centímetros y me dejara atrás. Pero no puede cogerme en brazos como haces tú.

Se rio con suavidad mientras me daba la razón.

—Eso es verdad, Albóndiga, y yo soy más agradable a la vista.

No pude evitar una carcajada desdeñosa de la que me arrepentí al instante.

—Pero qué insoportable eres.

—No paras de repetírmelo.

Sonreí contra su hombro y la exhalación que oí me dijo que, con toda probabilidad, él estaba haciendo exactamente lo mismo.

—No tienes por qué quedarte, ¿sabes?

—Lo sé. Tu madre me ha dicho que, hasta su regreso, tus hermanas o tus hermanos podían venir a ver cómo andaba la gruñona de la familia.

Puse una mueca.

—Que Tali me arroje desde la puerta galletitas saladas y Gatorade es lo que ella considera cuidarme. Prefiero estar sola.

—Nada de Gatorade ni de galletitas. Es lo último que necesitas —dijo—. El azúcar y los hidratos inútiles no van a ayudarte. —Nadie como Ivan para juzgar cada gramo de alimento que entrase por mi boca—. Si es eso lo que va a pasar si me voy, ahora sí que no puedo dejarte sola —susurró. Me reí por lo bajo—. No me importa quedarme un poco más, pero luego tengo que pasar por casa, al menos una hora.

En algún lugar en el fondo de la mente, registré que tenía que irse para hacer algo. Igual que había pasado cuando se había quedado conmigo a cuidar a Jessie y a Benny, e igual que había hecho cuando cenamos en casa de mamá. Pero no quería preguntarme ni darle demasiadas vueltas a dónde o por qué tenía que marcharse. Estaba demasiado cansada.

—Si quieres, puedes irte ya.

—No, son solo las cinco, Albóndiga —respondió—. Tenemos varias horas. Está bien.

—Estoy segura de que tienes cosas mejores que hacer.

El brazo que se cernía sobre mi hombro descendió y la mano de Ivan me lo rodeó antes de subir y bajar por mi brazo, acariciándomelo.

—Calla y vuelve a dormirte, ¿vale?

¿Dormir? Sonaba maravilloso. Joder, absolutamente maravilloso. Sin contradecirlo, cerré los ojos y, tras oler la colonia ligera que se ponía cada día sin excepción, pregunté:

—¿Esto lo haces con todas tus compañeras? ¿O solo con las que estás obligado a permanecer un año?

Bajo mi mejilla, su cuerpo se tensó y permaneció así, aunque respondió:

—Cierra la boca de una vez y duérmete, ¿eh?

Deslicé la palma de la mano lo suficiente para que quedase apoyada directamente sobre la superficie sólida y plana que constituían sus abdominales. Se los había visto de reojo cientos de veces, un poco por aquí y un poco por allá, cuando se quitaba la sudadera o se estiraba o se rascaba el estómago..., pero nunca se los había tocado. Nunca salvo algún roce accidental. Estaban tan duros como aparentaban.

—De verdad que no tienes por qué quedarte —repetí mientras notaba cómo el cansancio me pesaba en los ojos, tratando de darle una oportunidad de escapar.

Ivan suspiró y noté que negaba con la cabeza.

—Nadie va a cuidar de ti tan bien como yo.

Ahí tenía razón, ¿verdad? Cuanto antes me recuperase, mejor para él. Mejor para los dos. Si sentí una punzada de decepción en el vientre, no le hice caso. No importaba. En ese momento estaba ahí, haciendo lo que nadie más había querido.

—Antes de que vuelvas a quedarte dormida, ¿dónde está el mando a distancia? —preguntó.

Alargué la mano a ciegas por detrás de mí y agarré el mando que estaba en la otra mesilla antes de dejarlo sobre su estómago.

Entonces caí rendida.

Más tarde, algo cálido me rozó la boca y juraría haber oído a alguien susurrarme: «Bébetelo, cariño».

Así que me lo bebí todo. Lo que demonios fuera.

En un momento dado me desperté con la sensación de tener la cabeza sobre algo duro y abrí los ojos lo suficiente para vislumbrar que la tenía apoyada en un regazo, el brazo extendido sobre unas rodillas. El televisor estaba encendido con el sonido bajo y la colcha de la que había escapado estaba arrugada al pie de la cama.

Sudaba. Tenía calor. No obstante, de algún modo conseguí volver a conciliar el sueño.

—Jasmine —me susurró una voz conocida al oído, mientras me acariciaba el cabello y luego el brazo—, tengo que irme a casa.

Estaba hecha una mierda.

—Vale —murmuré. Fue lo único que pude hacer.

La mano de Ivan, tan familiar, me acarició el cabello, el brazo, la muñeca y allí se quedó.

—Tienes el teléfono móvil al lado. Tu madre ha dicho que vendría alguien a echarte un vistazo, pero llámame si necesitas cualquier cosa, ¿entendido?

—Ajá —fue lo único que conseguí articular antes de que sus dedos, o su mano, se retirasen de mi muñeca.

—Volveré por la mañana —dijo al tiempo que algo cálido y húmedo tocaba mi frente con tanta ligereza y brevedad que creí haberlo imaginado.

—Gracias —susurré en mi único momento de claridad, con la garganta reseca.

—Te he dejado agua en las dos mesillas. Bébetela.

Algo más tocó mi frente.

—Vale, Vanya —susurré.

Luego me giré y volví a dormirme.

15

Lo que me despertó fue el toquecito en la frente. El «arriba, dormilona» que vino después hizo que abriera los ojos y los entrecerrase para atisbar el dedo que se cernía sobre mi cara. Sin embargo, fue la sequedad que noté en la garganta y el dolor sordo de la cabeza lo que me obligó a apartar la sábana que me tapaba hasta el cuello. Ni idea de adónde había ido a parar el edredón.

Sentado con medio trasero fuera de la cama y la mano flotando por encima de mi cara estaba un Ivan de aspecto fresco y limpio, con una camiseta azul con la cual parecía que llevase lentillas de colores en los ojos.

—¿Qué quieres? —gemí, irguiéndome en la cama hasta que los omóplatos quedaron apoyados en el cabecero.

Ivan ignoró mis palabras casi groseras y sonrió.

—Vístete. Necesitas una ducha y salir de esta habitación un rato.

Bostecé sin dejar de mirarlo, encogiéndome por el dolor que me atravesaba la garganta, y agarré el vaso casi vacío que descansaba en la mesilla desde que Ivan lo dejara allí la noche anterior. Bebí el agua que quedaba a temperatura ambiente y parpadeé.

—¿Y para eso tenías que despertarme? ¿Para decirme que me duche? —pregunté.

—Y para sacarte de casa.

Pero yo no quería salir de casa. Mucho menos de la cama. Y, sobre todo, no quería ducharme.

La punta de su dedo llegó a mi cara tan rápido que no tuve la oportunidad de apartarme antes de que me diera otro toquecito en la frente.

—En marcha. Lacey no es lo que se dice paciente.

—¿Quién es Lacey?

—Ahora la conocerás. Date prisa. Mientras te preparas, voy a traerte otro vaso de agua. —Ivan se levantó y torció el gesto—. Lávate los dientes también.

Por un segundo me planteé responder a ese comentario arrojándole una larga bocanada de aire, pero no tenía fuerzas… e Ivan había sido amable la mayor parte del tiempo. Desde el día anterior estaba irreconocible. Por una vez, podría guardarme el aliento de enferma, aunque fuera un capullo.

Sin embargo, la cuestión seguía ahí: ¿quién demonios era Lacey y por qué tenía que conocerla? Especialmente estando enferma. Justo cuando me encontraba a punto de abrir la boca para discutírselo, la cabeza me retumbó y me recordó que mi cuerpo estaba compensando con aquel virus todos los meses, y puede que hasta años, que habían pasado desde la última vez que caí enferma. Todo él me decía «que te den» mientras echaba la sábana a un lado y bajaba las piernas por el borde de la cama. No es que los dolores fueran algo nuevo para mí, pero cuando una estaba enferma el cuerpo pasaba por un tipo particular de tortura. Todo, desde las cuencas de los ojos hasta la punta de los pies, me dolía y parecía resentirse con el más mínimo movimiento, por lo que apenas pude reprimir un gruñido mientras me levantaba poco a poco.

Ivan soltó un «mmm», tal vez al verme la cara o percatarse de la rigidez de mis movimientos, pero no dijo nada más. Aquello ya me resultó agotador.

—No me apetece hacer nada.

—No voy a obligarte a hacer nada —replicó Ivan—. Ya te he dicho que necesitas descansar.

Me quedé mirando los vaqueros que llevaba puestos.

—Entonces… ¿adónde vamos?

—A ningún sitio malo —respondió sin que su expresión revelase nada.

Parpadeé con incredulidad.

—¿Confías en…? —Puso cara rara—. No importa. Tú vístete.

Hasta tal punto estaba cansada y hecha polvo que ni siquiera discutí ni le hice más preguntas. Arrastré los pies hasta la cómoda y saqué un sujetador y unas bragas, lo cual me dejó aún más cansada. Cuando miré de soslayo a Ivan, lo encontré aún sentado en mi cama... observándome. Suspiré y volvió a enarcar las cejas.

—Vuelvo en diez minutos —prácticamente gemí, bamboleándome hacia la puerta.

—Si me necesitas, grita. —Se calló un instante antes de añadir—: Ya te he visto dos veces casi desnuda. No es para tanto.

Si hubiera tenido energía, habría reaccionado con indignación, pero no. También le habría hecho una peineta, pero tampoco. Lo único de lo que fui capaz fue de descolgar el albornoz del gancho tras la puerta. Me dirigí a duras penas hasta el cuarto de baño del final del pasillo que había compartido con Ruby cuando vivía en casa. Tardé más de lo habitual en ducharme, pero las puñeteras piernas pinchaban tanto que me obligué a rasurármelas. No tuve fuerzas para aplicarme loción ni nada. Apenas conseguí ponerme unas bragas y el sujetador más cómodo que tenía.

Me envolví en el albornoz y estaba a punto de atarme el cordón cuando mis brazos se rindieron, así que lo sujeté por la cintura y me arrastré de vuelta al dormitorio, preguntándome una vez más quién puñetas sería Lacey y adónde puñetas íbamos a ir.

Casi no me había adentrado un par de pasos en el cuarto..., casi no había visto a Ivan sentado en el borde de la cama junto a mi mesilla..., casi no había reparado en que el cajón superior estaba abierto..., casi no me había dado cuenta de que estaba sujetando unas hojas blancas de papel que bajo ningún concepto debería haber visto y cuya existencia en ningún caso debería haber conocido, cuando de repente Ivan levantó la cabeza y vi, pero perfectamente, que tenía la cara de un color que no era normal.

Entonces se le fue la olla.

—¿Qué demonios es esto? —preguntó, agitando airado los papeles en la mano; tan airado y con tanta fuerza que me sentí muy mal por él. Solo un segundo, sí, pero me sentí mal.

La respiración, que se me había cortado sin que me hubiera dado cuenta, volvió a activarse en mis pulmones.

—¿Qué demonios haces hurgando entre mis cosas? —acerté a sisear.

Que Ivan no me respondiera al instante indicaba lo enfadado que estaba.

Era culpa mía. Sabía que era un cotilla. Y sabía que era un cotilla porque yo también lo era. Pero ¡joder!, esos papeles llevaban años guardados a buen recaudo.

Ivan hizo caso omiso de mi pregunta mientras apretaba las hojas en la mano hasta el punto de casi formar una bola con ellas.

—¿Quién...? ¿Quién...? —balbuceó, otra señal de lo furioso que estaba. Ivan jamás balbuceaba. Nunca se trababa. Y hasta el cuello se le estaba enrojeciendo. Volvió a agitar los papeles—. ¿Quién ha hecho esto?

Tragué saliva.

—*¡¿Quién te ha enviado esta mierda?!*

—Ivan...

Negando con la cabeza, dejó caer la mano con la que sostenía los papeles hasta que el puño le golpeó el muslo, la cabeza ladeada por la ira. Por una ira tal que casi podía paladearla.

—No me vengas con «Ivan». ¿De dónde ha salido esto?

Mierda. Mierda, mierda y requetemierda.

Ni siquiera se me ocurrió hacerme la tonta y fingir que las notas que había escondido en el cajón eran una broma...; mi madre no hurgaba entre mis cosas, esa era una fase de mi vida que ya habíamos superado. Además, conocía a Ivan demasiado bien. Sabía que no iba a dejarlo pasar hasta que le explicase todos los detalles. Y tampoco podía culparlo por ello.

Si yo hubiera encontrado fotografías de hombres desnudos con la cara de Ivan superpuesta en sus cuerpos, con corazones pegados, con flechas apuntando a sus genitales y unidas a palabras como «ÑAM» o «SÍ», me habría reído un minuto... y luego me habría preocupado muchísimo. Joder, joder, joderrr.

—Jasmine.

A Ivan se le estaba yendo de nuevo; el rojo de la cara y el cuello le subía hasta la punta de las orejas. Madre mía, nunca lo había visto tan cabreado. Ni siquiera creía que fuera capaz de ponerse así a menos que estuviera en el hielo y algo hubiera salido mal durante una competición.

Reprimí un suspiro, profundamente arrepentida de haber dado por sentados mis escondrijos y no haber guardado las hojas en el cajón de la ropa interior... o en algún lugar donde fueran más difíciles de encontrar. Las habría tirado a la basura, pero no era tonta; si llegaba a pasar algo, necesitaba pruebas.

Agité las manos con las palmas hacia abajo.

—Cálmate —traté de decirle con mi voz más dulce (que probablemente no fuera todo lo dulce que hacía falta).

Efectivamente, aquello fue lo peor que podía hacer. Ivan volvió a agitar los dichosos papeles.

—¡No me digas que me calme!

Había que joderse.

—¡Tienes un puto acosador, Jasmine! —volvió a gritar, lo que hizo que agradeciese que mamá y Ben no estuvieran en casa.

Me encogí y traté de pensar en qué decir.

—No me ha amenazado… —Fue lo único que me salió.

Ivan echó la cabeza hacia atrás y emitió un ruido que no sabría bien cómo denominar. ¿Un gruñido?

—Pero ¿qué cojones?

Al final me harté.

—¡Que no me grites, joder!

Si las miradas matasen, ya estaría muerta, pero de verdad.

—¡Cómo no te voy a gritar cuando has estado recibiendo cosas como estas! ¿Por qué no me lo contaste?

Venga ya. No estaba de humor para esas mierdas. Nunca, en general, pero mucho menos en ese momento.

—¡No te lo he contado porque no es asunto tuyo!

—¡Tú eres asunto mío! ¡Así que esto es asunto mío!

—¡Claro que no!

—¡Claro que sí!

—¡Te digo que no! Me lleva sucediendo desde antes de que nos emparejáramos.

Y… ahí la jodí. La jodí como siempre la jodía por hablar sin pensar antes. Por sacar la lengua a pasear y dejar que se largase por ahí de fiesta. A Ivan la cara se le puso como un tomate, tal cual. Estaba tan rojo que de verdad me preocupé por su salud.

—Yo te mato —dijo con voz súbitamente grave. Tenía los ojos fuera de las órbitas—. Es que te mato, joder.

Ni siquiera pude bromear al respecto.

—Para ya, ¿vale? No estoy de humor.

Ivan negó con la cabeza y levantó el puño, dejando caer los papeles sobre mi cama perfectamente hecha.

—Me importa una puta mierda que no estés de humor, Jasmine —afirmó y, antes de que pudiera discutirle nada, añadió en un tono que jamás le había oído—: ¿Cuánto tiempo lleva pasándote esto?

Puse los ojos en blanco y me encogí de hombros, enfadadísima conmigo misma por haber sido tan lerda. Ni que no lo supiera. Claro que lo sabía. Debería haberme preparado para lo peor, especialmente con un capullo testarudo e implacable como Ivan.

—Tres años —murmuré, tan cabreada que apenas me salía la voz con el dolor de garganta.

Ivan cerró los ojos azules y abrió la boca, sin dejar de negar con la cabeza.

—Tres años —repitió con voz ronca—. ¿Y cuántos de estos has recibido?

—No quiero hablar de ello.

Un ojo azul como el hielo se abrió y se clavó en mi cara.

—Mala suerte. ¿Cuántos de estos has recibido?

Gruñí, resoplé y, una vez más, eché la cabeza hacia atrás por la frustración. No había escapatoria, ¿verdad? Mierda.

—No lo sé… —Ivan estaba a punto de interrumpirme, pero no se lo permití—. No, en serio. No lo sé. Cuando empecé a recibirlos, los primeros los tiré a la basura. Imagino que… ¿veinte, tal vez? —Más bien treinta, pero ni de broma iba a admitirlo.

Ivan respiraba con tal fuerza que casi no quería ni mirarlo, pero tampoco era una cobarde. Y menos en esa situación.

—¿Tu familia lo sabe? —me preguntó con una voz serena y espeluznante.

¿Podía mentirle? No. El cabrón me conocía demasiado bien.

—Solo sabe de unos cuantos en el pasado —respondí entre dientes.

—¿Eso qué quiere decir? —inquirió, sin quitarme el ojo de encima.

—Dejaron de llegarme cuando borré mis redes sociales —le expliqué, deseando no verme en aquella tesitura—. Saben de unos cuantos de los que recibí antes.

Entonces abrió el otro ojo y me miró fijamente con ambos.

—¿Sigues recibiéndolos?

Aparté la vista al tiempo que me encogía de hombros, con un cabreo de la leche.

—Yo qué sé. Ya no abro mi correo.

No lo abría. No quería distracciones. No quería darle demasiadas vueltas a la situación, así que había decidido jugar a que no me enteraba de nada. Pero eso no lo iba a admitir ante él. Igual que tampoco iba a mencionar los comentarios y mensajes privados que había recibido. Apenas había llegado a esa última conclusión cuando Ivan tensó el mentón.

—¿Y qué pasa con Picturegram y Facebook? ¿Has recibido algo por ahí? —me preguntó.

La madre que me parió. Es probable que se me notase algo en la cara, porque echó la cabeza hacia atrás y la ladeó a derecha e izquierda, sin dejar de respirar con fuerza.

—No...

—¿Dónde tienes el teléfono?

—¿Por qué? —pregunté con incredulidad.

—Quiero ver qué te han enviado.

—No es asunto...

Entonces fue él quien me miró como si no se lo creyera, con la cabeza inclinada hacia mí.

—No acabes esa frase —me dijo lentamente—. Déjame ver tu teléfono. Si no hay nada malo, no será para tanto.

Odiaba cuando tenía razón.

—Déjamelo ver —repitió en un tono de voz que jamás le había oído.

Mierda. No iba a parar hasta que se saliera con la suya. Jo.

—Está en la otra mesilla —murmuré, cabreada conmigo misma—. Pero entonces también quiero ver tu móvil.

No sé por qué demonios aquella frase brotó de mis labios, pero así fue. Ivan volvió a fulminarme con la mirada antes de ponerse en pie, arrojarme su teléfono y gatear sobre mi cama.

—Ya lo he desbloqueado —me dijo con voz airada.

Yo lo miré con expresión parecida, aunque no pudiera verme.

—Mi contraseña es...

—Ya sé cuál es tu contraseña; te he visto introducirla —murmuró mientras agarraba mi teléfono, que descansaba en la otra mesilla.

—Puto acosador.

Eso hizo que Ivan me dirigiera otra mirada asesina, pero mantuvo la boca cerrada mientras se volvía a sentar en el borde de la cama y empezaba a toquetear la pantalla.

A pesar de que tenía su móvil en las manos, me dediqué a observarlo a él. En dos ocasiones se le dibujaron varias líneas en la frente; luego se llevó la mano izquierda a la nuca y la dejó allí. Entonces empezó a respirar con agitación. Ay.

—¿Qué coño es esto? —espetó, con la vista baja.

—Fotopollas, mensajes de imbéciles...

—Este tío se la está meneando.

—No he visto el puto vídeo, Ivan. ¿Has acabado ya? —le siseé.

Se me quedó mirando un momento antes de responder.

—Sí, he acabado. —Su boca rosada se abrió y se cerró. Ivan farfulló algo. Literalmente farfulló. La cara se le puso aún más colorada y entonces dijo—: Recoge tus mierdas. No vas a quedarte aquí esta noche.

Fue mi turno de farfullar.

—¿Cómo?

—Que no te vas a quedar aquí esta noche. O recoges tú o recojo yo por ti. Elige ya.

—Ni de coña vas a recoger nada y ni de coña me voy contigo. Aquí me quedo —le dije.

Ivan parpadeó. Parpadeó con tanta seriedad que hasta me dio miedo lo psicótico que resultaba el movimiento. Juraría que me recordó a Hannibal en *El silencio de los corderos* cuando llevaba aquella máscara que a Ruby le había provocado pesadillas durante meses. Un año después, Sebastian me había comprado una parecida por Halloween después de rogárselo.

—No vas a quedarte aquí sola —afirmó Ivan, sacándome de mis recuerdos—. O vienes conmigo o te vas a casa de uno de tus dos hermanos. Elige. De todas formas, ya ibas a venir a pasar el día en mi casa.

—A mí tú no me mandas. No tienes derecho a...

El muy capullo me cortó.

—O te vienes conmigo o llamo ahora mismo a tus hermanos y les digo por qué no puedes quedarte aquí hasta que vuelva tu madre.

Ahí sí que me quedé boquiabierta. ¿Hasta que volviera mamá? Para eso faltaban dos semanas. Así que eso fue exactamente lo que le dije.

¿Y él qué hizo? Se encogió de hombros, haciendo que el tejido de la camiseta que llevaba se le tensase sobre estos y los brazos.

—Elige, cariño. O tus hermanos o yo.

Pero ¡¿qué demonios?!

—¡No!

—¡Sí!

¿Qué coño estaba pasando?

—¡Que no!

Me miró con una calma terrorífica, casi sin respirar, si es que respiraba, antes de encogerse de hombros.

—Vale.

Entonces levantó mi teléfono y, antes de que me percatase de lo que estaba haciendo, ya era demasiado tarde para arrebatárselo. Aun así, me abalancé contra él.

—¡Ivan! —chillé, poniéndome de puntillas mientras él sostenía el aparato por encima de su cabeza; era tan alto que no lo alcanzaba ni por asomo.

—Tienes tres segundos, pedazo de cabezota. Tres segundos o los llamo. Y como me des una patada en los huevos, los llamo ¡a todos!

Y los llamaría. Vaya que si los llamaría. Idiota, idiota, idiota. ¡Joder!

Apreté los dientes y reprimí el grito que realmente quería soltar.

—Está bien. ¡Está bien! —le espeté. Qué cabrón. Puaj.

—¿Y entonces? —saltó con voz aún más airada que la mía, si lo pensaba bien, aunque no lo hice.

Me guardé el dedo corazón que tantas ganas tenía de enseñarle.

—Contigo, mamón. Me quedaré contigo —gruñí. Ni de broma iba a quedarme con alguno de mis hermanos si podía evitarlo. Eso hizo que volviera a cabrearme de lo lindo—. Esto es una mierda.

Ivan resopló airado.

—Pues sí, es una mierda que me preocupe por ti lo más mínimo. Pero te aguantas y recoges tus cosas, que tienes mucho que explicar mientras haces la maleta. Estoy tan cabreado ahora mismo que no quiero ni mirarte.

Podría haberme opuesto. Bueno, podría haberlo intentado; pero si había algo que había aprendido de la vida en los últimos meses era que Ivan no era de los que incumplían su palabra. Y si había otra cosa que también había aprendido en este tiempo era que, si no accedía a la chorrada con la que me amenazase, probablemente me arrepentiría.

Por suerte para él —y mala suerte para mí—, las dos veces que había pasado la noche en casa de Jonathan y James, había aprendido que las paredes eran muy delgadas. Pero delgadísimas. Y, por lo que se veía, James tenía un pollón. Así que gracias, pero no. Yo quería mucho a mi hermano y a James, pero había cosas en la vida que no deseaba saber. No.

En cuanto a Sebastian, si se enteraba de lo de los mensajes, iba a ser el cuento de nunca acabar. Lidiar con Ivan era una cosa, pero Jojo llamaría a Tali y a Seb, y entonces tendría a tres personas respirándome en el cuello y llamándome gilipollas por guardarme el secreto. No, gracias.

Puestos a elegir, me quedaba con el mal menor... Ivan, que probablemente fuera peor que mis dos hermanos juntos, pero desde luego no iba a ser tan malo como mis hermanos y Tali. Asco de vida.

—Esto es una gilipollez —murmuré.

Mi compañero se encogió de hombros; es que no lo sentía ni un poco.

—Lo que es una gilipollez es que no me hayas contado nada de esto. Haz la maleta, Albóndiga.

—Capullo —susurré en voz lo suficientemente alta como para que lo oyera.

Si lo oyó, y tenía que haberlo oído, no dio muestras de ello. Lo más probable era, sin embargo, que no le importase un bledo. Jo. ¿Y tratar conmigo era así?

Le di la espalda al hombre que tenía de pie junto a la cama y abrí el armario para sacar una de mis bolsas de deporte. Me puse de puntillas y traté de alcanzar alguna, pero no llegaba. Sin volver a mirar a Ivan, salí del dormitorio y fui hasta el armario del pasillo para coger el escabel que había dentro. No obstante, para cuando regresé al dormitorio, la bolsa que había intentado coger ya estaba encima de la cama e Ivan volvía a estar sentado en el colchón, de cara a la pared y con un semblante tan tenso que los huesos de su mandíbula jamás habían resultado más visibles.

Pues muy bien. Si no quería hablarme, por mí perfecto. Tampoco es que yo tuviera ganas de hablar con él. Claro que no me apasionaba la idea de quedarme sola en casa estando enferma —tan tonta no era—, pero ¿tenía que venir él a mangonearme?

Ninguno de los dos abrió la boca mientras cogía prácticamente todo lo que tuviera negro o blanco y lo metía en la bolsa, asegurándome de guardar un uniforme de trabajo, por si acaso. Porque igual que no podía permitirme saltarme ningún entrenamiento, tampoco podía dejar de trabajar. No tardé más de diez minutos en agarrar la ropa y los artículos de aseo y meterlo todo en la bolsa. Entonces cogí otra muda, me la puse y me calcé unas chanclas.

—Lista —murmuré, lanzando un vistazo de reojo a Ivan, quien no se había movido de su sitio en mi cama.

Se levantó y, sin dirigirme aún ni una mirada, salió del cuarto fingiendo no verme. Qué cabrón.

Lo seguí y fui apagando las luces con un suspiro frustrado. El silencio me resultaba extraño con Ivan andando por el sendero adelante mientras yo activaba la alarma y cerraba con llave la puerta delantera. ¿Cómo había sido tan tonta de dejar aquellas mierdas en la mesilla? ¿Y por qué puñetas se había puesto a husmear entre mis cosas? Menuda mierda.

La cabeza volvía a martillearme y las náuseas habían regresado. Me tomé mi tiempo en darme la vuelta y, al hacerlo, suspiré nuevamente mientras buscaba el coche de Ivan. A Ivan lo encontré; lo que no encontré fue su coche, ya que se hallaba al pie de un monovolumen blanco. Parpadeé.

—¿Vienes o vas a ponérmelo difícil otra vez? —preguntó con tonillo prepotente.

Estaba demasiado cansada para hacerle una peineta, pero esperaba que se la imaginase.

—¿Dónde está tu coche?

Deslizó la mano a un lado, hacia el monovolumen, al tiempo que enarcaba las cejas. Yo volví a parpadear. La mano con la que había señalado el vehículo permanecía inmóvil.

—Lo digo en serio.

—Y yo. Es mío. Súbete.

¿Aquella... cosa... era suya? No tenía nada en contra de los monovolúmenes. Mi madre había tenido uno antes de que todos, salvo Rubes y yo, se marcharan de casa, pero... ¿Ivan? ¿Para qué coño quería Ivan un monovolumen? Era imposible que tuviera un hijo. Había dicho con todas sus letras que no sabía ni cómo tratar a los de Ruby. Además, conocía a sus padres desde hacía un montón y sabía que ninguno de ellos tenía un vehículo así. Así que...

—Es para hoy.

Me quedé atónita.

—¿Qué es eso? —pregunté lentamente.

Ivan puso los ojos en blanco y abrió la puerta.

—Es un coche.

—¿De quién?

—Mío —respondió al tiempo que se subía.

—¿Por qué?

—Consume poco —respondió mientras sostenía la puerta abierta—, va pegado al suelo y tiene un porrón de espacio. —Un conato de sonrisa atravesó su semblante antes de desaparecer, como si de repente hubiera recordado que estaba enfadado conmigo—. Y es un Honda. Sube.

No era el único que se había olvidado del enfado.

—¿Es… tuyo?

—Mío, sí —respondió—. Súbete, que no estoy de humor —me ordenó antes de cerrar de un portazo. ¿A santo de qué se había puesto de tan mala uva? En fin…

El monovolumen ronroneó al arrancar y, antes de poder pestañear siquiera, el cristal de la ventanilla del conductor se bajó.

—Es para hoy —repitió Ivan.

Arrugué la nariz y le lancé una mirada asesina mientras observaba el Honda como si fuera una nave espacial desconocida. Justo cuando abrí la boca para decir alguna cosa sobre él que no pudiera ni oír ni rebatir, algo se movió tras la ventanilla trasera y, de buenas a primeras, una cabeza marrón asomó por un lado… y se apoyó en el hombro de Ivan. Dos ojazos pestañearon hacia mí y me quedé otra vez sin palabras. Ivan ni siquiera volvió la vista a la cabeza que tenía encima antes de chasquear los dedos para que me acercase.

—No vamos a correr por ahí en pelotas ni voy a arrojar tu cadáver a una cuneta. Al menos por ahora. Súbete. Hasta Russell está harto. Llevan media hora aquí esperándote.

Abrí la boca, la cerré y, cuando volví a abrirla, solté:

—¿Tienes un perro?

Ivan asintió y la cabeza del animal siguió su movimiento.

—Russell, venga, que no estoy de humor.

¿Quién demonios era esa persona? ¿Qué demonios era esa persona? Ahora resultaba que Ivan no solo tenía un perro, ¿sino también un puñetero monovolumen? Yo solo lo había visto con el Tesla. No con… eso. Ni siquiera estaba segura de haberle visto algún pelo de perro en la ropa. ¿O sí?

—No tenemos todo el día. Súbete antes de que te suba yo y alguien llame a la policía creyendo que te he secuestrado. —Se deslizó las gafas de sol por encima de los ojos con un movimiento entrecortado y cabreadísimo—. Si te subes ahora mismo, me pensaré lo de perdonarte algún día.

Como si entendiera lo que decía Ivan, el perro le lamió la mejilla y me miró con unos ojos que me parecieron cien por cien color avellana dorado. Entonces oí un gañido estridente desde algún lugar del interior del vehículo e Ivan giró el tronco hacia el otro lado para inclinarse hacia la parte trasera.

—Ahora no, Lacey. Ya lo habíamos hablado —dijo. Y, como si no acabase de conversar con lo que podía o no ser un perro pequeño por lo agudo de su ladrido, se volvió hacia mí y enarcó las cejas—. Qué dramática. ¿Lista?

Lista... ¿Estaba lista? Iba a meterme en un monovolumen con él y dos perros. Dos perros cuya existencia desconocía. Con uno de los cuales hablaba como si discutiera con un niño. Ambos con nombres humanos. Lacey. Ya me había advertido sobre Lacey.

No sé qué diría de mí que quisiera montarme en el vehículo a pesar de que mi energía seguía esfumándose por segundos y mi ira parecía oscilar en algún lugar entre medias.

—Voy a contar hasta cuatro antes de bajarme del coche y arrastrarte de las bragas al interior —me amenazó Ivan.

Fruncí la nariz y, sin aceptar del todo que había tomado una decisión, momentos antes de rodear el morro curvado del capó y abrir la puerta del pasajero, le respondí: «Puedes intentarlo, pero no llevo». Lo primero que noté fue el frío del aire acondicionado. Lo segundo, según deslizaba el trasero hasta el asiento de honor, fue que el hocico marrón que había visto encima del hombro de Ivan hacía un momento ahora se cernía sobre el reposacabezas del asiento que yo ocupaba. Realmente tenía los ojos de color avellana. Ay. Y parecía... muy curioso e interesado por mí.

—Hola —susurré, sobre todo porque la garganta me dolía después de haber hablado tan alto y haberle gritado a Ivan.

—No muerde, pero babea —me informó este—. Puedes acariciarlo si quieres.

El perro seguía mirándome a cinco centímetros de distancia, pero Ivan tenía razón: no parecía en absoluto agresivo. Lo que parecía era deseoso de que lo acariciase y, a juzgar por el pum, pum, pum que hacía con el rabo, se moría por ello.

Así que accedí a sus deseos. Levanté la mano con el puño cerrado y dejé que me oliera; cuando el primer acercamiento se resolvió sin problemas, abrí la mano y le acaricié la cabeza despacio, y cuando también reaccionó bien, le pasé la mano por el pelaje suave suavísimo de las orejas. Entonces me lamió y no pude evitar sonreír, a pesar de que me martilleaba la cabeza y me dolía la garganta y me sentía como una imbécil integral por haberme dejado pillar.

Ivan no volvió a articular palabra mientras yo contemplaba a su perro con la que posiblemente sería la sonrisa más grande y estúpida que hubiera lucido en mucho, mucho tiempo.

—Abróchate el cinturón, que no quiero que me multen por tu culpa —dijo al cabo de unos momentos.

Miré una vez más a su perro, Russell, y le acaricié una oreja, luego me acomodé en el asiento y me puse el cinturón. En cuanto el metal sonó al encajar, el mismo gañido que había oído antes de subirme atravesó el vehículo e Ivan gruñó mientras lo ponía en marcha.

—Lacey, por Dios te lo pido, no empieces —dijo por encima del hombro.

Ya iba conduciendo cuando me di la vuelta para echar un vistazo a la segunda fila de asientos, donde me topé de nuevo con Russell antes de moverme y fijarme en la ruidosa pasajera. Lógicamente, Russell estaba de pie en el hueco entre los asientos, pero agazapada en un rincón de la segunda fila... con un arnés rosa enganchado al mosquetón del cinturón de seguridad había una perrita blanca de pelo corto con las orejas en punta y la naricilla chata.

—¿Es una...? —comencé a preguntar cautelosa, como si estuviera en un sueño; si no lo estaba, es que no conocía a Ivan. Pero en absoluto. Todo lo que creía saber sobre él era una puñetera mentira y no tenía nada claro cómo me sentía al respecto—. ¿Es una *bulldog* francesa?

Ya estábamos en la carretera y nos dirigíamos a la autovía más cercana cuando Ivan asintió, con los ojos en el espejo retrovisor.

—Sí, la diva de ahí detrás es Lacey. Está castigada, así que debería haberla dejado en casa, pero no puede compartir el coche con nadie más que con Russ y hoy es su día de paseo.

Acababa de decir que su perra estaba castigada, ¿verdad? Ay, madre. Casi no fui capaz de formular la pregunta de lo confundida que me tenía la doble vida y la doble personalidad que este hombre con quien entrenaba seis días a la semana era capaz de llevar, pero de algún modo lo conseguí.

—¿Por qué está castigada? —prácticamente musité.

—Porque esta mañana se me ha puesto chulita y ha empezado a chinchar a sus hermanas, ha intentado robar comida y, como me he puesto serio con ella, se ha meado en una de las camas —me explicó como si fuera la cosa más normal del mundo.

Yo no sabía ni qué decir. Conque la perra se le había puesto chulita, había empezado a chinchar a sus hermanas, había intentado robar comida y se había hecho pis a modo de venganza. Así, como quien no quería la cosa. No dije nada más porque ¿qué diantres se suponía que iba a decir?

No conocía a este hombre. No lo conocía en absoluto y aquello hizo que me sintiera fatal, aún más hecha polvo de lo que ya estaba. ¿Cómo era posible que no supiera que tenía perros? Y, por lo que había dicho, varios más porque, si no, ¿cómo iba a tener Lacey hermanas? La leche. Realmente no sabía nada de Ivan.

Aunque puede que nadie lo supiera, porque era imposible que las chicas del vestuario se hubieran callado lo de la *frenchie* blanca y repipi si hubieran sabido de su existencia. Madre mía, si lo supieran, los fans ya estarían lanzándole juguetes de perro al acabar cada programa. No lo sabía nadie, ni de coña; pero ahí estaba.

El sonido de un gruñido bajo, de tono agudísimo pero volumen quedo, hizo que volviera la vista hacia el cuerpecillo blanco de la segunda fila de asientos. La perrita ni siquiera me miraba a mí; sinceramente, parecía que fulminase malhumorada el respaldo de Ivan. Pero lo que no conseguía superar era el arnés rosa que le cruzaba el pecho y llevaba fijado con un cinturón de seguridad. Además, juraría que tenía un collar de un color rosa más claro con cristalitos. Al menos me parecía que eran cristalitos.

Entonces miré a Ivan, consciente de que era imposible no decir nada al respecto.

—Tu perrita lleva puesto un cinturón de seguridad —dije, como si no hubiera sido él quien se lo habría abrochado.

Lo único que hizo fue bajar el mentón un centímetro, sin apartar la vista del frente.

—Se mueve demasiado en el coche; no sabe estarse sentada y quieta. —Entonces me miró—. Como alguien que yo me sé.

Hice caso omiso del comentario y volví a observar a la perra. Seguía con la vista clavada en el asiento de Ivan. Se notaban la tensión y el drama que irradiaba. Vaya.

—Tampoco quiero que atraviese el parabrisas si tenemos un accidente —prosiguió, sin fijarse en que yo seguía lanzándole miradas a su perra—. Russ solo se levanta cuando no estoy conduciendo —continuó explicando con toda tranquilidad—; es un buen chico.

Eso hizo que volviese la vista hacia Russ, que en mi opinión podría ser un labrador marrón, aunque no estaba cien por cien segura. En ese momento se hallaba tumbado en el suelo entre los asientos, con la cabeza apoyada en las patas delanteras. Su rabo hacía pum, pum.

—No he visto señales de que haya ningún perro en tu casa —comentó de pronto Ivan.

Volví a sentarme derecha y miré por la ventanilla.

—No; mi madre les tiene alergia. —Y entonces, sin querer, añadí—: Mi hermana tenía uno.

—¿Cuál? ¿La pelirroja o Ruby?

Le lancé una mirada.

—Ruby. Era el perro de Aaron. Murió hace un par de años. —Yo había llorado, pero jamás se lo había contado a nadie.

Ivan asintió lentamente, como si aquello lo dijera todo.

—¿Es la pequeña? —preguntó sin perder el tonito arrogante.

—¿De mi familia?

—Ajá —fue su respuesta mientras seguía atravesando el tráfico.

—No. —¿Es que no se notaba?—. La pequeña soy yo. Me saca cinco años.

Ivan giró la cabeza y me miró con cara de «te estás quedando conmigo».

—¿En serio?

—Sí. —Ni siquiera me ofendí.

—¿Eres la benjamina? —preguntó sorprendidísimo.

—¿Por qué lo dices así? Me estás haciendo sentir como si tuviera que solicitar plaza en un geriátrico o algo.

—Es solo que… —Arrugó la nariz mientras seguía conduciendo y hasta negó con la cabeza—. No sé. —Me miró y volvió a negar.

Sabía a lo que se refería. Era lo que mi madre y todo el mundo decía siempre sobre mí. Físicamente parecía más joven que Ruby, quien seguía teniendo la misma carita de cría que mi madre, pero yo tenía «alma de vieja abuela cascarrabias».

—Entiendo lo que quieres decir.

Por la mueca que hizo, me pareció que no acababa de creérselo.

—Pero entonces eres mucho más joven que ella, ¿no?

Deslizando las manos sobre los muslos, reprimí un suspiro y apoyé la nuca en el reposacabezas.

—Sí. Tuvo una enfermedad del corazón durante mucho tiempo. Éramos muy sobreprotectores con ella.

—Eso no lo sabía. Es muy mona —soltó de repente, y mi cabeza giró como la de la niña de *El exorcista*. Palabra que mi cuello rotó tal cual, sin impedimento, cuando me volví y lo fulminé con los ojos.

—A mi hermana ni la mires. Está casada.

Ivan se rio con malicia.

—Ya lo sé. He estado con su marido... ¿cuántas veces ya? Lo único que digo es que es muy mona, no que quiera tener una cita con ella ni nada.

—Perfecto, porque es demasiado buena para ti —le solté sin dejar de mirarlo fijamente.

—¡Ja!

—Te digo que sí —afirmé lentamente, sin permitir que su risa me afectara.

—¿Sabes? Hay un montón de gente en el mundo que pensaría que soy demasiado bueno para ellos —dijo con tono... extraño.

Puse los ojos en blanco, me recosté en el asiento y me crucé de brazos.

—Probablemente, pero no serías lo bastante bueno para mi hermana, so engreído. Así que córtate un poco con el ego.

—Si tu hermana me interesase en ese sentido, que no es el caso, porque solo he dicho que es muy mona, pero chicas monas hay a porrones por el mundo...

—Mi hermana es la más guapa. Mis dos hermanas lo son. No las compares con el resto de las mujeres del mundo.

Ivan se rio.

—Vale. Madre mía, lo único que digo es que, si me interesase alguna de tus hermanas, y ya te he dicho que no, ¿de verdad que no me dejarías tener una cita con ellas?

Una sensación rara sobre la que no quería pensar demasiado me revolvió el estómago, pero no le hice caso.

—Ni de coña.

Su risita desdeñosa me hizo sonreír por lo insultado que se sentía.

—¿Lo dices en serio?
—Pues claro.
—¿Por qué?
—¿Por dónde quieres que empiece?
—Soy un buen partido —dijo Ivan tras una pausa.
—Más bien una pachanga...
Ivan gruñó y no pude evitar mirarlo por el rabillo del ojo.
—Muchísimas mujeres estarían dispuestas a salir conmigo. ¿Sabes cuántos mensajes recibo a la semana por Picturegram?
—Las adolescentes sin madurez suficiente para ver lo tontas que son no cuentan, y tampoco las ancianas medio cegatas.
Por lo visto, no iba a hacer caso de mis comentarios, porque prosiguió sin más.
—Soy rico.
—¿Y...?
—No estoy de mal ver.
—A tus ojos.
Ivan resopló y, si una de las comisuras de su boca se elevó en un atisbo de sonrisa, preferí no hacerle caso.
—Tengo dos medallas de oro.
Solté un «pfff» al tiempo que giraba las caderas y el tronco para mirar de frente a Ivan.
—Una de ellas es por equipos y, además, el otro cantamañanas tiene como veinte.
Ivan abrió la boca un instante y, cuando ya estaba a punto de decir algo, volvió a cerrarla antes de encoger aquellos hombros por encima de los cuales se pasaba la mitad del día elevándome. Unos hombros esbeltos y fuertes, mucho más fuertes de lo que nadie creería. Yo no era precisamente un peso pluma. Pesaba bastante para mi tamaño, aunque era todo músculo. Estaba segura de que pesaba más que la mayoría de las chicas más menudas y él siempre me levantaba como si no le costase lo más mínimo.
Ladeó la cabeza y flexionó las manos sobre el volante. Entonces sonrió con suficiencia, a pesar de que seguía con la vista al frente.
—Ahí tienes razón —accedió, aunque no sonaba especialmente contento—, pero ¿cuántas has ganado tú?
Lo que sucedió a continuación no habría podido predecirlo jamás; pero sucedió tal cual.
Los dos exclamamos «¡Uuuy!», por el pedazo de pasote que

acababa de pegarse, como si estuviéramos en quinto de primaria y hubiera soltado un zasca de los buenos. Y nuestras voces, profundas y entregadísimas, continuaron tan unidas en aquella respuesta inesperada que tal vez tardamos tres segundos en romper a reír; a pesar de que mi cabeza se quejó amargamente por el movimiento y la espalda me dolía horrores, en ese momento me dio igual.

¿No era una cabronada que mencionase mi falta de medallas de oro cuando sabía que me fastidiaba un montón? Pues sí, pero era Ivan. ¿Qué podía esperar si no? Además, tampoco es que yo no hubiera hecho exactamente lo mismo de estar en su lugar. El caso es que me había hecho reír. Y a él también. Aun así, murmuré sin dejar de hacerlo, con la cabeza martilleándome y todo lo demás, pero sonriente.

—Capullo. Vete a la mierda.

—Ya estoy junto a ella. —Cuando rio, su boca se distendió en una sonrisa tan enorme que parecía no caberle en la cara.

—Cállate —respondí, negando con la cabeza—, mamón.

—Aaah, todo un clásico.

—Que te den.

—No, gracias.

No lo pude evitar; me eché a reír de nuevo y a Ivan le pasó lo mismo, aunque lo pillé un par de veces mirándome de reojo con una sonrisa plantada en su boca rosa pálido. Y luego otra vez. Y otra.

—¿Qué andas mirando? —le pregunté, incómoda al no saber por qué me miraba todo el tiempo.

—A ti —respondió sin que la sonrisa se le borrase de los labios.

—¿Por qué? —Si ya me veía todos los días.

—Porque sí.

¿Tenía algo en la cara?

—¿Cómo que porque sí?

—Es que es raro verte reír.

Si me quedaba una mínima sonrisa en la cara, aquello me la borró de un plumazo.

—Me río mucho.

—Yo solo te he visto unas pocas veces.

Traté de no enfadarme, pero fue en balde. No era la primera persona que me lo decía.

—No me río a menos que algo me haga gracia, pero me río. Con mi familia me río todo el tiempo; con Karina me he reído un millón de veces, pero no voy a fingir que algo es divertido si una persona cuenta un chiste de mierda o dice una estupidez. No soy una falsa. —¿Sonaba terriblemente a la defensiva o eran imaginaciones mías?

Ivan seguía sonriendo cuando respondió.

—Probablemente seas la persona menos falsa que conozco, Albóndiga. No me fastidies. Me gusta tu risa, aunque a veces da un poco de miedo.

—¿Miedo? —pregunté con incredulidad.

—Suenas como una psicópata cuando te ríes en plan: «jua, jua, jua, jua, jua».

La columna se me puso rígida, y no precisamente por la fiebre que aún me quedaba en el cuerpo.

—¿Y cómo quieres que suene: «ji, ji, jiii»?

—No —respondió con una sonrisa de oreja a oreja—. Ese «jua, jua, jua» es muy tú; no se te ocurra reírte de esa otra forma en la vida. Es terrorífico. Puede que hoy tenga pesadillas con eso. Madre mía, pareces una muñeca posesa o un monstruo agazapado en un rincón oscuro, esperando a que me quede dormido.

No pude evitar volver a reírme a pesar del dolor de cabeza. Entonces arruinó el momento al volverse hacia mí con rostro inexpresivo.

—Sigo cabreado contigo, por cierto. No creas que se me olvida.

A mí sí que se me había olvidado. Se me había olvidado que estaba enfadada con él y que lo que me había hecho era una putada; pero ahora que me lo había recordado, le di la espalda y cerré la boca. Y cuando apoyé la frente en el cristal, pensando en lo mucho que la había fastidiado, mi intención no era quedarme dormida, pero eso fue lo que me pasó.

Estábamos sentados uno junto al otro después de comernos una cena que habíamos preparado sin intercambiar más que cuatro palabras en todo el proceso: «La-cena-está-lista».

Ivan me había despertado al llegar a su casa —la última casa en la que jamás lo habría imaginado viviendo— y apenas me había dirigido diez palabras. Para rematar, ni siquiera había bromeado una vez al pronunciarlas; cosa que a mí no me importó, porque tampoco estaba yo de humor.

Por suerte, me encontraba demasiado ocupada contemplando aquella casa de estilo ranchero como para que me importase. De un azul fuerte con los postigos blancos, no era para nada como la vivienda tipo loft o de estilo mediterráneo en la que lo habría imaginado, en algún barrio pijo con guarda y un centro comunitario con un parque acuático de alucinar. Pues no. Mientras recorría la propiedad con la mirada, no divisaba más que hierba y árboles en la distancia. Menudo terreno tenía. Tan extenso que no se veía otra casa ni se oían voces a lo lejos.

—No te asustes cuando abra la puerta —murmuró con voz molesta o frustrada o, conociéndolo, las dos cosas. Y luego la gente creía que yo era desagradable.

No le pregunté de qué iba a asustarme mientras se bajaba del monovolumen y lo rodeaba hasta la puerta deslizante del lado de pasajero, que ya se estaba abriendo sola.

«Vamos, Russ», lo oí murmurar antes de que susurrase algo que sonó a «Lacey, compórtate», al tiempo que desabrochaba el cinturón de seguridad de la perrita blanca; esta se bajó del vehículo de un salto en cuanto pudo y echó a correr como alma que lleva el diablo hasta la parte delantera de la casa.

Yo también me apeé y, al agarrar mi bolsa, casi emití un gruñido por el peso antes de encaminarme hacia la casa, arrepentida de no haberle pedido a Ivan que me ayudara. No es que lo hubiera hecho según estaba de humor, pero una nunca sabía.

No podía dejar de mirar la casa, con su garaje para tres vehículos y la hierba que se extendía hasta el infinito. Era preciosa. No es que fuera a admitirlo, y menos ante él.

—No te asustes —volvió a recordarme un segundo justo antes de que lo oyera abrir la puerta mientras yo le daba la espalda al porche delantero.

Entonces se armó la de Troya. Lo que vi al cabo de un minuto fue a cinco animales —tres perras, una cerda y un conejo gigante— salir en estampida de la casa como si acabaran de escapar de la cárcel. Dos perras estaban atadas juntas y la otra tenía tres patas, aunque corría como un demonio, pero ahí iban. Se apiñaron a mi alrededor, moviendo el rabo sin parar al sumarse a Russ y a Lacey, la perrita repipi. Me rodearon contentísimos, olisqueándome sin parar, como si no pudieran creerse que yo, precisamente yo, hubiera ido a visitarlos.

Entonces la cerdita minúscula y rosada me pisó el pie y mi corazón hizo un..., un algo que no sabría describir. No sabía qué leches había pasado con el conejo que acababa de ver, pero estaba demasiado ocupada con todas aquellas caras emocionadas y aquellos rabos igualmente emocionados.

Y si a alguien lo sorprendió ver que me pasé dos horas fuera, jugando con cinco perros y una cerdita, no se habría sorprendido más que yo, porque no hacía ni diez segundos que me encontraba hecha polvo, pero era como si todo mal se hubiera esfumado en cuanto me rozaron las piernas y las manos con el hocico. Así que cuando, horas después, Ivan salió de casa y nos dijo a todos que entrásemos, no me quejé demasiado, sobre todo al percatarme de que seguía de un humor de mierda. De un humor de mierda y con el conejo que había visto antes abrazado al pecho. Y, desde luego, no me quejé de su humor de mierda cuando me condujo a una cocina que mi madre habría descrito como rústica.

Ivan tenía una pizarra fijada en el frigorífico en la que aparecía su calendario de comidas y cenas. Así, como era sábado, había sacado un paquete de pechugas de pollo y en la pizarra del frigorífico ponía: POLLO, ARROZ JAZMÍN, REMOLACHA. Imaginé que era lo que íbamos a preparar. Siempre había creído que Ivan tendría un chef o algo así, pero estaba empezando a entender que no lo conocía en absoluto.

Encontré el arroz jazmín en un armario después de rebuscar entre sus trastos (y descubrir un tarro de vidrio en la encimera lleno de chocolatinas Hershey's Kiss) y luego di con una cazuela del tamaño adecuado después que él siguiera ignorándome mientras buscaba. Luego nos pusimos a cocinar. Dejé que preparase la remolacha, porque no estaba segura de cómo quería hacerla. Además, a mí no se me daban especialmente bien los fogones, más que nada porque, si de mí dependiera, podría haber sobrevivido a base de carne asada con sal y pimienta, cualquier grano que pudiera prepararse en una arrocera y verdura hervida o al vapor durante el resto de mis días.

Justo cuando estaba midiendo un vaso y medio de arroz para cada plato (porque Ivan tenía escrito en la pizarra cuánta cantidad de cada alimento quería en el suyo) le sonó el móvil. Pasó a mi lado para cogerlo de la encimera.

—¿Hola? —respondió al instante.

Mientras terminaba de medir las cantidades, lo oí hablar.

—Sí, está aquí... Mejor, pero sigue enferma... —Obviamente, la enferma era yo; la pregunta, sin embargo, era ¿con quién demonios estaba hablando?—. ¿Mañana?... Depende de lo que haya... Eso sí... Vale. Me parece bien. Entonces nos vemos mañana... Yo también te quiero. Chao.

Me dije que no era asunto mío con quién estuviera hablando, pero si dejaba por ahí el teléfono y conseguía averiguar la contraseña, echaría un vistazo.

Ivan no me dijo nada de adónde iríamos ni lo que íbamos a hacer y, desde luego, yo no iba a preguntarle, así que mantuve la boca cerrada y me aparté mientras él terminaba de servir la comida en los platos y luego mientras comíamos.

Cuando acababa de tragar el último bocado del pollo a la lima que había freído en aceite de coco, Ivan apartó su plato y finalmente se volvió hacia mí, aunque parecía tan cabreado como dos horas antes. Hasta los malditos hombros seguían tensos y rígidos. Lo miré con pereza, esperándome lo peor. Y, como lo que me esperaba era que me tocase las narices, lo que dijo me pilló totalmente desprevenida.

—Quiero que vuelvas a cerrar tus cuentas.

—¿Cómo?

—Quiero que vuelvas a cerrar tus cuentas —repitió—. Por unos cuantos seguidores no merece la pena que recibas cosas así en el correo.

¿Qué demonios estaba sucediendo?

—Ivan —comencé a decir, confusa—, no sé si siguen llegándome al correo o no, pero los mensajes privados y los comentarios no...

—También podemos borrar el perfil de equipo. Lee lo entenderá —dijo, cada una de sus palabras más airada que la anterior.

Vaya, no es que me gustase arrojar a nadie a los leones, pero...

—Ella lo sabe, o al menos se hace una idea. Hablamos de ello hace meses.

Por lo incómoda que su mirada me hizo sentir, aquellos ojos tan azules podrían haber estado lanzándome láseres.

—¿Cómo?

—Cuando accedí a convertirme en tu compañera, hablamos de ello. No le conté gran cosa, simplemente le di a entender por qué había cancelado mis cuentas.

—Un momento…

No le hice caso.

—Me dijo que la avisase si las cosas volvían a ponerse feas, pero no lo hice. Simplemente dejé de revisar mi correo.

Ivan parpadeó.

—Se lo contaste a ella, pero a mí no.

¿Por qué diantres sus palabras sonaban tan rígidas y robóticas?

—Sí. —Porque era eso lo que había hecho—. No creí que necesitases saberlo.

En efecto, ya se estaba cabreando otra vez.

—¿Creíste que no necesitaba saberlo?

—Pues no. En aquel momento tampoco es que nos hablásemos. Me pareció innecesario. ¿Qué más te da? —le pregunté encogiéndome de hombros, sin sentirme mal por lo que había hecho.

—¿Que qué más me da? —murmuró para sí, sin dejar de asesinarme con los ojos.

—Vale, lo entiendo. Somos amigos. Somos compañeros. Pero tranquilo. No pasa nada. Nunca he recibido mensajes agresivos ni amenazas. Siempre son… fotos y vídeos de esos. Puede que ni siquiera siga recibiéndolos.

En algún momento, mientras yo hablaba, había echado la cabeza hacia atrás y fijado la vista en el techo.

—¿Fue por eso por lo que no querías participar en la sesión de fotos para *TSN*? —dijo sin mirarme siquiera y con aquella voz metálica.

No quería admitirlo, pero lo hice.

—Sí, ese era el otro motivo. No te mentí cuando te dije que no quería que te rieses de mí. —El gruñido que emitió sonó como un murmullo mientras seguía mirando hacia las vigas del alto techo. Suspiró. Suspiró y negó con la cabeza. Entonces suspiré yo—. Corta el rollo. No pasa nada. Sabía lo que hacía.

Aquello hizo que bajase la barbilla.

—Claro que pasa; pasa que eres una puñetera cabezota.

Resoplé desdeñosa. Ivan me clavó la mirada. Vale, puede que tuviera razón.

—Mira, no quiero que nadie se preocupe. Bastante tiene todo el mundo con su vida, nadie necesita que yo añada aún más estrés. No puedo…, no voy a dejar de vivir mi vida ni de ponerme o dejar de ponerme la ropa que quiera por culpa de unos gilipollas. Para empezar, ya me fastidia haber permitido que me afectara tanto como me afectó.

Ivan no dejaba de mirarme.

—Si necesito ayuda, la pediré.

Ivan soltó una risotada seca. Una risotada falsa. Una risotada que me daba a entender que sabía de sobra que acababa de decir una chorrada monumental.

—Ya podrías necesitar un trasplante de riñón, Jasmine, que no se lo pedirías a nadie conocido. —Negó con la cabeza, con la boca fruncida—. ¿Crees que no te conozco? —Ay, mierda—. Eres increíblemente testaruda. Tan puñeteramente testaruda que me vuelves loco. ¿Sabes cuántas veces he querido estrangularte? —preguntó, sacudiendo la cabeza de pura exasperación.

No me lo podía creer.

—Probablemente la mitad de las veces que he querido estrangularte yo.

Ivan no pilló el chiste.

—Lo que hay entre nosotros es más importante que un matrimonio.

Puse los ojos en blanco y decidí no dar importancia a la palabra que había elegido.

—Lo es, y sabes que lo es. Necesito que estés sana y necesito que estés concentrada.

Algo desagradable me ardió en la boca del estómago.

—Lo entiendo, Ivan. Sin mí, no puedes competir. De verdad que lo entiendo. Lo sé. No tengo pensado fastidiarte. No tenía intención de ponerme enferma y fastidiar el principio de la coreografía. Sabes que lo siento.

La mirada que me dirigió...

—Eres mi amiga, Jasmine; no solo mi puñetera compañera. Así que no me vengas con chorradas.

Me eché hacia atrás al oír su tono y vi cómo su rostro se demudaba por la furia.

—Quiero que estés a salvo porque me importas. ¿Crees que traigo a mis compañeras a casa? ¿Crees que les dejo entrar en mi vida? ¿Crees que paso tiempo con su familia? Pues no, y nunca lo he hecho. Aprendí la lección cuando era adolescente y mi compañera trató de sobornar a mi familia diciendo que nos pagaban por ganar los torneos júnior. Ese es el motivo por el que ahora firmo contratos, para mantener un plano estrictamente profesional. No quiero volver a pasarlo tan mal como después de que mi primera compañera nos hiciera aquello a mi familia y a mí. Pero tú...

Vaya..., aquello era nuevo, ¿no? Y, si de repente me entraron ganas de darle una buena manta de palos a la cabrona de su compañera júnior, ya me lo plantearía más tarde.

—Eres importante para mí. Tú. Jamás me lo perdonaría si te pasase algo por mi culpa —prosiguió diciendo, con la voz cada vez más alta—. Te conozco desde que eras una cría y ayudabas a mi hermana a levantarse del hielo cada vez que se caía. No la tratabas de otra forma por tener el apellido que tenía, como hacían los demás. No le preguntabas por mí. Karina y tú simplemente os hicisteis amigas. Sé las cosas que has hecho por ella, porque me las contaba. No paraba de decirme que «Jasmine Santos no le tiene miedo a nadie» o que «a Jasmine no le gustan los unicornios porque prefiere a Pegaso, que puede volar». Llevaba años deseando que fueras mi compañera, tontaina. Cuando Karina me dijo que te estabas planteando pasarte a parejas, pensé que me dirías algo, aunque fuera de broma. Pensé que me dirías que ibas a ponerme las pilas y había previsto convencerte, pero jamás lo hiciste. Cuando quise darme cuenta, ya tenías compañero. Un soplagaitas que no era ni la mitad de bueno que tú.

¿Volvía a estar colocada con alguna droga imaginaria?

—¿Te acuerdas? ¿Te acuerdas de que estuve sin hablarte seis meses después de aquello? —me preguntó, sin apartar la mirada de mí en ningún momento.

Asentí, porque lo recordaba. Recordaba cómo de pronto la había tomado conmigo y se había pasado dos años soltando por la boca tanta mierda sobre mí que ni sabía cómo no había terminado sangrando por las orejas o rayándole el coche con una llave.

—Llevas en mi vida trece años. ¿Cómo puedes pensar que no me importas? Nos metemos el uno con el otro porque a los dos nos mola. Porque no hay nadie más con quien podamos hacerlo que lo aguante.

A ver..., tenía razón. Me sacaba de quicio, siempre lo había dicho, pero era la única persona con la que podía soltar aquellas cosas. Llevaba años tocándome las narices a base de bien. Pero..., pero... Me quedé con la boca abierta, sin articular palabra.

Yo...

Él...

Esto...

Ivan extendió la mano y me agarró la mía, que permanecía inmóvil sobre la mesa porque... estaba asombrada. Sorprendida. Me había pillado total y completamente desprevenida.

—No quiero que te pase nada, pedazo de bocazas cabezota. Seas mi compañera o no. ¿Está claro?

¿Qué coño me estaba contando?

—Pero esta vez no voy a dejar que te vayas de rositas. Quiero que estés a salvo. Quiero que seas feliz. A lo que me niego es a aguantar tus secretitos o tus chorradas, así que ve acostumbrándote. Podías haberme contado lo del accidente de tu madre, lo de las cartas y los comentarios; podías haberme contado que no te encontrabas bien, Jasmine. Pero se acabó; a partir de ahora hacemos las cosas a mi manera, ¿vale?

A salvo. Feliz. Sin chorradas.

No dije ni una palabra, pero debió de entender que estaba de acuerdo, porque me soltó la mano y se irguió en la silla, dando por terminada la conversación con una mirada que no supe muy bien cómo interpretar.

—Y ahora que hemos acabado con el tema, me voy a sacar a los perros. ¿Te vienes a dar un paseo? Si te cansas demasiado por el camino, te traeremos de vuelta a rastras.

16

—No sé si esto es una buena idea.

Al volante de su Tesla, Ivan alzó un hombro y pronunció la segunda frase que había tenido a bien dirigirme en todo el día.

—No vas a pegarle nada a nadie. Ya has pasado la fase de contagio.

Si él lo decía… Me había pasado dormitando la mayor parte del día en el cuarto de invitados en el que Ivan había soltado mis cosas el día anterior. Estaba tan distraída con sus mascotas que ni me di cuenta de que había salido a la parte trasera a recoger la bolsa que había dejado caer en el suelo.

Después de cenar, habíamos sacado a los perros a dar un largo paseo. Por lo visto, poseía unas cuarenta hectáreas a cuarenta minutos de la ciudad y llevaba a dar una vuelta a los perros y a la cerdita todos los días que podía. Una mujer llamada Ellie pasaba por casa dos veces al día para darles de comer, administrarles sus medicinas y soltarlos para que corretearan mientras él practicaba… conmigo. ¿Quién narices iba a imaginarse algo así?

Quería saber por qué tenía tantos animales, pero la verdad era que no sabía cómo dirigirme a él después de lo de la noche anterior. Nadie me había hablado nunca así. Al menos nadie que no fuera mi madre.

Decía que quería verme a salvo y feliz. Y que eso no tenía nada que ver con que fuéramos compañeros. Entonces ¿con qué tenía que ver? Quería saberlo, pero tenía demasiado miedo de preguntar y descubrirlo, porque ¿y si su respuesta echaba a perder lo que habíamos logrado? No creía que la verdad mereciera la pena.

Así que, después de un paseo de por lo menos dos kilómetros, lo seguí en silencio hasta el cuarto de estar y me senté en el lado opuesto a él en el sofá, flanqueada por Russ y una *husky* de ocho años y tres patas llamada Reina Victoria, que había decidido que le caía fenomenal. Al cabo de diez minutos en el sofá con una perra en el regazo y otro tumbado al lado, me quedé hecha un cesto y no me desperté hasta horas después, cuando Ivan me dio un papirotazo en la frente y me condujo medio dormida hasta mi cuarto, apoyándome la mano en la nuca. Sin embargo, no estaba tan dormida como para no acordarme de que me había arrastrado bajo las mantas y de que él me las había subido hasta la barbilla antes de tocarme la frente, apagar la luz y marcharse.

Dormí hasta la mañana siguiente y no me levanté hasta casi mediodía, lo cual indicaba lo hecha polvo que estaba. Ivan se había ido, pero me había dejado una nota en el frigorífico en la que decía que estaba en el CL, que volvería sobre la una y que no me preocupase si entraba una mujer en casa, porque se trataba de Ellie, la cuidadora y paseadora de los perros, que solía llegar a las siete de la mañana. Evidentemente, me había pillado dormida. Así que aproveché la ocasión. Me pasé la hora siguiente fisgoneándole la casa y descubrí más cosas sobre Ivan que me sorprendieron.

Solo el conejo tenía una casita con zona de juegos enorme y chulísima en uno de los cinco dormitorios. A decir verdad, era mucho más bonito que mi propio cuarto. En el gigantesco dormitorio principal tenía cuatro camas para perros grandes y otra pequeña, con lo que estaba segura de que serían colchones Tempur a medida. Me senté en uno con Russ, que había permanecido tumbado con Reina Victoria, la *husky*, a la puerta de la habitación en la que dormía y decidí que hasta sus camas eran más cómodas que la mía de casa.

Ivan guardaba un tubo de lubricante en una de las mesillas y me sobrevino un ligero estremecimiento de miedo que fingí no haber sentido. Tenía la casa inmaculada. No había productos de belleza en el baño, lo que significaba que su piel perfecta era así de forma natural..., pero ni de coña. Lo que encontré fue una lata de movidas orgánicas para el pelo en uno de los cajones.

No había condones por ninguna parte. Lo que sí que había era un cuarto atestado de trofeos, placas y dos medallas de oro. También había un ordenador de sobremesa con una contraseña que no logré adivinar.

Las únicas fotografías que tenía eran de él con su familia, otras ternísimas de sus mascotas o de su familia en general. Yo aparecía en dos de ellas.

Todo resultaba de lo más interesante.

Lo único que no me sorprendió del todo fue que estaba al 99,9 por ciento segura de que a Lacey, la *frenchie* blanca, no le gustaba un pelo. Me observaba cada vez que establecíamos contacto visual y no me quitaba el ojo de encima. Me cayó bien. Demostraba ser lista al no fiarse de mí.

Para cuando Ivan volvió a casa, ya se la había husmeado entera. Había abierto cajones y armarios que no eran de mi incumbencia y no me sentía ni un poquitín mal por haberlo hecho. Ni que no me conociera. Tenía que esperárselo y, si no se lo esperaba, la culpa era suya por ser tan confiado.

La fiebre me había vuelto a subir en algún momento mientras andaba fisgoneando, por lo que regresé al cuarto de invitados para echarme una siesta mientras él sacaba a los perros y a la cerdita. No fue hasta casi las seis en punto cuando algo húmedo me rozó la cara y me despertó. Era la cerdita rosada, sentada sobre mi pecho, mientras Ivan me observaba al pie de la cama con el enorme conejo en un brazo.

—¿Qué pasa? —grazné, extendiendo la mano para acariciar a la cerdita como si lo hubiera hecho ya mil veces antes y no supusiera una novedad.

—Casi pareces dulce mientras duermes —dijo Ivan sin apartar los ojos azules grisáceos de mi cara.

Parpadeé con incredulidad.

—He dicho «casi».

Mientras acariciaba a la cerdita sin saber si lo estaba haciendo bien, miré con recelo cómo él le pasaba la mano por el lomo al conejo.

—¿Qué haces ahí de pie observándome? ¡Pareces un psicópata!

La mirada de Ivan se deslizó hasta la cerdita cuando respondió:

—He venido a despertarte, hoy cenamos en casa de mis padres. Vístete.

—No me encuentro demasiado bien.

—Solo vamos a cenar. Puedes pasar una hora sentada. Mi madre ha estado preocupada por ti.

Mierda.

—No quiero pegarles nada.

Eso era cierto: no quería. Los Lukov siempre habían sido encantadores conmigo. De verdad. Eran ricos (acaudalados, para usar una palabra más exacta) y procedían de una dinastía que, en algún momento y según Karina, había debido de estar emparentada por matrimonio con la realeza rusa, pero eran de las personas más amables y corteses que jamás hubiera conocido.

Eso y que me ofrecían un descuento enorme en las tarifas del CL. Del orden del noventa por ciento. Prácticamente, lo único que había tenido que pagar en los casi diez años últimos eran los honorarios de la entrenadora y las coreografías. Por insistencia suya.

—No les va a pasar nada —dijo allí de pie, con el conejo en brazos como si fuera lo más natural del mundo—. Y es el Día del Padre. Quiero ver al mío.

«¿El Día del Padre?».

—¿Cómo? ¿No lo sabías? —preguntó Ivan como si me leyera la mente.

Había estado muy ocupada el último mes y no había tenido la oportunidad de haberme enterado por la tele...

—No, no lo sabía.

Ivan frunció el entrecejo.

—¿Quieres llamar primero al tuyo?

No dudé en negar con la cabeza, aunque aún me sentía débil y mareada, como si me pesase.

—¿Segura?

—Segura.

Tampoco es que a mi padre le importase si lo llamaba o no. Probablemente ni se diera cuenta. Pero... «sé mejor persona». Tal vez esa fuera la cuestión. Al menos podía enviarle un mensaje. Ser mejor persona. Recordarle que era su hija, independientemente de si constituía una decepción o no.

—Le enviaré un mensaje por el camino —le dije a Ivan, encogiéndome de hombros. Era probable que estuviera por ahí con sus hijastros, divirtiéndose. Aquella sensación extraña y puñetera se apoderó de mi estómago un segundo, pero decidí mandarla muy lejos—. También les enviaré uno a mi hermano y a Aaron.

—Entonces ¿vienes?

Iría por el señor Lukov, aunque seguía hecha un asco. Ivan había dicho que sería una hora. Podía aguantar una hora en su casa. Tardó un momento en asentir, pero al final lo hizo, al mismo tiempo que su mirada se deslizaba hasta mi cara y a la cerdita que se me había subido encima y se había acurrucado contra mi cuello; entonces sonrió.

—Si la dejas, se meterá en la ducha contigo.

La minúscula criatura soltó dos suaves gruñiditos junto a mi piel y sentí un pequeño vuelco en el corazón.

—¿En serio?

Puede que Ivan asintiera, pero lo único que oí fue:

—Ajá.

—¿Te importa?

Al levantar la vista, descubrí que no había dejado de mirarme.

—No.

Y así, sin más, a pesar de que me sentía como si me hubieran aspirado la mitad de la energía y el dolor de cabeza no se me había ido, me senté, aparté la sábana de una patada y deposité a Charlotte en la cama antes de bajar los pies por un lado y levantarme.

—Si te sigue doliendo la cabeza, te he dejado analgésicos en la mesilla junto a la cama —me hizo saber Ivan.

Logré asentir antes de cogerlas, metérmelas en la boca y tragármelas con el agua que quedaba en el vaso junto a la cama. Hasta que no las estaba tragando no me di cuenta de que Ivan las había traído para mí.

Le lancé una mirada, pues no se había movido de al lado de la cama con el conejo en brazos y lo tenía a menos de un metro, y las palabras brotaron con mayor facilidad que nunca.

—Gracias.

No pareció sorprendido..., simplemente... me miró. Mientras sostenía aquel conejo descomunal.

Al cabo de una ducha sin cerdita, los tres minutos menos entusiastas de mi vida en los que tardé en vestirme, un vaso de agua más y un breve trayecto en coche, llegamos a casa de sus padres. Y yo ya estaba lista para echarme otra siesta.

La casa se situaba en una urbanización cerrada del sur de Houston, erigida en mitad de una hectárea de terreno que separaba a una mansión de la siguiente. Los Lukov vivían en una monstruosidad de más de quinientos metros cuadrados de estuco y teja con una piscina infinita en la que Karina y yo habíamos pasado un montón de tiempo de adolescentes. Bueno, no un montón, pero más del que había pasado en cualquier lugar que no fuera el instituto, el CL o mi casa.

Ivan se adentró por el camino serpenteante que conducía a la parte trasera de la vivienda y aparcó delante del enorme garaje para cuatro vehículos. Exhalé cansada cuando nos apeamos y nos dirigimos a la puerta trasera por la que siempre había entrado en la casa. Ivan abrió la puerta con la llave y, al fin, me tomé un momento para observar la camisa abotonada que se había puesto, metida por dentro de un ajustado pantalón gris que presentía era a medida, porque no había forma de que su culito respingón cupiera en nada que no fuera elástico, y unos zapatos de cuero negro que casi parecían botas. Entonces bajé la vista a las mallas y la camiseta ajustada que llevaba yo y me encogí de hombros para mis adentros. Los Lukov me habían visto con cosas peores. Sabían que no me encontraba bien y tampoco es que fuera a conocer a los padres de mi novio.

Claro que eso no me había sucedido nunca. Había salido con algún chico antes de empezar a patinar en parejas, pero todos resultaban ser unos gilipollas para cuando llegaba la segunda cita. Solo había habido uno con el que me había visto unos meses, pero ya ni me acordaba de su aspecto.

—¿Hola? —exclamó Ivan en cuanto penetró en la cocina a la que daba la puerta.

La cerré a nuestra espalda y me apoyé en ella un instante cuando el agotamiento volvió a golpearme con fuerza. La cocina estaba igual que la última vez que la había visto, hace casi... un año. La última vez que había estado allí había sido por el cumpleaños de Karina, justo después de que el cabrón de Paul me dejara tirada. Luego mi amiga se había marchado a cursar otro año en la facultad de Medicina y ya, ahí estábamos.

—¡En el cuarto de estar! —se oyó decir a la señora Lukov.

Ivan me miró por encima del hombro y frunció el entrecejo.

—¿Te encuentras bien?

Asentí, aunque el ademán pareció absorberme demasiada energía. Debió de vérmelo en la cara, porque arrugó la frente.

—Teníamos que habernos quedado en casa.

—Estaré bien —dije, apartándome de la puerta.

No parecía que me creyese, pero no dijo nada más mientras caminaba hacia él. Lo que hizo fue tenderme la mano y yo, sin darle mayor importancia, se la tomé y me apoyé en su costado. Podía decirme que era mera costumbre. Me había acostumbrado a estar pegadita a su lado. Me resultaba más natural de lo debido.

—¿Te encuentras muy mal otra vez? —me preguntó con dulzura, sosteniendo parte de mi peso sin quejarse.

Negué con la cabeza apoyada en su hombro

—Solo cansada.

—¿Quieres más agua? —Me apretó la mano.

—Estoy bien.

—Mmm. ¿Qué te duele?

Tragué saliva y cerré los ojos un instante.

—Todo.

—¿Quieres un abrazo? —me preguntó Ivan sin dudar siquiera—. Ya te ha gustado antes.

Asentí.

Ivan se dio la vuelta en silencio y me envolvió con aquellos brazos largos y musculosos, atrayéndome hacia sí hasta que mi cara quedó apoyada justo entre sus pectorales. De inmediato se me escapó un suspiro. Una de sus manos se posó abierta sobre mi columna y empezó a acariciarme arriba y abajo antes de detenerse en lo más alto y masajearme un omóplato y luego el otro. Un círculo, otro círculo y otro más fueron aliviando mi dolor como si se tratara de un puto sortilegio.

—Es muy agradable —susurré, tratando de acercarme más a él.

Cuando me sentía enferma, había algo que hacía que simplemente quisiera que me abrazasen. Y especialmente Ivan. Era lo bastante grande como para envolverme de verdad y no se ponía tonto o melindroso por demostrar afecto o tocarme. Supongo que él también estaba acostumbrado.

Una de aquellas manazas se deslizó hasta mi nuca y, cuando empezó a masajearme los músculos, juro por Dios que gemí. Justo por encima de mi cabeza, Ivan se rio entre dientes.

—¿Tan bueno es?

—Y más —musité, prácticamente apoyada por entero en su cuerpo—. Podría quedarme dormida ahora mismo.

—Cuando volvamos, te masajearé un poco más la espalda —se ofreció, deslizando una mano hasta mi cuello mientras la otra continuaba arriba y abajo a ambos lados de la columna.

—¿Me lo prometes?

Volvió a reír por lo bajo.

—Te lo prometo, pero cuando me ponga enfermo, tendrás que devolverme el favor.

—Ajá, vale...

—¿Prometido? —me preguntó en voz baja el muy capullo, con tono divertido.

—Prometido.

Suspiré sobre su pecho e inhalé una vaharada de la colonia dulce y sutil que solía usar.

—Pobrecita Jasmine, pobrecita —oí decir a una voz familiar a poca distancia.

Me quedé petrificada al darme cuenta de dónde demonios estaba y lo que demonios vería y pensaría la señora Lukov, pero, cuando estaba a punto de dar un paso atrás, los brazos de Ivan me aferraron con fuerza. Con tanta fuerza que supe que no iba a tener la oportunidad de apartarme de un respingo como si nos hubieran pillado comiéndonos los morros, cuando lo único que estaba haciendo su hijo era darme un abrazo y masajearme la espalda. En fin, todo esto teniendo en cuenta que pocas semanas antes había estado delante de él en pelota picada y me había toqueteado entera. Pero había algo en el hecho de que me pillaran con Ivan abrazándome que me resultaba más vulnerable y personal que si nos hubiera visto besándonos. O al menos eso era lo que me parecía.

—No se encuentra bien —murmuró Ivan directamente sobre mi cabeza, casi como si hablase con los labios pegados al pelo.

—¿Te estás tomando el antipirético? —preguntó la señora Lukov desde algún lugar a mi espalda.

—Hola, y sí. Ivan me ha tenido bien abastecida —respondí sin moverme un ápice.

¿Cómo sabía que había tenido fiebre?

—No seas egoísta, Vanya, y deja que yo también le dé un abrazo —exigió la señora Lukov.

Estrechándome una vez más entre sus cálidos brazos, Ivan me soltó y de inmediato noté cómo el color me subía hasta el rostro y rogué para mis adentros que pareciese que se debía a la fiebre —si es que aún la tenía— y no a que su madre me hubiera pillado recibiendo una muestra de afecto de su hijo. En el momento en el que me soltó, me di la vuelta lentamente y me encontré frente a frente con la señora Lukov, que por lo que se veía había estado todo el tiempo justo detrás de mí.

La mujer me sonreía de oreja a oreja. Algo mayor que mi madre, la señora Lukov parecía una mezcla perfecta de sus dos hijos..., solo que de más edad. Con una cabellera azabache que llevaba tiñéndose de su color natural desde que la conocía, era alta, delgada, de piel pálida y con los ojos azulones que había heredado Ivan. Era casi tan bella como mi madre, aunque no estaba como una regadera.

—Tienes un aspecto terrible, Jasmine —afirmó la señora Lukov un momento antes de envolverme y estrecharme entre sus brazos. Con lo que calculaba que sería su uno setenta de estatura, casi me hacía parecer una enana.

—Me encuentro fatal —le dije con sinceridad mientras le devolvía el abrazo—. Gracias por invitarme. Espero no pegarles nada.

—Bah, ni lo pienses. Llevo diciéndole a Vanya que te traiga a casa desde que me contó que habían cenado un sábado con tu familia, pero se hace el sordo —afirmó, meciéndome hacia ambos lados—. Qué ilusión me hizo cuando me dijo que ibas a ser su nueva pareja. Petr y yo siempre creímos que era solo cuestión de tiempo.

Sí, sus padres eran un encanto. Y un poco cándidos, pero me caían fenomenal.

—Una vez, hace muchos años, soñé que los dos estabais en lo alto del podio tras ganar una medalla de oro —dijo sin dejar de mecerme como si fuera un bebé mientras yo me aprovechaba a tope, porque ni siquiera mi madre me trataba así—. Tal vez fuera una señal, ¿eh?

No pude evitar ponerme tensa al recordar lo que jamás me sucedería. Al menos no con Ivan. No obstante, ya sabía dónde me metía cuando acepté, ¿no? No tenía motivos para sentirme decepcionada. Menos daba una piedra. Con suerte nos subiríamos a algún podio, aunque no fuera con una medalla olímpica. Tendría que conformarme con eso.

—Sería estupendo —le dije, con voz ronca y sin sentirme mal por ello—. Estoy segura de que Ivan lucirá genial con quienquiera que tenga de compañera.

Entonces fue ella quien se tensó. Noté cómo movía la cabeza, pero no oí ninguna palabra de su boca salvo un «mmm» que no supe cómo interpretar y, por mucho que me dije que tenía que relajarme, no pude, porque no iba a ser yo quien estuviera al lado de Ivan cuando llegase a las Olimpiadas dentro de dos años y no me quedaba otra que conformarme. Era solo que aún no había llegado a ese estado mental. Y, por la vibra rara que me acababa de dar la señora Lukov, no supe qué se le pasaba por la cabeza; lo que sí supe era que, más o menos un minuto después, me dio una palmada en la espalda y trazó un círculo muy similar al que había formado Ivan mientras me masajeaba.

—Sé exactamente lo que necesitas ahora mismo para sobreponerte a este virus —me dijo.

Años atrás me había bebido uno de los tés de la señora Lukov cuando estaba con la regla y casi había vomitado. Me había jurado que me quitaría los calambres; lo que había hecho era acabar con mi apetito.

—Zumo de naranja recién exprimido para la vitamina C...

«Ay, gracias a Dios», pensé al tiempo que me relajaba entre sus brazos.

—... y vodka, así matas todos los gérmenes que tengas dentro.

Entonces volví a ponerme nerviosa.

—Aaah...

—Vanya me ha contado que no estás tomando antibióticos —me dijo como si no lo supiera— y mañana no tienes entrenamiento. Te vendrá bien, Jasmine.

¿Dónde puñetas estaba Ivan y por qué no le estaba diciendo que no podía beber? No quería beber. No me gustaba el sabor del vodka, pero...

—¿Vas a decirme que no? —me preguntó la mujer, aunque más bien sonó a desafío.

¿Iba a tener las pelotas de decirle que no? Eran innumerables las veces que me había puesto a discutir con la gente. Eran incontables las personas a las que había dedicado algún insulto. Hacía mucho que no me importaba lo que pensase nadie que no fuera de mi familia, y aun entonces esa presión no solía bastar para evitar que hiciera algo que los avergonzase. Si se hubiera tratado de mi madre, no habría tenido empacho en decirle que no, pero no lo era y, por el tono de su voz, era más que probable que hiriese sus sentimientos si no hacía algo que ella creía que me ayudaría. Joder.

—No, señora Lukov —contesté un momento antes de que su hijo me propinase una patada en el gemelo. Levanté la pierna y traté de asestarle una coz, pero estaba fuera de mi alcance.

—Excelente —respondió la mujer, apartándose de mí con una sonrisa en la cara y las dos manos apoyadas en mis hombros—. ¿Vanya? —De pronto recorrió con la mirada el suelo a su alrededor, como si acabase de acordarse de algo y se sintiera confundida—. ¿Y los bebés?

¿Qué bebés?

—Los he dejado en casa —dijo Ivan.

Ah. Aaah.

—¿No me has traído a mi pequeña Lacey? —preguntó la señora Lukov, cada una de sus palabras rezumando decepción.

—No, justo a Lacey no.

Dejó caer los hombros con una decepción infinita e incluso frunció el ceño antes de mirarme y negar con la cabeza.

—Siempre me trae al menos a dos de sus bebés. Siempre. Me lo desordenan todo y dejan pelos por todas partes, pero ahora los echo de menos. Qué tontería, ¿verdad, Jasmine? —Miró a Ivan con la ternura de la que solo una madre amorosa es capaz—. Vanya y sus adoptados. Siempre haciéndose cargo de lo que los demás ya no quieren; es así desde niño.

Algo extraño me sucedió en la mitad superior del cuerpo y no pude evitar desviar la mirada hacia Ivan, quien se había apoyado en la encimera de la cocina y se había cruzado de brazos mientras yo permanecía con su madre. Sus ojos se cruzaron con los míos y no los apartó.

—Para la próxima, supongo. La sopa está lista, dejad que os prepare algo para beber ¡y enseguida cenamos! —exclamó la señora Lukov.

Me desperté sabiendo que no me encontraba en mi cama.

Más que nada porque era imposible que me hubiera despertado en mi cama desnuda. Y porque mi habitación no estaba pintada de azul regio. Pero, sobre todo, porque jamás dormía con el pecho desnudo. No me fiaba de que nadie de mi familia no fuera a entrar en tromba en mi habitación mientras dormía a hacerme algo. Y no estaba dispuesta a traumatizarlos de por vida por ver partes de mi anatomía que yo tampoco quería verles a ellos. Además, al pestañear en el dormitorio medio en penumbra, algo más confirmó que no estaba ni en mi habitación ni en mi casa. Era absolutamente imposible que en este universo ni en ningún círculo del infierno fuera a despertarme en mi cama en bragas ¡y con un puto brazo rodeándome la cintura!

Me podría haber dado un ataque en el segundo en el que me percaté de que el peso apoyado en mi cadera y que se cerraba sobre mi vientre estaba cubierto de vello. Podría haber gritado cuando sentí sobre el cuello una bocanada de aliento.

Podría haber hecho cualquiera de estas cosas, o todas ellas, nada más despertar, pero no las hice.

Para empezar, ¡porque conocía aquel puñetero azul regio! Lo había visto al andar husmeando el día anterior. Y cuando entrecerré los ojos y bajé la vista, ¡también conocía ese tono de piel contra mi vientre! Era más claro que el mío. Salpicado de vello oscuro. Un antebrazo de músculos esbeltos y fibrosos. Por si no bastara, habría sido capaz de reconocer aquellos dedos que tenía encima con los ojos vendados.

A pesar de ello, no pude evitar quedarme inmóvil como un maniquí, allí tumbada sin camiseta ni sujetador y básicamente en los brazos del único hombre en el mundo a quien dejaría que me tocase así, porque confiaba en él, aunque no le hubiera dicho nada al respecto. Y es que ni siquiera estaba segura de cuándo había empezado a hacerlo, pero en algún momento había sucedido. Era un sentimiento que simplemente se había abierto paso en mí y que, cuando quise pensarlo, ya había arraigado.

Pero ¡¿qué cojones había pasado?!

—Buenos días, Albóndiga —susurró con tono dulce y ronco aquella voz familiar, el aire de su aliento rozándome el cuello..., además de lo que tenían que ser sus labios suaves y húmedos al formar cada una de las letras que pronunciaba su boca.

—¿Buenos días? —pregunté, arrugando la cara con horror, aunque no tanto como habría imaginado.

¿Qué demonios había pasado? Traté de pensar..., pero lo único que hizo mi cuerpo fue admitir que me encontraba fatal y que no recordaba ni un puñetero detalle después de haber llegado a casa de los padres de Ivan y de que su madre hubiera comenzado a enchufarme sopa de remolacha y un cóctel que se negaba a llamar «destornillador», pero que desde luego lo era, cada vez que se me acababa la copa y por mucho que Ivan le dijera que parase después del segundo. Al igual que ocurría con mi madre, a la señora Lukov nadie le decía qué hacer, y menos su hijo.

Después de aquello, no había más que niebla. «¿Qué coño ha pasado?», me pregunté mientras Ivan suspiraba contra mi cuello.

—Tranquila. Te tiraste Gatorade por encima al bajarte del coche y luego te metiste en mi cama en mitad de la noche.

Ay, Dios. Emití un gruñido de horror. En serio: de horror. ¿De dónde diantres había salido el Gatorade y cómo podía haber estado tan borracha que, tras tirármelo por encima, había decidido que lo mejor era desnudarme en lugar de darme una ducha? Había un motivo por el que rara vez bebía y no era el alto contenido calórico de ciertas bebidas. Ivan debía de saberlo de sobra porque rio entre dientes, su boca aterrizando en el hueco de mi cuello.

—Te dije que volvieras a tu cama, pero no dejabas de repetir que te estabas muriendo. —Habría querido sentirme sorprendida, pero no pude—. Entonces empezaste a decir «lo he roto» y yo te pregunté el qué.

Su voz se interrumpió al mismo tiempo que sus exhalaciones se hicieron más rápidas y ligeras contra mi piel. Qué cabrón. Se estaba riendo, medio dormido, y trataba de aguantar las carcajadas.

—Y tú me dijiste que te habías roto el…, el… —De algún modo consiguió ahogarlas, pero exhalaba cada vez más rápido, lo que indicaba que se estaba riendo. Como si el hecho de que todo su tronco temblase no me lo diera a entender ya, y de sobra.

—Cállate —gruñí.

Ivan seguía agitándose por la risa.

—No dejabas de insistir en que te habías roto el hígado —bufó.

Pues muy bien. Realmente me sentía como si me hubiera roto algo, pero bien roto. No recordaba una mierda. Había bebido más que nunca. Más de lo que jamás volvería a beber. Para empezar ¿cuánto vodka me había echado la señora Lukov en la bebida? Por el sabor, no parecía que hubiera sido mucho, pero… joder.

—Y querías que te llevase al hospital —prosiguió Ivan.

Gruñí. Gruñí por dentro.

—Me dijiste que querías que te sujetase el hígado…

Ay, Dios.

—«Solo un momentito, Vanya, solo un momentito» —dijo con voz ahogada—. «Lo he roto».

¿Lo había llamado Vanya?

En fin. Dejé aquel detalle de lado y me centré en lo más importante.

—¿Y entonces dejaste que me quedara en tu cama? ¿Sin parte de arriba? ¿Para poder sujetarme el hígado roto?

El brazo que me rodeaba se tensó.

—Fuiste tú quien insistió.

—Sin sujetador.

—Cuando llegaste ya estabas así, ¿qué iba a hacer: obligarte a vestirte? Ya sabes lo testaruda que eres incluso cuando no estás borracha.

—Podrías haberte vestido.

—Estaba en mi cama, cómodo, dormido. Fuiste tú la que te presentaste aquí.

Ladeé la cabeza para intentar mirarlo por encima de mi hombro antes de recordar que, con toda probabilidad, no me había lavado los dientes.

—¿Llevas pantalón por lo menos?

—No.

—¿Y no podrías haberte puesto uno?

—¿Y salir de la cama con lo calentito que estaba?

—Podías haberme puesto una camiseta.

—¿Y plantarte las manos encima cuando no me habías dado permiso?

Me quedé boquiabierta. Luego, cuando la pálida mano que tenía en el vientre hizo un levísimo movimiento, puse los ojos en blanco.

—So idiota, ahora mismo ya tienes las manos encima de mí. —Su risa sonó lenta e impresionante: cero arrepentimiento y cien por cien Ivan—. O haberte puesto una camiseta tú.

Se detuvo y luego dijo:

—No.

Iba a matarlo.

—¿Así que te pareció bien que los dos estuviéramos aquí juntos? —No vi cómo se encogía de hombros, pero lo noté—. ¿Por qué no te fuiste de la cama?

—¿Por qué iba a hacerlo? —Resopló. Su risa suave se me enredaba en la parte posterior del cuello—. Y tampoco es que nunca te hubiera visto desnuda.

Emití un gruñido.

—Además, es mi deber asegurarme de que estás bien.

Era una manera de verlo. Solo había que ladear la cabeza y entrecerrar los ojos.

—No cuando no llevo una camiseta encima.

—Pero no sería la primera vez, ¿recuerdas?

¿Tenía razón? Por supuesto que sí. ¿Me importaba? Por supuesto que no.

—¿Dejas que todas tus compañeras se te metan en la cama borrachas y desnudas, pedazo de pervertido?

Dejó de respirar y de reír a mi espalda por un momento, pero enseguida se relajó.

—No. ¿Dejas tú que todos sus compañeros te vean desnuda? —dijo.

—No. —Era más bien un «ni de coña», pero me dolía tanto la cabeza que no fui capaz de articular las dos palabras.

Ninguno de los dos dijo nada por un momento, hasta que Ivan decidió hacerme una pregunta que no esperaba.

—¿Lo echas de menos?

Algo duro me rozó la espalda y traté con todas mis fuerzas de fingir que no era para tanto..., pero probablemente se tratase de su polla apenas cubierta con la ropa interior, y desde luego que era para eso y más. Los amigos no les rozaban la polla a sus amigos, ¿no?

«Los amigos con derecho a roce sí», susurró una vocecilla en mi cabeza antes de que obligara a la cabrona a callarse.

—¿A quién? —pregunté.

—A Paul —replicó Ivan tras una pausa.

Esta vez, el «ni de coña» me salió con toda facilidad.

Lo que probablemente fuera su polla seguía rozándome cuando Ivan me preguntó:

—¿Estás segura?

—Segurísima. —Entonces no pude evitar mirar por encima del hombro y ver que estaba allí de verdad. Justo allí. Ni aliento mañanero ni leches—. ¿Tú echas de menos a tus antiguas compañeras? —pregunté de sopetón, como una absoluta mema, aunque una parte de mí ya me había advertido que hacerlo era una estupidez.

—Ni un poco —respondió.

Vaya.

—¿Lamentas que Mindy se tomara un año sabático y no te haya quedado otra que patinar conmigo? —fue la siguiente pregunta absurda, de la que me arrepentí al instante.

Ivan se quedó mirándome. Se quedó mirándome tanto tiempo, a pocos centímetros de mi cara y sin que ninguno de los dos llevásemos nada encima, que estaba segura de que no me respondería.

Sin embargo, lo hizo, y su monosílabo pareció significar mucho más de lo que decía.

—No.

No... Vale.

Ninguno de los dos dijo nada. Ni durante un minuto ni durante cinco, a juzgar por el reloj digital de la mesilla que veía más allá de su hombro. El órgano suave pero rígido, cuya punta más que probablemente se me estaba clavando en la espalda, se movió y juraría que lo sentí en el clítoris. Por lo que se veía, iba siendo hora de tocármelo un rato. Llevaba sin masturbarme desde la mañana en la que había caído enferma y, en mi caso, eso casi constituía un récord mundial.

—¿Ivan? —pregunté con cuidado.

—¿Mmm? —Su voz volvía a sonar toda adormilada y perezosa.

—¿Vas a apartar la polla o este es el tipo de amigos que vamos a ser ahora? —traté de bromear.

Ivan se rio bajito.

—Este es el tipo de amigos que vamos a ser —respondió.

Si lo que sentí en el vientre fue decepción, me dije a mí misma que no era más que vergüenza por haberme metido en su cama de buenas a primeras.

17

Verano/otoño

Comino
Cena en Margot's a las 7 con papá
Seb
Vale
Jojo
Por mí bien. Contad con James y conmigo
Tali
Suena bien
Mamá
Yo llevaré a Ben
Comino
Vale, mamá
Mamá
Sé que estás poniendo caras, Rubella. Para
Estoy casada y lo sabe. Él está casado y lo sé
Comino
Pero si no he dicho nada!
Mamá
Pero sé que no te parece bien
Comino
-_-
Mamá
Me comportaré como es debido
Comino
Me lo prometes? No te dedicarás a llevarle la contraria?
Mamá

Te lo prometo. Ni una palabra
Comino
Me lo has prometido
Jas, tú también vienes, verdad?

Suspiré y me froté el hueso de la ceja con el dorso de la mano. Sabía que mi padre había llegado hacía unos días. No se me había olvidado. Simplemente había decidido no pasar a saludar por casa de Ruby, donde se estaba quedando.

Estaba cansada después de dos entrenamientos diarios, ballet, pilates, pesas, correr y trabajar. Solo quedaban dos semanas para nuestra primera competición, así que era la puta hora de la verdad. Se nos acababa el tiempo y tenía un estrés de tres pares de pelotas. Llevaba estresada más de dos meses porque, en cuanto me había recuperado del virus e Ivan por fin «me había permitido» volver a casa, nos habíamos volcado en aprender la coreografía del programa corto y el libre. Habíamos decidido no molestarnos con el programa de exhibición que la mayoría de las parejas preparaba para las galas que se celebraban después de los grandes torneos. Ivan y yo habíamos resuelto que entre los tres —incluida la entrenadora Lee— ya montaríamos algo.

Todos habíamos sonreído con malicia cuando Ivan escogió la música y, aunque aprender la coreografía ya resultaba cansado, había sido aún más duro para mí que para él. No es que se lo dijese ni dejase que se me notara, porque había tenido que hacer exactamente lo mismo que siempre: practicar quinientas veces más cuando no estaba con la entrenadora o el coreógrafo.

Si a cualquiera de ellos les había parecido extraño que llevase mi propia cámara y el trípode al entrenamiento para filmarlo, no habían dicho nada. Lee ya tenía montada la suya para analizar hasta la extenuación aquello que sus ojos no fueran capaces de captar. Los míos necesitaban la cámara para seguir los movimientos y elementos por la noche, en mi cuarto o en el salón. Y, durante la semana, le pedía a mi madre o a Tali o a Jojo que me acompañaran al CL cerca de la medianoche —de diez a doce— para verme y corregirme mientras repetía los programas tantas veces que mis músculos se veían obligados a memorizarlos.

Durante casi un mes sobreviví a base de dormir tres horas seis días a la semana. Había sido un infierno. Una mierda. Me había puesto de un humor de perros, pero no podía quejarme y no me quejaría —aunque aquello significase que tendría que maquillarme antes de los entrenamientos para que no se me notaran tanto las ojeras—.

El caso es que había sobrevivido de junio a julio. Y había sobrevivido a la intensidad de julio y a la de agosto, y luego a la de septiembre, mientras desgranábamos nuestros movimientos y los reconstruíamos a base de repeticiones y un montón de paciencia. Era difícil alcanzar la perfección, pero ninguno de nosotros esperaba ni se iba a conformar con menos. Así que... seguimos adelante.

Dejaba tiempo para mi familia los sábados por la noche, cuando Ivan solía sumarse a menos que alguno de sus «niños» estuviera enfermo. Y en los raros días en los que uno de ellos no se encontraba bien, era yo quien iba a su casa el domingo y echábamos el rato, los sacábamos a dar un paseo o veíamos la tele en su sofá enorme y cómodo. En dos ocasiones había llevado a Jessie y a Benny, y había sido igual de divertido, porque Lacey podía ser una chulita con una mirada aviesa que me dejaba alucinada, pero le encantaban los niños.

Trabajaba. Practicaba. Hacía pesas. Hacía ballet con y sin Ivan. Hacía pilates sin él y a veces con mi madre. Salía a correr, a veces con Jojo. Fui a hacer escalada un par de veces con Tali. Ruby y Aaron venían a cenar de vez en cuando. Cada minuto de mi vida empezó a contar y era medido, programado y reservado antes de que el día hubiera empezado siquiera. Pero me encantaba. Lo valoraba. Todos aquellos momentos que colaba de alguna manera eran necesarios para mí y los apreciaba. Estaba consiguiendo que las cosas funcionaran. Estaba feliz. Más que feliz. Así que lo último que quería o necesitaba era ver a mi padre. Pero...

—¿A qué viene esa cara? —me preguntó Ivan.

Acababa de soltar su bolsa junto a la mía en el gimnasio donde íbamos a entrenar aquella tarde, mientras intentábamos perfeccionar un lanzamiento cuádruple... porque «a la mierda, ¿por qué no?», que era lo que yo había respondido cuando la entrenadora Lee mencionó lo bien que nos salían ya los triples y que creía que podíamos añadir una rotación más a la receta: facilito, facilito. Solo que, en el gimnasio, podíamos probar sin miedo a que me abriera la puta cabeza contra el hielo. Por lo visto, gracias a la revisión médica, habían descubierto que ya había sufrido cinco traumatismos craneales en mi vida, por lo que debería evitar uno más. Yo había propuesto usar un casco de bici, pero la única respuesta que recibí fue un par de miradas inexpresivas. No obstante, Ivan fue al único al que respondí con una peineta. Tampoco habían apreciado mi chiste sobre que, ya que nos poníamos, podíamos intentar hacer un *Pamchenko*. En esas estábamos.

Levanté la vista y lo miré sin dejar el teléfono a un lado. Llevaba una camiseta blanca fina, que debía de ser viejísima por lo raída que estaba, y un pantalón de chándal descolorido que no le había visto nunca puesto, ni siquiera para andar por casa, donde solía llevar la misma ropa con la que entrenaba. Y estaba guapísimo. No sé ni de qué me sorprendía.

—Mi padre está en la ciudad.

Ivan parpadeó.

—Creía que pasaba de vosotros.

La carcajada que me salió era más triste que divertida.

—No. —Arrugué la nariz y miré a otro lado; «pasar» no era la palabra.

Ivan se puso a canturrear pensativo, lo que sabía que no auguraba nada bueno.

—Creo que la única vez que me has hablado de él fue el Día del Padre, cuando dijiste que no ibas a llamarlo. Pensé que...

Bajé la vista al teléfono, que yacía en el suelo, y me descubrí agitando la pierna. Meses atrás habría cambiado de tema, pero Ivan se había convertido en..., se había convertido en alguien a quien no mentía. Jamás. Aunque lo sabía y lo aceptaba, solo le conté una parte. Contarle todo sería demasiado. Demasiado para mí. Estaba feliz y no quería echarlo a perder.

—No estamos unidos. Vive en California —expliqué.

—¿Y eso? ¿Es mala gente? ¿No os pasaba la pensión alimenticia todos los meses? —preguntó con brusquedad.

Negué con la cabeza, dispuesta a seguir sincerándome: no era tan duro como me había imaginado.

—No. Pagaba la pensión alimenticia y venía mucho de visita cuando Rubes, Seb y Tali eran pequeños. Sigue viniendo una vez al año. Llama por los cumpleaños, envía tarjetas en Navidades... —Navidades que pasaba con sus hijastros; pero eso no se lo iba a decir, ¿para qué?

Un gesto extraño atravesó su rostro, pero no dijo nada, y yo me limité a suspirar. Veía que intentaba dilucidar qué me pasaba y o me lo sacaba ya o me daría la matraca con el tema hasta conseguirlo.

—No me apoya demasiado con lo del patinaje artístico, es solo eso. —Me encogí de hombros—. Puedes imaginarte cómo me hace sentir. El caso es que está de visita y la familia va a cenar toda junta esta noche, pero yo no quiero ir.

Ivan se inclinó hacia delante y me dio un papirotazo en la frente.

—Pues no vayas; di que tienes entrenamiento.

Lo miré de soslayo, sin mover las manos.

—Es lo que he hecho cada vez que venía. Durante años.

—¿Y...?

—Estoy tratando de no seguir haciéndolo —repetí— y no me gusta la idea de rehuir a mi padre solo por no oírle decir que soy una decepción.

Ivan parpadeó lentamente, el temblor de su mentón palpitó aún más lentamente y su voz descendió de una manera que no había oído desde la mañana, dos meses atrás, en la que se había sentado a mi lado mientras borraba mi cuenta personal de Picturegram después de que me siguieran llegando comentarios y mensajes groseros. Cuando me pidió ir conmigo a abrir mi apartado de correos a partir de entonces, ni siquiera se lo discutí, pero no debía de haber llegado nada, porque desde entonces Ivan no me había traído ninguna carta desagradable.

—¿Eso ha dicho de ti?

Mierda.

—No, pero hay gente a la que se le da muy bien dar a entender con buenas palabras lo que piensa. —Volví a suspirar y me froté la frente de nuevo. ¿Debía ir? ¿Debía mentir y quedarme en casa o hacer algo con Ivan? Yo sabía lo que quería hacer; ni siquiera era una cuestión de elegir, pero..., joder—. Estaré bien. He madurado. Soy capaz de mantener la boca cerrada y no discutir con él durante dos horas. —Al menos eso era lo que iba a decirme a mí misma.

Ivan me dio un codazo amigable con el brazo con el que me abrazaba varias veces a la semana, normalmente sin venir a cuento y siempre que bordábamos algún elemento o el entrenamiento nos había salido bien.

—Estoy libre esta noche.

Solté una carcajada.

—Estás libre todas las noches.

Así era. Además de con su familia y conmigo, los únicos con quienes pasaba el rato eran sus bebés. Me había dicho una vez que había pasado tanto tiempo fuera de pequeño que ahora simplemente le gustaba quedarse en casa siempre que podía.

—Puedo pellizcarte si empiezas a discutir con él —se ofreció dándome otro codacito.

No pude evitar sonreírle.

—Seguro que me pellizcarías incluso sin discutir con él.

La sonrisa que se abrió paso en sus labios me infundió ánimos y me la guardé para más tarde, como hacía siempre.

—Entonces ¿quieres que cancele mi apretadísimo calendario con Lacey?

Ay, Lacey. La monstruita desconfiada, rencorosa y monísima que apenas había empezado a dejar que la acariciara, pero solo cuando quería, y solo un segundo, y no en la cabeza.

—No tienes por qué hacerlo. Sé que preferirías quedarte en casa con la tropa.

—Sí, porque es el único momento en el que la gente ni me mira ni me habla —respondió, y su sinceridad me pilló desprevenida—, pero no quiero que tengas miedo a ver a tu padre. —Volvió dedicarme otra de aquellas sonrisas luminosas—. Ya sabes que te ataré en corto.

Me reí burlona y puse los ojos en blanco.

—Tú inténtalo.

Ivan se apoyó en las manos y se echó hacia atrás, su sonrisa cada vez más amplia.

—Albóndiga, sabes que puedo. No te tengo miedo. Te gusta demasiado mi cara como para darme un puñetazo.

Qué idiota. Pero de remate. Si lo provoqué al soltar una risita por lo bajo, fue porque no iba a reírme a carcajadas y empeorar aún más las cosas.

—Uno de estos días te voy a dar una patada en el culo que se te van a quitar las ganas de decir tonterías.

Ivan soltó una carcajada fuerte y jovial.

—Tú inténtalo.

Puse los ojos en blanco y fingí no darme cuenta de la sonrisilla que tenía en la cara.

—¿Has visto ya el número de anatomía? —preguntó de repente.

—¿Ya ha salido? —repliqué sorprendida.

Ivan asintió.

—Ayer —respondió, mientras echaba mano a su bolsa y la arrastraba hacia sí. No tardó ni un momento en sacar una revista de color negro brillante con el retrato de un futbolista famoso en la cubierta y dejarla sobre mi regazo—. Página 208.

Al hojearla capté fragmentos de muslos, bíceps y espaldas esculturales hasta llegar al punto correspondiente, cuando me quedé mirando la doble página. Estaba convencida de que iban a usar una de las instantáneas que la fotógrafa había tomado mientras ejecutábamos una elevación estrella, para la cual Ivan me levantaba por encima de la cabeza con su mano en mi cadera mientras yo parecía estar boca abajo con las piernas estiradas y abiertas. La fotógrafa nos la había enseñado mientras recogíamos al final de la jornada.

No obstante, la revista no había elegido aquella imagen, sino que lo que aparecía en aquel número era una instantánea perfecta de los dos durante una espiral de la muerte. Bueno, una espiral de la muerte modificada porque, en lugar de llevar el brazo pegado al costado y casi paralelo al suelo, me cubría las tetas, tapando así las dos cosas que no estaba dispuesta a mostrar: los pezones. Con Ivan en posición de pivote, como si estuviera sentado en una silla imaginaria, con una pierna algo atrasada para así anclar la punta del pie en el hielo, una de sus manos sujetaba la mía. En movimiento, habría hecho que girase en círculos alrededor de él con mi cuerpo paralelo al hielo y la cabeza a la altura de la rodilla, a pocos centímetros de rozar el suelo. Era uno de mis elementos favoritos y punto. Sin embargo, vernos ejecutándolo en aquella revista... era otra cosa.

Los contornos de los músculos de Ivan en los muslos y los gemelos eran increíbles. El brazo con el que me agarraba era largo y fuerte, y el hombro y la parte del cuello visibles resultaban de lo más gráciles. Estaba imponente; un ejemplo físico perfecto de todo lo que constituía el patinaje artístico: elegancia, potencia y agilidad.

Y, joder, yo tampoco estaba nada mal. Jojo no iba a tener demasiado de qué quejarse. El ángulo con el que se había tomado la fotografía mostraba prácticamente todo el muslo, el perfil de una nalga y las caderas, parte de los abdominales, las costillas y toda mi piel en su ascenso hasta la mano que sostenía Ivan.

Era una obra de arte. Una obra de arte que compensaba todas las mierdas que recibía en el correo que Ivan ahora filtraba por mí. Era una belleza. Iba a necesitar un ejemplar para enmarcarlo.

—¿Qué te parece? —preguntó el hombre que tenía al lado.

Mientras miraba el surco que trazaban los músculos que envolvían sus costillas hasta la espalda, respondí.

—No está nada mal.

Ni me sorprendí cuando me dio un ligero codazo a modo de respuesta.

Había cometido un terrible error. Tremendo. Horrible. Debería haberme quedado en casa. Debería haberme marchado a casa de Ivan. Debería haber estado en el CL. Cualquier cosa menos ir a cenar con mi familia para ver a mi padre.

Porque era fácil olvidar que el amor era complicado. Que alguien podía quererte y querer lo mejor para ti y, al mismo tiempo, romperte por la mitad. Lo de querer a alguien mal era una realidad. Era posible querer a alguien demasiado. Que el amor resultase forzado. Y, en mi caso, mi padre dominaba esa puñetera arte.

Me había sentado en la otra punta de la mesa y había hecho todo lo posible por no llamar la atención después de darle a mi padre el primer abrazo en más de un año. Había sido raro, al menos para mí, pero mis hermanos y hasta mi madre lo habían abrazado, así que yo también tuve que hacerlo.

Mi objetivo había sido permanecer callada el máximo tiempo posible para impedirme decir nada que pudiera desencadenar la ristra de palabrotas que brotaban con demasiada frecuencia cuando estábamos cerca el uno del otro. Pero al final había caído, como caía siempre por mucho que no quisiera. Y todo se lo debía a Ruby, que mencionó a mi «maravilloso nuevo compañero» —quien se había sentado conmigo a un lado y Benny al otro— y que en los próximos meses íbamos a participar en varias competiciones.

Así, como quien no quiere la cosa, sin darme la enhorabuena por hacer pareja con el hombre de quien probablemente ignoraba que era medallista de oro y campeón mundial, a quien habían dedicado páginas de fans y de quien habían escrito una biografía no autorizada, mi padre abordó un tema que jamás de los jamases acababa bien entre nosotros.

Aquel hombre con la piel y el cabello del mismo color que los míos se inclinó sobre la mesa y, con una sonrisa de suficiencia, dijo:

—Me alegro por ti, Jasmine, pero lo que me gustaría saber es qué vas a hacer después.

La madre que lo parió.

Más tarde me diría que lo había intentado. Que había intentado hacerme la tonta y proporcionarle una salida, aunque odiaba jugar a aquel juego. Odiaba tener que brindarle una oportunidad.

—¿Cuando acabe la temporada? —pregunté, deseosísima de que no me avergonzara o insultase a Ivan dando a entender que le importaba una mierda que fuera el patinaje artístico encarnado en un hombre.

Pero, como siempre, o no le importaba lo más mínimo o no hizo caso de las señales que yo veía que todo el mundo le lanzaba para que cerrase la bocaza.

—No, cuando te retires —respondió, con expresión todavía agradable en su rostro de setenta años—. Tu madre me ha dicho que sigues trabajando en un restaurante. Es estupendo que ganes tu propio dinero después de tantos años diciendo que no podías porque tenías que entrenar —concluyó con una risita.

Como si no me hubiera dicho exactamente lo mismo a los dieciséis, diecisiete o dieciocho años, cuando tenía dificultades con los estudios y trataba de patinar cada uno de los minutos de mi vida porque lo estaba petando. En aquellos tiempos era la reina del patinaje júnior. Pues claro que no quería trabajar, porque un trabajo a media jornada habría supuesto poner fin a mis sueños. Mamá siempre lo había sabido y lo había entendido, pero él no, y yo la había cagado a los dieciocho al pedirle dinero, cuando sabía de sobra lo que iba a pasar: «¿No eres un poco mayor para estas cosas del patinaje, Jasmine? Céntrate en los estudios. Céntrate en algo en lo que siempre serás buena. Estos sueños tuyos son una pérdida de tiempo».

Yo no era una persona supersticiosa, en absoluto. Pero la temporada después de aquella había sido la peor de mi vida. Y las siguientes no habían sido mucho mejores. Los entrenamientos iban bien. Todo iba genial antes de cada torneo. Pero a la hora de la verdad... Me ahogaba. La cagaba. Perdía la confianza en mí misma todas y cada una de las veces. Unas más que otras, pero siempre me pasaba lo mismo.

Nunca le había dicho a nadie que culpaba a mi padre. «Céntrate en algo en lo que siempre serás buena». Porque, según él, no siempre sería buena en lo único que realmente se me daba bien. Así que sus palabras en aquel momento, rodeada de mi familia en el restaurante, fueron como un puto puñetazo en el plexo solar que no había manera de esquivar ni mitigar. Pero él siguió a lo suyo.

—No puedes trabajar siempre de camarera y no puedes seguir patinando el resto de la vida, ¿sabes? —dijo, sonriendo como si cada una de sus palabras no me clavase cientos de alfileres en la piel, hundiéndose más y más con cada segundo que pasaba, tan hondo que no sabía cómo coño me las iba a sacar después.

Apreté los dientes y bajé los ojos, obligándome a mantener la boca cerrada. A no mandar a mi padre a la mierda. A no culparlo de todo el daño que sus palabras y sus acciones me habían hecho. A no decirle que no tenía ni idea de lo que haría cuando terminase de patinar y, de alguna manera, admitir que la falta de respuestas —y de ideas— me daba un miedo atroz. Ni siquiera sabía lo que iba a hacer al cabo de un año, cuando terminase mi colaboración con Ivan, pero eso no iba a sacarlo a relucir. Ni siquiera Ivan lo había mencionado desde hacía meses. Lo último que necesitaba mi padre era saber que Ivan no quería seguir conmigo más de un año, aunque fuera mi mejor amigo y la persona con quien más disfrutaba de mi tiempo libre. Mi orgullo no lo soportaría.

—Creo que tal vez deberías haber ido a la universidad como Ruby. Ella estudió y después hizo lo que quiso —siguió diciendo, sin darse cuenta de que me estaba matando por dentro y de que mi madre, sentada a mi lado, agarraba el cuchillo como si le fuera la vida en ello—. Nunca es tarde para dar marcha atrás y hacer algo con tu vida. Yo me he planteado volver a estudiar y sacarme un máster, ¿ves?

Conque hacer algo con mi vida. ¡Hacer algo con mi vida...! Tragué saliva y aferré el tenedor con fuerza, pinché un ravioli con furia y me lo metí en la boca antes de decir nada de lo que pudiera arrepentirme, aunque probablemente no me arrepentiría.

Algo me tocó por debajo de la mesa, deslizándose sobre la rodilla para luego apretármela. No me había dado cuenta de que estaba sacudiendo la pierna hasta que Ivan me paró. Al mirarlo de soslayo, vi que su brazo estaba parcialmente oculto bajo la mesa y lo que no se me escapó en absoluto fue que me miraba por el rabillo del ojo con las mejillas encendidas. ¿Por qué estaba colorado?

—Tienes que concentrarte en lo que te dará dinero cuando seas mayor y ya no puedas bajar al hielo —continuó mi padre, ajeno a todo.

Yo sujetaba el tenedor con tanta fuerza que los dedos se me estaban empezando a poner blancos. La mano que tenía en la rodilla me la apretó con más fuerza antes de ascender un poco, justo por encima de la rótula, y rodearla. ¿De verdad tenía que decir todo esto delante de alguien que había dedicado su vida entera al patinaje artístico? Una cosa era insultarme a mí y otra despreciar todo el esfuerzo que había hecho Ivan.

—No es que estudiar se te diera bien, pero sé que puedes lograrlo —prosiguió mi padre con tono entusiasta ante la idea de que retomase los libros, y esa fue la gota que colmó el vaso.

«Jasmine no tiene una discapacidad de aprendizaje —le había dicho a mi madre un día en la cocina cuando rondaba los ocho años y tendría que haber estado en la cama en lugar de haber bajado a hurtadillas a escucharlos—. Lo único que tiene que hacer es concentrarse».

Al mirar a aquel hombre a quien había querido y de quien había deseado que me quisiera de igual manera durante tanto tiempo, lo único que sentí fue una ira que no había logrado dominar en los más de veinte años que hacía desde que se había divorciado de mamá y se había ido. Que me había abandonado. Que nos había abandonado a todos. Que se había largado y punto. Así que tragué saliva con cautela y acepté que no me conocía en absoluto y nunca me había conocido. Tal vez la culpa fuera mía, tal vez fuera suya, pero eso no significaba que fuese a cerrar la puñetera boca como les había prometido a todos que haría.

—No, ni el colegio ni el instituto se me daban demasiado bien. Los odiaba —le dije cautelosa, controlando cada palabra que me salía por la boca—. Y me odiaba a mí misma por odiarlos.

Mi padre me dirigió una mirada de sorpresa.

—Oh...

—Tengo una discapacidad de aprendizaje, papá. Me resultaba difícil y no me gustaba —proseguí, sin apartar los ojos de él e ignorando las miradas que sin duda estarían cruzando mis hermanos—. No me gustaba tener que ir a..., ¿cómo lo llamabas?, «tratamiento especial» para aprender el abecedario cuando todo el mundo ya estaba leyendo. No me gustaba tener que imaginar formas distintas de aprender a deletrear porque a mi cerebro le costaba seguir las secuencias de letras. No me gustaba ser incapaz de recordar las combinaciones de las taquillas y tener que escribírmelas en la mano todos los santos días. Odiaba que la gente me creyese estúpida.

A pesar de estar en la otra punta de la mesa, vi como tragaba saliva, pero él se lo había buscado. Era quien había sacado un tema conocido por todos salvo Ivan y probablemente Aaron.

—Pero puedes ir a ciertas clases y hacer ciertas cosas para mejorar.

Reprimí un suspiro, pero lo pagué con el tenedor, que continué aferrando como si lo fuera a romper.

—Sé leer y escribir; esa no es la cuestión. Aprendí a hacerlo y ya. No me gusta estudiar y nunca me gustará. No me gusta que la gente me diga qué hacer y qué aprender. No voy a graduarme en la universidad. Ni mañana ni dentro de cinco años ni de cincuenta.

El semblante de mi padre se alteró un instante y su mirada recorrió la mesa como si buscase algo. Y no sé qué creyó ver o por qué decidió pronunciar las palabras que salieron de su boca al cabo de un momento, pero él solito firmó su sentencia con una voz que sonó demasiado ligera, demasiado chistosa para una situación que a mí no me hacía ni pizca de gracia.

—Jasmine, así es como hablan los que se rinden.

Oí que mi hermano Jojo inspiraba con fuerza y como el tenedor de Ivan chocaba contra el borde de su plato. Pero sobre todo oí, como la ira hervía en mi interior ante sus palabras. Ante sus asunciones de mierda.

—¿Crees que soy de los que se rinden? —le pregunté, perfectamente consciente de que lo miraba igual que miraba a la gente cuando estaba a punto de perder los putos estribos.

—Jas, todos sabemos que no eres de los que se rinden —se apresuró a terciar Jojo, por fin, pero ninguno de los dos le hicimos caso.

—Cuando uno no quiere acabar el instituto porque se le hace duro, se llama rendirse —afirmó mi padre, rompiéndome el corazón por la mitad. ¿Es que no había oído ni una puñetera palabra de lo que acababa de decir?

A mi lado, Ivan carraspeó mientras sus dedos ascendían por mi pierna y me la apretaba, pero no con ira..., sino con algo distinto que no acerté a distinguir. Antes de poder abrir la boca para defenderme, para chillarle a mi padre que esa no era la cuestión, se me adelantó.

—Sé que no soy miembro de esta familia, pero necesito decir algo —explicó mi compañero con tono tranquilo.

No lo miré; no podía. Estaba tan..., tan furiosa y tan decepcionada que quería vomitar; pero el prosiguió.

—Señor Santos, su hija es la persona más trabajadora que jamás haya conocido. Es insistente hasta el hartazgo. Si alguien le dice que no haga algo, ella lo hace aún más. No creo que haya nadie en el mundo que se haya caído tanto como Jasmine para luego levantarse, sin quejarse jamás, sin llorar jamás, sin rendirse jamás. Puede que despotrique, pero solo despotrica contra sí misma. Es inteligente y es pertinaz —dijo con voz sosegada mientras me apretaba la pierna más fuerte que antes—. De lunes a viernes llega al centro a las cuatro de la mañana y entrena conmigo hasta las ocho. Luego va a trabajar y está en pie hasta el mediodía. Toma sus dos desayunos y el almuerzo en el coche, luego vuelve a entrar y entrena conmigo en el gimnasio hasta las cuatro. Tres días a la semana tiene clases de ballet ella sola y luego otra conmigo, cada una de dos horas. Una vez a la semana hace pilates de seis a siete. Cuatro días de la semana sale a correr y hace pesas después de entrenar. Vuelve a casa, pasa un rato con el resto de su familia y a las nueve se va a la cama. Luego se levanta a las tres de la madrugada y vuelta a empezar.

»Y durante meses ha estado yendo al centro a practicar ella sola desde las diez hasta la medianoche porque era demasiado orgullosa para decirme que necesitaba ayuda. Luego volvía a casa, dormía tres horas y otra vez en marcha. Seis días de la semana. —La mano posada sobre mi pierna me agarraba con una fuerza descomunal, pero no la notaba tensa, sino... desesperada—. Si Jasmine quisiera estudiar, se graduaría con honores. Si quisiera doctorarse, se doctoraría. Pero ha querido ser patinadora artística y es la mejor compañera que jamás haya tenido. Creo que si uno va a hacer algo, debe ser el mejor. Y Jasmine lo es. Entiendo que estudiar es importante, pero ella tiene un don. Debería estar orgulloso de que jamás haya abandonado sus sueños. Debería estar orgulloso de que siempre haya sido fiel a sí misma.

Ivan se detuvo y pronunció tres palabras que me desgarraron.

—Yo lo estaría.

Joder. Jo-der.

Ni siquiera me di cuenta de que había echado hacia atrás la silla hasta que me levanté y dejé caer la servilleta, el tenedor y el cuchillo junto a mi plato. Algo me ardía en el pecho. Me abrasaba. Me descarnaba por fuera y por dentro.

¿Cómo era posible que Ivan me conociera tan bien y mi propio padre no? ¿Cómo era posible que Ivan supiera todo eso sobre mí y que a mi propio padre lo decepcionase quién era yo? Sabía que no se me daban bien los libros. Cuando era más joven, había deseado que me gustasen. Bastante me había costado acabar el instituto, pero porque no me importaba una mierda, porque amaba este deporte y quería ser como otras chicas que estudiaban en casa o tenían tutores particulares. No había mentido al decir que odiaba el colegio y el instituto y que no tenía ningún interés en volver.

Sin embargo, ya era bastante duro resultar una decepción en lo único que se me daba bien; no me hacía falta ser una decepción para mi padre por ser simplemente yo.

Aquella sensación abrasadora me había subido hasta la cara y, a decir verdad, me costaba respirar. Casi me sentía como si no hubiera aire mientras me abría paso entre la gente que esperaba su mesa a la entrada del restaurante, y empujaba la puerta de par en par, tratando de respirar. Me cubrí los ojos con las palmas de las manos e inspiré a bocanadas mientras intentaba con todas mis fuerzas no echarme a llorar. Yo. Llorando. Por mi padre. Por Ivan. Por recordar que, por muchas vueltas que le diera y por muy feliz que estuviese, era idiota y un fracaso. Todo había sucedido demasiado deprisa. O tal vez por fin reconocía hasta qué punto me afectaban las creencias, los deseos y los actos de mi padre. Pero madre de Dios, cómo dolía. Menuda mierda.

Aunque ganase cada una de las competiciones de la temporada, para mi padre seguiría siendo la estúpida de Jasmine, la inútil de Jasmine. La decepcionante Jasmine, la bocazas. La fría y malhumorada Jasmine, con unos sueños que eran una pérdida de tiempo y dinero. No era nada cuando se marchó y en ese momento seguía sin ser nada para él.

Sin embargo, quería serlo. Era lo único que siempre había querido. Había querido ser alguien para mi puñetero padre. Incluso ahora, después de toda aquella mierda, lo único que quería era que me viera. Que me quisiera. Igual que todos los que acudimos con él al restaurante. Quería ser suficiente por mí misma, sin que Ivan tuviera que decirle a mi padre cosas sobre mí que ya debería saber.

Las palmas se me humedecieron y cuando cogí aire sonó como un sollozo, pero lo que sentí fue un cuchillo que se me clavaba justo en el esternón. El único hombre que quería que me apreciase y respetase no lo hacía. Y el otro, el hombre cuyo aprecio y respeto llevaba tanto tiempo diciéndome que no me importaban, parecía tenerme en un pedestal. ¿Por qué no sabía lo dispuesta que estaba a luchar cada día por lo que quería?

Mientras me apretaba aún más los ojos con las palmas de las manos, perfectamente consciente de que tal vez me emborronase el rímel y el lápiz de ojos, y sin que me importase una puta mierda, cogí aire con tanta fuerza que probablemente se me oyera en la otra punta del edificio.

Las puertas se abrieron a mi lado y, antes de que se cerrasen, oí a mi hermano decir: «Quizá deberías darle un minuto». No noté a nadie cerca hasta que era demasiado tarde y un par de brazos me rodearon los hombros. Bastó aspirar su olor un instante para saber quién era.

Un sollozo me descendió hasta los pulmones y prácticamente hizo que el pecho entero se me contrajera, casi en un hipido. Los brazos que me estrechaban me apretaron contra un pecho que me resultaba demasiado familiar al tiempo que dejaba caer los míos a ambos lados. Entonces permití que sucediera. Permití que mi cara impactase justo en el punto entre sus músculos pectorales que tantas veces había visto, que tantas veces había tocado y que cada día admiraba más, y apreté los dientes para impedirme sollozar ruidosamente de nuevo. Fracasé.

El «joder» que murmuró me sacudió por dentro. A continuación, noté lo que debía de ser una mejilla contra la coronilla. La voz de Ivan sonó tan baja que apenas la oía.

—¿Por qué te haces esto?, ¿eh? —me preguntó.

Mi pecho se estremeció con un hipido y un sollozo reprimido que me dolieron aún más que antes.

—Sabes lo buena que eres. Sabes que es algo excepcional. Sabes cuánto te esfuerzas en todo lo que haces. Sabes lo fuerte que eres —me susurró, sus brazos cruzados sobre mis omóplatos—. Tu padre no tiene ni idea sobre patinaje artístico, Jasmine. Por lo visto, no te conoce en absoluto. No deberías permitir que te afecte lo que piensa. No lo permitas.

—Ya lo sé —musité hacia el hueso que había justo entre sus pectorales, cerrando los ojos con fuerza para no quedar aún peor si me ponía a gimotear.

—Me lo advertiste, pero no te creí —prosiguió, sin dejar de apoyar una parte de su cara en lo alto de mi cabeza.

—Te lo dije —respondí, mientras crecía el sentimiento de tristeza en mi interior—. Te lo dije. Yo ni siquiera quería venir. Sabía lo que iba a pasar, pero soy estúpida y creí que esta vez quizá sería distinta. Que quizá podría callarme y fingir que no estaba ahí, como hago siempre. Que quizá esta vez no me criticaría y me diría todo lo que podía hacer con mi vida, pero no. La culpa es mía. Soy una puñetera imbécil. No sé ni por qué sigo molestándome. No voy a ser ingeniera como Sebastian. No voy a usar un subsidio del ejército para pasarme al marketing. No voy a dedicarme a gestionar proyectos como Tali ni a ser como Ruby. Nunca voy a estar a la altura de mis hermanos y hermanas. Nunca voy a...

La voz se me quebró. Se me partió por la mitad. Fue entonces cuando la primera oleada de lágrimas me brotó en los ojos y resollé, tratando de reprimirlas. De guardármelas, joder, porque no iba a echarme a llorar. Una mierda me iba a echar a llorar, y menos por los comentarios de mi padre.

Sin embargo, era muy consciente de que el cuerpo de una no siempre la escucha. Aun así, cuando fui incapaz de aguantar las lágrimas que trataba de reprimir, lo sentí como una traición.

Los brazos de Ivan me estrecharon aún más fuerte y me atrajeron el milímetro que quedaba hasta que nuestros cuerpos quedaron pegados por los muslos, las caderas y el pecho.

—Yo fui un error, ¿sabes? Mis padres ya tenían problemas de pareja; mi madre se quedó embarazada y mi padre se quedó un par de años más con la esperanza de que todo mejoraría, pero no fue así. Y yo no era suficiente para que se quedara, así que se fue. Se fue sin más, joder, y volvía una vez al año y mis hermanos lo querían y él a ellos, y...

—Qué vas a ser tú un error, Jasmine... —La voz de Ivan temblaba en mi oído y tenía los hombros tan tensos que comencé a temblar. Yo. A temblar.

Entonces lloré, porque mi padre se había ido cuando tenía tres años y, en lugar de verme crecer, en lugar de estar ahí y tratar de enseñarme a montar en bici como había hecho con todos mis hermanos, había sido mi madre quien me enseñó.

—Que tus padres se separaran no tiene nada que ver contigo y que se marchase fue cosa suya. No eras tú quien debía hacer que siguieran juntos —continuó, su ira revestida de dulzura como un escudo.

Yo no podía dejar de llorar. Sus brazos eran de acero a mi alrededor, su cara y su boca y su cuerpo entero me cubrían por arriba y por un lado, como si pudiera taparme y protegerme.

—Claro que eres suficiente. Siempre serás suficiente, ¿me oyes?

Sin embargo, yo seguía llorándole encima, mojándole la camisa que tenía bajo el rostro, y no podía parar. No podía evitarlo. Lloré como no había llorado... nunca, porque había un millón de cosas malas en mí y la única que no lo era tenía que ser una de las grandes decepciones para mi padre... y para toda la gente a quien quería.

Ivan soltó una palabrota. Me abrazó con más fuerza. Soltó alguna palabrota más.

—Jasmine, para. Estás temblando —me dijo, como si yo misma no lo sintiera—. Una vez dijiste en una entrevista que patinabas porque te hacía sentir especial, pero siempre serás especial, con patinaje artístico o sin él, con medallas o sin ellas. Tu familia te quiere. Galina te quiere. ¿Crees que Galina desperdiciaría su cariño con quien no lo merece? Lee te admira tanto que me envía mensajes desde el coche para decirme lo buena que te considera. ¿Crees que piensa eso de cualquiera? Tienes el corazón más grande que nadie a quien haya conocido. Tu padre, a su manera chunga, también te quiere. —Bajó la cabeza hasta mi oído y susurró—. Y cuando ganemos una puta medalla de oro, estará viéndote y pensará que no podría estar más orgulloso de ti. Irá por todas partes diciendo que su hija ha ganado una medalla de oro y tú sabrás que la has conseguido sin él. Que la has conseguido cuando tanta gente no creía en ti, aun cuando esa gente no importe. Porque quienes importan son quienes siempre han sabido de lo que eres capaz. —Tragó saliva tan fuerte que lo oí—. Yo creo en ti; en nosotros. Pase lo que pase, siempre serás la mejor compañera que haya tenido nunca. Siempre serás la persona más trabajadora que he conocido. Siempre serás la única.

Lloré pegada a su cuerpo. Las puñeteras lágrimas no dejaban

de brotar. Su consideración, sus palabras, su confianza en mí simplemente... eran demasiado. Lo eran todo. Y yo era tan egoísta que las necesitaba. Las necesitaba como el respirar.

—Te daría cada escarapela, trofeo, medalla, todo lo que hay en mi casa y en el CL, si significaran algo —me dijo—. Te daré todo lo que quieras si dejas de llorar.

Pero ni podía ni lo hice. No habría podido dejar de llorar ni por todas las medallas del mundo. No podría haber dejado de llorar ni por todos y cada uno de los galardones del patinaje artístico con los que llevaba soñando media vida. Simplemente seguí llorando. Por mi padre. Por mi madre. Por mis hermanos. Por mí. Por no sentirme lo suficientemente buena. Por no sentirme suficiente. Por hacer lo que quería a pesar de todas las negativas, toda la incomprensión y todo a lo que había tenido que renunciar por el camino. A pesar de todas las cosas que había perdido y de las que algún día me arrepentiría aún más de lo que ya me arrepentía. Pero, sobre todo, lloré porque, aunque no me importaba lo que la mayoría de la gente pensase de mí, me importaban demasiado las personas cuya opinión valoraba.

Ivan me sostuvo entre sus brazos y siguió abrazándome todo el tiempo, mientras yo dejaba salir cosas que ni siquiera sabía que tuviera dentro. Tal vez solo fueran unos minutos, pero, teniendo en cuenta que no había llorado más que dos veces en los últimos diez años como mínimo, era más probable que pasásemos media hora fuera del restaurante, ignorando a la gente que entraba y salía. Que nos miraría o no, pero qué coño nos importaba. Él estaba conmigo.

Cuando los hipidos amainaron, cuando por fin empecé a calmarme y sentí que podía respirar de nuevo, uno de los antebrazos que tenía cruzados en perpendicular a la columna se movió. La palma de la mano de Ivan se deslizó hasta la base de mi espalda y comenzó a ascender trazando uno, dos, tres, cuatro, cinco pequeños círculos antes de reemprender el mismo camino abajo y arriba.

Detestaba llorar, pero no me había percatado de que detestaba aún más estar sola. Y no iba a analizar más de lo debido que Ivan fuera quien me reconfortara, que fuera la persona que me entendía mejor que todas las que estaban en el restaurante.

Lentamente y con una timidez innecesaria, cuando entre Ivan y yo no existía sensación alguna de espacio personal (cuando había visto más de mí que ningún otro hombre, me había tocado con mayor asiduidad de lo que probablemente nadie me tocaría jamás y me había abrazado más que nadie antes que él), le rodeé la cintura con los brazos y le devolví el abrazo.

No le di las gracias. Imaginé que sabría interpretar correctamente el gesto; un sentimiento de gratitud tan colosal y tan puro que las palabras de mi boca no podrían haberle hecho justicia. Mi boca era la que siempre me metía en problemas, pero las acciones no podían mentir.

En mitad de un círculo que Ivan trazaba con la palma de la mano sobre mis omóplatos, dijo:

—Estás bien.

No era una pregunta, sino una afirmación. Asentí contra su pecho, la punta de mi nariz pegada al músculo pectoral, potente y esbelto, que tenía delante. Porque estaba bien, porque mi compañero tenía razón en todo lo que había dicho, y una gran parte de mí sabía que me iría bien porque él creía en mí. Ivan. Alguien. Por fin.

Inhalé una bocanada de aire entrecortada; seguía sintiéndome fatal, pero ya no me parecía absolutamente patética. Alguna parte de mi cerebro trató de decirle a mi sistema nervioso que debería sentirme avergonzada, pero no fui capaz. Ni un poco. Nunca había pensado que mi hermana fuera débil por llorar por las chorradas más variopintas. Mi padre me había herido y ni la Jasmine niña ni la Jasmine adulta habían sabido nunca cómo reaccionar ante eso.

—¿Quieres marcharte o volver a entrar? —susurró Ivan, sin dejar de masajearme la espalda.

Allí de pie, sin mover un músculo más que los de los brazos para seguir rodeando la cintura estrecha que tenía frente a mí, no tuve ni que pensármelo. Y cuando mi voz brotó ronca y ahogada, por supuestísimo que no me permití sentir ni una pizca de vergüenza. Quizá una parte de todo aquello fuera culpa mía, pero también era culpa de mi padre.

—Volvamos dentro.

Ivan emitió un sonido divertido, con la cabeza todavía apoyada en mi coronilla.

—Estaba pensando lo mismo.

—La situación ya es incómoda ahí dentro, así que vamos a contribuir a que lo sea aún más —dije con voz ronca, sin creérmelo del todo.

El pecho adherido a mi mejilla se agitó y lo siguiente que supe fue que Ivan se había echado hacia atrás, sus palmas fuertes me rodeaban las sienes y sus largos dedos se extendían hasta la parte posterior de mi cabeza. No parpadeó. No sonrió. Solo me miró fijamente a los ojos con una expresión la hostia de seria.

—Puede que a veces quiera darte una patada en el culo y puede que te diga que das asco cuando la cagas y cuando no, pero sabes que es porque alguien tiene que pararte los pies —dijo—. Lo que te he dicho iba en serio: eres la mejor compañera que haya tenido nunca.

Un atisbo de sonrisa, pequeño, pequeñísimo, se abrió paso en las comisuras de mi boca. Al menos hasta que siguió hablando.

—Pero no voy a volver a admitirlo jamás, así que más te vale que lo recuerdes cuando las cosas se pongan feas, Albóndiga.

Y así, sin más, aquella sonrisita minúscula se vio interrumpida en mitad de la fase de crecimiento. Ivan me sacudió suavemente la cabeza mientras su boca se curvaba total y completamente en una sonrisa franca.

—Y si tu padre te vuelve a hablar así o si dice alguna chorrada como que no somos deportistas de verdad, vamos a tener un problema. Me he cortado porque es tu padre.

Yo asentí, porque era lo único que podía hacer en ese momento. Ivan dejó caer las manos sin dejar de mirarme y, cuando yo hice lo mismo, nos quedamos a un par de centímetros de distancia.

—Siempre tendrás mi apoyo, que lo sepas —afirmó, su voz cargada de sinceridad.

Yo volví a asentir porque era la verdad, pero también porque quería que supiera que también tendría el mío. Siempre. Incluso dentro de un año, cuando patinase con alguien más. Siempre.

No me hizo falta decir «vamos dentro». Ese hombre ya entendía mi lenguaje corporal mejor que nadie, por lo que no fue una sorpresa que ambos nos volviéramos hacia las puertas del restaurante al mismo tiempo. Me enjugué los ojos mientras Ivan me abría la primera puerta y luego la segunda. ¿Era consciente de que tenía el aspecto justo de llevar casi media hora llorando? Sí. Y no me importaba una mierda.

Cuando la recepcionista comenzó a sonreírnos a Ivan y a mí y paró de pronto, ni siquiera evité el contacto visual; simplemente la miré. Era muy probable que el maquillaje se me hubiera corrido, que tuviera los ojos rojos y llenos de bolsas, y que la cara estuviera hinchada también. Pero seguí caminando. Y cuando la mano de Ivan se deslizó hasta la mía durante dos segundos largos y me la apretó antes de retirarse a su lugar como si jamás hubiera pasado nada, tragué saliva y mantuve la cabeza igual de alta.

Como era de esperar, la incomodidad en nuestra mesa se advertía incluso de lejos. La única persona cuya boca se movía era la de mi hermana Ruby y, por la expresión de su cara, ni siquiera parecía que supiera de qué hablaba; todos los demás, incluido mi padre, parecían tener la vista fija en un agujero en su plato. No me sorprendió no sentirme bien por haber arruinado la cena. No había sido mi intención.

Sorbiendo por la nariz antes de que nadie pudiera oírme, me recompuse justo al llegar a mi sitio.

—He vuelto, capullos —dije con mi voz hecha polvo mientras sacaba la silla.

Todos los ojos se volvieron hacia mí sorprendidos cuando me dejé caer en el asiento e Ivan hacía lo mismo.

—Me he asegurado de que solo les robase caramelos a los niños y no les diera también una paliza —respondió como si nada al tiempo que cogía la servilleta y se la desplegaba sobre el regazo—. Solo lloró uno de ellos.

Una sonrisa me tembló en los labios, a pesar de que notaba los ojos secos y la cara caliente.

Nadie de mi familia dijo nada. Pasó un minuto. Puede que pasaran hasta dos. Entonces...

—Y mientras estabas ahí fuera, una avispa te ha picado en los dos ojos, ¿no? —saltó mi hermano Jonathan, dirigiéndome una mirada que no era exactamente alegre.

Yo parpadeé e hice caso omiso de la presión que sentía en el pecho.

—Después de que a ti te picase por toda la cara, por lo que se ve —respondí.

—Pareces un mapache —replicó tras una risita desganada.

Resoplé y cogí los cubiertos sin hacer caso de la mirada que notaba que mi padre me dirigía desde su lugar en la mesa.

—Al menos a mí mamá no me encontró en la basura.

Mi hermano ahogó un grito en el mismo instante en el que una mano se posaba sobre mi muslo por segunda vez aquella noche y me lo apretaba.

Oí que alguien carraspeaba.

—Jasmine... —empezó a decir mi padre al cabo de un segundo.

Pero Ruby básicamente lo cortó al chillar:

—¡Estoy embarazada!

—¿Quieres que te lleve a casa? —me preguntó Ivan mientras esperábamos a que el resto de la familia saliera del restaurante.

Mi cara seguía hinchada y tensa, y estaba segura de que daba puta pena verme, pero volví la vista hacia la suya, tan atractiva, y negué con la cabeza.

—No, es una tontería. Sé que se te ha pasado la hora de ir a dormir y necesitas tus horas de sueño para estar bello. Puedo volver con mi madre.

El hombre que se había pasado el resto de la cena sin articular palabra asintió, sin responder a mis bromas. Lo cual era significativo. Más que significativo. Seguía frustrado, pero no tenía ni idea de si era por mí o por mi padre. También era posible que me lo estuviera imaginando, creyendo que todo giraba siempre en torno a mí. Sin pensar, me incliné hacia delante, le tomé la mano y se la apreté con fuerza.

—Gracias por venir y por todo lo que has dicho y hecho. —Apreté una vez más su mano enorme—. No tenías por qué...

Su mirada firme, firme, firme estaba clavada en mí.

—Sí tenía por qué.

—No.

—Sí. —Me apretó la mano—. Sí tenía por qué.

Me quedé mirando fijamente aquellos ojos que en ese momento no habría podido decir que eran de un azul casi como el cielo, pero que en el fondo de mi corazón sabía que lo eran.

—Si te ves envuelto en algún drama familiar y necesitas que intervenga, allí estaré.

Lo que se podría considerar una sonrisa hizo que asomasen sus hoyuelos y negó con la cabeza.

—No, nada de dramas familiares. Todos me apoyan, pero mi abuelo te comería con patatas, ¿sabes? —Se detuvo y sus hoyuelos se ahondaron visiblemente—. Mis excompañeras, por otro lado... Tengo suerte de haber firmado acuerdos de confidencialidad. Conserva tus fuerzas para ellas.

Lo miré con sorpresa y, guardándome para más tarde aquella explicación que no respondía a casi nada, me aferré a la ligereza de nuestra actual conversación después de lo sucedido.

—Estoy a tu disposición—asentí.

Él volvió a apretarme la mano cuando las puertas a mi espalda se abrieron y oí a mis hermanos y a James discutiendo, seguidos de mamá, que le decía a mi hermana que no debería ocultarle cosas a su madre. Menuda hipócrita.

—Pues entonces me voy —dijo mi compañero, mi amigo, retirando con suavidad y sin esfuerzo su mano de la mía—. Nos vemos mañana. Que descanses. Llámame si me necesitas.

Asentí al tiempo que... algo... me oprimía justo en el centro del pecho. Antes siquiera de pensar lo que hacía, me puse de puntillas y besé a Ivan donde alcanzaba: la barbilla. Él bajó los ojos y me miró con una expresión que nunca le había visto. Me agradó, así que le di una palmada en la cadera y dije:

—Conduce con cuidado, Satán.

Ivan parpadeó una vez, dos, antes de asentir. Parecía que los ojos se le hubieran velado por un momento antes de volver a enfocar con ellos y, sin más, se dio la vuelta y echó a andar hacia su coche. Yo me quedé allí, observándolo..., hasta que algo conocido me dio un azote en el trasero. Mi hermano.

Un brazo me rodeó la cintura y me atrajo hacia un cuerpo apenas unos centímetros más alto que el mío. Jonathan me estrechó en un abrazo descuidado que hizo que chocase con él antes de susurrarme con aspereza al oído, como si sus palabras lo avergonzaran:

—Te quiero, Gruñona.

Dejé caer la cabeza a un lado hasta apoyarla en la suya y le rodeé el tronco con el brazo a la altura de las costillas.

—Yo también te quiero, idiota —respondí.

Soltó una carcajada, pero no se apartó. Si acaso, me estrechó aún más.

—No me gusta ver disgustada a mi hermanita —musitó. Gruñí y traté de apartarme, pero no me dejó—. Mi hermanita chiquirritita...

—Como vuelvas a decir «chiquirritita»...

Se rio con el sonido más cutre que jamás le hubiera oído.

—Te quiero, Gruñoncilla, y estoy orgulloso de ti. Si tuviera hijos y de mayores tuvieran la mitad de la dedicación y disciplina de trabajo que tú, no podría pedir más.

Suspiré y lo abracé con fuerza.

—Yo también te quiero.

—No hagas caso a papá, ¿vale? —dijo al tiempo que giraba la cabeza, me daba un beso descuidado en la coronilla y me soltaba, así, sin más. Tan de repente que casi me caí.

Por el rabillo del ojo vi a mi padre hablando con James y Sebastian; pero, aunque no quería huir, definitivamente tampoco quería hablar con él.

—En marcha, Gruñona —dijo mi madre, enlazando su brazo con el mío para hacerme avanzar a rastras; su marido, Ben, que nos seguía, me puso un brazo en el hombro y fue empujándome hasta el aparcamiento. ¿Qué iba a decir? ¿«No»? ¿«Soltadme, por favor»?

Mi otro hermano y mis hermanas me darían caña por haberme marchado sin despedirme, pero entenderían el motivo. Del brazo de mi madre, prácticamente trotando, llegamos los tres hasta el BMW de Ben y nos montamos en tiempo récord; yo en el asiento trasero, Ben al volante y mi madre en el del copiloto.

En el segundo en el que las tres puertas se cerraron, mi madre chilló tan fuerte y durante tanto tiempo que Ben y yo nos tapamos los oídos y la miramos como si se hubiera vuelto loca.

—¡No soporto a tu padre! —gritó en cuanto remitió el segundo chillido—. Pero ¿qué le pasa a ese hombre?

Fijé la vista en el espejo retrovisor al mismo tiempo que Ben, y los dos nos miramos y enarcamos las cejas justo antes de que introdujera la marcha atrás para salir del aparcamiento.

—Lo siento, Jasmine, lo siento muchísimo —se disculpó mi madre tras darse la vuelta en el asiento y mirarme.

Yo seguía con las cejas enarcadas.

—No pasa nada, mamá. Ponte el cinturón.

—¡Madre mía! —exclamó, sin hacerme caso—. ¡Es que lo quemaría a lo bonzo!

Poco había tardado en ponerse siniestra.

—¿Seguro que estás bien? —preguntó, sin dejar de mirarme. Su rostro mostraba una mezcla extraña de aflicción y furia.

—Sí, estoy bien. —En ese momento lo estaba—. Ponte el cinturón.

—¿Siempre es así? —preguntó Ben mientras atravesaba el aparcamiento.

—¿Gilipollas, quieres decir? —propuso mi madre—. Sí, especialmente con los niños. —Me encantaba cómo seguía llamándonos «niños» cuando aquel hombre apenas tenía unos años más que mi hermano—. Pero ¿decir que eres de las que se rinden? Tiene suerte de que le hubiera prometido a Comino que me comportaría; si no, le habría dejado el ojete del tamaño de mi puño y luego le habría arreado, pero bien.

Si no era su intención que sonriera ante la idea, no sé cómo iba a evitarlo.

—Me estaba pellizcando por debajo de la mesa —me hizo saber Ben, como si fuera a sorprenderme, que no fue el caso. Al fin y al cabo, era mi madre. Mi mayor defensora por los siglos de los siglos—. Lo siento, Jas —murmuró el cuarto marido.

—No pasa nada.

—Claro que pasa. —Mi madre se volvió nuevamente hacia mí—. Eres una deportista de élite a nivel mundial y según él se diría que eres como… una cría que se divierte los fines de semana. Y yo estaba ahí sentada, desgarrándome por dentro mientras mi Gruñona se había ido fuera toda disgustada.

—Mamá…

—No quiero ni verlo. Será mejor que no vuelva a verlo mientras esté aquí. Mejor que no vuelva a verlo en los próximos diez años. Después de lo de hoy, que quede Ruby con él. No creo que espere que vuelvas a verlo.

—De todas formas, nunca quiere pasar tiempo conmigo, mamá. Tampoco ocurre nada. Cenar con él ya me suponía un esfuerzo y ahora me arrepiento de haber venido. Obviamente.

Ella me miró y parpadeó con aquellos ojazos azules que tenían el poder de subyugar a los hombres.

—Estoy estresada. No sé por qué perdí el control. Está bien. Hasta ahora me ha ido bien viéndolo un día al año; puedo seguir así sin problemas. De todas formas, nunca ha estado presente, y tampoco es que le importe o que le vaya a quitar el sueño. Solo soy yo.

Mamá permanecía atónita. No me gustaba que me mirase tanto, especialmente cuando sabía que daba pena verme.

—Mamá, en serio, ponte el cinturón.

No se movió. Luego dijo:

—Jas…, sabes que tu padre te quiere, ¿verdad?

¿A cuento de qué demonios salía ahora eso?

—No quiere a nadie más de lo que te quiere a ti —continuó diciendo.

Estuve a punto de soltar una carcajada desdeñosa. A punto. No obstante, me las ingenié para seguir mirándola sin darle la razón ni contradecirla, porque no quería seguir hablando de ello. No quería seguir hablando de él. Y, sobre todo, no quería dar pena. O no quería darla más.

Mamá se estiró hacia mí y me dio un toquecito en la barbilla.

—Esta noche ha sido un imbécil, pero te quiere a su manera. Ni más ni menos que a los demás. Simplemente… se equivoca. Es un ignorante y tiene prejuicios.

Ahí no pude evitar poner los ojos en blanco al tiempo que me recostaba en el asiento.

—Todo el mundo sabe que Ruby es su favorita, mamá; no es para tanto. Siempre lo he sabido.

—¿Qué te hace pensar eso? —preguntó con el ceño genuinamente fruncido.

Esbocé una sonrisilla.

—¿Cuál fue la última vez que me compró un billete para ir a verlo? A Ruby se lo compra todos los años y a Tali y a Jojo también se los ha comprado un par de veces. Pero ¿a mí? ¿Cuándo? —Mamá abrió la boca como si fuera a discutírmelo, pero negué con la cabeza—. Está bien, no pasa nada, en serio. No quiero seguir hablando de ello. De verdad que no me importa. Sé que tiene prejuicios y sé que me quiere a su manera. Pero estoy harta. Si no puede aceptarme tal y como soy, no voy a obligarlo y tampoco voy a cambiar mis sueños por él.

A mamá la boca se le abrió ligera, ligerísimamente, antes de negar con la cabeza.

—Ay, Jas…

—No quiero hablar de ello. De verdad que no. Nada de esto es culpa tuya; es entre él y yo. No hace falta que sigamos hablándolo —dije, al tiempo que cerraba los ojos y me arrellanaba en el asiento.

Y no lo hicimos. Sin embargo, allí sentada, no pude evitar sentir una suerte de tristeza mezclada con la determinación.

18

—¿Podemos hablar? —La voz de mi padre sonó a mis espaldas.

Me quedé de piedra, apoyada en las barreras, mientras esperaba a que Ivan y la entrenadora Lee terminasen de discutir la necesidad de cambiar un salto. No me importaba si lo hacíamos o no; dejaría que ellos decidieran. Estaba demasiado cansada física y emocionalmente (en serio..., el día anterior me había dejado agotada) como para pelearme con nadie. Así que me había quedado esperando, observándolos, bebiendo agua a una cómoda distancia, por lo que no había prestado atención. No había visto a mi padre dentro del CL y mucho menos acercarse a hurtadillas hasta mí.

—Jasmine, por favor —suplicó en voz baja cuando giré la cabeza y lo miré por encima de mi hombro.

Mediría uno setenta como máximo y poseía una complexión delgada y fuerte que, bien lo sabía, yo había heredado, al igual que el cabello, los ojos oscuros y la piel de un tono aceitunado que podría proceder de al menos una docena de lugares en el mundo. Físicamente me parecía a mi padre. Compartíamos los mismos colores, la misma estructura, pero todo lo demás era de mi madre... porque él nunca había estado presente.

—Cinco minutos —me pidió con voz queda, observándome con ojos pacientes.

Habían pasado horas desde que lo viera en el restaurante y sabía que su tiempo en Houston se estaba agotando. Pasaría otro año antes de volver a verlo, posiblemente más. No sería la primera vez que había venido a Houston y no lo había visto. Él nunca había llorado por ello y yo había dejado de hacerlo mucho antes de darme cuenta.

Quería decirle que tenía cosas mejores que hacer. Quería decirle que me dejara en paz y puede que unos años antes hubiera hecho exactamente eso después de la que me había montado en el restaurante, delante de Ivan y del resto de la familia. Pero si algo había aprendido en el último año y medio era lo duro que en verdad resultaba vivir con los errores propios. Había aprendido lo difícil que era encararlos y lo mucho más difícil que era aceptarlos. Todos hacíamos cosas de las que nos arrepentíamos, todos decíamos cosas de las que nos arrepentíamos y la culpabilidad constituía un peso aplastante en el alma. Yo quería ser mejor persona. Por mí. Por nadie más. Así que asentí y no dije nada. El suspiro de alivio que dejó salir no me lo creí tanto como habría podido.

Me deslicé hasta la entrada a la pista, me coloqué los protectores y miré hacia atrás para tratar de llamar la atención de Ivan, que seguía demasiado ocupado hablando con la entrenadora Lee. Una vez fuera, me encaminé hacia las gradas pegadas a la pared. Tomé asiento en mitad de un banco, estiré las piernas y, de cara hacia la pista, observé como mi padre se acomodaba a mi lado, pero a medio metro de distancia.

En el hielo, Ivan se había dado la vuelta y, de pie junto a nuestra entrenadora, nos miraba con el ceño fruncido. No había dicho ni una palabra durante el entrenamiento de la mañana, y le agradecía que hubiera decidido no sacar a colación el tema de mi padre, y mucho menos dejarme que lloriquease por él. Lo que podía soportar mi orgullo tenía un límite. En lugar de eso, Ivan se comportó como si no hubiera sucedido nada, como si todo fuera de lo más normal. Por mí, perfecto.

—Jasmine —dijo mi padre, exhalando un suspiro. Yo seguía mirando al frente—. Sabes que te quiero, ¿verdad?

«Querer» era una palabra extraña. ¿Qué narices era aquello de «querer»? Todo el mundo tenía su propia opinión sobre lo que significaba; era difícil saber cómo usarla. Se podía querer a la familia, a los amigos, a los amantes... Una vez, cuando era más joven, la madre de otra patinadora había visto a la mía darme una colleja y se había molestado por que me tratase así. En cambio, para mí esa era nuestra forma de relacionarnos. Mi madre me había pegado porque me había pasado de lista y me lo merecía; era su hija y me quería. Y, sobre todo, mamá sabía que yo no hacía caso de reprimendas y amenazas.

Galina también había sido siempre así conmigo. Me enseñó a

ser responsable y consecuente. No permitía que le contestara y también me había propinado alguna colleja. Sin embargo, jamás había dudado de que quisieran lo mejor para mí. Yo necesitaba sinceridad. Necesitaba que me quisieran más a mí que a mis sentimientos porque quería ser mejor. Quería ser la mejor. Nunca había querido que nadie me infantilizara. No lo necesitaba y me hacía sentir incómoda. Me hacía sentir débil.

Para mí el amor era sinceridad. Era franqueza. Era conocer lo mejor y lo peor de otra persona. El amor era un empujón que te decía que alguien creía en ti cuando tú no creías en ti misma. El amor era esfuerzo y tiempo. Y, al subirme al coche la noche anterior, había caído en la cuenta de que tal vez ese fuera el motivo por el que me había tomado tan mal que mi madre me hubiera dado a entender, meses atrás, que mi amor por el patinaje era mayor que mi amor por ella, porque sabía lo que significaba no ser importante para alguien. Llevaba un rencor pegado al corazón con celo y *superglue* y, al mismo tiempo, era una hipócrita de tomo y lomo.

—Ay, Jasmine —susurró mi padre con voz dolida cuando no respondí a su pregunta. Vi de soslayo que alargaba la mano y me cubría la mía. No pude evitar ponerme tensa y fue imposible que mi padre no se diera cuenta e hiciera lo mismo—. Te quiero. Te quiero mucho —dijo con voz queda—. Eres mi niña…

Solté una carcajada; no iba a dejarme embaucar por sus declaraciones de amor.

—Claro que eres mi niña —insistió, con su mano todavía cubriendo la mía.

Técnicamente, sí, pero no lo era. Y todo el mundo lo sabía. Simplemente se negaba a aceptarlo en un intento por sentirse mejor.

—Quiero lo mejor para ti, Jasmine. No voy a pedir disculpas por ello —afirmó, al ver que no respondía.

—Sé que quieres lo mejor para mí. Lo entiendo. Ese no es el problema —repuse, negándome a mirarlo.

—Entonces ¿cuál es?

Sobre el hielo, Ivan comenzó a dar vueltas con parsimonia, su mirada fija sobre nosotros en todo momento. Nos vigilaba para asegurarse de que todo estuviera bien. No tenía ninguna duda de que, si lo necesitase, patinaría hasta aquí y se colaría en la conversación. Pero yo no era esa clase de persona. Había evitado encarar la cuestión todo lo posible, pero ya era hora de hacerlo.

—El problema es que no me conoces, papá. —Giré la cabeza lo suficiente para mirarlo cuando rio con desdén—. Es cierto. Yo te quiero, pero ni me conoces ni me entiendes lo más mínimo. No sé si es porque soy una molestia o si simplemente no te caigo bien.

Exhaló con un ademán de frustración que decidí ignorar.

—¿Por qué crees que no me caes bien?

Parpadeando, traté de dejar de lado la terrible sensación de decepción que notaba en la boca del estómago.

—Porque es así. ¿Cuántas veces hemos pasado tiempo juntos nosotros dos solos?

—Siempre estabas ocupada —respondió mi padre después de quedarse con la boca abierta un instante—. Ahora también estás ocupada todo el tiempo.

La respuesta era nunca. Nunca habíamos pasado tiempo los dos solos. Lo hacía con cada uno de mis hermanos y hermanas, pero nunca conmigo. Yo estaba ocupada, pero él ni siquiera lo había intentado. Nunca había venido a sentarse en las gradas y verme practicar como todos los demás habían hecho en numerosas ocasiones. Si le hubiera importado un puto mínimo, habría hecho el esfuerzo. Así que controlé mi respiración, controlé mi expresión y controlé mi boca para poder responderle sin ponerme como una furia.

—Lo estoy, pero ninguno de los dos ha buscado tiempo para que nos viéramos. ¿A cuántas de mis competiciones has ido en los últimos... seis años?

Por algún motivo, no disfruté de su cara de incomodidad.

—Dejaste de invitarme —arguyó.

Una tristeza que se impuso sobre cualquier otra que hubiera sentido en la vida inundó mi cuerpo entero, pero más que nada la mitad superior.

—Dejé de invitarte cuando me hiciste sentir mal por pedirte dinero. Todavía me acuerdo. Dejaste de ir a mis competiciones antes de que cumpliera siquiera los diecinueve. Me acuerdo de cuando viniste a la última: «Quizá deberías centrarte en el instituto, ¿no?». ¿Recuerdas que me lo dijiste justo después de que quedase primera? Porque yo sí —le hice saber, mirando de nuevo al frente mientras Ivan ejecutaba una pirueta cañón a la mitad de la velocidad con que normalmente la habría realizado. La tristeza creció en mi interior, se espesó y, de algún modo, se convirtió en resignación.

Resignación por que las cosas resultasen así y no hubiera nada que pudiese hacer al respecto. Como mi padre no dijo nada, continué—: ¿Sabes por qué empecé a patinar sobre hielo?

—Había una fiesta de cumpleaños —respondió al cabo de un instante—. Tu madre te obligó a ir y tú estabas enfadada porque no querías.

Me quedé anonadada, porque era exactamente lo que había sucedido. Apenas conocía a la cumpleañera, pero era hija de una amiga de mi madre. Hasta que no me dijo que se celebraría en una pista como la de *Somos los mejores* no accedí a ir, aunque seguí dando por saco todo el rato; al menos hasta que llegamos al hielo y mi cuerpo simplemente supo lo que tenía que hacer. «Como un pato en el agua», había dicho mamá desde la barrera.

—En parte sí, pero no es eso lo que te pregunto —dije, con voz tan cansada como me sentía. Estaba agotada, pero agotada de verdad—. Empecé a patinar porque me encantaba. Desde el primer momento en el que salté al hielo, me sentí bien. Y una vez que no me hizo falta agarrarme a las vallas, me hizo sentir... libre. Me hizo sentir especial. Aquel día, nadie consiguió cogerle apenas el tranquillo, pero para mí fue así —expliqué, chasqueando los dedos—. Y cuanto mejor lo hacía, más me gustaba. Nada me había hecho tan feliz como el patinaje artístico. Sentía que era mi lugar. ¿Lo entiendes?

—Sí..., pero podrías haber practicado cualquier deporte.

—Es que no quería. Mamá lo había intentado con la natación, la gimnasia, el fútbol, el kárate, pero lo único que yo quería era patinar. Es lo único que se me da bien y tú o no lo ves o no lo entiendes. Trabajo durísimo. Me parto el lomo cada día por ello. Tengo que repetir cada movimiento mil veces para hacerlo decentemente, ni siquiera bien. No soy de las que se rinden. Nunca he sido de las que se rinden y jamás lo seré. Pero tú no lo ves. No lo comprendes.

El hombre sentado a mi lado dejó escapar un suspiro exasperado y, tras retirar su mano de la mía, se llevó la palma a la frente.

—Yo solo he querido lo mejor para mis hijos, Jasmine. Tú incluida.

—Ya lo sé, pero lo único que quiero es que me apoyes. ¡No todo el mundo puede hacer lo que yo hago, papá! Es difícil. Es muy difícil...

—Nunca he dicho que no lo fuera.

Cerré el puño antes de sacudir la mano. Paciencia. «Sé mejor persona».

—Sí, pero básicamente dices que no estás orgulloso de mí…

—¡Yo nunca he dicho eso!

—No te hace falta cuando lo único que haces es explicarme todas las cosas que puedo hacer para ser… mejor. Para tener más éxito. Sé que no he llegado a la altura de mi potencial, eso no lo olvido ni por un minuto. Bastante me presiono a mí misma cada día. ¿Sabes lo duro que es saber que también crees que soy una decepción?

Papá profirió un exabrupto y negó con la cabeza.

—¡No creo que seas una decepción!

—Ya, pero tampoco crees que sea lo suficientemente buena. No crees que sea suficiente. No quieres pasar tiempo conmigo. No quieres ir a mis competiciones. Yo no te llamo, pero ¡tú a mí tampoco! Lo único que haces es decirme todo lo que podría hacer de otra manera. Como si, de no ir a la universidad, fuera una fracasada y ya. Pues no lo siento, papá. No siento amar este deporte. Lo que sí siento es no haber tenido más éxito. Tal vez estarías más orgulloso de mí si hubiera ganado algo grande. Tal vez entonces entenderías por qué amo este deporte y lo aceptarías.

Mi padre volvió a soltar un improperio y esta vez se llevó las dos manos a la cara y se la frotó, pero no negó que habría estado más orgulloso de mí si hubiera ganado más. Que tal vez entonces no le importaría. Que dejaría pasar lo de la universidad.

La cabeza comenzó a martillarme casi al instante, por lo que me levanté, sabiendo que la conversación había acabado y no quedaba nada más que decir. No lo miré exactamente, pero me puse en pie con el costado vuelto hacia donde estaba sentado y la atención hacia el frente, centrada en una de las paredes donde aparecía pintado COMPLEJO LUKOV.

—Te quiero, papá, pero no puedo cambiar quién soy y lo que quiero hacer con mi vida. Es cierto, no tengo ni idea de lo que voy a hacer cuando ya no pueda competir, pero algo se me ocurrirá. No voy a dejar algo que amo por el simple hecho de que no sea para siempre —le dije con tristeza y decepción, pero también con cierto alivio.

Para entonces, papá tenía las manos en la cabeza y ya suspiraba, ya murmuraba entre dientes. Quería tocarlo y decirle que no pasaba nada, pero no podía. En ese momento, no.

—Que tengas buen viaje a California; saluda de mi parte a Anise y a los niños —le dije, cerrando el puño a un lado.

Él no levantó la vista, lo que tampoco me sorprendió. Mi madre siempre había dicho que había heredado mi ego de él, pero no lo conocía lo suficiente como para estar segura. Simplemente así eran las cosas.

Sintiéndome algo mareada, regresé al hielo mientras dudaba si contarle a mamá que mi padre se había presentado en el complejo para tratar de hablar conmigo. Cuando ya había recorrido la mitad del lateral de la pista, oí cada vez más alto el sonido de unas cuchillas deslizándose y, acto seguido, el ruido seco que hacían al detenerse. Solo había una persona que sonase así, por lo que no me sorprendió oír:

—¡Bu!

Me giré con el tiempo justo de ver que algo me llegaba volando. Atrapé aquella cosa brillante por puro instinto y, al abrir la mano, descubrí un Hershey's Kiss. No levanté la vista hacia Ivan mientras desenvolvía el bombón, me lo metía en la boca y murmuraba:

—Gracias.

—Ajá —respondió antes de proseguir—: ¿Quieres comer algo antes de ballet? Te invito, que sé que andas pelada.

No pude evitar dirigirle una sonrisilla a pesar de que seguía pensando en lo mucho mejor que habría deseado que saliera la conversación con mi padre, pero sí controlé el gesto de asentimiento que le hice después.

—Acabamos esto y nos vamos —dijo.

—Está bien.

Ivan asintió con aquellos ojos azules clavados en los míos.

—Vale.

Todo iba a salir bien. Yo iba a estar bien.

Sin embargo, no tenía ni idea de lo mucho que me equivocaba.

De vuelta en el hielo no lograba quitarme la desagradable sensación en el estómago que me había provocado mi padre. Tal vez si ganaba algo esa temporada, su opinión cambiaría. Pero, en caso contrario, ¿qué iba a hacer? ¿Rogarle que me aceptara? Y una mierda.

—Vamos a repetir la parte con el combo triple-triple en paralelo —dijo la entrenadora Lee mientras me situaba junto a Ivan frente a ella.

Este me dio un golpecito con el dorso de la mano en la pierna y yo le devolví el gesto. No necesitaba que mi padre me quisiera, me dije. De verdad que no. Nunca lo había necesitado. Iba a hacer lo que siempre había querido, pero por mí. Por mi madre. Por Sebastian, Tali, Jojo y Rubes. Y lo haría.

—¿Seguro que estás bien? —me preguntó Ivan mientras nos colocábamos en posición.

Asentí, pensando en que también iba a hacerlo bien por Ivan.

—¿De verdad?

Volví a asentir. Todo iba a salir bien... Y, si no, al menos lo aprovecharía al máximo. Sabría que lo había dado todo y que simplemente había ciertas cosas que no estaban hechas para ciertas personas.

No parecía que Ivan me creyese al cien por cien, pero también asintió. Pensé en la combinación que íbamos a ejecutar: dos saltos seguidos con tres vueltas cada uno. Todo iba a ir bien. No me iba a permitir lo contrario, y menos cuando la temporada estaba a punto de empezar.

La música comenzó a sonar un par de compases antes de donde se suponía que teníamos que iniciar el salto. Podía hacerlo. Todo iba a ir bien. Ivan y yo lo haríamos genial. Íbamos a estar bien. Íbamos a estar increíbles.

Arrancamos en el momento en el que atacaba la música, unos segundos antes de los dos saltos, con el tiempo justo para coger impulso y ejecutarlos. El primer triple bucle picado salió como debía. El equilibrio era bueno; la velocidad también y vi de soslayo a Ivan en el punto exacto donde debía estar. Todo iba a salir bien. Esto era para lo que había nacido. Clavando la serreta en el hielo para ejecutar el segundo triple de nuestra combinación de saltos y con la cuchilla contraria firmemente apoyada en el hielo, me lancé a por él.

Pero no me había concentrado como debía. No lo suficiente. Me confié al recordarme que podía hacer esa mierda con los ojos cerrados. Ahí fue donde todo se fue al traste. El peso no estaba bien repartido... Iba demasiado suelta por el lado izquierdo... No había cogido suficiente velocidad, creyendo que era fuerte y con eso me bastaría, pero no. Y cuando vi que algo iba mal, traté de echarme atrás, pero ya había esperado demasiado y, cuando intenté recuperarme y aterrizar sobre el pie en lugar de chocar con el hielo sin más, lo sentí.

En el instante en el que la cuchilla arañó la superficie, supe que la había cagado. Supe que el aterrizaje iba a ser malo, pero no había forma de imaginar hasta qué punto. Imposible hasta que descendió el resto de mi peso y entonces sí, me di cuenta de la puñetera catástrofe que era, de lo desequilibrado que llevaba el resto del cuerpo. Más tarde pude ver en la grabación qué cagada monumental había sido. Tenía el pie mal posicionado, el peso se me fue en dirección contraria y el tobillo hizo lo que pudo, pero no podía obrar milagros.

Noté cómo el tobillo cedía bajo mi peso. Sentí cómo el cuerpo trataba de compensarlo, pero impacté contra el hielo porque ¡hostia puta! ¡Hostia puta! ¡¡¡Hostia puta!!!

No me dolió hasta que ya estaba con el culo en el hielo, sujetándome la zona justo por encima del tobillo, sobre el cuero de la bota. Había tanta adrenalina corriendo por mi cuerpo que estaba en shock. Aun así, sabía de sobra que algo iba mal, mientras la música de nuestro programa seguía sonando de fondo y yo estaba ahí sentada con un dolor horrible atravesándome el tobillo.

Vi por el rabillo del ojo que Ivan se detenía tras el aterrizaje; era probable que se hubiera lanzado a la siguiente secuencia de pasos antes de percatarse de que no estaba a su lado, tal y como debería. Como siempre debía estar.

En mi mente podía imaginar su cara al reparar en que no me encontraba junto a él, como habíamos practicado ya mil veces. Podía imaginar su cara al darse cuenta de que la había cagado. Podía imaginar su cara al volverse hacia mí sin saber por qué cojones no le había seguido como siempre hacía cuando un salto salía mal y no clavaba el aterrizaje.

Pero me había caído. No me cegaba el dolor, pero sabía que algo no iba bien. Sabía que algo no iba bien y que tenía que levantarme porque había un porrón de trabajo que hacer. Se suponía que teníamos que trabajar para clavar esa mierda. Se suponía que teníamos que perfeccionar cada movimiento. Tenía que levantarme.

«Levántate, Jasmine». Arriba. «Levántate, levántate, levántate, levántate. Aguanta y levántate. Acaba». Mientras me agarraba el tobillo, aquella voz me conminaba a tratar de apoyarme en la rodilla contraria para levantarme. Tenía que levantarme. Teníamos detalles que pulir. Posiciones de los dedos que perfeccionar.

Podía hacerlo. Podía levantarme. Había patinado con contusiones óseas, fracturas capilares y torceduras leves, así que rodé para apoyar la rodilla, tratando de escuchar la música y averiguar dónde estábamos para reincorporarme al programa. No obstante, en cuanto la apoyé y empecé a levantarme con la pierna sobre la que había caído mal, me atravesó un dolor como pocas veces en mi vida había sentido.

Abrí la boca... y no salió nada.

No me percaté de que los brazos me habían fallado hasta que noté el hielo en la cara y oí gritos de espanto a mi alrededor. Lo siguiente que supe fue que alguien me tocaba el hombro y me giraba para que quedase tumbada sobre la espalda. Y a continuación vi a Ivan de rodillas junto a mí, con la cara blanca y, de alguna manera, roja al mismo puto tiempo. Tenía los ojos como platos. Creo que siempre lo recordaré. No podía levantarme. *«No puedo levantarme»*. Y el tobillo...

—La madre que te parió, Jasmine, ¡quédate tumbada, joder! —me gritó Ivan.

Algo se deslizó a mi espalda y su pecho se pegó a mi hombro mientras me percataba a destiempo de que nuestra música seguía sonando. Habíamos elegido la banda sonora de *Van Helsing*. En su momento me había hecho muchísima ilusión, aunque intenté que no se me notara. Qué alivio sentí por que Ivan hubiera elegido esa música. Le había metido caña con el tema, pero solo porque era lo que siempre hacía con él.

—¡Para de querer levantarte! —volvió a gritarme, su voz quebradiza, su expresión... de desesperación.

—Deja que lo intente —traté de murmurar.

Me sentía como si mi cerebro llevase un retraso de unos treinta segundos entre lo que quería decir y lo que salía por mi boca. Traté de girarme de nuevo, intenté mover la pierna, pero el dolor...

—¡Para, hostia, para ya! —bramó al tiempo que bajaba la mano izquierda hasta cubrirme la rótula y empezaba a acariciarme muslo arriba.

La mano le temblaba. ¿Por qué le temblaba?

«No puedo levantarme. No puedo levantarme».

—¡Jasmine, por el amor de Dios, deja de intentar levantarte!

—me gritó Ivan, mientras sus manos se movían por todas partes y ninguna, aunque no estaba segura, porque notaba una suerte de fragor en los oídos y el dolor por debajo de la rodilla empeoraba a cada instante.

—Está bien. Dame un minuto —balbuceé, tratando de alzar la pierna mala antes de que él me la sujetase contra el hielo y me apretase el muslo con fuerza.

—Para, Jasmine, para de una puta vez —exigió, con la mano por encima de la rodilla—. ¡Nancy! —chilló en alguna dirección, aunque no estaba segura, porque había bajado la vista por mi pierna...

Me había hecho algo en el maldito tobillo. *¡Me había hecho algo en el puto tobillo!* No. No, no, no, no, ¡no!

No me di cuenta de que había abierto la boca hasta que Ivan me susurró con voz ronca al oído:

—No llores. Ni se te ocurra echarte a llorar, ¿me oyes? No vas a ponerte a llorar sobre el hielo, en público. Aguanta, joder, aguanta. Ni una lágrima, Jasmine, ni una. ¿Me oyes?

Ahogué un sollozo mientras los ojos se me vidriaban y todo se volvía borroso. ¿Estaba temblando? ¿Por qué sentía que estaba a punto de vomitar?

—Ni se te ocurra —volvió a sisear mientras el brazo que me rodeaba los hombros me aferraba con fuerza—. No quieres que nadie te vea así. Aguanta, cariño, tú aguanta...

No sabía qué demonios decía ni por qué, pero por algún motivo aguanté la respiración. Aguanté mientras la entrenadora Lee se deslizaba por el hielo hasta mi lado, flanqueada al instante por un contorno en el que reconocí a Galina y a otro entrenador. Se apiñaron a mi alrededor. Me hicieron preguntas y yo traté de responder, pero oí a Ivan hacerlo por mí, porque no podía respirar. No podía hablar. No podía llorar. Lo único que podía hacer era mirar hacia mi bota blanca, apenas capaz de ver una puta mierda y pensar, pensar, pensar, pensar.

«La he cagado».

La había cagado. La había cagado pero bien.

19

—¿Qué crees que estás haciendo?

Me detuve a medio camino en el abdominal número 108; no me hizo falta mirar para saber a quién tenía al lado. Reconocería aquella voz insoportable, prepotente y mandona entre miles de personas. Solo había una que pudiera sacarme de quicio tan fácilmente con una simple pregunta.

—Ocuparme de mis asuntos, cosa que tú no sabes hacer —murmuré mientras subía el pequeño tramo que me quedaba hasta terminar el abdominal.

—Jasmine —oí decir a Ivan con tono áspero.

Lo ignoré. Mientras me disponía a hacer un nuevo abdominal, vi de reojo que cerraba la puerta. Hice uno más mientras se acercaba hasta mí y sus grandes pies, enfundados en zapatillas de deporte azul fuerte, se detenían a pocos centímetros de mi costado. No levanté la vista para mirarlo; no iba a hacerlo. Sabía en qué se estaba fijando. No era mi cuerpo cubierto de sudor lo que observaba y, desde luego, tampoco el pantalón corto de baloncesto de mi hermano, cuyas perneras se me caían por los muslos abajo. El hecho de que solo llevase un sujetador de deporte no tenía nada que ver con lo que llamaba su atención.

Estaba mirando la bota inmovilizadora que llevaba en el pie izquierdo. El pie izquierdo que tenía elevado sobre una almohada justo al lado del derecho, apoyado en el suelo con la rodilla doblada. La bota negra que me recordaba todos y cada uno de los minutos del día que la había cagado a base de bien.

Hice cuatro abdominales más sin apartar la vista del techo. Tragué saliva con tanta fuerza que me dolió la garganta. Había repetido ese gesto tantas veces a lo largo de las últimas dos semanas que me sorprendía que aún pudiera hablar. Claro que tampoco había hablado gran cosa desde que me dieran de alta en urgencias. No había hecho mucho más que entrenar en mi habitación, ver grabaciones de sesiones de Ivan y mías «del antes» y dormir.

La punta de la zapatilla de Ivan me dio un ligero toque en el costado, que ignoré.

—Jasmine.

—Ivan —contesté, haciendo que mi voz sonase tan inflexible como la suya.

Me dio un nuevo toquecito. Y yo, nuevamente, no hice nada. Ivan suspiró.

—¿Vas a parar para que podamos hablar o qué?

—Preferiría que no —respondí, obligándome a mantener la vista apartada de él.

No debería haberme sorprendido que se acuclillara de repente y se cerniera sobre mí, tan cerca que no tenía forma de ignorarlo. Por desgracia. Porque cuando me elevé para hacer un nuevo abdominal, la palma de su mano se posó sobre mi frente y me empujó con suavidad hasta que me quedé tumbada de espaldas. Deslicé la vista más allá de su cara y me concentré en el ventilador del techo.

—Albóndiga, ya vale —me avisó, con la mano aún sobre mi cara.

Aguardé un segundo y traté de hacer otro abdominal, pero debía de estar esperándoselo, porque ni siquiera me dejó izarme un par de centímetros del suelo.

—Vale —repitió—. Para ya. Háblame.

¿Que le hablara? Eso hizo que desviase la mirada hacia él y me fijase en aquel rostro que llevaba más de dos semanas sin ver. Aquel rostro que me había acostumbrado a ver seis días a la semana, pero que de algún modo se habían convertido más bien en siete por todo el tiempo que pasábamos juntos. Aquel rostro que, la última vez que lo había visto, estaba a mi lado mientras, sentada en la mesa de exploración, oía a la médica comunicarme que, en el mejor de los casos, estaría repuesta al cabo de seis semanas. «Pero no hay garantía. Los esguinces de grado 2 en el ligamento peroneoastragalino anterior y el ligamento calcaneoperoneo son problemáticos», me había advertido antes de soltarme el tiempo de recuperación que me esperaba.

Ocho semanas nunca había parecido un periodo tan largo, especialmente cuando una no podía perdonarse haber sido una gilipollas inconsciente.

Tuve que armarme de valor para preguntarle a Ivan sin que la voz me temblara:

—¿De qué quieres hablar?

Se quedó mirándome con la intensidad de siempre en aquellos ojos azul grisáceo y observé como su pecho se expandía en una inspiración que supe que buscaba la calma. Estaba molesto, pero que le dieran; más molesta estaba yo.

—He intentado llamarte —dijo, como si no supiera que me había llamado como mínimo seis veces al día durante los últimos doce.

Ese ya me había llamado dos y, como cada vez que me sonaba el móvil, no había contestado. Ni una vez. A nadie. Ni a mis hermanos ni a mi padre, que se había marchado momentos antes de mi caída, ni a la entrenadora Lee ni a Galina. A nadie. Así que mantuve la mirada firme al responder:

—No me apetecía hablar. Todo sigue igual; no me quitan la bota hasta dentro de dos días.

Después, cuando la médica me diera permiso para ello, la sustituiría por una férula de tobillo con bolsa de aire. La fisioterapeuta a la que llevaba yendo los últimos nueve días se había mostrado optimista al afirmar que estaba avanzando «sin problemas». No obstante, «sin problemas» nunca había sido suficiente para mí, especialmente cuando encontrarme en esa situación había sido mi puñetera culpa.

Pero Ivan parpadeó y suspiró de nuevo, y yo supe que estaba a punto de que se le fuera la olla. La cuestión era que no me importaba. ¿Qué iba a hacer? ¿Gritarme?

—Ya sé que todo sigue igual, tonta.

Qué capullo...

—Recoge los bártulos. Te vienes conmigo.

Entonces fui yo quien parpadeó antes de quedarse mirándolo atónita.

—¿Cómo?

Un largo dedo índice se me clavó en la frente.

—Que recojas los bártulos. Te vienes conmigo —repitió, pronunciando cada palabra con parsimonia—. Te has lesionado el tobillo, no los oídos.

—No voy a ir contigo a ninguna parte.

—Claro que sí.

—Claro que no.

Le sonrisa que se le dibujó en la boca era tan espeluznante que me dio miedo.

—Y yo te digo que sí.

Me quedé mirándolo fijamente, ignorando la extraña sensación que sentía en el vientre. Él seguía con aquella sonrisa aterradora en la cara.

—Llevas dos semanas sin salir de tu habitación más que para ir a fisioterapia.

No dije nada.

—Hueles como si llevaras dos semanas sin ducharte.

Sí que me había duchado. Hacía dos días.

—¿Has pegado ojo? —Volvió a clavarme el dedo en la frente—. Estás hecha un asco.

Aquello fue lo que me obligó a responder entre dientes.

—Sí que he dormido. —No hacía falta que supiera que no demasiado bien.

No pareció que se lo creyera.

—Tienes que salir de aquí —dijo aun así.

—¿Por qué? —pregunté antes de poder contenerme, con todo el enfado que sentía en la voz.

—Porque no tiene sentido que te quedes aquí lloriqueando y te comportes como una marine desquiciada, entrenando sin orden ni concierto, Jasmine, por Dios.

Eso hizo que le apartase el dedo de mi cara de un manotazo y me sentase recta, girando lo suficiente el tronco para poder mirarlo a los ojos.

—No ando lloriqueando, imbécil. He estado entrenando; no puedo quedarme sentada haciendo reposo y dejarme completamente.

—No estás entrenando para no dejarte. Entrenas porque estás cabreada e inaguantable. ¿Te crees que no lo sé?

Abrí la boca para decirle que no, que no estaba entrenando por ese motivo, pero me había calado de sobra. Lo que dije fue:

—No estoy inaguantable. No lo he pagado con nadie; no puedes decir que estoy inaguantable si no he sido una cabrona con nadie.

—Muy bien, entonces ¿cómo lo llamas cuando lo estás siendo contigo misma?

Detestaba cuando me preguntaba cosas que no sabía cómo responder.

—Tu madre te ha invitado a hacer cosas juntas y has pasado de ella —añadió Ivan con expresión frustrada.

—No he pasado; le he dicho que no. —Sorprendida, sentí una oleada de irritación—. ¿Ha ido a chivártelo? ¿Cuándo? ¿Cómo?

—Aun así, es cruel y maleducado —explicó—. Y tus hermanos han intentado llamarte, pero tampoco les contestas al teléfono. Me apuesto algo a que Galina también te ha llamado y no has respondido.

Era cierto. Todo era cierto, pero no estaba dispuesta a admitirlo ni a negarlo.

—No te hagas estas mierdas a ti misma, Jasmine —me dijo, como si él hubiera tomado la decisión por mí y yo fuera a hacerle puto caso. Anda y que le dieran por saco.

Algo en mi interior se hinchó tanto que casi me robó el aliento.

—No me estoy haciendo nada, Ivan. Solo estoy ocupándome de mis asuntos, pasando tiempo sola. No sé qué hay de malo en ello. Estoy «de reposo». «Curándome», como todo el mundo me ha dicho que haga.

El modo en que parpadeó me hizo sentir mal. De verdad. Pero antes de poder disculparme por responderle de mala manera, volvió a fruncir el ceño.

—No te pongas así conmigo. Los dos sabemos que andas escondiéndote y no voy a dejar que sigas haciéndolo. Estaba esperando a que se te pasara el bajón a ti sola una vez que asumieras que no te habías desgarrado completamente los ligamentos ni fracturado un hueso como nos habíamos temido..., pero no ha sido así, así que voy a sacarte de casa a rastras si no hay más remedio. Estoy harto de esperar a que dejes de comportarte como una cría y no voy a hacer la vista gorda, aunque esta sea la primera vez que montas un pollo semejante.

No era la primera vez que montaba un pollo semejante: no me había visto cuando Paul me dejó; había sido igual de horrible, solo que esta vez me sentía aún peor.

—No —me limité a decir, clavándole el dedo en la frente tal y como él me había hecho antes.

Ivan parpadeó con aquellos ojos azulísimos y, al tiempo que los entrecerraba, masculló:

—Jasmine, vas a levantar el culo ahora mismo y a salir de esta casa para venirte a la mía. O lo haces sola o lo hago yo por ti. Elige.

—No voy a salir de casa.

—Claro que vas a salir de casa —repuso, negando con la cabeza.

—No voy a salir de casa.

—Y yo te digo que sí. Elige: o te pones a ello o lo hago yo.

Volví a clavarle el dedo en la frente. Dos veces.

—Que no.

Se le dilataron las aletas de la nariz.

—Voy a contar hasta cinco y o tomas una decisión o la tomo yo por ti, y ya sabes lo que voy a elegir.

—Ivan, no quiero ir contigo.

—Me importa una mierda. Podrías haberte ido con cualquiera de tu familia, pero no lo has hecho, así que ahora te vas a venir conmigo.

La rabia se apoderó de mí en nada, en un instante, y siseé:

—¡Que no voy, joder!

Por lo visto, no era la única que se estaba cabreando, porque me respondió en el mismo tono:

—¡Y yo te digo que sí, hostia ya!

—Que no quiero ir contigo, ¿tan difícil es de entender? ¡No quiero a nadie cerca ahora mismo ni en el futuro! —salté con tal voz de cabrona que me hizo estremecer por dentro.

Los párpados de Ivan velaron aún más sus ojos, de los que apenas asomaban unas rendijas.

—¿Por qué? ¿Vas a dejarme?

Levanté la cabeza como un resorte.

—¿Dejarte? ¿De qué demonios hablas?

—¿Vas a dejarme? —Su mentón anguloso se tensó—. ¿Estás cabreada conmigo y ya no quieres ser mi pareja?

Pero ¿qué cojones estaba diciendo? Lo miré boquiabierta, parpadeé y boqueé un poco más, porque ¿qué leches le pasaba?

—No entiendo lo que quieres decir, Ivan.

Sus aletas se dilataron y, con los ojos a punto de cerrarse por completo, me preguntó:

—¿Ya no quieres ser mi pareja?

—¿Por qué no querría ser tu pareja? —le pregunté con enojo.

—¡Por lo que pasó! —gritó.

—¿Por qué no iba a querer ser tu pareja? ¿Porque me siento gilipollas? ¿Cómo va a ser eso culpa tuya, idiota?

Ni me enteré de cuándo su cara empezó a sonrojarse, pero para cuando quise darme cuenta, estaba toda colorada.

—Porque sabía que estabas distraída y no te di la oportunidad de centrarte. Aterricé demasiado cerca.

¿De verdad se culpaba de ello?

—No aterrizaste tan cerca, tonto.

Me lanzó una mirada que podría haberme chamuscado las cejas.

—Sí, Jasmine. Aterricé demasiado cerca de ti.

—Anda ya, claro que no. Si caí mal fue porque estaba distraída. Porque la cagué. No fue culpa tuya.

Su mirada me taladraba de tal modo que me subió la tensión. ¿Por qué pensaba tamaña estupidez? ¿Por qué se culpaba? Aquello no tenía ni pies ni cabeza.

—¿De verdad creías que no quería verte porque te echo la culpa de la caída? —le espeté, mirándolo como si fuera imbécil, porque lo era. Aun así, se me quedó mirando como si la respuesta fuera afirmativa—. Eres tontísimo.

—¿Que yo soy tonto? Entonces ¿por qué no contestabas a mis llamadas?

Ahí fui yo quien, adoptando un semblante inexpresivo, cerró la boca y se encogió de hombros.

—No. Ni se te ocurra encogerte de hombros y darte por satisfecha con la respuesta. Te he llamado una y otra vez. Creía que estabas cabreada conmigo. Creía que no respondías porque estabas enfadada y ahora quiero saber por qué no lo hiciste si solo te culpabas a ti misma por haberte distraído.

Puse los ojos en blanco y aparté la mirada al tiempo que negaba con la cabeza.

—No importa.

—Sí que importa. Importa un montón.

Volví a encogerme de hombros.

—Jasmine.

¿Por qué no se limitaba a dejarme en paz?

—Jasmine.

¿Por qué iba a pensar semejante estupidez?

—¡Jasmine!

Gruñí y, volviéndome hacia él, siseé:

—Porque ¿qué coño te iba a decir, Ivan? ¿Que lo sentía? ¿Que lo sentía muchísimo? ¿Que no era mi intención hacerme un esguince y echarlo todo a perder? —básicamente le grité mientras el horror se me extendía desde la punta de la lengua hasta las entrañas. ¿Por qué le gritaba? ¿Y por qué demonios le estaba contando todo aquello? ¿Es que no lo sabía ya?

Ivan abrió la boca y me miró como si le hubiera asestado un puñetazo en el estómago.

—Jasmine...

—Lo siento, Ivan —dije con voz entrecortada, el horror y la impotencia palpitándome por todo el cuerpo—. La cagué. No paro de cagarla. No sé por qué te estoy gritando. No hiciste nada. Fui yo. —La voz se me quebró y noté que la mano se me cerraba en un puño—. La cagué. Fue culpa mía, no tuya.

Sentí que un grito me subía por la garganta y me ahogaba. Me desgarraba por dentro. Y lo odié. No quería dejarlo salir.

—Basta —dijo lentamente, recorriéndome toda la cara con los ojos, en los que algo parecía seguir en shock—. Recoge tus cosas. Te vienes conmigo.

Lo miré a los ojos y cogí aire.

—No.

—No. ¿Quieres recompensarme? Coge cosas para dos días y vente conmigo. No voy a salir de aquí sin ti y te llevaré conmigo por mucho que chilles y patalees. Si gritas que te están secuestrando, le diré a todo el que lo oiga que estás colocada.

Lo miré fijamente.

—Me debes las próximas seis semanas, Jasmine. Recoge los bártulos ahora mismo. Nos vamos.

—Ivan...

Me clavó la mirada. La ira y el dolor se me retorcieron por dentro en mil nudos.

—Lo siento mucho.

La forma en que la nuez tembló en su garganta me llamó la atención.

—Lo sé —dijo lentamente.

La había cagado. Me dolía el pecho.

—No era mi intención.

La garganta le volvió a temblar.

—Lo sé.

—Lo he aterrizado bien miles de veces.

Otra vez.

—Lo sé, Jasmine.

—No sé qué pasó.

Si no hubiera sido por su aliento en mi barbilla, no me habría dado cuenta de que había exhalado un suspiro lento y grave.

—Ya lo sé —prácticamente musitó, completamente tranquilo en comparación con el modo en que me había hablado un segundo antes.

Casi se me formó un nudo en la garganta. Casi.

—Te prometo que haré todo lo que pueda por ponerme bien.

Pero fue a Ivan a quien se le formó un nudo. Fue él quien parpadeó una, dos, tres, cuatro, cinco veces, rápido, muy rápido, rapidísimo. Sus pestañas aletearon de lo rápido que parpadeó. Como si algo se le hubiera quedado atrapado en la garganta y no pudiera sacárselo.

—Todo lo que sea, te lo juro. Sé que vamos a tener que saltarnos la mayor parte de la Discovery Series y la WHK, pero puede que aún podamos participar en el Skate North America.

Sus manos me interrumpieron. Aquellas manos con las que tan familiarizada estaba que podría haberlas reconocido al tacto en medio de una multitud. Unas manos que sostenían las mías, que me habían sostenido a mí tantas veces que sería incapaz de contarlas. Sin embargo, nunca me habían tocado la cara, al menos del modo en el que lo hicieron en aquel momento. Sus palmas se acercaron a mis mejillas y las rodearon.

Entonces fue él quien me interrumpió. Con su boca. Sus labios presionaron los míos. Los sellaron. Los cubrieron. Con fuerza. Y luego besó mi labio superior, mientras yo intentaba dilucidar qué demonios estaba pasando.

Ivan me estaba besando. A mí.

Su boca se deslizó de pronto hasta mis ojos y presionó los labios sobre uno de mis párpados y sobre el otro, raudo, como una palpitación tan ligera que apenas la noté. Un hueso orbital y el otro. Mientras yo seguía allí sentada. Allí sentada sin retirarme ni apartarlo ni decirle que no. Su boca recorrió mis mejillas, cálida y maravillosa como nada en el mundo.

—Trataste de levantarte —me dijo con una voz cuyas palabras

apenas lograba entender—. Trataste de levantarte y seguir patinando, y te juro que casi me eché a llorar allí mismo.

Me besó una mejilla y luego la otra, suavemente, y su boca me rozó el puente de la nariz al moverse.

—Solo tú podrías hacerte un esguince brutal en el tobillo y tratar de levantarte y seguir —me dijo con voz trémula—. No dejabas de decir: «Lo siento, Ivan. Lo siento, Ivan. Lo siento muchísimo» y yo te dije que te callaras de una vez porque, si seguías repitiéndolo, sería yo quien...

Su respiración rozaba mi cara a borbotones, entrecortada, y sus manos se deslizaron sobre mis mejillas hasta cubrirme las orejas. Su boca se posó sobre la mía, acariciándola con tal dulzura y suavidad que algo en mi interior se estremeció.

Los amigos podían besarse por sentir alivio. No había introducido su lengua en mi boca ni se había propasado. Solo se alegraba de que estuviera bien. Solo me besaba porque... ¿por qué no? Se preocupaba por mí. La gente se besaba por mucho menos, incluso sin conocerse de nada.

Dejé que Ivan me besase allí donde quería mientras me decía que no pasaba nada, que simplemente había temido por mí, porque así había sido. Había tenido miedo. Y al pensarlo, lo único en lo que pude concentrarme fue en sus palabras. En su dolor. En todo lo que había provocado.

—Lo siento. Lo siento mucho —repetí, porque era la verdad. Estaba tan apenada que me dolía que estuviéramos así. Me dolía haberlo dejado en la estacada—. Solo tuviste que renunciar a unos cuantos torneos antes de mí y ahora te estoy obligando a renunciar a más. Lo siento, Ivan. Yo no quería caerme.

Este negó con la cabeza delante de mí.

—Deja de decir eso.

—Pero es la verdad —musité—. Es culpa mía.

—Fue un accidente —concluyó por mí, con brusquedad—. No hay nada que sentir.

—Pero he echado a perder...

—No has echado a perder nada. Cállate —espetó.

—Todavía nos quedan seis semanas si todo va bien —le recordé, como si no lo supiese.

—Son dos meses en total, Jasmine, no la temporada entera. No es para siempre —dijo él, como si no lo supiera.

—Pero hemos trabajado tanto...

—Albóndiga, no importa.

Inspiré con fuerza al recordar que estábamos perdiendo muchísimo tiempo del único año del que disfrutaríamos juntos. Ocho semanas menos junto a este hombre que lo era todo para mí. Antes de que me dejase por alguien más y volviera a quedarme sola, capitana de mi propio destino o como demonios se dijese.

Parpadeé.

—No empieces. Son solo dos meses y lo estábamos haciendo genial. Para nosotros era fácil, demasiado fácil. —Presionó sus labios, rosados como el algodón de azúcar, contra los míos, como si lo hubiera hecho mil veces y fuera a volver a hacerlo otras mil—. Si hay alguien que pueda recuperarse de esto en seis semanas, eres tú.

Era yo. Claro que sí. Pero en ese momento no fui capaz de pronunciar las palabras con la mirada clavada en aquellos ojos suyos y nuestras caras a pocos centímetros. Lo único que pude hacer fue asentir. Y al cabo de un segundo, y de otros cinco más, decir:

—Ganaremos.

Su mirada adquirió aún más intensidad cuando afirmó sin el menor atisbo de duda:

—Vaya que si ganaremos. —Entonces presionó su boca a tal velocidad y con tanta fuerza contra la mía que no tuve oportunidad de reaccionar hasta que se apartó un par de centímetros y me advirtió con voz áspera, mientras sus dedos acariciaban mi cabello húmedo justo por encima del cuello—: Te arrastraré a la pista si es necesario, Jasmine. Te lo juro por mi vida.

Algo en sus palabras me sacudió por dentro. Tal vez fuera la convicción. Tal vez fuera la furia. La pasión. La realidad de que no me iba a dejar margen para incumplir su voluntad. Pero, sobre todo, fue algo completamente distinto.

Lo quería.

Quería tanto a este hombre que perderlo iba a romperme el corazón, frío y muerto, en tantos pedazos que no me quedaría más remedio que meterlos en la misma caja donde guardaba mis sueños y llevarlos conmigo para siempre.

No quería a nadie que me diera un cachete en la mejilla y me dijera que todo iba a ir bien. Quería a ese hombre, que jamás se tragaba mis mierdas, que jamás me dejaba rendirme y que tenía la impresión de que jamás se rendiría conmigo. Jamás, por mucho que gritase, por mucho que patalease, por mucho que le dijera que se fuera a la mismísima mierda.

Era mi compañero, pero era mucho más que mi compañero: era mi otra mitad, y lo único que podía hacer para agradecerle ese regalo que me había hecho, esa certidumbre de que me consideraba invencible, era asegurarme de que ganáramos.

Le daría lo que había querido de mí desde el principio. Le daría todo mi puñetero ser.

20

Otoño

Si pudiera describir las siguientes cuatro semanas de mi vida en una conversación, habría sido así:

IVAN: Siéntate y estate quieta.

YO: No.

IVAN: ¿Qué crees que estás haciendo? ¿De verdad quieres ponerte bien o qué? ¡Deja de andar de aquí para allá!

YO [tratando de caminar normal, sin conseguirlo, por su cuarto de estar con la férula nueva puesta]: Déjame en paz.

IVAN: No voy a dejarte en paz en la vida, así que ven a sentar el culo, cabezota, y te traeré lo que quieras.

21

Estaba casi convencida de no haber imaginado las palabras que brotaron de la boca de la maravillosa doctora, pero necesitaba asegurarme.

—Entonces… ¿puedo volver a patinar? —le pregunté. Porque quería estar segura. Necesitaba estar segura.

La médica asintió con una sonrisa, mirándome como si comprendiera lo mucho que me jugaba y lo mucho que sus palabras significaban para mí.

—Estás completamente recuperada.

Ilusión, alivio, nervios, todos esos sentimientos inundaron mi ser, pero tenía que preguntárselo «solo una vez más».

—¿Está segura?

La sonrisa de la médica se ensanchó y sus ojos se desviaron brevemente a un lado.

—Sí —respondió.

Una mano se posó en mi hombro, áspera, y me dio un apretón que sentí hasta en los dientes, pero no puede evitar sonreír de oreja a oreja a Ivan. Ya tenía la otra mano a mi lado, y choqué mi palma con la suya, entrelazando los dedos con los de él y estrechándosela. Su cabeza se inclinó hacia delante y apoyó la barbilla en mi hombro, mejilla con mejilla. Su pecho contra parte de mi espalda.

—Lo tenemos, Albóndiga —me dijo mientras me abrazaba y su cuerpo me decía que íbamos a poder participar en Skate North America, el siguiente torneo al que nos (o más bien «lo») habían invitado.

Íbamos a poder hacerlo. Íbamos a tener otra oportunidad.

22

Era una suerte que nadie me hubiera dicho que iba a ser fácil tomarme ocho semanas libres justo al principio de la temporada, porque no lo había sido. En absoluto.

Las últimas dos semanas habían sido las más extenuantes de mi vida, incluido el mes durante el cual regresaba al CL para entrenar hasta la medianoche. Solo que esa vez no lo había hecho sola. Había tenido a mi mejor amigo conmigo todo el tiempo y había disfrutado de cada momento de sudor, esfuerzo, frustración y dolor.

Sobre todo en ese instante en el que miraba por la ventana de la furgoneta que nos había recogido a Ivan, a mí y a otras seis parejas con sus entrenadores para llevarnos al pabellón donde competiríamos al día siguiente. Un alivio como no sabía que podía sentir inundó mis pulmones, liberándolos, al contemplar el gigantesco edificio con las banderolas dispuestas a su alrededor. SKATE NORTH AMERICA, 23-26 DE NOVIEMBRE. En uno de ellos aparecía Ivan, solo, justo después de aterrizar un salto el año anterior.

Estábamos allí y era real. Estábamos listos.

Ivan llevaba los últimos días más callado de lo normal mientras incorporábamos todas las correcciones de última hora posibles en el CL. Dos días antes habíamos tomado un vuelo a Lake Placid por si acaso el tiempo invernal empeoraba, pero no había sido así. El campeonato solo ofrecía un día de práctica oficial, por lo que durante los dos anteriores habíamos aprovechado la enorme sala de conferencias que la Unión Mundial del Patinaje, la WSU, había reservado para quienes albergaban los mismos planes que nosotros.

Una vez en la sala de conferencias, Ivan, la entrenadora Lee, el matrimonio Simmon —nuestros coreógrafos— y yo habíamos dado una vuelta en taxi, habíamos paseado por el centro, visitado el museo de los Juegos Olímpicos, comido en un restaurante y regresado a nuestras habitaciones. Al menos hasta que Ivan se presentó en la mía para ver cómo eran las vistas y habíamos acabado pidiendo comida y cenando allí mientras veíamos un programa sobre unos gatos del averno y me hablaba de los tres que había tenido hasta hacía un año, cuando el último había muerto de viejo.

No hizo falta que le confesara que este viaje era distinto de todos los que había hecho antes, sola o con Paul. Creo que lo sabía. Estaba ilusionada —y nerviosa por primera vez en la vida—, pero la ilusión tapaba todo lo demás.

Allí estábamos. Un paso más cerca. A un último entrenamiento de treinta minutos del comienzo del fin en el que tanto intentaba no pensar.

Acabábamos de bajarnos de la furgoneta cuando Ivan me cogió la mano de buenas a primeras. Lo miré sin fruncir el ceño, aunque preguntándome qué leches hacía. No era que me importase. No me importaba. Yo le cogía la suya de vez en cuando por las razones más peregrinas. Aun así, no sabía por qué lo hacía y mis nervios escalaron un punto más.

—¿Qué pasa? —pregunté cuando le vi la cara al darse la vuelta para mirarme.

Tirando de ella, me apartó a un lado para que nos adelantasen los otros equipos con los que habíamos viajado. Todos estábamos en el Grupo B para los horarios de entrenamiento. El aliento que Ivan exhaló se veía blanco en el aire punzante de Nueva York y me estremecí mientras intentaba imaginar qué demonios pasaba y por qué tenía que pasar fuera. Aquellos ojos tan azules se clavaron en mi rostro cuando el hombre que me había acompañado a todas y cada una de mis sesiones de fisioterapia, después de irrumpir en mi cuarto tantas semanas atrás, dijo:

—Necesito que me prometas algo.

Iba a ser terrible, ¿verdad?

—Depende de lo que sea —respondí preocupada, devanándome los sesos por saber qué diantres sería tan serio como para que quisiera que se lo prometiera sin saberlo de antemano.

Aquella cara perfecta con su piel perfecta y su perfecta estructura no suspiró ni me miró con la exasperación habitual.

—Prométemelo, Jasmine.
Mierda.
—No hasta que me digas de qué se trata. No quiero romper ninguna promesa —repuse con el ceño fruncido y el miedo llenándome rápidamente el estómago.
Era probable que hiciera lo que fuera que me pidiese, pero... ¿y si me pedía que no la cagara? ¿O que no montase una escena cuando me presentase a la siguiente compañera con quien iba a emparejarse, si es que no volvía con Mindy? No habíamos llegado a hablar del futuro, ni una vez.
Mierda.
Los ojos de Ivan recorrieron mi rostro con lentitud. Su respiración se ralentizó y sus rasgos serenos se relajaron aún más. Entonces suspiró, levantó la vista al cielo por un instante y luego, mirándome, tragó saliva y su nuez tembló.
—Por favor, prométemelo. No te voy a pedir nada de lo que no seas capaz.
Debí de poner cara rara, porque me dio un tirón de la mano que aún sostenía.
—Prométemelo, Albóndiga. Sabes que puedes confiar en mí —reiteró, como si no fuera una pregunta, sino un hecho probado.
Y tenía razón, aunque odiaba que tratase de usarlo contra mí. No quería romper ninguna promesa que le hiciera. Jamás. Pero tampoco quería hacer nada de lo que probablemente no fuera capaz..., como sonreír a la persona que iba a sustituirme al cabo de unos meses. Aparté la mirada y, puede que fuera mi imaginación, pero el aire se volvió más frío con cada segundo. Me estremecí.
—Está bien, te lo prometo. ¿De qué se trata? —pregunté, y oí el tono de desafío en mi voz.
La sonrisa que me dedicó a modo de respuesta, lenta y maliciosa, me tranquilizó en cierta medida, pero solo un poco.
—Prométeme que, si ves a Paul y a Mary, no te pelearás con él...
Pero ¡¿qué coño?! ¿Eso era? ¿Paul y Mary? No me lo podía creer. Pero si llevaba meses sin pensar en aquellos dos gilipollas. No me había vuelto a acordar de ellos desde que participamos en la sesión de fotos. La carcajada de desdén fue tan fuerte que de verdad me hizo daño en la garganta.
—Anda ya, ¿eso era lo que querías que te prometiera? ¿Te crees

que voy a ir a pelearme con él y arriesgarme a meterme en problemas?

Ivan me miró sin inmutarse y me apretó la mano.

—No me has dejado terminar. Iba a decirte que esperes a que termine el torneo y luego tienes vía libre. Primero los vamos a machacar con nuestras puntuaciones y después ya puedes rematarlo de un puñetazo.

Abrí la boca y volví a cerrarla. Los ojos azul grisáceo de Ivan permanecieron fijos en mi rostro cuando sus cejas se enarcaron y me cubrió el dorso de la mano con la otra.

—¿Hay trato?

No pude sino pestañear antes de responder:

—¿Tú qué crees?

—Creo que Lake Mirror, justo enfrente del hotel, nos viene de perlas —afirmó con una sonrisa que... ¡madre mía!

—¿Serás mi coartada?

Ivan arrugó la nariz.

—Sé que tus hermanas andan por aquí y demás, pero pensé que querrías que te echase una mano. Soy más fuerte que ellas. No tendríamos por qué dejar rastro alguno.

Lo que yo quería era quedarme con él para siempre, pero aceptaría lo que me ofreciese.

—Trato hecho —respondí.

—Una cosa más —añadió con una sonrisa de oreja a oreja. Mierda—. Quiero saberlo, porque nunca me lo has contado, pero ¿qué tienes contra Mary McDonald? —preguntó—. Quiero saber por qué la odiamos.

Que «por qué la odiamos». Ivan, puñetero Ivan. Lo único que pude hacer fue encogerme de hombros para no tener que decir nada que no fuera asunto mío.

—Cuando éramos más jóvenes, antes siquiera de que estuviera en parejas, solía criticarme a mis espaldas. Puedes preguntarle a Karina. Mary no sabía que era amiga mía y le habló de mi peso, hizo algún comentario asqueroso y superracista sobre mi ascendencia mitad filipina y, en general, se portó como una cerda.

Ivan me miró estupefacto.

—¿Llegaste a decirle algo? —Acababa de hacer la pregunta cuando se le escapó un bufido—. Menuda chorrada. Pues claro que le dijiste algo.

Le di un tirón de la mano.

—Ya sabes que sí. Le dije que la próxima vez que hablase de mí le caería una buena manta de palos.

—La madre que me parió —musité cuando volví a quemarme el cuero cabelludo al tratar de acercar al máximo la plancha a la raíz. Skate North America no era el acontecimiento más televisado de la temporada, pero... no me importaba.

Lo que me importaba era dejarme el pelo lo más liso posible, aunque ya lo estaba. El problema era que no me veía ni me llegaba bien a la nuca. Todavía quedaban tres horas para que empezase el torneo y no estaba previsto que patinásemos hasta casi el final; pero ya estaba maquillada y tenía puesto el vestido negro de encaje y manga larga que Ruby me había acabado hace meses, antes de lesionarme.

Ivan había decidido cambiarse en el vestuario masculino porque quería evitar que se produjeran «altercados» si la gente lo veía en ropa interior. Qué ganso.

Ahora necesitaba su ayuda. Él me ayudaría a alisarme el resto del pelo. Sabía que lo haría, pero antes yo procuraría dejarme listo todo lo que pudiera sin quemarme, con suerte, por sexta vez. Me volví a uno de los tres espejos iluminados de la sala que compartíamos con dos de los equipos con los que habíamos entrenado el día anterior, me apoyé en él y traté de encontrar un ángulo que me permitiera atisbar algo de lo que estaba haciendo. Había visto a las otras cuatro personas contra quienes competíamos (dos equipos que Ivan conocía y de quienes ya me había dicho que eran majos), pero aún no se habían cambiado siquiera.

Ya había terminado con dos mechones cuando se abrió la puerta, aunque no le di mayor importancia hasta que oí una voz que reconocí. Y no era la de Ivan.

—Jasmine, quiero hablar contigo —me solicitó aquella voz medio familiar mientras me volvía a mirar a su dueño y de inmediato me preguntaba dónde demonios estaba mi compañero.

Le había hecho una promesa. «No faltaré al respeto a Paul. No faltaré al respeto a Paul. No faltaré al respeto a Paul». Me había obligado a repetirlo siete veces en total el día antes, cuando juraría haberlo reconocido mientras esperábamos a que la furgoneta nos recogiera después de la sesión de práctica porque, por lo visto, una vez que repetías algo siete veces ya no se te olvidaba.

Le había prometido que no la liaría ni haría nada. Yo era muchas cosas, y la mitad de ellas no eran buenas, pero Ivan sí lo era, así que no iba a faltar a mi palabra, y menos con él. No después de todo lo que había hecho por mí. Pero... quién de los dos iba a haber previsto que Paul sería tan idiota de intentar venir a hablar conmigo antes de nuestro primer programa, el corto. Siempre había creído que era yo quien era menos lista que el resto de la gente, pero, a tenor de los acontecimientos, este tío con quien había pasado tres años de mi vida patinando en pareja era tonto del culo de verdad.

Sin dejar de contemplar mi propio reflejo en el espejo, solté la plancha sobre la mesa y apreté el puño.

—Jasmine, por favor —repitió el segundo hombre que me había roto el corazón en la vida mientras seguía mirándome en el cristal.

No creía que me viera tan diferente de cuando tenía diecinueve años. Mi cara se había afinado un poco, llevaba el pelo más largo y tenía mayor masa muscular. Pero por dentro..., bueno, por dentro era completamente distinta. Porque la Jasmine de diecinueve años le habría lanzado la plancha a Paul con la esperanza de que mágicamente le atravesara el traje y le quemase las pelotas.

—Jas, solo... cinco minutos, por favor —básicamente me suplicó mi antiguo compañero desde donde se encontraba, fuera del alcance del reflejo de la luna.

Apreté todavía más el puño. Aguanté la respiración. Acto seguido, puse los ojos en blanco porque: «Que le den». Una y otra vez. Llevaba tanto tiempo sin dedicarle un solo pensamiento a Paul que había olvidado lo mucho que lo detestaba. Pero lo recordé rápido. Rápido de cojones.

«Se lo prometiste a Vanya», me recordó la parte tranquila de mi cerebro. Y así, sin más, conseguí controlarme... y exhalé.

—¿Vas a fingir que no estoy y ya? —preguntó mi ex, acercándose tanto a mi espalda que por fin pude verlo en el espejo. Estaba tan cerca que, si levantaba el talón, estaba casi segura de poder arrearle fácilmente una coz en los huevos.

Cualquiera habría pensado que, después de tres años juntos, sabría lo peligrosa que era la posición en la que se había colocado. Menudo imbécil. Dios, Ivan lo habría tenido clarísimo.

Alto, esbelto y de cabello castaño, se veía exactamente igual que casi dos años atrás, cuando se había ido del CL para nunca volver. Paul parecía pálido ante los focos y en el reflejo. Tenía las manos delante del cuerpo y lo noté nervioso. Bien.

—Mira, lo único que quiero es hablar.

Mi intención no era soltar una carcajada desdeñosa, pero me salió al erguirme. Seguía siendo tan bajita que me veía perfectamente de cintura para arriba. El delantero de mi traje tenía un escote en corazón en mitad del pecho; el tejido oscuro me tapaba todo lo importante —sin pedrería ni en mi ropa ni en la de Ivan porque se enganchaba todo el rato— y el encaje cubría el resto, aunque acababa varios centímetros por encima de la muñeca para que no entorpeciese el agarre. Me encantaba. Cuando Ruby me había hablado de su idea para Drácula, no podría haber elegido un diseño mejor. Ivan estaba de acuerdo.

El tonto de Paul interpretó el sonido como una invitación, al revés de lo que era, y siguió dándole a la lengua.

—Después de todo el tiempo que pasamos juntos, me lo debes, Jasmine.

Y no hizo falta más. Bastaron aquellas tres palabras que no tenía derecho a utilizar. Las mismas tres palabras quc, de inmediato, hicieron que lo viera todo rojo y rogase que Ivan me perdonara por faltar a mi palabra. Aun así, sabía que era por él y por lo que habíamos acordado por lo que no le había pegado a mi ex un puñetazo en las pelotas desde el principio. Si aquello no era un logro, yo ya no sabía qué lo sería. Seguro que lo entendería.

Eso era lo que iba a decirme mientras me giraba pausadamente sobre las puntas de los pies y alzaba la vista al hombre con quien había malgastado tanto tiempo. Alto, pero no tanto como Ivan y con unos hombros que no eran tan anchos, con el cabello castaño claro y la tez casi bronceada, atractivo, sí..., estaba tal y como lo recordaba. Al fin y al cabo, habían pasado casi dos años. Qué cabrón.

—No te debo una mierda —le dije con voz tan serena que, sinceramente, me sentí orgullosa de mí misma.

El muy mamón suspiró al tiempo que se pasaba la mano por el cabello corto y decía:

—No me fastidies, Jass. Nuestra historia...

Pues sí, si antes lo veía todo rojo, ahora lo veía puto magenta.

—Ya, esa historia acabó el día en que me enteré de que ibas a emparejarte con Mary por alguien que había leído un artículo al respecto en internet.

Paul se estremeció, vaciló, pero pareció sacudirse ambas sensaciones antes de replicar:

—¿Qué otra cosa iba a hacer? —Negó con la cabeza, tragó con dificultad y cuadró los hombros.

Pero daba igual, porque ya me había tocado los ovarios. No iba a hacerme sentir culpable ni a intimidarme lo más mínimo.

—¿Habérmelo dicho, como habría hecho cualquier ser humano normal que respetase a la persona con quien llevaba tres años de compañero? —le espeté, evitando a duras penas gritarle al recordar lo que me había hecho—. Traté de llamarte, Paul; te llamé una y otra vez, pero no lo cogiste, gilipollas. No tuviste los cojones de avisarme ni de explicarme nada, ni una sola vez en los últimos dos años.

—No es...

Le dirigí la que sabía que era mi mirada de loca.

—Como digas que no es lo que parece, te voy a arrear ahora mismo un puñetazo en la polla con todas mis fuerzas.

Cerró la boca, porque sabía que lo haría, pero ya había abierto las compuertas y ahora iba a tener que aguantarse.

—Te di tres años de mi vida, Paul, tres. Eras mi compañero, habría hecho casi cualquier cosa por ti y tú me trataste como el culo. Te largaste e hiciste lo que te dio la gana sin decírmelo. No me vengas con que te debo nada, porque no. No te debo una puta mierda —siseé, apuntándolo con el dedo porque era imposible que mi mano se estuviera quieta cuando lo que más me apetecía era cerrarla y romperle la nariz o las pelotas.

—Lo dices como si simplemente te hubiera podido... avisar. Como si hubiera sido tan fácil —respondió, con la mano todavía en el pelo y el rostro fruncido.

Parpadeé.

—Claro que habría sido tan fácil. «Ey, Jasmine, lo dejo. Voy a emparejarme con alguien a quien no soportas. Que te vaya bien» —me burlé, negando con la cabeza—. Y listo.

Su risa sonó cortante.

—No habría sido así y lo sabes. Me habrías gritado, habrías dicho que me rendía y me habrías llamado cobarde, capullo, todo eso y más. Sabes que es así. No me habrías dejado escapar tan fácilmente.

«Le prometiste a Ivan que no lo harías. Se lo prometiste». Eso era verdad. Y por eso dejé la mano colgando a un lado, inerte.

—Sí, habría hecho todo eso que dices. Los dos lo sabemos. Pero eres idiota si no entiendes por qué. Te habría dado caña porque estábamos juntos en eso. Porque éramos un equipo y no iba a renunciar a ti como si tal cosa. Pero eres un hombre adulto que toma sus propias decisiones; no te habría atado y obligado a quedarte, no me jodas.

En el momento en que aquellas palabras brotaron de mi boca, me sentí verdaderamente sorprendida. No creo que jamás hubiera pensado, y mucho menos sentido, algo así. Pero así era. Me había hecho daño y quería que lo supiera. Quería que supiera que había sido importante para mí. Y, por qué no, también quería que supiera que habría luchado por él. Pero eso había sido dos años antes.

Hacía un año, habría querido darle una paliza. Habría sido demasiado orgullosa para admitir nada de eso. Pero ya no lo era. En ese momento, lo único que quería era quitarme de encima toda la culpabilidad y la ira horribles que había sentido. Las quería fuera de mi vida, lejos de mí. Quería seguir adelante. Puede que ya lo hubiera hecho, en gran medida.

Aún quería partirle la cara, pero me conformaría con hacerle lamentar el día en que me conoció. La única manera de conseguirlo era dejarlos a Mary y a él a la altura del betún en la pista. Y lo conseguiríamos. Ivan y yo lo conseguiríamos.

—Tú también me importabas, Jasmine —dijo, haciendo que pusiera los ojos en blanco—. Aún me importas. Cuando me enteré de lo del esguince, me preocupé. Quería llamarte, pero... no pude.

Ja, aquella mentira de mierda hizo que volviera a poner los ojos en blanco.

—Lo que tú digas.

—No lo entiendes.

Levanté las manos a ambos lados y las dejé caer.

—Vale, Paul. Dímelo, pero ya. ¿Qué es lo que quieres que oiga, eh? ¿Que me dejaste porque querías tener más opciones de ganar?

Mi excompañero volvió a tragar saliva y se pasó las manos por la cara y por el mono de elastano azul y blanco que llevaba puesto.

—¿Por qué siempre les das la vuelta a las cosas? Te echo de menos, Jas. Habría cogido el teléfono para llamarte como mínimo una docena de veces...

Lo único que quería era que cerrase la puta boca.

—Te juro por Dios que no quiero seguir hablando contigo. Ni ahora ni nunca. Me da igual lo que creyeses sentir, las excusas de las que te hayas convencido para justificar la forma en que me trataste...; te aguantas. Vete acostumbrando. Si me conocieras la mitad de bien de lo que crees, sabrías que no voy a perdonarte en la vida.

—Jasmine, yo...

—No. Ni te molestes. Si ves a mi madre, te cruzas de acera. Si me ves a mí, te das la vuelta y finges no haberme visto —le dije con voz extrañamente tranquila—. Te habría perdonado si me lo hubieras pedido antes. Te habría perdonado por decir todas aquellas mierdas de encontrar una compañera con la que pudieras «trabajar de verdad». Y podría haber acabado perdonándote por sacarme de tu vida, pero no voy a hacerlo. No soy tan buena persona. —Deslicé la vista a un lado y le dirigí la mirada más impertérrita de la que era capaz—. Será mejor que te vayas. Tengo cosas que hacer y no te quiero de público.

Paul Jones parpadeó. Juraría que hasta la barbilla le tembló un poquitín. No obstante, con aquel ademán tan suyo, apartó la mirada y suspiró antes de fruncir los labios.

—Jasmine, mira...

—Que te vayas.

—Solo quiero decirte...

—No me importa —respondí, dándole la espalda de nuevo. Mentía más que hablaba. Puaj.

—¿Sabes siquiera por qué nunca respondí todas esas veces en que me mandabas mensajes de voz insultándome nada más dejarte? ¿O aquella vez en que me llamaste borracha, tres meses después, para gritarme?

—Ni lo sé ni me importa —le dije con voz serena, casi robótica, mientras miraba hacia la puerta a sus espaldas y rezaba, pero de verdad, por que llegase Ivan.

Paul frunció tanto el ceño que se le formaron unos surcos profundos en la frente. Aquellos ojos marrones se desviaron a un lado antes de volver a mirarme.

—Jasmine, fue porque Ivan me llamó una semana después y me

advirtió que me «jodería vivo» si volvía a ponerme en contacto contigo.

¿Qué coño acababa de decir?

—Deja de mirarme como si pensases que miento. No te estoy mintiendo. Me llamó y me dijo que si sabía lo que me convenía, te dejaría en paz, pero que, si no lo hacía, me iba a joder vivo y que lamentaría el día en que decidí patinar en parejas.

Ivan. ¿Ivan le había dicho eso? ¿Ivan había hecho eso? Pero si había sido un año antes de que empezáramos a patinar juntos, semanas después de que nos hiciéramos una peineta el uno al otro en mitad del pasillo, si mal no recordaba. ¿Ivan había hecho eso?

—También dije que te destruiría. Te has olvidado de esa parte —terció una voz familiar, haciendo que los dos nos girásemos y descubriésemos a Ivan con la cabeza asomada por la rendija de la puerta entreabierta, con el cabello engominado y cada pelo en su sitio, la cara perfectamente afeitada, limpio y reluciente todo él. Sonreía. Y sostenía un ramo de rosas rojas.

Lo quería. No tenía la más remota idea de qué diantres había sucedido ni cómo, pero en ese momento lo quería tanto que podría haberme explotado el corazón.

—Pero Jasmine también podría hacerlo. Es tan menuda y tan guapa que engaña y no se ve lo fuerte que es. Y si la ves cabreada, flipas. Es como un pequeño *gremlin*; más te vale no mojarla, porque se pone hecha una furia —continuó, sonriéndome con afecto al penetrar en el cuarto ataviado con su traje negro a juego con el mío—. Aunque ya deberías saberlo.

Paul alternó la mirada entre Ivan y yo por un momento antes de dar un paso a un lado para alejarse de mí.

—Yo...

—Ahora es mi compañera, Paulie, y así va a seguir. ¿Y sabes qué? Que no se me da nada bien compartir, así que diría que es buena idea que te largues antes de que todas esas cosas de las que te advertí se hagan realidad —lo interrumpió mi compañero, al tiempo que se colocaba a mi lado.

No me tocó. No le hacía falta. Sabía que estaba ahí y él sabía que lo sabía. Esa era la cuestión: nos entendíamos. Conocíamos el alcance y la profundidad de nuestra confianza y nuestra lealtad. Y eso significaba mucho más de lo que jamás transmitirían unas palabras vacías.

—¿No tienes nada que hacer por ahí? —le preguntó con un parpadeo engañosamente perezoso.

Paul suspiró y dio un paso atrás. Me lanzó una mirada a sus espaldas, tan prolongada que podría haberme hecho sentir mal si no hubiera querido matarlo, antes de dirigirse a la salida. Apenas había abierto la puerta cuando los dedos de Ivan se entrelazaron con los míos.

—Te has desenvuelto mejor de lo que habría esperado —dijo sin bajar siquiera la voz, teniendo en cuenta que Paul aún no había salido del todo de la habitación.

Levanté la vista hacia él.

—¿Tú crees?

Ivan asintió con tanto entusiasmo que casi me hizo reír.

—Sí, la entrenadora Lee y yo pensábamos que, como mínimo, lo abofetearías.

—Me dijiste que no lo hiciera. —Mierda.

—No, te dije que esperases a que acabara el torneo. No pensaba que fuera a venir para intentar hablar contigo. No te conoce en absoluto, ¿verdad? —Ivan se rio desdeñoso—. Menudo imbécil. Me apuesto algo a que no tiene ni idea de lo cerca que ha estado de morir. Se te notaba en la voz y, una vez que te vi la cara, de verdad que me preocupó que fueras a hacerle alguna movida a lo *John Wick* con el peine que había dejado en la mesa.

No pude evitar romper a reír. No recordaba haberme reído nunca antes de una competición. Jamás. Ni una sola una vez. El tirón que me dio en la mano hizo que alzase la vista mientras seguía riendo.

—¿Estás bien? —preguntó mientras apoyaba nuestras manos unidas en su cadera.

Asentí y, una vez que dejé de reír y con la sonrisa aún en mi cara, lo miré con los ojos entrecerrados.

—¿De verdad que lo llamaste y le dijiste que no volviera a ponerse en contacto conmigo?

Así eran las cosas con Ivan: él no se tiraba el pisto, jamás. Y tampoco creía que fuera capaz de sentir vergüenza, porque no había atisbo de duda cuando respondió:

—Sí.

—¿Por qué?

—Porque Karina me llamó y me contó lo sucedido. Me preguntó si había algo que pudiera hacer, si conocía a alguien con quien te pudieras emparejar —dijo sin que su cuerpo se moviera de donde se encontraba junto a mí ni su mano soltase la mía.

Comencé a notar un zumbido grave en los oídos, pero me obligué a preguntarle:

—¿Qué pasó entonces?

—Le dije que no. Luego llamé a Paul y le expliqué las cosas bien claras, de lo cabreado que estaba —me explicó con toda naturalidad.

Me sentí como una cría tonta y patética que buscaba que la reconfortaran, pero no me importó lo suficiente como para detenerme.

—¿Estabas enfadado por mí?

—Menuda perspicacia, Sherlock. La idea de que estuvieras disgustada por culpa de ese malgasto de oxígeno me sacaba de quicio. Te merecías algo mejor. —Me sonrió y apretó nuestras manos contra su costado—. Si ibas a llorar por alguien, iba a ser por mí.

—Eres idiota.

—Lo sé.

Pero entonces Ivan movió el cuerpo para ponerse frente a mí, ante mí, obligándome a echar la cabeza hacia atrás lo justo para poder mirarlo a los ojos, con el ramo de flores entre los dos. Lentamente, tomándose su tiempo, apoyó su frente en la mía.

—¿Te arrepientes de lo sucedido?

—Fue lo mejor que podía haberme pasado —respondí con la vista clavada en aquellos ojos azul claro.

—A mí también, Jas.

Y ese…, ese algo que sabía que era amor se fue hinchando como una burbuja en mi interior, y supe que era una idea estúpida. Supe que tenía que callarme la bocaza. Pero al mirar aquellos ojos preciosos y al agarrar aquella mano que sabía que me había sostenido tantas veces, me recordé que no le debía nada a nadie. Ni siquiera a mí misma.

—Vanya —comencé a decir, curiosamente sin nervios, tan cerca de él que su aliento me rozaba los labios—, no espero nada de ti y no quiero que suene extraño, pero quiero que sepas…

Su «Cállate» me pilló desprevenida, por lo que parpadeé.

—No me digas que me calle. Quiero decirte algo.

De pronto dejó caer nuestras manos, sonrió y se alejó un paso.

—Tengo algo para ti.
—¿Flores? —pregunté.
Negó con la cabeza y las dejó en la mesa a mi lado.
—No son mías, son de parte de Karina.
Sonreí al pensar en mi amiga mandándome flores. Luego le enviaría un mensaje para darle las gracias.
—Te he traído algo y alguien más te ha mandado otra cosa.
No pude evitar entrecerrar los ojos.
—¿Quién?
—Patty —respondió Ivan con una sonrisa.
—¿Quién es Patty?
Su sonrisa se borró.
—La adolescente por quien sacaste la cara en el CL. ¿La que es igualita que tú y muy extrovertida?
—Ah. —Ella. No me había dado cuenta de que nos pareciésemos—. ¿Me ha mandado algo? —¿Por qué?
—Una tarjeta.
Ajá.
—No tenía por qué hacerlo.
—No, pero me la encontré el día antes de que nos marcháramos y me pidió que te la diera —me explicó—. Y tengo algo más para ti. No son las almas de todo aquel que jamás te haya cabreado, pero...
Aquello hizo que cerrase la boca. Durante todo un segundo.
—Iba a dártelo después, pero creo que te lo voy a dar ahora.
Fruncí los labios y pregunté cautelosa qué era mientras él se volvía hacia su gigantesca maleta con ruedas y metía la mano en el gran bolsillo exterior.
—Pensaba que ya habíamos superado lo de que pensases que iba a asesinarte en cualquier momento.
—No creo que jamás lo superemos.
De espaldas a mí, Ivan se rio.
—Mi idea es asesinarte después de los mundiales, no te equivoques.
—Me lo apuntaré en el calendario. Gracias por avisarme.
Negó con la cabeza mientras sacaba la mano del bolsillo con algo envuelto en papel de seda y algo más dentro de un sobre blanco.
—Casi me esperaba un escorpión, pero no creo que pusieras tu vida en peligro por matarme.
—Calla; dejaré la tarjeta aquí para que la leas más tarde —vol-

vió a murmurar con tono divertido mientras se volvía a mirar—. Déjame verte la mano.

Le tendí la derecha, pero me la apartó con un suave manotazo, así que levanté la otra. Vi como dejaba el bulto de papel de seda en la mesa y me cogía la muñeca con sus dos manazas. Tiró de la manga de mi traje y me la subió unos ocho centímetros por el antebrazo hasta exponer la pulsera que siempre llevaba puesta. Aquella mañana había apretado las cintas de cuero para poder ocultarla bajo el traje, como hacía normalmente.

No le di demasiadas vueltas hasta que su pulgar acarició la delicada placa de metal que sujetaban las cintas de cuero que tenía que sustituir una vez al año desde que a los doce me hiciera la pulsera en una feria. Tenía grabado: PARA JASMINE. DE TU MEJOR AMIGA, JASMINE. Mamá había puesto los ojos en blanco al pagar por ella. Le había enseñado el documental sobre otra patinadora artística que admiraba y que llevaba exactamente la misma pulsera. Había sido espectacular para su época, competitiva, y no le había importado una mierda lo que los demás pensaran de ella. A mí me parecía que era la hostia, pero sobre todo era ella quien lo creía. Aquella pulsera siempre me había recordado que tenía que creer en mí misma, por lo que desde entonces la lucía con orgullo.

Los dedos de Ivan, largos y gráciles, se deslizaron hasta las cintas que me había apretado poco antes y comenzó a deshacer el nudo minúsculo. Quería preguntarle qué demonios estaba haciendo y por qué me quitaba mi pulsera, pero... confiaba en él. Así que permanecí callada mientras me la sacaba de la muñeca y la dejaba en la mesa junto a lo que fuese que tuviera envuelto en papel de seda. Pues vale.

Levantó el paquetito de la mesa y, en un solo movimiento, abrió el papel y extrajo algo que parecía exactamente igual. Una plaquita de metal con una tira de cuero alrededor, salvo que era rosa chillón.

—No quiero que esta noche te pongas nerviosa —empezó a decir con la pulsera en una mano y los ojos clavados en mí.

Yo no dejaba de alternar la vista entre su cara y el objeto en su mano.

—No estoy nerviosa.

—Vale, no estás nerviosa —se rio—. Solo quiero que sepas que, pase lo que pase hoy y mañana, no importa, Albóndiga.

Aquello hizo que levantase la cabeza como por resorte y lo mirase a los ojos. ¿De qué coño estaba hablando?

—Por supuesto que importa.

—No, no importa —insistió—. No es más que una competición. Que ganemos o perdamos no cambia nada.

¿Qué demonios quería decir con «nada»?

Ivan me tomó la mano con la que no sostenía la pulsera y me acarició el interior de la muñeca con el pulgar.

—No me voy a enfadar. No me voy a sentir decepcionado. Espero que tú tampoco.

Lo observé detenidamente, sin articular palabra. Su mandíbula se movió y sus párpados velaron aquellos ojos espectaculares al tiempo que preguntaba:

—¿Vale?

—¿Que no me sienta decepcionada si no ganamos?

No me gustó la forma en que asintió, pero pensé por un momento en sus palabras. ¿Me sentiría decepcionada si alguno de los dos la cagaba y todo se iba a tomar por saco y acabábamos en sexta posición esa noche y al día siguiente? ¿Me pondría furiosa como me había sucedido en el pasado?

—No. —No me sentiría decepcionada—. Tú estarías en sexta posición conmigo. No estaría sola. Si fracaso, al menos fracasaremos juntos —musité, mientras aquella sensación peculiar me recorría el cuerpo.

Era como..., como una especie de alivio. De aceptación. Y fue la segunda mejor sensación que hubiera sentido en la vida. Solo por detrás de querer a ese idiota y a mi familia. Y debió de ser la respuesta que Ivan deseaba oír, porque la sonrisa que se dibujó en su rostro fue la mejor que jamás hubiera compartido conmigo.

—Dame la muñeca, petarda —me ordenó, con aquella sonrisa que deseé de todo corazón que fuera mía y solo mía.

Y puede que, a excepción de sus perros y su cerdita y su conejo, bien lo fuera. Así que le tendí la muñeca y vi cómo me ataba las tiras de cuero rosa, prietas, pero no demasiado, y dejaba la pulsera en lo alto de mi antebrazo, igual que la otra, en el lugar perfecto para que la tapase la manga del traje. Apenas había terminado de anudarlas cuando me llevé el brazo a la cara y leí la minúscula inscripción grabada en el metal.

Para Albóndiga
de su mejor amigo, Ivan

Y para cuando hube terminado de leer cuatro veces lo que ponía, Ivan ya se había atado mi pulsera en su muñeca, aunque no le cabía bajo la manga. Y, cuando me sonrió, supe que ni siquiera le importaba.

23

—A Ivan no suelo darle charlas motivacionales antes de patinar, Jasmine, pero puedo dártela a ti si te hace falta —se ofreció la entrenadora Lee mientras esperábamos en el túnel, a un lado de la pista, a que el equipo que estaba sobre el hielo comenzara su programa corto.

No me giré a mirarla desde el lugar que ocupaba a su lado, delante de Ivan. Recorrí con la vista el graderío lleno de gente, manteniendo la respiración regular y los nervios bajo control. Estaba tranquila. Más tranquila de lo que recordaba haber estado nunca.

—No hace falta.

Porque todo estaría bien pasase lo que pasase, tal y como Ivan había dicho. No sería el fin del mundo si las cosas se iban a la mierda. Aun así, esperaba que no fuera el caso.

—¿Estás segura? —me preguntó la entrenadora.

Sin mirarla, pues sabía que también estaba viendo la ejecución de la pareja que se encontraba en la pista, negué con la cabeza y dije:

—Segurísima. Los discursitos me ponen de los nervios. —Entonces sí le lancé una mirada—. Pero gracias por el ofrecimiento.

Las dos manos que tenía posadas en los hombros desde el instante en que salimos a esperar nuestro turno me masajearon con suavidad los trapecios. El cuerpo de Ivan estaba tan cerca del mío que podía sentir el calor que irradiaba. Nos habíamos pasado las tres últimas horas estirando sin parar y luego repasando el programa en el pasillo con los auriculares puestos, aunque solo ejecutamos unas cuantas elevaciones, para ganar confianza, a pesar de que ya las habíamos repetido mil veces durante los últimos ocho meses.

Estábamos todo lo bien que podíamos estar después de lo sucedido hasta entonces. Íbamos a hacerlo lo mejor posible; no podíamos pedir más.

—Tu madre acaba de saludarme —me susurró Ivan al oído antes de levantar la mano de mi hombro y muy probablemente agitarla.

Nunca había buscado a mi familia antes de patinar. Saber que estaba allí siempre me hacía sentir mayor presión. Ni siquiera miraba el teléfono desde horas antes de competir: quería estar concentrada.

Pero cuando mencionó a mi madre, a quien no había visto desde su llegada a Lake Placid la noche anterior, levanté los ojos y miré a mi alrededor. Ivan colocó la mano al lado de mi cabeza y apuntó a la derecha. Efectivamente, reconocí a la pelirroja de pie que agitaba los brazos por encima de la cabeza como una loca. También reconocí al hombre de piel oscura que tenía a un lado, a la otra pelirroja que estaba al otro, el cabello dorado de Sebastian y... A su lado había un hombre de su estatura exacta, con el cabello más oscuro y la piel no tan clara. A continuación, se veían el cabezón y las orejotas inconfundibles de Jojo, el cabello castaño medio de James y una pareja de pelo negro que tenían que ser los Lukov.

Estaba mi padre. Allí sentado estaba mi puñetero padre.

—Tu madre y Jonathan trataron de convencerlo para que no viniera, pero insistió en que no te molestaría —me susurró Ivan al oído.

Tragué saliva. Tragué saliva porque no tenía ni idea de cómo me sentía al verlo allí. No era ilusión, como me habría sucedido diez años atrás, pero era algo. Y no creía que fuera exactamente miedo.

—¿Estás bien? —me preguntó con su voz grave.

Sin darme cuenta, me llevé la mano al lugar del antebrazo donde tenía atada la pulsera. Mi pulsera nueva. La acaricié por debajo del tejido elástico de encaje.

—Estoy bien —respondí mientras volvía a alzar la vista hasta mi madre, quien por fin había dejado de agitar los brazos en mitad del programa de otro equipo. Nos observaba a Ivan y a mí y, a pesar de la distancia, sabía que sonreía de oreja a oreja.

Levanté la mano, la mano de la pulsera, y la saludé. Solo un poco, solo un segundo. Ella abrió la boca como si estuviera chillando. Conociéndola, bien podía estar haciéndolo, pero se la veía tan ilusionada... Tenía que dejar que la culpabilidad desapareciera y tratar de centrarme en ser mejor persona a partir de entonces. Tenía que hacerlo.

La mano sobre mi hombro se deslizó hasta posarse en lo alto de mi brazo e Ivan comenzó a acariciarme los bíceps y tríceps, arriba y abajo.

Al cabo de un minuto la música paró y, desde nuestra posición, vimos como los dos patinadores salían de la pista saludando con la mano al público antes de quitarse de en medio para esperar a que les anunciaran la puntuación conseguida. La entrenadora Lee se volvió hacia nosotros y enarcó las cejas antes de decir:

—Estáis listos. —No era una pregunta, sino una afirmación, porque lo estábamos—. Los dos habéis superado mis expectativas para esta temporada. Ivan, recuerda no acelerarte tras salir del triple-triple, y Jasmine... —Me dirigió una pequeña sonrisa que me caló hasta los huesos—. Tan solo sé tú, ¿vale?

Que fuera yo. No sabía qué demonios quería decir con aquello, pero asentí igualmente. Que fuera yo.

—A por ello, cariño —me susurró Ivan al oído mientras me daba un apretón en los brazos.

Asentí brevemente. Me aislé mentalmente de la algarabía del público y el anuncio de las puntuaciones. Luego nos abrimos paso hasta el acceso a la pista. La única persona contra la cual competiría esa noche era... yo. La persona que había sido con Paul. Siempre y cuando lo hiciera mejor que aquella versión de mí..., no podía pedir más.

Cuando me quité los protectores y se los entregué a nuestra entrenadora antes de salir a la pista y esperar junto a la barrera a que Ivan hiciera lo mismo y se situase a mi lado, me sentía como si se tratase de un recuerdo distante que podría rememorar más tarde. Y Lee tenía razón, no era de las que ofrecían discursos ni sugerencias de última hora salvo lo que ya nos acababa de decir y todo con lo que nos había machacado durante los entrenamientos.

La verdad es que parecía surrealista estar esa noche de pie sobre el hielo, oyendo a la gente animar a Ivan y cantar su nombre como si se tratase de un puñetero partido de baloncesto o algo así.

¡Ivan! ¡Ivan! ¡Ivan!

¡Lukov! ¡Lukov! ¡Lukov!

Era algo que ya había oído y presenciado en la distancia, desde las barreras o entre el público, pero nunca estando en el hielo junto al hombre que volvía loca a toda esa gente. No obstante, mientras escuchaba allí de pie, oí un pequeñísimo rumor entre la multitud.

¡Jasmine! ¡Jasmine! ¡Jasmine!

Y, aunque sonase exactamente a la suma de las voces de todos los miembros de mi familia..., me bastaba y me sobraba. Era mucho más de lo que merecía, pero aquella sensación familiar, que ya había sentido cuando Ivan me entregó la pulsera y pocos minutos antes cuando la entrenadora me había dicho que fuera yo misma, era como estar en casa. Era maravillosa. Era algo condenadamente parecido al amor.

Sentí la presión de unos dedos en la nuca y, al levantar la vista, me encontré con la sonrisa de Ivan. Así que yo también le sonreí. Nos dimos la vuelta casi al mismo tiempo para girarnos hacia el centro de la pista y, tal y como habíamos hecho siempre sin que nadie diese una señal o articulase palabra alguna, Ivan extendió la mano a un lado entre los dos sin dejar de mirarme, yo alcé la vista y puse mi mano sobre la suya, y juntos echamos a patinar hacia el centro, con las manos unidas mientras el canto de la multitud se convertía en griterío.

—Pase lo que pase, ¿vale? —le pregunté mientras nos deslizábamos hasta el punto de partida y nos deteníamos allí.

Sin soltarme, Ivan asintió y dio un paso atrás para colocarse en posición. «Pase lo que pase», repitió sin emitir sonido alguno. Pero entonces sus labios siguieron formando palabras. Exactamente dos: «Te quiero».

Si hubiera llevado cualquier otro calzado salvo mis patines, habría trastabillado o me habría caído o alguna movida por el estilo. Me habría dado un culetazo de órdago y probablemente me habría rajado la barbilla.

Por suerte, lo que llevaba me daba más seguridad que unas deportivas o unas chanclas. Aunque eso no evitó que el cuerpo entero se me tensase mientras seguía allí parada, sabiendo que tenía que colocarme en posición, pero demasiado estupefacta como para hacer nada que no fuera sisear «¿Cómo?», como si no hubiera leído sus labios correctamente.

Ivan se detuvo delante de mí con un conato de sonrisa en la boca mientras colocaba los brazos y las piernas y los dedos donde tenían que estar. «Te quiero», repitió como si fuera algo que ya hubiera dicho mil veces antes. Como si no estuviéramos sobre el hielo, a punto de comenzar nuestro primer programa corto y delante de un público que incluía a más gente que los patinadores aficionados del CL.

Parpadeé sin dejar de mirarlo, tratando de poner las manos en posición, pero incapaz de pensar en nada más que en el puñetero «te quiero» que acababa de brotar de sus labios.

—Ivan —empecé a decir, olvidando que no podía oírme, mientras tragaba con dificultad y lo miraba a los ojos al tiempo que las manos y las rodillas se colocaban en el lugar que habíamos practicado tantas veces y se ponían en posición, porque mi boca habría dejado de funcionar, pero mi cerebro no.

La sonrisa que se dibujó en su rostro fue lenta... y dulce. Y alarmante.

—Das asco, Albóndiga —dijo un segundo antes de que supiera que la música estaba a punto de empezar. «Pero te quiero», formaron sus labios.

El corazón me palpitó con fuerza. Otra vez. Y otra más. Ni el mundo se vino abajo ni las piernas me flaquearon, pero aquella sensación que no había dejado de crecer en intensidad a lo largo del día se expandió cada vez más hasta que parecía cubrir cada centímetro de mi persona, por dentro y por fuera.

Ivan me quería. Ivan me quería, joder, y no le importaba si ganábamos o perdíamos. Y lo único que hice fue enfadarme porque me había cortado cuando estaba a punto de decirle lo mismo, y ahora se me había adelantado.

—¿No podías haber elegido momento mejor para decir nada? —le pregunté en voz alta, haciendo un esfuerzo por no mover los labios.

Juro por Dios que el muy idiota frunció los suyos y me lanzó un beso tan minúsculo que no había forma de que ninguna de las cámaras del edificio lo captase.

—No —replicó.

Y entonces arrancó la música.

Tuvo una suerte que te cagas de que yo fuese capaz de ejecutar el programa corto sin pensar, porque, si no lo hubiéramos repetido mil quinientas veces juntos y si no lo hubiera repetido yo sola otras quinientas, la habría fastidiado a base de bien. Y, por suerte para él, una vez que empezó la música, se concentró y no me guiñó un ojo ni me sonrió más que una vez durante los dos minutos y cuarenta segundos que duró.

Por algún tipo de milagro, fui capaz de estar a lo que teníamos que estar en lugar de a aquellas palabras salidas de la nada…, al menos hasta el instante en que adoptamos la pose final y la música acabó. Entonces lo recordé. Recordé el «te quiero» y me puse nuevamente de un humor de perros. Porque, a ver, a qué cojones venía aquello.

—¿Tenías que decírmelo justo antes de empezar? —siseé, jadeando sin aliento.

Su pecho subía y bajaba cuando soltó un ahogado:

—Ajá.

Conque ajá… «Ajá» y ya, ¿no?

—Eres un…

Antes de poder detenerlo, antes de darme cuenta de qué demonios hacía, mientras estábamos allí plantados los dos, jadeando y con las caras a pocos centímetros, en pleno subidón de adrenalina y energía y algo más —que estaba al noventa y nueve por ciento segura de que era amor—, me sonrió con aquella sonrisa suya, lenta y dulce, se echó hacia delante, veloz como un rayo, y me dio un beso en la nariz.

Ivan Lukov me besó la punta de la nariz al finalizar nuestro programa corto y ni me di cuenta de que parte de la audiencia suspiró, lanzando un suave «oooh» que, en cualquier otra circunstancia, me habría dado escalofríos. No me di cuenta porque estaba demasiado concentrada en lo que acababa de hacer. En televisión. Tres minutos después de haberme dicho que me quería.

—Pero ¿a ti qué te pasa? —siseé un segundo antes de abandonar nuestra pose final y hacer una reverencia.

Ivan no dejó que el tono de mi voz le borrase aquella sonrisa lenta y segura que lucía a mi lado.

—Me pasas tú.

—Capullo —murmuré mientras hacía una reverencia; nunca me habían gustado, me resultaban demasiado falsas.

—Pringada —replicó mientras nos incorporábamos.

—¿Por qué lo has hecho? —pregunté, casi sin poder articular las palabras según nos girábamos al lado opuesto del pabellón para hacer lo mismo.

Su mano se deslizó hasta la mía y nuestros dedos quedaron entrelazados mientras hacíamos la reverencia correspondiente.

—Porque he querido, Albóndiga. —Me apretó la mano al incorporarnos para saludar a la gente que nos lanzaba peluches y flores a la pista. Nunca había visto tantos ante mí. Nunca—. Sonríe. Lo hemos logrado —dijo, todavía respirando con dificultad.

Y sonreí, pero porque quería.

—Deja de mirarme como si me quisieras matar. Podemos hablar más tarde; no te pongas tonta —murmuró, tirándome de la mano una vez que volvimos a incorporarnos—. Los dos sabemos que me quieres.

Quise negarlo. De verdad que sí. Sobre todo porque odiaba que sonase tan petulante. Pero los dos sabríamos que mentía. Puede que nunca hubiera pronunciado las palabras, pero Ivan lo sabía. Igual que había sabido lo de mi discapacidad de aprendizaje y nunca había dicho nada. Igual que sabía que el chocolate era mi debilidad y me lo proporcionaba cuando más falta me hacía.

Entonces fui yo quien le tiró de la mano para tratar de conducirlo fuera de la pista y murmuré airada:

—Ahora no te me pongas chulo.

—Anda que no —musitó.

Comino

JASMINE, HAS ESTADO INCREÍBLE

Ay, ay, ay, Dios mío!

Qué nivelazo en la pista, menuda reina

Volabas!

Eras una patinadora totalmente distinta

MADRE MÍA

He llorado

Ojalá hubiera estado allí

Voy a ir a los nacionales. Que se quede Aaron con los niños, yo no me lo pierdo

Recién duchada y todavía con el subidón, aunque habían pasado cuatro horas, leí sentada en la cama los mensajes que me había enviado mi hermana. No pude evitar sonreír. Pulsé el icono de llamada, me eché hacia atrás y me recosté en la cama mientras oía el tono. Al tercero, mi hermana respondió.

—¡Jasmine! ¡¡¡Has sido lo más grande que haya visto en la vida!!!

—Gracias, Rubes —respondí, sintiéndome rara por agradecérselo, pero ¿qué más podía decir?

—¡Aaron y yo casi nos volvemos locos! Hasta Benny lo estaba viendo y preguntaba si la que salía en la tele era tía Jazzy. Estoy superorgullosa de ti, Jas. Pero orgullosísima. No sé cómo lo hiciste, pero nunca te había visto patinar así. Se me saltan las lágrimas solo de pensarlo.

—No llores —dije, reprimiendo un gruñido.

—Pero es que estoy tan contenta —gimoteó, como si de verdad estuviera al borde de las lágrimas.

—Yo también —le respondí, mirando al techo con una sonrisa en la cara—. Creo que nunca he estado tan contenta de quedar en segunda posición después del programa corto.

Y es que Ivan y yo habíamos quedado segundos. Y por menos de un punto, que era... nada, porque el programa largo era nuestro fuerte. O al menos así lo creía yo. Apostar por las películas oscuras como nuestro tema había sido lo mejor que podíamos hacer, cuando la mayoría de las demás parejas escogían canciones de amor y mierdas por el estilo. En nuestra época, Paul y yo habíamos hecho lo mismo, pero imagino que no resultaba creíble porque yo mentía fatal y, desde luego, entre nosotros no había amor... y con el tiempo se acabó hasta el respeto.

Así que era probable que Ivan y yo le diéramos toda una sorpresa al público cuando ejecutásemos nuestro programa de exhibición al ritmo de «Un mundo ideal», de la banda sonora de *Aladdín* porque... ¿por qué no? Era raro cómo cosas así llegaban a funcionar.

—Bueno, estabas muy guapa, igual que Ivan. Y no podría cstar más contenta —dijo con voz entrecortada.

—Deja de llorar —me carcajeé.

—No puedo. Llevo visto vuestro programa cinco veces seguidas. Lo hemos grabado. Hasta el padre de Aaron llamó para decirme que eras la mejor del torneo.

¿Cómo demonios sabía el padre de Aaron que patinaba en la tele? No se lo pregunté, pero me resultó curioso.

—¿Estuviste luego con la familia? —preguntó, entrando de lleno en otro tema.

Entonces me estremecí, pero sin que se me notara.

—Sí. Comimos en el *resort* donde estamos alojados.

Habíamos comido todos, pero todos, todos.

Ruby dudó antes de formular la pregunta que sabía que la reconcomía. Debía de saber que nuestro padre había venido.

—¿Qué tal las cosas con papá? —preguntó, la tensión palpable en su voz.

Cerré los ojos y exhalé un suspiro.

—Bien.

—¿Bien porque no os peleasteis, aunque tú habrías querido? ¿O bien en plan que os abrazasteis y todo fue bien?

Mierda.

—Bien del tipo: nos dimos un abrazo, se sentó en la otra punta de la mesa y no me dijo ni mu.

Que para mí había sido perfecto. En serio. A decir verdad, sentí alivio; estaba tan ilusionada con nuestra puntuación que no quería que me lo chafase. Pero ¿no era una putísima mierda esperar que mi padre arruinase algo por lo que me había esforzado tanto?

—Ay, Jas —suspiró Ruby en voz baja.

—Estuvo bien.

—No quiero discutir contigo, ¿vale? —Joder, ya empezábamos—. Papa te quiere. Quiere lo mejor para ti.

No dije nada.

—Está... chapado a la antigua.

¿Era así como íbamos a llamarlo?

—Deberías perdonarlo. Él lo intenta. Sabe que la ha fastidiado, pero ninguno de nosotros es perfecto —continuó diciendo, aunque solo me hizo sentir un poquitín culpable. Y digo que solo un poquitín porque ¿cuántas veces había hecho algo para que hasta la mismísima Ruby dudase de mí? Aun así...

—Ya lo sé, Rubes. Lo entiendo, pero ¿sabes lo difícil que es oírle hablar sobre el patinaje artístico como si fuera una afición cualquiera con la que me divierto los fines de semana? ¿Sabes lo que es que..., cómo se dice..., que menosprecie mis sueños? ¿Oírle decir que me iría mejor haciendo algo que odio? —le pregunté, sin ponerme nerviosa en absoluto. Sin sentir nada, a decir verdad.

Oí su respiración al otro lado de la línea. Luego respondió:

—Sí, Jas, lo sé. Sé exactamente cómo es y lo entiendo. Sé que no es divertido.

De inmediato mi cuerpo se puso en alerta.

—¿Quién te ha hecho eso a ti?

—Mamá, papá. Los dos.

—¿Cuándo? —Traté de hacer memoria, pero no recordaba nada al respecto.

—Después de acabar el instituto. Eras demasiado pequeña para que te dieras cuenta o que te acuerdes, pero así fue.

Pero ¿qué demonios?

—Quería ir a una escuela de diseño de vestuario, pero los dos, mamá incluida, prácticamente dijeron que sería inútil. Durante tres meses no dejaron de darme la tabarra para que me matricularse en algo que pudiera tener como reserva. «Un trabajo de verdad» —añadió, sin sonar ofendida ni nada, sino más bien resignada.

Y me puso triste porque, que yo recordase, Ruby siempre había adorado el diseño y la confección de ropa. Siempre. Era su pasión en la vida. Su versión de mi patinaje artístico. No la imaginaba haciendo nada más y siempre me había preguntado por qué había estudiado contabilidad y se había sacado un título con el que jamás había llegado a ejercer.

—Pero yo no soy tú —prosiguió con la misma voz resignada—. Mamá no creía en mi sueño como ha creído en el tuyo.

—Rubes —comencé a decir, sintiéndome de pronto fatal porque ¿cómo debió de ser para ella ver a mamá dándome un apoyo de la hostia mientras a ella le decía que no podía hacer lo que amaba? No tenía ni idea. Pero ni idea.

—No pasa nada, Jas. Todo salió bien. Solo te lo digo porque quiero que sepas que mamá y papá no son perfectos. Que no eres la única a quien le han dicho que sus sueños no valen nada, pero la diferencia es que tú nunca has permitido que nadie te convenza de ello. No has dejado que nadie te obligue a hacer algo que no querías; ojalá yo hubiera podido hacer lo mismo.

Estaba estupefacta. La verdad es que me había pillado totalmente por sorpresa, porque menuda gilipollez más grande.

—Y el único motivo por el que estudié contabilidad fue porque quería hacerlos felices. Mamá incluso estuvo intentando convencerme de aceptar un puesto en la empresa donde trabajaba ella hasta hace unos años. Da igual, lo único que intento decirte es que tengas... la mente abierta. Que perdones a papá. No tienes por qué hacerlo hoy ni mañana, pero dale una oportunidad. No creo que tuviera ni idea de cómo tratarte cuando eras pequeña. Eras muy terca y diría que le recordabas demasiado a mamá, aunque no lo sé.

—Ah —fue lo único que conseguí articular mientras reflexionaba sobre sus palabras.

¿Había sido tan insufrible de pequeña que no sabía ni cómo tratarme? Tenía algún recuerdo borroso de haberle dicho que lo odiaba. De haberle propinado una patada en la espinilla. De llorar. De no querer pasar tiempo con él cuando venía de visita. Pero debía de haber sido muy, muy pequeña. Tal vez tendría cuatro años, cinco como máximo. Justo después de que se fuera. Vaya.

—No quiero seguir hablando de esto. No quiero arruinarte este momento tan dulce. Así que cuéntame lo del beso tan mono que te dio Ivan. ¿Cuándo vais a casaros, ganar todos los premios del mundo y tener hijos que sean prodigios en cada deporte que practiquen?

Me atraganté.

—¿De qué coño hablas, Rubes? ¡¿Has bebido estando embarazada de mi futura sobrina?!

—¡No! —rio Ruby—. ¡Nunca haría eso!

—Pues lo parece.

—¡Que no! Te estoy haciendo una pregunta en serio. Sois tan perfectos el uno para el otro que me salen caries de puro dulzor. De verdad; pregúntale a Aaron.

Puse los ojos en blanco y negué con la cabeza mirando al techo al pensar nuevamente, por fin, en las palabras que Ivan me había dicho mientras estábamos en el hielo: «Te quiero». Me quería. Y sabía que yo a él también.

No habíamos vuelto a hablar de ello tras salir de la pista para recibir abrazos y palmaditas en la espalda de la entrenadora Lee. Había vislumbrado a Galina en las gradas mientras nos alejábamos a esperar nuestras puntuaciones y la había saludado con un gesto de la cabeza, al que ella me había respondido de la misma manera, lo que en su caso básicamente equivalía a un te quiero. Después había venido todo el lío de cambiarnos, responder a entrevistas y salir corriendo a cenar porque era tarde y todos nos moríamos de hambre. Ivan ni siquiera me había acompañado de vuelta a mi habitación del hotel. Estaba demasiado ocupado en el vestíbulo hablando con otra patinadora de parejas con quien debía de haber trabado amistad en Canadá. Así que...

—¡Maldición! Jessie está llorando; tengo que irme. Buena suerte mañana, ¡aunque sé que no la necesitarás! ¡Te quiero!

—Yo también te quiero —le dije al teléfono.

—¡Adiós! ¡Has estado genial! —exclamó mi hermana al otro lado antes de colgar sin darme siquiera la oportunidad de despedirme.

Apenas había dejado el teléfono en la cama cuando alguien llamó a la puerta.

—¿Quién es? —dije alzando la voz mientras me sentaba en el borde.

—¿Quién va a ser? —respondió la voz de Ivan al otro lado.

Puse los ojos en blanco, me levanté y fui hasta la puerta para quitar el cerrojo. Al cabo del instante que tardé en abrir, encontré a Ivan de pie con las cejas enarcadas y aún vestido con la ropa con la que había ido a cenar. Una camisa abotonada gris marengo, pantalones de vestir negros, que me había confirmado que eran a medida porque sus glúteos y sus cuádriceps eran demasiado grandes en comparación con su cintura estrecha, y las mismas botas negras de cordones de estilo moderno que le había visto ya varias veces.

—¿Quieres dejarme entrar? —me preguntó.

Negué con la cabeza e Ivan me sonrió mientras me hacía a un lado y lo veía entrar, ir directamente a sentarse en el borde de la cama e inclinarse a trastear con los cordones de las botas. Volví a echar el cerrojo y fui a sentarme a su lado, contemplando cómo se quitaba una bota y luego la otra tirando con la punta del pie al tiempo que soltaba un suspiro.

—Estoy agotado —admitió, estirando las piernas.

—Yo también —respondí mientras me fijaba en sus calcetines de rayas negras y moradas—. Acabo de hablar por teléfono con Ruby y ahora andaba decidiendo si estoy lo bastante cansada para irme a dormir o no. No consigo relajarme.

Ivan bajó la barbilla y se volvió para dirigirme una sonrisa justo antes de rodearme los hombros con el brazo y atraerme hacia sí.

—¿Y qué tal ha ido?

—Bien. Ha dicho que nunca me había visto patinar tan bien. Luego me ha dado una charla sobre mi padre, pero ha estado bien —comenté, sin ganas de entrar otra vez en detalles.

Ivan asintió como si me comprendiera.

—Es que nunca has patinado tan bien. Han venido como mínimo veinte personas a decirme lo buena que eras. —Parpadeó—. No es que me haya puesto celoso, no te preocupes.

—No me preocupo —respondí lacónica.

Entonces me atrajo todavía más hacia sí y su mano comenzó a acariciarme el brazo arriba y abajo.

—Has estado genial, Albóndiga. De verdad que sí..., pero no esperes que vuelva a admitirlo ante ti próximamente.

Apreté la cabeza contra su hombro y sonreí, alegrándome de que no pudiera verlo.

—Tú también has estado que te cagas.

—Ya lo sé, pero en mi caso no es ninguna novedad. Todo el mundo está acostumbrado.

Solté una risotada.

—Pero qué creído eres.

¿Su respuesta?

—Es la verdad.

¿Cómo demonios me había enamorado de semejante engreído? De los miles y miles de millones de personas en el planeta, ¿tenía que enamorarme de ese precisamente? ¿De ese tío?

—Pero todo el mundo quiere un poco de Jasmine y tengo que decirles que den media vuelta y se piren —me hizo saber, lo que me recordó una vez más la cuestión de la que llevábamos meses sin hablar. La cuestión que había decidido ignorar. Aun así...

—Ivan —empecé a decir, sabiendo que lo último que deseaba era arruinar el momento, pero también quería una respuesta. Quería saber qué demonios iba a pasar para poder prepararme, a pesar de que aún quedasen meses para el momento decisivo. Sin embargo, no quería seguir rehuyéndolo. No iba a ser una cobarde.

—¿Mmm? —murmuró, sin dejar de acariciarme el brazo.

Aguanté la respiración y puse mis palabras en orden antes de soltarlas.

—Cuando la entrenadora Lee y tú os pongáis a buscarme un nuevo compañero...

Su mano se detuvo y noté cómo Ivan giraba el tronco y bajaba la vista para mirarme. Sin duda iba a parecer una cobarde, pero dejé la cabeza apoyada en su hombro, pese a saber que tenía toda su atención fija en mí.

—Cuando acaben los mundiales e intentes encontrar a alguien para...

—Jasmine.

El tono de su voz hizo que levantase la vista y le dirigiese una mirada rara, pero el semblante con el que me encontré tenía una expresión igualmente rara.

—¿Qué?

Ivan me miró atónito.

—¿Crees que voy a buscarte otro compañero?

Entonces fui yo quien se quedó de piedra.

—Pues claro. Ese era el trato, ¿no?

Ivan alzó una ceja. Yo hice lo mismo.

—No voy a buscarte otro compañero —dijo. Su voz y su cara me dieron a entender que se sentía insultado, aunque no acertaba a entender por qué—. ¿Por qué demonios iba a hacerlo?

—Mmm, porque ese era el trato. Porque fuiste tú quien dijo cien veces que solamente íbamos a permanecer juntos un año. —Estuve a punto de añadir «imbécil», pero de algún modo me las apañé para no hacerlo.

Ivan parpadeó. Sus cejas se elevaron. Luego parpadeó un par de veces más.

—No eres tonta, así que sé que ese no es el problema —dijo, arrastrando las palabras mientras entrecerraba los ojos—. Pero vamos a repasar la cuestión, lumbrera. Dime si me equivoco en algún punto.

Lo miré con los ojos entrecerrados.

—Eres la mejor compañera que nunca haya tenido —comenzó—. No hay ni comparación, ¿verdad?

Asentí porque, joder, claro que lo era.

—Eres mi mejor amiga.

Hasta entonces nunca me lo había dicho, pero también asentí.

—Eres la mejor amiga de mi hermana.

Alcé un hombro, porque ahí tenía razón.

—Si tuviera que elegir a alguien para que me ayudase a enterrar un cadáver, para que cenase conmigo o para ver la tele juntos, serías tú, siempre y en todo momento.

El corazón se me ensanchó más y más y más.

—Me inventé lo de que Mindy se iba a tomar un año sabático cuando en realidad había finalizado nuestro contrato y no tenía previsto volver a patinar con ella. Porque, por mucho que me sacaras de quicio, quería patinar contigo.

¿Cómo? A ver... ¡¿Cómo?!

—Mi familia te quiere.

Yo ya no sabía... nada. Levanté la vista y observé como acercaba su cabeza a la mía.

—Y yo te quiero.

Había vuelto a decirlo.

—Te quiero tanto que me paso el día contigo y aún me parece insuficiente.

Dejé de respirar.

—Te quiero tanto que, si no puedo patinar contigo, no quiero volver a patinar con nadie.

Hostia... puta...

—Te quiero tantísimo, Jasmine, que si me partiera el tobillo durante un programa, me pondría en pie y lo acabaría para conseguirte lo que siempre has deseado.

Era amor. Lo único que sentía era amor. Iba a llorar. Iba a ponerme a llorar como una gilipollas. Allí mismo.

—Significas tanto para mí que ese es el motivo por el que lo que pase ya no me importa en realidad. No como antes. No como jamás volverá a importarme —concluyó, apoyando su frente en la mía con una intensidad desoladora en los ojos—. No vas a ser la pareja de nadie más; no mientras viva, Albóndiga. Por mucho que llores y patalees, arrastraré tu culo precioso y testarudo de vuelta conmigo, porque nadie más será nunca lo bastante bueno para ti.

Parpadeé. Parpadeé tan deprisa que supe que me encontraba a dos coma cinco segundos de perder la compostura.

Entonces Ivan me remató. Acabó con cualquier miedo que hubiera tenido a que hubiera alguien después de él. Lo hizo allí mismo, con la punta de su nariz tocando la mía y nuestras frentes pegadas.

—Porque no me importa que tengas otras diez personas favoritas. Tú siempre serás la mía —concluyó—. Siempre. Pase lo que pase.

Parpadeé tan deprisa que no pude evitar que los ojos se me llenaran de lágrimas.

—Yo... No me encuentro bien...

Su sonrisa fue tan suave, tan dulce, que se llevó consigo la mitad de mi alma.

—Ya lo sé —me susurró antes de rodearme con sus brazos y estrecharme entre ellos, la punta de su barbilla apoyada en lo alto de mi cabeza.

Me abrazó y, luego, me abrazó aún más, a pesar de las lágrimas que me brotaban de los ojos y le mojaban la camisa. Y, mientras apoyaba la mayor parte de mi peso sobre él, hizo que ambos descendiéramos hasta quedar tumbados de lado y, sin dejar de abrazarme, tiró de mí hasta quedar medio encima de él, con la cabeza en su pecho, una de mis manos sobre sus costillas y una pierna sobre la suya. Nos quedamos así hasta que las lágrimas dejaron de salir y pude volver a respirar hondo.

Ivan me acariciaba el cabello con la mano, con aire casi ausente. Hasta entonces había creído que aquella tarde había constituido uno de los mejores momentos de mi vida, pero ese sí que lo era. Lo era y quería tanto a Ivan que no creía posible poder quererlo más. Todo lo que me había dicho era exactamente lo que yo sentía, salvo que yo sí habría sido capaz de patinar con alguien más si él realmente hubiera querido volver con su antigua compañera, pero lo habría hecho como homenaje a él, por todas las formas en que había cambiado mi vida y mi persona. Quería seguir dándole toda la caña del mundo y más, por los siglos de los siglos, porque él me lo había dado todo.

Ninguno de los dos dijo nada durante mucho, mucho tiempo, mientras seguíamos tumbados juntos. Ni cuando sus manos me acariciaban el cabello en pasadas largas, ni cuando su mano bajó hasta mi hombro y le dio un apretón. O cuando su palma se deslizó por mi brazo, suave, suave, suave, y las puntas de sus dedos casi me hicieron cosquillas al tocar el muslo que tenía encima de él. No me habría apartado ni por todo el oro del mundo. Ni por todos los premios y todas las medallas. Absolutamente por nada.

Lo que Ivan hizo fue recorrer mi muslo con la punta de los dedos hasta llegar a la rodilla. Me costó la vida no reaccionar cuando todos sus dedos, salvo uno, desaparecieron y con la yema de ese único dedo comenzó a trazar círculos sobre mi rótula con un toque suave y levísimo como una pluma.

No me moví un ápice.

La punta de su dedo describía círculos cada vez mayores, adentrándose hasta la piel hipersensible del pliegue tras la rodilla antes de volver a ascender hasta mi cuádriceps, recorriendo una vez más el camino trazado. Luego bajó por la espinilla y el gemelo, desnudos, dibujando un círculo alrededor de ese músculo que tanto usaba y del que tanto abusaba. Y un círculo más.

No podía alegrarme más de que, desde el momento en que mi madre me diera permiso para rasurarme (cuando, nada más llegar a la pubertad, empezó a salirme vello por todas partes), hubiera subrayado lo importante que era hacerlo cada día. E hidratarme. Porque para ella hidratarse era una de las actividades más importantes de la jornada; al nivel de lavarse los dientes o limpiarse el culo tras ir al baño. Cómo agradecía haberme rasurado tras regresar a la habitación después de cenar.

La punta del dedo de Ivan se convirtió en cuatro y, luego, en cuatro dedos enteros. Y después en toda una palma, que me cubrió el gemelo y, acto seguido, la espinilla. Arriba y abajo.

—¿Cómo es que tienes la piel tan suave? —preguntó en voz baja y casi distraída, aunque yo sabía que no era así.

—Aceite de coco —respondí, subiendo la pierna para acercarme aún más a él.

—¿Aceite de coco? —repitió mientras extendía los dedos para rodearme toda la parte inferior de la pierna.

—Ajá —articulé, tragando saliva con dificultad al sentir el calor de su piel contra la mía.

Si Ivan notó que me arrimaba más a él, no dijo nada.

—¿Sabes, Jasmine? —dijo, con aire casi distraído—. Esto de aquí tiene tanta fuerza...

—¿Esto de aquí? —casi jadeé.

—Las piernas —aclaró, sin dejar de acariciar mi piel—. Tus piernas —remarcó—. Son puro músculo. No creí... —emitió un ruido desde el fondo de la garganta y su palma ascendió sobre mi rodilla hasta detenerse en lo alto del muslo— que fueran a ser tan suaves.

—Ya sabes los moratones que me salen —acerté a decir—, los cortes y las cicatrices... Ayuda a... curarlos. —Tragué saliva con dificultad.

Ivan subió la mano por mi muslo hasta que sus dedos desaparecieron bajo el dobladillo de mi pantalón corto; sus manos casi abarcaban la longitud entera de mi muslo. No es que tuviera las piernas largas ni nada, cosa que agradecía. Porque así él podría tocar más. Podría tocarlo todo.

Y quería que me tocara.

—Madre mía —casi siseó mientras su mano seguía moviéndose, las puntas de los dedos tan dentro del pantalón de mi pijama que llegaban a lo más alto del culo. Trazó una pequeña línea sobre la piel allí mismo, rozándome la raja, y no pude evitar flexionar cada músculo del tobillo para arriba—. ¿No llevas ropa interior?

No sé qué es lo que hizo que levantase la cabeza y, con la nariz rozando su garganta, le susurrara:

—Algo llevo.

Ivan murmuró y sus dedos ascendieron un par de centímetros más por dentro del pantalón. Dios, jamás dejaría de dar gracias por que tuviera las manos tan grandes, y menos en ese momento. Porque sus dedos no dejaban de moverse..., pero en lugar de volver en dirección de mi espalda, se deslizaron hacia un lado..., luego regresaron... más abajo... hasta alcanzar otro pliegue... y luego nuevamente hacia el lado...

Ahogué un jadeo cuando sus dedos encontraron mi ropa interior. Concretamente, la tira que ascendía directamente de entre las nalgas.

Fue entonces, mientras sus dedos entraban en contacto con mi tanga, cuando me rodeó la parte inferior de la espalda con el otro brazo y, con una fuerza de la que era perfectamente consciente porque la conocía de sobra, tiró de mí y me subió sobre su regazo hasta ponerme a horcajadas. El brazo que circundaba mi espalda apretó la parte inferior de mi cuerpo contra el suyo.

Y lo sentí. Largo, grueso y duro. La madre que lo parió.

—Ivan...

En ese momento me interrumpió con su boca. Aquellos labios rosados se unieron a los míos, ladeados, húmedos, tomando total y completo control de mí. Su lengua se abatía contra la mía, necesitada, sedienta. Apretaba nuestras bocas como si estuvieran destinadas a ello. Sus dedos recorrieron el camino del pedazo de tela entre mis nalgas, tocándome en partes de mi cuerpo que me cohibían. Que a cualquiera lo habrían cohibido.

Casi a cualquiera.

Sus dedos subieron cada vez más hasta acariciar el triángulo al final del tanga. Acerqué mi boca y rocé su lengua con la mía cuando tiró del triángulo y volvió a soltarlo para que impactase contra mi piel, mientras emitía un gruñido áspero que sentí por todo el cuerpo.

—Solo a ti se te ocurriría ponerte un puto tanga bajo este pantalón —gruñó al tiempo que me agarraba la nalga con la mano y la estrujaba hasta casi hacerme daño. Casi.

Deslicé la boca lo justo para tener su cuello al alcance y, al instante, lo mordí. E Ivan, el maldito Ivan, gimió y echó la cabeza hacia atrás para dejarme más sitio, así que abrí más la boca y cubrí una zona mayor de su cuello, de piel suave, un pelín salada e impregnada del aroma de la colonia limpia y cara que sabía que usaba a diario.

—Madre mía, Jas —siseó cuando los dientes dieron paso a mi lengua y labios, que le succionaron la piel mucho más fuerte de lo que sabía que debería.

Las caderas que tenía debajo se movieron, se alzaron y se clavaron en las mías, repitiendo el gesto dos veces más cuando le chupé la piel aún más fuerte, recorriendo su garganta con mi lengua.

—Sabes tan bien... —gemí, succionando con más fuerza.

Ivan soltó un gruñido animal, sus caderas moviéndose bajo las mías, sus brazos inquietos rodeándome la espalda, acercando nuestros cuerpos, pegándolos. El calor. Mis pechos aplastados contra la superficie dura de su pecho.

—Joder —siseó Ivan.

Tenía la barbilla todavía alzada, todavía dándome acceso a aquel cuello largo y hermoso mientras su tren inferior se agitaba y aumentaba la fricción entre la tela del pantalón, la anaconda que escondía y que mi cabeza era incapaz de concebir, y el material delgado y elástico que cubría aquella parte de mí que deseaba que llenase como un analgésico que necesitara regularmente.

El improperio que volvió a salir de aquella boca maravillosa me encendió la espalda, las puntas de los dedos, las rodillas y todo lo demás. La sarta de palabrotas hizo que me echase hacia atrás y, sentando el culo sobre sus muslos, justo por encima de las rodillas, apoyé todo mi peso en él mientras me erguía y, con un talento que habría impresionado a la mejor estríper de Las Vegas, me saqué la camiseta por encima de la cabeza y me quedé con uno de esos sujetadores de encaje sin aros que son una de las pocas ventajas de tener la copa B más pequeña o la copa A más grande del mundo.

Ivan gruñó, pero de verdad. Se reclinó contra la cama y emitió un ruido como nunca había oído, al tiempo que aflojaba los brazos alrededor de mi cintura hasta que sus palmas quedaron rodeándome las costillas y la cintura, sus pulgares paralelos a mi ombligo. Entonces comenzaron a ascender, deteniéndose en el surco de cada costilla, tomándose su tiempo hasta que el arco entre el índice y el pulgar quedó preso bajo la suave curva inferior de mis pechos.

—La madre que... —murmuró, sosteniendo su peso—. Jasmine.

Se echó hacia delante, rápido, rapidísimo, y agachó la cabeza. Sabía lo que iba a hacer antes de que lo hiciera. Podría haberme movido... si hubiera estado loca. Así que le dejé hacerlo. Le dejé inclinarse hacia mí y succionar un pezón e introducirse el pecho prácticamente entero en la boca, con sujetador y todo.

Entonces fui yo quien empujó el cuerpo contra él. Me movía, me arrastraba y me arqueaba contra su piel, dejando que su pene duro se frotase con mi clítoris.

Una de sus enormes manos bajó por mi costado hasta la cadera y volvió a rodearme el culo. Lo palmeó, me apretó una nalga, cubriéndola casi por completo. Luego aflojó la presión y simplemente la sostuvo con ligereza, más una caricia que otra cosa. Su gemido era grave y tuve que deslizar la boca hasta sus labios para atrapar el superior entre los míos. La mano que tenía bajo mi pecho se movió y tiró bruscamente hacia abajo del encaje que lo cubría, exponiéndolo. Exponiéndome. Cogí aire con fuerza, recordando..., recordando...

—Eres preciosa, joder, qué preciosa... eres —susurró con aspereza mientras sus labios recorrían mi pecho.

—Tú solías...

—Cállate —bufó antes de abalanzarse nuevamente sobre mi pezón, desnudo esta vez.

Solté un grito. Un gemido. Lo único que pude hacer fue arquearme contra su boca, deseando que jamás me soltase. Que jamás se moviese. Que durase para siempre. Y así lo hizo.

Me bajó la otra copa y también se introdujo el pezón en la boca. La mano que me agarraba el culo lo cubría por completo y trataba de darle forma con sus dedos, pero...

—Joder, qué culo —siseó—. Llevo tanto tiempo soñando con este culo —afirmó—. Es perfecto, perfecto...

Lo que no tenía en el piso superior, lo tenía en el inferior. Además, el ejercicio lo había moldeado hasta convertirlo en algo de lo que estaba bastante orgullosa. Puede que no fuera guapa. Puede que no fuera sexy. Bastante mierda me caía al respecto cada vez que aparecía por internet. Pero este cuerpo por el que llevaba partiéndome el lomo tanto tiempo no era algo de lo que me avergonzase. Ni siquiera de mi pecho insignificante. Al menos era pequeño y prieto, y la gravedad aún no le había afectado.

Ivan movió la cara, de modo que su mejilla se posó en lo alto del seno y la frotó contra mi piel antes de repetir el gesto con el otro y apoyar la mejilla sobre él. Hundió la nariz. Rozó su piel áspera a un lado de mi pecho y al otro, al centro y bajo los senos. Su nariz acariciaba el encaje que aún llevaba puesto alrededor de la curva del pecho. Sus manos me echaron un poco hacia atrás y me alzaron hasta quedar arqueada en el aire. Entonces su mejilla se deslizó por el centro de mi estómago y sus labios me acariciaron el ombligo mientras su cabello me rozaba los pezones. Los dos. Una y otra vez, con cada uno de sus movimientos sobre mi piel.

Ivan sacó la lengua y la hundió en mi ombligo. Lo único que podía hacer era darle más... Más, más y más. Por favor, por favor.

—Ivan —prácticamente gimoteé.

—Shhh —me susurró mientras arrastraba los labios hasta el esternón al tiempo que me sentaba en su regazo sin que su boca se detuviera hasta llegar al pliegue de mi cuello. Aquellos dedos que tan bien me conocían recorrieron mi espalda hasta el centro y luego comenzaron a subir, llevándose con ellos el sujetador.

Lo besé y me besó. Mis manos fueron hasta sus hombros y lo agarraron con fuerza. Nos movimos uno contra el otro; sus manos descendieron y me bajaron el pantalón y el tanga por las caderas hasta que tuve que levantarme para continuar hasta los tobillos. Solo entonces me di cuenta de que estaba desnuda. De pie ante él. Total y completamente desnuda. Pero al mirarlo a la cara vi que sus ojos de un frío azul grisáceo estaban entrecerrados y sus mejillas encendidas, y parecía...

Ivan se sentó y se desabrochó la camisa, que se arrancó con movimientos entrecortados e inseguros, como si no estuviera acostumbrado a desvestirse tan deprisa. Entonces se puso en pie, a medio metro de mí, y con un movimiento natural se quitó el cinturón y se bajó el pantalón y el bóxer hasta las rodillas antes de apartarlos de una patada.

Y... joder. La madre que lo parió. La hostia.

Ya había visto a Ivan vestido. No solo unos segundos o unos minutos. Horas. Claro que lo había visto, pero nada podría haberme preparado para verlo desnudo como estaba en ese momento, sin calcetín. Estaba duro. Duro por todas partes. Desde los tendones de su cuello hasta los pectorales que parecían de piedra, pasando por los abdominales como ocho lingotes y aquellos muslos en cuyo honor se podrían componer canciones...

Sin embargo, fue aquel miembro rígido, largo y grueso que apuntaba hacia mí lo que hizo que se me cortara la respiración. ¿Cómo demonios era posible que alguien fuera tan jodidamente perfecto? ¿Por qué? ¿Cómo coño podía alguien tan alto y esbelto poseer semejante monstruo entre las piernas?

—Te odio —musité.

Ivan se rio. Se rio.

—Me quieres.

No lo miré a la cara. No podía. Lo que sí miré fue cómo su mano se alzaba y rodeaba el pene que, apuntando hacia su ombligo, temblaba. Deslizó la mano hasta la raíz, flanqueada de vello negro, grueso y rizado, antes de hacer el camino inverso hacia la punta gruesa como un champiñón, rosada y violeta, tan húmeda que goteaba...

—Estoy tomando anticonceptivos —le dije, tragando saliva—. Y no me toca ovular hasta dentro de una semana.

Si no hubiera bajado la barbilla, no habría sabido que me había oído; estaba tan concentrado mirándome que habría creído que no. Pero sí. Porque, en un movimiento ágil y fluido, dio un paso hacia mí y, envolviéndome con las manos la parte superior de las piernas, me izó. Mi cuerpo ascendió y, de forma instintiva, le rodeé la cintura con los muslos, perfectamente amoldados a su agarre. Me lamí la mano, la deslicé entre los dos y rodeé con mis dedos aquella verga que me hacía la boca agua. Moví la mano arriba y abajo, tomando conciencia de la suavidad de la piel y del que debía de ser el músculo más duro de todo su cuerpo. Entonces dirigí la cabeza violácea hacia mi entrepierna y, de ese modo en que sabíamos leernos la mente el uno al otro, Ivan me bajó, centímetro a centímetro, primero cinco, luego diez, poco a poco, hasta que quedé sentada sobre él. Completamente.

Estaba llena. Colmada. Nunca se lo diría a Ivan, pero dolió. Al principio.

Ahogué un jadeo y él otro, pero no pudo evitar gruñir. Emití un sonido que no consideraría un gemido, aunque quizá otra persona sí. Sus manos enormes se movían lentamente sobre mi cuerpo, arriba y abajo. Primero me alzaba un centímetro y me bajaba. Luego dos, para descender hasta la base. Una y otra vez, hasta que dejó de ser una lucha y se convirtió en una danza.

—Dios bendito —murmuraba repetidamente Ivan, como un ensalmo.

Su cuerpo entero estaba rígido, en tensión. Los brazos y los bíceps, que habrían ejecutado ese mismo movimiento cientos de veces sin ánimo sexual, se agitaban tensos. Todo él temblaba. Su respiración, la respiración de un deportista de élite, era entrecortada. Sus manos se movieron y deslizó un antebrazo bajo mi trasero mientras extendía el otro hasta la mitad de mi espalda para guiarme arriba y abajo, mis pezones rozándole el pecho.

—Te quiero, Jasmine —dijo, al tiempo que el ritmo se aceleraba—. Te quiero, te quiero, te quiero —repitió.

Lo único que pude hacer fue cerrar los ojos. Cerrar los ojos y rodearle el cuello con los brazos y aferrarme a él como si me fuera la vida en ello, a las palabras que flotaban entre nosotros. Mi boca encontró la suya y seguimos besándonos mientras seguía moviéndome arriba y abajo. Tomándome, ya más, ya menos, ya entera.

—Te quiero —musité al tiempo que me estremecía alrededor de su miembro conforme el anuncio de un orgasmo me cosquilleaba por el bajo vientre.

Ivan sonrió. Aún más, su rostro se iluminó. Sus caderas martilleaban contra las mías. Me agarraba con fuerza. Me acercaba aún más a él. Su mano se coló entre los dos y me acarició el clítoris con un movimiento circular. Apenas bastaron un par de círculos con el pulgar, nuestros cuerpos bañados en sudor, para que explotara. Ahogué un grito en su hombro, corriéndome sobre él, abrazando su cuerpo como si toda mi vida dependiera de ello.

Sus gemidos sonaban tan ásperos y entrecortados que apenas oí su quejido ahogado cuando se corrió momentos después. Palpitaba dentro de mí, tratando de coger aire. Me aferré a él y él me abrazó con fuerza.

Ambos estábamos cubiertos de sudor. Sin aliento e intentando recuperarlo, pero en vano. Inspiré con fuerza una y otra vez, sin dejar de vibrar.

—Que Dios me ayude —gimió Ivan.

Yo temblaba. Jadeaba. Ya podía morirme allí mismo, que habría merecido la pena cada segundo.

Tomándome entre sus brazos, Ivan me condujo hasta la cama y me depositó lentamente sobre el colchón. Su cuerpo descendió sobre el mío y lo cubrió. Con los brazos estirados y sus piernas aprisionando las mías, con una sonrisa de medio lado y jadeante, dijo:

—La práctica hace al maestro, Jas.

Joder.

Tratando de exhalar por la nariz, lo miré con las cejas enarcadas mientras su polla, todavía a media asta, descansaba sobre mi muslo.

—¿Es que no ha sido perfecto?

—Lo ha sido —dijo, cerniéndose sobre mí—, pero quiero seguir practicando igualmente.

No pude evitar reírme en alto, tan alto que casi me dio miedo. Lo que no me dio miedo fue la sonrisa gigantesca que Ivan me dedicó desde allí arriba.

—Una y otra vez.

—¿Quién dice que quiera repetir?

Su mano se movió hasta un lado de mi cabeza y me acarició la sien con los dedos.

—Te has corrido sobre mí como una campeona —dijo, como si no lo supiera—. Juntos, todo se nos da bien. Ya lo sabes.

Claro que lo sabía, pero no hacía falta que lo supiera él.

—Somos el mejor equipo. Hacemos todo lo necesario para ser los mejores —prosiguió mientras bajaba el peso para cubrirme de verdad, sus muslos abiertos encima de los míos, el empeine de sus pies apoyado en el interior de mis gemelos, sus antebrazos a ambos lados de mi cara.

—¿Y esto va a mejorar nuestra forma de patinar? —le pregunté.

Me besó una mejilla y luego la otra.

—No va a empeorarla.

Volví a reír y me arqueé para plantarle un beso en la barbilla que le hizo pestañear lentamente.

—Me encanta cómo sonríes —dijo con expresión somnolienta y soñadora—. Te diría que mostrases tu sonrisa más a menudo, pero mejor no.

Contemplé cada centímetro de aquel rostro perfecto.

—¿Por qué?

Ni siquiera tenía los ojos abiertos cuando respondió:

—Porque no se la dedicas a cualquiera. —Apoyó la mejilla en la mía y su pecho sudoroso hizo lo mismo al concluir—: Y no tengo intención de compartirte.

24

—Un minuto.

Sacudí los hombros, inspiré hondo, espiré y repetí una vez más la operación. Era fácil aislarse del público que jaleaba a la pareja que estaba sobre el hielo y había terminado hacía literalmente segundos. Aún más fácil era ignorar las flores y los peluches que llovían de la multitud.

Era fuerte. Era inteligente. Podía con todo. No era débil ni estaba poco preparada. El mundo no se acabaría si la fastidiaba. Podía hacerlo. Siempre sería capaz de hacerlo. Tal vez no hubiera nacido exactamente para aquello, pero lo había hecho mío. Me había apropiado de ello y siempre sería mío. Cuatro minutos y pocos segundos para demostrar toda una vida de esfuerzo. Sencillísimo.

—Ha llegado el momento —me dijo la voz de la entrenadora Lee prácticamente al oído, al tiempo que su mano se posaba leve sobre mi hombro.

Asentí y la miré de reojo antes de que me soltara y diese un paso a un lado para repetir el gesto con Ivan, que estaba a medio metro de distancia, sacudiendo las manos y los muslos. Reparé en que la miraba igual que había hecho yo y asentía del mismo modo.

Entonces me lanzó un vistazo por encima del hombro. Aquellos ojos de un brillante gris azulado se clavaron directamente en los míos y no nos hizo falta asentir ni nada. Simplemente nos sonreímos. Nuestro pequeño secreto. Solo nuestro.

Esa mañana habíamos despertado en mi habitación, yo babeando sobre su mano y él con la pierna por encima de la mía; había sido la mejor mañana de nuestra vida. Así me lo había dicho, y yo sabía que era verdad. Luego me había propinado un pellizco brutal en la nalga y fue exactamente como tenía que ser entre nosotros, perfecto.

Íbamos a hacerlo. Lo teníamos dominado.

La sonrisa que se abrió paso en sus labios y en los músculos de su cara era perezosa..., casi sucia..., una promesa de lo que iba a pasar esa misma noche independientemente de todo lo demás. Era su sonrisa de confianza. La que compartía conmigo. Era mía. Y por la espalda me subió algo cálido y reconfortante que me decía que Ivan se sentía tan confiado como yo. Lo teníamos dominado, pero juntos, así que no pude evitar dirigirle una sonrisa más amplia que antes. Nada del otro mundo, pero era suya y solo suya. Y él lo supo, porque su sonrisa se ensanchó aún más.

Puse los ojos en blanco al tiempo que me giraba y me encaminaba hacia la pista, los latidos de mi corazón firmes y serenos, la cabeza tranquila y controlada. En la barrera, me coloqué a la izquierda para dejar que el último patinador abandonase el hielo y alcé la vista. Ya había fichado a mi familia cuando llegamos al túnel, y ahí seguían. Todos y cada uno de ellos sostenían un cartel, hasta mi padre.

ESA ES MI HERMANA
¡A POR ELLO, JASMINE!
¡JASMINE!
TE QUEREMOS, JASMINE
JASMINE SANTOS, LA MEJOR
DALE DURO, AMIGA
ERES FANTÁSTICA, JASMINE

Pero el que me hizo pestañear fue el que decía NUNCA TE RINDAS, JASMINE, porque era mi padre quien lo sostenía. No daba saltitos como el resto de la familia, pero sonreía. No estaba avergonzado. No se aburría. Pero estaba allí y eso era más de lo que podría haber deseado o esperado. Era lo que necesitaba. Otro poco de pegamento en mi mente y mi corazón.

Me permití pensar por un momento en la tarjeta que había leído por la mañana, tumbada en la cama junto a Ivan. La tarjeta de la chica simpática del CL.

¡Buena suerte, Jasmine!

Vas a hacerlo genial. ¡Gracias por ser tan guay! Espero poder ser como tú algún día.

Con cariño,

PATTY

Entonces supe que podía hacerlo.

Una vez, a los quince o dieciséis, Galina me había dicho que, para ganar, tenía que estar preparada para perder, que tenía que haber aceptado la idea de fracasar. En aquel entonces no había entendido del todo lo que quería decir, porque ¿quién demonios quería perder? Pero en ese momento lo entendía, y solo había tardado una década en comprenderlo.

Di un paso para adentrarme en la pista y me aparté un poco para hacer sitio a Ivan, que me siguió y se detuvo a un metro escaso de mí mientras el comentarista anunciaba nuestros nombres. Fue entonces cuando miré por encima del hombro al hombre con el traje marrón y dorado, que había creado mi hermana, y vi que ya me estaba contemplando con una sonrisilla. Parecía feliz y, por primera vez, yo también me sentí feliz allí de pie, ni nerviosa ni abrumada. Solo me sentía feliz. Preparada. Así que yo también le sonreí.

Pareció que los dos soltábamos aire al mismo tiempo. Sin más, Ivan alargó la mano hacia mí. Me miró a la cara mientras yo le tendía la mía, le envolvía la palma y ambos entrelazábamos los dedos con los del otro.

Sus labios formaron las palabras «Te quiero» y yo le guiñé un ojo. Acto seguido nos deslizamos hasta el centro de la pista, las manos unidas, y nos detuvimos en la ubicación correspondiente. Ivan se colocó en posición al mismo tiempo en que lo hacía yo, sin que ninguno de los dos mirase a ningún otro lado. Si la multitud calló, no me di cuenta, porque me aislé de todo en cuanto el rostro de Ivan se paró a dos centímetros del mío.

—Das asco —susurró, su aliento contra mi mejilla.

Apenas logré reprimir una sonrisa al responder:

—Y tú más.

A un segundo, a un puto segundo de que arrancase la música, susurró:

—A por ello.

Y a por ello que fuimos.

Epílogo

«*¡Miren qué altura alcanza!* No había visto un *twist* como ese desde 2018 con el equipo Lukov», afirmó el comentarista en televisión.

Ivan y yo soltamos una risotada al mismo tiempo. No me hacía falta verlo para saber que había puesto los ojos en blanco, porque yo había hecho lo mismo.

—Se ve clarísimo que le faltan quince centímetros para llegar a la altura habitual de nuestros saltos —murmuró Ivan a mi lado.

Solté otra carcajada, con los ojos fijos en el televisor.

—Diría que treinta —terció mi madre, a quien le gustaba tanto pasarse por casa que tomaba fármacos para la alergia de continuo, desde su lugar en el otro extremo del sofá.

—Mark tiene que retirarse de comentarista. Llevo como mínimo las últimas tres temporadas pensando que le hacen falta gafas —afirmó Jojo desde donde estaba tumbado en el suelo, con la cabeza apoyada en una mano mientras con la otra le daba el biberón a Elena.

—Jonathan, eso no está bien —le dijo James. No me hizo falta mirarlo para saber que negaba con la cabeza.

Todos los ojos estaban fijos en el televisor mientras, en la pantalla, el equipo canadiense se movía sin esfuerzo por el hielo, sus movimientos una mezcla perfectamente medida de fuerza, gracia y belleza. No iba a odiarlos. Eran buenos, pero no tanto como lo habíamos sido nosotros.

—¡Eso ha sido fantástico! —bramó emocionado el comentarista.

—Ahora no hace más que soltar memeces para oír su propia voz —murmuré, negando con la cabeza.

El hombre sentado a mi lado emitió un ruido que hizo que lo mirase de reojo. Me observaba con la cabeza ladeada y una sonrisa, que conocía como la palma de mi mano, dibujada en aquella boca que seguía siendo tan insoportable y maravillosa como en todos estos años.

—Tus piruetas eran más limpias y veloces de lo que son las suyas.

Asentí sin dejar de mirarlo, ignorando el televisor de pantalla gigante montado en la pared, que mostraba las Olimpiadas de 2026.

—Tú también hacías que pareciese más fácil. Y, evidentemente, eres más fuerte que él.

Ivan se rio y se inclinó para susurrarme al oído.

—Evidentemente. Tu culo sigue luciendo mejor que el de ella.

Sonrió cuando me reí. Ya estábamos pegados el uno al otro, perfectamente alineados de la cadera al muslo. Su brazo tocando el mío. Ivan lo apartó, lo levantó y me rodeó los hombros con él para estrecharme aún más. Levanté las piernas y las pasé por encima de su regazo, lo que me valió un beso en la mejilla antes de que los dos volviéramos la vista hacia la pantalla justo cuando el comentarista musitaba: «¡Increíble!».

Se oyeron tantos quejidos en el cuarto de estar que no pude ni contarlos. Yo no habría usado la palabra «increíble», pero…

—Me apuesto algo a que aún ganaríais si compitierais —murmuró Jojo.

Asentí mientras veía cómo la pareja ejecutaba una espiral de la muerte que, me apostaría algo, a Ivan y a mí aún nos saldría más rápida. Ya no entrenábamos, pero muchas mañanas, antes de que la pista se llenase de patinadores jóvenes y esperanzados, me tomaba la mano y repasábamos versiones invertidas de nuestros viejos programas. Nos pasábamos la mitad del tiempo entre risas, sustituyendo los triples por dobles la mayoría de los días, pero de vez en cuando nos mirábamos y sabíamos que estábamos pensando lo mismo. Entonces ejecutábamos un triple *toe*. O un triple bucle picado. Raramente, cuando teníamos un día de los buenos, buenos, hacíamos un triple *lutz*. Solo por saber que aún podíamos.

Entonces llegaban los chavales y nos poníamos a trabajar. Dando clases. Ivan tenía a varios chicos y yo a unas cuantas chicas. Habíamos hablado de entrenar a alguna pareja…, pero solo cuando encontráramos al equipo adecuado. Aún no se había dado el caso.

Habían pasado cuatro años desde que nos retiráramos y aún no tenía la sensación de que hubiera pasado tiempo suficiente. Cuatro años desde que Ivan se sometiera a una operación para soldarle la columna. Una cirugía tan peligrosa que yo había vomitado dos veces en la sala de espera. Cuatro años desde que el médico dijera que sería una insensatez que siguiera patinando en pareja. Cuatro años desde que Ivan me mirara y me dijera: «Busca otro compañero. No tienes por qué retirarte por mí». Menudo imbécil. Ciertas cosas no cambiaban nunca. Como si hubiera alguien más con quien quisiera patinar.

Habían pasado cinco años desde que ganáramos nuestro tercer y último campeonato del mundo. Ocho años desde que ganáramos nuestro segundo campeonato mundial. Ocho años desde que ganáramos dos medallas de oro: una en parejas y otra en equipos. Así, Ivan se había convertido en el patinador artístico más condecorado en la historia de los Estados Unidos. Nueve años desde que ganáramos nuestro primer campeonato mundial y el primero de los tres nacionales.

Y, lo que era más importante, habían pasado nueve años desde que nos casáramos. Nueve años y tres meses del momento en que dijo, jadeante y colorado, aún sobre el hielo, nada más acabar el programa largo y mientras la gente se volvía absolutamente loca: «Creo que deberías casarte conmigo, Albóndiga».

Solo le hice pedírmelo tres veces. Luego nos casamos en la misma iglesia no confesional en la que Jojo había celebrado su boda con James; fue el mejor momento de toda mi vida. Y luego llegaron Danny, Tati y Elena.

—Papá —dijo una vocecita desde el suelo—, ese doble *axel* ha estado sucio, ¿verdad?

—Mucho —mintió Ivan, dándome un apretón en el hombro.

—Me avisarás si yo lo hago así, ¿verdad?

Miré a Ivan con las cejas enarcadas y observé como me hacía una mueca, porque los dos sabíamos la verdad. ¿Decirle él a su chiquitina que había hecho algo mal? Por favor.

—Yo te diré si las piruetas te salen sucias —terció una voz de siete años también desde el suelo—. Ayer, por ejemplo.

—¡Eso es mentira! —chilló la niña, de seis años, sentándose

de un modo que me permitió verle la cabeza oscura por primera vez desde que todos (tres perros y dos cerditos incluidos) habíamos ocupado el cuarto de estar para ver los programas cortos de la noche.

—¡Es verdad! —exclamó Danny, sin que se lo viera todavía—. ¡Estaba observándote!

Y, como si quisiera sumarse o como si fuera a erigirse en mediadora entre su hermano y su hermana, Elena lanzó un berrido desde donde se hallaba, en brazos de mi hermano.

Así, sin más, la discusión se acabó como por arte de magia. Se oyó un suspiro largo y cansado seguido de otro de igual carácter, y la pequeña de seis años se arrellanó junto a su hermano mayor.

El silencio se prolongó unos diez segundos antes de que volviera a oírlos meterse el uno con el otro. Dios, eran una pesadilla. Exactamente el tipo de niños discutidores, mandones, tenaces y cabezotas que solía considerar adorables, cuando en realidad eran unos plastas.

No obstante, los quería tanto que bien habían merecido las dos temporadas que Ivan y yo nos tomamos de descanso para tenerlos. Danny nunca sabría que había sido concebido por accidente la noche que ganamos nuestro segundo campeonato mundial..., pero desde luego que sabía que, una vez que me enteré de que estaba embarazada, me había parecido la mejor noticia de mi existencia. Ivan y yo habíamos creado una vida. Algo que era de los dos y en una de las mejores noches de nuestra historia.

Y doce meses después, cuando había terminado por quedarme embarazada de nuevo, había sido a propósito. Solo había tardado años en darme cuenta de que podía conseguir que todo funcionara con la persona adecuada. Y esa persona era el idiota que tenía al lado y que me abrazaba y me tocaba el culo al menos una docena de veces a lo largo del día y sin venir a cuento en el CL, que me cuidaba y me motivaba, y que quería lo mejor para mí todos y cada uno de los días de mi vida.

Como si supiera exactamente lo que estaba pensando, Ivan se inclinó y me besó la sien, estrechándome aún más contra su cuerpo.

—¡Mamááá! ¡Danny me acaba de pegar en la frente! —gimoteó Tati, exagerando lo que no estaba escrito. Probablemente—. ¡Le voy a poner el c-u-l-o como un tomate!

—¿Qué es un c-u-l-o? —preguntó Danny al cabo de un momento.

Mamá se giró desde donde estaba sentada al lado de Ben y me miró con suficiencia. Y supe exactamente lo que estaba pensando. Con esos tres, iba a pagar por todos mis pecados anteriores.

Y no me daba el más mínimo miedo.

Agradecimientos

Ningún libro llega a escribirse sin un montón de amor y atención de todo un ejército de gente.

Primero, unas gracias enormes a todos mis lectores. Si no fuera por vuestro apoyo, no estaría escribiendo esto ahora mismo. Lo digo siempre, pero de verdad que sois lo más. Gracias por seguir a mi lado y ser tan geniales, en general.

Al mejor grupo de lectura de la historia de internet, mis Slow Burners: gracias por vuestra paciencia y cariño. A mis amigos y prelectores, por aguantarnos a mí y a los terribles borradores que os envío. Ryn, nunca te agradeceré lo suficiente no solo ser una buena amiga, sino haberme ayudado con la maldita presentación de la obra. A mi nueva amiga Amy, quien me hizo compañía tantas noches durante los esprints de escritura y por permitirme despotricar en cualquier momento; sin ella habría tardado mucho más en acabar este libro (y no habría sido tan divertido).

Eva, Eva, Eva. La lista de todas las cosas que haces por mí es interminable. Eres una amiga maravillosa y cada libro es mucho más especial gracias a tu ojo de águila, tu sinceridad y las constantes reafirmaciones de que te encanta. No puedo agradecerte lo suficiente todo esto (y especialmente aguantarme).

Gracias a Letitia Hasser, de RBA Designs, por hacer realidad mis vagas ideas para las cubiertas. A Jeff Senter, de Indie Formatting Services, por ser siempre genial. A Virginia y Jenny, de Hot Tree Editing, por vuestra amabilidad con las correcciones. A Lauren Abramo y Kemi Faderin, de Dystel & Goderich, por todos esos derechos internacionales que hemos estado vendiendo.

Todas las gracias a la mejor familia que jamás podría haber

pedido: a mamá, papá, Ale, Raul, Eddie, Isaac, Kaitlyn, a mi familia Letchford y al resto de la familia Zapata/Navarro.

Por último, pero no menos importante, a Chris, Dor y Kay. Cada libro es para vosotros, mis amores.